贾平凹文选

长篇小说卷

高老庄

9

贾平凹／著 作家出版社

　　子路决定了回高老庄，高老庄北五里地的稷甲岭发生了崖崩。稷甲岭常常崖崩，但这一次情形十分严重，黄昏的时候有人看见了一个椭圆形的东西在葡萄园的上空旋转，接着一声巨响，像地震一般，骥林娘放在檐笸上晾米的瓦盆当即就跌碎。双鱼家的山墙头掉下一块儿砖，砸着卧在墙下酣睡的母猪，母猪就流产了。而镇上所有人家的门环，在那一瞬间都哐啷哐啷地一齐摇动。迷胡叔也是看到了那个椭圆形的飞行物，坚持认为那是一顶草帽，崖崩一定与草帽有关，因为当年他之所以在白云湫杀人，就是也看见过这样的草帽。高老庄镇的镇长，他是有文化的，当然要批评迷胡叔，一面解释这可能是飞碟，近年里在商州地面上已经有过多次发现飞碟的报道，不足为怪；一面察看了崖崩现场，将崖石埋没的三十亩水田写成了五十亩水田和一条灌溉渠的重大灾情报告，紧急申请着县政府的救济。

　　这天夜里，菊娃抱着双腿残疾的儿子和婆婆在院里看天象，还说着白日的崖崩。就在米碗里插着了三根高香，感念起崖崩埋没了那么多的水田，眼看着就埋没到了祖坟，却没有埋没，这都是神灵的保佑，要不，孩子的爷爷快要过三周年忌日了，那可怎么得了？顺善路过院门口，鼻子凑凑，闻见了高香的荃味，也笑眯眯踅脚进来，听她们提说三周年忌日的事，就

1

问道："这三周年的祭祀是大过呀还是小过，子路难道还不肯回来吗？"菊娃和婆婆一时都脸上僵住，没了言语。顺善却发起感慨："上一辈人，或上上一辈人，即使在外干多大的事业，于老家还是要筑一院房子，修一条巷道，造桥建祠，盖戏楼子——风流不还乡，如锦衣夜行——七星沟的苏家寨子，木王岭的高阳堡，还有咱高老庄，都是这么形成的镇落。可这些年里苏家寨子又出了个医生，出了一名诗人，北京城里的总书记巡视到那里，县上领导赠送总书记的就是一套医生研制的护阙真元袋，再就是诗人当场朗诵了自己创作的十八首颂辞。高阳堡也出了一个县财政局长，一个县办公室主任，两家的房子都盖得前有庭后有院的，镇中建了大市场，方圆十多里的人要去赶集，租赁摊位，在市场的招待楼上可以泡茶和泡烧茶的妞儿。子路已经是省城大学的教授了，大家满以为他要在高老庄大兴土木呀，可他数年竟不回来，这井也不淘，门楼不修，院墙头塌了一豁，好像是不要了……什么都不要了？！"菊娃忙说："顺善哥你扯到哪儿去了？睡吧睡吧，夜也深了，明日我还替娘去茶坊镇买几斤棉花哩！"顺善嗯了嗯，停止话头，摸摸孩子的脸，说："伯来了也不问候？叫伯！"孩子瞪着眼，偏是不叫，顺善就又问茶坊镇的棉花是什么价，镇街东头的货栈里新进了一批棉花，成色好，肯定还比茶坊镇的便宜，就走了。顺善一走，菊娃和婆婆还是仰头看着满空繁星，各自默数了一遍，又默数了一遍，一遍与一遍数目不同。坐坐无聊，各自进屋睡去。

菊娃挪坐在了厦房的炕上了，两只鞋子一脱丢下地，不偏不倚，整整齐齐排在一起，但全都底儿朝上。儿子趴在炕沿看着，突然说："娘，我爹他们要回来了。"菊娃愣住了，拿眼睛直勾勾看起儿子。她希望着儿子再说一句，儿子却钻进被窝睡下了。门外头起了风，风从门道里进来吹动了吊在半空的灯泡，使菊娃的影子在墙上忽大忽小，菊娃一时似乎思量了什么，又似乎什么也没思量，久久地坐在那里，听野狗在村口土场上叫。天明起来，对婆婆说："娘，我今日就到店里去住。"娘说："不是说好去茶坊镇买棉花吗?"菊娃说:"改日去吧……石头我也得送到他舅家去。"娘说:"改日就改日吧。店里就那一张小床,雇来的彩彩在那儿,两人怎得睡下?你说啥的,石头去你哥那儿?!"菊娃说:"我哥那儿离老黑家近,石头跟老黑爹学针灸,总不能有一阵没一阵的。"娘说:"……这怎么都要走呀?"菊娃说:"石头他爹要回来了。"老太太也愣了,嘴张张,倒一时不知该说些什么,头就低下去,一边用抹布擦柜盖上的米盆面罐儿,擦出油光来,一边说:"子路要回来?谁说子路要回来?子路……"

吃罢早饭,菊娃果真背了石头去了娘家。子路娘在院子里立了一会儿,捉住鸡拿指头塞进鸡屁眼儿里试有没有颗蛋下,但立即把鸡丢开,进屋翻箱倒柜,寻着了子路早年的一双旧鞋,用绳子系了,吊到红薯地窖里,自言自语道:要回来,就把西夏也给我领回来,让你爹也瞧瞧我儿的日子又浑全了!

娘在家里唠叨着,心灵感应,坐在车站台阶上的子路就打了个喷嚏。这个喷嚏打得惊天动地,连站在广场上的那个警察也回头往这边望望,子路有些不好意思,但立即矜持起来,面上平静如水,然后目光放远,瞧起西夏挤进了售票房前的一堆人群里。原本该西夏在这里守护行李子路去买票的,但子路的个子小,挤不到售票窗下,又不想从那些人的胳膊下钻来钻去,西夏就长胳膊长腿地去了。

西夏在人窝里挤得满头大汗,鞋踩脏了,发卡也掉了,好不容易买了票退出来喘气,旁边一个女人一直在看她,说:"这么漂亮的人,该有自己的私家车哩!"西夏说:"是吗?那我就得换老公呀!"那女人白皮净肉地笑了,说:"到哪儿旅游?"西夏说:"回婆家。"女人说:"哪儿的?"西夏说:"高老庄!"说罢自己也"哧"地笑了,她想到了猪八戒,《西游记》里的猪八戒也是高老庄上的人,西天的取经路上,动不动就要回去。那女人并不知道西夏发笑的意思,听说是去高老庄,就过来把西夏的手拉住,说高老庄是个好地方,她是去过的,而且现在还有个亲戚就在高老庄。西夏便觉亲近,问高老庄都有些什么好玩的,那女人说:有山,山深似海哩,这个时候去，柿饼板栗吃不到，杏子却下树了，你若坐车，路边常有人叫喊买呀买呀，你把一张钱丢下去，卖杏人就把杏子往车上撂，你没有接够数，他们会撵着车跑呀跑的，还给你扔！沟畔里到处有古松，苔藓和蕨草就从树根到树梢附着了长，一嘟噜一嘟噜的藤蔓便垂下来，有红嘴白尾的鸟在里边叫。你见过连翘吗？中药铺里有一味药叫连翘，谁能想到连翘竟长那么大的一蓬，花开得是那般黄，佛黄。西夏就兴奋起来，问还有些什么，那女人说有太壶寺，有一猫腰就能打出一桶水的泉窝，桶里会有七条八条小虾蟆，高老庄人不吃虾蟆。还有白云湫。西夏把扑撒到脸前的乱发拢了拢，问白云湫是什么，那女人说，是个湖，是个沟，是一沟的老树林子，人都说那里住着神仙也住着魔鬼，是天下最怪的地方，但我没去过。女人很遗憾，西夏也陪着她遗憾了，又拢拢扑撒到了脸上的乱发，骂了一句："这头发真烦！"女人说，要去高老庄，得剪个短发的，到处是梢树林子，雨后进去捡菌子，长头发就不方便，高老庄的狗都是细狗，一生下来主人就把尾巴剁了。说着从自己头上摘下一只发卡给了西夏。西夏不愿无故接受赠品，谢绝不要，但不行，再要付钱时，女人说这能值几个钱呀，动手帮西夏把头发拢整齐，别上了发卡，直叫道漂亮。西夏谢谢着这位陌路相逢的女人，邀请她去见见子路：说不定论起来，她的那位亲戚还是子路的什么亲戚，世界说大，大得很，说小又小得就那么几个人呢！但那女人却不想去见子路，说她是电视台的记者，得立即去很远的地方出差呀，就拜拜，没在人群不见了。

西夏返回车站的台阶上，子路却不在了那里。举目四顾，他双肩挂着两个大提包，腰弓着，越发矮得像个孩子，在一家小店铺门口和人争执哩。西夏就喊："子路，子路！"子路过来，一脸的恼怒，晃着手里的空水杯，骂那些小店主啬皮，跑了三家都不愿给他倒一杯白开水的。西夏说："你给人家掏两角钱，谁不会热情卖给你？"子路说："要是高老庄，水拿井盛哩！"西夏拿了水杯转身要去买，子路说："不喝了，气都气饱了，票买到手了吗？"西夏说："买到了，你猜我见到谁了？"子路说："谁？"西夏说："白白净净的，鼻梁上有一颗痣，她说她亲戚也在高老庄。送我了一个发卡，别上好看不好看？"子路说："好看，你别什么都好看。她亲戚也是高老庄的，怎不领来拉拉话？"西夏说："人家忙着出差呀，是电视台的记者，人家是记者哩！"子路说："那算啥的，不就是拿个黑驴尿往领导嘴里塞着的工作嘛！"西夏说："这都是教授说的话？"两人就扑扑哧哧笑起来。地道口前的栏杆下坐着一个女人和她的孩子，孩子在看着子路和西夏笑，子路和西夏也就笑了。子路和西夏已经不笑了，孩子还在笑着。子路就给孩子做鬼脸儿，把两只耳朵往前拉，嘬着嘴，像肥猪的样子，孩子并没有反应，反应的却是孩子的母亲，她微笑着向子路招手。这是一个白面长身的女人，子路就走近去，女人对孩子说："叫叔叔。"孩子说："叔叔。"女人说："让你好好吃饭，你不好好吃，再不好好吃你就只长叔叔这么高！"子路脸腾地红起来，但子路毕竟是教授，他说："你娘说得对，要好好吃饭哩，个头长不高受人歧视的。"女人这才意识到自己话没说好，忙抱歉她不是那个意思，子路却严肃地走开了。

两人走进车站，西夏问："和人家说什么了？"子路说："她问我做什么事？我说是教授。她说做教授好哇，可怜她只是初中毕业……"西夏说："瞧着人家漂亮了把什么都说？！"子路说："她漂亮？你一来这里还有漂亮人？！"子路把两个提包都提过来，小跑着跟在西夏的身后，像个驮驴儿。

车是要路过高老庄而往西南的湖北去的，后窗上破裂了玻璃，凉快是凉快，尘土却迷进来，头发很快就粘成一绺一片。出城后一个小时，车驶进山区，西夏万般兴奋，虽然旁边的窗子一打开，前边那个老头的脑袋伸在窗外，呕吐的污水会雨星一样飘过来，她还是不停地要打开窗子，大惊小怪着外边的景色。而子路一上车就坐在那里把眼睛闭上了，他并没有睡意，只是竭力要从脑海里抹去那个白面长身女人的形象，但女人的话不去思量又怎能不思量？十五年前，同样在这条路上，父亲送子路去省城上学，撕棉扯絮的雪下着，卡车上没有座位又没有篷顶，人插萝卜般地挤坐在车厢，腿再发困发麻也不敢动，一动就再也没地方坐下去了。子路实在是忍耐不住，拔出一条腿来揉搓，他担心时间长了腿要患关节炎的。但将腿揉搓了一会儿，旁边的一个女人却说你抓了我的腿了！这怎么可能，他在强辩着。女人却说你是高老庄的吧，子路说是高老庄的，又怎么啦？女人说：瞧你高老庄的男人有这么长的腿吗？！他把腿再往上抬，果然发现这是女人的腿，一条细而长的腿。这件事烙铁一样永远在子路的心上留下疤痕，他是带着高老庄男人特有的矮体短腿在省城读完了大学，也在高老庄男人的矮体短腿的自卑中培养了好学奋斗的性格，成就了一位教授，又出版了一本关于汉语语法研究的专著。十五年后，又是女人在嘲弄了他的个头矮小——奉承女人能使一个卑贱的男人崇高起来，以貌取人却是鉴别浅薄女人的标准——子路闭着眼睛无声地笑了，他想，那女人是不知道他是谁，如果她是高老庄人，或者是家乡那个县的人，甚至她如果在省城的大学读过书，她就知道子路是什么人物了！

子路睁开眼来，见西夏正趴在车窗口向外拍照，一条腿屈跪在座位上，一条腿斜蹬在座椅底，臀部丰满，腰肢美妙，禁不住一种幸福感涌上心头，伸手就在她的屁股上拍了一下。自父亲做过了胃癌手术，整整的四年里子路的负担多么沉重，每日的清早醒来，第一个念头就是害怕着这一天父亲的病情会不会复发，以至在讲台上正讲着古代汉语，思路就突然中断了。为了逃避焦虑，他去了历史博物馆观看新出土的大唐壁画，壁画里最让他感动的是唐人打马球，瞧呀，那马臀部滚圆，四足精瘦，奔跑起来蹄脚腾空几乎平行啊！高老庄是没有马的，唯有黑矮的毛驴从山峁到山沟，从山沟到山峁一日复一日地驮运粪土，在这个城市所在的平原上，也仅是有骡，骡毕竟还只是马的附庸。古人讲龙马精神，原来马也同龙一样给人以形体美，力量美以及神秘。也就在这次参观完走出了大厅，博物馆的院子里阳光灿烂，几位年轻的女人正从台阶上往下走，有人一个趔趄从台阶上跌下，然后爬起来，说："真讨厌，脚小老立不稳！"这样的话明显地在夸耀自己的身高脚小了，自然遭到她的同伙们的一顿戏谑，偏不去扶她。而子路是瞥了一眼她的脚，脚虽不大，却也不是小到站不稳的程度，倒觉得这女人有趣而性情可爱。从博物馆回校后的许多日子，子路每每想到大唐壁画中的大宛马，不知怎的就想到了那女人。为什么从马就联系到了那个女人，是那女人同马一样有长条细腰，滚圆的屁股，瘦劲腿脚和一种健美的神态吗？这种想法深入人心，以至于在大街上见到漂亮的高个女人了，子路皆称之为大宛马。正是如此的心情，子路在以后的日子无数次去博物馆看大唐壁画，果然也就每次碰上了那女人，由此认识，纠缠不舍，最终将马牵进了自家棚圈。

子路之所以与原妻离异，同西夏结婚，他喜欢的并不是周围人和家乡人所说的因为西夏是城市人，年轻而漂亮。他喜欢的是高大，子路是太矮小了，卖啥的不吃啥，没有什么就希望有什么！他的这种观点并不避讳，甚至在讲古汉语的课堂上竟也谈起了大唐的壁画，激赏那个时代的伟大：马是西域的大宛马，人也不是纯汉族，那画中的女子的形体容貌、服饰和发髻，并不是要以胖为美，而是展示了一种崇尚力量的世风啊。他娶过了在博物馆从事壁画临摹工作的新的妻子，便将其名改为西夏，西夏大概就是历史上北方的一个匈奴人种的国名，连不是平面脸庞，有着淡黄头发的西夏也觉得自己的祖先可能就是胡人，至少也该是汉胡的什么混合血统了。

现在，趴在车窗口还在不停拍照的西夏，望见了远远的崖头上马蜂窝一样的石窟而惊讶不已，子路告诉说这是昔时山民为避兵荒匪乱而藏身的，洞窟里有厅间和卧间，有粮仓和水窖，洞外刀削的石壁上凿有石窝，插着石橛，进洞要在石橛上一页一页搭上木板子，人走过又一页一页将木板抽掉，飞鸟也飞不到上面去。西夏立即将目光盯住洞窟，思绪却如天边那一朵云，有了浪漫的颜色而微笑了，说：洞窟里有没有壁画？子路抚摸了她的头发，摇摇头，感叹了年轻的城市里的女人天真，她们永远不懂生活的沉重和苦涩，这或许是时代不同了，也或许正是年龄差别的隔阂，他后悔起这次带她回来是不是一个错误呢，高老庄毕竟不是如诗如画的桃花源，回到贫困的故乡根本不等同于回归自然的旅游，西夏能适应故乡的环境吗？何况，那里还有着他的前妻和前妻留给他的一个瘫痪的孩子。

　　班车终于在高老庄的镇街上停下来。子路和西夏已经像土布袋摔过一样，面目全非，没想到街道上尘土更深，一走进去就扑扑腾腾起烟。西夏说："这街面也没铺水泥？"子路说："乡里土多是多却干净，我小时候跌伤了，抓把土揞揞能止血还不发炎哩！"就指点了高老庄村落布置是个蝎子形，这镇街是蝎子腰，东边的北头那个村是蝎子北夹子，南头那个村是蝎子南夹子，咱家住蝎子尾，在镇街西北角，还得走四里地。子路说："风水好吧？"西夏说："毒！我要上厕所呀。"子路说："这里可没有公共厕所，能不能坚持一下？"西夏说："水火无情！"子路就拎了提包带西夏往一家饭馆去，说："乡里人的屎尿要各人拉到各人家的厕所里的，肥水不外流哩。——三治哥！"三治不在，三治的老婆和几个伙计在灶头上做豆腐，烟熏火燎的，秃头女人双手摇着豆腐包，吹了吹面前的蒸汽，突然尖着嗓子说："嘻，这不是子路，子路你回来啦？这是你办的女人？！"子路忙对西夏说："这是三治嫂子！"西夏说："嫂子好！"把手就伸出去。秃头女人说："农民不兴握手哩！小星，小星，你耳朵塞了驴毛了吗？！"一个满脸红肉的伙计从后门跑进来。秃头女人说："给教授和我这妹子下两碗大肉茴香饺子！城里人卫生，碗筷用开水烫了，再拿一卷纸来，他们要擦嘴的！"子路赶紧说："不啦，不啦，我是来看看三治哥的！"就给西夏往后门处努努嘴，西夏忙不迭地去了。

　　子路在临窗的桌前坐下来，开始和秃头女人说饭馆的装修，说三治的哮喘病，说做这么多豆腐是给别人定做的还是给饭馆自己做的，对面的一张桌子上有几个人在喝酒，一边喝一边行酒歌令，又喊叫着再拿一瓶酒来。秃头女人说："还喝呀，辛辛苦苦捎一根木头来就为了喝呀？"喝者说："人活着还不是为了吃喝？是嫌我们没了钱吗，我们那儿有的是木头！"子路说："嫂子这生意红火嘛！"秃头女人说："红火的是地板厂哩，人家吃过肉，咱跟着沾点腥的！喝吧喝吧，卖酒的还怕大酒汉？要擤鼻到门外擤，抹在桌腿上恶心人哩！"那伙人笑了笑，没有擤鼻，只是一个把稠稠的一口痰从门里唾出去，一个却说："城里人咱学不来，咱用土坷垃擦尻子的时候，人家用的是纸，现在咱才学得能用了纸了，人家用纸却又擦起了嘴！"一个说："就你话多！"先头那个却压低了声说："那娘儿们长着膝盖了没有？"这个说："不长膝盖是木头呀？"那个说："那走路怎么不打弯儿？还有这么长腿的娘儿们，长腿不生娃哩！"子路还没等回过头去，秃头女人笑着说："醉了醉了。"哐的一声，一个汉子从凳子上溜下去，头磕在地上。几个人说："没彩，没彩，不到三瓶就不行了！"抬着就放到店门外台阶上去敞风，然后又坐回来继续喝酒，喊叫再炒一碗木耳菜来，辣子放旺些。子路一时觉得这伙人有意思，刚踮脚站到了店门口，忽听得有人叫他，扭头看时，街面上并没个熟人，转身又要踮进去，但那叫声又是两下，才看到街对面的二层木楼上站着一个女人是苏红。苏红提了一只肥嘟嘟的乌鸡，鸡扑棱着，鸡毛乱飞。子路就招了招手，苏红噔噔噔地从木楼的楼梯上跑下来了。

两人就站在醉者的身边握手，被缚了腿的乌鸡却挣扎着掉在地上，扇动着翅膀要逃去。苏红捡一块儿石头压住了鸡翅，说："送人也不说宰了送人，我可不敢杀的！"子路就看着她笑，秃头女人却在屋里听见，说："苏红你能显派！前日我见你在泉里剖鱼呀！"苏红说："鸡叫哩鱼不叫哩。"秃头女人说："领导不爱提意见的人，你倒欺负不言传的！"苏红没理，使劲儿跺着鞋上的土，说："咱这街上成了塘土窝了，几时回来的？"子路说："刚刚下车。"苏红说："坐了小车？车呢？"子路说："我有自行车，在城里哩。"苏红说："……那也给县上招呼一声，谁能不给你派个车呢？真是，要顾及影响呀？"子路说："还要车呀，只要没人骂我就是了。"醉者哇地吐出一堆污物，有狗立即跑了过来，苏红手在鼻子前扇了扇，说："……你看你们闹的，都是好人嘛，咋就说离婚就离了?！原本在省城时我是要去你那儿的，这不，也去不成了！"子路说："朋友归朋友，来嘛！几时再到省城呀？"苏红说："这一半年怕去不了了，你瞧，忙得我现在项链也不戴，手镯也不戴，活得没个女人味了！"苏红的发型烫得很大，眉毛却修得细长。子路说："厂子情况怎么样？"苏红眼睛睁得大大的，说："你知道我办了厂？怎么知道的?！"子路说："高老庄也是常有人去我那儿，见着了没有不说到你和厂里的事。"苏红说："人怕出名猪怕壮，累啊！厂里的效益倒还好，我只说就一门心思务弄厂里的事了，可还是有人缠着要介绍他们去省城打工，在楼上也正和几个女子谈哩！有什么办法，谁让咱当年搞过劳务输出呢？你瞧这街上的发廊、照相馆、旅馆、饭店，十有八九都是经我带出去了又回来开办的，咱这儿的女子能行哩！"子路说："高老庄的水土历来养女不养男嘛。"苏红说："你嘴这么说的，肚子里才看不起我们哩，要不，怎么就……现在呢？"子路说："这其中的事你不知道……有了。"苏红说："有了?！"头朝店里就瞅。后院里正是一迭声的尖叫，子路触电似的撇下苏红便往店里跑，那桌上喝酒的汉子开了心地嘎嘎大笑。

西夏从后门一出去，才知道后院特别低，七级台阶下，靠东是三间小厦屋，靠南的院墙上开着一扇小门，直接能看到一条小河。院西一块儿平场子晾着豆子，剩余的倒是菜地，种着葱、蒜、韭菜和芹菜。菜地角立栽着一圈碗口粗的木棒，苍蝇哄哄着，那就是厕所了。西夏推开木栅门儿，发现里边仅有个粪坑，为难了半会儿，才要蹲下，饭馆的伙计就走过来，西夏忙咳嗽了一下，伙计也咳嗽了一下，西夏恼怒地站起，说："有人的！"伙计说："我来摘木耳。"竟在立栽的木棒上摘下一堆黑蝴蝶一样的木耳去了。西夏惊讶不已，重新蹲下，注目着木栅门口靠的一块儿石碑。这石碑额题"永垂不朽"四字，首尾稍有残缺，上道："□□□□□高老庄乃□□□□交界，原属崇山峻岭，茂林修竹之野。自甲寅岁□□匪寇逼斯土，叠害□保，西流河人物几无所容。己未夏，首人同众修寨堡以为保障。工程浩大，一木难支。各捐己资，募化十方，善果周就，刻石垂久。"正看到下边"大清嘉庆六年□□□□□"，却听得有呼哧呼哧声，扭头看时，木棒圈角的低矮小棚里竟走出一头猪要来吃屎，吓得提了裤子一边往出跑，一边锐喊。子路接住她，说："这怕啥的，三治家没尿窖子，厕所和猪圈在一起的。"西夏这才定下心来，听得前边店里一片哄笑，自个儿脸先红了，说："猪吃人粪，人吃猪肉?！"便又折身过去，要看那猪棚那么小的，怎么就能卧了那么大的猪！

子路把西夏介绍给了苏红，苏红叫道："我只说我是高老庄的高个子了，没想你比我高这么多！"就不和西夏站得太近，立在了台阶上，说西夏是模特，西夏说不是，她却坚持说一定是的。这时候，远远的镇政府门口，有一辆吉普车，嘟嘟嘟地发动了，几个人抬着一筐什么重物放到车上，随即一个矮子滚球一般地跑了来，说："苏红，镇长问你去呀不去？"苏红说："去嘛。"便对子路说："你见一下镇长吧？"子路说："我不认识的，算了吧。"苏红说："那我也不能陪你们了，早上白云寨卖木料的人在稷甲岭下发现了一只旱龟，卖给了厂里，厂里送给了吴镇长，吴镇长却要送给陈县长的。"子路说："一只龟划得来这么送来送去的？"苏红说："筛子大的！"西夏说："筛子大？"要过去看看，子路扯了扯她的衣襟。苏红就把乌鸡让子路带回去，子路不要，双方推让了一阵，苏红只好把鸡交给那矮子替她去杀，当下握手告别了，还在说："西夏你这么高的个头！"

苏红一走，西夏就把高跟鞋脱了，从提包取了一双平底鞋换上，问子路："我是不是高得有些丢你人了？"子路说："是苏红自惭形秽了。"街上的人来来往往，有认得子路的，也有不认识子路的，但都向他们行注目礼，子路只是低了头往前走，将西夏落在后边，西夏就小声说："头，头！"子路偏不理她——仰头婆娘低头的汉——还是低着头，双腿换得更欢了。西夏撵上说："你腿那么短，倒走得快！"子路说："咱不要并排走。"西夏说："怎么啦，你也嫌我个子高啦？"子路说："这是在乡下。"西夏说："乡下不允许并排走？"偏并排走。出了镇街，顺一条土路往西北方向去，西夏说："我只说你个子矮，怎么街上的男人都是矮子？"子路说："……是不是？"西夏说："怪怪的。"子路说："恐怕是大家看你也怪怪的。"西夏就哧儿地笑了一下，说："我明白了！"弯腰从路边掐下一朵颜色黄黄的花，花茎流出白汁，立时却变成漆一样的黑。子路说："不要掐的，这汁粘在手里就洗不掉了。你明白啥了？"西夏说："你总嚷嚷着要回来，回来你就没自卑感了么！"子路说："我才没自卑感，有自卑感我能娶你?！"西夏说："娶我是不是要换种的？"

一走进蝎子尾村巷，西夏看见的到处都是柏树，树老如卧，就在每一棵树下要拍照。子路也来劲儿了，介绍这一棵是扁枝柏，从根到梢枝干全是扁形，那一棵是扭柏，树身扭得似麻花，又有塔柏、夹槐柏、挂甲柏，一直到了他家院墙外，指着一棵斜斜地顺着房后檐和院墙头逶迤而长的柏说是飞檐走壁柏，西夏就兴奋得一蹦老高。这一蹦，巷中有人瞧见了，直着脖子喊："云奶！云奶！"声音急迫。巷道的门窗里同时六七个脑袋伸出来，在说："子路回来啦！"子路回应着，把香烟撂进窗里，把水果糖塞给跑来的孩子。一个孩子剥着糖往一家门道里钻，糖掉了，拾起来喊："云奶云奶，我叔回来啦！"西夏却听到了哪儿有胡琴拉动，沙哑的声音在唱着：

> 黑山哟那个白云湫，
>
> 河水哟那个往西流，
>
> 家没三代哟富，
>
> 清官的不到哟头！

西夏说："你听，你听。"子路说："那是迷胡叔唱丑丑花鼓哩！"子路的娘在牛坤家捉筷子，门外的土场上驴在打滚，尘土呛得鸡飞，猫也跳墙，而且坐在碌碡上的迷胡又是拉又是唱。牛坤的老婆一边骂迷胡："疯圆了，怎么偏还记得丑丑花鼓的词儿?!"子路娘说:"顺善他爹活着的时候是结巴子,可台子上唱戏从来不结巴。"两人一边把两双筷子头儿用麻绳缚住,各执一方,搅过去翻过来,口里念念叨叨,数说着碰见哪一路鬼了,让孩子发烧,是你了你停住。结果筷子突然翻不过来。子路娘说:"嘻,是村北头吉喜那死鬼!吉喜吉喜,冤有头,债有主,你害娃娃家怎的?你走!你要不走我就用桃木橛子钉在你坟头了!"那吃糖的孩子跟跄进来,说:"我叔回来啦!"子路娘收拾了筷子,就从炕上下来,往自家去。碌碡上的迷胡停了胡琴,也不唱了,说:"嫂子,嫂子,不过年不逢节的,子路咋这会儿回来?"子路娘生他的气,说:"他爹过三周年呀,他能不回来?!"迷胡就"律,律,律"地牵驴,驴不高,他站着还没驴高。

　　子路见娘出了牛坤家的后门道,叫:"娘!"西夏也收住脚,叫:"娘!"一手搭在娘的肩上。做娘的一时反应不过来,心一急,手就哗哗地颤,仰头看西夏的脸,想去摸摸,手举起来,却拍打了西夏胳膊上的土,说:"快回快回!"迷胡偏拉了驴从巷子那头出来,大声说:"子路,回来给你爹过三年了啊……人一死就有了日子,这么快,你爹死了三年了!"子路说:"迷胡叔,你丑丑花鼓还唱得好么!"迷胡说:"还唱得好?你觉得唱得好了,叔给你再唱一折!给别人不唱,也得给子路唱的,子路是大福大贵,稷甲岭崖崩了,压了那么多水田,却没压到你家的坟上……"子路说:"稷甲岭崖崩了?"迷胡说:"可不崖崩了!天上还飘着个大草帽子,当年我在白云湫就见过……"娘说:"你快去忙别的事去吧,你不好好去护林子,镇上得扣你的钱呀!"迷胡说:"这谁说的?"娘:"顺善说的。"迷胡勃然大骂:"顺善驴日的!"牵了驴扭头就走。西夏觉得有了遗憾,说:"他要唱咋不让唱呢,他唱得好听哩!"娘说:"他疯了。"子路说:"疯病不是早好了吗?"娘说:"哪里就好了,过几天重过几天轻,稷甲岭一崖崩他就疯圆了,唱唱歌歌的,那么一把年纪了,也不知羞,丢人败兴!"

　　到了自家院门口,门锁着,伸手从门脑上摸钥匙,开了几下都没开开,还是西夏拿过来开了锁，说："我活该是这家人哩！"但见院子不大，四间上房。粗柱宽檐，台阶上堆放着整整齐齐的劈柴，两边有东西厦房，右前院墙下是个磨坊，左上房前有株樱桃树，树下一块儿捶布的青石，从院门到上屋墙上拉着的一道铁丝上晾着被褥，艳红的夕阳正照着，被面上硕大的牡丹花闪着光，像是鲜活的。娘说："被子给你们都晾了，我只说中午回来，坐在家里等着却不见人影，才去牛坤家，来正的小女子说你们回来了，我还不信哩，果真就回来了！"西夏隔了被子看那樱桃树，猛一瞬间，却觉得樱桃树像是一个人，吟吟地冲了她笑，就走过去，那树还是树，就说："娘怎的就知道我们要回来，把被褥也晾了?！"娘说："菊娃说的。"说过了，觉得没说好，又说："西夏，你长得不像那照片上的呀！"西夏说："没照片上的好看？"娘说："好看，子路找的媳妇能不好看？"西夏咯咯咯笑起来，说："娘这是夸你儿子嘛！"娘也笑了，让西夏快坐下歇着，又拿了布摔子给子路摔打身上的土，西夏把脚上的鞋蹬掉了，仰身倒在一张竹皮躺椅上，看起从磨坊走出来的一只花猫，冲着它说："咪！"娘到厨房烧开水，子路跟了去，娘小声说："西夏知道菊娃还住在厦房里？"子路说："我给她说过的，没事的。"娘说："也怪，菊娃昨日说你们要回来……"子路说："她人呢，还在葡萄园做工？"娘说："早都不在了，苏红又叫去到地板厂干了一些日子，又不干了，离厂子不远办了个杂货店。她说你们要回来了，要住到店里，石头也送到他舅家了。"就推了厨房窗子向右隔壁喊银秀，让银秀端一碗鸡蛋来，又喊："改日我家鸡下了就还的啊！"

银秀端着一碗鸡蛋进院，随之而来的是一大群小儿，全挤在院门口往里看，西夏从躺椅上爬起来，趿着子路的一双胶底布鞋，宽大如船，向小儿们招手。一招手，小儿们全退在门后，她刚要躺下，门口又是无数脑袋。娘就吼一声："都进来给糖吃！"呼啦拥进一大堆。西夏索性将提包里的水果糖撒雪似的漫空一抛，就有了一场战争，有人拾到许多飞跑而去，有人被掠夺了向墙而哭，开始对骂："鱼，鱼，河里的鱼！""栓子，栓——子！"

子路娘出来吓唬了一顿，哭的笑的都散了。西夏问娘："他们吵架怎的叫鱼和栓子？"娘说："那边的是你栓子哥的孩子，那小光头的爹叫双鱼。骂仗都骂对方爹的名，就是把人骂狠了！"西夏说："人名不是人叫的吗？毛泽东三个字，那些年里十几亿人天天都叫哩！"觉得稀罕有趣，咯咯咯地笑个不停，银秀在厨房里数借的鸡蛋，说："城里人不晓得乡下的事。"

开水烧好了，西夏口渴得要有茶来喝的，娘端上来的却是红糖开水里卧着四颗白胖胖的荷包蛋，说："不是说让喝吗，怎么成了吃的？"子路说："来客讲究喝煎水，不叫开水叫煎水，煎水就是荷包蛋。"西夏说："我不吃，只想喝。"子路说："得吃！"从她碗里拨出两颗蛋。门口就呀地笑了一下，说道："咱子路给媳妇喂鸡蛋哩！"子路忙起来说："竹青嫂子呀！快进来坐！"西夏也赔了笑，一手牵着了竹青引来的孩子，孩子五岁，是个男孩，却穿着花衫子，头上梳着一个辫儿。竹青说："娃们家在村口嚷红了天，说子路的城里媳妇给发糖哩，惹得我也来瞧瞧。泉泉，叫五娘娘，五娘娘会给你糖吃的！"泉泉叫了五娘娘，五娘娘却再也没颗糖给孩子吃，落个难堪，就势把荷包蛋碗给孩子，孩子端起来几口就吃了。竹青说："这孩子是饿死鬼托生的，真的就把鸡蛋吃了?！他五娘娘呀，听说子路在城里恋爱上了你，我就估摸一定是个美人坏子，果然就是！他五娘娘今年二十几啦？"西夏说："二十六。"竹青说："小子路一轮？"娘说："站在一块儿倒不显。"竹青说："咋不显，他五娘娘还是嫩娃娃嘛！"娘当下没再说话，收拾了孩子吃过的鸡蛋碗到厨房去，竹青还在院中问西夏做什么工作，月薪多少，怎么就恋爱上了子路，子路现在可是了不起，又有名又有钱。娘就在厨房叫："竹青，你来看看这酵面发了没有？"竹青进来，娘说："你净问些啥呀，你没瞧人家羞脸子吗？"竹青说："菊娃个子高，没想这个更是高！咱子路能收拾得了？年纪小哩，年纪小了就得子路哄哄说说哩，刚才我看见子路给她喂着吃的，说不定晚上也得给小媳妇洗脚的。先是菊娃伺候子路，往后就轮到子路伺候这小的……你得给子路说说，现在年轻啥都可以干，但惯下毛病了，日后年纪大了谁指靠谁呀？"娘说："……你操心！娶下媳妇就是伺候男人的，子路日后不指靠她指靠谁?！"脸上不高兴起来。竹青讨了没趣，出得门来，对西夏说："他五娘娘，坐一天车了，早早歇着，赶明日和子路到我家来呀，我家没什么好吃的，可擀面却比你娘擀得好！"子路和西夏说："你坐嘛。"竹青说："你瞧这孩子，还嚷道着要吃糖哩。你五娘娘糖发完了，这娃没眼色！我回去呀！"出院门走了。

西夏说："这是谁，说话不中听的。"娘说："西隔壁的，两口子没一个好东西！要吃些啥，我给咱做去？"子路说："有没有挂面？"娘说："后晌我包了一罗盘饺子，是茴香馅儿，西夏你没啥忌口吧？"西夏说："我啥都吃的。娘你歇了，我给咱做。"但娘还是去了厨房，两人抱柴，添水，起火，烧锅，叮叮咣咣一片响。一家三口吃毕了饭，西夏去洗碗了，娘说："子路，你看接不接石头？"子路说："她给你说的我要回来，偏要把孩子送到娘家?！"生菊娃的气。娘说："石头近来跟蔡老先生学针灸的，他得学一门手艺啊……菊娃可能想着石头在家不妥。你给西夏说说，如果她没啥，我就去把娃接回来，如果嫌不方便，改日了再说，反正你也不是待一天两天的。"西夏在厨房里听见了，隔窗说："娘，有什么不方便的，要接回来的，我也是石头的娘嘛！"喜得娘眉开眼笑，说："哎哟，那我就去接呀！"

娘一出门，子路就在院中的樱桃树下拥了西夏亲一口，拉着坐到上房台阶上。西夏说："我嘴上说的要见石头，但心里扑腾扑腾跳哩，真不知道见了他说些什么？"子路说："只要心里热恬，用不着说这说那。我们家怎么样？"西夏说："房子倒好，只是年代有些久了。"子路就讲这院子是爷爷手里造的，上房是硬四椽结构，前后檐大，冬天檐下有簸子，一层一层晾柿饼和红薯片子。磨坊里的石磨用过四代人了，原本是两拃厚的，硬磨掉了一拃。樱桃树是十年前和菊娃结婚时栽的。看见上房的屋脊吗，是残缺不全的，但当年雕着六兽，威风得很。原先的楼板是纯红心松木的，这窗子是锁梅镂花格子窗，后来因家境不好，把楼板揭下来卖了，窗子也卖了，换成了泥楼和这揭窗。西夏说:"你家上辈人能行的。"子路说:"高老庄这么一大片镇子,就是以我们高家起身的,蝎子尾村都姓高,先是有这个村后有那个镇街的。只是后来败了,你见那么多的古柏,就是过去留下来的东西。到爷爷手里,似乎又兴了一阵,却再没兴到先人的光景……"西夏说:"你爷爷是地主了?"子路说:"不是地主,是富农,解放五年他去世了,父亲倒是替他受了一辈子苦。"子路进门去,嚷道西夏看看家里照片。照片装在一个大镜框挂在墙上的,光线暗得看不清,拿出来,最后的一抹夕阳照在樱桃树上,也照在相框上,西夏看见了一个老头戴瓜皮帽,一袭长衫,五绺胡须飘在脸前,很是器宇轩昂。西夏说:"你爷爷坐的是什么椅子?"子路说:"他是站着的。"西夏说:"噢,他个头也矮!"说罢就一边往上屋跑,一边喘着笑。

子路是不愿意说矮的,跑进去,就把西夏抱住,用牙在她脸上也是恨着也是亲着,说:"就是矮,怎么着?家谱上讲,高家先人都是一米八以上的个儿哩!"西夏说:"你真是一米八,我还不嫁你哩!"他们拥抱着旋转到了卧屋的穿衣镜前,光线模糊,子路还是让西夏背向镜子,他从镜子里看到了低她一头的他。他拉她坐在了炕沿上。两人腿蹬得直直的,西夏又拿她的腿比子路的腿,子路比西夏短了足足一拃多,说:"刚才那竹青问我在城里做什么事,我说上班呀,她说你还上班呀,子路那么有钱的你上什么班呀?我说,子路是工薪族,他没钱的,她说子路不是大款,那你图他什么的?"子路说:"她是贱货,在娘家做姑娘时就打过胎哩!"西夏说:"我对她说了,别人得到漂亮女人是容易,子路是难,可容易得到的往往不爱惜,难得到的得到了就觉珍贵,我与其去争那不爱惜你的男人,何不把爱交给一个不容易被人爱的男人而长久地被他爱呢?"子路说:"你这是给她上课哩嘛!"西夏说:"我不应该对竹青那样说?"子路说:"村里谁要再对你说那种话,你就告诉他:我嫁给了子路,子路从此自信心大增,才写出了那本专著,由副教授升为正教授,这次能领我回来,更是他的自信心的表现！"西夏抱住了子路的头，梆梆地在脸上亲，一仄头，却看见了卧屋门口那一片三角亮光处有一头猪，猪四蹄伸得长长的，好像很舒服，就说："家里养的猪？"子路说："没的。"西夏说："咦，我明明看见了的，怎么又不见了？"子路说："胡说哩！你是搞美术的，形象思维太强，又在造景啦？！"就拉开了灯，去厨房里烧水让西夏擦个澡。

　　蔡老黑在镇信用社的小柜台里往外偶然一望，望见了子路和新娶的媳妇提了大包小包正从街上走过，他着着实实愣了一下，随之却又长吁了一口气，重新把双手放在柜台上，支起自己的脑袋。这一个下午，蔡老黑极其壮烈，他原本在翠花楼上同人喝酒，酒并没有喝够，瞧见顺女的男人在楼对面的墙壁上帮地板厂的人张贴收购木头的广告，这小子在墙根支了一块儿石头，站到石头上了还觉得贴得低，跳下来又垒了一块儿石头，颤颤悠悠上去，身子就歪歪地用力，蔡老黑便有些来气。高晨堂先前是蔡老黑鞍前马后的人，每年葡萄成熟的时候，设在镇中的葡萄收购站，晨堂就是验收人，他现在投靠了王文龙和苏红，真是东倒吃羊头，西倒吃狗肉。当下鼻子哼了一下，骂了声"人没人格，猪狗不如！"偏偏菊娃的兄弟背梁从肉铺子里买了一副猪下水经过翠花楼，翠花楼的主儿吆喝来喝酒，说："蔡老黑在楼上哩，你不去？"背梁说："我正要找他，他在这儿喝酒？"遂噔噔跑上楼来，告诉蔡老黑：信用社人到处放风，让你还贷款的。刚才路过你爹的药铺子，你爹和信用社的人说话哩，好像还是寻你哩，说躲着是做啥哩，癞虾蟆躲过初一能躲过十五？蔡老黑气正没处发，吼着：我躲什么了，我姓蔡的顶天立地，中南海也敢进的，我怕去信用社？！背梁说：你别给我发火，我只是捎个信儿给你。蔡老黑说：好好好，我拿你出什么气。当下推了酒杯，回到家，穿戴整整齐齐，拿了一包东西往信用社去。信用社的人见是蔡老黑衣着鲜亮地走进来，倒吃了一惊，年轻的信贷员急忙到后院去叫主任老贺。老贺正熬茶吃哩，说："寻他寻不着，他来了，是不是凶神恶煞的？"信贷员说："收拾得光光堂堂，像是要到县上开劳模会呀！"老贺说："屁！劳模选到你也轮不到他了！"就端了茶壶到营业室来，一见面说："老黑，把款弄齐了？"蔡老黑说："五十万元我到哪儿弄去？"老贺说："老黑，如果是我的钱，一笔勾销了！但这钱是国家的呀，国家能贷给你，帮了你多大的忙，国家钱也是人民群众存款存下的，这么几年了，早到了还款日期，你一月不行推半年，半年不行推一年，你总不能不还呀?!"蔡老黑说："还的！"老贺说："那你拿钱吧！"蔡老黑摊摊手，手里没有钱，说："你知道，县酒厂不景气，去年葡萄卖不出去，堆在镇上沤了粪，你也闻到满镇子的酸气吧？今年看样子比去年还要坏，我有什么办法？"老贺说："这么说，倒是信用社害了你了?!"掏了烟给老贺，老贺不接，蔡老黑自己点着吸了，说：地板厂的贷款还了没有？"老贺说："没有。"蔡老黑说："他们为什么不还让我还？"老贺说："地板厂贷款是镇长做了保的，又有县长的批条，你蔡老黑没嘛！"蔡老黑说："我给人家送葡萄人家不要呀，蔡老黑又是男的，我总不能拿刀在大腿上戳个口子让人家 × 吗?!"老贺说："蔡老黑你精神文明些，我听不得脏话哩。"蔡老黑说："我今日来，与你们不争不吵，账是一个子儿不少地认的，也不想让你们受上边处分，我有个办法一了百了！"老贺说："什么办法？"蔡老黑就坐在柜台前，从怀里慢慢掏出一个纸包，打开了，是一包老鼠药，说："我把这老鼠药喝了！"伸手来拿老贺的茶壶。老贺脸唰地变了，说："蔡老黑！你这是威胁信用社吗?!"蔡老黑说："我没威胁。要说政治身份，我姓蔡的是高老庄第一个改革家，也是县长曾经给戴过花的人。如今事情弄砸了，你让我去偷去抢，我不会干，你让我拆房卖砖，我对得起老爹还是孩子？我一包老鼠药死了，死的人不害我，我不害人，活人没人要，死尸医院还收的，总能抵几个钱吧！"老贺一把将柜台上的老鼠药拿过来，拿过来却包好，塞进蔡老黑怀里，说："蔡老黑，我胆小哩，你别吓着我，你要喝药，你回家去喝！小李子，送客关门！"自个儿拿茶壶就往后院宿舍里走，头摇得拨浪鼓一般。

　　蔡老黑出得信用社，不远处站着背梁，背梁是来打探消息的，他患有皮肤病，心越急越发痒，手在怀里咯噔咯噔地抓，问："老黑，事情咋样？"蔡老黑倒感动了，说："没事。"背梁说："没事了就好。你吃烧肠不，修子在家正做哩。"拿口吹指甲缝里的银屑。蔡老黑说："背梁，我有个偏方治你那病哩！"背梁说："是不是？啥偏方？"蔡老黑说："这你知道了却不能再给别人说，让别人痒死去！"背梁说："这我知道！"蔡老黑说着勾了手指，背梁附上来，他小声说："多挠一挠。"背梁说："还有哩？"蔡老黑说："把手洗一洗，再挠！"哈哈笑起来。笑过了，却搂住了背梁，拍拍他的肩，然后扬长就走了。但蔡老黑没有直接回家，却一步一步往三十八亩地的葡萄园来。

葡萄园在镇后的一面斜坡上，从中间绕一条便道就可以到蝎子尾村，暮色苍茫里没有风，一架一架葡萄枝叶青绿，咕咕涌涌如波浪一般从高处而来，蟋蟀开始在露水初潮中鸣叫。如果是不经意，这些虫鸣是听不到的，听到的只是镇上地板厂的电锯轰轰嗡嗡，谁家的狗在叫，一只在叫了，十只八只遥相呼应，有孩子在喊："狗连蛋了，哟哟，狗连蛋了！"从园子西北角一路传过去了嬉闹和追赶声。但是，蔡老黑听到的是昆虫在叫，叫得细而碎，繁而密，在心里，在骨里，周天响彻。从两排葡萄架间走过去，犹如钻一个绿峡，手张开来也绿得像菜面，天上就落下一颗黄豆大的雨，砸在他的额角滑下去。蔡老黑以为是飞鸟拉屎，倒了八辈子霉了，看着干枯的地上，那雨粒落下了起了一股细烟，天怎么只下一颗雨呢？他走过了园子里那块平场子，正是通往蝎子尾村的便道，道旁的木庵子里，黑疙瘩似的坐着一个人。蔡老黑问："谁？"黑疙瘩没有从庵子的草床上跳下来，只是说："天上怎么再没个飞碟，让高老庄地震了去！"说话的是鹿茂，挪了挪身子，空出草床一半，让蔡老黑坐上来，说："我去你家了，嫂子说你不在，我寻思你是在这里……穿得这么周正，去寻菊娃了？"

鹿茂和蔡老黑搭档已经是许多年了，蔡老黑种植了葡萄园，纳入了县酒厂的葡萄基地，每年收获葡萄交售给酒厂，鹿茂则办了纸箱厂，专门定点为酒厂提供装酒瓶的箱子。那时候，他们有钱，三天两头在饭馆里摆饭局，鹿茂的牙齿现在常痛，就是用牙签剔牙，牙缝越剔越大的。而酒厂不景气了，眼见着兵败如山倒，鹿茂首先脖项软了，见着蔡老黑就哭恓惶。蔡老黑爬上了草床，拿过了鹿茂身边的香烟，抽出一支来吸，一直把一支烟吸完了，没有说话。鹿茂是来诉冤枉的，见蔡老黑这般模样，倒不敢再说别的，问道："和嫂子恪气了？"蔡老黑哼了一下，是笑不是笑是恨也不是恨，说："我去信用社了一趟。"鹿茂说："你还款了？"蔡老黑说："我丢了人咧。"鹿茂说："姓贺的侮辱了你？"蔡老黑说："我拿了包老鼠药去的，要钱没有，要命我就死在他面前，我蔡老黑耍了无赖……"鹿茂说："都是酒厂那一帮败家子坑了咱！他娘的没本事当什么厂长，郑厂长干得好好的，就无来由地把他换了，派来这个马厂长能干个尿！他在酒厂里胡弄来胡弄去，咱他娘的却倒霉了，纸箱厂投资那么大的，他娘的他不要纸箱一句话就不要了?！"蔡老黑说："骂有什么用？我寻思得想个出路呢，把这园子毁了再种庄稼？葡萄刚刚挂果两年啊！洛北县也有个酒厂的，我让人去那儿联系，看能不能秋里给人家供货。"鹿茂说："路那么远，熟果子运去踏砸不少哩。"蔡老黑说："那总比全沤在这里强。你近日去县上再采采风，酒箱做不成了，看别的厂要不要货，譬如肥皂厂，粉笔厂……哎，听说粉笔厂的经理和吴镇长是同学……"鹿茂说："我前十天就求过他了，他说他给问问回我的话，到现在没吭一声，他八成是忘了，他心沉得很，给啥要啥，前几天对咱多热恬，如今咱倒灶了他又和地板厂的钻得亲，地板厂有地板条送人哩，咱有啥呢？"蔡老黑用指头按住一个鼻孔用另一个鼻孔喷出一股鼻涕，又按住那个鼻孔用这个鼻孔喷出一股鼻涕，鹿茂等着他要骂出什么了，蔡老黑喷完鼻涕，又坐着没言传。鹿茂说："你知道不，地板厂得了一个旱龟，三十六斤重的，送给吴镇长让补身子，太壶寺的和尚知道了，说要放生，吴镇长却孝敬县长去了，还带着苏红。"蔡老黑不耐烦了，说："你管人家哩？吴镇长不办事，你直接去找粉笔厂么！"鹿茂说："我也为这事

21

来和你拿主意的，你说直接去？"蔡老黑说："去！"鹿茂突然笑嘻嘻地说："黑哥，你近日没见狗剩？"蔡老黑说："咋？"鹿茂说："狗剩前日给我拉扯到一个，你猜是谁？发廊里那个新来的，小肚子凸凸的……"蔡老黑说："小肚子凸凸的？给你个猪你都干哩！"鹿茂说："我又没个情人，我是出火哩。"蔡老黑说："你明日就去县上！骑自行车还是搭班车？"鹿茂说："有事要我代办？"蔡老黑说："我没办的事，你去的时候到菊娃店里一趟，看她需要不需要进什么货？"鹿茂说："要去明日咱俩一块儿去，她不认我的碴哩！"蔡老黑骂了一声，把他掀下草床，鹿茂站在地上喘着笑，就势到葡萄架深处去掏尿了。

蔡老黑独自坐在草床上吸纸烟，想起一件事，暂时将烦恼丢在了一边，才要哼出一段小曲儿来的，却发现月亮已经上来，便道的那头有了脚步声，子路娘急促促走过来，蔡老黑一下子跳下草床，忽地站在了老太太面前。老人吓了一跳，骂道："老黑你这土匪，我以为是个狼哩！"蔡老黑说："老黑还是狼？是个鳖哩！天黑了，你往啊达去，是子路回来啦？"老人说："是子路回来啦！"蔡老黑又问："带着的是新媳妇？"老人说："带着的是新媳妇！"却突然叫道："你蔡老黑是人精吗，你在这葡萄园里怎么啥都知道？！"蔡老黑高兴起来了："这下婶子你宽心了？！"老人说："儿女的事，他们解决去，他能找下也罢，找不下也罢，我管得了吗？结婚呀离婚呀，前头的路是黑的，谁知道是阳关道还是独木桥？！我现在只操心一日三顿吃什么呀，再就是我那孙子！石头今日没跟你爹学针灸吗？"蔡老黑说："中午在我爹那儿，吃过饭他舅就背走了的。你要把石头接回去？"老人说："他得见见他爹的。"蔡老黑说："是这，天也黑了，你先回去，过会我把石头送过去，我还要去看看子路呢。"老人说："啥事都让你忙哩！你给你爹说，我这左眼睛他扎过一针，现在见风不落泪了。"蔡老黑说："那还得巩固哩，过几天让我爹再看看。心慌的病还犯没犯？"老人说："那没事，犯了熬些戒指水喝喝还济事。"蔡老黑送着老太太从原路回去，还说了一句："姊子，劈柴还有没有？"老太太说："还有的，老黑，这些年真把你带累的……"

　　鹿茂从葡萄架下走出来，说："子路回来啦？前一阵子不是又一股风的说要复婚的，怎的却把新媳妇领回来啦？"蔡老黑说："你操心你的日子咋过呀吧！"鹿茂说："老黑，那这是好事嘛！"蔡老黑说："你知道个啥?！"鹿茂说："我啥都知道！"蔡老黑说："……"他的鞋帮被露水潮得湿湿的，踩一下脚，昆虫的鸣叫消失了，踩声一住，繁响又起。鹿茂说："你真的也去见他吗？"蔡老黑没有回答他，唰唰唰地也在尿尿了。他一边往葡萄园外走，一边用尿在路上淋字，写了些什么字，鹿茂看不清，独说独念道："唉，不行了，先前是压着压着尿倒墙的，如今扶着扶着尿湿床哩。"

　　蔡老黑背着石头回来的时候，家里已经坐了许多人在喝酒。四间堂屋，东西各有一间扎了界墙做卧屋，中间的两间全是庭，家具并不多，除了那张脱了漆的八仙桌子，四条长凳，靠北墙一溜三个大长装板柜上，有子路爹的灵位，香炉里燃着香，两边各摆了纸扎的金山银山。亡人葬时，接收的大部分奠品都在坟头焚了，但仍要留小部分一直到三周年忌日办毕，方才与孝子贤孙们穿过的孝衣孝帽草鞋一块儿焚去，那亡人将从此在阳世里活在亲人们的心中而再没有了节日，该去做神仙或做小鬼或重新投胎了。三年来，这个屋庭是空旷和冷寂，从后梁到灵位后的"天地君亲师"的挂贴上是一张大大的网，那只圆肥的蜘蛛就常常单丝下垂，老太太没有拿扫帚挑了去，看着那蜘蛛黑黑的颜色和短短的腿就想起老伴，坐在板柜前的草蒲团上哭一通。哭过了，不免又骂一句老死鬼，说死就死了，把她撂在半路上，也不管儿子的婚事了，也就又要坐在板柜前的草蒲团上再哭一通。现在，一颗一百瓦的灯泡吊在梁上，把四堵墙照得白光光的，灯泡下，七八个人围着八仙桌喝酒，热闹已经恢复到三年前的热闹了，老太太喜欢得颠出颠进，为喝酒人炒了一盘椒角土豆丝，一盘韭菜鸡蛋，一盘莲菜炒肉片，还有一盘是子路带回来的五香猪蹄。蔡老黑背了石头进门，老太太一把抱了孙子，喊："子路子路，娃回来了！"子路从酒桌边过来，给众人添酒的西夏也跟了子路到院里，石头只说了一个"爹！"就不言语了。子路说："这是你姨，叫姨！"西夏看着孩子，她要等一声"姨"出口，就要过去把孩子抱住亲一口的，但石头没有叫。西夏尴尬了，有些不知所措，还是说："我给石头取衣服去！"跑回卧屋抱了一堆衣物，把一件黄色的夹克给石头，把一顶蓝色的帽子给石头，把一件毛衣也给石头，比画着样式和颜色，问："喜欢不？"石头仍生硬着脸。石头的脸很扁，耳朵高得出奇，西夏摸摸他的头，他却把头趔开，西夏的自尊心伤了。老太太忙说："你们都去招呼客人，石头交给我。西夏你去给我铺好炕去！"西夏应了一下，到娘的卧屋里铺炕，一屁股坐在炕沿上，浑身软沓沓地没了力气。

子路回坐在酒桌上劝大家喝酒，为了烘场子，提议由他先做通官，然后轮流着做通官，众人说："只要你舍得酒！"子路的通官输得多赢得少，蔡老黑说："子路在家时是高老庄的第一拳，当了教授拳退了！"子路知道他为甚今晚输的拳多，说："拳退了，酒量却增了，我拿了大盅去！"起身到娘的卧屋取大酒盅，却低声对西夏说："你生气了？"西夏说："我热脸换着冷屁股，怪没意思的！"子路说："这孩子生性就是个冷脸子，你没见对我也是叫了一声爹就什么热火劲儿都没有吗？"西夏说："……一定是他娘事先教唆了的！"子路说："菊娃对我再有意见，也不至于那样做。你再主动些，他毕竟是孩子嘛！"西夏噘了嘴说："我也是孩子！"子路羞了一下她的脸，说："你在我面前是孩子，在石头面前却就是后娘嘛！"西夏扑地一笑，气也散了，说："不知怎么，我有些怕他哩。"子路说："你会处理好一切的。"在西夏脸上亲了一口，西夏说："你去吧，你喝你的酒去！"

子路重新过来喝酒，娘抱着石头却不去炕上睡觉，说："给我石头也让个座位吧，小是小也算个男人哩，喝不了酒能吃菜的。"众人说："对对对。"腾出个位子来。石头坐在了凳子上只夹着素菜吃，旁边人让吃肉，老太太说石头从来不吃肉，有人就说石头你不吃荤怎么长大呀？蔡老黑说："蛇蚕吸血就只长那么小，牛是吃草哩却大得很！"众人就骂蔡老黑抬杠，都笑了，但石头依然平静，只吃他的。吃着吃着，筷子停下来，眼睛就半睁半合，子路说："石头你困了？"石头说："困。"眼皮扑嗒合上。当奶的过来抱了石头到炕上去，西夏铺好被褥，放过枕头，石头就瞌睡了。说瞌睡就瞌睡了，能这般快，使西夏惊奇，她帮着孩子脱衣服，看见了那双瘦得麻秆一样的腿，心里不觉也发了酸，说："娘，石头是什么时候得的麻痹病？"娘说："这孩子一生下来腿就麻花似的扭着，这都是怪处哩，那天牛川沟修桥放炮哩，一块儿石头从厦房顶上砸进来，石头就落草了。牛川沟离这儿是多远的，别的地方没溅一个石块，石头就把咱厦房砸了？！这怕是天上掉石头哩！石头砸下来，菊娃惊得月子里没了奶，只说这娃不得成了，但却活下来，四岁上都不说话，会说话了，又懒得说，一天说不了几句。"西夏说："这像子路！"娘说："子路没他怪，子路这么大的时候，又流鼻涕又尿床。石头不说话，心里却什么都懂。你瞧瞧，他后脖子多大的一块儿红痣！"西夏过去看了，果然一片朱砂痣，好像是什么文字，但又不是文字。娘俩叽叽咕咕说话，院门就咯吱响，而且台阶上也有了喊啾声，西夏说："又有人来喝酒了！"娘说："那都是婆娘家。"台阶上便有人敲窗子，说："婶，婶，子路媳妇在哪里，不让我们见见吗？"娘对西夏说："她们要看你哩！"西夏忙对着镜子看头发。

高老庄的男人常在夜里聚众喝酒，喝就喝醉，没醉算没喝好，喝者的婆娘们在这一夜里不能睡觉的，她们操心丈夫喝多了，摸不着黑路走回来，再就是男人出去热闹了，女人家在屋太寂寞，也便都去了摆酒席的人家。当然，喝酒的男人是反感自己的婆娘立在酒桌边，女人们知趣也就全坐在门外的黑影里拉家常，直到喝了八成或者九成，听得屋里的男人反复地在说着一句话，全支棱了耳朵准备着召唤。于是，某某叫某某婆娘的名字，某某的婆娘推门进来，立在丈夫的身后，接过丈夫递来的酒盅，一口深抿，翻盅亮底。女人家不喝酒的就见酒发呛，一旦接盅推盏，酒量却大得惊人。

但再能喝的女人是不被请到桌上来的，她们是让喝能大喝，不喝也没瘾想喝，招之即来，挥手便去。娘拉着西夏开门出来，台阶上坐着的七八个年轻的女人都站起了，扑扑地拍打屁股上的土。黑暗里并看不清西夏，却在说："真个是稀人！"西夏说："稀人？"她们说："城里人醒不开咱的话哩，咱也说官话——你长得美哩，大美人！"西夏笑了，说："子路还能找个大美人?!"她们说："子路才要找大美人哩！"一个说："子路当了教授的时候，我就知道他要离婚的，是我，我也是，城里的美人别人能娶得，山里人为啥娶不得？都说子路怎么啦怎么啦，那有啥，自古好男占九女哩！"便有人说："你说的啥话呀？"一时倒都没了话头，愣在那里。娘说："这都是你嫂子的妹子的，你认识认识，平日都是她们照看着我的。"西夏说："真是多谢，几时到省城办事了，一定到我那儿的家去啊！"她们说："这话我们可当真呀，进门不脱鞋，还要吐痰哩！"西夏说："随便着吐！"她们说："子路媳妇好！我要是年轻十岁，我就让苏红把我介绍到城里打工去，那我就去你家！"屋里男人喊："双环，代酒来！"说话的婆娘推门进去，她的男人劈脸骂道："你那 × 嘴寡着哩，提苏红?!你得能的还要去城里打工，苏红把你拐卖了你还以为你进了皇宫！把这酒喝了！"门外的婆娘嘻嘻地笑。西夏说："都进屋来吧，这里没灯的。"她们说："你忙去吧，妹妹，我们进去挨那凶男人骂呀?!我们坐在这儿好拉呱……你去忙吧，去吧。"西夏退回来，沏了一壶热茶出去，喜得众婆娘说："还给我们沏茶哩，这得让你娘心疼了！"

西夏回到了自己西边的卧屋时，才坐在炕边，娘也顺脚进来，问累不累，要是累了就歇下，这些人喝开酒时间没个长短，你敬过他们酒了，礼节也到了，有子路陪着就是。但西夏没有睡意，坐着和娘说话儿，问了问身体状况，又问了问缺钱花不，突然说："娘，来喝酒的个子都那么小，那个叫蔡老黑的倒显得高？"娘说："蔡老黑姓蔡么，那是个土匪！"西夏说："土匪？"娘说："脾性像土匪，现在还算好多了，年轻时才是惹不起，打坐牢出来……"西夏说:"他坐过牢?"娘说:"甭说了,别让他听到。"西夏歪过头,从门扇缝里往屋庭里看,蔡老黑正端了酒盅敬子路,子路推托是不敢再喝,蔡老黑不行,吼着满座的人给你敬酒你都喝了,我敬你你就喝不了了?子路说,那我喝半盅吧,蔡老黑脸上不悦了,拿酒瓶给一只玻璃杯里咕嘟嘟倒了一杯,端起来一仰脖子灌下肚,然后坐下说,你喝半盅你就喝半盅吧!子路硬硬地笑了一下,终是把那一满盅酒喝了。西夏说:"子路和蔡老黑不热火?"娘只低着头把被褥铺了,又铺单子,说了一句:"不热火?有啥不热火的?!"从箱子里取出两个枕头来。西夏随手把枕头并排放在一头,娘却一头一个放了,说:"睡的时候再拿过去,要不进来个人笑话哩!"西夏就咯咯地笑,娘也笑了,说:"睡的时候,你的裤子不要放在被子上。"西夏说:"为啥?"娘说:"老规矩,婆娘的裤子不能压着了男人……"正说着,子路进来,低声问:"娘,家里还有没有别的酒?席上怕还得两瓶。"娘说:"家里没有。"西夏说:"咱带回来不是三瓶'五粮液'吗?"子路说:"那些酒得留下过三周年那天招呼上席客的,这些都是闲人,犯不着喝那么贵的。娘,你去牛坤那儿问他家有没有,借两瓶。"西夏说:"啬皮!"子路没理她,对娘说:"借回来了,你先悄悄放到你那卧屋里,我再去取。"然后出去,在庭里说:"喝啊,今儿不喝够,谁也不能走的!"

　　娘借了酒回来,很快一瓶就喝尽了,嚷道蔡老黑不行了,台阶上的婆娘们趁机进了屋,作践蔡老黑是海量的,今儿先第一个醉了,是心里太高兴还是心里不痛快?蔡老黑眼眯着,只是张着嘴说不出话,示意着要去厕所。众人嘻嘻哈哈扶着去,婆娘们就坐在酒桌上,说:"轮到咱坐桌子,尝尝子路媳妇炒的菜!"七筷子八筷子将剩菜吃个精光,连醋汤儿都喝了。蔡老黑被人扶到厕所,一个趔趄却俯身歪在厕所的前挡墙头,搀扶的人划了一根火柴照了照蹲坑,又照了照蔡老黑,蔡老黑的脸白煞煞的没血色,口里要呕,咯哇咯哇呕不出。叫道:"不对了,要出事了,快叫秃子叔来!"秃子叔也喝得头重脚轻,自个儿到厨房的浆水缸里舀了一瓢浆水喝了,听着

27

喊他，跑到厕所，叫："老黑，老黑！"蔡老黑含糊不清地说："我喝多了吗，我空腹的……"秃子叔说："没事没事，还能说话哩，上次我在双鱼家喝得连话都说不出来了都没事的！"果然蔡老黑用手指在喉咙抠，啊的一声吐出一堆脏东西来。众人散开，说：撂倒一个了，喝够了，散伙散伙，让子路歇着。几个人便脚步不稳从院门出去，各人的婆娘立即去扶了。子路说："再喝嘛，才喝了多少酒呀！"几个还想留下来的也说："夜深了，散就散吧，老黑你要我们送还是不送？"娘和西夏也都出来送客，娘说："怎的不送了，他离家远，不送怎么回去？一定要把人交给他老婆了你们再走！"有人就背了蔡老黑，蔡老黑还说："狗日的都赖拳哩，算计我哩……"娘拍着他说："老黑，今日没喝好，你伯过三周年那日了，你要来的，就再好好喝！"

　　一觉醒来，西夏才发现自己蹬脱了被子，太阳已透过窗子，正热烘烘地照在半个屁股上，忙拿眼看窗子，窗纸糊得完整，没个破绽，索性仰面儿躺在那里，也不起来，想起刚刚做完的梦。梦里她好像是在一片玉米地里走，玉米棵子拥得密密实实，如是森林，又绿得发幽发黑。正纳闷高老庄的男人都是矮矬矬，玉米却长得这般高，就见一匹马从玉米林的另一条土路上急速跑过，马是如此的白，以至于哗哗哗擦身而过的玉米棵子似那白如一片流动的日光，同时她看见了有一穗硬大的玉米棒子就挂在了白马的肚子上。西夏奇怪她怎么做这样的梦，子路一直在说她是大宛马的托生，难道自己看见了自己的前世？西夏常常有很怪异的念头，由此而易受诱惑，在城里的家中看电视，电视里一旦出现炒菜的镜头，她就闻到了香味儿，她在头一天晚上说明日真不想去上班，生个病就可以请假了，果真第二天的早上就感冒，发烧不止。但西夏弄不明白那玉米棒子是怎么回事，竟无缚无系地就挂在了马的肚子上，玉米棒子的缨儿红艳艳的。西夏不去想了，在被窝里摸寻裤头，被窝里没有，却发现了就高高地挂在墙上的一个木头橛子上，不禁哧哧而笑了，夜里她脱裤头的时候，是随手一撂的，撂得那么准，挂在那么个地方！子路蜷在一边，呼噜噜地打着鼾，她抓住他的脚，提了提那短而肥的腿，说："快起来！你还说今早要起得早哩，太阳都出来了还睡?！"子路醒过来，嘴吧吧地响了两下，立即像土匪撵着了似的跳下炕，一边蹦跶着一边蹬裤子。

夜里送走了客人，西夏热水洗了下身睡去，人已经是乏得挨枕头就迷瞪了，子路和娘收拾了碗筷，把两个瓶子里的剩酒灌在一个整瓶里放进柜里，过来到炕上却把西夏戳醒要干那种事。西夏说："你喝了酒来精神了，我可没情绪，要憋得慌，你自己解决去！"子路说："在老家的第一晚，以后有纪念意义哩！"西夏用指头戳他的脸，趴在炕沿上去取提包里的卫生纸，子路噔地就把电灯关了。西夏说："你不是喜欢拉着灯，还要放一块儿大镜子吗？"子路说："这是在高老庄……"已爬上来。西夏就这样把裤头扬手撂了，说："刚才那些婆娘我听见她们说我年纪小，怕你满足不了我呢，她们哪里知道我现在倒真怕了你……个头小原来把肉长到这里去咧！"西夏这么说着，声音就不对了，开始哼哼唧唧呻吟，子路忙用嘴去堵嘴，那叫声越来越大，堵不住，抓过枕巾让她咬住，又将被子的一角盖在了她的头上，低声说："不敢叫，不敢叫，这是在高老庄哩！"西夏哪里顾得这些，她是不干就不干，干起来就要往高潮去，急促地说："快，快，快嘛！"子路说："这又不是田径赛跑哩，快啥哩！"西夏扑地一个笑，顿时身子软下来，而子路却来了劲儿，在炕上折腾了半天，又索性跳下来，高举了那两条长腿。子路是最喜欢这两条腿的，但他站在炕下却太矮了，取了一个方凳儿垫在那里。事毕，谁家的鸡开始在叫了，两人说："睡吧，明早还要起来早的。"抱着睡着，没想起来太阳已经一竿子高了。

子路先出去，把尿桶提到厕所，回来说："娘把院子都扫了，在厨房里烧锅哩！"西夏说："我说不要干，干了起来晚哩，你说没事没事……头一天就睡懒觉，你给娘说去！"子路出来，大声在院子里说："娘哎，你起来也不叫我，我喝得多了，怎么也起不来。"娘说："今日没来人，起来早也没事的。西夏还没起来吗，洗脸水烧好了。"子路说："她早起来了，只是肚子疼。"娘说："肚子疼？房子几年没睡人了，潮吧，还疼吗？"西夏趁机出来说："娘，这阵好多了！"娘开始砸糍粑，把煮熟的土豆放在一个石臼里拿木槌去砸，砸得烂烂的，起了胶性再掏出来。西夏要帮娘，拿了木槌却砸不到石臼里，乐得娘说："你们快去吃饭吧，红豆糊汤，不知你吃得惯吃不惯？吃了，要到本家子磕头去！"西夏说："这里还兴磕头？"娘说："这头要磕的，你们结婚时在家没待客，回来应该去认认本家人的门儿。你去了可一定要磕头啊，别让人笑话！"又说了一句："磕头给钱的，给多给少你要接上。"西夏说："子路爱钱，子路你接上。"子路却说："我视金钱是粪土哩！"自己却笑起来。

吃饭的时候，娘已经在那里收拾礼品，一遍遍数着点心包，罐头瓶，挂面，还有红白糖。叮咛子路这两样给谁家，这三样又给谁家。子路说："我记得。"娘说："你没脑子，你会写字，你在点心包上记下名字！"西夏瞧着他们那认真劲儿就咯咯笑，子路说："娘，你看西夏傻不傻？"娘说："西夏比你灵醒哩！"

一出巷头，巷外的土路上有人牵着牛，有人赶着羊，子路见老的问候老的，见小的招呼小的，老小也问子路好。西夏很开心，见了牛就跟在牛的后边，牛往前迈右腿，她也往前迈右腿，牛往前迈左腿，她也学着往前迈左腿，牛翘了尾巴拉粪，扑地拉下一堆，她差点踩在牛粪里。看见羊了，又跟着学羊叫，咩，咩咩……子路就说："西夏西夏，你要庄重些！"西夏老实了，过来挽了子路的胳膊。子路拨开，偏拉开距离走。蝎子尾村是从坡塄上一直曼延到坡沟下的，在从一棵分了五支斜着往上长的古柏下往坡沟去，子路才要指点这如何是五兄弟柏，有人就问子路几时回来的，有三四年不回来了是不是把高老庄忘了？子路忙说什么都可以忘怎敢忘了老家！就又问子路这是你办的女人？子路说是我的女人叫西夏的。下到沟底，一个人又在说子路带媳妇回来啦？子路又忙说回来啦你这侄媳妇叫西夏哩。西夏低声说："你们村的人怎么拿那种目光看我？"子路说："他们没见过城里人，你别把胸部挺得那么起，不好哩！"从一排平房后过去，闪过山墙了，就是堂弟晨堂的家，正碰着一个女人蓬头垢面地出来，猛地见了子路，扭头却返回去，喊："晨堂，晨堂！"晨堂在上屋门槛上挂着鞋耙子打草鞋，说："叫魂咧?!"一抬头见子路和西夏进了院子，丢下鞋耙叫道："子路子路，昨夜里迷胡叔在涝池边骂顺善，我去劝说，他说你回来了，果然就回来了，我还以为他说疯话哩！"身后就出来一个女娃，又出来一个女娃，又又出来一个女娃，一个比一个低一点地靠在了墙根拿眼睛看西夏。西夏向她们招手，她们不动，一只大奶子母猪却蹒跚而至，后边咕涌了十几个的猪娃子，西夏倒退了几步。晨堂一脚踢在母猪的屁股上，叫喊着把猪赶走，三个女娃立即手脚麻利地撵着猪崽满院里跑。子路拉着西夏进了上屋，将礼品放在柜盖上了，就俯下身去给本家伯的灵位磕头。磕了一下，再磕两下。晨堂说："子路哥，快让咱嫂子起来，那是个意思嘛，还真三磕六拜呀？!"就"哎，哎！"地叫他的婆娘，婆娘却钻进卧屋不出来，自己去了卧屋，叽叽咕咕一阵小声后，出来手里拿着一元钱，要给西夏："子路就逢的是这穷亲戚，你别嫌少呀！你那妹子是后山纸房沟人，拿不出手，不敢出来见你的。"西夏把钱接了，有些不好意思，说了声谢谢。子路就问起咱婶呢，晨堂说："你婶年纪大了，老小老小嘛，说话做事有些糊涂，也逢着你那弟媳妇不清白，两人弄不到一块儿，老人就去麦花妹子家了。也是麦花要坐月子呀。"子路知道晨堂家的矛盾，便不再多问，顺口说："麦花几个娃了？"晨堂说："和我一样，都是些女娃，看这次能不能是个长牛牛的。"

西夏在台阶上逗三个女孩，孩子们都穿得破烂不堪，但眼睛亮得放光，问："几岁了，叫什么名字？"老大说："七岁，叫来弟。"问老二，叫招弟，五岁了。老三却说："你猜叫啥？"老二说："我知道，叫盼弟！"西夏就笑，说："你爹还要个男娃呀！"晨堂说："我非等来个男娃不可！养这一堆全是给人家养的，没个男娃，断了香火，我对不住先人哩！"西夏说："男孩女孩都一样的，人一般是知道父母名，最多也仅仅知道爷爷奶奶名，再往上谁知道？连老老爷的名字都不知道了，你给谁续的香火？！"子路忙给西夏使眼色，西夏不理会，又说了一句："生了三个了还生，生七个八个，那怎么养得过来？"晨堂说："喂奶的时候，这边趴四个，那边趴四个嘛。"西夏说："那是喂猪娃呀？！"晨堂也笑了："我给我那口子也说过，你真是个瞎母猪，生下这么多女娃，还真不如那一窝猪娃，够一年的油盐酱醋钱哩！"那只母猪受了夸奖，就在门槛上蹭肚子，蹭了蹭卧下来，舒服得哼哼又哼哼。晨堂说："咱嫂子，明年就看你给子路生个什么下来啊！"西夏说："我还不想要孩子哩！"晨堂说："那娶女人干啥呀？"拿眼睛看子路。子路却说："我不是去上学，我怕也是四五个娃娃了，回家来让这个端洗脸水，让那个取旱烟袋，端吃端喝……"晨堂说："哎哟，我倒忘了给你拿烟的，你尝尝我这旱烟！"跑进卧屋去。西夏说："给你端吃端喝？你先给我揉揉！"脱了鞋，把一只脚伸在子路的怀里。子路赶紧把脚取下来，说："不取烟了，我们还去劳斗伯那儿呀，伯过世的时候我没赶回来，我得去家里看看。"两人站起来，提了礼品笼就走。晨堂从卧屋出来，手里并没有拿旱烟匣，说："应该去看看……还没喝口水就走啦？也真是！"西夏已经走过院门外的石磨了，听着晨堂还在说："人走了，你才出来了。"婆娘在说："走了？我把头都梳了，他们却走了？！我生不下个男娃，你瞧着吧，子路办的这个婆娘腿那么长，女娃怕也生不出来哩！"晨堂也说："过去的地主财东讨小，都讲究要两头尖中间大的女人，短腿大屁股的是能生呢……"

劳斗伯是前一年过世的，一个儿子已经分家另住了，劳斗婶和小儿子庆来过活，还要伺候一个九十岁的亲娘，日子相当地拘谨。子路和西夏去了家里，庆来到地板厂做工没在，二婶一边用唾沫抹头发，一边拉西夏往炕上坐，见西夏也跪在劳斗伯的灵牌前磕头，感动地说："这是子路的新媳妇，死鬼，你瞧瞧，城里人都给你磕头了！"就流起泪说劳斗伯得的是肝癌，人咋是那么脆的，从发病到咽气不到一个月，可怜他不想死呀，拉着我的手只流眼泪，哭叫着太壶寺的和尚春上给他相过面，说他是高寿的，骂和尚骗了他。她说着就呜呜哭，子路西夏也陪着掉眼泪，她就把声住了，说："我娃不哭了，咱都不哭了，哭也哭不回来了他，我给你们做饭去！"子路忙拦住不让做，婶婶说："庆来不在，我也没钱给你，但你一定要吃口饭的，你要不吃我心里过不去啊！"去了厨房一阵忙活。子路和西夏坐在堂屋发感慨，西夏就注意起了当堂的墙上挂有一面画的，画被烟火熏得黑黄，但人物造型生动，近前摸了摸，竟是布做的，子路说这是骥林娘的作品，把布剪成画，再层层叠叠堆贴到一张整布上，叫布堆画。西夏说："骥林娘是谁，这么个穷地方还有艺术人才？"子路说："地方是好地方，只是贫富差距拉得大。"西夏说："人人都说家乡好，这我理解。"子路说："好就是好。"西夏说："好。好得我身上有了虼蚤了！"站了起来抖裤子，然后提起裤管，腿上果然有虼蚤叮的红点，挠了挠，立即起了红片。二婶把盐、辣子、醋水端上来，说鸡蛋挂面已捞到碗里了，只是蒜没有捣，就到窗门外挂在墙上的蒜辫上去摘。西夏坐下看了看盐碟和醋水碟，碟沿一圈儿黑，用手去抹，抹不掉，几只苍蝇就爬过来，挥赶不退，十分勇敢。子路说："这是饭苍蝇。"西夏说："苍蝇还有饭苍蝇？"站起来要到门口去吐痰，偶尔一回头，瞧见了那贴着门口过去的厨房里，两碗捞面放在灶台上，灶旁的土炕上却有一个人，伸出了鸡爪似的手，迅速在碗里抓一撮面塞进了口里。西夏几乎要惊叫起来，但她没有叫，反身回坐到桌边，二婶就把面端上来，她分不来哪一碗面是被老妪抓吃过的，对子路说："我不吃，你吃吧。"子路说："不吃婶婶要上怪的，多少吃一点。"西夏端起碗，却怎么也吃不下去，隔壁的谁家小媳妇在大声尖叫着，说是孩子屙下了，接着是老太太在吆喝着狗，同时说："狗把屎吃了，让来舔舔娃屁股！"西夏连面带汤全倒在了已吃了一半的子路碗里。

　　饭总算吃完，二婶说："再捞一碗，锅里有哩！"子路说："我撑得难受了！你听听！"放了一个屁。子路有努屁的毛病，西夏在省城时严肃指责过他，但一回高老庄，毛病又来了，西夏瞪了他一眼，两人告辞出来，子路却觉得肚子隐隐作痛，就到旁边一个厕所去。刚站起来，三步之外另一户人家的厕所墙头也冒出一个脑袋，笑眯眯地说："你吃啦？"子路说："吃啦。"那人说："来给你二婶磕头了？"子路说："磕头了。"那人说："那边站着的是你新娶的媳妇？是外国人？"子路说："像外国人吗？"那人说："像！村里有人说你闲话，我支持你哩！到底比菊娃好么，咱这儿女人不行，生娃都是碎蛋蛋，我用了多大的劲儿，蛮指望要种个大瓜的，却得了个豆儿，老婆给咱生了个三斤七两，那长大能有我高？"说话人出了厕所走了，子路走过来还在笑，西夏问："和那人说了什么笑的？"子路说："那是高老庄有名的三条腿。"西夏说："他长三条腿？"子路说："他那东西长哩，七根火柴棒长！"西夏说："大白天说那话多难听！二婶还有个婆婆？"子路说："她家有她亲娘，老太太没儿子，一直跟劳斗伯过活的。我本来要领你去她的睡屋看看，人年纪大了，尿一把屎一把的，嫌你见了心里不干净……你怎么知道她有个娘？"西夏说："那饭香不香？"子路说："叫你吃不吃，做得不中看，吃着却香呢。"西夏说："香了就好，你去泉里涮涮嘴去！"子路说："牙上有菜叶子？"近旁有口泉，几个孩子在那里刮土豆皮，子路还是去那里掬了水，咕咕嘟嘟漱了口。孩子们就都不刮土豆皮了，拿眼儿看子路，一个妇女走过来骂儿子："叫你刮土豆皮哩，你卖什么瓷眼儿？没见过洗嘴吗，你叔是城里人洗嘴哩，又不是洗你娘的 × 有什么看的?!"

又拜见了几户人家，笼里的挂面、点心和罐头瓶发散得只剩下三样了。西夏纳闷竟去这么多家，子路又吹嘘高老庄十有八九都姓高，数百年前是一个先人哩，现在就到村东头南驴伯家去。西夏一听南驴的名字，就笑个不止，问子路是原来就叫子路呢还是后来改的？子路当然是自改的，孔丘的学生叫子路，他有文化了，他也该叫子路的。子路说："改得怎么样？"西夏说："还是叫作猪八戒的好！"走到南驴伯家前边的柿树下，胖得如菜瓮一样的三婶娘正端了尿盆把生尿泼在门前的葱垅里，站着看了子路半会儿才看清楚，喜欢地说："是子路呀，听说你回来了，还寻思去找你呀的！这是你爱人？"西夏就笑了："还没人说我是子路的爱人哩！三婶好！"三婶脸涨得通红，说："我真不知道怎么称呼你……"子路说："什么时候，你才起床泼尿呀？"三婶说："哪里，我给你伯倒尿的……你不知道你伯的事？"子路说："我伯咋啦？"三婶说："他睡倒了。"上房的窗子里有一声应："是子路来了吗？子路，子路！"子路和西夏进去，屋里的炕上躺着南驴伯，头发谢顶，满脸胡须，人已不成个人样，一见子路倒呼哧呼哧哭起来。子路不知所措，也没拉着西夏去中堂前磕头，就把南驴伯的手握住，听三婶一把鼻涕一把泪，骂了天，骂了地，骂起了儿媳菜花。两人听了半天，才听明白，原来三个月前，南驴伯的独生儿子得得在地板厂做工，锯木头的时候一块儿板子飞蹦了，巧不巧击中了得得的太阳穴，当下流出一摊血水人就没命了。地板厂认为得得是挖厂区下水道的小工，他没有伤亡在挖下水道的工地上，而是他贪图便宜，去电锯棚找小木板要为自家做小板凳，人家不要他靠近电锯，他偏是不听，出了事故当然与厂方无关的，但念及事故是在厂区发生的，一次性付给一千元安葬费。这一千元的安葬费还没有送到家，三婶想全部拿了，菜花却说应该归她，死人还没埋哩，双方就吵闹开来，经众人调和，五百元归三婶，五百元归了菜花。近来，菜花就不沾家了，她过门了两年，没怀身的，现在闹着要分家。分家肯定是要分家的，如果儿子活着，南驴伯早就想把家分开来，可儿子现在死了，儿媳又没个娃娃牵扯，这一分家分明是儿媳准备要出门了。三婶说："子路你瞧这日子怎么过呀？你兄弟一死，她肯定是守不住的，出门就出门吧，可你总得过了三年两载，你兄弟百日不到，她要走，那五百元也没了？！你伯人老实，嘴又拙，一口闷气就把人撂倒了。你说说，这一千元是我儿子用命换来的凭啥她分一半，我没儿子也没钱了？！"子路唉唉了半天，难受得说不出话，落了一行眼泪，才说："怎么出了这事呢！……三婶，若按政策，人家是媳妇，应该拿这一笔钱的。"三婶说："先是我的儿还是先是她的男人后是我的儿？"子路说："没分家，钱可以归在一起，可……"三婶说："那她现在要出门呀！她已经把结婚时的柜子箱子椅子都转到她娘家了，她还要带走五百元……这扫帚星，我儿要不是娶了她，哪里会出这事呢？！"子路说不清三婶，一时无语。南驴伯说："你不要和子路争执，你妇道人家知道个啥？"三婶说："你行，你让那扫帚星把家里一扫而光去！"就气得不理南驴伯。南驴伯说："子路，你说咋办呀？"子路说："她要出门，她就不要分五百元，分了五百元她就得过了得得的三周年，三年太长了，起码过了周年。"西夏说："这不合法哩，人家是第一继承人，钱应全部归人家，要出门不出门，自主也在人家手里，你这走到哪里说不过的。"三婶说："侄媳妇，你怎么说话向了别人？"西夏说："这不是感情不感情的事，国家有继承法和婚姻法的。"南驴伯张了嘴，嘴黑洞洞的，像个烟囱，不言传了。子路说："西夏你甭多说！咱不去告她，可以私下解决嘛。钱给了她没有？"南驴伯说："厂里还欠五百，人家见天去找苏红要哩。"子路说："那给苏红说说，钱不能交给她。"南驴伯忽地坐起来，但头痛欲裂，又躺下去，喊三婶给他拔拔火罐。三婶拿了一个瓷罐儿，点了一片纸放到罐内，猛地按在南驴伯的额颅。南驴伯说："子路，我就是这想法！我听说你回来了，寻思去找你，就是要让你去给苏红说话哩，她现在有钱了，把我不放在眼里，可她不敢不听你的，她毕竟富而不贵！"子路看了一下西夏，西夏说："子路爱听这话哩！"但子路却有些为难了："我试试吧，也不一定就听我的。"掏出烟给南驴伯吸，南驴伯不吸，自己叼上一支了，却没火，西夏从窗台上拿火柴给他，悄声说："你只图顺着他们说哩，这下兜上了。"子路说："你不懂！"西夏转别了头，假装咳嗽，走到屋门的台阶上。院子里一只公鸡扑棱着翅膀绕着一只母鸡转，母鸡就卧下来，公鸡上去却又下来，快得如闪电。屋里三婶喊："侄媳妇，你进来吃柿饼呀！"西夏移开目光，却突然就发现了在鸡棚旁有一块儿石碑，高低不足一米，但字迹明了，趋前看了，上面写道：

同治壬戌岁，川匪曹贵时拥众万人，倡乱骚扰，十一月内蹂躏四境，凡山泽居民，唯寨堡是避。我族有数家者，老幼男妇共计四十一人，合谋而匿于稷甲岭之石洞，以为百险可恃而无援莫登也。十二月一日，逆众来洞下取供，我族人不唯不供，且责以大义，詈以恶言，遂撄贼怒而架木草熏灼洞内人，于是无噍类焉。虽已详报请旌，而情事之实，要欲泐石为记。所有殉难名氏附左：高王氏，高道发，胡氏，高有贵，陈女子，高二女，高陈氏，高阳者，高北城，高长庚，高道发，高至鳌，周氏，高道吉，潘氏，高仁义，李氏，高有成，高菊香，高成，高进，刘氏，高大元，高得子，高巧女，高水清，王氏，高惠，张氏，高道虎，陈氏，高财娃，高二女，高老五，高章氏，高庚儿，胡氏，高老旦，高仁信，高哑巴，高至荣。

看过了碑文，西夏进门说："哪儿弄来的碑子？"南驴伯说："修地板厂时挖出来两块，我抬回家要压堂屋台阶的，你三婶却嫌霉气，就把一块儿撂在那儿了。"西夏对子路说："是清朝的碑子，上边写着一次匪乱，高家死了四十一人的。"子路说："朝朝代代高老庄就没安宁过，你只看了块清朝的，那明朝的元朝的碑子读了才瘆人哩！"西夏说："不是抬回来两块吗，那一块儿呢？"三婶说："那一块儿在厕所做尿槽子了。你伯一辈子没见往家拿回个好东西，这死人墓碑子要压台阶，招鬼进门呀？"西夏就笑着说："我要能拿动，我就驮回省城呀！"子路说："那你是龟，龟才驮碑子的！"西夏说："你才是龟，龟儿子！"大家笑了笑，又说了一会儿话，吃了几个柿饼，待两人要走时，偏巧菜花从小路上过来，菜花个儿不高，腰身却软，走得咯咯拧拧的，瞧得这边有客，要往那棵柿树后藏时，藏不及，就脆和和说："子路哥回来了！"子路说："噢。"三婶却说："子路，你给你娘说，我窝的浆水正到味儿，你娘要吃搅团让她来盛一盆的！"菜花见婆婆故意晾她，也不再和子路说话，扬了头往门里去，偏说："娘，中午吃啥饭，我给做去！"三婶说："我不吃，我有钱下馆子去呀！"菜花也说："那好，街上三治家的饭店里有红烧条子肉，我才去吃了，蛮香的！"子路和西夏匆匆走过了那棵柿树。三婶却撵上来，把五元钱塞给了西夏，说："瞧我这糊涂鬼，差点把这事忘了！"西夏不收。三婶说："这是规程，咋不收？你拿上！你也是看到了，人家怄得让我死哩嘛！"

回到家里，娘在捶布石上捶衣裳，西夏就把收到的钱要交给娘，娘说这是你磕头磕下的，我拿啥的？问收了多少钱，子路说不到二十元吧，咱都是些穷本家！娘说，不少啦不少啦，磕个头还能给多少钱?！牛坤的妹子提了一颗猪头立在门口，问娘这会儿有空没空，若是有空帮她拔拔额上的汗毛。娘让她进来，牛坤的妹子便把猪头挂在门环上。娘说："肉价涨了没涨？"牛坤的妹子说："涨了二分。"娘说："又涨了？现在是人个子不长外啥都长！"牛坤的妹子说："四婶你也说这话呀？子路哥，今日到我家去吃肉呀！"子路过去拍了一下猪头，猪头肥嘟嘟的，脸面却苦，它的嘴巴里叼着自己的尾巴，子路说："一个猪头三十元，西夏磕了十个头才二十元，这……"西夏说："你说什么？"过来要拧子路的嘴，堂屋的窗子咯吱推开了，石头拿眼睛往这边看，西夏忙回个微笑去，但石头没有说话，也不笑，眼里发着蓝光，西夏就不撵子路了。牛坤的妹子坐在了捶布石上，娘开始拿一条线绞拔她额上的汗毛，娘取笑姑娘屁股圆了，肩膀圆了，脸银盆似的，把脸开了是不是去"毛看"呀？西夏问啥是"毛看"，娘说，城里不兴"毛看"吗？高老庄可是一个姑娘家的婚姻动了，媒人领着去见对象就是"毛看"。"毛看"上了，然后女方才正式去男方家，这叫"光看"，"光看"看男的，看男的爹和娘，看房子，看家当。"光看"时男方要给女方钱，一百二百不少，四百五百不多，女方若不接受，这门亲事就泡汤了，若是女方接受了，这亲事就初步成了。西夏说，才初步成呀?! 娘说，"光看"了，男方得通知亲亲邻邻，定下日子，吃一场定亲饭的，当众送女方三套衣服或是五套衣服，三个老布或是十斤棉花，有办法的人家还送耳环、金戒指的。西夏听了，直伸舌头，说："这么金贵，我倒是不值钱了！"牛坤的妹子说："嫂子这么稀的人，子路哥不知给了你金山银海哩！"子路说："我和她正式见面时，在饭店里请她吃了一碗炒粉。"西夏记起那年的情景，说："你还有脸说！"起身往屋里去。

窗下的桌子上，石头原来在画着画的，画一张撕了，又画一张又撕了，西夏说："不要急，慢慢画。"石头却不画了。西夏就搬个凳子坐过去，说："我也是画画的，我能指导你……喜欢阿姨不？"石头不说话，歪过头看一只蚂蚁从桌腿爬上来，他便拿一颗卫生丸在前画一道，蚂蚁爬到卫生丸线前掉头往回爬，他又在后边画一道，蚂蚁晕头转向，他捏起来竟把蚂蚁头和尾撕断了。西夏吓了一跳，但还是说："石头爱画画，阿姨把你带到城里去，看电影，看电视，去少年宫专门学画。"石头抬起头看着她，脸上神气怪怪的，还是不吭声。西夏说："你娘呢，你娘在哪儿上班？你这鼻子不像你爹，你娘也长着像你这样好看的鼻子吗？"娘在院子里说："西夏，你来帮我把衣服晾到绳上！"西夏知道这是娘给她台阶下的，就走出来把捶过的衣服往绳上晾，娘也过来帮她，她小声说："他不愿意和我说话……"娘说："他对谁都这样。"西夏说："他好像就没有感情那一说，无缘无故就把蚂蚁捏死了，不像个孩子。"娘说："你不敢胡说！"西夏却说："她娘不回来吗？"娘说："……怕不好回来……人倒是好人，太偏……"西夏说："娘，你喜欢谁？"娘说："喜欢你嘛！"西夏说："娘说的不是真话。"娘说："……这都是命。"又去给牛坤的妹子扯拔汗毛了。西夏扭头看那三间厦房，这是菊娃的住屋，门上静静地挂着锁，窗上贴着五毒的窗花，屋檐下的墙上钉有一排木橛，挂了一串暗红的干辣角，一串青白的莞青片儿，还有一串绿生生的熟豇豆。墙东头有一个大木箱，箱子周围嗡嗡地飞着蜂，是酿蜜的蜂。西夏想，菊娃的日子过得蛮宽裕和平静嘛！就听得牛坤的妹子和娘在说她。牛坤的妹子说："咱这儿女的都是平面脸，新嫂子脸像是墙楞儿，好看哩！"娘说："都说她像外国人哩！"牛坤的妹子说："新嫂子个头这么高，比我子路哥高一个头哩。"娘说："女人显高，站在一块儿了，一般般高的。"西夏咔地笑了。

　　院门笃笃笃地被人敲响，西夏回过头来，院门是开着的，一男一女站在那里用手敲敞开的门扇。男的个子极小，脖子和一个腮帮上白花花的，是白癜风，女的头发稀黄，额颅光亮，穿着一件大红花衫子。两人脸色怪异，女的说："我还以为是什么神仙哩，不就是个大洋马嘛！"嘴角眉尖都是很鄙夷的样子。娘立即站起来招呼让进来坐。女的说："咱瞎农民坐什么呀?!"男的生气了，跳着扇了女的一巴掌，说："少×干！"对着上屋的窗子说："石头，石头，去不去舅家？"石头在窗内说："不。"女的捂了脸骂道："见了人家洋货你就打我呀，你有本事也去当回陈世美嘛！"子路闻声从厨房出来，叫了"哥！"就从口袋取纸烟递过去，那男的没接也没理，骂女的："你还×干?!回去把你抱上炕了看我怎么捶你！"扭头就走了。女的也骂骂咧咧走了。子路一时脾气很坏，把纸烟揉了，说道："这阵来发什么凶，闹意见的时候怎不见你们?!"娘忙掩了院门，说："让他说几句去吧，生的那气干啥？有生气的空儿，你还不如去你南驴伯那儿坐坐，你伯给你说家里事了？"子路说："说过了。"娘说："你瞧瞧，你南驴伯家出了多大的事，人亡家要破的，活着的人敢情都不活了?!"子路就坐在台阶上不说话了，却捂了个肚子。西夏问："肚子不舒服？"子路说："刚才都不疼了，这阵又有些疼，不要紧的。"西夏要进屋在提包里取药，子路摆了摆手，对娘说："南驴伯让给苏红说说话哩……那菜花年纪不大，倒是个难缠的。"娘说："这事你得帮你伯。"压低声道："将心比心，让他舅给个难看的脸儿有什么？菊娃和菜花比起来，你看哪个好？"西夏说："那矮子是谁呀？"娘并不回答是谁，却说："你可莫矮子长矮子短的，高老庄的男人都矮，撞一个百个都响哩。我才过门做媳妇的时候，说过一句这样的话，你爷爷当众扇过我一个嘴巴！"西夏吐舌头，说："噢，矮了还不能说。"子路进屋取了一包纸烟，揣在怀里了就往外走。西夏说："我也去！"子路说："我到哪儿去，你也去？"西夏说："你去给苏红说话呀。"娘说："鬼女子什么都听到了，你甭去了，天黑下来高一脚低一脚的，子路去说完话就回来，你帮我做饭。"

子路一走，娘并没有让西夏到厨房去，她做的是糊汤煮土豆，又炒了一盘酸菜，一盘豆芽烩糁粑。西夏过去看石头又画画哩，她吓了一跳的是石头画了一只蝴蝶，惟妙惟肖，栩栩如生，要拿过来再看时，石头却用胳膊压住。西夏也不生气，问："画得真好，谁教你的？"又问："你怎么会画蝴蝶，画得这般像？"石头就向窗外努努嘴。窗子外边，樱桃树上，停落着一只巴掌大的粉蝶。西夏从未见过这么大而美的蝶！而且这么大的粉蝶在樱桃树上，刚才在院里怎么没有看见呢？就张扬着将身子探出窗口，粉蝶却无声飞起，停落在了厨房墙边靠着的竹扫帚上。西夏喊："娘！娘！"娘没听见她要说什么，在厨房应声："饭快熟了，你把桌子收拾好！"石头并不说话，嗫了嘴，轻轻发出嚯嚯的音，粉蝶便神奇地从竹扫帚上又飞过来，仍停在樱桃树上，扑扇扑扇地展翅。西夏惊讶不已，久久地看着石头，说："它能听懂你的话？"石头还是不言语。西夏快快地走出来，院子里微风习习，天上朦朦胧胧，新月还未升起，却有了一颗星就在院子上空。她听见了又有如水漫地的胡琴声，是迷胡叔坐在扁枝柏下呢还是在土场的碌碡上。哑着嗓子唱了：

　　黑山哟白云湫，

　　河水哟往西流，

　　人无三代的富哟，

　　清官的不到哟头。

唱声使西夏有些伤感，又有些感冒发烧后的浑身发软的感觉，回过头看起樱桃树上的粉蝶，粉蝶却倏忽间无踪无影。吃罢饭，子路还是没有回来，娘抱了石头在捶布石上指着天上的星星说北斗，说天狼，说牛郎织女，婆孙俩说得叽叽嘎嘎地快乐。西夏洗涤了锅盆碗盏，也坐过去说话，石头就又不言语了，开始在奶奶的怀里打盹。西夏看了一会儿最早亮起的那颗星，星也暗淡了许多，就去烧了水进卧室擦身，然后坐在床沿上发呆儿。和子路结婚的时候，子路一再强调他是上有老母下有个残疾儿的，西夏并不在意，她自信自己会与老母和先房的儿子处得好的，但现在她却感到做后娘实在是太难了。屋外有了杂乱的吵闹声，似乎还是迷胡叔在骂起了顺善，说顺善要偷他的粮食，稷甲岭崖崩了怎么不就压死了顺善?！有人说迷胡叔你又迷糊了，一会儿拉哩唱哩一会儿就又骂顺善了？迷胡叔说我刚才又看见草帽么，天上有了草帽他贼顺善就要叫崖崩压死呀！人就笑，嘻嘻说天上有了飞碟怎么偏让你看见？怪不得吴镇长训斥你谣言惑众哩！迷胡叔说我没惑众，这是子路家吧，子路是教授，咱问问子路天上会不会有草帽？就啪啪地拍门。立即有人说子路和他新媳妇早睡了你胡敲啥呀?！脚步声就渐渐地远去了。西夏还坐在炕沿上，娘与石头早已睡下了，她在那边卧屋里说："西夏，你睡吧，我听着门，子路回来了我去开。"西夏说："你睡，我看着书等他。"娘说："子路回来了要是没吃饭，你把剩饭给他热热。"

几乎是夜半，子路回来了，西夏趿了鞋，披着衣服去开院门，问："还吃啥不？"子路双手抓住了那胸前的一对肥奶，说："吃热蒸馍！"西夏拧了子路脸，悄声说："娘怕还没睡着哩！"果然敲门声惊醒了娘，也惊醒了石头，石头听见做爹的有热蒸馍吃，懵懵懂懂对奶说："我也要吃热蒸馍！"奶压低了声说："胡说啥哩，快瞌睡！"小两口听着，捂了嘴，踮脚往卧屋去。在卧屋关了门，子路手又摁了西夏的双乳，站在那里吸吮不止。西夏说："一定是喝了酒?！"子路说："苏红留下一定要吃饭，少喝了几盅。这碎仔怕是做梦，倒偏听得着说话！"西夏说："子路，我还要给你说哩，石头奇怪了，能画大人也难画的画哩！"叙说了傍晚的事。子路说："这孩子小小就与人不同，四岁了也不说话，但啥事心里都明白。会说话了却又懒得说。"西夏说："高老庄出现过飞碟？"子路说："我不知道。"西夏说："我听村里人说见过飞碟，莫非与这石头有关，他出生时是石头砸了屋顶吗？"子路说："是有这回事。"便得意了，说，"怎么样，咱们的儿子怎么样？"西夏说："他是你儿子，可不是我的儿子，他总不理我哩。"子路说："他就是天外来客，也毕竟是个孩子嘛，你和孩子计较啦？"西夏就睡下。子路却站在炕头揭开被子的一角，欣赏那两条像椽一样的长腿。子路喜欢这么欣赏，西夏也就在被欣赏中故意拉长着身子，让子路评价她新换上的三角裤头漂亮不漂亮，观察小腹还平坦不平坦，子路禁不住就把她的裤头拉下来，提了腿拉到炕沿，一边垫了小木凳行事，一边口水淋淋地舔着腿面。西夏自然又叫起来，倒自觉抓了被角咬在嘴里。一个小时之后，子路耷拉了眼皮要睡去，西夏却兴奋不退，爬上身来问："你多自私，完事就睡呀？我问你，怎么回来这么晚？"子路说："苏红硬留下要吃饭，吃完饭就给我讲他们工厂的事，讲个没完没了的。"西夏说："不对吧，瞧你回来这么兴奋的，一定是苏红把菊娃也叫去吃饭了？"子路说："我真哄不了你！吃饭的时候，她说她去烧个汤，谁知道她着人把菊娃叫去了，你不高兴了？"西夏说："我有啥不高兴的？你回来了也应该去看看她，但你不能对她有想法！"子路说："能有什么想法，这你该有自信啊！"西夏满意了，却说："我可不敢有那个自信，或许我是瞎眼睛哩！"

西夏不一会儿就睡着了，子路的一只胳膊是从她的腰部伸过去搂抱的，女人的臀大腰细，胳膊搂过去并不至于垫着；现在，他轻轻地抽出了胳膊，翻过身睡下。世上的人是多的，可一个人又能有几个知己的朋友呢，即便面对朋友，甚至是妻子，也不是有什么话都可以说的。子路两条腿伸直，一只脚放在另一只脚上，双手就搭在了心口，他听见院子鸡棚里的鸡在咕咕咕地发着响声，响声又似乎是从心口里发出来的，脑子里就又是迷迷离离的一番景象了：他去找苏红，一出门就飞起来了，原来空气如同水一样，他的胳膊和腿却能划动，回苒麦地里的玉米已经半人高，但那只是水中的细草，他是一条鱼在飞穿，浪涌起一堆堆白银使细草摇曳不止。他找苏红的目的并不仅仅为了南驴伯的家事，他希望在苏红那儿能见到菊娃，但是，菊娃并不在那里，墙上的相框里有一张菊娃和苏红的合影，他看了那么一会儿，仍没有说出把菊娃找来的话。苏红一直是窝了身子在沙发上和他聊天，她的眼睛细长，而且微微竖起，尖下巴翘着，有几分狐相。子路总觉得她是狐狸，他才来的时候她一副倦态，长长的对话，她竟面有红晕，眼睛光亮，而自己却越来越四肢无力了。她说："瞧你没精打采了，是不是把菊娃叫来？"他说："这好吗？"她说："你盼不得见她哩！"竟真的把菊娃找了来。菊娃衣着朴素，脸面却明显地修饰了，但脸面如何收拾却无法遮掩眼下的青黑，这是子路最不愿见到的。当他在省城里开始研究古汉语的时候，菊娃那几年老是害病，手脚浮肿，眼圈发青，他三天两头地写信要她好好治病，菊娃的来信却是说：医生认为没有病，只是脾气不好，肝湿气过重所致。他又在信里反复指出她的脾气固执急躁，由此又数说她的无故爱叹气，舍不得花钱，不注意打扮，太照顾她的娘家，他是恨不得一下子把她改造得尽善尽美。然而这种苦口婆心却适得其反，他们以后的信里就多了各执己见的争吵，他明白了各人的脾性都是天生就的，这如给狗每日吃肉狗也下不了一颗蛋，而鸡即使不去饲喂，吃草吃石子，它仍是一天下一颗蛋的。当他们有了孩子，孩子又是残疾，他们的矛盾似乎更尖锐了，在她抱了孩子去省城或他回到高老庄，相聚的短短日子里，常常因一张桌子的摆置，一件衣服的颜色，甚或吃饭的姿势，两人就斗怄生气。菊娃认为是子路在开始嫌弃她了，子路的一片好意不被理解，便沉默寡言，麻醉于酒中。随着他的研究成就日渐大了起来，他有了机会接触了一批富有气质的城市现代女性，一个女人便在他的生活中出现了。平心而论，这女人并不漂亮，但却有着与菊娃完全不同的生活习性，在那一个春雨绵绵的傍晚，他和那女人去参加一个朋友的集会，在返回的路上经过了城河公园，他们进去坐在那幽暗的林子中的小木屋里喝茶，他们拥抱了，而令他惊撼和幸福的是她竟俯下身去口交了他的东西。这一次惊心动魄的外遇，使子路如六月天的麦场着了火一样无法收场，每次做爱之后，他后悔和内疚，但她一到来，却无法控制。这种喜悦曾久久压在心里，又急迫地想向知己的朋友倾诉和炫耀，终于有一日讲给了一个朋友，朋友却说：是她呀，你是把麻雀当花喜鹊了嘛！子路在那个时候是不爱听对情人的责贬，他说：人非鱼，人哪里知道鱼之乐呢?！过后，朋友的话毕竟又对他产生了影响，发觉了那女人种种不足和长相上的毛病，但他始终没有恶她，他感激着她，使他第一回品尝到了城市现代女性的滋味。当菊娃又一次来到省城终于发现了他的婚外之恋，她怒不可遏地与子路闹，子路先是不承认，后来如实招供，并承认了错误，保证不再往来，但菊娃再也不与他同床，每每说得好好的，各自都洗了身子，他已经爬上去，菊娃就歇斯底里地发作，嫌他脏，将他掀推下去。这样的情况日久，菊娃就提出了离婚，而且是非离婚不可，并四处张扬，闹得他单位的人都知道了，更要命的是她一闹起来就手脚冰凉，口吐白沫，数天不能恢复。子路一是受不了纷纷扬扬的议论，二是受不了她的这种发作后的病态，就同意离婚了。在这之后，那个女人也曾来找过子路，子路已经与她没有感情，甚至产生了是她的出现才使他家庭分裂的仇恨，他开始过独身的日子。这期间，父亲去世了，他赶回高老庄奔丧，菊娃是离婚没有离家的，亲戚们指望他们重归于好，事情几乎有些希望了，但他耳闻蔡老黑一直追她，她还加入了蔡老黑的葡萄收购站，他倒计较了，追问起他们的关系到底如何。菊娃说蔡老黑只是对我好。子路在乡下是要顾及脸面的，因为乡下的是非更多，他说如果要复婚，那他要报复蔡老黑的，比如，托人去砸断他的腿。菊娃说你报复谁？那女的我报复了没有？子路从她的话里听出她与蔡老黑必是有关系的，他可以犯错误，而他的女人却不能犯错误，于是他是一气走了，回到省城发誓要找一个老婆，一个自己最满意的让外人企羡的老婆，而从此改变自己的生活方式、心态思维和其族种。这就认识了西夏。再婚后的日子，一切都依子路的心想而事成，西夏的短处可能是菊娃的长处，而菊娃的短处却没有一样不是西夏的长处，子路是很得意的，但每每当两人欢乐之后或一块儿去郊游，去看戏，猛地就想到了菊娃母子，灵魂就不安起来。他唯一能做到的是给菊娃寄去钱，钱虽然不能顶替一切，而他也只能以钱来表示他的心意，平衡他的心理了。今晚在苏红处，他就是掏了千元交给菊娃，菊娃硬是不肯收的，苏红也在一边劝说菊娃，菊娃说："我收过他不少钱了，虽然这钱我都花在石头身上，做爹的毕竟要管儿子的，但现在子路是有家了，他愿意这样，人家就也能愿意？引起矛盾那算什么呀?! 再说，这次回来给老人过三周年，正是花钱的事儿，他能带回来多少钱呢？"还是不收。子路就把钱交给了苏红，让苏红一定要交给她。现在，见过了菊娃，又把钱总算让苏红收下了，心里宽展了的子路搂抱了西夏，他想象着这个夜晚菊娃一个人在睡吗，她是在后悔着那一场冲动下的离婚，还是在清寂中坚持己见地忍受孤独？子路的眼泪就默然流了下来。

西夏翻了个身，一条腿搁在了他的腿上，并且有一只手抓着他的那根东西，另一只手却把被子往上提，提过了头顶，两人的腿就裸露在了被子外边。子路说："瞧你瞧你。"坐起来把被子往下拉，盖住了西夏鹭鸶一般的长腿，西夏迷迷糊糊并没有醒。大人们在睡着的时候形象都是可怕的，但西夏的睡态如婴儿一般可爱，月光明晃晃地照进来，子路俯下身去吻了一下那细而飞扬的长眉，扑撒着的睫毛，以及那抿着的有着棱角的嘴唇，他产生了一个念头：西夏会和他偕老吗，太美艳的女人都是短命的，会不会在什么时候西夏要突然死去，那么，他就再和菊娃复婚？这念头来得是那么突然和奇怪，子路不觉有些害怕，呸呸吐了口唾沫，恨自己怎么能有这种念头?!就在心里说:那么,就盼菊娃快快找着合适的男人嫁吧。他思索着高老庄方圆所认识的中年男子,离过婚的并没有几个,而且绝不能配得上菊娃的,就后悔当初仇恨过蔡老黑。蔡老黑夫妻关系一直恶劣,是不会长久的,他爱着菊娃,菊娃也待他好……可是,可是,子路想到这里,心里又憋上了一股气来,说不清是恨起了蔡老黑还是菊娃,烦躁得不能入眠。

翌日,镇街上逢集。县西南一溜儿三个镇,高老庄东十里地的铁笼镇是一四七日的集,南十五里地的过风楼是二五八日的集,三个镇的集是轮流的,三六九日就是高老庄的集。娘叫来了晨堂和庆来,商量过三周年的事,又要子路去请南驴伯,子路说:"病成那个样儿了,咋能劳动他?"娘说:"老一辈的也只有你南驴伯,总得有个主事的人呀!这样吧,你去请请顺善,他是村支书,人又精明,谁家红白事都请他的。"晨堂庆来也说:"请顺善对着哩,我们只会具体事儿出力,全盘掌握还得顺善。你还没去他那儿坐坐?"子路说:"我想过几天的。"庆来说:"早应该去的好!现在苏红蔡老黑红火,但顺善势做得大,苏红蔡老黑也常请他去吃酒哩!"子路装了烟,怀里又揣了一瓶酒就去了顺善家。

顺善家在坡坎下的涝池边,南北向的两院房子,前边是他的叔迷胡的,后边的就是他家,原本到他家是从迷胡叔门前走的,两家几年来闹别扭,臭得不如了旁人世人,顺善就从西边院墙开了一扇门。子路刚到涝池边,迷胡叔双手背在后腰,手里还握着一块儿石头走过来,喊:"子路,子路,你见着百发啦?"子路说:"百发哥也回来啦?"百发是迷胡叔的儿子,在县上工作,妻子儿女也都住在县城。迷胡叔说:"百发领兵回来了,要捉顺善的!"子路吃了一惊,迷胡叔就指着稷甲岭,说:"你瞧,百发领了那么多兵!"子路往稷甲岭看去,岭梁上是长满了树,树衬在天空,似乎是一队人马从岭梁上往下走,就笑了,说:"迷胡叔是诗人哩!"迷胡叔说:"死人?我才不死哩!你爹在世的时候,你爹还关心我,说我要死了他给我棺材呀，可我没死，他却早早死了！我不死，他顺善不死我才不死，除非他顺善把我捏死，用镢头把我砸死！"子路觉得他说话不对，说："你和顺善又闹别扭了？"迷胡叔说："他两口偷我哩，把我房上的瓦都揭了，麦都偷完了，我出门拿了石头，就防着他哪一天要灭绝了我！"子路给他散了烟，他只夹在耳朵后，一颠一颠去了。子路瞧他走远，才走到那新开的院门口，院里的狗汪汪汪叫起来。

顺善在屋里正和一个人喝酒，子路认不得那人，和顺善热乎着说寒暄话，就掏出了酒瓶，放在桌子上。顺善说："你这是什么意思，给我拿东西？王厂长，你瞧瞧我这级别，咱喝的都是教授送来的酒！"子路立即猜出这位如戏台上白面小生一般的人就是地板厂的厂长了，他伸出手来，说："你好！"厂长立即也说："一提教授，你就该是高子路吧！我叫王文龙。幸会，幸会！"顺善说："真是幸会，两个大人物幸会了嘛！今天是什么日子？高老庄应该纪念这一天哩！"王文龙递上了名片，子路说："王厂长，这高老庄的劳力差不多都是你的雇员喽！"王文龙说："都是地方支持，这不，我就来向顺善请主意来了！"顺善说："子路，王厂长长得白面书生似的，可办事大气得很，你恐怕也难以想象，他要把高老庄整个儿承包了，全镇的人都要成为工厂的一员，而高老庄的土地又都算工厂的地盘，地板厂将要发展成一个大的公司，那咱这儿的人就有好日子过了！"王文龙说："这仅仅是个设想，惭愧，惭愧，目前工厂还没有这么大实力的。"顺善说："没问题，厂长！人有多大的胆地就有多大的产么！我是支持你的！"子路在心里盘算：高老庄的土地都算工厂的地盘，高老庄的人都是工厂的工人，那么工厂就可以任意占用这里的土地和地上地下的资源了？如果工厂办得好，高老庄的人是能富裕的，可十年八年，以后更长的时间，高老庄还会有些什么呢？顺善在问："子路，你说王厂长厉害不厉害？有人说王厂长是日本鬼子，日本鬼子侵略高老庄了，嗨，就是要侵略哩，东南沿海现在为什么发展快，就是当年日本人侵略过，英国法国人侵略过，人经见得多了，思想就活嘛！"子路说："厂长，你来找我顺善哥是找对了，他就是脑子活，高老庄著名的智多星哩！"顺善的媳妇水兰从厨房里炒了一盘蕨菜烩腊肉，一盘油炸的虾蟆，端进堂屋说："子路你回来啦，瞧你把你哥夸的，别人不夸自家夸，荞麦地里刺碟花！他有本事，咋不到城里去当了教授，不去办工厂，倒窝在山里戳牛尻子！"子路说："咦，你油炸了虾蟆，你看看，高老庄水泉里一直有这虾蟆，世世代代没人吃的，倒是你们家敢吃哩！"水兰说："没想到这玩意儿油炸了好吃哩，越嚼越香！"子路说："你是眼睛离眉毛太近了就看不见了眉毛，顺善哥要是个不行的，你也不会嫁他！现在是王厂长来请教他了，当教授的也得求他了！"水兰说："求他？他能干了个屁，连他叔也整日拿了石头要打他哩！"子路说："迷胡叔是老糊涂了，刚才我在涝池边还遇着他来。"水兰说："那老家伙不好好地看护着林子的，疯来癫去地骂人，阎王爷还把他留在人世干啥哩?!"顺善推了水兰一把，说："说这些事干啥！你再取个盅子，让子路喝几盅。子路，你爹三周年是准备大过呀还是小过呀？"子路说："我就为这事来请你去我家拿主意哩！今日逢集，商量个规模了，趁集得办货啊！"顺善拍着脑门，他的脑门亮光光地凸着，像个寿星佬，说："日子是后天吧，那今日就是最后一个集了。这可是大事，来，你和王厂长喝几盅了，咱与你娘商定去。王厂长，这就慢待你了，你和子路划六拳！"王文龙说："你们是急事，需要不需要我帮忙？"子路说："不用不用，多谢你了！"王文龙端了盅子，没有和子路划拳，但对喝了三盅，子路一再说对不起，三人便出门分了手。

依庆来的主意，三周年要大过：老人在人世间就这一个节日了，何况子路又不是平常人。但娘的意思小小办一下就罢了，三周年虽是大事，一是家里没人手，忙不过来，二是村里一些人在地板厂上班，耽搁一天两天让人家少挣多少钱呢，再说子路能有几个钱的？庆来说："四娘就会哭穷，子路两口都在省城工作，他们没钱谁还有钱？四娘别害怕，我们是不会借的！"娘说："庆来到了地板厂倒学得会说话了！"顺善一挥手说：

"子路，你给我说，你准备拿多少钱操办这事的？"子路说："你拿主意吧。"顺善说："前年蔡老黑的娘去世了，待客一百零八桌，狗剩给他爹过三周年待了六十桌，栓子给他爹过二周年待了五桌，吃饭穿衣看家当，也没个准儿。依我看，我四伯一生德高望重，又爱热闹，过三周年来的人肯定多，你把谁能挡了？子路又是咱高老庄的名人，方圆几十里哪儿又出过第二个教授？事情办得冷冷清清招人笑话哩！但咱也不必太张扬，人一死，说的是给死人过节，死人又能知道什么，还不是给活人撑面子，子路这么大的出息，早给咱四伯壮了脸了，光宗耀祖了，也不见得需要以过三周年争荣誉的？就是再有钱，咱弄得呜吼连天的，别人还背后嫉恨哩。苏红给她爹过三周年，她以为她有了钱，让人刻了匾来送，匾在古时候是皇帝赐的，谁想要个匾就能有匾？苏红把那匾挂在墙上就跌下来摔断了。这活该，她爹负不起匾嘛！我的想法，咱不大不小取个中间，待上四十席客就差不多了。"子路娘说："这都多了。"庆来说："这还多？咱本家底窝子大，你算算，就坐十席吧？"晨堂一直坐着吃纸烟，这时又拿打火机要点一根，顺善从他嘴里取过纸烟自己叼了，说："晨堂，不要只顾着吃便宜烟，你的意见呢？"晨堂说："我听你的。"顺善说："你一辈子没主意！"就又说，"四婶，四十席是稍多了些，我已经计算了，咱把镇街的人就算全挡了，但蝎子尾村在五服之内的不说，出了五服的姓高的能挡了哪一家？再加上子路的一些朋友，比如苏红呀，地板厂的王厂长呀，学校里的子路当年的中学同学呀还不来一桌？还有菊娃的娘家人，虽说离了婚，但都住得近，菊娃还在咱家住着，毕竟一场亲戚，藕断丝还连哩，他们肯定要来的，这就得三十六七桌。说的是三十六七桌，你还不按四十桌来做？"娘也掰了指头，数了一遍，又数了一遍，说："那就四十桌吧。"顺善笑了一下，说："四婶，你听我安排没错！"头一抬，便瞧见西夏从卧房出来，就叫起来了："这是咱的弟媳妇吧？"子路忙说："西夏，这是顺善哥！"西夏说："顺善哥！"伸了手过来，顺善握了，西夏就到院里去。晨堂扑哧哧笑，说："他们还握手哩！"顺善说："正话没你，邪话就你多，在外国，公公和儿媳见了还拥抱哩！子路，我真不知道你媳妇在卧房里，我刚才说到菊娃娘家，她怕不高兴了？"子路说："没事。"顺善说："城市人到底不一样！"就从怀里取了一个小本儿和笔，说："那我就给咱开筹办的项目了。"子路娘说："这几年村里红白事都是你总管的，你开！"顺善歪头写起来，晨堂就嚷道要子路取了酒来，三个人就一人一口轮换着瓶子干喝，晨堂还说："顺善，我们先喝呀，给你留着的。"与庆来划起拳。老式拳划了三回，庆来老是输，就提出划日本拳，说是在地板厂学的，教晨堂古司太古司太，晨堂总说成尻子抬。顺善收了笔，说："少喝几口，过会儿得分配你们去集上买东西！"就念起所开的项目：西凤酒三箱子，啤酒四十捆，香烟四箱子，猪肉八十斤，白萝卜一百斤，红萝卜六十斤，木耳十斤，香菇十斤，粉条三十斤，土豆一百斤，白菜五十斤，蕨菜三十斤，莲花白六十斤，芹菜三十斤，豆腐五十斤，黄豆芽四十斤，绿豆芽二十斤，猪头六个，猪心肺十副，肠子十副，蹄子八十只，猪血十斤，肝二十个，耳朵口条各二十个，鸡四十只，鸡蛋十斤，腥油五十斤，菜油三十斤，葱蒜香菜各二十斤，莲菜四十斤，驴肉四十斤，枣十斤，酱醋盐味精大料花椒姜粉辣面不算，大米二百斤，江米四十斤，麦面二百斤，荞面五十斤，小米三十斤。众人听了，都点头说：合适。顺善说："咱就按这些准备，我计算得保守，想不要把东西剩下，剩下一堆四婶一人就不好处理，如果在做的过程中缺什么，可以临时再买，我那里什么都有，去我家拿就是了。现在我分一下工：凡是菜蔬一类，庆来你去集上负责购买，一定要买齐，不要今日买不齐明日到铁笼镇，那就麻烦了。哎，四婶，柴火怎么办？"娘说："柴也要买的。"顺善说："庆来你还得负责买柴，硬劈柴买八担，干梢子六担，软梢子三担，我那里有麦秸和干棉花秆，煎豆腐和做心肺麻辣汤最好，我让水兰今黑背几背篓来！"庆来说："你这不是嚷稀我们吗，我穷是穷，柴火还多哩，再说，地板厂的下脚料多的是，我从那儿背些来。"顺善说："那好。烟酒山货晨堂去买，烟买'红塔山'还

51

是'金丝猴'还是'宝成'？我看少买些'红塔山'，买十条，剩下的都买'金丝猴'，'宝成'怕拿不出手。"子路说："'金丝猴'买硬盒的！"顺善说："肉类我去寻雷刚。"晨堂说："我想也只能你去，雷刚鬼得很，你去能杀下价，你看要不要鱼？"顺善说："咱这儿不兴鱼，也没人会做，上次蔡老黑过事上了鱼，一半都糟蹋了，咱每个席上上清蒸鸡就很排场了，我到镇街鸡场去买。现在有个问题，就是谁去买粮？我昨日去镇街粮店了，那里的米不好，一样的价钱，不如跑到铁笼镇去买。"庆来说："晚上我给牛坤说，让他去。咱都忙活哩，他还在厂里上班挣钱的，四叔在世时待他多厚，连他的媳妇都是四叔给物色的，他竟不来问问有事没事?！"娘说："今日我没叫他，明日他还能不过来帮忙？"顺善说："灵堂上下的一切东西那就是子路的了。"子路说："这些我准备了。"晨堂说："你见过子路买回来的蜡烛吗，天神，那么大的，一根就点一夜哩。还有那些阴票子，城里人有钱，票面都是一亿五千的数呀，我只怕四伯在阴间里这钱怎么个花呀？"顺善不理他，说："响器的事，咱请东川的张家班还是请西沟村的李家班？"庆来说："东川的班子唱得好，但西沟李家班是洋鼓洋号，咱都请上！"顺善说："四婶，你说呢？"娘说："你四伯一辈子好热闹，就给他多请一班，再是，镇街上现在兴过三周年放电影的，咱也演一场。"顺善说："你要不说我还要提说的，过三周年是白事，也是喜事，咱演一场。这我得让蔡老黑去办了。"

顺善说完了，问大家还有什么遗漏的，大家说："顺善真是好主管！"顺善说："这有个啥，我只是办得多了些罢了。子路你就取钱吧，大家分别去办。"子路就喊西夏，两口子去了卧房，娘又拿酒招呼顺善庆来晨堂喝，晨堂低声说："子路的经济是媳妇管哩！"正说着，子路就拿了钱出来，每人发了一沓。顺善夺过，说："这钱我管，我落个账，咱一人先拿三百，买什么都打个票，将来我一宗一宗给子路结算。"当场点了钱，写在本子上，给晨堂庆来一人发了三百元，各自站起来回家拿背篓担子要去集上。子路母子送到门外，顺善却突然拉子路到一边，说："差点忘了，你觉得是不是应该到镇政府请请镇长他们？"子路说："这些人我不熟的。"顺善说："可人家熟你呀！不请他们当然也行，可在地方上，人家是咱们的领导，你这样的名人家里过事，他们不来也没脸面。再说，你以后不常在家，老娘却在，本家人却在，啥事还得靠人家关照的，你说呢？"子路说："依你的来。"顺善说："那我晚上就过去请他们，这事交给我好了！"子路说："啥都麻烦你，一切都靠你了。"顺善说："这就见外了，我还能给你帮什么忙？！"说完就走了。

子路和娘在门外目送他们走远，很是感激顺善，回到院子，西夏却在窗台上对镜化妆，说她也到集上去呀，石头的头发长了，她想背孩子去理发馆理理发。做娘的忙叮咛发不能理的，等后天中午以后，门上的白纸对联换了红纸对联，灵堂上的东西都拿去坟上烧了，才能洗头剪发的，要不，犯禁忌的。西夏悄声对子路说："我早上剪了脚指甲的。"子路说："不知不为过。"西夏说："你是知道的，这几天却天天要……"子路赶紧拿眼睛瞪她，自己脸却羞红一片，就搭木梯上了堂屋楼上。楼上塞得满满的，全是些没用的桌子椅子，纺线的车子，织布的机子，背篓，菜瓮，还有劈开的柴火。靠墙处是娘的寿材，原本这里一排放了两具，爹的抬走了，娘的年年刷一遍漆，漆得能照见人影。寿材上的木架上，一半放着子路在家时读过的课本，一半放着爹死后孝子贤孙们穿过的孝帽孝袍，麻绳，麻鞋，还有多种纸扎的祭品。母子两一样一样往下搬，尘灰落了一头一脸，娘不禁想起亡人，一屁股坐在灵牌前的椅子上，用手帕就捂了脸，咿呀咿呀哭了起来。娘一哭，子路也是泪水长流。

院门口有很重的脚步声，有人一边喘气一边喊："是不是这家？柴来了！"娘立时止了哭，跑出去，一个宽脸汉子挑着一担劈柴在门口，忙说："是庆来买的柴吧？"汉子说："我不知道叫什么，胖胖脸，眼睛红红的。"娘说："那就是！"挑柴人咣地将柴担撂在地上，说："后边还有成十担的。"

语未落，一溜带串进来了硬劈柴八担，干梢子六担，软梢子三担，庆来在后边跟着。柴火一下子堆了一大堆，庆来指挥了卖柴人将柴火往院墙根放，一一付了款，在纸上落了账，打发着走了。娘说："让人家喝口水嘛！"庆来说："都在晨堂媳妇的食摊上吃了喝了。"子路说："她在集上卖饭啦？"庆来说："每一集他们都卖麻辣心肺汤，晨堂精得很，我去买柴，卖柴的人多，都争着要卖给我，晨堂就说：要想卖掉，就得去买一碗汤喝，这些深山的人就拿了馍在食摊上买汤泡着吃了。"娘说："晨堂都是娃多，也是把他逼得这样。你得给他叮咛，菜蔬得今日买齐呀，不要光卖了心肺汤把事误了。"庆来点点头，说他再去地板厂，联系弄些下脚料。娘又说："如果人家要钱，你就给出钱，不要让人家过后说个不是。"庆来说："这个我知道。"子路就把一包纸烟塞进他的怀里。

娘说："庆来这娃老实。"就又对子路说，"你去担一担水来，今中午起，咱就要招呼帮忙的人了，娘还要问你，这四十席不是个小数目，你带的钱够不够？平日寄我的钱我都存了，如果不够，趁早得去信用社取了存款哩。"子路说："够。"娘就说："你把花销一宗一宗给西夏说清哩……"子路说："这我知道。"

娘在厨房里淘米切菜，子路裁纸写院门堂门上的对联，特意还写了四个大字：恕报不周，准备明日贴在门口，使到时没有接到通知的人家能予谅解和包涵。晨堂就引着卖白菜萝卜土豆蕨菜芹菜的人进来了，嚷道着菜价比上一集贵，吃菜如吃命哩！在给卖菜人付款时，晨堂却提出压价，卖菜人躁了，说刚才说好了两角钱一斤的，菜背回家了却是一角八分，哪儿有这种事，拉出的屎还能再吃了?！双方一争吵，子路当然是站在晨堂一边，说菜哪有这么贵的，又嫌萝卜没有洗泥，白菜里浸了水，打圆场就杀价一分。卖菜人气得一口白沫，说不过，打又不敢动手，不卖了吧菜已放在了这里，就说：少一分就少一分吧，权当是几捆菜喂了猪了！晨堂听得他骂，跳上去打了一个耳光，卖菜人也要扑过来，子路吓得忙去抱了他的腰，

顺善就进了门，一声吼叫把双方镇住，问明了原委，也不好补卖菜人的那
一分钱，哄哄劝劝让走了。卖菜人一走，顺善倒埋怨晨堂不该赖价，更不
该动手打人家，晨堂只是嘿嘿笑。顺善把背篓里的猪头猪蹄猪心猪肝猪肺
猪肠倒出来一大堆，晨堂就提了猪头挂在门环上，嚷道这猪头卸得好，说：
"雷刚那狗日的生意好，走的是政治路，他要不买通镇政府，这么大个镇
子他能领到屠宰证？上个月我去买猪头，他给我卸到耳朵根，子路，你瞧
顺善去了，卸得整个脖子都在哩，这溜屁眼儿的货！"顺善得意地笑，说：
"不是他溜我屁眼儿，是你把人活倒了。"娘从堂屋出来也说："雷刚认顺善
的账这没说的，再是，雷刚一个人住在镇上的时候，可怜成啥了，你四伯
念及他和雷刚的爹以前在北山烧过炭，就给过雷刚五十元钱的，饥了给一
口强似饱时给一斗，雷刚杀起猪后，你四伯去买肉，他总给割好肉，现在
过三周年了，雷刚还照顾咱，这娃有良心的！"顺善说："整块子肉晚上送
来，我也请他一家后天过来，可能肉价还会落几分哩！镇政府我去了，吴
镇长在，他高兴得很哩，说一定要来的，还建议是不是也请派出所的朱所
长，信用社的贺主任，我想，也是，多一个人多一双筷子嘛，也就去都请
了，没有不欢天喜地的！"晨堂说："子路又不贷款，请他干啥？那个姓朱
的，才不能请吃，给狗吃了也不给他吃，就是披了一张公安皮嘛，你瞧他
耀威扬武成啥了？！"顺善和娘却嘿嘿笑起来。子路也有些不大愿请得那么
多，就问笑什么，顺善便讲了去年冬天晨堂和一些人在家摇宝，原本在院
门前布了哨的，没想朱所长有事从屋前过，听见里边一哇声地吆喝，知道
晨堂又聚众赌博，遂返回叫了三个警察来抓，那门口放哨的发现了，只叫
了一声"朱……"朱所长就一拳打得窝在那里，蹚开门直往上房去，一帮男
女炸了窝地乱跑乱钻，有人从后窗往出跳，窗外是站着一个警察，出来一
个摞倒一个，后檐台阶上就扑通一声倒了四个，屋里的也全捉住，每人把
身上的钱往出掏，一块儿收了八千元。朱所长并不满足，开始搜屋，结果
水瓮底下塞着一千元，柜上的米篓里塞着三百元，炕席下压着七百元。别

的人收了钱就都放了，把晨堂、来正和庆来用铐子拉去派出所，审问聚众赌过几次，审问到晨堂，晨堂只是不说话，朱所长一个巴掌扇过去，晨堂嘴里掉下一卷钱来。现在要请朱所长，晨堂不悦意。顺善说："晨堂你恨所长是你恨的，子路却没必要得罪人家。我已经请过了，再不让人家来，怎么收场，这些人一般去请，他还请不来的。"晨堂瘪了瘪嘴，洗了个萝卜来吃，就一边骂着姓朱的一边往门外走，娘赶紧说："吃了饭再走！"晨堂说："我先去集上一趟，过会儿来。"顺善却说午饭不要管他了，他还要去请响器班的，子路就让他看看灵堂的布置，顺善看了，说："四婶，给骥林娘说过没有，得让她过来帮忙的。"娘说："几天前我就说过了，办这种事哪里少得了她？"

西夏在集市还未开圆去的，直到四面八方的人挤得一条小街水泄不通，又渐渐过了午时，太阳已经照在稷甲岭顶上，人稀少起来了，西夏还有兴趣在那里转悠。西夏的腿长，生性又好奇，还是在上中学的时候，她从家到校去，若要经过商场就得去逛一次，常常便迟到了，老师一见她迟到，已经没了脾气训她，说：又去商场点货了？！这话西夏一直记着，同学们也都记着，聚会时提起这事就痛笑一顿。在乡下的集市上，对于西夏来说，什么都是稀罕，她把每一个山货铺子、摊位挨着看，把每一样未见过的东西拿在手问这是什么，做什么用，是什么价，卖主们瞧她人高马大，又穿着时兴，认做是城里来的人，腰里有钱，莫不热情介绍货物，甚或欺骗，说得天上没有地上仅存，水也能点着灯，以至于她走过了还撵过来说再便宜一元或五角，弄得她后来就双手插在口袋里只看不动手。在牛羊猪猫狗市上，到处是牛粪猪屎，热腾腾的臭气冲天，但买者和卖者在那里撅牲口的脊梁，捏牲口的肚皮，扳过牲口的嘴看牙口，然后各自把一个袖子拉长，两只手在袖筒里捏弄。西夏不知道这是做什么，跑近去歪了头看，旁人告诉说：这是讨价还价哩。西夏问怎么个讨价还价？那人就比画伸几个指头是代表多少钱的，就又有人说城里人哪里懂这些，偏指着远处的一头驴问："城里人你瞧瞧这驴怎么有了五条腿？"西夏看时驴的生殖器老长老长地吊在那里，她有些生气。那人说："四条腿的脚着地的，那是群众呀，群众'脚踏实地'嘛，那一条呀，是咱镇政府的领导，领导都是高高在上，晃来晃去的！"便见一个戴着大而厚茶色水晶镜的，衬衣领黑污污的，却披着一件蓝制服的人过来游悠了一圈，说："德胜，你把饭店关门了？"叫德胜的说："开了烟酒铺子，你们却拿烟酒赊账，开个小饭店，白条子又收了那么多，我不关门怎么办呀？！"披制服的说："你这是甚意思？我只去吃过两顿饭啊，打白条子也不是不给你兑现呀！"德胜说："王主任当然例外啦，你给我办了多大的事情，我应该好好请吃的。"一人说："德胜，烟酒铺子办不成，饭店办不成，你给咱镇上开个妓院嘛，那来钱一定快哩！"德胜说："那更不行，领导上去就才不下来了！"众人哈哈大笑，西夏也笑了。从牲口市过来，是集中了一大溜的小吃摊，似乎这里的人来赶集，除了买货卖货，还有一个目的就是来吃的，那些小吃摊前都是坐着蹲着站着许多人，个个满口红油，一脸热汗。西夏就看见了晨堂在帮他的媳妇卖麻辣心肺汤，晨堂的鼻尖上总挂着一滴清涕，在那里一边忙着把碗筷在一盆脏水里洗刷，一边喊："麻辣汤，麻辣汤，又热乎又便宜啊！"西夏不愿进去，站在一家屋檐下的台阶上往这边看，旁边一个瓦盆瓦罐儿摊，卖主个子极矮，却老得头发胡子全白了，不停地敲着瓦盆儿叮叮响，说："女子你不去吃吃？"西夏说："我怕不卫生。"老头说："不吃对着的，他那食摊高老庄人不吃，只哄南北二山的，去年两口卖饸饹，晨堂卖着时上过一回厕所，不知他用瓦碴擦的尻子还是用土坷垃擦的，手指头上就沾了屎，回来不洗又抓饸饹，买饸饹的问你手上是啥，他往嘴里一抹：酱辣子，酱辣子！"西夏恶心得就反胃，也不看晨堂他们了，跑去看一个老太太卖花馍。花馍放在一个柳条编织的大方笼里，以面食做就的鱼、兔、虎、猪，猪身上又爬满了五毒，造型夸张有趣，颜色大红大绿，西夏爱不释手，拿了照相机拍过来拍过去，最后干脆就把馍和笼全买了。但把花馍拿回去，西夏是不想这么早离开集市的，而提着花馍又不方便，瞧见斜旁正是三治家的饭店，就把花馍存放在那里。那秃头老婆嚷道："地方真是邪，说龟就来蛇！这就是子路的新媳妇！"五六个妇女就拿眼睛看西夏，西夏不知所措，只得微笑点头。原来这些妇女都是与子路家沾亲带故，或是蝎子尾村人，她们要在后天给子路爹送献奠，又不想在家蒸那大馍或自家蒸不好大馍，便到三治的店里来定做。一个妇女就站在西夏面前，痴呆呆把她从头看到脚，从脚又看到头，然后对立在桌子前哭丧了脸的一个女子说："英子英子，你哭你娘的啥尿水哩，你这姨是省城人，家里钱用麻袋装的，可你姨穿的啥，一身棉布，你还讲究要穿不起色的裤子！"那妇女又说："你没见到菊娃？"西夏说："我没见过她，她也来做献奠了？"三治的媳妇说："她是前脚走你后脚就来了，你们这姐妹俩……"那妇女说："咋能是姐妹俩，菊娃应该为大，她为小哩！"西夏脸上不悦了，说："噢，要是在旧社会，子路还可以有三房四房的！"告辞了走出去。

西夏后悔把花馍存放在店里，女人们的是非多，高老庄的女人她有些受不得，可在街上的人窝里，她倒真希望能碰着菊娃。她虽然没见过菊娃，她自信若是碰着了，能凭感觉就认出她的。但在集市上始终没有见到。她跟着一个头大腿短的人走，矮子又是外八字步，摇摇晃晃走了前去，她也摇摇晃晃起来了。猛地觉得不妥，停下步子，身已拐进一条小巷。巷里有一所砖雕的门面，土红色的院墙上垂落着迎春花蔓，有纸条写着"危墙，行人勿近"，走近才看清是一座寺庙，庙门楼上石刻了"太壶寺"三字，而院墙歪斜得厉害，有一段用三根木椽顶着。西夏正要转身离开，却见巷的岔道那边顺善背了猪头猪心猪肠的过来，忙避身在一边。忽见墙边竟立有一面石碑，便背身假作读碑的样子。但西夏没想到碑是清代石碑，又写着"农家四季"几个大字，便有了兴趣，就一边用手擦着碑上的小字一边往下读：

春季事如麻，请坐一杯茶，有话早开言，吾好布生涯。播种有迟早，各宜依时下，务农本争春，节令趁勿差。夏季正耕耘，闲情少关心，时来不可误，苗从何处生？刈麦兼晚种，栽插桑蚕纷。非谈古今时，鸣蝉恐寒生。秋风白露生，劝君莫远行，谷黄宜早收，免致求别人。仲秋防霪雨，霉烂潮湿深，晒干与上仓，早纳国课征。冬季霜风起，收拾柴和米，围炉课儿读，与客谈家计。把酒话桑麻，同乐太平世。祈天尧舜日，击壤而歌欤。

读毕，想这块碑子怎么立在这里？就听寺门口两个和尚在说着稷甲岭的崖崩，和崖崩崩出的那只千年老龟。回头看看，顺善已经过去了，却又过来三人一边走一边说："雷刚一身杀气的，鬼也敢寻着他老婆？""恐怕也就是他杀生太多。""我以前不信的，现在不由你不信，菜花的男人与她没亲没故，她说的和他的声也一模一样，这才怪了？！""这怪啥哩，东川三月份还出了个再生人呢。""什么是再生人？""就是人死了十年八年，突然几十里外有人来寻他老婆，来的人年轻轻的，老婆却五十岁了，说他生前是这老女人的丈夫，能把生前的事说得清清楚楚，连那女人屁股上有颗痣也说得出来！"西夏听得糊糊涂涂，出了巷子，许多人在嚷嚷要去看雷刚媳妇鬼附了体了，她也不知雷刚媳妇是谁，便跟着人往街东头走。一直走到背街土场子前一户人家，院子里挤满了人，一个女人倒在台阶上双目紧闭，却大声说："我是得得，我饿得很嘛，你让菜花来！菜花给我的饭放在柜盖上，他们都抢哩，我抢不到，让菜花把饭给我送到坟上来！"旁边人都目瞪口呆，一个光头汉子就抱了那女人，呼叫："香香，香香，你醒醒，我是谁？我是雷刚！"香香眼睛仍是不睁，说："我认不得你，你把菜花叫来！"有人就叫："去叫菜花来，菜花不来，这横死鬼不走哩！"香香说："菜花，菜花，我有一双鞋，是胶鞋，我藏在堂屋的架板上，我要穿哩！"就有人说："谁去南驴伯家看看，是不是有胶鞋藏在架板上，就知道是真得

59

得还是假得得，或是香香装神弄鬼故意要吓雷刚哩！"雷刚说："香香没这瞎毛病，别人怕老婆，她却是听我的。"旁边人说："别人怕老婆，你是老婆不怕！"西夏也觉得奇怪，在省城从来没听说过鬼魂附体的事，乡下的鬼倒厉害了？院门口就有人喊："蔡老黑来了，鬼怕恶人的！"果然众人闪开，蔡老黑拿了一根桃木条走进来，老远说："是得得缠人了，这得得老实疙瘩子，他来缠什么，害得雷刚猪也杀不了了！我看看。"西夏忙缩头在人背后不让蔡老黑看见，却见蔡老黑过去让雷刚拿一个簸箕来，盖在香香身上，就用桃木条连连抽打，厉声问："你是谁？"香香说："我是得得。"蔡老黑说："得得，你死了就死了，你胡跑什么，雷刚正要杀猪给你叔过三周年呀，你这么害雷刚的老婆，你四叔也饶不了你！"香香说："这我不管！"蔡老黑说："你走吧，你有冤你去找地板厂的老板嘛，他们城里人占了高老庄的土地，用了高老庄的资源，他们富得流油哩，你来缠香香算什么，活着窝囊做鬼也窝囊？！"众人就嘿嘿笑。香香说："我去厂里了，厂里人气太旺，我不敢去！"蔡老黑说："那你就欺软的来了？！你走不走？"香香说："我不走。"蔡老黑啪啪啪连抽了七八下桃条，香香就叫起来："我走我走，可你得答应让菜花把饭送到坟上。"蔡老黑说："这我给菜花说。"香香说："我还要鞋哩，那鞋不能给菜花她哥穿！"蔡老黑说："这我也说，你走！"香香忽地睁开了眼，一时头上脸上汗珠咕噜噜滚下来，好像是才耕完一块儿地似的，说："我这在哪儿？"众人一哇声喊："鬼走了，鬼走了，瞧她现在的声就是香香的声了！香香，你知道刚才说的什么吗？"香香说："我说什么了？我要喝水！"蔡老黑说："把人背回炕上去，都散了去，散了去！"西夏忙出了院子，心里慌慌地跳，看看天到半后晌，巷道里有风在吹，树也长着，不知那鬼是怎么走了的。

回到家里，庆升和来正在院子里劈柴，一群小儿在嬉闹，来正懂得拳脚，蛮有力气，三下两下就把一根碗粗的柴劈成几片，庆升说："好！"来正得了意，也不用斧子，将一根柴支在台阶上，运运气，一脚踹下去，柴也就折了。小儿们看见，一起起哄，拎了一摞砖来要来正表演头破砖，来正也便剥了上衣，列了马步运气，肚皮上立时一个小球状的疙瘩咕涌涌上，咕涌涌下，最后一紧腰带，双手舞动，已将气运到脑门，举起砖来，呼地一拍，砖哗啦断为三截，满院子人都鼓了掌。娘问道："你吃过没有？"西夏说："有什么吃的？"便到厨房去翻，锅里留着米饭和炒肉，还有一小盆肚丝汤。子路扛着一大筛篓的猪心猪肠进来，说："我以为你在集上吃了？"西夏倒吓了一跳，叫道："这么多猪内脏？！"子路说："这叫下水，好吃得很，过红白事，整肉买一半下水也得买一半，没有正肉，全是下水也是好席，若纯是正肉没下水，反被人认为席不好哩！"西夏说："爱吃些脏东西！"子路在她屁股上拧了一下，痛得啊了一声，娘在门外问："怎么啦？"西夏说："手上扎了筛子的竹签了。"哧哧笑。

第二天，是子路家最忙累的一天，牛坤搭了秃子叔的手扶拖拉机去铁笼镇买米面，庆来、晨堂、来正几个壮劳力在院子里挖地坑盘龙灶：先挖一长坑，然后用土坯斜着一个比一个高地垒灶，使一个灶口烧火，五个大环锅同时烧开。盘龙灶最拿手的是南驴伯，他一辈子泥水匠，全村的炕、灶没有不是他的手艺，他一病倒，大家就试着来，但盘出的火路总不顺畅，只好把他背了来做场外指导。南驴伯虚弱得像个纸人儿，头上扎着一条带子，一边指点最后一个灶的位置低了，一边对子路娘说，他昨日晚上梦见子路爹了，子路爹穿的是蓝长袍子，说他不久要到×州去上任呀，他问去当了什么官，子路爹诡诡地眨了眨眼，他就醒来了。南驴伯说："他有当官的命哩，或许真的要在那边当官的。"子路娘说："一过三周年，灵魂要不转世，要不就上天或下地狱，反正不是漂泊鬼了。"子路听了，没有言传，他是三年来没有做过见父亲的梦，说出来怕外人笑话。在小的时候，奶奶还在，奶奶曾说有一年太壶寺的老住持来化缘，看了他们家的房子，说这家要出个当官的，一家人就都指望了爹，可爹终没有当官，只是业余演过一

61

回戏，扮的是黑头包公，也和迷胡叔正月十五闹社火时扮过"社火穗子"，是个白鼻子双帽翅的七品县官，村人倒耻笑爹当了官确是当了官，但只是戏文里的官。现在南驴伯说梦，梦若是爹托的，那爹当的也只是人间看不见的官。晨堂扑地笑了，庆来说："你别只是笑，快搬两页土坯来！"晨堂搬了土坯，说："这就好了，四叔真的在阴间做官，得得兄弟就有个依靠了！南驴伯，你说是不是？"南驴伯说："这倒是，起码他在那边不受罪了。"晨堂说："得得兄弟也真是，有四叔要做官了，他竟还操心他那一双半新的胶鞋……南驴伯，架板上真的藏着他的胶鞋？"南驴伯说："菜花找了，果真是藏在架板上。"说罢，眼泪却流了下来。庆来说："晨堂，担水去再和一摊泥！"晨堂说："你把我当小工使了？！"还是挑了桶去泉里挑去。他一走，庆来就骂："晨堂是 × 里灌了米汤了，咕咕嘟嘟个不停！"

厨房里，骥林娘被请来"炸果子"。世世代代的规矩中，祭奠是要用鲜花和水果的，——鲜花和水果又怎能保证一年四季任何时候都有呢——于是就把面团捏成各类花与果的形状而以油炸制，骥林娘是"炸果子"的高手。西夏一直看着骥林娘和娘在锅上忙活，两个老太太待在一起，骥林娘显得是那样干净漂亮有气质，她不明白高老庄怎么会有这样一个女人！就说："婶婶，你脚上的这一双高勒软底儿皂鞋是你做的？"婶婶说："手上没劲儿了，针脚大得难看死了！"西夏说："好看得很！听说你也剪窗花，晨堂家墙上的布堆画也是你做的？"婶婶说："土里土气的东西，西夏该笑话了！"西夏说："过几天我要到你家去学本事啊！"婶婶说："我这算本事？！"娘说："咋不是本事，高老庄会你这本事的还有谁？"婶婶说："要说呀，高老庄十来年人一溜带串地死，都是我缝的寿衣，给死人穿衣、整容和入了殓的，到了我哪一日倒了头，也没人给我洗脸整容，让我不干不净地走了。"老人说完，原本要笑笑的，却嘴角一个笑意一闪，皮肉就僵硬了，一时倒有些凄凉。娘叹了一口气，眼睛又潮湿起来。婶婶说："你瞧，咱说到哪儿去了？"娘说："他爹一死，这三年里我把眼泪都快流干了……"

婶婶说:"谁能不死的,骥林他爹一死,我美美哭了一场就不哭了,人常说赖活不如好死去,他爹的鼻癌到了晚期,整日是疼,我倒盼他早日闭眼,早闭眼早不受罪,你没见人在倒头时脸上都笑一下吗,恐怕阴间比阳间要好过哩!骥林他爹和子路他爹生前是棋友酒友,现在人家哥俩在那边热热闹闹的,咱倒泪眼对泪眼?!"一席话说得娘也不哭了。婶婶低过头来,悄声问:"狗锁那边,你没给说一声?"娘说:"一墙之隔,他就是记不住日子,也能听来这边动静……我没去!"婶婶说:"这你就不对了,你该说一声,他来不来是他的事,他不来让外人笑话他去!"娘说:"那我一会儿说去。"院子里子路叫着娘,问哪儿还有电线,得接一个灯到院子,娘挓挲着沾面的手出去了。西夏说:"婶婶,你们说的是不是竹青两口子?"婶婶说:"那是一对狗哩!"西夏说:"你也骂?"婶婶说:"狗锁小时候是你爹供养上学的,他长大了,不孝顺你大伯,你爹去诉说他,诉说到气头上扇过他一耳光,他竟然记仇了,多年里与你家不大来往,石头生下来是残疾,他倒对人说是你爹做了亏心事,天报应的,你说这是不是个疯狗,胡咬哩!"西夏哦了一声,见娘进来,就不再问了。

到了下午,本家的那些做媳妇的和村里的三四个中年妇女陆陆续续洗萝卜,刮土豆,烧锅煮肉。这些女人们或许是牵着自己的小儿小女,一进院,孩子们就集体嬉闹开来,他们没有悲伤,村里任何人家过红白事都是他们最开心的日子,坐在草蒲团上的石头是他们的领袖,指挥着干这干那,然后拿了油彩笔就在他们的脸上、肚皮上或开裆裤露在外边的屁股上画上图案。或许,来的人是要挑一对空桶,这些木桶就在厨房门外摆成一溜,要盛剩饭剩菜,淘米刷锅的泔水,拿回去喂猪。男人们各有各的任务,都是口叼着纸烟,耳朵后还夹着一根纸烟,女人们就把从大锅捞出的整块肉剔骨,剔出的骨头让孩子们拿着去吃,骨头上故意留许多瘦肉,闻见肉香而跑来的三条四条狗就在院门口汪汪,一不留神窜进来叼走了孩子手里的骨头跑去。孩子在呜呜哭,更多的孩子在笑,他们绊搭着大人们的工作,晨堂在发火了，骂道："都往出走，没见大人都忙得鬼吹火吗？"子路把西夏叫到一边，说："你去坐在那里剔骨头吧，你坐在那里了，她们就不好意思偷吃和给孩子吃。"西夏说："你真是小气，那能吃了多少？"子路说："这些婆娘都是些饿狼哩。"西夏不去，子路就给娘说了，娘把煮熟的肉交给庆来的娘，让她专门切成长条或方块，放到菊娃的厦屋里去。子路又来对西夏说："那些骨头还没剔完，都把肉剔不净，你还是把孩子们都带到前院去吧。"西夏伸个小拇指嘲笑了子路，却也一阵吆喝，和孩子们去了牛坤家门前的土场子上。

西夏故意在土场上多待了一会儿，天就慢慢地黑下来，有两个小儿终经不住肉香的诱惑，又往院里走，却在巷道里大叫："龟子来了！龟子来了！"接着便有人骂："什么龟子来了，记着，是响器班的乐人！"小儿就又叫："吃药的人来了！"啪啪两声响，小儿多半是被打哭了，呜呜地，一边跑一边骂："×你妈，×你妈！"巷道里一骂人，这边的孩子也骂×你妈，别的孩子以为骂自己，就也骂，立即相互厮打开来。西夏唬这个，训那个，好不容易平息了争斗，一阵咿咿呀呀的声音传来，先还以为迷胡叔在什么地方又唱了，侧耳听听，不是唱，是哭，娘也紧紧张张跑了来，说："西夏，你快去村口接人，你几个本家的姐姐妹子来了！"她手里拿着一个白孝帽，戴在西夏头上。西夏去了村口，来正的媳妇也去接人，四个女孝子，头上都戴了白孝帽，还穿着白衫子，提着献祭笼，打着金山银山一类的冥器，一边起起伏伏唱歌一样地哭，一边间歇了吆喝儿子女儿们走好，不要乱跑。来正的媳妇拉过献祭笼，说："你们来得倒早！"一个说："不早，我们商量了在镇东路口等着都到齐了一块儿来，雪花娃娃小，走不利爽，还真怕来迟了，让人笑话！"就问西夏是谁？来正媳妇说了，又介绍年纪大的是竹叶姐，是三伯的女儿，立春是劳斗伯的大女儿，雪花是劳斗伯的小女儿，麦花是晨堂的妹子。众姊妹就拉了西夏的手，说了一番亲近的话，又把小儿小女拉到身边让叫妗子，说："好好学习，学好了上大学，像你舅你妗子一样有本事！”一伙人往家去，刚进巷口，四个孝女就又咿咿呀呀哭起来。

到了家，院子里的人已经很多了，樱桃树下摆上了两台木桌，一桌上放着钹、锣、鼓、板和唢呐，一桌上放着长长短短的赤铜号角，桌前各坐了一拨人。帮忙的女人们显得忙碌，出出进进安置桌椅，收拾碗筷，张罗着要吃晚饭呀。晨堂的媳妇是蹲在院门口剥葱的，小女儿嚷道着吃奶，她就挓挲着手，让孩子从怀里掏出一咕涌软肉，自个儿去吮，那奶倒比孩子的脑袋大。一人就说："顺女顺女，你就当着这么多人敞了怀？！"顺女说："老婆娘了，我怕啥的！"那人说："真个没结婚时是金奶，结了婚是银奶，生了娃娃就成了猪奶了！"满院子哄笑。顺女就扑起来，将剥葱的手偏在那人眼皮上抓，葱味就辣得眼里流泪水，说："让你看嘛，你老婆又不是没长……"却不说了，急过去对娘耳语："疯子迷胡来了！"西夏说："他来了好，响器班不是要吹打吗，让他唱'黑山白云湫……'"娘瞪了她一眼，对顺女说："来了就让吃饭。"门口咚的一声，迷胡叔把背着的一件什么东西沉重地靠放在门框处，站起来大声说："我也来给我四哥热闹热闹啊！"手里拿着胡琴。来正说："我以为你拿什么重礼了，背一块儿石头！你真是力气没处使了，白日怎不来劈柴挑水呢？！"迷胡叔说："你去瞅一瞅，那是石头吗，是碑子，清朝的禁山碑子！栓子打尿窖子挖出来的，我背回来了明日栽到太阳坡呀！"西夏第一个过去，说："真还是个碑子！"但众人都没兴趣去看，说："迷胡叔护林负责，该表扬表扬！可你今夜却擅离职守了嘛！"迷胡叔说："我不是要给我四哥热闹呀吗？"来正说："你不是来给你四哥热闹的，你是来混饭的！"迷胡叔说："我不吃，我几天都不吃了，顺善把我粮食都偷完了，我拿啥吃的？我喝水呀！"院子里又是一片笑。西夏却拿了火柴，照着看那碑子，碑子高有二尺，宽不足一尺，清道光三十年立，上书：

此地不许砍伐偷窃、放火烧山。倘不遵依，故为犯者，罚戏一台，酒三席，其树木柴草依然赔价。特此刊石立碑告白。

开饭了，迷胡叔就坐到了木桌边，他果然不吃，把胡琴拉响一个曲子来。曲子拉得真好，但大家都抢着去吃饭，没人听。西夏就坐到了木桌边，双手支了脑袋听他拉，她看见迷胡叔并不受环境影响，拉得十分专注，后来自己竟为自己的曲子感动得泪流满面，西夏也为迷胡叔的样子而感动得要流下泪来。娘过来把一碗饭硬要塞给他吃，他仍是摇头不吃，娘就拉开了西夏，西夏说："迷胡叔不是疯子么！"娘说："他不是疯子咋能把胡琴拉得自己都哭了？你越是看他，他疯劲得才厉害哩！"

吃罢饭，娘取了一身孝衣让西夏去她的卧屋穿，说是过会儿孝子们要去坟上接灵呀。西夏是第一回穿孝衣，在镜前照时，竟觉得自己是那样俊俏，就把斜襟处的白布带儿往紧系了系，又把刘海儿全塞进孝帽里，而且觉得帽檐往下按更好看一些。门帘一挑，一个女人也穿了一身孝衣进来，西夏看时，女人中等个头，瓜子脸形，弯眉大眼。但那女人挑帘之际，猛地瞧见西夏在镜前，轻轻哦了一声，一时竟怔在那里。西夏微笑招呼，那女人也微笑应之，然后举头在柜子上边望了一下，说句"啊，不在"，就转身出去了。西夏清楚她在柜子上看了那一下，连同说出的那句话，都是一种慌忙中的掩饰，一种要退走的托词，但西夏立即惊悟：这是不是菊娃呢？忙趴在窗口，用手戳了窗纸一个窟窿看那女人，那女人钻进了厨房，而子路忙着给两桌乐人散完了纸烟，随之也进了厨房。西夏估摸这八成是菊娃了，故意走出来，要往厨房里去，屋檐下就有人指指点点，竹青已经在给她使眼儿，并招手让她过来，西夏想：十成是菊娃了！但她偏不理会竹青，更装出完全不晓得什么事情的样子，站在了厨房的门外，收拾起那一张小饭桌上的碗筷。厨房里，菊娃是坐在了灶火口烧火，火光红堂堂地映着她的脸，子路站在火台边，一眼眼看着菊娃在轻声说话。她听见了子路在说："你中午怎么不回来？"菊娃说："……我说好天黑回来，天黑人多，她就不注意我了。"子路说："……她不能不回来……"菊娃说："你也不介绍了让我看看。"子路没有回答，咳嗽着。菊娃的脸突然间暗下来，似乎是灶口里的火灭了，她低了头去吹，但怎么吹，只是起浓烟，子路的咳嗽更厉害。菊娃从身后的墙角抓了一把麦秸，重新用火柴点了，火又一次红亮了，但随之是嘭的一声，灰屑飞舞，落在孝帽和孝衣上一层黑灰，说："我早就说过了，你会找个未婚的，果然还是个娃娃嘛！"子路又是无语，拿了抹布在灶台上抹。菊娃说："你去吧，别在这里让人笑话。"子路说："……石头能画画哩，石头是什么时候学的画？"菊娃说："你还记得我娘儿俩？！"西夏把一只碗撞落在了地上，响声不大，碗却碎了一半，忙捡起来要放到窗台上去，就意识到自己站在这里是不合适的，甚至偷听人家说话似乎就有些卑鄙，便走向竹青那儿，说："是竹青嫂子啊，你没吃饭？"竹青说："我肚子不饥，吃了半碗……西夏，你可不要到厨房去，你知道吗，烧火的是菊娃，石头他娘的。"西夏说："是菊娃姐呀，我还真想去见见她的。"竹青说："到底是城里人开通！菊娃她倒应该来见你的，她现在不是高家的人了，你虽小，可你是正经的高家媳妇呀！她咋好意思回来呢？"西夏说："我爹临终时是她伺候的……再说，石头叫她娘啊。"竹青说："她对高家有啥好处，生个娃娃还是残疾！你什么时候了，生一个让她瞧瞧，她或许在厦屋里住也住不成了！"西夏从心里厌烦说是非的女人，做出没听懂她的话，仰了头看远处夜空升起的天灯飘飘忽忽飞过来，直飞到院子的上方。她说："啊，啊，谁放的？"竹青说："村人为四叔做的天灯吧，你要生个娃娃哩，争气都要生个出来哩！"西夏说："这么大的天灯！"竹青咕哝了一句："个子高的人傻。"起身却往厨房里去，立即厨房里有了她大声的说笑，西夏就看见院门口一群孩子拥进来，大叫："狗连蛋了！狗连蛋了！"接着是狗挨揪的哀鸣声，一只狗被强拉到门口，狗尾处又连着另一只狗，分头要跑，没法跑，前面的公狗就拖着后边的母狗。庆来出去一顿责骂，孩子们散去，那一对狗也瘸瘸跛跛跑走了。

东川张家班的这一拨吹响了唢呐，孝子们就去坟上接灵，子路打头，怀抱着爹的灵牌，后边是庆来庆升晨堂牛坤，在坟上磕头，奠酒，烧纸，焚香，又鸣放了一串鞭炮。月亮半明半暗，风也不高不低，子路看看稷甲岭，崖崩的土石已经埋没了水渠畔的那棵柿树，却就是没有埋住坟，不禁唏嘘数声，感叹高家先人的阴德。庆来便讲了崖崩前天上出现的飞碟和崖崩后发现的旱龟，子路问：真的有过飞碟？庆来说：迷胡叔看到的，他才又犯疯病了。但子路终是不信，又问起旱龟真的是送给了县长，庆来说吴镇长是真的把旱龟送给县长了，为了能让上边拨重大灾情救济款，镇长又让地板厂拉了一车地板条送给了县上领导。子路说："厂里有钱，也该出面修修镇街嘛，都什么年代了，咱高老庄的镇街还是土路！"庆来说："依我看，厂长和苏红才不肯出这笔钱的，已经叫苦地板厂养活的人太多了，镇政府一有什么接待请客的事就让厂里出面了。"晨堂说："那又能出几个钱？厂里什么事不又是镇长给了优惠政策？高老庄的人想盖一院房子，批个庄基地难得像女人生娃，厂里想占哪里就能占哪里，又在厂区后扩大了十亩地。现在谁能贷下款，连蔡老黑都喝老鼠药哩，可厂里要贷多少就贷多少！再过两年，庆来你怕也是有钱的主儿了！"庆来说："我赚屁钱？现在钱都归了窝儿的，我不是老板又不是拿权的领导，我还不是干 × 打得炕沿响?！不提钱我庆来还活得像个人哩，一提钱我急得就想提刀杀人哩！"晨堂说："子路，你小心着，庆来要杀你哩！"子路说："我有什么钱？我只是这一身衣服比你们好些罢了！你要肯，我现在就脱给你？"晨堂说："那是教授皮哩，我敢要?！"大家笑了一笑，抱了灵牌从原路返回来，孝女们就已跪倒在村口的土地上哭着接灵。西夏是娘把她推到了接灵的队列中的，她的个头在孝女中显得那样高，以至于要尽量把腰弯下来，待到前后左右哭声一起，她不知道自己该哭些什么，又听不清哭着的人嘴里念唱的是什么词儿，腰间就被指头轻轻戳了一下。扭头看时，是右手边的菊娃半撩了面纱在暗示她快把面纱遮下来。西夏赶忙照着做了，倒感激菊娃在这种场合能顾及她。众孝子列队进了院，院子里乱哄哄一片，灵堂前地方又窄狭，无法跪下这么多人烧纸奠酒，就依次在院中朝着灵堂跪下，两台响器就全吹打起来。菊娃跪下了把身子靠近了西夏，轻声说："你要哭哩！"西夏点了点头，跪下去却觉得膝盖垫在硬土地上生痛，怎么也跪不稳，纸就烧起来了，前边的子路庆来晨堂都拿了纸往火堆上添，叫声"爹呀！"狼一样干嚎，后边的孝女和前来祭奠的亲戚朋友中的女眷就咿咿呀呀哭唱，西夏听见了菊娃也在含糊不清地哭，却将一样东西推给了她，低头看看，是一只鞋，忙垫在膝盖上，跪稳了，要哭的，但哭什么又怎么哭呢？斜眼从前边人的肩膀看过去，爹的遗像在灵桌上放着，和子路长得一模一样，南驴伯是坐在火堆边用一柳棍翻动火纸，冲天的红光中灰屑如蝴蝶一样在空中乱飞，先是红的，再是白的，落到人身上又成黑的。子路也是不会哭的，低了头只是流泪，泪珠子在面前的地上已湿了一片。西夏警告自己一定要流泪，但越是要流泪却没有泪，就把头深深地埋下去，装出恸哭的样子。纸烧过后，孝子孝女们起来，唢呐号角也住了，顺善在大声招呼摆桌子吃茶，院子里又乱成一窝蚂蚁，娘却一人坐在了灵堂前哭起来，娘的哭声虽也起起伏伏有节奏，但哭得伤心动情，眼泪鼻涕都流下来，使所有的人听了心碎。南驴伯坐在台阶上说："他四娘，你不要哭了，不要哭了！"娘说："你让我美美哭一场！"就又哭得止不住，几个侄女过去，说："四娘，四娘！"劝说着她们也哭起来。南驴伯说："西夏，你去把你娘拉起来，她不敢伤了身子，还有明日一天的。"西夏过去拉娘，娘越发哭得厉害，西夏不知还要怎么劝，站在灯影处眼泪却如断了线的珍珠一般流下来。菊娃就过去拉娘，说："纸烧过了，现在开始喝茶哩，你这一哭，大家茶也喝不好，你得出去招呼大家喝茶呀，喝罢了，来祭奠的人就更多的。"娘就不哭了，擦了眼泪说："我不哭了，你们让都喝茶吧。"坐在蒲草团上发痴。

　　西夏拿了茶杯去倒茶时，才发现喝茶喝的并不是茶，是把麦面炒熟了

69

煮有杏仁、芝麻、花生的油茶，她疑惑刚刚是吃过了晚饭的，怎么又是吃这种东西，就放下茶杯，坐在灯影里歇脚。院子小，人又多，烟火的呛味，煮肉味，油茶味，人的汗味和院墙外的厕所尿窖味混合了散发着腾腾的热气弥漫在空中，悬挂的大灯泡像是一轮太阳从空落下，照耀着每一个端着大碗喝得吸吸溜溜不止的人们，脸上都有了热汗，戴孝帽的也脱下帽来擦湿头发，再把孝帽戴上。那盛了油茶的大盆上空，是无数飞蛾在翩翩。她突然觉得，这个时候，一个人是坐在了灵桌上的，是爹！爹的样子和那遗像上一模一样，四方脸，粗脖子，有两道很浓很浓的眉。她忽地站起来，站起来爹却从灵桌上消失了，西夏登时脸色煞白，她感觉浑身的汗毛都竖起来，起了一层鸡皮疙瘩，就对蹴在那里喝得呼噜噜响的银秀说："你瞧灵桌上，灵桌上！"银秀说："啊，是蜡起苔了！"走近灵桌用筷子夹掉了蜡头烧出的黑苔。西夏不敢说出她看到的情景，自己也说服自己是产生了幻觉，但仍觉得那些绕着灯泡和油茶锅飞来飞去的蛾子都似乎是鬼变的，它们欢乐着，嬉闹着，争着喝酒和捡收着阴钱冥票；她不再去看灵桌了，也不看那灯泡和油茶锅，背身坐在门槛上，竟发现石头正坐在灵桌下，他并没有哭，也没有流泪的痕迹，只是骨碌碌睁着眼睛看灵桌上的供献。西夏害怕孩子不懂事，伸手要去抓油炸果子吃，就过去坐在他的身边，石头却说："香！"西夏说："什么香？"石头指着油炸果子说："花果香。"西夏说："是吗，你闻见了吗？"这个时候，西夏并不惊讶石头的异秉，只想顺着石头的奇异也企图真能闻见花与果的清香，但西夏没有闻到。菊娃就端了一碗油茶走来，吹了吹热气，交给了石头，却对西夏说："你还没端碗？"西夏生动了脸面，立即说："我不想吃了，菊娃姐！"菊娃身子动了一下，有些惊慌，说："你知道我了，知道我的名字……这是石头。"西夏说："石头聪明得很哩！"菊娃说："石头，叫姨，你叫过你姨了吗？"石头第一次叫了："姨！"西夏过去一下子抱住了石头，差点使碗里的油茶泼出来。一直坐在院门口喝茶的晨堂媳妇，叫了一声"耶！"菊娃和西夏都抬头看她时，这小个女人倒一吐舌头，端碗起身往菊娃的厦房里去了。

　　厦房里，一帮老太太脱了鞋坐在炕桌边喝茶，子路在那里拿了勺，不断地给各人碗里添，晨堂的媳妇就走进来，说："子路哥，你能行哩，她两个亲热得说话哩！"子路说："谁个？"晨堂媳妇说："还有谁？我只说她俩是针尖对麦芒，没想会是这样？！你咋恁幸福嘛！"子路说："我活得没累死哩！"晨堂媳妇说："你要是两头都去交公粮，你不累谁累去？"交公粮说的是丈夫要定期和老婆同床，尽丈夫的责任，子路听得懂，子路就笑了，说："我哪儿是晨堂？"一提晨堂，晨堂的媳妇就躁了："北蝎子夹村姓冯的那个小寡妇把晨堂迷住了，三天两头跑，他是没钱的，他就给人家出瞎力，铡牛草啦，起猪圈粪啦……男人咋恁贱的，你把他脸上皮抓了，他还是去，我管不住他了，我就说：你要枭余粮你枭吧，但你得交公粮，今年公粮增加啦！"子路原本是顺话儿说的，没想到竟真惹出晨堂的是非，就一时不知了所措。炕上的骠林娘、三婶、庆来娘、双鱼娘全笑起来说："这鬼媳妇话难听！"晨堂媳妇说："他晨堂若有子路的本事，有子路的钱，我也会是菊娃西夏哩！"老太太们就趴在窗口往堂屋门里看，骠林娘说："这就好，这就好，好赖都是咱的媳妇，若她们仇人一样，招外人笑话哩。菊娃到底大，能顾住场面，那西夏也乖么。"双鱼娘说："如今不兴了，要是在旧社会，大户人家一妻三妾四妾的，人家还不是处得风平浪静？"庆来娘说："刚才烧纸的时候，你们听着西夏哭吗，她哭的是勤劳俭朴的爹哪，只哭了一声，旁边站着看热闹的几个嘠小子都捂了嘴笑，笑他娘的脚哩，城里人不会咱乡下的哭法嘛！"大家就又是笑。这一笑，子路就得意了，高了嗓子喊："西夏，西夏——！"西夏进门说："人这么多的，你喊什么？"见炕上全坐了老人，立即笑了说："你们全在这里呀，我给你们添热茶的！"骠林娘就拍打着炕席，让西夏坐到她身边，说："你让婶好好看看，平日都吃了些啥东西，脸这么白的？"庆来娘说："子路，你去给你媳妇盛碗茶去。"子路没有去，却说："西夏，你刚才给爹哭了？"西夏说："咋没哭？"子路说：

"咋哭的？"西夏偏岔了话题，说："子路你不对哩，菊娃姐来了，你也不介绍介绍，使我们碰了面还不知道谁是谁。"子路说："那现在不是认识了？这阵婶婶娘娘都在表扬你哩！我倒问你，是你给菊娃先说话还是菊娃先给你说话？"双鱼娘说："这子路！西夏毕竟是小，菊娃是大嘛！"西夏说："这是说，菊娃姐是妻，我是妾，妾要先问候妻的？"一句话说得老太太们噎住了。子路说："我是说，假如，我说的是假如，如果是妻是妾，你愿意是哪个？"骥林娘忙说："子路，子路！"要制止。西夏却说："我才不当妻哩，电影里的妾都是不操心吃的穿的，却能吃最香的穿最好的，跟着男人逛哩！这回答满意吧？婶婶，子路爱逗能，我这么说能给他顾住脸面了吧？！"骥林娘说："刚才竹青还对我说，子路的新媳妇傻乎乎的，我看一点都不傻嘛！"西夏说："我还不傻呀，光长了个子不长心眼了！"双鱼娘说："还是咱子路有本事，能降住女人哩！"没想话落，一直坐在那里的三婶却呼哧呼哧哽咽起来，说："子路有菊娃就够贤惠了，又有了西夏这么让人亲的媳妇，可怜我那苦命的得得，只一个媳妇，还是一只狼！"大家赶紧劝三婶，院子里锣钹哐的一下，悲怆的曲子就轰响了。骥林娘说："不说，不说，来客了，子路快招呼去！"

激越的响器声中，来人都是手里提了献祭笼子，胳膊下夹了烧纸，在院门口被子路接了，就端端走过去，从灵桌上取香，在灯上燃着，拜一拜，插上香炉，再拜一拜，然后取灵桌上的酒瓶，倒出一盅，在桌前烧过的纸灰上一洒，又拜一拜，这时候响器声就弱下来，开始是胡琴的咿呀，来人到了灵桌旁的小炕桌前，从怀里掏出一沓钱，接钱的顺善便在本子上写了，同时高声念道：×××五十元！村里的人家差不多都来过，镇街上，甚或南北蝎子夹村的也来了许多熟人。每来一拨，响器班就吹打一曲，乐人们已经累得脸面赤红，一身大汗，西夏就不停地给他们倒水散烟。镇长、派出所所长和信用社的贺主任是一块儿来的，人还在村口，担了泔水回去喂猪的晨堂看见了，小跑回来告诉了顺善，顺善就和子路迎到巷口。三人都是一件咔叽西服披在身上，没有领带，衬衣领黑兮兮的，又各自戴了大片的茶色水晶镜。子路连说了几句感谢他们能来的话，吴镇长说："你是地方名流嘛，我们应该来！"进了院子，响器大作，顺善直接喊："到堂屋桌上坐吧！"坐在堂屋八仙桌上的人闻声散开，菊娃已沏了一壶茶往桌上放。贺主任说："咱给子路爹烧一炷香吧！"镇长说："上香上香。"贺主任说："你和所长坐，我代表了！"镇长和所长就坐在桌前吃茶。西夏在窗外朝里瞧了瞧，一时分不清哪个是镇长哪个是所长，悄声问了银秀，才知道镇长最年轻，看样子三十多岁，但烟瘾极大，一直是把递过来的纸烟掐掉过滤嘴儿，又装进一个精致的玉石烟嘴儿上去抽。她听见镇长对子路说："你夫人也回来啦？"子路说："回来啦。"镇长说："子路以后子子孙孙就是省城人喽！"子路说："走到哪儿咱还不是乡下人？"镇长说："乡里人怎么啦，你不是在那里天摇地动吗？！咱这儿流传'人无三代富'的话，城里也是呀，农村包围城市，乡下人进城就领导了城，城里的老户就沦落下来，乡下人再是进城，就这么一拨一拨风水轮流着！娶了城里的太太，恐怕被太太改造得回来都不习惯了吧？"子路说："一回来一切又都觉得咱这儿好，我让我娘每天做一顿酸菜糊汤哩！"镇长说："你太太在城里改造你几年回一趟高老庄就全前功尽弃了！"子路就嘿嘿嘿地笑，叫："西夏，西夏——！"西夏忙躲在暗处，装着没听见。

再是后来苏红来了，苏红是和王厂长来的，拿了一匹布料一个特大的花圈，一进院门，院子里几乎一半人都站起来说："厂长您也来了！"顺善赶紧从堂屋出来，吴镇长也隔窗叫道："王老板，你行，你也知道子路啊？！"厂长扬手打着招呼，说："领导来得早呀！我要不知道子路，那我王文龙是瞎子眼了！"就去灵桌上取香点燃，又取了一沓纸要烧，子路和顺善挡不及，示意响器班，一时唢呐号角一齐奏响。西夏这阵又去了厦房里，听见响器大作，才说："什么人又来了？"一人进来说："三婶，苏红来了！"三婶就手心唾了唾沫往头上抹，要下炕的。西夏说："你这往哪儿去？"三婶说："平日捉不住苏红的影儿，她来了我得去给她说说得得的事。"骥林娘说："你去说啥呀，今晚给子路爹过事，你去和她吵吵嚷嚷？过后让子路西夏去说着好。"西夏说："子路已经给苏红说过了，没问题的，我也可以再给说说。"就走出来，见苏红正在堂屋高声与镇长他们说笑，说过了直着声喊菊娃。菊娃口里应了，却在水盆里洗着两个茶杯，茶杯上茶垢太重，一时洗不净，又拿碱石去擦。西夏过去帮她，说："苏红和镇长这么熟吗？"菊娃说："他们熟。"拿了杯子到堂屋倒茶水递给厂长，厂长却没接稳，叮咣掉在地上碎了。西夏在院子看着，惊了一跳，却听苏红说："打了好，今日破碎东西是吉祥事哩！厂长拿我这杯子吧，我不喝的！"把杯子却给了菊娃，菊娃再把杯子给厂长。

杯子一碎，院子里的人并没有多少理会，西夏一扭头，却见蔡老黑在一眼一眼看着，脸上浮现了一层怪气。蔡老黑来了以后，先在大灶边帮了一会儿忙，然后就一直坐在响器桌前与乐人们逗热闹，按规定响器班的钱是包场的，但蔡老黑偏在那里点曲儿，点一个曲儿掏十元钱。大家就说："老黑是大款！"老黑说："给死人过事，还不是给活人壮脸，烧那么多纸死人真的就能用了？吹吹唱唱，图的是活着的人热闹！"这阵儿旁边人说："老黑，再掏十元钱来，让吹一曲《周仁回府》！"蔡老黑却痴痴地没有理睬，旁边人又催了一句，蔡老黑骂道："吹你娘的 × 呀不？"西夏见蔡老黑突然脾气发作，便别转了头，一时也不好叫苏红过来说话，就到厕所去解手。厕所墙外是一棵桑葚树，西夏刚脱裤蹲下，树上唰啦啦溜下一个人跑了。西夏轻声问道："谁个？"又看了看树上，疑猜是谁爬在树上看她的，但人已经跑走了，也不便声张，重新蹲下。一时桑葚树上寂静无声，厕所前的花台上两个人过来坐着了，却喊喊啾啾说开话。一个说："我只说厂长不会来的，他竟也来了，到底是大款，带那么多布，那么大个花圈！"一个说："我要是厂长，咋不来呢，讨好了高伯，他的事才好成全哩。"一个说："他真的是和菊娃那个了吗？"一个说："你瞧瞧蔡老黑的脸，你就知道了！"西夏咳嗽了一下，一个人问："谁在厕所？"西夏说："我。"两人立即站起来走了。

西夏出来，用盆子打水洗手，苏红一下子从后边搂了腰叫道："到你家了，你不说迎接我，倒躲得远远的！"西夏哎哟一下，低声说："你把我奶抓疼了！"苏红说："你是波霸，我嫉妒嘛！"西夏说："波霸？"苏红说："你装不懂哩！"西夏到底不懂，就说："你一来人都和你说话哩，哪里争得着我？！"苏红说："那还不是冲着王厂长！"西夏说："厂长不是高老庄的人？"苏红说："不是，也是从省城来的，人长得体面吧？"正说着，院门口有人放声大哭，便见一人拿着纸，弯腰哭着进来，苏红说："狗锁哭得这么伤心的！"西夏知道这是住在隔壁的竹青的男人，但见也是个低个子，而且罗圈腿，扑倒在灵桌前一声一个叔呀叔呀地将纸焚了。顺善过去拉他："狗锁，甭哭了，甭哭了！"狗锁立即止了声，说："顺善，我想我叔哩！我下午去了黑沟娃他姨父家，紧跑慢跑赶不回来，你们却来了？"接了纸烟走到响器班桌前，说："老黑你来得早？"蔡老黑说："狗锁来得迟却哭得最好，让我瞧瞧有眼泪没眼泪？"狗锁说："我亲叔哩我能不哭？三年了，啊达想起啊达哭，眼泪都流干了！"蔡老黑说："孝子孝子，那你给你叔点曲儿，只点一曲儿，十元钱的。"狗锁说："这有啥哩，子路不给响器班掏钱了，我这当侄儿的在乎那千儿八百的？钱是啥哟，是身上的垢坷！"大家都笑起来，说："你掏你掏！"过来要从怀里掏钱。狗锁百般挣扎，跑到厨房墙根，蔡老黑偏不饶，狗锁抓住蔡老黑手悄声说："请响器班都出了整场钱的，咱再有钱，也不能惯了他们的毛病！"自己就起来，去灵桌提了那祭酒的酒瓶，用酒盅给每个乐人倒了一下，说："让师傅们喝口酒嘛，来来来，都辛苦了，一杯水酒，我敬你们了！"

这一夜，直闹腾到鸡叫，人才慢慢散去，留下的本家亲戚都是要守夜的，堂屋灵桌前铺下了一层麦草，大家就都坐着说话，晨堂提议：到天亮还早，这么坐着容易发困，不如支一桌麻将玩玩。狗锁就从他家取了麻将牌，一群人围着搓起来。那些女儿们，婆娘家歪三倒四地在草铺上说家常，一会儿恶言相讥，听得西夏害怕吵了架，但一会儿又叽叽嘎嘎乐得前俯后仰，西夏也就随着打哈哈。子路却觉得头疼起来，自个儿揉了揉太阳穴，又过去让庆来帮他推推眉心，西夏看见了，过去说："怎么啦？"子路说："头有些痛，不碍事的。"西夏就去找止痛片，让子路吃下，说："怎么一回来不是肚子疼就是头疼？"子路服了药，让她不要管他，就坐在那里养神。晨堂提出玩麻将的时候，子路就不高兴，但也不好说，这阵听几个本家姐姐和那些妯娌们说说笑笑，就拿眼看灵堂上爹的遗像，想起了往昔一桩桩贫穷困苦的事来，如今日子都好过了，爹却死去，人的一生偏是这么地不圆满！三周年一过，爹在阳世里就再没个节日了，这些本家的亲戚，该是与爹有亲情的，竟能在这一夜这般欢乐，人死真如灯灭，时间就能冲淡或完全消失人的感情吗？一时涌上悲伤。走到院里，瞧见菊娃在哄着石头到厦房炕上去睡，石头不睡，娘俩在争执着，他要过去训斥石头的，但却走了两步又返回堂屋，想：我现在心里牵挂菊娃，时间一长，这种牵挂也就会慢慢消失掉吗？不禁又烦躁起来，独自到爹的灵桌前，把即将燃完的香取掉，重新点燃了三炷新香。麻将搓了四圈，狗锁可能是输了，一推牌说："我熬不住了，我离家近，我去躺一会儿。"出门走了。晨堂骂狗锁挨不起，输几十元钱就不搓了，众人收拾了麻将，各自清点自己的钱票，有的也就回去睡下，有的一抱了头，拉一件能盖的东西盖在身上就呼呼睡了。子路去关院门，看见娘还在院子里、厨房里一遍又一遍查看熟食生菜，生怕老鼠去糟蹋。子路说："娘，你去歇下吧，我经管着。"娘说："西夏来给我说了，你脸上要活泛些，过事就都是这么过的，让他们闹去。"西夏也走过来，小声说："我是睡草铺还是睡炕上呀？几个婶婶在厦屋炕上睡了，我让菊娃姐带着石头去堂屋炕上睡，她还是把石头安顿着睡在厦屋，她要睡草铺哩。我睡怕又不合适。"娘说："别人看不了你的样，你睡炕上吧，子路你得去草铺。你俩先把这一筛子油炸豆腐抬进屋去，放这儿有老鼠哩。"两人抬了筛子到屋里，子路脸色还是铁青，西夏说："头还痛？"子路说："不痛了。"西夏说："脸这么难看的，是嫌亲戚朋友来吃了？"子路说："胡说哩。"西夏说："是嫌那个厂长来了？你是盼蔡老黑来呢还是盼王厂长来？"子路说："胡扯胡扯，谁来都是祭奠的，我有什么亲与疏的？"西夏说："生什么气吗，越生气越是证明有感情嘛！"子路转身去了草铺上。

后半夜，草铺上的人都横七竖八地睡着了，子路一觉醒来，天已麻麻亮，猛地发现脱下来盖在身上的孝衫蹬在一边，短裤衩也拥上去了，那件东西竟露出一截在外头。忙把裤子扯好，见旁边庆来晨堂还睡得沉，心定下来，就穿好孝衫，寻思刚才好像做过什么梦，梦里做过别的异想，但一时又想不起梦的内容，从门道望出去，菊娃和西夏已经起来了，端了水盆在樱桃树下洗脸。

菊娃洗毕了脸，梳好了头，用咬在嘴唇上的一颗发卡在别头发时，发卡却噔地崩断了。西夏就把自己头上的发卡让菊娃用，菊娃说："不用了，把头发塞进孝帽里也能将就。"西夏说："我昨日在镇街上还买了几个哩，你卡上嘛，什么值钱东西？！"菊娃接过了发卡，说："咦，这发卡贵哩！"西夏说："这个是别人送我的，样子怪新款的。"菊娃说："这个好，你别上，我老了，给我个别的吧。"西夏说："你啥老了？就戴上这个！"

清早又是焚纸祭奠，中午时分，孝子孝孙们在两拨响器班的吹奏下去爹的坟，再是一番焚纸祭奠，又放了鞭炮，回来就招呼所有来客吃饭。凡是昨晚送过礼的人家今日都是到齐的，席面摆了几十桌，乱哄哄地十分热闹。贴在堂屋门和院门口的白纸对联换上了红纸对联，孝子孝孙们脱下了孝服，这些白纸联和孝服将在晚上连同新的旧的纸扎祭物于坟上焚烧。西夏吃惊的是这么多人一起开席，全村所有人家的桌椅板凳都搬来了，仍有一半的席或以柜盖、簸箕、门扇、翻过儿的笸篮随地一放就是桌子，或以粉笔在地上画一个圈，捡几个石头周围一放也就是一个席，席位竟摆满了堂屋、厦屋、院子、院外的巷道，人们欢天喜地，争菜抢汤，最后在竹扫帚上掐一节细竹棒儿，一边打嗝，一边剔牙，个个都说吃好了喝好了，吃喝得好！

迷胡叔是不坐席的，他端了特大的一个海碗，碗里盛满了红条子肉和白条子肉，吃得两个嘴角流油，胸口上也油腻了一片，却吆喝着乐人来一曲《庵堂认母》。乐人吃饭着不愿吹，说，十二点一过，白事成了红事，《庵堂认母》太悲，你要点，点个《糊涂的爱》吧。众人哈哈大笑。《糊涂的爱》是流行歌曲，迷胡叔是不会点，连知道也不知道，迷胡叔以为捉弄他，就生气了，将碗放下，拿了自己的胡琴，说："你们拿人家的钱不吹曲子，你以为我不会吗，子路爹在世的时候，正月十五的社火会上，我们哥俩就扮了这场戏！"说罢拉起了一段苦音慢板。他确实拉得好，凄凄切切的调子使天都突然变了色，原本红堂堂的太阳，一疙瘩云悠忽悠忽从白云岭那边飘过来，又一疙瘩云悠忽悠忽从稷甲岭那边飘过来，两疙瘩云在高老庄上空冲撞着，撕缠着，合为一体，天就黄蜡蜡的像害了病，迷胡叔止不住，最后是狼一样吼起来了，唱道：

> 黑山哟白云湫，
>
> 河水哟往西流，
>
> 人无三代的富哟，
>
> 清官的不到哟头。

迷胡叔一拉动胡琴，西夏就端了碗坐在了迷胡叔的对面，唱词刚一落点，她就问："叔，叔，你总是唱到白云湫，白云湫是啥？"迷胡叔举了头往天上看，天上的云酝酿成了一个旋涡，旋涡越旋越快，越旋越大，相对着有两个长长的云尾巴，颜色由墨黑到淡黑，再黄，再橘黄，红黄，红，太阳从北边的云尾巴处哗啦喷出万道霞光，人们的眼睛都电击了一般眨了一下。有人说："迷胡叔，那是过顶云，不是草帽！"迷胡叔却放下胡琴，也不再唱，端了饭碗就往院门外走。西夏喊："叔，叔，你咋要走呀？"迷胡叔说："顺善和他媳妇偷我瓮里的麦哩，我不回去，麦让狗日的偷了我吃风屁屁啊？！"顺善坐在堂屋的八仙桌上陪镇长吃饭，气得没吭一声。

西夏端了碗还要撵出来喊迷胡叔，子路拦住了，低声埋怨："你喊叫啥哩，他是疯子，越逗他越来疯劲的，他唱人无三代富，清官不到头，席上的厂长脸色不好看，镇长都不吃饭了只喝闷酒！"西夏说："镇长是清官？！"子路唬道："说那么高干啥？是这样吧，你什么都不要管，只去卧屋炕上照看石头吃饭，菊娃在厨房忙着的，看石头还要不要什么菜。"西夏噘了一下嘴。子路说："人都看哩，你要笑笑的。"西夏就笑了一下，往卧屋去了。石头吃了半碗饭，不吃了，却趴在炕上在一张纸上画画哩。他画的是一个人倒在地上，这人没皮没肉，全然是骨架。西夏是懂得人体结构的，她数了数画面上组合的大小骨件，没多一块儿，没少一块儿，甚至那骷髅头上的骨件部位也没有一块儿不是地方，惊得目瞪口呆。孩子肯定是没有学过解剖学的，即使有人指导，高老庄也绝不可能有懂得人体骨块的人！西夏指着那骨架说："这条腿画得比这条腿短了，石头！"石头说："那条腿崴了。"就把画叠起来，压在他的屁股下，又端碗吃起饭来。西夏兀自在炕前立了一会儿，走出来给孩子又盛了一碟蕨菜炒肉片端去，然后，坐在堂屋外的台阶上了脑子里还疑疑惑惑。

过一会儿，迷胡叔却空手跑进院来，气喘吁吁地说："粮子来了！粮子来了！"大家就冲子路笑，子路说："迷胡叔，你那饭碗呢，再给你盛一碗吧，什么粮子不粮子？！"西夏问身边的庆升，什么是粮子？庆升说这是土话，旧社会把当兵的当土匪的都叫粮子，指的是靠打砸抢吃饭的人。就见晨堂对子路说："迷胡叔总说你带了粮子来捉他了！迷胡叔，今日那粮子是不是又是子路带回来的？"迷胡叔一拳打过来，晨堂的饭碗就跌落地上，饭菜油汤淋了一身。晨堂顿时气怒，将袖子上的饭菜汤照迷胡叔的脸上甩去，众人忙过来挡架，晨堂说："你老尻疯到我头上了，顺善惹不了你，我

79

可不是顺善哩，我认你你是个叔，不认你你是条狗哩！"旁边人劝道："晨堂晨堂你咋啦，他毕竟是长辈，又是疯子，你不会让着他吗？"晨堂气呼呼地又去盛了一碗饭坐到厨房吃去了。大家安顿迷胡叔坐在捶布石上，却听见靠大路的那面院墙外踢里呱哒一阵杂乱脚步声，接着院墙头上有了无数的木头高高低低露出来，如演电影一般闪过。有人走出去看了，大叫：白云寨的人给地板厂卖木头了！

　　这一喊声瓮里瓮气，西夏还未能听得清，院子里却有一半人跑了出去，他们在追问着白云寨的人为什么来卖木头，为什么要抢高老庄人的饭碗？回答是，这与高老庄屁事？地板厂愿意收木头，白云寨就有权利卖木头，是白云寨的人伐了高老庄的树林了吗？如果高老庄人认为白云寨的人不能走高老庄的地面，那倒还说得过去，可高老庄人不至于就会这样吧？！人家说得有理，出去追问的人就垂头丧气回来，饭也吃不香了，叫喊了顺善的名字，说：各家自留山上的树已经砍伐得差不多了，太阳坡那林子应该给大家分了吧，如果再不分林子，地板厂建在高老庄，将来赚钱的却要是白云寨的人了！一嚷嚷要分太阳坡的林子，迷胡叔就跳起来了，说："谁要分太阳坡林子？那是国家的，集体的，他顺善要分，他先把我用绳子勒死了，用刀子把我捅死了，捆了我扔在倒流河里淹死了，我要不死，我就杀顺善，我是杀过人的，白云湫里我杀过野人哩！"有人说："迷胡叔，你吃你的饭去！你不就是个太阳坡护林的吗？让你护林了你就是护林员，不让你护林了你还不就是个迷胡叔？让顺善说！顺善，顺善，你是支书，你出来说！"顺善从堂屋出来，说："饭把嘴还堵不住吗？这个时候说什么林子不林子！"晨堂说："钱要让白云寨人赚了，这饭还能咽下去？集体要那一片林子干啥呀，白养活个疯子？！"顺善说："这我可不敢放那话，你们让我犯错误吗？"晨堂说："犯什么错误，你为大伙谋福利，谁把你怎的？你就是坐了大牢，我们给你送饭哩！"顺善说："镇长在堂屋，你们去给镇长说嘛！"几个人就朝堂屋喊："镇长，吴镇长，你一定听到耳里了，你放个话嘛！"镇长偏不支应。这丧了众人许多豪气，也没一个人敢进堂屋当面请求和质问，就说："镇长不给政策，树梢再动，树根不动，树梢自动哩！"气呼呼又无可奈何地坐下吃饭。一只狗从院门口进来，在樱桃树下啃一节骨头，啃着啃着，又要往堂屋去，庆来过去踢了一脚，骂道："滚，滚，你以为你是谁，你是镇长，你也要到堂屋坐上席去?！"院子里哄哄哄笑了一通，就都不言传了。

吃毕饭，待收拾清，已经夕阳照了院墙。送还了借来的锅盆碗盏，桌椅板凳，又将剩下的米饭、腥油萝卜、麻辣心肺汤分给了四邻八舍，娘累得心慌病又犯了，手抖抖得拿不住东西，嘴唇发青，额上沁出一层虚汗。菊娃忙让娘卸下手指上的金戒指，拿去厨房熬汤。西夏听说熬金戒指的汤能止心慌，也把自己的金戒指卸下放进汤里。汤一时熬不好，石头却要给奶扎火针，就取了一根银针，点上蜡，把针在蜡焰中烧了烧，一连在奶的指尖扎了四下。子路在一边看了，说："石头行嘛，也给爹扎扎，我这头是不痛了，木木地只觉得沉重！"石头就拿眼睛看菊娃，菊娃说："你敢不敢在头上扎?"石头说："我拔火罐。"子路说："石头还能拔火罐? 行么，爹今日让你试试手！"石头就拿了两个小瓷罐儿，肚大口小，当下用纸条在蜡上点了丢进罐里，分别按在了子路的左右太阳穴上。菊娃说："不会烫着吧?"子路说："烫了也不要紧，给石头做个练手的。"菊娃说："烫伤难好哩！"一抬头，见西夏抿嘴含笑望着自己，就说："我去看戒指汤熬好了没有?"西夏倒拉住她，说："我去看！"端了汤上来，见瓷罐在子路两边额角吸着，子路才一咳嗽，菊娃就双手扶住了瓷罐，生怕掉下来。等娘喝下了戒指汤，火罐也拔好了，子路觉得头轻省了许多，喜欢得在石头的脸上亲了一口，西夏却嘎嘎地笑起来，说："咦，这下看你怎么出门呀！"子路跑进卧屋，对镜照了，额头两个大红椭圆，像是按了两个印章。西夏拿了圆珠笔要在大红椭圆里写字，子路说："胡弄，写什么字?"西夏说："写西夏之印四个字。"压低了声音说："瞧菊娃对你多好，要是我不在场，你怕第二下就亲到她的脸了。写上我的名字，这就是我的印，高子路就属于西夏的了！"子路说："我是刺配到沧州的林冲了？！"

这边卧屋里叽叽咕咕说着笑着，菊娃坐在板柜前的老式硬木椅上，娘喝下了戒指汤靠坐在门扇上养神，石头从草蒲团上下来，双手撑地，悬着身子往前移一截，歇歇，再双手撑地，悬着身子往前移一截。娘终于说："菊娃，你把那些孝服收拾收拾。"菊娃冷不丁怔了一下，忙把堂屋外窗台上乱放的一大堆孝衫、孝帽、草靴和系腰的草绳捆成一包。子路从卧屋里出来，说："娘，现在到坟上去还是天黑透了去？"娘说："早去早回。"子路说："谁还去？"娘说："你一个人去吧。"菊娃就对娘说："我夜里是得过去招呼店了，石头是跟我到店里去还是我送他到蔡老先生家？"子路说："店里有人支应着，夜里去什么？石头就不要去蔡家了，学医也不在乎这几天。"菊娃脸一直对着娘，说："……这好不好？"子路说："有啥不好的。"菊娃问石头："你愿意在家还是去你蔡老爷家？"石头说："在家。"菊娃说："那好，在家就乖乖的。"说罢自个儿拍打拍打身上的土，就往外走，走到院子了，高声说："西夏，西夏，有空到我店里去游啊！"西夏跑出来，菊娃已经出院门走远了。

子路在爹的坟上焚烧着孝服，一股风顺着稷甲岭根细溜溜吹过来，火焰苗软软活活地拉长又压扁，呵呵呵地响，像是人笑。他忙把一件孝衫投进去压住了焰，焰几乎要灭了，用柳棍又挑挑，那细溜溜的风又吹过来，腾起的焰苗再一次呵呵呵地笑。暮色里，空旷的稷甲岭根，火的笑声使子路陡然有了恐惧，定睛看着坟头，低声说："爹，爹，是你在笑吗？你真三周年一过就在那边要做官了吗？你要真是做官，火再笑一笑。"子路是信着这些怪事的，他是真信。小小的时候，扁枝柏树旁边还有一棵白皮松的，那一年白皮松上吊死了海根的媳妇，子路总能看见一个长舌头的女人就在树桠上，结果不久，白皮松上又上吊死了迷胡叔的媳妇，后来又上吊死了宽路的娘，村人才把白皮松连根刨了。爹病了的那个春天，子路回来看望，爹在炕上躺着，他就坐在炕沿，但他却看见了另一个爹在堂屋走来走去，还逗着那只黑猫玩哩。他知道爹灵魂出窍了，在世的日子不久远了，果然爹很快去世了，爹死的当天，那只黑猫也无缘无故地死了。现在，子路企求着火焰再笑而验证爹是不是真要做官，火却再没有笑，子路在心里想：爹是不会去做官的，三周年已过，以爹在阳间的德性，他会升化为神祇的。子路是研究古汉语的，他太懂得中国的神秘文化，知道神祇并非高居天上地下，它们是混迹于人间万物，随人的物质和精神生活的演进由原来的形态逐渐变成妙相庄严的——人有多么文明，神有多么文明，人有什么祈求，神有什么法力。在这高老庄的夜晚，爹会以什么面目出现与他相会呢？子路听见了坟后崖崩的乱石堆中有了一声尖锐的鸟叫，他立即磕下了头，脑额贴着冰凉的黄土，在默默地祷告着爹，能保佑年迈的母亲心慌病早愈，保佑残疾的儿子得以康复，保佑菊娃和西夏都好，他们都好了，他就可以心安理得地潜心地去做自己学问了！祷告完毕，子路又望了望那乱石堆，鸟再没有鸣叫，面前的火光熄灭，那一堆红色的灰烬慢慢变白，变黑。

从坟上往回走，走过了那长长的坡道，上到了塬上，那里有一条冬灌的水渠，渠里现在没水，再过去就是通往镇街的官路了。子路想大便，就蹲在渠里，脑袋露出渠沿，看迷迷离离的月光下，一大片一大片的雾气水一样地漫了过来。突然间，有人在沓沓沓地奔跑，子路还以为是谁向水渠这边来的，害怕猛地被人发现他而惊吓，就把头缩下去，但奔跑声由东而西，抬头看时，是三个人兔子一样顺着官路跑，而同时后边撵上来了五个人，一下子扑过去将那三人压倒了，接着是一阵拳打脚踢声。那三人喊叫着，立即有低粗的声音说："喊？敢喊就往死里打！"喊叫声没有了，却听见说："爷，爷，我叫你们爷哩，你们是谁，为什么要打我们？爷！爷！"回答的是："爷告诉你们，爷是高老庄的，你们知道为什么打你们吧？不知道？爷再告诉你们，再到这里来卖木头，来一个打一个！"噼里啪啦又是一阵打。子路看不清打人的人是谁，但怕出了人命，咳嗽了一声，提了裤子站起来，问："谁？"那边有五人拔腿跑去，子路似乎看见一个是蔡老黑，一个是鹿茂，另三个没有看清。子路才要过去问问被打的人，那挨打的人也爬起来跑了，子路站在那里想了想，想起这一定与中午吃饭时白云寨卖木头的事有关系了。回到家，娘和石头已经睡了，西夏正在卧屋里洗下身，他便脱衣上炕，想要说说坟头的火笑和打人的事，话到口边了，却咽了口唾沫没有说。

西夏洗好了，让子路也洗洗，子路说困，不洗了，西夏说你一回来卫生都不讲了？子路说我还想把刷牙的瞎毛病改了哩，还故意努了一个屁。西夏说真是猪八戒回到了高老庄，完完全全还原成一头猪了。子路也不恼，偏呼噜噜起了鼾声。斗嘴是斗嘴，西夏过来还是揭了被子，扯了子路耳朵下来洗，子路只好洗了，钻进被窝又睡。西夏却要那个，子路又是个不，西夏就翻上来说："你寻我的时候我愿意不愿意你都要的，我寻着你了，你却拿大，今黑儿我偏要哩！"子路说："你瞧嘛，心有余而力不足，成空皮皮了。"西夏说："你不是夸你四十岁的年龄，三十岁的热情，二十岁的功能吗？"就尽力逗弄，过一会儿，子路竟把西夏又折腾得没完没了，西夏就说："幸福不？"子路说："幸福！"西夏说："你以为我是叫你给我服务吗，性爱是愈是别人幸福，自己也愈幸福，什么献出都使自己贫，只有献出爱情才富有！"子路说："我没这么多的哲学！"咬牙切齿地用劲儿，西夏咬了被角只是哼哼，待磨坊那儿有猫大声叫春后，也趁机取了被角，最后就浑身痉挛如受伤的虫子。事毕，西夏说："我知道你今日为啥不要哩！"子路不言语，西夏说："你心里想菊娃哩，干开了，你又把我当菊娃哩，你说是不是？"子路一把把她掀个过儿，双手从后腰搂了，说："睡吧睡吧，自己吃饱了还弹嫌哩！"

第二日，一家人早早起来清扫了院落，子路要西夏帮他抬了半桶生尿泼到自留地去。走到村外的一处土塄下，西夏给子路讲她昨夜做了一个梦，梦里是一条黄褐色的蛇顺着炕角的胡基往上爬，后来就钻进炕上的被窝里，她好像是没有害怕，心里想，你不惹它，它也是不咬你的，就弓起腰来让蛇从身下爬过去了，问子路这梦好不好？子路说：你是不是想生个孩子呢？西夏说，我想生哩，原本是三四年里不准备怀孕，如今回到高老庄了，不知怎么就想有个孩子，这或许与见到石头有关，但和梦见蛇有什么联系？子路说当然有联系，这属于神秘解梦法问题。——但知酒中趣，不与醒者传——子路不肯说。西夏说："你不说，我也不给你说。"子路说："你说什么呀？"西夏说："昨天你正忙着，镇邮局送来一份电报，是你们学校通知说另一个大学要聘你当名誉教授哩！"子路立即眼里放光，说："是吗，这么大的事不及时告诉我？是哪个大学？"西夏说："阳谷县大学。"子路疑惑：阳谷县大学？蓦地醒悟阳谷县是武大郎的家乡，就哈哈笑起来："你这话说得有才气！"一收脸上的笑，说，"你捉弄我哩，我现在给你宣布，如果你不嫌臭，你就待在这儿给我放哨，如果嫌臭，你可以站到背风处，我要大便呀！"西夏就嗷嗷嗷边叫边走，蹴到远处一片野枣刺丛前，看起斜立在那里的一块儿碑子了。碑圆首，高一米二三，是明万历十七年县通判张约为"高志孝五世一堂"所刻，上书：

大明万历十七年丁丑仲春，余至高老庄。义民高武元一户八十二丁口，五世同居共一炊烟，男耕妇织循循如也，心窃喜之。及询其家世则武元之祖高志孝，年九十二岁。上事祖父，下抱孙儿，亲见七代，五世同堂，因乡民朴诚，不肯请旌自炫。然则高氏世为善士也，武元之能率其家也，遵乃祖也。使其子若弟一能如武元之遵乃祖者，传为家法则源远流长，崛起有不可限量者，岂仅称一乡善士已哉。夫妻扬忠厚以励风俗，司牧者之事也。勒碑以志厥前，亦以望厥后云。

西夏觉得有趣，高声问子路："哎，高志孝是你祖上什么人？"子路那边没有回声，她又说："一代不如一代了，祖上五世同居共一炊烟，你和庆来狗锁晨堂一个爷爷的倒七扭八趔地不和！"子路还是没有回声，西夏就绕到碑后，要看看背面还刻字了没有。

西夏刚刚蹴下要摘那一朵蒲公英花的，冷不丁看见了就在面前一米处，一条巨大的黄褐色的蛇盘了筛子大一盘，而蛇盘之上竟也有一条小蛇，小蛇爬来绕去，蛇盘始终纹丝不动。西夏啊了一声，简直要昏厥过去，再也没高声问这碑子怎么栽在这儿，只拿眼盯着蛇的动静。但盘蛇的头扬起来，黑里发红的眼睛盯了她一会儿，却慢慢地绽开来，随着那野枣刺丛往下去，而小蛇也尾随而逝。西夏受这一惊，已扑塌在地上，脑子里方隐约想起昨夜的梦。昨夜梦里有蛇，今早就见到真蛇，这是一种什么现象呢？她是从来没有过梦与现实吻合的经历，回到高老庄竟有了这奇怪事，这其中有什么意义吗？西夏于是害怕起来，站起来站到野枣刺丛的对面去，看见了刺丛下面是个土坎，那一大一小二蛇已钻进了土坎下的一条裂缝里，细细的尾巴绕了一下，几根枯草的茎在摇曳着，似乎发出铮儿的铜音。西夏走过来，叫嚷着子路你也去看看，子路却光了半个屁股正搭在尿桶沿上拉屎，西夏叫道："你这在干啥？你把屎拉在桶里?！"子路已提了裤子，说："拉到桶里和尿一块儿泼到自留地去呀！"西夏说："这肮脏不肮脏，瞧把桶沿脏成什么样了?！"子路说："这有啥，尿桶是大粪世家，它是不计较卫生不卫生的！我总不能拉到地上让别人捡拾了去？小时候，我们在野外拉粪，又不愿让人捡拾去，就拿石头要砸溅了的……"子路还要正经地说下去，西夏说："那是你小时候，你现在呢，你现在是教授，教授！你一回来地地道道成了个农民了嘛！"子路一时怔在那里，脸上羞红，嚅嚅道："……入乡随俗……我原本就是农民嘛……你嫌了，我独自提了去自留地。"自个儿斜着腰提桶去了。待泼了屎尿提着空桶回来，来正挑着一对笼子，手里拿着一把小锨从地头过来，问："子路，这么早的干啥去了？"子路说："你拾粪的？我去自留地泼泼生尿。"来正说："你怎么也干这事？！你知道不知道，派出所把晨堂抓走了！"西夏说："来正你说胡话哩，大清早的派出所抓晨堂干啥呀？要是抓了晨堂，你还悠哉着捡拾粪呢！"一句话说得来正不好意思，说："是真的呢……是派出所抓人，我怎么帮他？晨堂毛病多，自个儿没钱又爱赌又爱那个，死猫烂狗，他都要的，口粗……"子路说："你见着抓的人？"来正说："我刚才碰着秃子叔了，秃子叔说的。"子路说："不可能，昨天忙了一天，他哪儿有精神又去折腾，是不是派出所里的谁个请他去办个事儿的吧。"说罢，分手回家，西夏舀了水洗手，子路也过去洗了。

但是，洗手水还没倒，晨堂的媳妇连拉带牵了四个孩子进了院，叫了声"子路哥"，就哭哭啼啼要子路救人。子路问怎么啦，那媳妇说天麻麻亮，派出所来人把晨堂抓走了，说是晨堂昨日夜里拦路殴打了白云寨卖木头的人，人被打得半死不活的。子路脑子里浮现出昨晚见到的情景，但他隐隐约约看见的好像是蔡老黑和鹿茂，倒是不曾看清有晨堂的。再要问具体些，那婆娘只是哭，左一声右一声求子路救人。子路就生了气，训斥你哭什么，不是不去救人，得把事情弄清楚呀，那婆娘才原原本本叙述了清早发生的事。原来天一放亮，院门被打响，晨堂骂骂咧咧这么早来敲门是赶着见阎王吗？开门见是派出所的，骂声就咽了下去。派出所的人是挨家查问的，要求拿出自家的搭柱要看，别人都把自己的搭柱拿出来了，唯独晨堂拿不出来，说是他家的搭柱前几天一直靠在院门后边的，怎么就不见了？派出所所长从一卷报纸里取出已经断了两截的搭柱让晨堂看，晨堂认出是自家的，就大骂谁狗日的把我的搭柱弄断了？！所长说："这就好了！"拿铐子铐了晨堂就回所里去。婆娘说："他们把晨堂铐走了，我跟着去，人家把晨堂铐在所里的柱子上，打着问昨晚和谁一块儿去打的人，天呀，晨堂嘴瞎，可他是打人的人？子路哥，这你得救他哩，咱都是本家人，过三周年他可是鞍前马后地跑哩！"子路说："他真的没打人？这你要说实话，如果我去说情，不要把我也装了进去。"婆娘说："昨日吃完席，他就去打麻将了，他这一阵子手臭，我不让他去，他偏要去，结果他又输了，回来我们吵闹了鸡叫二遍，这你可以去问双鱼，双鱼一块儿去打的麻将。"子路说："他没记性，上次为打麻将被派出所抓住，又打麻将，这话怎么给人家说？"婆娘见子路不想去，就说："子路哥，你脸面大，这得你去救人哩，你不在家，晨堂一年四季照顾着四婶，昨天过事，晨堂又……"娘说："你不要说了，是亲是疏，子路能不知道？"就对子路说："你去说说情吧，真是他打了人，还不是为了高老庄能多卖些木头，赚几个钱？派出所爱罚款，让少罚几个是了。"婆娘说："我可没钱让罚的！"子路说："那我就不去了，我又是空手……"婆娘呜地又哭起来，把鼻涕和泪往院门墙头上抹。西夏在堂屋门口给子路招手，子路过去，西夏说："或许晨堂真没打人的，你去看看吧。罚不罚款这得由派出所定，你和她能说得清？"子路说："我就是去，也得拿些礼吧？"西夏说："你别指望让她出礼！咱家还有烟酒，你提上不就得了？！"子路说："咱这弄的是啥事吗？！"西夏说："你是教授畏缩不前！"子路就应承了，打发了婆娘回去。

子路原打算吃过早饭后去派出所，没想村里十多人陆陆续续来家，对于白云寨的人争抢他们的生意一肚子不满，而对于派出所这么挨家挨户查搭柱，抓晨堂，更是愤慨，要求子路一是去派出所把人要回来，二是给地板厂的王文龙和苏红谈判，除了高老庄的木头，别的地方的木头坚决不能收购。子路从当学生到做教授，都是与书本打交道，半辈子没有去求过人，村里人把他看得这么重，刚才还对晨堂老婆一肚子的怨恨，这阵又不能再作解释，只好充了救世主，一一都应允了。众人刚刚散去，他和西夏商量起去见了所长怎么个说话，如果所长肯放人又如何谢人家，如果不肯放人又该寻什么样的理由下台阶，一样一样都考虑过了，子路却说："你也跟我一块儿去吧？"西夏倒生了气："一个所长，有什么害怕的，在城里啥事都让我出头，回到高老庄了你还是这样？"两人正说着，菜花穿得鲜鲜亮亮地来找西夏，说她经苏红介绍要去省城一家歌厅打工呀，问西夏家的地址，得空要串串门儿的。子路瞧菜花寻西夏，自个儿就端了碗蹴在台阶上吃，心里说：不怕，怕他怎的。后来听得西夏在厨房门口问菜花："那笔钱最后是怎么分了？"菜花说："我现在把我的东西都搬回娘家了，你伯分给了我二百元，我跟你得得兄弟一场夫妻，就落下二百元，二百元的青春补偿费嘛！"西夏说："这是不公平……"菜花说："苏红把钱交给了你伯，钱到了他手里还能再给我？苏红觉得也亏了我，才介绍我去打工哩。这也好，只要我能去省城，我也不在乎那一点钱，苏红当年比我还穷哩，她在省城了几年，现在不是有钱的主儿了？！"西夏说："也是。"写了家居地址，电话号码。菜花高兴了，见娘捉了一只下蛋的母鸡，忙过去帮忙，一口一个"四娘"，娘说："你都不叫你婆婆了，还叫我四娘？"菜花说："我那婆婆是母老虎，我不叫她的，可我认四娘哩。"娘说："听说得得给雷刚媳妇通说，要他的鞋哩，真还有这事？"菜花说："哎哟四娘，这事能吓死我了，他是有一双半新的鞋，人死后我怎么也找不着，经他通说，果然在门脑的架板上！"娘和菜花说着话，西夏过去就对子路说："苏红介绍她去歌舞厅，怕是让做三陪小姐哩！"子路拿眼看菜花，西夏又说："天生的也是那号人，你没觉得她那长相是吗？"子路还是没言语，放下筷子，伸了舌头去舔碗。高老庄的习惯是吃完饭要舔碗的，西夏看见过许多人蹲在山墙根、柏树下，抱了海碗那么转着舔，节俭也不是那种节俭法呀，感到好笑而又恶心，没想子路竟也舔碗，就一把夺过来。子路也意识到了，有些不好意思，却看见菜花恰看着他，便说："你把碗拿回厨房吧！"起身要往派出所去。提了烟酒走到门口，院门斜东的厕所墙头冒出银秀那一颗乱蓬蓬的头，说："子路，吃过啦？"子路说："吃啦。"却说，"你站在厕所里问人吃过了？"银秀就笑起来："这有啥的，这有啥的。"就对菜花说："菜花，天不早了，咱该上路啦？"子路说："要往哪里去？"银秀说："到县城啊。"菜花说："我今日有事，改日去吧。"银秀说："你这不是日弄我吗，说得好好的，我把脸都洗了，你却不去了？！"

晨堂是个不吃打的家伙，铐子将双手铐在了屋柱上，才一顿拳打脚踢，他就呼娘叫爷地招了，说人是他打的。问还有谁？回答一个是铁匠铺的成三，一个是跛子春有。当下把成三铐来，却是死活不招，成三出示证人，昨晚上他给北蝎子夹村的姓牛人家打扒钉，打了十三副，姓牛的一直守到后半夜。姓牛的担保，领了成三走了。铐春有的时候，春有和老婆正在家吵架，原来鸡都叫了，春有还没有回家，她老婆猜疑，径直到寡妇重桂家去，春有果然和重桂坐了喝酒，老婆破口大骂，重桂脸上过不去，当然说："春有，我不跟你老婆闹，我还嫌掉价哩！可你一个男人家，你喝了我的酒就这样让她羞辱我？！"春有就上去扇了老婆一巴掌，揪了头发拉了回去。老婆回到家，吵闹了后半夜，又闹了一早上，寻死觅活说春有和野婆娘要害死她！派出所人一看，也不追究春有了。回来见晨堂双手还铐在柱子上，叫喊着他要尿呀，姓丁的警察端一盆水照头泼去，骂道："你还尿呀？现在尿吧，反正全湿了，你尿吧！"晨堂就哭起来："我都交代了，你们还这样待我？"警察说："你交代什么了，你瞎狗乱咬！我们不会冤枉一个好人，但绝不放过一个坏人，你再交代，打人的到底是谁，是怎么打的？"晨堂说："我要喝酒哩！"警察说："喝酒？"犯了罪还要喝酒，警察看了看他，脱下鞋用鞋底抽了他的嘴。晨堂说："给我酒喝我才说哩。"警察给所长汇报了，所长提了半瓶酒来，往晨堂口里灌，晨堂说："打人的不是成三和春有，是锁娃和平仁，我们去打麻将了，打到半夜，听见门外有人走动，以为是你们，出来看是白云寨卖木头的人，你知道，高老庄人原本见不得白云湫，白云湫威胁高老庄，白云寨却和白云湫近，他们恨我们，我们也恨他们，迷胡叔就砍杀过白云湫的人，蔡老黑也是打死过白云寨的那个医生……"所长说："我听你讲村史吗？！"晨堂说："……门外有人走动，以为是你们，出来看是白云寨卖木头的人，我们骂白云寨人是白眼狼，白云寨人都是三白眼的，我们说：白眼狼，你在高老庄饭锅里搅什么勺，你也想吃哩，你吃不吃'棰子'？！他们骂：高老庄，水朝西，家家婆娘都卖×！我们就拉了进来打，是我用脚踢来，是平仁拿的搭柱打的，平仁力气大，就把搭柱也打断了。"警察说："高晨堂呀高晨堂，你嘴里就是没实话！你再好好想吧，几时真正想交代了，你喊一声。"就把铐子铐在了窗棂上，正好让晨堂脚尖踮起了胳膊才不疼，就出去把办公室门反锁了。子路去的时候，所长热情招呼了他，把他带去的酒当场启盖来喝，说："教授，你给我拿什么酒？拿来了就算我的，我来招待你！"两人站着你一口我一口地喝。子路就问起晨堂的案子，又将晨堂婆娘的话说了一遍，所长说："人可能不是晨堂打的，白云寨的人说是在野外挨的打，晨堂交代却是在家里打的，他这人急了胡咬的，要是在战争年代，他是个叛徒哩！"子路说："不是他打的人，那就……"所长说："子路来说情了，我能不给脸面吗，那就放了吧。"一块儿出来去办公室放人，晨堂见是子路，胳膊疼得举不起来，却说："我说不是我打的，怎么样，不是我打的吧！君子动口不动手，要打人用得着我去亲自打？"子路说："好啦好啦，人不是你打的就是了，孩子和她娘在家哭得一团糟哩！"晨堂说："哭什么，我是蹲了大牢啦？！"

　　子路领着晨堂回来，高老庄的人几乎全集中在村口的土场上，他们在那里等待着消息，晨堂一见村人，就高声叫骂哪个狗日的把人打了，害得派出所的人打我哩！白云寨的人再来了，我真的要见一个打一个，见两个打一双，也消消我的气！秃子叔说："晨堂你吃苦啦？"晨堂说："他派出所人打我哩，可他也得给我喝酒，他妈的，咱在家也喝不上'五粮液'哩！"人群里就有蔡老黑和鹿茂走过来察看晨堂手腕子上的伤，晨堂却让他们闻闻他口里的酒气，蔡老黑说："是喝酒了，是喝酒了。兄弟，咱最好是不喝他们的酒，要喝你到我家去喝！人在屋檐下该低头时要低头哩，要打白云寨人的话不要在嘴上说，今早白云寨十几个人去了镇政府，叫喊着要严惩凶手的。"晨堂说："凶手是谁，他派出所总不能把高老庄所有人都铐起来吧？"蔡老黑说："这怪谁呀，就算是高老庄的人打了白云寨的人，还不是为了多卖些木头？等地板厂再这么办下去，高老庄的树砍完了，白云寨的树也砍完了，一切就都安闲了。"旁边人说："老黑，你都算头面人物哩，你也说这种话？！地板厂在高老庄地界上，要卖木头当然先高老庄嘛，白云寨一掺和，那四周深山远沟的人都拥来，木头的价格就更低贱了，那咱赚几个钱？！"蔡老黑说："这倒说得有道理……"抬头见子路，却说："子路见识广，你说说。"子路悄声说："老黑，我可看见了昨日打人的人哩。"蔡老黑死死盯着子路的眼睛，突然说："子路，你可是高老庄人民的儿子！"子路就笑起来，提高声音对村人说："我不了解情况，顺善呢，顺善是支书……"一句话未落，迷胡叔就骂了："顺善是贼哩，两口子都是贼！他偷了我的粮食……"蔡老黑说："那是你们家窝的事。"迷胡叔说："村里先前要盖公房，公房没盖起来，那从太阳坡砍的四间房的木头呢？这也是家窝事？！顺善狗日的偷了，贪了！"迷胡叔的话不足信，他骂他的，可迷胡叔提到了盖公房的木头，却有人叫道："疯子嘴里有真言，咱盖公房的木头真的都到哪儿去了？！"便议论纷纷。

土场上吵吵嚷嚷的，西夏不知道，饭后石头在院子里又画起了画，她没事坐在一边看那飞檐走壁柏，听得哪儿有了啪儿啪儿声，抬头见是掌大的粉蝶扑扇扑扇在院墙头上飞，后来就一动不动地贴在樱桃树上。这一瞬间，西夏觉得蛮有了诗意，西夏是读过《庄子》的，于是说："石头石头，你知道蝴蝶的前身是谁吗？"石头没有回答她，似乎对她的提问很反感，自个儿手撑着地一跃一跃回屋去。西夏登时无聊，一个人走出院子，在巷道里看一只鸡湿爪在地上走出一行个字来，一边看一边想人生的尴尬，她是高个子却偏偏嫁给了子路小个子，一当上新娘就同时是后娘，而一心一意要和石头亲近，石头竟与她难以沟通，这种障碍将会永远存在吗？前巷的一个小孩才从屋檐的瓦洞里掏了一只小鸟，瞧见了西夏就让看稀罕。小鸟小得还站不起身子，白嘴黄爪，十分可爱，接过来玩弄了一番，倒向小孩讨要了，要送回去给石头，遂听见旁边的院子里有了奇怪的响动，趴在那院墙的一个豁口处，瞧着了那户人家在为驴配种的。一头母驴乖巧地立在那里，一头公驴就数次往上扑，扑一次没成功，扑一次没成功，母驴被压趴了两次，两次被主人又打起来，牵着长长绳索的公驴主人就破口骂人。又是一个吆喝，公驴再扑上去，母驴没有趴下，却摆动了身子，公驴铁棍一般的长鞭就撞倒了母驴的主人。又一次重来，扑上去了，公驴的主人以极快的速度握住长鞭去帮忙，放进了该放进的部位，双手就沾满了黏糊糊的液水，说："中！"西夏也说了一声："中！"在公驴每扑一次的时候，西夏就不自觉地为公驴用劲儿，一用劲儿，双手就握起来，当终于扑上去，她说了一声"中！"身子一松，小鸟从手里掉下来，才意识到自己还拿了小鸟，忙捡起来，小鸟已被握死了。院子里的人听见墙头上有人也说"中！"瞧见是西夏，先是愣了，再就哈哈大笑，西夏撒腿就跑，没想路上有雨天的泥干硬成的坎儿，咯拐一下，脚便崴了。

崴了一下并不觉得十分疼，回到家里，自己的脸还羞得通红。见石头趴在窗前的桌上瞌睡了，要把他抱上床去又怕弄醒了他，就拿扇子一边赶着蚊子，一边看石头新画的画，不觉哎的一声，心惊肉跳。这是一幅极复杂的画，由高往下乱中有序地排列了六组人物，六组人物又构成了一个整体。西夏在博物馆曾经见过民间的木刻阴曹地府画，那是阳间的人站在阴府的大门口，门口写着"为何到此"，入门了，有牛头马面无常，阎罗坐堂，堂上一匾，又写了"你认识我吗"，然后是来人如何被剜眼，被剥皮，上刀山，下油锅，群犬分尸，石磨搅磨。而石头的这张画里似乎也是人在受尽着各种酷刑，或是人被缚在木柱上，将一只脚固定在凳子上，让一只羊舔脚心，被缚者痒而大笑。或是一女人穿着绣有花朵的长裤，裤裆里放进了一只猫，猫在乱抓乱咬。或是用打气筒从屁眼儿打气，人肚子膨胀如鼓。或是人从一玻璃状的长箱中往过走，箱盖上掏出无数的洞，个子高者头一露出，旁边一把巨大的剪刀就把头剪掉。或是用绳子缝人的口。孩子怎么会想到画这种画呢？西夏突然间害怕起来，她端详着石头睡熟的面容，双目圆大，又距离分开，头颅长而扁，额角凸起，而耳朵明显高出眉目，且尖耸如小兽耳。西夏猜不来这形象表示着什么，却暗想双腿瘫痪一定是有什么道理的，忽然想到数年前一面相师在博物馆门口为人看相，说过人的形象若像什么动物或植物就一定是什么动物或植物托变的，便又看石头，她看不出孩子像什么，却脑子里倏忽闪现了菊娃是一只鸡变的，晨堂是狗变的，蔡老黑是一只虎，庆来是牛，鹿茂是猫，顺善是蛇，苏红是狐狸，晨堂的媳妇是兔，南驴伯就是个驴子，而子路呢，子路绝对是猪，那个厂长王文龙则就像忽隐忽现能大能小捉摸不定的龙了。西夏不是个命相家，但她为她的一时奇思妙想而兴奋起来，就走出堂屋要把自己的发现告诉给子路，子路还在土场上没有回来，而娘却回来了，脚疼得难受，坐在院中的捶布石上脱了鞋袜用瓷片割脚上的茧甲。娘的脚是早年缠过了的，但并没有缠好，半大不小，脚趾变过来又鼓出一块儿大疙瘩，左右脚心就有了铜钱大的一块儿硬茧。她抱了一只脚在怀里，一边割一边嘴里吹气，西夏立即觉得娘那样子像个猴子，但她不敢对娘说，只是嘿嘿笑。

娘说："西夏你笑啥，笑你娘这脚吗？多亏我嫁到高老庄的时候世道已经变了，要不这么难看的脚，嫁不出去哩！"西夏说："听子路说骥林的爹长得最丑，骥林的娘脚那么小的怎么就嫁给了他？"娘说："你那婶子人样稀。"西夏说："稀？噢，是长得漂亮？"娘说："我尽说土话，她年轻时好看得出了名，骥林爹那时家里殷实，给她娘家了三担麦，四包棉花，她爹收了那么多东西能不同意婚事？相亲的那天，新郎人样走不到人面前去，还是你爹做了替身，等娶回来入洞房，发现人变了，已经来不及了。世上事就是这样，鲜花往往插在牛粪上，俊汉子骑的是跛马！"西夏笑道："我和子路是鲜花插在牛粪上了，你和我爹是……"不敢说下去，娘却咯咯咯地笑，说："这鬼媳妇，在旧社会该掌嘴哩！我看我子路不丑，浓眉大眼，嘴唇厚是厚，但嘴大呀，汉子嘴大吃四方！"西夏嘎嘎大笑，从门里要跑出来抱娘，刚一跨出门槛，突然脚不敢挨地，扑地就倒了。这一倒，娘过来扶，见脚脖已肿得如面包，再也扶不起来。

镇卫生所是没有好仪器，也没好医生，娘请了蔡老先生来看西夏的伤，蔡老先生捏了捏，说是并没裂着骨头，要好却不是三日五日能下炕的。西夏就对子路说："石头能预感灾难哩！"子路说："你一回来倒比我还神神道道了？！"西夏说："他前几天就画了一张画，是一个人躺在地上，一条腿长一条腿短，现在就应在我身上了。今日他又画了一张，才恐怖吓人哩，那又不知预示了什么灾难？"子路说："这不是石头把你画得伤了腿，你原本办完三周年祭奠就返回省城的，这是人留不住你天留你。"就告诉西夏，在山里走路脚一定要抬高，山里路不平，石头多，即使不崴了脚也要踢破脚指头的。西夏恍然大悟，她一直看不惯子路的走势，总低着头，双臂弯曲，微微外撇的脚抬得老高老高，原来是从小养成了习惯！躺在炕上不能动，就召唤着石头坐过来画画，石头不愿过来，子路把他偏抱了在炕上，石头就画了一张画，画的上方是七颗星星，七颗星星又都连起来，西夏说："这是啥？"石头说："天。"西夏说："呀，是七斗星！子路，你瞧瞧，谁把天这么画的！石头，你怎么知道天上有七斗星？"石头没有理，又画下方是一条鱼。西夏说："鱼？"石头说："是地。"西夏说："地上的鱼是在水里呀？！"石头说："这都是水。"西夏说："都是水？这是什么意思？"子路说："小孩子画画，哪有那么多意思？"西夏不再追问了，伸手抚摸石头的脑袋，但石头绝不让她抚摸，子路解释石头最怕奶奶给他洗澡搓背，任何人摸他身子的任何部位，他就感到不舒服。西夏想，这孩子可能神经末梢太敏感，但子路说剪头发石头也喊叫疼的，西夏就难以理解了。

西夏待在土炕上不能下来，子路又总是被村人叫出去吃酒呀，打麻将，石头自然是不肯来陪她，她就急得疯了一般，让娘在家里找书来看，但楼上的小架板上除了一堆子路当年学习过的语文和数理化课本，再无别的书籍。这日晌午，来正家来了几位亲戚，一时没了米面。来正的媳妇就拿了盆子来借麦面，娘当下取了升子，从瓮里舀面盛在升里，然后抓了面一点一点在升子上撒，直撒得升子里的面高出如一个塔形，方倒到盆子里。西夏觉得这种量法有意思，问为什么不用秤来称？来正的媳妇说："人经几辈传下来的法儿。城里姊妹，脚还没好吗？子路是有钱的，他也舍不得给你抓些药？"西夏说："你子路兄弟吝啬呀！"娘就说："素素，子路不吝啬，我怕我吝啬哩！"来正媳妇却咯儿咯儿地笑，说："你这是要作践我哩嘛！"西夏问笑什么，娘告诉说，前年，来正害了病，抓了五服中药，最后一服熬了喝过一半病好了，剩下的半碗放在柜盖上。来正的媳妇见了，心想，药是掏钱买来的，不喝完可惜了，她是家里大小有谁吃剩下的饭，都不让倒去喂猪喂鸡，一定要吃进自己肚里的，于是也把那半碗药汤喝了。没想喝出了毛病，肚子疼得在炕上打滚，差点没要了命去。西夏笑得岔住了气，来正媳妇说："你笑话我了？！在家待闷了，你让子路背你到我家去，没你家干净，但猪儿狗儿的倒比你家热闹。"西夏说："这倒好哩，你家有没有什么书？"来正媳妇说："有的，娃们有书。"西夏说："不是学生课本，别的书。"来正媳妇想了想，说："是还有一本书，砖头厚的，孩子他爷在的时候，珍贵得要命，一直放在屋里的担子上。"西夏来了兴趣，当下从口袋掏出一把精致的木梳子，谢酬了送她，并催娘能去把那书借来看看。来正媳妇不肯收梳子，西夏硬塞给她，她不好意思地说"这不像话吧"，撩起衣襟，装在里边的布兜里。

娘陪来正媳妇端了麦面出去，约摸半个小时回来，果然拿了一本书。娘说："借书看一看，你就给她一把梳子，那梳子也值五六元吧！"西夏再看那书，原来是破旧不堪的《康熙字典》，老鼠已啃了书脊，一打开就散了页。娘问："这是啥书，让老鼠咬成这样？"西夏说："是本珍贵的书。"娘说："老鼠都知道这书珍贵，来正就把这书弄得这么脏？！"西夏说："娘这话说得好，来正家的老鼠是文化老鼠。"但是西夏却不想读这本书，她的兴趣是在字典里另夹着一个薄册的手抄本，竟然是高家家谱。家谱最早记载着高家为宋时开封高家的第二个儿子高中仁举家迁徙到陕西西府，高中仁五个儿子，第四个儿子高世德因兄弟反目，愤然出走，又迁居于汉水北岸旬阳。高世德在旬阳衍息了子孙五代，其子高程先后任陕南商州府参将，华州府总兵，因平复流寇有功，被诰授为"武显将军"，其子其孙承袭世职任参将。到高程孙辈四人，却相互争斗，老二高衍害死了老三高亨，老大高平又谋杀了高衍，老四高仰连夜携妻儿逃至西流河稷甲岭，然后一代一代，在此繁衍生息，形成高老庄人。西夏看到此，哑然失笑，想，高家祖先怎么这样爱窝里争斗，已官至"武显将军"，何等威风，发展下去当是国中显赫家族，而不至于现在仅仅是深山中的一个高老庄啊！西夏再往下看，真正到了高老庄的高家历史，家谱就成了图表，高仰有子高祥瑞，娶王氏生六子，长子高和娶柳氏生二子，第二子高俊娶周氏生四子，第四子高崇顺娶张氏生一子高长水，高长水娶陆氏生一子，娶朱氏生二子，又娶严氏生一子高匡扶，高匡扶娶牛氏生二子，次子高风娶虞氏生三子，娶白氏生三子，其白氏所生第二子高汇丰娶田氏生三子……西夏看着看着，眼花缭乱了，已搞不清了相互的关系和名字辈分，干脆从子路的爷爷高子智往上追溯，寻到子路这一支系，数了数已经是三十三代了。在这三十三代里，别的支系曾出过一个州官，四个县官，还有被清康熙皇帝恩赐"轻车都尉世袭二等"，诰封荣禄大夫的，但这些支系差不多又都迁居了别处，而又有许多支系已绝，唯子路家的这一支系最绵长，但仅仅出过一个举人，五个团练，有做镖局的，染房的，粮行的，钱庄的，其余皆是农家庄户。续到子路的爷爷辈，以后并没有再续，但很显然，在家谱的最后数页里，是子路的爷爷用毛笔书写了两份资料，一份注明是他抄录了县志上历朝历代高老庄发生过的天灾人祸和奇异之事，一份是他对高老庄人的描述。那从县志上抄录下的资料使西夏惊骇不已，如 × 年 × 月 × 日天降大雪，雪厚三尺五寸，门窗被封，压死冻死十五户，幸存者皆为以火烧红铁锅，举锅从雪堆而出。× 年四个月滴雨未落，颗粒不收，逃荒十二户，饿死三十一人。× 年 × 月 × 日降黑霜，庄稼全部枯死，人吃树皮草根，因厕不下屎而憋死者八至十人。× 年 × 月 × 日山洪暴发，毁地一百亩，冲走祠堂，五户人下落不明。×年×月×日忽有冰雹下落一个时辰，蝎子北夹村高富民在沟脑牧牛，高富民藏身石棱之下，牛被砸死。×年×月×日，发生械斗，蝎子尾村死三人，蝎子南夹村死五人。×年×月×日天上落石，最小者拳大，最大者碾盘大，入地三丈，后挖出，形如焦炭。×年×月流行瘟疫，人十有五六腹胀如鼓，六户绝，后吃观音土渐愈。×年×月×日高子杰妻杨氏生一怪胎，猪头人身，杨氏被村人缚石沉西流河。×年×月大旱，南蛮人从东过风楼镇来打劫，夺去牛七十头，羊二百只，蝎子腰村染房的媳妇被强奸，后生一胞三胎，因是杂种，母女遂被负石沉河。×年×月×日地震，塌房五百余间，寨城门毁。×年×月×日天上落雨，竟有鱼。×年×月狼成群结队白日出没。×年×月×日稷甲岭一山洞出水，雾罩三天不散，胡人从白云湫来，高三甲率众杀敌，高三甲战死，寨遂失陷，村人逃至西流河南岸壁洞，十日后返回，寨中财物仅存十之有二。西夏再看那篇短文，文章谈不上文采，仅仅是记事而已，其中最令西夏觉得有意思的是子路的爷爷无不得意地写到高家祖先迁居过来之后，此地是为深山荒沟，西流河上下虽有南蛮北夷人的村落，高家是唯一的汉族，坚持不许娶外族女为妻，世世代代保持了汉族的纯粹血统。他们的形象特征是男为黄面稀胡，头扁而长，大板牙，双眼皮，脚的小拇指有双指甲，女缠足，梳髻，长腰布袋奶。他们为人聪明机灵，重礼节，会拳脚，喜食面食和动物内脏。西夏想：来这里数天里的所见所闻，高老庄人果然如此，但为什么没有记载高老庄人的矮小和丑陋呢？是子路爷爷辈以上人并不矮不丑，还是那时人就矮了丑了而并不愿记载或视而不见，不以为然吗？但当下脱了鞋袜查看自己的脚小拇指是不是双指甲，不是，又拿镜子照看面部，眼皮是单的，皮肤嫩白，又不是大板牙，便想：高老庄人自称是纯粹汉族，我也是汉族，难道我的血统真的已不纯正？自己的祖先原本就不是汉族，或是汉族，其中与别的民族混杂过？一时疑惑不已。

中午，子路回来，见娘用耙子磕打从猪圈挖出的粪土，就说："娘，谁让你干的，我在家里还要你出这力吗？"娘说："天气好，把粪土打碎晾晾，几时让庆来帮着运到地里去。……我还干不了这些吗？输了还是赢了？"子路说："赢得不多。"走回堂屋，西夏看了看子路的脸色，说："肯定是输了，要是赢了，一进门就给娘显夸，要把赢的票子抖得哗啦哗啦响，现在脸色铁青，还能是赢了？输了多少？"子路说："二百五十元。秃子叔手气旺得很，上手又坐个盯不住庄的雷刚……"西夏说："输了就输了，有啥不高兴的，只是你小心派出所人去抓场子，别人无所谓，你却难堪哩！"子路说："这个我当然知道。他娘的，前三圈我是赢了的，秃子叔硬要借钱，我就是借给了他的钱后手气背了的，我还说要给娘买一件衣服的，就却输了！"西夏从口袋掏了三百元钱交给子路，说："我给你三百元。"子路拿了钱出去，对娘说："娘，西夏一直说要给你买一件衣服的，今日正好赢了钱，你自个儿去镇街吧。"娘说："给我买衣服？我一个老婆子了，还讲究什么，让西夏给她自个儿买吧。"子路说："这儿的衣服裤腿儿都短，她穿不成的……你要不去买，我拿着去打麻将说不定又得输了。"西夏在卧屋推开揭窗，说："娘，你把钱拿上，子路是一输钱就知道孝顺老人了！"娘问子路："你是输啦？"子路说："输了还能给你三百元？"夺过娘手中的耙子，把钱给了娘，却让娘去银秀家借毛驴去，他要把粪土往地里送。

毛驴驮了两个大粪筐直运送了五趟，毛驴倒还精神，子路却累得满头满身的汗。西夏在娘的搀扶下坐在了堂屋门槛上还在翻看那本家谱，待子路运送完了粪，夸了一句"子路还行"，子路卸了草帽往下挠，脱了袜子往上挠，解了裤带左右挠，却嚷道不行了，当年挑一天粪，晚上打着火把还跑十里路撵着看巡回演出的牛皮影子戏哩。这么嚷道了，却见西夏并不回应，就走过去说："真是的，有牙的时候没锅盔，有锅盔了却没牙，西夏，我现在最害怕你寻我哩！"西夏看见子路牙齿咬着舌根，汪了一嘴的水，就说："娘和石头在厦子房里！"子路往厦子房看了一眼，门闭着，就一下子将西夏抱了往卧屋里去。西夏说："在外边又见着谁了，回来拿我出火？"

子路说："火倒不出，刚才一进院，见你坐在那里十分好看……可你擸擸，成一张空皮皮了，足球界有挂靴的，我得挂鞭了。"西夏说："白日不行，一到天黑你就疯了，我算明白了，乡里人为啥孩子多，晚上没别的娱乐，一歇下来就会干那事，久而久之成了遗传，你就有那个基因哩，纯粹的汉族人就都是好色贪淫？"子路说："你不是汉人？"西夏把家谱让子路看，子路惊叫道："这是哪儿弄到的，我以前听说高家有个家谱，就是不知道在哪里，你才来三天两晌的倒却看了！"西夏说："来正的媳妇借我一本《康熙字典》，里边夹了这份家谱的。"子路说："小时听说我爷爷保存了家谱，后来就没了踪影，原来在来正家！那是粗人，他家照壁上嵌着一面'督率联族碑'的，让孩子们把碑砸得模糊不清，你要是不说借书，说不定这家谱就真毁了！"西夏说："还有个'督率联族碑'，那上面又怎么写的？"子路说："我哪能记得，反正是说高家的事。"西夏却说："咱去看看！"子路说："你倒对我们高家有兴趣了？！"答应脚伤好后，陪她去看。但西夏性急，却须立刻去不可，当下让子路背了去了来正家。

　　来正不在，来正的媳妇见子路西夏突然来家，喜欢得如念了佛，拉动风箱就要烧水打荷包蛋，子路忙挡了，说是不必招呼，来看看照壁上的碑子就走的。来正的媳妇疑惑不解，说："看石头呀，那有什么看的？"但还是拿了抹布，擦洗了碑子上的泥巴。来正家的房子老朽得厉害，但院子颇大，照壁也高，碑子就嵌在中间，是清乾隆三十三年刻的。两人磕磕绊绊读了一遍，西夏就嚷道她要抄下来，苦得子路又回家取笔取纸，一个人立在那里念，一个人坐在那里写，密密麻麻录了数页：

　　　　物本乎天，人本乎祖。天者人之始，祖者人之本也。莫不念祖而必溯流以穷源，莫不报本而必由来以追本。苟谱系不明而考核奚自？每叹世人之无谱，因多失本源。既无合族联亲之情，焉有尊祖敬宗之义！我高有源有委，谱系昭然，确有明证；

□□□□□□□，近则□□□□等之力。所谓莫为之前即美不彰，莫为之后虽盛弗继，则我高有谱□□也？自乾隆庚午由□□□，凡我同本接踵而来。有族贤□□□谓：远迁异域，恐其后代日久遗忘。与商请谱，且聚费作祠，以为远迁垂远之举，以立联宗报本之义，效乎祖地之模。予甚是之。壬午之秋，□□□□□，重捐谱金，求□全谱，始获克如其愿。可谓贻子孙燕翼之谋，笃宗族一本之义矣。奈迁斯后裔星散而居，自家之念独重，报祖之意犹轻。非惮跋涉之艰，即俭资捐之。各大谱本前已经数载，乃后漠相视，不以关怀，不唯将视宗之灵置之荒渺，即我中老一片婆心悉付流水。吁！何其不知轻重，不知缓急，只目前安裕之私，不思久后遗忘之患，智愚贤不肖，止于斯今也。□□日祖殚思，不遑安处，□□□□□之志合族联亲督成盛举之思！凡我宗人共秉仁孝之心，毋废先灵之祀，审己量力，□□□□，以开百代□□□□。且因同谱合族，合族报祖，报祖而昌后，则人伦明于千古，世系昭于百代。承先启后，继往开来，远□□□，孰有过于此者，岂可视此为泛常而不共奋以作其事哉！今果族等闻言而起，各致其心，将报祖之大于斯而开其端，而千百世之规模立矣。时乾隆三十三年□□□□月谷旦。承首族□□□□□〇生□□□拜。□□□□□□□□□□□□□□顿首拜撰。

　　录毕，来正媳妇一定要子路和西夏进屋去坐，推让了半天，进去坐了一会儿，没有吃荷包鸡蛋，却一人喝了一碗红糖开水，子路就把西夏背了回来。西夏说："我无意间看到几块碑子，都是讲高老庄生息繁衍的事，我倒有个想法，把这些碑文都录下来，或许是一份蛮不错的资料呢。"子路愣了愣，说："好想法！高老庄人爱立碑子，我小时候见到很多，现在都不知失散在哪里，但要找都可以找到，把碑文录下来，你就可以知道高老庄的伟大啦！这些事我没有想到，怎么竟让你外族人想到了？！"西夏说："我不是高家的媳妇？"子路说："要是在以前我可不敢娶了你的，光你那模样长得就不像个汉人！"西夏就看子路的眼睛，子路的眼睛是双眼皮，看子路的门牙，子路的门牙是铲形，再让子路脱了鞋看小拇脚指头，小拇脚指头果然也是双瓣儿指甲，西夏感到了一丝失望，说："这么说，我还真不是纯汉人？！"子路就张狂了，说："我说你长得像外国人，真个是血脉不纯。你老家原在哪儿？"西夏说："在山西，山西可不是外国也不是少数民族居住区！"子路说："那一定是洋人或匈奴入侵时强奸过你家的哪一辈妇女！"西夏一拳打在子路的额上，说："你是汉族，纯汉族，个子这么矮的，五官这么丑的？！"突然叫起来："我明白了，明白了！"子路问："明白了什么？"西夏说："你说说，中国北方人长得好还是南方人长得好？"子路说："当然北方人好。"西夏又说："西南人长得好还是东南人长得好？"子路说："西南人长得好。"西夏说："对了，东南以及到东南亚国家的那些华人却是矮墩墩的，腿短，脸上肉厚又冒汗油，和高老庄人一样，这就是纯汉人，是中国历史上外来民族入侵得多，一步一步把汉人往东南赶，赶到东南那个角了……真正的汉人就是那个模样！"子路想了想，觉得西夏说得还有些道理，气就短了，说："就让你糟践汉族吧，即就是纯汉族人是那模样，那也是我们的历史太悠久了，你们长得精神倒精神，可这是离动物距离近嘛！我们有孔子，谁个有？我们有长城，谁个有？就连我们的大菜，全世界也没一个民族能比得过吧？！"西夏说："长城是壮观，可你想没想为什么要修长城？大菜里讲究色形味，正是太讲究了食物的色形味才使汉人的脾胃越来越虚弱，体格不健壮的。有了孔子，有了儒教，人才变得唯唯诺诺……子路，你还可以举更多的例子呢，比如京剧呀，天下独一，熊猫呀，天下无二，可京剧里男人去扮旦角，小生不长胡子说话也像宦官，熊猫呢，腰胖胖的，腿短短的，就是不能生育，连怀孕也是百分之一的有效率！"子路叫道："好啊，西夏，你就这样辱骂汉民族？！"西夏说："我说的是纯粹的汉人太老了，人种退化了！"子路说不过她，就把她压倒在炕上，用手把那丰腴的屁股拍得啪啪响，说："退化就退化，看我怎么收拾你！"心里却想：她说的这些我虽没认真思考过，可总觉得我需要换种的，才娶了她这个大宛马的。西夏笑着翻起来，说："身子退化了，就剩下个生殖器！"子路又来扑打，西夏用脚去挡，不料一用劲儿，疼得哎哟哟叫唤，听得娘在厦房喊："子路，子路！"

子路跑出来，院子里站着的却是菊娃。菊娃穿了一件墨绿色的上衣，黑蓝筒裤，齐耳短发没留刘海儿，似乎额边的发总扑闪前来，用一顶发箍卡在前顶，人显得精神，却也觉得腮帮子略大。子路说："剪了发了？戴那发箍干啥？！"菊娃说："这你不用管，你还管得着吗？"却也把发箍取下来，只留着左侧发上西夏送给她的那个白色发卡，指了墙头说："是不是脸大得难看？西夏脸是墙棱角，我就长了个盆盆脸嘛！"子路有些生气，以前他们的矛盾总是从类似这样的小事上开始，比如出门，菊娃换上了衣服，子路总嫌搭配不当，家里的摆设，子路要将桌子横着摆，菊娃却竖放在窗下，兴起了收腹带，子路兴冲冲地买了一件回来，菊娃死活不穿。菊娃不满一个大男人家尽考虑的是婆婆妈妈事，子路却是读了李渔的书的，欣赏女人的态度，他将女人之态是如何似火之焰，灯之光，珠玉之宝气的话讲给她听，菊娃说：你让我去学妓女呀？！气得子路就哗啦啪啦发一阵火。现在，菊娃已经不是以前的菊娃了，但子路下意识地又去要求她，说过了，也觉得自己发贱，菊娃照常噎了子路，却哧地笑了一下，说："我永远都在你的阴影下过活哩……已经很久没有人这样对我要求了。"这么一说，子路倒叹了一口气，一时觉得浑身的不自在，他知道，这个时候卧房的窗子内正卧着西夏的。他说："你知道不，西夏脚崴了。"菊娃说："我知道了才来的。人呢，西夏！西夏！"径直往卧房里走。

西夏在窗缝里瞧见菊娃往卧房来，忙把被子拉展，伸长了伤脚靠在床头，胸罩已经溜脱了，急把带儿往上挪，一时挪不好，菊娃就进来了，抱了伤脚察看。西夏不好意思，说："脏脚脏脚。"菊娃说："不要动的。怎么会崴成这样？我给你去太阳坡上采些蓖蓖芽草，已经用冰片搅着捣碎了，敷上几天就会好的。"从怀里取出一个布包来，绽开里边一层净纸，包着一堆绿色的糊糊状的东西。子路和娘进来，娘叫道："我早就想着去采蓖蓖芽哩，只担心西夏不信这个。"菊娃说："土方子比那洋药膏顶用的，王厂长前两个月也是崴了脚，什么药水儿、药膏儿用尽了就是不消肿，敷三次蓖蓖芽草就好了的。你一定要用的，不要嫌不好看。"西夏说："我现在还图什么好看不好看哩，菊娃姐今日漂亮哩。"菊娃说："漂亮用不到我身上，盆盆脸走不到人前去。"子路立在那里脸红红的，拿眼光看墙上的一个钉子，钉子却飞走了，是一只苍蝇。西夏说："娘喜欢盆盆脸。"娘说："银盆大脸的富态。"菊娃就笑起来："娘没见过世面。"把草汁膏分出三分之一，在一张白布上摊开，敷在了西夏伤着的脚脖上，说："近日后院墙上是不是有了破损？"西夏莫名其妙，问："怎个？"菊娃说："小的时候我娘说后院墙破损了，家里人就要崴脚的，她总是三天五天就去看看后院墙的。"子路就出去看后院墙。子路家是没有后院的，厕所在山墙后，院墙就伸延了一截包围了厕所的蹲坑，靠墙外的桑葚树那儿，果然像是有人蹭塌了一块儿，回来说了，西夏蓦地记起那一夜有人在树上偷看过她，但她笑了笑没说。菊娃就让子路快去和点泥去修补修补，子路立即去了，娘也跟着去。西夏说："他倒听你的。"菊娃说："这你胡说哩，先前我让他办个事儿，他才身沉的。"说完就窘起来，转过身去，要拿了箱盖上的鸡毛掸子，拿在手里了又放下。西夏也觉得自己话没说好，便说："你剪了头发了？"菊娃说："长头发显得老……越剪越难看了。"却突然记起了什么事，转过身来，说："西夏，我还要问你呢，你送我的这个发卡是别人送的吗？"西夏说："怎么啦？是别人送的。"菊娃说："是谁？"西夏就说了在车站的一幕，菊娃脸登时变了颜色，煞白煞白。西夏说："怎么啦，你认识她？"菊娃说："我戴了这发卡，前日地板厂的王厂长去店里看见了，他眼睛就直了，要了发卡看来看去，问从哪儿得到的？他说这是他老婆的，是他去上海出差时给他老婆买的，发卡上有一个麻点的。"西夏说："是王厂长的老婆？怪不得那女人说她一个亲戚在高老庄，原来她说的是王厂长！"菊娃就问："那女人长得怎么样？"西夏说："白胖胖的，四十出头，一笑嘴角有个酒窝。"菊娃大惊失色，说："还真的是她，可她已经两年前死了呀？！"西夏愣了半天，她简直不能相信，那个女人是死了的人，死过的人怎么能复活呢，怎么能会把这枚发卡送给她呢？菊娃也神情恍惚起来，喃喃地说："她是再生人，再生了？"就要回去，说她要把这些情况告诉给王文龙，这发卡她也得交给王文龙的，转身就走。走到堂屋门口了，又折回来，叮咛西夏：此事不要给任何人提起，既然是王文龙的前妻把发卡给西夏，一定是在托西夏要把发卡交给王文龙的，那女人是鬼还是再生人必有蹊跷处，咱张扬了可能对谁都不好的。西夏吓得坐在炕上只是点头，再没说话。

菊娃走到院里，子路还端了泥在补厕所后院的豁口，娘说："你要走呀？"菊娃说："我把蓖蓖草膏敷上了，隔一天再敷一次，如果还不见好，捎个话过来，我再去采。我要走呀，那边店铺还没人经管哩。"娘说："这不急的，你再坐坐咱们说说话嘛。"菊娃说："我真的那边走不开的。"走到厦房，打开柜子给石头换了一身干净衣服，把脏衣卷起来要带走。娘说："菊娃菊娃，到饭时了，我给咱们做豆腐饺子呀！我不会洗吗？"菊娃说："娘这么客气呀！"就把脏衣放下来，问石头："好不好？"石头说："好着哩。"菊娃说："好着哩就好，那娘就去店了。"就往院门口走，娘赶忙又来送，她一出院门竟哐啷把门拉闭了。

菊娃一拉闭了院门，突然一阵心酸，娘待她这么客气，使她感受了自己回来已经是不属于这家人了，是熟悉的旁人，是客人。碎步儿从巷道的石板路上走过去，走到那株扁枝柏下，兀自立在那里感到头晕，眼泪就唰唰地流下来。恰有人从前边的小路上往上走，她忙闪进一个厕所，将眼泪擦掉，待过那么一阵子，估摸路人已经走了过去，站起一抬头，却见子路就站在厕所墙外。子路是在菊娃一走后，又开门出来看的，从菊娃的背影里，他是知道菊娃的情绪的，这阵看着她的脸，说："你是哭了？"菊娃说："谁没惹我，我哭啥呀？"子路说："让你多待一会儿你也不待，店里雇得有人，也不在乎你离开一天半晌的。"菊娃说："我为了挣钱嘛。"子路说："挣钱也不能把自己累着。"菊娃说："谢谢你。我知道照顾我自己……我不照顾我谁照顾哩。"子路最想问她这事，却又最害怕问到这事，心里也一阵泛酸。他说："一直没个机会和你说说话……我的情况就是这样，原本我是要在你一切安妥好后才要结婚的，可一个人……你也知道，我不会做饭，衣服也不会买。"菊娃说："你应该……你是一日离不得女人嘛。"子路说："我知道你指什么，我并不是……"菊娃说："不说这些了，说这些有啥意思？你好了，我烧高香哩……不说了，你快回去吧，西夏还等你说话的，这天要变了呢。"闷热闷热的，厕所的尿窖子里咕嘟咕嘟往上翻着沫儿，热腾腾的臭气要窒息了人的呼吸。子路看了看天，天上的太阳没有了，有一片云在酝酿着，忽浓忽淡，也开始有了风，一张废纸哗哗地贴着地面滑过来，子路抬脚踩住了，说："天要变了……菊娃，你的情况到底怎样？"菊娃说："啥情况，你问的是和蔡老黑？"菊娃说话还是那么刀下见菜的，子路倒不知该怎么说，嗫嚅了一会儿，说："这么些年了，他连老婆都没离婚，人又……"菊娃说："他对我好是好，但这不可能的。镇街上有信他娘给我提说他家的侄儿，集市上见了一面，也不行……"子路说："是不是人家都嫌有石头？石头我想带走，你就轻省了。"菊娃说："我娘俩死不拆伴的……蔡老黑和有信的老表，人都是好人，不管别人怎么看，我觉得人家待我都好，比你都好，可我和他们不能谈这事，一谈开来谈的都是你。怪谁呢，就怪你，我走不出你的阴影，这心还在你身上，我知道我傻，事情已到什么地步了我还这样，但我没办法……几时在心上全都没有你了，我再说嫁人的话。"眼泪就又扑簌簌流下来。子路听她这么一说，心里顿时灌了铅，情绪急躁，不禁又生起气来，说："你这话为什么不早说，离婚是你一定要离的，离了婚要复婚，你偏和蔡老黑粘系着不肯复婚，这阵我成家了，你却这么说?！"菊娃说："我不说了，再也不说了。"子路说："你就是不说，我这心里就没事了吗？"菊娃说："你要没事哩，你现在是有西夏了，你不能和我一样，人家嫁你是要过幸福日子的，你得给人家幸福。"子路说："能幸福吗？我这后半辈子甭想有幸福日子过了。"菊娃没了话。子路见菊娃不说了，他也不说了，尿窖子热腾腾的臭气熏着他们，苍蝇嗡嗡嗡地在脸前乱飞。菊娃说："都怪我，说了不该说的话……不说了，子路，你回去吧，咱俩怕就是争争吵吵的命，不来见你想来见见，见了就又惹一肚子气，你回去吧。"说罢就走。子路却跟着她也走，菊娃说："西夏在家里，你跟我走啥的，让人看见了，这又成什么？"子路还是跟着。菊娃说："你要跟着走，咱俩就双双对对在村里挨家挨户走一趟，再逛镇街去?！"子路就立住了。菊娃竟笑了一下，笑硬在脸上，说："回吧。今日我是去蝎子北夹村收购草绳的，地板厂需要草绳，原来是拧草绳的人家拿了货去厂里卖的，厂里要让我多赚些钱，一律不零收了，让我收购了统一卖给厂里，前边土场下还有人等着我哩。"子路说："那让我瞧瞧是谁，是王文龙吗？"菊娃说："你听村里风言风语了？"子路说："什么风言风语？"菊娃说："不知道那我也就不说了。不是王文龙，是王文龙派的人，你瞧瞧。"子路又走了几步，往坎下看去，土场下的路上停着一辆装了草绳捆的架子车，一个人蹲在那里吸烟，那人不是王文龙。子路就止步了，望着菊娃下了坎去。

　　风刮得比先前大了，把子路的头发吹成了毛窝，而扁枝柏上的一个鸟窝瞬间里掉下来。鸟窝往下掉着，子路却觉得自己的脑袋在风里也吹掉了，他站在了那个落地的鸟窝前许久，就抱起来回到院里。西夏已经从卧屋出来坐在了门口小木凳上，娘忙着收晾在绳索上的衣服，说："这天要变就突然变了哩！"子路说："恐怕要下一场雨吧，真巧，咱把大事刚过毕，天就下雨。"西夏说："你到哪儿去了，送人送到哪儿？"子路说："我哪儿送人？

风把柏树上鸟窝刮下来了，捡了这一堆干柴哩！"

雨果然在黄昏时下起，铜钱大的雨珠子砸在房上，坐在屋里听得像马蹄声一样地脆。迷胡叔在太阳坡看护林子，咿咿呀呀拉动了一天的胡琴，见天落雨就往回跑，他胳膊短小，却有兔子般的长腿，在雨点里寻着空儿跑，身上竟没有淋湿。跑到村口，他觉得他的影子挂住了一块儿石头，一个前跑跌倒，磕掉了一颗门牙，回头看天上的雨都向他下来，是横着下，像倒一笸篮的铜钱和核桃，水就把他漂起来，一只鞋跑到涝池里去了。雨一直下到天黑，半夜里稍稍晴住，屋里更闷，空气稠得人呼吸也困难，蚊子在头上赶都赶不走，到天亮雨就又下起来了。从此雨不紧不慢，绵绵不断下了两天，村里人差不多都在睡觉，睡得眼屎糊了眼窝，头也睡扁了，雨还是屋檐吊线。子路半夜里起来小便，还迷迷瞪瞪不睁眼，立在堂屋门口往院里尿。西夏在炕上等了好久不见子路回来，以为出了事，跑出来，子路还立在那里，说："你尿长江哩？！"子路说："尿不完嘛！"他耳朵里满是屋檐的流水声，以为了是他的尿声，西夏拍了他一把，他才清醒。西夏说："石头的画真能预测了灾难哩，这雨下得不知发生什么事？！"

天明，院子里的水积了半腿深，扑闪扑闪要上台阶，樱桃树上缠着了三条蛇，树桠上还蹲着两只老鼠，老鼠已经不害怕了蛇，西夏却大呼小叫。子路用竹竿把蛇挑着扔出了院墙，老鼠也就掉在水里。子路费了好大的劲儿捅开了院门下的水眼，积水是泄出去了，巷子里却到处漂着黄蜡蜡的人粪，竹青在大声地咒骂着狗锁，说是才下雨的那天夜里不该把檐水导流到尿窖里，弄得现在雨连着下，尿窖子就全溢了。狗锁是怕老婆的，双脚踩在泥水里只给竹青笑，见着子路了，说："子路，天要下塌了呢！"子路说："天要下塌了。"竹青说："子路你没有睡觉吗？下雨天是两口子睡觉的时候哩，明年村里就该生一茬同月同日的孩子了！"子路笑了笑，却听见了沉沉的吼声，问是什么响，狗锁说牛川沟里起了洪了，来正家的院墙倒了一截，双鱼家的厕所墙塌了，秃子叔家后边的老窑也塌了。竹青说："你知道不知道，老窑一塌，差点把三治和海根的媳妇压死在里边！"秃子叔家的后边是一片洼地，早先做过窑场，后来废了，一座土窑还在。子路说："三治和海根的媳妇去那儿干啥？"竹青说："还能干啥？胡×哩嘛！下这么大的雨，寻那么个好地方，谁知道天也看不过眼了，就把窑塌了！窑一塌，秃子叔去看，就看见那奸夫淫妇！"狗锁说："不是雨把窑淋塌的，是他们×塌的！"子路不愿意再多说，返回屋里，牛坤却披着蓑衣，胳膊下夹了一个棋袋子来串门。牛坤是穿了一双草鞋的，把鞋上的泥在堂屋门槛蹭了又蹭，娘说："你瞧你这泥脚，你是到哪儿去了？"牛坤说："雨下得人心烦，我到牛川沟去转了转，回来坐着还是闷得慌，和子路下盘棋呢。"娘说："听说牛川沟起了洪？"牛坤说："水大得像黄龙哩，把川里新修地全冲了，沟沿也这儿塌一块儿那儿塌一块儿，像狗啃一样，牛头嘴也溜脱了一个崖角。"娘说："天神，牛头嘴都溜脱了？"手就哗哗地颤抖开来。子路说："娘，娘，你觉得心慌吗？"娘说："不打紧的，你倒一杯水让我喝喝。"子路倒了开水递给娘，见西夏疑惑地看着他们，就告诉了牛头嘴原先是一座小寺院的，寺院早在上几辈人时就坍了，再没恢复，但寺前的白塔自倒了塔身后塔基还在，高老庄这七八年里患病的人多，一检查都是癌症，又几乎是挨家挨户地死人，有人就说白塔是高老庄的风水塔，塔倒了，白云湫的邪气垂直冲过来才导致癌症这么多的，曾提议集资修塔，可塔还未修，这场雨使牛头嘴也冲了。西夏说："患癌症哪儿的人都患的，如果患病率高，最多与水质有关，哪里就是邪气冲的？村里人动不动就说白云湫，白云湫到底是个什么地方？"子路说："从西流河往下走二十里，然后钻白云寨山下的一条沟到两岔口，顺西岔口进去有个大石幢，大石幢上去三里路有个大湖，那就是白云湫。"西夏说："名字叫湫，怎么是个大湖？离高老庄那么远的，又怎么会邪气冲过来？"子路说："我没去过，我也不知道，你问牛坤吧。"牛坤说："我也没去过，听说湖后的天竺岭正对着高老庄的。"西夏说："都没去过，提起白云湫就怕成那样？几时了我去看看！"牛坤撇了撇嘴就笑，说："你不想要命了你去！那地方怪得很哩，进去的人没有出来过的，婶，你说是不？"娘说："那倒真是！"西夏说："娘见过谁进去没有出来？难道它是另一个百慕大三角？！"子路说："得了得了，给你说你总不信，天底下河水都是往东流的，这儿就偏偏有个西流河！你有兴趣，你几时去问迷胡叔和蔡老黑去！牛坤，咱下咱的棋！"就在檐下的台阶摆了棋摊。

西夏受了抢白，总是意难平，过去偏拧了一把子路的屁股，跛了腿到卧屋又睡觉去。石头在叫着奶，问他的铅笔呢？娘说："西夏，你又睡呀？你给石头找找铅笔，看他画画嘛！"西夏是找了铅笔，但西夏已经没有了欣赏石头画的乐趣，她恐惧了石头的画，希望石头不要在今日再作画，而去写写字或去干些别的什么，说："我不去又能干啥呢？"牛坤说："子路，她生气了。"子路说："生气就生气吧。"把一只兵攻到了楚河汉界。西夏听了子路的话，越发气恼，上炕蒙了被子就睡。原本是赌气上炕睡的，却没想情绪灰沓竟真的很快睡着，还做了一梦。她梦见在一所像仓库一样大的木板房子里，黄昏的余光从板墙缝里射进来，一切都影影绰绰，而从屋梁吊下来的一个绳索系着一只竹笼，像秋千一样晃着，屋角里有什么爬动。房门是关着了，靠门后的草堆上斜躺了一个女人，赤身裸体，奶头很大，小腹也很大，而一个男子半跪在面前。男的是谁呢，看不见脸，从蓬松而乌亮的头发上猜想一定年轻。在左边的小木窗前也是背立着一个女人，仍是赤身裸体，腿粗而短，屁股硕大，她似乎是在从小木窗往外看，窗外的林子里有一头吃草的牛，牛的肚子里还有着一个小牛，清晰可见。板房的里边是一个高高的木架，木架上铺着木板，一个裸体的女人却搂抱了一只金黄皮毛的老虎，他们亲昵着，翻腾着，后来老虎就压在她的身上，满房子里有了一种和谐的音乐，那屋梁吊着的竹笼就晃动得厉害，看清了竹笼里装满了桃子，鲜红的，一触就破水儿的桃子，屋角的爬动声似乎更大了，竟爬过来三只乌龟……梦做到这里，西夏便醒了，浑身捂出了热津津的汗，她掀开了被子，还记得梦里的所有细节，觉得离奇而又好笑。怎么会做这样的梦呢，梦里全是裸体，除了性交就是象征了性的动物，是自己有了性欲而潜意识的反应吗？但西夏睡觉前正是生过了子路的气的。西夏就为自己梦得荒唐而无声地笑了，想想，倒觉得睡前的生气多么没有意思，子路并没有对自己太过分，自己却当了牛坤的面，娘的面就赌气来睡了。西夏从炕上爬起来，她要补偿自己的不对，便从提包里取了一件新衣换了，又画了眉，涂了唇膏，笑吟吟地走到了堂屋。石头还是在那里画着，画的是一只怪兽，这怪兽完全是一种甲虫的形状，头上有角，额上有眼，牙齿却是锯齿一般，且两臂长短不一，右臂齐腰下垂握一把短剑，左臂长过脚面，竟拿着一支像枪不像枪像刀不像刀的武器。整个形象占据纸面，上顶头，下着地，不左不右居中，似有跳将出来之势。西夏想，画这样的画不可能是预示什么灾难吧，问石头，石头依旧不回答，再问为什么要这样构图，石头也是不语，西夏倒认定这是在画未来的一种武士，此武士或许是人发生变异，或许来自外星，越发肯定石头不是正常的人，最少也该是有着什么奇特功能吧。她当下在纸上写了一字，揉成小团儿，问石头知道不知道纸团上写的什么？石头现在是看着她了，但石头不知道。又放在他的耳里，放在他的胳肢窝里，石头还是猜不出。西夏又想，城里有小儿能听字，用胳肢窝认字，那或许是一种小技，石头是有大的异秉呢，就又端详那甲虫武士图，就发现武士的两条胳膊上的装饰纹极类似青铜器上的纹饰，就说："你见过青铜器？"石头说："是脸盆吗？"西夏说："你没有见过青铜器，怎么能画出这种纹饰？！"石头就从堂屋爬出去问爹："爹，爹，什么叫纹饰？"子路已经连输了四局，直嚷道："我是久不下棋了……我不会再输给你的！"又要再来，牛坤却说："不来了，不来了，我得保持胜利！"子路就不行，非要再来一局见分晓，气呼呼地，见石头还在问纹饰是什么，没好气地训道："纹饰是你娘的脚！"石头爬回奶奶的卧屋里，呜呜呜地哭起来。

111

　　石头一哭，西夏就数说子路怎么这样对待孩子？子路也后悔了，不再言语。石头却对奶奶说他要去娘那里，怎么劝也劝不住。奶说："这娃咋这么不听劝说！你爹他不对，可你爹也不能吼你一句两句吗？"子路在娘和西夏劝石头时，乍着耳朵听他们说话，心里就叽咕这孩子残疾，受呵护惯了，这么任性的，棋就更没有走好，拣起一个士子儿要悔步，牛坤偏不行，两人在那里夺士子儿，终未能悔，子路就不爱听了石头的话，说："他屁也崩不得的？！都不要挡，让他去吧！"石头说："不是我屁崩不得，你是爹，你打我骂我由你，可你不能骂我娘！"子路说："你娘是皇帝哩！"娘就骂子路了："你少说两句好不好，棋输了在孩子身上发什么威？牛坤，不下了，那是争房争地哩，争得脸红脖子粗的？！"牛坤觉得没趣，说："子路，不下了，你到我家去喝酒去。"子路说："我不去……改日咱再下吧。"牛坤出门走了。西夏就过来说："我以前怎没看出，你下个棋就这么认真的？你去给石头说句软话，把他劝住，他真要走了，知道内情的说你当爹的不是，不知内情的，还以为我这后娘日鬼作怪容不得石头哩！"子路就立在院子里淋雨，说："石头，不要再闹了，天放晴路干了，我背你到你娘那儿，你有理对你娘说。"石头不再执拗，鼻口里还呼哧呼哧出粗气。牛坤却又出现在院门口，说："我又来了！"娘说："牛坤你个没脸的，是不是你老婆今日打得你进不了家？"牛坤说："有人给西夏拿蓖蓖芽草来啦，寻不着家，我领了来，做好事也不对吗？"门口果然闪进一个人。子路认得正是那日拉草绳架子车的人，那人说：是厂长托他上山采了蓖蓖芽草送来的。子路忙让进来吸烟喝茶，念叨这么个雨天，还上山采蓖蓖芽草，真是苦了你。那人把草药交给了子路却不肯进屋坐，子路就忙散了纸烟给他，送他出了院门。西夏却说："菊娃姐待我这么好的，让她今日回来吃饭呀，石头也想他娘了，你咋不让那人回去带个话？"子路又跑出去，撵了那人叮咛了一番。

子路回到院里，娘问："菊娃一会儿回来，咱中午吃什么饭呀？"子路说："随便。"娘说："随便我可做不了。每次你说随便，做下了却这样不好吃那样没胃口。前天剩了半盆米饭，昨天又剩了一碗糊汤面，看几时吃得完呀！"西夏说："做米饭，不是还有一吊肉吗，我来炒几个菜。"子路说："肉都不喜欢吃的，下一盆挂面，一人一碗，不够了把剩饭烧烧。"石头躺在床上听了，哼了一声，背过身去又哽咽了。娘说："这又咋了？"石头说："我娘不会来吃饭的！"子路就醒悟过来，说："我是嫌你娘吃了吗?！"西夏忙把子路推开，大声说："娘，你淘米，我炒菜，炒个四荤四素，剩饭不吃了，倒给猪去！"就到厨房，看着坐在灶火口生气的子路，子路却说："这孩子你说他不懂事，他又懂事，你说他懂事，他又醒不来事，自离婚后他没有向过我说一句话，我算是伤心了，也死了以后指望他的那份心了！"西夏却嘿嘿嘿地只是笑，说："你们父子俩有意思哩！"子路说："父子是冤家，你要再生，给咱生个女儿来。"西夏说："就你这脾性，生个女儿还不是犟鬼？"子路说："你脾性就好啦?！"西夏笑了笑，说："我脾性不好，但一会儿就过去了，你却记在心里……今日天气不好，人心里都是躁躁的。"两人闷了半晌，西夏却说："哎，你说菊娃姐为什么给我送蓖蓖芽草？"子路说："对你好么。"西夏说："……是吗？那厂长怎么就也肯让人在下雨天给我上山采药？"子路说："你说呢？"西夏说："菊娃姐给我送药是为了见你，厂长为了讨好菊娃姐而上山采药，是不是？"子路拿眼睛看着西夏，看了半会儿，没言语。

饭做好了，左等右等菊娃，但菊娃没有回来，一家人拨出一部分饭菜就先自己吃了。直到下午，菊娃仍是没有回来。娘说："她咋没回来，会不会有什么事了？"子路说："有什么事，她不想回来罢了。"西夏说："就是不回来也会捎句话的，她是细致人……"婆媳俩这话说过两遍，子路心里也毛毛的。心里一毛，肠胃里就咕咕响，连去了两次厕所。娘去厕所看了拉的是稀，对西夏说："子路这身体怎么成这个样了？你要经管好哩，晚上是不是着了凉?！"西夏说："晚上没着凉啊，他这一回来，抵抗力是差了，他不好好吃饭嘛，你又袒着他尽做菜麦饭呀，浆水面呀，那有什么营养?！"娘说："那吃什么呀，人经几辈还不是吃菜麦饭，糍粑，浆水面的？你年轻，即就是白日给他吃个牛，也抵不住夜里……"西夏脸唰地红了，说："这你得问你儿！"倒生出些小小的委屈，生气了。娘就喊子路，说："子路，你肚子疼不疼？"子路说："不疼。"娘说："不疼怎么拉稀了？"子路说："就是不疼嘛！我大人大事了，又不是石头！"娘说："你回来是瘦了。我给你说，晚饭时不要吃姜的！"子路说："为啥不能吃姜？"娘却用指头戳了他的额头，起身去厨房拿筷子"立柱子"了。西夏远远看着娘在碗里盛了水，将三根筷子往水碗中立，口里念念有词着，就说："我在什么书上也看过，晚上吃姜会伤精子的。"子路说："那我吃葱呀，葱是壮阳的！"西夏说："还壮阳呀，壮了阳害我也害了你，娘刚才还说我要你要得太勤，才使你身体不好了，她怎么就不说说她儿子？！"子路听着，牙齿就咬起了舌根，满口水，脸上也淫淫的，悄声说："你一说，它又起来了，你摸摸。"西夏忙喊："娘，娘，你瞧瞧是子路错还是我的不对？！"娘在厨房里拿刀背地向立起的筷子砍去，然后把水泼出厨房门外，欢喜地说："我说子路回来不是头疼就是拉稀，是撞着你喜子伯了，这死鬼怕是见子路回来了来见子路的，可这死鬼哪里知道你一见子路了，子路就得害病的！"西夏问子路："喜子伯是谁？"子路说："是菊娃她爹，二十年前去挖药再没回来，听说是进了白云湫。"西夏说："白云湫还真是能死人？"子路说："你以为别人哄你哩？！"西夏就拿眼睛在院里看，希望能看见被娘赶开的喜子伯的鬼魂，但她没有看见，无缘无故地却听到了院门环被撞响了一下，卧在磨坊那儿的猫扑出来，像虎扑食一样，前爪伏在那里，龇牙咧嘴地吼。西夏着实吓了一跳。

天黑下来，雨已经是很小了，一家人做了清汤面片吃了，菊娃仍是没个踪影，娘有些生气，诉说菊娃不上台面，一整天了人不回来也没有个话回来。诉说毕了，却说："到底不是一家人了，咱也不能让人家怎样人家就应怎样。"叹一口气，抱了石头去睡。西夏说："子路，你瞧瞧娘，她嘴那么说，心里倒牵挂了石头他娘。我是没有这个福的。"子路说："我和你现在是夫妻，娘能不知道这个轻重主次？她们在一块儿生活的时间长了……"西夏点了点头，兀自笑了一下，说："我好像在吃醋了呢。子路，石头他娘若说是白天忙，走不开身，可晚上也得回来吧，没回来是不是还真有了什么事，我总觉得慌慌的，你看看去吧？"子路说："你这不是在考验我吧？"西夏说："你讲究是教授哩，咋和晨堂他们一个样，又虚伪又狡猾！你是不是早想去了，就等着我说这句话？"子路就同意了，说："那我去看看。咳，旧社会有钱人家一妻三妾四丫环的，真不知人家是怎么过的。"西夏就骂道："把你逗能的，谁是老婆谁是妾？！"子路撒脚向外就跑。

天黑路滑，但毕竟子路是从小走过的路，走过了镇街西头，那里一家店里灯火通明，许多人坐在里边喝酒，太壶寺里的一个和尚也在里边，一个妇女抱了小儿请和尚给小儿起名字，旁边有人就说："也叫个春海！"那妇女说："你才叫春海哩！"众人嘎嘎大笑。和尚也笑了，说："不要胡说了，小心让包宁听见了又来寻我的事，当初起春海这个名，我可没有那个意思，白白让包宁打了我一顿。"一人说："你不知道他老婆的事，却能起那么个名，你是神人哩！他包宁打人哩，他还有脸打人哩？他应该拔一根×毛吊死去！"另一人说："此一时彼一时，包宁现在阔了，是地板厂员工灶上的采买哩，整天撑着赶集哩！"一人就说："他跑得不沾家，那别人就更有空了啊！"店里又是一片哄笑。雷刚出来小便，见子路立在门外灯影处，就拉了让进去喝酒，子路忙摆手不要他声张，悄声说："你们喝吧，我还有个事的。"雷刚说："这么晚了，有什么事！"子路就支吾道："我去镇政府，给吴镇长说个话的。"雷刚说："那把镇长一块儿叫来喝嘛，你们教授的镇长的也该与民同乐嘛！"子路挣脱了就走，雷刚还在说："我那儿有几条驴鞭哩，几时做了，我来请你去我家喝酒去！"子路急急往西去，已经能看到远处的地板厂的大门口有着灯光，也看到了地板厂外的路边菊娃开设的杂货店铺了，脑子里却想着刚才众人取笑的包宁。包宁是南蝎子夹村的，人竖不长横长，站起和坐下是一般高，那老婆却是个骚娘儿，生了个孩子让和尚起名儿，和尚起了个名儿叫春海，高老庄就风传这名字起得好，春字是三

115

人同日，海字是每人一点，那骚娘儿正好和高老庄三个男人有染。子路这么想着，黑暗里笑了一声，险些却滑了个屁股蹲儿，一脚高一脚低好不容易赶到了杂货店铺，店铺的门却是关着。心想，晚上店铺是不开门的？又觉得开店铺哪有这么早就关门的，一定是菊娃有了别的事不在店铺里，可是，即就菊娃不在店铺里，店铺里还雇着一个小姑娘呀！要离开时，心又不甘，就绕到店铺后去看看。店铺后是一片庄稼地，地虚得踩下去就带两脚泥，子路便发现屋后有一个小窗，红堂堂地亮着灯，正要呐喊菊娃，却听得屋里有了说话声。一个说："小艾呢，她几时回来？"一个说："她娘感冒了，正好今晚停电，我让她就不要来了。你走吧，黑灯瞎火的，别人还以为咱们怎么啦。"一个说："怎么啦？咱又不是没怎么过!？菊娃，我真的让你伤透心了，见了我倒像外人一样！昨日我在三治饭店门口叫你，你怎不进去，说有事哩，你有什么事？"菊娃在说："蔡老黑，我做什么事都要给你说吗？"蔡老黑是久不吭声，菊娃却说："王厂长让我去结草绳钱的。"蔡老黑说："我知道又是王厂长！他真的是对你有意思？"菊娃说："我给你说过了，别人对我有意思那是别人的事，我不可能现在和谁有意思，我心里老想着子路，心里想着子路去和别人谈恋爱，那不是害我自己也害别人吗？"蔡老黑说："你真傻，子路把新媳妇都领回来了，你还心里想子路?！你们做女人的真贱，想别人，别人不想你，想你的你却不去理！"菊娃说："我是贱。"子路万万没有想到蔡老黑会在屋里，他知道蔡老黑一直在穷追不舍着菊娃，也知道菊娃在摆脱着蔡老黑，但他子路想不到的是蔡老黑是狗牙上的热萝卜，烫着你又甩不掉！可是，蔡老黑的话也是对的呀，自己是领回来了西夏，自己是没有了资格再干预菊娃的一切了……子路现在站在那里，他不愿在这个时候喊出声，也不愿突然出现，他想赶快离开，却又怕弄出响动。就踮了脚，悄没声地往窗里看了一下，那小窗装着玻璃，虽有窗帘，可窗帘并未合严，他看见菊娃是坐在一张小床头上，蔡老黑就坐在菊娃的对面，身旁的一个电饭锅里，咕咕嘟嘟煮着什么饭菜。蔡老黑是站起来了，一挑门帘走到前边的店铺里。子路也收了脚，准备着往庄稼地深处走，担心蔡老黑出来了或许也到店铺后边来而碰上尴尬。但屋里一阵脚步响，菊娃在说："你又要喝酒啦？你要喝去喝啤酒嘛，喝白酒又在我这儿耍酒疯呀？！"一阵咕嘟咕嘟灌酒声，蔡老黑在说："菊娃，菊娃。"接着有椅子哐啷地响动，似乎有什么碗盏从桌上掉了下去，菊娃低而紧张地说："不要嘛，不要嘛，我给你说过了，我不和你谈恋爱了就再也不能这样了……"蔡老黑说："……哪儿有这么好的机会……"又一阵呼哧呼哧声，菊娃说："我拿你真没办法……你不急嘛……"子路心咚咚地跳起来，往里又看了一眼，只见蔡老黑已经把衣服脱了个精光，菊娃开始解鞋带，解不及，蔡老黑蹴下就把鞋抹脱开，一口倒将菊娃的脚指头噙在了口里，菊娃说："脚脏死了！"推了一下，蔡老黑说："我喜欢嘛，我喜欢就不觉得脏！"又动手松裤带，拽裤子，菊娃半推半就，但她只脱下了一条裤腿，蔡老黑就跪下去将那条腿举起，狗一样舔开来。菊娃使劲儿在推那颗光头，推不动，扯两只招风耳，蔡老黑站起来狼一样把菊娃压倒了。子路一阵头晕，腿软得溜坐了下去，坐在稀泥里了，仍有声音钻到耳朵里来，他听到蔡老黑在懊丧地说："今日怎么啦，平日一想你它硬得铁棍一样，到时候却不行啦？！你来逗逗，你……"菊娃说："我不……不行就算啦。"蔡老黑说："我不信不行，男人太爱一个女人了，往往就不得起来……"茫然的意识里，子路觉得自己是该离开这个地方了，但他的腿软得站不起来，就那么手脚并用地爬着，爬过了墙角，一到店铺门前，站起来疯了一般地往家里跑。跑着跑着，就站住了，满心身地发烫，他觉得自己遭到了最残酷的打击，受到了从未有过的羞辱，他从地上捡了一块儿石头，想反身再到店铺去，他要当场捉奸，用石头砸那蔡老黑，也要扇菊娃的耳光。但反身回走了几步，又无声地哭起来：他有什么脸面去捉奸呢，自己离了婚，离了婚就意味着把菊娃推给了别的男人，自己早早与西夏做了夫妻，难道还要菊娃永远为自己守身吗？

子路脚高步低地走回了家，娘和石头已经睡下了，西夏在脸盆里泡了内衣在搓洗，见子路一身泥巴，脸色难看，倒吓了一跳，问道："怎么啦，你跌跤啦？"子路顺口说："店铺锁了门，我没寻到人，回来在土场上跌了一下。"西夏忙把那脏衣服给脱下来，才去箱里要找他的新内衣内裤，子路却一下子把西夏抱起来按在炕沿上往下剥裤子，裤子剥下脚面了，上衣小袄一时却解不开，使劲儿一扯，嘣的一声，一枚扣子就脱了线，竟如弹球一般反弹到墙上，又落在地上，打旋儿。西夏说："你疯了！你疯了？！"子路也不说话，他看见了自己从两腿间拉出了一根一丈多长的铁棍，那铁棍竖起来高过了头顶，横着了，从西夏的后身戳过去，他想起了高老庄的正月十五耍社火，迷胡叔是丑旦角，和已经死去的劳斗伯组成一对鬼汉妖婆，一边唱一边舞扇子一边将用猪尿泡做的奶头挤着向观众洒奶汁，猪尿泡里灌了水。而他却是负责抛龙的，龙是一根长椽，在后边做了栓子卡在木盘上，他就用力将木龙忽地抛到左边，又忽地抛到右边，抛，抛，忽左忽右地抛！西夏还未回过神来，子路已经哗地射了，人瘫下去，黏腻腻地在她的屁股上流下了一摊。西夏愤怒地说："这也叫作爱？！你这是牲畜交配哩么？！"子路却面条一样爬上炕去，闭上眼睛睡了。

西夏这一夜怎么也睡不着，她猜想不来子路今晚为什么会是这样，在省城里，她和子路那么久的夫妻生活，子路不是这样的，他总是道貌岸然，喜欢穿西服，结领带，头梳得光光的，皮鞋也擦得锃亮，但同时又文质彬彬，见人礼貌地点头，含笑地问候，说不紧不慢的普通话，除了他的相貌，简直比城市人还城市化，即使在性生活中，他热情刚强又百般温柔，他们讲究着过程美，每次要清洗下身，要说甜蜜话和相互抚摸，双方要一齐享受到性的欢乐。怎么一回到高老庄，子路的许多许多方面就都变了呢？西夏无法解释，唯一的结论是水土缘故，子路在省城熏陶了那么多年，结婚了自己又影响他，改造他，但回来几天就全失效了。由此又联想到中国历史上许多外来民族统治了中国的汉人，而最后外来的民族全都被汉化了，她倒担心自己回到高老庄也会发生变化吗，或许已经变化了，就吃惊自己今晚竟能容忍了子路这般不洗不酝酿感情的性交！她去了厨房又烧了热水，重新洗涤自己，下身有些疼痛，而且已经肿了，恨恨地坐在了炕上，直听着子路的磨牙声，说胡话，鼾声不大却扑扑地噘了口吹气，这些也是她以前从未发觉过的呀！她痴痴地坐在那里，直到窗纸灰白，低头再看了看子路，猛地发觉睡在自己身边的是一头猪！西夏啊的一声，身子几乎腾空而起，跳坐在了炕的那头，把灯拉开，子路还是子路，只是满脸汗油，嘴张着，嘴角流着口水。这惊叫声惊醒了子路，子路睁了一下眼，又闭上，含糊不清地说："你还没有睡，怎么没睡？"西夏却没有完全摇醒他，她不知道摇醒他了该说些什么，也就拉灭了灯溜进被窝，同时闻到了子路身上的一种不好闻的体味。

这体味自此没有消退，两人一睡进被窝她总是闻得着，也怀疑了自己也一定有了这样的体味，便每日开始用香水喷洒衣服，村里人开始悄悄议论西夏的肉是香的，传说白云湫很早很早的时候是住着一个人家，三女儿浑身放香，后来被胡人掳去做了妃子，那就是很有名的香妃。香妃离开了白云湫，白云湫有了妖气，现在西夏也是肉香，又反复地提说要去白云湫，这是预示了高老庄将有什么祥瑞呢还是有一场灾难？这些话谁也不敢说给子路和子路的娘，西夏当然更不知道，她知道的是已经有三次厦房檐下的蜂箱里飞出的蜜蜂常落在她的头发上，她一拍，蜜蜂死了，头上也蜇出了三个包。

雨淋病似的又下了一天，总算放晴了，西夏的脚伤并没有彻底愈合，却已经不时地往外走动，她把放在屋角长了绿毛白毛的几双鞋子晾在院子，说再不晴，她心上也快要长出霉毛了。子路却抱住头只是睡觉，再未去别人家喝酒和打麻将，西夏让他陪她到牛川沟看看去，他仍是说困。她就自个儿去村里几户本家走动，但凡去哪一家，男人们都在睡觉，女人们或纳

119

鞋底或纺线合麻绳子，西夏与她们说不上几句话，她们就开始嫉恨着东家的日子过得好，耻笑着西家的日子苦焦，甚至告诉了菊娃与蔡老黑好过，又与地板厂厂长好，是是非非，是非一堆。西夏就不敢与她们交心底，应酬几句，只是满村里去寻起石碑，竟也在栓子门前见到一块儿明弘治十八年的《高老庄近代盛衰述略》，在村口土场见到做了打胡基闸的半块明成化十三年的《儒学碑记》，还有一块儿搭在水渠上的是清道光八年所刻《烈女墓碣》。分别抄录了回来，子路还在睡着，叫喊起来，还张嘴流眼泪，坐在门槛上发迷瞪。吃过午饭，西夏无事，又翻开笔记本为《烈女墓碣》文加注标点符号，默念一遍：

烈女高氏，高老庄农民高启彦之女，不知书，然娴礼节，寡言笑，足不逾闺阃，事尊嫜婉娩而听。嘉庆二年，适三省教匪猬起，大帅分兵瀳之，窜入南山林穴间。西流河岸为川陵孔道，多深篁丛樾，贼皆据为城社，不可爬梳。时有一股贼来高老庄摽掠，邻里不知所为，偕走匿。而女亦避于稷甲岭岩洞中，后有黠贼数人，披牢得之。悦其女姿首，胁之行。女曰："死即死耳，何从贼为。"贼欲污之，褫其中衣，先缝纫牢固不可破。贼尚欲污之，佯以刀环其颈曰："不从将杀汝。"女骂曰："狂徒，吾头可断而身不可辱。"贼怒，连斫数刀，女诟愈厉，委之去。时有邻里数人匿林中，见其状皆为之咋指股战，洞贼去稍远，即而视之，则僵然一血殷人也。索其家人舁之归，气尚绵缀，忽瞋目语家人曰："吾自有正气，贼不能辱我也。"言毕而卒其家。然女卒后三十一年，太仓徐元润摄县篆，廉其事异之，既为之请旌于朝而复铭其墓曰："一女子能抗贼，其气凛然而白刃不能屈。呜呼！成仁成义，士犹难之而乃得之弱女子之奇节。"

　　西夏念过，唏嘘不已，忽又想起家谱所记×年×月南蛮人来打劫，夺去牛七十头，羊二百只，蝎子腰村染房的媳妇被强奸，后生一胞三胎，因是杂种，母女遂被负石沉河。就要问问子路：知道不知道高老庄出过一个烈女，也出过一个被沉河的女子？子路却在和石头说话："过几天跟爹住到省城去，你爱画画，我给你请画家辅导。"石头说："不嘛。"子路说："咋不？不爱你爹？"石头又拿指头在地上捏蚂蚁，爬过来的蚂蚁都捏死了，他摇了摇头。子路说："那为啥不去？"石头说："我娘在这里哩！"子路就不说了，呆呆地看着儿子在那里玩。一直到天黑，子路都是待在那里看着儿子，再不说话，脸拉得老长。西夏说："咋啦？"子路说："咋啦？！"西夏说："嘴噘得那么长，能拴头驴了！"娘用簸箕簸豆子，扑腾，扑腾，烂豆瓣、豆皮就簸下去，三只鸡过来啄，啄进口里了，又吐出来，鸡是不吃豆子的。娘说："你蔫蔫的，头又疼？"子路说："好着的。"娘说："雨下得人心烦烦的，现在放晴了，你到哪儿转转去嘛。"子路说："往哪儿去，人家都忙忙的。"西夏说："咱俩去牛川沟看洪水去！"子路说："那有啥看的，晨堂说前年起洪淹死过人，去年起洪也淹死了人，今年还没完成指标哩，你去？"娘就呸呸唾唾沫，说："臭嘴！"西夏并没恼，还在说："前天石头他娘没回来，你去再叫叫她吧。"子路看了看西夏，西夏一脸的真诚，他也就平平静静说："算了，她要回来就回来了，越叫越显得生分……或许是忙吧。"突然又说："西夏，再晴上两天，我看咱得回省城了。"西夏说："多待也行，少待也行，你看吧。"子路就让西夏把一堆脏衣服洗洗，早早收拾好行李。娘把豆子簸完了，装进一个大瓦罐里，听见他们的话，就说："都不能走，三天两后晌还没待热就走呀，走不得！"忽听见院门口有人说："谁要走呀？！"子路忙往堂屋卧室里去，悄声对西夏说："谁要问我，就说我去镇街了。"

　　院门里走进来的是蔡老黑，穿一件红T恤衫，头脸光光的，立在那里说："谁要走呀？才要请神的，神却走呀？！"娘把豆罐放好在板柜盖上，站在堂屋台阶上一边用头上的手帕甩打身上的豆皮尘土，一边说："老黑，几天也不见过来。你也来把子路领着去你的葡萄园看看嘛！"蔡老黑说："这不就来啰！子路在家当农民的时候，成半夜地跟着我去偷人家的桃呀杏呀的，鼻涕涎水的，赶也赶不走。现在当了教授了，不来请倒不肯上我家的门！有架子了嘛，有架子也好，猪没个架子也长不大嘛！"娘说："子路是浪个虚名儿，他哪有你实惠！"蔡老黑说："我算个啥？先头几年，咱凭胆大办了葡萄园，现在要挣大钱了你得巴结好有权人，蔡老黑就没那个本事喽！"蔡老黑把泥脚在捶布石上蹭，越蹭越脏，就用树根儿刮鞋上泥，说："你们这巷道稀泥要把人埋了哩，子路是教授的，也不拿些钱给村里铺铺路！"娘说："瞧你说的！你给你们村铺路了？王厂长和苏红发了多大的财，铺一寸路来？倒是厂里的车把路轧得坑是坑，梁是梁！"蔡老黑笑了笑，说："这倒是的，地板厂只图掠夺高老庄的资源哩，却不给高老庄办一件福利事！人家给领导装修房子呀，咱给领导送葡萄去？领导还嫌酸牙哩！"娘说："你老黑刀子嘴！现在还记恨马宏山？！"西夏说："谁是马宏山，高老庄还有姓马的？"娘说："就是前一任的镇长，他接纳了王文龙来办地板厂的，蔡老黑领人到镇政府反对过，说是马镇长拿了王文龙的回扣，给马镇长在县城的家和他丈人的家装修了房子，马镇长指着老黑也生气了，说：蔡老黑，你也是送给我葡萄的，葡萄把我两颗槽牙酸倒了嘛！马镇长是硬吃硬压的人，后来死了，吴镇长才来的。"蔡老黑说："马宏山那狗 × 的不是个东西，那阵凶得很！你怕不知道哩，去年春上他害肺病要死了，我偏去看他，他一见我就说：老黑，我知道你要来的，你是来看我笑话了？我是整了你，我不对哩！我原本就是去刺激刺激他的，他这一说，我倒觉得他可怜了，他一死，我还给他买了个大花圈。"娘说："你蔡老黑有钱嘛。"蔡老黑说："我有屁钱哩，婶也这么戏弄我，让我在省城人面前丢脸！"西夏说："你是葡萄园主，能丢什么脸？"蔡老黑说："你说得也好，今日我就得请你帮我这个葡萄园主哩！子路呢？"西夏说："他到镇街去了。什么事，我能给你做什么事？"蔡老黑说："你是省城人，知道得多，见识又广，人更长得洋气，明日县上领导和酒厂厂长陪同法国人要来考察葡萄园的，我想请了你也过去。"西夏说："嚯，你行呀，连法国人都来考察你的园子了？让我去当公关小姐？"蔡老黑说："你就装扮成葡萄园的人，是技术员怎么样？"西夏说："我对葡萄丁点知识都没有，你才让我去丢人呀！"蔡老黑咧了嘴想了想，说："也可以是我的秘书，搞接待。当然具体活儿不让你动手。"西夏就笑起来："我倒也想去看看热闹的！但得有言在先，你不能介绍我。"蔡老黑说："这就说定啦，明日一早我让人来接你过去！今日是不是让我先请请你，四婶，咱一块儿去镇街，我请一桌客，你想吃啥我点啥！"西夏说："我可不吃请，葡萄熟了你给我送些葡萄，我不怕酸倒牙的！"三人说说笑笑了一通，蔡老黑并没进堂屋去坐，倒从怀里掏了一包牛奶糖扔给了石头，就告辞了。已经走到巷里，回头对西夏说："我请客可是真心真意的，不肯去，那等明日考察了，我一定要请的！瞧这稀泥糊糊，怎么下脚嘛，如果法国人和酒厂合作了，我蔡老黑掏钱铺这巷路，铺水泥的！"

　　蔡老黑一走，西夏就到卧室来，喜欢地说："你都听着了，我明日得去给蔡老黑装门面了！"子路说："不去，他弄虚作假，帮他什么？！"西夏没想到子路会有这么大的火，就说道："子路，我可看出来了，从那天晚上喝酒我就看出你烦蔡老黑的，是不是嫌他和菊娃好过就恨他？"子路一扭头，说："恨他？我还嫌他不够档次！他倒说了一句真话，前几年凭着大胆办葡萄园发了点财，他就烧得不知怎么活人呀！他现在是不行了，像他这样的人还能再红火那才是怪事哩！"西夏咧了嘴说："咦，咦，他成地痞流氓黑社会了？！他和菊娃好过，他肯定知道高老庄人背后议论他，也肯定知道你心里不畅快，可他倒敢来祭奠，来请我帮他，凭这一点，你倒没他这份勇气！反正你恨他还是不恨他那是你的事，我明日倒想去凑凑热闹哩！"子路恼得没言传，独自出门去，先在村里蹓跶了一圈儿，觉得还是闷得慌，就往镇街找雷刚吃酒去。

　　雷刚见子路突然来家，有些受宠若惊，拉进堂屋对坐在桌前的三个人喊叫喝酒喝酒，那三个人就把桌上的笔纸收拾，戏谑雷刚是个势利小人，他们来了半天了不提说喝酒的事，子路一来就嚷道着喝酒了！雷刚被骂得满脸堆笑，说子路是教授嘛，我尊重知识哩，不光要喝酒，还要炒了驴鞭来吃！子路忙说："你们商量事哩？"雷刚说："给领导写封反映民心的信，写了几个小时了写不到一块儿，把我的茶倒喝了几壶！"一个人就拿了一张纸来，说："子路来得正好，你给我们顺顺句子。"子路看了那上边的文字，却是反映地板厂在高老庄赚了大钱了，当初建厂时，县上和镇上的领导都在说地板厂会给高老庄带来福利的，可现在高老庄得到了什么呢？厂子占了那么多地，整日机器轰响吵得人夜里睡不着，厂里又那么多人，集上的菜涨价了，鸡蛋涨价了，富的越富了，穷的更穷了。要求地板厂给高老庄修路！修镇街的路，修从镇街到南北蝎子夹村的路，到蝎子尾村的路。养个狗，狗还看家的，如果连个路都不肯修，高老庄要地板厂干啥呀?！子路说："这是谁的主意？"那人说："不管是谁的主意，反正明日县上来领导，咱要把这信递到他手里，这就叫拦路喊冤！"子路说："你们知道明日县领导考察蔡老黑的葡萄园了？他蔡老黑直接反映不就更好吗？"那人说："我们是以高老庄大多数群众的名义写的信，分量不一样的。"子路明白了这都是蔡老黑安排的，却也不去说破，也不愿指出这种要求的无理性，便放下信纸，说："写得好着哩，谁执的笔，水平还不错嘛！"其中一个小眼尖嘴的小伙："不行，不行。"子路看着他，就说："你是树亭叔的儿子吧？"小伙说："是。我认识你，你不认识我。"子路说："我从你的嘴上就认出树亭叔了！"大家就都笑了笑，雷刚已经从地窖里取出一根驴鞭，浸泡在一盆淘米水里，又去卧屋抱出一坊黑瓷罐，说是驴鞭酒，他泡了一年了，一直没开封的，今日每人只能喝一碗的。树亭叔的儿子早已去厨房拿了五个白碗，一溜儿摆在桌上，另一人却去浆水瓮里捞了一盒酸菜调好，雷刚就敲开罐上的泥盖，拔了罐口木塞，一股酒香立即弥漫全屋，都说："好酒，好酒！"凑头去罐口闻的，却见罐口忽悠忽悠冒出一个黑乎乎的东西，直高出罐口四指。众人哇地大叫："好驴×！这么大的劲儿！"忙将那驴鞭压下去，倒了五碗，一个就说："顺生你年轻，你少喝些，别让你那媳妇来骂我们啊！"顺生说："你才要少喝哩，我那嫂子常年有病，你别害她！"雷刚却已重新塞好木塞，把酒罐抱回卧屋去了。大家端碗碰了一下喝起来，立时体内发烧，那浆水菜也吃得特别多。一人就说："咱在这儿喝哩，叫不叫蔡老黑？"雷刚说："不叫他了，他来了得两碗三碗，如果咱谋算的事能成功，我再给咱泡嘛，给他蔡老黑也泡一罐！"喝罢了驴鞭酒，雷刚就拿了普通白干来喝，自己却去厨房要做一盘驴鞭肉的，人才去厨房却大喊大叫。大家跑去了，见是浸泡在淘米水盆中的那一根干驴鞭竟涨肿开来，足足有胳膊粗，两头担在盆沿上。有这么厉害的驴鞭，子路也是没见过的，雷刚说："这是北山的叫驴鞭，咱这儿的毛驴，骚是骚，但家伙小哩！"当下切成片儿炒了，你一筷子他一筷子吃起来，每个人都晕晕乎乎头重脚轻，每个人的下身都有了异样的感觉，雷刚首先在骂他的老婆回娘家了，就到厕所去。接着三个人又都去了。子路心里郁闷，就醉得更厉害些，见四人去了厕所，以为他们都去呕吐了，便说："我也吐吐。"跟跟跄跄而去，那四人却全都靠在厕所墙那儿哩，蹲坑沿儿上肮脏一片，那顺生的一股滋出来，直射在了三米外的椿树上。子路一阵恶心，哇地吐了一堆，人却还是醉倒在地。

这一夜，子路是没有回家，他睡在了雷刚家的土炕上，天明起来，浑身都是虼蚤咬成的红疙瘩。雷刚是早早起来了，在院子里霍霍磨刀，今日要杀两头猪的。子路却一定要雷刚陪他回家，雷刚说："是不是让我给嫂子证明你昨晚在我这里？"子路笑了笑，雷刚就放肆了："你昨晚应该回去的，你却醉了！"子路却说："你是屠户，常吃驴鞭的？！"雷刚说："那我不要我的小命啦？"两人一到子路家，雷刚就解释子路在他家喝醉了，夜里是他没让回来，娘和西夏就骂雷刚，说子路肠胃不好，怎么就能让喝醉？喝醉了不回来了也该来捎个话儿，让一家人整夜操心！雷刚只是赔笑，说：

"我把人完完全全送回来了！"抽身就走，子路头还沉重，又上炕去睡了。西夏换了一身衣裳，把子路推醒问好看不好看，子路说："好着哩。"西夏照照镜，却觉得不好，又换上一身再让子路看，子路说："好着哩。"西夏还是不放心，再照照镜，重换了一身。然后描眉涂唇膏，再把头发一会儿留了刘海儿，一会儿又不留刘海儿，扎了羊尾巴撮儿，又梳成髻儿，问子路哪样好，子路仍是说好着哩。西夏生了气，说："你就只会说'好着哩'三个字？"子路说："臭美！"西夏说："有老外，我蓬头垢面去？我收拾漂亮了还不是给你壮脸？"子路说："给蔡老黑壮脸。"西夏说："不是给蔡老黑壮脸，给中国人壮脸哩！"子路就笑了一下，说："西夏是天生丽质，随你怎么收拾都能镇了人的！"西夏说："这倒还说了实话，这些衣服都是旧的，我穿着一到高老庄显得怪鲜亮的！"刚收拾毕，蔡老黑就派鹿茂来接西夏了，西夏就说："那我去呀！"子路睡在炕上撇了一下嘴，没有起来。

在路上，鹿茂很不自然，西夏让他在前边带路，他却走着走着，假装蹲下来勾鞋或停住擤鼻，就又落在西夏的后边，他害怕走在前边了让西夏瞧见他罗圈短腿走路的难看样儿，能走在后边，却可以欣赏到西夏的身条。鹿茂是懂得艺术的人，想象丰富，曾经与苏家镇那个诗人一块儿在州报上发表过短诗，当苏家镇诗人写给总书记的颂歌刊登在州报上后，鹿茂觉得那颂歌没有写好，对村人说：人家的命好嘛，一样的石头，有的就可以砌在锅台上，有的却砌在厕所里呀！他现在跟在西夏的后边，看那淡黄色的头发，飘忽如一朵云，高肩圆臀，腰细腿长，就想这女人怎么该胖的地方都胖，该瘦的地方都瘦，一切好像是按设计出的数码长的，步子跨得那么大，闪跌腾挪，身上是装了弹簧？西夏猜出了他的心思，偏等着他上来并排走，鹿茂几乎只有她奶头高，她感觉到她那咕咕涌涌的双乳连同鹿茂的脑袋是一连三个肉球。鹿茂就左右拉开距离，沿着路的高处走，他知道并排走西夏就要把自己比出丑陋，而自己更能衬出西夏的美丽了。经过镇街口，迷胡叔像螃蟹一样横着从前边跑过来，后边是一伙叫喊着要把他抓到派出所的人，他们大声叫喊，但并不使劲儿追撵，迷胡叔跑几步，回过头看看，骂道："顺善我 × 你娘！"追撵的人说："你犯法呀，× 你家嫂子？！"故意脚在地上踢踏，做出要追撵过来的样子，迷胡叔又赶紧逃跑，最后坐在了远远的地堰上喊："黑山白云湫，河水往西流，家无三代富，清官不到头。"西夏说："迷胡叔是真疯还是装疯？"鹿茂说："他是真作假时假亦真。"西夏吃了一惊，说："你读过《红楼梦》？"鹿茂说："迷胡叔喊的那四句话还是我编出来的。最早是给正月十五闹社火时编的社火序子词儿，他扮的是丑旦，把什么词儿都忘了，就记着这四句。"西夏对鹿茂刮目相看了，说："你去过白云湫？"鹿茂说："我没去过。"西夏有些失望。鹿茂说："顺善一定在街上什么店里坐着，头明搭早地倒让他到这里来骂！"果然，那伙闲人后边的一家旅店门口，站着顺善和苏红。

　　苏红穿得短衫短裙的，光腿上却是一双高靿皮靴，一见西夏，就热火得过来抱住。西夏说："出什么事了，让迷胡叔骂咧？"苏红说："省城过来了一个熟人，想做些土特产生意的，顺善让我带着来旅馆见人家，路上偏遇着那疯子。你这往哪儿去？"西夏说："你穿得好性感哟，专来看你的！"苏红说："你笑话我！这身行头你觉得怎么样，都是旧衣服，一天天老了，不穿就穿不出来了，我就是怎么打扮，也打扮不出你那稀样儿，瞧你这一身，一到镇街上，镇街都亮堂了！"西夏说："我这才是旧衣服哩。"苏红说："你应该穿好衣服，要不，糟蹋身材了。哎，昨日王厂长捎回来了几身时装，几时你去试试。"西夏说："是吗？王厂长买了时装？"苏红说："菊娃都挂在她那店里，时装漂亮是漂亮，但都是腰瘦裤腿长，挂也是白挂，谁来买的？高老庄多的是有钱的主儿，可一个个老婆都是胖子，穿不成好衣服，只有在手上、脖子上挂金戴银。你见过雷刚他媳妇吗，金耳环那么大的，去年上过风楼集，被人抢耳环，把耳朵也撕扯了。"西夏说："在菊娃姐店里卖哩？厂长送她的，就是穿不成也不能卖呀！"苏红说："你这话里有话了！是送的还是托她卖的那我就说不清。"西夏说："前几日子路去找菊娃，她不在，她好多天没回去了，你要见到她，让她也回去，一家人好好吃顿饭嘛！"苏红说："哟，西夏这么开明！越是开明，子路才不会那个……人说个子高了头脑简单，西夏才不简单哩！"西夏说："你是以为我在耍阴谋吗？我可是真心的！"苏红说："好好好，我一定把话带到。"头顶上就有人说："苏红，和谁说话哩？"两人举头，旅店的二楼窗子上一颗人的脑袋，满脸胡须，嘴角叼了雪茄。苏红说："你瞧瞧，深山出俊鸟，我这妹子怎么样？"那人说："这么漂亮的，也不给我介绍介绍？！"苏红说："你又要害人呀，这回把你想死去！"西夏不知怎么就讨厌了那大胡子，低了头要走。苏红说："这是往哪儿去？"西夏大概说了缘由，苏红说："你帮他干啥，他彻底破产了才好！"西夏猛地想到蔡老黑和苏红是有矛盾的，不该说了真情，就说："我能帮了什么，只是去玩玩罢了。"苏红还要拉着她不让走，鹿茂说："苏红，大胡子急得叫你上楼做生意哩，你缠着西夏干啥呀？"苏红脸顿时赤红，说："你说什么？你重说一遍！"鹿茂扭头就走，西夏也就跟着走了。

到了蔡老黑家。蔡家是两处院子，一处住了爹娘，开了个小诊疗所，一处是蔡老黑和老婆娃娃住着的二层小楼。西夏去的是二层小楼，楼下四间统统是客厅，厅门特别大，仿照的是公家单位会议室的双扇门，人一进去，门就自动合了。四面墙上布置了各种镜框，有风景画，也有各种奖状和与县上领导人的合影。西夏并没有兴趣蔡老黑给她讲那合影中的某某曾是县上镇上的什么书记与主任，倒惊奇门框、窗框，以及一圈仿红木座椅上的布垫都是黄颜色，她说："都说蔡家富，果然富，这黄颜色是皇室的颜色么。"蔡老黑穿了一身西服，一双黑色平布板儿鞋，且衬衣不是白色，领带皱皱巴巴，说："鹿茂，你听着了没有，只有西夏一眼就看出了黄颜色的好，你知道个屁，还指责我哩！"鹿茂说："西夏你到楼上再看看，看是不是土不土洋不洋的？！"西夏在蔡老黑的带领下从转角梯上到二楼，二楼是卧室，一排转角低柜，低柜上有电视机、录像机、音响，可沙发软床上却是仿古的床罩架，挂着蹭鞋的溜子，抓痒的挠手，打尘的布摔子，鸡毛掸子，还有吊着红缨儿的玻璃镜。西夏看着只是微笑，把目光就停驻在那张床面。床十分宽大，一半高一半低，相差一尺来高。西夏说："这是什么床，有讲究吗？"蔡老黑说："我在高处睡，老婆睡在低处。"西夏说："一个床倒分高低？！"蔡老黑说："单个儿睡着舒服。"西夏问："怎不见嫂子呢？"蔡老黑说："她回娘家去了。"就先下楼。鹿茂小声说："你没见他老婆吧，人是老实人，嘴却……"他伸出双手比画着上下牙床，往前一伸一伸的。西夏明白他说的是那一种吹火状的嘴，但她却讨厌鹿茂的这种作践，就说："腿不罗圈吧？"鹿茂笑了一下，又说："蔡老黑平日是睡在上面的，他想和他老婆那个了，就一翻身滚下来，事情毕了，就又爬上高处去睡，他说他见不得他老婆……"西夏生气了，说："见不得他娶人家干啥，还和人家生娃？！"鹿茂说："蔡老黑说，他干那事要拉灭灯，脑子里得想着别一个人……"西夏说："那他怎么不离婚？"鹿茂说："他闹离婚闹了七八年了，老婆偏是不离，她说你不让我好过，我也让你好过不成，赖也赖到你死！谁都怕蔡老黑哩，可他就是缠不过他老婆，真是一物降一物的！"蔡老黑在楼下喊："鹿茂鹿茂，你去买些饮料去！"鹿茂说："我说的这些你可别问他啊！"噔噔噔跑下楼去，西夏就坐在那床沿，想蔡老黑是不是看上菊娃了就对老婆这种态度？从窗子往外看对面谁家的屋顶上有个大烟囱，烟囱沿上站着一只小鸟，有白猫蹑脚往近爬，猛扑上去，鸟飞走了，猫却掉进烟囱里，好久，爬出来了个黑猫。她又想，既然夫妻没有相悦相愉感情那也够要命，做爱完全靠闭了眼睛去想象着与另一个人，这对蔡老黑实在也是残酷呢。一阵脚步响，可能是鹿茂买了饮料回来了，蔡老黑就喊西夏下来喝，又大声说："鹿茂鹿茂，你去雷刚家借他家那把宜兴茶壶去，还有五个盖碗茶杯！"西夏走下楼，鹿茂对西夏说："我和他年龄差不多，他倒把我当伙计娃支使哩！"但是转身又去了街上。

西夏在客厅里喝饮料，就指出蔡老黑既然要穿西服，就得把衬衣换一换，布鞋是不能穿的，得穿皮鞋，问还有没有领带？蔡老黑十分听话，忙请教穿什么好，打开柜子把所有衣服拿出来让西夏为他参谋。西夏也乐意为人参谋衣着，最后选中一件棉白布的褂子和裤子，蔡老黑说："这有些丢份儿吧？"西夏说："外国人讲究棉布哩，绝对好！"蔡老黑就穿了，等鹿茂借了茶壶茶杯回来，他又问鹿茂这一身怎样，鹿茂说不好，蔡老黑说："我说一句话你不要生气。"鹿茂说："我生什么气，不生气。"蔡老黑说："你知道个屁！"鹿茂看着西夏，笑也不是恼也不是，说："是西夏让你换的？"蔡老黑说："是西夏让换的。"鹿茂说："当着西夏换的？"蔡老黑知道钻了套子，就骂道："你说这话，八成是对西夏有了什么心思了。我告诉你，鹿茂，西夏可不是高老庄土生土长的女人，你别恶心了她！"鹿茂说："要说谋算，我也真的谋算过当当村长，可我从没想过去当省长！"三个人就都笑了。蔡老黑说："西夏，你怕没跟农民打过交道，我们都是粗人哩。"西夏说："有趣。"又说了一句，"我爱和有趣的人打交道！"蔡老黑说："你能看得起我们，这让我就有了自信，我还以为你心里只有个教授。"西夏说："我是教授的老婆，更是你的秘书嘛！"蔡老黑说："鹿茂你看看，咱现在是什么待遇，过会儿那外国人来了，你得把精气神儿拿起，不要猥猥琐琐的！"

中午时分，县上一位副县长和酒厂厂长陪同着法国人来到了蔡家，法国人竟是一个五十多岁的女人。在蔡老黑的知识里，外国的女人是年轻时漂亮若仙，而一到中年之后就全发福得面包似的，但眼前的女人个子高挑，衣着高贵，精神得倒有四十余岁，蔡老黑一时不知道怎么应酬，起身和人家握过手了，让过座了，去提茶壶时手都发抖，鼻梁上就出了汗。西夏忙过去接了茶壶倒水，一一递给了客人，经过蔡老黑身边，悄声说了一句："甭紧张，洋人也都是人！"蔡老黑咳嗽了一声，腰板就挺直了。副县长告诉蔡老黑，这位女士并不是法国大酒厂的老板，而是老板的朋友，她因别的事来北京，顺路代表厂方来先考察一下县酒厂的设备、技术和生产状况，昨日从北京坐飞机一到省城，直接搭车到了县上，今早就先来看看葡萄基地，她要看看三个葡萄基地，高老庄是第一站，明日一早去酒厂考察，下午返回省城，后天就回北京了。蔡老黑说："好的，好的。"就开始向各位客人介绍他的葡萄园，先头还像学生背诵课文一样，一字一顿，毫无重复和闲话，西夏已听出这是有人为他准备了讲稿，他已经背诵熟了，但偏要说普通话，又说得不准确，副县长说："用本地话说吧。"他说起本地话就流畅多了，越说越激动，那一条腿就担在另一条腿上，脚尖不住地摇晃。西夏过去添茶，有意识地撞了他一下腿，看着他努努嘴，蔡老黑就不摇脚了。洋女人听过了蔡老黑的介绍，称赞了几句中国的农民了不起，却对着翻译问起了什么，翻译就对西夏说："她问你是什么人，多么美丽的小姐，也是这里的农民吗？"蔡老黑一时噎住，西夏说："我不是农民，但是蔡总经理的秘书！"翻译向洋女人翻译了，那女人说："哇，蔡总经理有这样的秘书，肯定是葡萄园很有实力了！"就提出到葡萄园去看看。一行人到了葡萄园，西夏就跟随在后边，蔡老黑说："你今天给我光辉了，你往前走吧，多给她说说葡萄园的好话。"西夏说："我骗了人家一回，如果人家要问我关于葡萄的事，那就露马脚了！"不肯去。那洋女人看得十分仔细，问得也特别多，还时不时拿了相机拍照，西夏就感叹人家这么大的年龄了，风尘仆仆一路不歇，倒还显得如此神采奕奕，就禁不住也主动上去会话。她在校时学过英语，法语的水平不高，只能说些简单的生活用语，洋女人竟撇下县上领导、酒厂厂长和蔡老黑，不停地同她说话。在穿过葡萄园中的小路时，竟问道："你不是纯中国人？"西夏说："是中国人，不是纯汉人。"洋女人说："你的爸爸或妈妈是欧洲人？美国人？"西夏说："都不是。"洋女人就看着西夏的眼睛，说："你的眼球怎么也是蓝的？"西夏就笑起来。跟在他们后边的蔡老黑叽叽咕咕对县上领导和厂长介绍起西夏，听了西夏和洋女人的话，就给西夏个神色，西夏退回来，蔡老黑说："你不是汉人？"西夏说：

"子路说纯汉人的脚小拇指甲是双的，我却不是。"蔡老黑说："瞧着你就像个洋人，什么人爱什么人，老外总喜欢和你说话哩！"西夏说："你们要谈生意的，你们得主动和人家拉话，让我尽和人家说什么呀？！"蔡老黑就走前去，开始讲这个园子是多少亩，年产多少吨，品种是如何的优良，过了这个园子，老牛川沟那儿还有两万亩一个园子的。鹿茂避开翻译，低声说："牛川沟哪儿有园子？人家要看怎么办？"西夏说："他屙下了他擦屁股去！"就从一条水渠沿上往旁边走，走到一棵柿子树底下去乘凉。柿树下堆了一堆破砖碎瓦，一块儿石碑却露出半个身子，忙扒了几下，见碑圆首，浅浮雕二龙戏珠纹，元朝至正十四年刻《高学朝镇压祖坟悔罪碑》，不禁大喜，掏笔取本就录文字：

闻之《礼》曰："凡治人之道，莫急于礼。"礼有五经，莫重于祭。夫祭者，非自外至，自中出，生于心者也。是故先王之孝也，色不忘乎目，声不绝乎耳，心志嗜欲不忘乎心，致爱则存，致悫则著，生则敬养，死则敬享。我族世居岭北，支派颇繁，虽负质纯鲁，礼教多疏，然既生化日之下，当存水源木车之思，尊祖敬宗可不务乎？不意去岁冬，有族人高学朝者，贪鄙成性，溺爱居心，思免幼子之微疾，开掘宗墓；听信瞽□之谗言，镇压祖坟。既尊尊之道绝，复亲亲之谊疏，不唯不重夫祭义，而且大败夫祭义也。我族人等感曰："圣云'断一木、杀一兽，不以其时非孝也'。伊今所为若此而可不以不孝向乎？"于是伊亦悔过自新，请罪领罪，杀牲讽经，竖石立碑，虽不能尽为先王报本追远之道，亦可以不失盛世仁孝为治之风也。凡后嗣子孙，倘有愚昧如高学朝者，亦可观此碑而□然止矣。

西夏就微笑起来：高老庄人真是爱刻碑子，这等事也碑文写得好，山高皇帝远，朝朝代代就是以立碑来教化吗？远处的蔡老黑就喊："西夏！西夏！"鹿茂也跑近来，说："坏了，坏了，洋女人提出去牛川沟呀！"西夏忙问："牛川沟是不是有个白塔嘴，前几天起了洪？"鹿茂说："是那儿。这下砸锅了，蔡老黑说那儿还有葡萄园，哪儿有？！"蔡老黑却还在喊："快点儿，快点儿，一块儿走呀！"两人也只好过来尾随了走。

蔡老黑竟真的领人从坡塬下去。走了一段羊肠小道，下到一个沟畔，沟畔里黄水汤汤，两边的坡滑塌了多处，而沟上有一道浮桥，是用四条铁索架的，上面铺了木板。蔡老黑说："过了这桥，翻过那道梁，就是另一个葡萄园了。"众人一上桥，桥就剧烈地晃动起来，脚抬多高，桥面随脚而上多高，洋女人又穿着高跟鞋，尖声锐叫，不敢动弹。蔡老黑说："不要紧的，不要紧的。"就提出可以不可以背了她过去？洋女人说："这可以吗？怎么能劳动你呢？"蔡老黑就蹴下身，把洋女人背起来，但他走了几步，脚下偏用力踏动，桥就摆得更厉害，自己也故意左一下右一下立站不稳，洋女人就再也不敢过了，要蔡老黑背她返回来，蔡老黑直叫说着遗憾，摊了手肩膀一耸一耸的。

洋女人没能参观那两万亩葡萄园，折过身又到看过的葡萄园里再看了一遍，方一行人去镇街的一家饭店吃饭。西夏本是不去吃饭的，蔡老黑硬留下她，说："帮人要帮到底！"席间，洋女人并不大喝酒，也不吸烟，但陪同人却不停地给副县长敬酒，个个手持一缕，烟雾腾腾，洋女人就和西夏拉话，洋女人竟从挎包里取了一瓶香水要送她，反复说明她真喜欢西夏，这香水是她用过了一些，请不要嫌弃，希望能接受。西夏一时却没东西回赠，就将脖子上戴着的一件玉坠儿送给了洋女人，却见饭店老板在副县长的耳边叽咕了几句，副县长就出去了。蔡老黑悄声对西夏说："有好戏看哩！"西夏还未听清，抬头从窗子看去，窗外站着的是吴镇长、王文龙和苏红，他们热情地和副县长握手，说着什么话，蔡老黑脸上立时变了颜色，把窗子掩了，走出去，说："县长，法国人要问你话哩！"副县长就对吴镇长说："我今日是陪法国人来的，恐怕没时间去你们那儿了，下次吧，下次我去厂哩。"就走回来，蔡老黑说："镇长，你今日怎么不来呀？"镇长说："我去铁笼镇了，回来听说县长来了的……"蔡老黑说："你也进来喝喝酒嘛，法国人对咱葡萄园感兴趣得很！"镇长说："你们吃了一半了，我现在才去不好，你好好招呼客人吧。"说罢就走了。蔡老黑回到酒席上，西夏说："王厂长也认识县长？"蔡老黑手在桌子底下伸了一下小拇指头，低头又轻声在小拇指上唾了一口。酒喝过了两瓶，开始吃饭，自然是六素六荤水陆杂陈，门外吵吵嚷嚷有了人声，店主又来在副县长耳边嘀咕，副县长又离席出去了，西夏觉得奇怪，是谁又来见领导，就听得几个人在争着抢着诉说地板厂的不是，又抱怨镇街上的路天雨泥泞不堪，天晴又尘土狼烟，副县长似乎很生气，说："我已经给你们说了让去找找吴镇长，你们还嚷着什么？今日有外宾，你们这么干是要给中国人丢脸吗？！"蔡老黑也就出去，西夏也跟着出来，只见蔡老黑说："什么事，什么事？"雷刚就说他们给县长寄个状子，也不是状子，是封反映信。蔡老黑就接了那信，看了一眼说："噢，是高老庄这么多人签名信，是这样吧，信交给县长就是了，你们都回去吧，县长会把信带回去处理的，但总不能当场就解决呀，今日有外宾哩！去吧，去吧，谁也不要在这儿待！"赶走了众人。副县长问："这些人都是什么人，怎么就知道我要来？在这里吵闹成什么体统！有什么问题，可以找当地领导嘛，惯下这毛病，一有上级领导人，不管三七二十一就拦着告状？！"蔡老黑把信塞在副县长的口袋，说："你别生气，这些人不懂得规矩，他们寻镇政府解决不了的事，总以为寻到更大的领导就可以解决问题了，却没个眼色，也不看场合！你别生气，咱喝酒，我还没好好敬你哩！"和副县长又进了那包间。西夏就再没有进去吃饭。

饭后，全部的客人都要走，洋女人还拥抱了一下西夏才上的车，车刚一开动，蔡老黑对西夏说："这老外怎么没说一句是满意我这葡萄园呢还是不满意我这葡萄园的话，说走就走了？"西夏说："她只是来看看，还要等看过酒厂了，回去给她的朋友汇报的。她可能话不好说吧，但瞧她的表情蛮高兴的。今日遗憾没去成另一个园子。"蔡老黑说："哪儿还有什么园子？我只是哄哄她罢了，要真是个法国男人，今日就失塌啦！"西夏说："原来还真是没园子？和外国人做事，人家可认真呢，第一次打交道，你说什么他就信什么，却一旦发现你欺骗了他，那以后就再也不相信你了！"蔡老黑说："中国人洋人还不都是人？"西夏突然觉得今日这场事干得没名堂，自己充当了一回骗子，又得到人家法国人一瓶香水，心里愧愧的，当下就要回家去。蔡老黑却一定要她再去他家喝喝茶，说："你不去？我得谢你呀，你不去？听鹿茂说你爱抄碑文，我家有块碑，你去不去？"西夏就去了。一进蔡家，家里却坐了雷刚三四个人，见面蔡老黑却并没有训斥他们，倒笑着说："干得好，如果多去些人就更好了！"雷刚说："县长没解决问题，连信看都没看。"蔡老黑说："信我交给他了，他八成会看的。事情能解决不能解决当然说不准，但起码有一点，可以抵消王文龙和苏红今日也去找县长的效果。"西夏说："原来他们找县长你也早知道。"蔡老黑说："还不是为了高老庄的利益？！"将一口大瓷瓮一挪，垫瓮底的正是块石碑，宽不足一尺，高一尺有五，额题"指路碑"，左侧刻"弓开弦先断"，右侧刻"箭发石碑当"，其碑文为：

> 信人高日昌，妻方氏生次子，因关煞甚繁，发心指明来往路途，君子知悉。乞保孩童灾难厄免，易养成人。从此上梁，右手走老君关，左手走铁笼镇。河心往上走苏家堡，河心往下过风楼，过河翻梁下堰坪铺。道光廿九年桂月吉日。

西夏当下抄录了，说："要是我能拿得动，算付给我的秘书费！"就出来往后院的厕所解手去。

楼后是一个大院子，靠西边院墙盖了几间小平屋，西夏才往那小平屋

135

看了一眼，一个胖得没腰没腿的妇人正从小平屋往外走，忽见了她，忙又闪进去。西夏就觉得奇怪了，要想过去看看，又觉得不妥，便进了厕所。厕所原是土坯砌的墙，雨天里一面倒垮了，就用一些旧砖头补垒着，西夏无意间发现了一块儿砖的侧面上有一个"高"字，是凸出来的，笔画古拙可爱。小便完，站起来再察看那墙上的砖，竟又发现了几块砖上有浮雕的图案，一下子兴起，一手提了裤子，一手提了墙上边的一块儿砖跑过后院，大声说："喂，喂！"蔡老黑从楼里出来，说："怎么啦，厕所里发现蛇了吗？三天前那里有过一条蛇的，它又出来啦？"西夏说："你那厕所墙的砖是从哪儿来的？"蔡老黑说："雨把墙淋塌了，来不及重修，我去牛川沟看我家的地冲了没有，地倒没冲，沟畔却冲开了一座坟，就担了些砖回来砌的，怎么啦？"西夏说："这是画像砖，你能不能把这块送给我？"蔡老黑说："我以为什么东西哩，一块儿砖，你要了你拿去！还想要？你再拿嘛。"西夏这才系好裤带，就又去厕所墙上抽了三块，就要回去。蔡老黑说："路蛮远的，你怎么拿，改日我给你送过去。"西夏生怕他说话不算话，坚持自己拿着，蔡老黑就让鹿茂用笼子提了砖送西夏回去，鹿茂说他也去厕所，让西夏先走。出了巷子到街上，鹿茂撵上，说："我又多拿了三块。"西夏看那笼里，果然又多拿了三块，但一块儿上有图案，另外两块上什么也没有，就拣出来扔了。鹿茂说："你怎么喜欢这个？"西夏说："我是学美术的。"鹿茂说："这算不算文物？"西夏警觉了，说："你想贩卖呀？！你是不是看啥都是钱？"鹿茂说："我把钱当粪土哩！"西夏知道这砖是文物，但是什么年代的，她一时还弄不清楚，又兴奋又不敢太外露，因为她知道，以前农民是不了解文物的价值的，一件能值千万元的东西，他可能只向你要十元钱，可现在都知道文物能卖钱了，一件或许值十元钱的东西，他可能狮子大张口，向你要千元万元。西夏说："这上边有字有花，挺好玩的。"鹿茂说："你们城里人，见什么都稀罕，稀罕一过，什么又不要了！"西夏不愿与他多说这些，就问："蔡老黑家后院平房里住的什么人？"鹿茂说："你看见里边人了？"西夏说："一个胖女人。"鹿茂说："那就是老黑的婆娘，今日有客，他让婆娘就一直待在那里不要出来的。"西夏噢了一声，对蔡老黑有些反感了。对面的巷子里骥林骑着一头小毛驴优哉游哉过来，眼睛笑成一条线，说："呀，这么漂亮的人，怎么舍得提那么重的东西走路呀？"西夏说："有驴的人不让骑嘛！"骥林立即下了驴，让给西夏，西夏就说："那我真要骑呀！"竟跨了上去。驴身上是铺了一块儿棉褥子，脖子后还挂了个褡裢。骥林说："只要你看得上骑这毛驴，这是毛驴造化哩！"就将五块砖放进褡裢里，对鹿茂说："活该不让你送了。"鹿茂说："我不如个驴咧！"西夏坐在驴背上很新鲜，她的腿长长的，几乎就两边挨地。骥林让她侧身坐了，他在后边赶驴，吧嗒吧嗒地驴蹄响，西夏想到了电影里的"回娘家"。西夏说："骥林，你娘还好吗？"骥林说："还好，我舅家的孙子今日满月，我送我娘去吃嘴了。"西夏说："褡裢上的'喜鹊闹梅'是你娘绣的？"骥林说："我娘绣的。"西夏说："你娘手真巧！"街上的人都看着他们笑，说："骥林骥林，拐卖回来个媳妇啦？"骥林说："好不好？你要肯掏钱了，下回再给你拐回来一个！"又有人说："骥林骥林，驴肚子下那是什么东西？"骥林说："那是烟袋！"那人还说："烟袋怎么越走越长？"骥林说："让新媳妇给点烟哩吧！"西夏歪了头往下看，看见了驴鞭，气得骂："骥林，你才给驴点烟哩！"要跳下来。骥林一拍驴屁股，驴噔噔噔跑开来，骥林高兴地唱："猪呀羊呀送到哪里去？送给那子路土炕上！哎咳哎咳哟，哎咳哎咳哟，送到那……"

　　西夏带回了砖，喜欢得了得，当下寻了墨汁和绵纸简单拓了来看，一张是那个有"高"字的，一张是有个"牛"字。另外三张，一张也是砖的侧面，有一个飞天模样的图案，女性形象，双手托一物，似莲花又似法器，不能辨认，但身上衣带飘飘。西夏是研究壁画的，敦煌壁画上的飞天多是平行造型，而这砖上却是竖形，构图更为生动奇妙，便大叫：这是唐时的砖！子路虽不大喜欢这些东西，但看了拓片也惊奇不已。另一张是砖平面上的图案，以云纹作花边，中间两只异兽，右兽为秃头，左兽头上有毛如冠，两兽之中是一似菊若梅的花。还有一张为一匹马，马的线条极其简练，但生动非常，马后立一人，马背上见人头，马腹下有人脚，似乎是才下了马，又似乎欲要上马，只可惜此砖残缺了一角低垂下来的马嘴不复存在。另一张则为一条变形的龙了，身瘦而长，龙鳞甲为刀刻出的小三角，密密麻麻排列，颇有立体感，足爪尖硬，刚劲有力，四周有云纹。西夏在博物馆见过众多的画像石画像砖，但如此变形，变形得如此清秀、洗练的还是第一次，她为自己的发现而激动着，催促子路和她一块儿去牛川沟看看，说不定冲开的那座古坟还有砖在那里。子路说明日去吧，明日叫上晨堂来正，把背篓镢头拿上，如果有，全都给你背回来。西夏却不，认为夜长梦多，只要还有冲出来的砖，农民是肯定见了就拿回去，拿回去谁又保得住不糟蹋了？子路拗不过她，只好挑了一副箩筐去，说："你这个老婆啥都好，就是任性！"西夏赏了他一个吻，偏偏让石头看见，自个儿羞得脸红。

　　牛川沟的两边沟畔，先都是有一条便道的，两人趔趔趄趄沿着便道走，子路不停叮咛要小心，跌进沟下的水里，他可是不会游泳，救不了的。西夏并不听他，一旦发现哪儿被冲垮了，就下去察看，几次把鞋陷进泥里，又拔出来穿上，浑身上下都弄脏了。北沟畔没有冲开的坟墓，又得从浮桥上过去到南沟畔，西夏几乎是从浮桥上爬过去的，先到白塔嘴看了被冲垮的崖头一角，子路就哀叹没有白塔了，村里患癌病的人多，如今连塔基都没有了，还不知以后会发生什么灾难？西夏说："你也信这个？"子路说："高老庄怪事多，不信不由你么！"西夏也觉得是，却说："患癌病的多会不会是水土的原因？高老庄的人个子都矮，怕也是水土的事。"子路不禁想起了爹，又想起了石头，一时黯然失色，蹲在那里不动了。西夏下到白塔基塌方处看了，仍没有冲开的坟墓，见子路蔫沓沓蹲下不动，就说："子路，你见过蔡老黑的婆娘没有？"子路说："我上大学第二年假期回来，他结婚，还是我帮着去抬嫁妆哩。那婆娘不错的。"西夏说:"那么胖……"子路说:"胖了好,睡上绵和哩!"西夏说:"好,今晚上让雷刚杀条猪,把毛脱得光光的给你抬上床去。"子路就呵呵笑,说:"这我倒想起一件事了,我上大学走的那一年,顺善的老婆还当着妇女队长,一次在会上讲:旧社会,男人把我们妇女当褥子铺哩,如今解放了,我们妇女要把男人当被子盖呀!迷胡叔那时还没疯,上去扇了那女人一耳光,从此就结下仇了!"西夏说:"听说迷胡叔的疯是在白云湫疯的?"子路说:"他哪儿敢去白云湫?他是在白云寨后边的山沟里采药,那儿离白云湫是靠近,夜里睡在石崖下,有人来抢他,他拿刀就砍,砍下一颗脑袋来,自己倒吓疯了。"西夏说:"他还杀了人?"子路说:"他把那脑袋捡起来,脑袋是两半个壳,赶回来就去派出所自首投案,但那脑袋不是脑袋,是垢圿壳,像头盔一样的垢圿壳。"西夏说:"垢圿壳?谁有那么厚的垢圿壳?"子路:"派出所当然把他放了,但他说他砍的就是人头,是白云湫野人的头,疯病就一直得下来。"西夏说:"白云湫真有野人?几时咱去看看嘛!"子路说:"你啥都想看?!"无白的被呛了一句,西夏嗷了嘴,捡了一块儿石头往沟底砸去,当的一声,她却突然发现了在沟畔的慢坡上,一堆烂砖头堆在那里,叫道:"在这儿,在这儿!"原来以为冲开的古墓贴着水面,怎么也没想到是坡上的水流下来冲开一道渠,在半坡坎上的古墓就暴露了。两人几乎是连滚带爬扑到那里,将破砖一块儿一块儿捡起来看有没有图案和文字,但遗憾只找到两块有"大牛"的,还有一块儿正面有画像,仅仅只是一个梅花样的抽象图案。这使西夏非常失望,她认为大量的砖被洪水冲走了,会不会在某一日河的下游会发现一些砖的,又怀疑剩下的砖可能除了蔡老黑外别的什么人也拿走了许多。子路说:"你想象力好!"西夏说:"这为什么不可能呢?如果我不是偶然在蔡家的厕所发现,这批珍贵的东西不就完蛋了吗?"她突然说:"子路,你能不能去蔡老黑家,把那些砖全拿回来?"子路说:"人家砌了厕所墙,怎么拿?"西夏说:"咱买些新砖,重新给他砌一面墙嘛。"子路说:"这倒是办法,可蔡老黑脑子是空的,你这么想得到那些砖,他或许就舍不得给你了,这事得有个中间人,找找顺善。"西夏一下子抱住了子路,在他脸上吻起来。子路受到嘉奖,当然得意,看着满脸激动的西夏,说:"西夏,我有个感觉哩。"西夏说:"什么感觉?"子路说:"我想那个。"西夏扭头四下看看,苍茫一片,万籁俱静,说:"你是应该犒劳犒劳我了!"两人就走到一块儿沟坎下的大石板上,西夏趴在那里,子路却怎么也不得力,就将所携带的那三块砖垫在脚下,西夏大声叫喊,子路就伸手去捂她的嘴,但她仍在喊,一双眼睛直往上看,子路也就看见了在牛川沟的上空一个椭圆形的东西在空中浮着,西夕的阳光使它闪闪发亮,忽上忽下,显得是那样地轻盈和自在,犹如微波中的一只轮胎,一只从山崖顶上飘下的草帽。子路叫了一声:"飞碟!"同时泄去,但西夏却翻身而坐,泄出的东西留在了石板上,天空中也什么都没有了。西夏说:"飞碟?"子路说:"飞碟!"西夏说:"高老庄真的来过飞碟!"子路瘫跪在了泥地上,他悔恨他们的做爱没有成功,如果在那一刻成功,外星人或许会投胎于他们,他们就可以生一个新的人种了,但他们失败了!西夏也懊悔不已,她安慰起了子路,说:"我还会给你生一个好儿子的,我一定要生出个好儿子来!"

在这个黄昏,高老庄相当多的人看见了飞碟,迷胡叔又疯得厉害了,在蝎子尾村跑来跑去,逢人就讲他在白云湫是曾见过这空中的草帽的,他之所以在那里砍杀了人就是看见了空中的草帽,接着他又讲稷甲岭的崖崩,骂他的侄子顺善。顺善却没有看到飞碟,他套了驴在磨坊里磨麦子,从下午一直磨到天黑,刚刚磨完拉驴在院子里打滚解乏,子路就来请他去蔡老黑家交涉更换厕所墙的事。顺善却说:"这砖是不是文物?"子路说:"谈不上是什么文物,西夏是搞研究能用得上的。"顺善说:"那一定是文物了,我不会与你争的,可这么着去换一堵墙,蔡老黑不能不怀疑的,他即便不向你们开高价,他也会用别的砖先换了那墙,给你们一堆垃圾哩!我倒有个办法奏效。"子路说:"什么办法?"顺善说:"我去给派出所所长说说,他出马，说这批砖是文物，要上缴国家的……"子路回来给西夏说了，西夏变了脸，说："子路你做事咋这么笨呀，这事知道的人越少越好，你嚷得满世界都知道啊？派出所去收缴了，蔡老黑必定怪是我们告发的，再说派出所一出面就一定能给咱们？"西夏让子路直接去蔡家交涉，子路不愿去，只是重去找顺善让他别向派出所提说此事，西夏就去了蔡家。

西夏去蔡家是第二日的上午，她临去时想请石头能画画，希望有个预兆，但没有敢说出口，心里着实对石头的画产生了恐惧。头天下午在野外的快活，下身略略发肿，行走不舒适，待去了蔡家，已是一身的虚汗。蔡老黑并不在，那个肥胖而嗾牙突嘴的婆娘接待了她，温了醪糟，围了炕桌两人喝。婆娘死眼儿盯着西夏看，就看见了西夏鼻左侧三颗白而浅的麻子，还有头发里一根白发，又皱着鼻子闻，说："果真香哩！"西夏说："什么香？"婆娘说："都说你和香妃一样，身上有香的，我还不信……"西夏咯咯咯地笑起来，婆娘也笑了，说："我这脸上没有麻子吧？"西夏说："没。"婆娘又问："头上没有白发吧？"西夏说："没。"婆娘说："人家的婆娘自家的娃……"西夏听不懂，问："你说什么？"那婆娘却不说了，劝西夏喝醪糟，而她一连喝了两碗，然后长声吁气，好像气一直在肚里憋着。西夏说："你有病了？"婆娘说："你是听到我长出气吗？我这是习惯了，老黑为这，骂我贱命人才无故长吁短叹的。"西夏说："你家日子过得这么顺，有什么长吁短叹的？"婆娘说："你也觉得我这日子好吗？"眼泪却唰唰唰流下来。说蔡老黑怎么对她不好，回家来像个哑巴似的，一天和她说不上一两句，不说话就不说话吧，她图得安宁，也少他害骚，可自打葡萄园不景气以来，他回家不是骂这个就是骂那个，屋里的鸡狗都怕他哩！一直坐在院子的石桌上做作业的女儿说："娘，娘！"婆娘说："做你的功课！我就要说哩，你西夏姨是城里人，她又不会把是非翻到村里去的！"就撩起衣服，拍着小腹说："你瞧瞧，我这小肚子算高吗，这有多高。四十多岁的人了谁小肚子不出来，可他嫌我这不好，那不好，你让我饿死去，不吃不喝小肚子就平了?！你长得这么稀的，脸上还不就有些白麻子吗？人常说，美人都有一丑，何况在农村，你不胖，没有个好身体，你怎么干活儿呀！"院子里的女儿摔了作业本，赌气出了大门。西夏说："他要嫌小肚子胖，让他去县上买一个收腹短裤嘛，那东西穿上还顶事哩。"婆娘说："他是给我买了，我穿上差点没要了命，先是头晕心慌，吃什么药也不济事，我只说我要死了，要死了我还穿那收腹短裤干啥呀，那一夜我就把短裤脱了，可从这一夜起，我的病慢慢就好了！"西夏想笑，又不能笑。婆娘说："我现在盼我死哩，死了给蔡老黑腾路哩。牛川沟的白塔倒了，患癌症的一层一层，咋就轮不到我吗？"西夏说："听说要重修白塔呀嘛。"婆娘说："先前村人集资过，可没集下多少，你愿出他又不愿出的，有人让我家出钱修，酒厂生意不好，葡萄园的葡萄沤成粪了，老黑说修 × 哩，都死了的好！这话得罪了一些人，那些人就不跟老黑跑了，都去了地板厂，指望着王文龙苏红有一日出来拿钱修哩。王文龙苏红能给你出这笔钱？镇街上路成了什么了，厂里的车出出进进，他们还不肯修的，能去修白塔？人是势利虫呀，我们家才办葡萄园的时候，信用社是跑来让我们贷款的，如今地板厂红火了，人家贷了一笔又贷一笔，那贺主任倒一天到黑来催我们还款。"西夏说："饿死的骆驼比马大，你也哭穷哩！"婆娘说："哄别人也不哄你，说出来丢人，后院厕所墙下雨塌了，我让他买些砖垒一垒，他连动都不动，上厕所实在遮不住人了，他从牛川沟担回来些埋死人的砖才砌了那么一堵短墙。"西夏赶忙说："我才要对你说呀，我想换了那堵的，不知你们肯不肯？"婆娘说："你要那砖干啥的？"西夏说："那是古墓里的砖，我想研究研究哩，我可以给你换一堵好砖墙的。"婆娘说："哎哟，这不是寒碜我吗？你能要最好，我还嫌那砖晦气哩，明日我让人给你家送了去！"

但是，在下午，西夏就托来正在去镇街的砖瓦窑上买了三百块砖送去了蔡家，当场拆了那厕所墙，将新砖垒好，旧砖背了回来，一共是一百三十三块。西夏迫不及待地清理了这批旧砖，遗憾的是只有三块上有图案。一砖上写着"中牛"二字，一砖上有山有水有树，山下水边是三人挑担而行，前有一马，马上坐人，后有一马，马背负载包袱重物，中间挑担人扭头往后看，似乎在呼叫什么。一砖上则是一虎，以十三个大小不一的三角形组成。西夏最喜爱那行人挑担图，认定是流民迁徙。就问子路，高家最早迁居到这里是哪一朝代？子路是说不清楚的。西夏反复看了，没有发现任何砖上刻有年号，就端详"中牛"二字，弄不清为什么前几日得到的砖上写有"大牛"，而此砖写着"中牛"？将"中牛"二字拓出研究笔意写法，一笔一画方正古拙，疑心不是唐朝物事，认定是元代吧，又觉得不像。问来正："那些旧砖全背回来了？"来正说："没剩一块儿。"西夏又问："路上没丢？"来正说："没的。"石头也爬过来看砖，看了一会儿就回卧房去了。饭时，娘让西夏盛了碗给石头端去，卧房的炕头上有一个旧信封，石头却在上面画了一画，旧信封上的文字邮戳竟巧妙地同画出的图案融为一体，构图奇巧新颖，西夏心想：咦，用废纸作画这倒是好办法！看那画面，邮票是狗年纪念邮票，一只狗仰天吠月，而信封中画有一人，将手中一物抛向了狗，西夏忽有所悟，忙出门去来正家，问："你背砖时，遇没遇着狗？"来正说："狗？在村外土场下的水渠边。我歇了拉屎哩，一只狗就跑来要吃屎，我拿半块砖把它打跑了。对了，那是半块砖扔出去打狗的，你怎么知道？！"西夏心下也是一惊，没敢说破，反身就又往土场下的水渠去，果然在渠边发现了半块砖，砖上竟神奇地刻有"至正十四年"五字。西夏已经猜出"至正十四年"五字肯定是年号，却说不清是哪朝哪代的年号，回来问子路，子路说是元代的。西夏大叫："不得了了！这么说，美术史就将改变了，以前只是认为敦煌宗教壁画里才有飞天形象，原来元代民间也就有飞天嘛！"就仰面倒在地上，脚手乱蹬乱动如孩子。然后悄声对子路说了石头的画，子路也目瞪口呆。子路说："就怪得要命了，这孩子自生下后家里就没安宁过，先是石头砸坏厦屋房顶，后是爹去世，我又离婚，不该发生的事都发生了，莫非白云湫的妖魔附了体？"西夏说："说

143

不定是外星人……"子路就要去问问石头，怎么数次画画就能预测要发生的事呢，是脑子里有什么图像还是有一种什么感觉？西夏却阻止了，说不管与白云湫或外星有没有关系，孩子的神秘是肯定的，这或许是小孩子具有天生的奇异功能，应该悄悄保护，若去问他，使他也产生害怕，这功能说不定就会消失的。两人就商定此事对谁再不要说，就把画像砖又做了几张拓片。子路说："这迁徙图正是我的祖先当时的写照，我说高老庄人是纯汉人，你还不信的，怎么样，从元时就居住在这儿了么！"西夏说："从这图案上人和马的比例看，你的祖先个头蛮高呀，到了你们这一辈，怎么就矮成这样？！"子路不爱听，拿了那张虎拓片到卧屋去，待西夏把那几块砖包裹收藏好了，过来看子路，子路已用纸在虎拓片上写了文字："宋《集异记》曰：虎之首帅在西城郡，其形伟博，便捷异常，身如白锦，额有圆光如镜。西城郡即当今安康地区。宋时有此虎，而后此虎无，此图为安康城东北二百里的我的家乡高老庄出土的元砖画像。今人只知东北虎、华南虎，不知秦岭西城虎。今得此图，白虎护佑，给我虎气，天下无处不可去也。"西夏说："呀呀，你就用了'元砖'了，盗我考证成果！你让白虎给你虎气，这虎也就成矮脚虎了！"子路说："高脚虎也罢，矮脚虎也罢，我这段文字怎么样？"子路的文笔不错，西夏是写不出来的。子路就得意了，说："我只要这虎砖，别的全不要，你请我在别的拓片上题跋不？"西夏说："这用不着，我回去写了论文，文字即便再不好，它也要轰动整个美术界的！"子路说："可惜你不知道个赵明诚！"西夏说："没李清照也就没人知道赵明诚！"噎得子路瞪白眼。

两人正斗着花嘴，苏红在院门口喊西夏，西夏出去，苏红说："你从蔡老黑那儿拿了什么砖了？"西夏说："你怎么知道的？"苏红说："镇上人都在说哩，说是蔡老黑的婆娘把一批墓里的砖给城里人西夏了，那些砖值钱得很，蔡老黑从县城回来把婆娘压在墙角捶哩！"娘吓了一跳，说："蔡老黑打婆娘了？这些砖就放在院里，是什么金砖银砖，他要舍不得，西夏，你给他送回去，咱何必落一个打劫他钱财的名儿，值钱得很，让他拿回去卖钱去！"心慌病就犯了。西夏和子路面面相觑，忙去熬了金戒指汤。苏红见子路娘喝下金戒指汤面色好转，说："呀，婶子，你把我吓死了，都是我这嘴，一句话差点捅出乱子！"娘说："这不怪你，我这是老毛病。"苏红说："婶子真是福人，得病都喝的是金子水！"就看了院角那一堆旧砖，又说："就这些破砖头嘛，有什么金贵的？！"西夏就让子路去蔡家看看，到底是怎么回事，子路去找了顺善，却要西夏和顺善去，他和苏红就坐在院子里说些闲话。

西夏和顺善去了蔡家，西夏不愿进去，怕蔡老黑真的发脾气，她在场有些尴尬，就蹴在外边等候。约摸十多分钟，顺善出来，一把扯了西夏就往街上的一家饭店去，西夏只急着问情况，顺善说："没事！"西夏说："怎么个没事？"顺善说："蔡老黑从县上回来，心情烦得很，一进门婆娘说西夏让人用新砖换了旧砖，就骂婆娘为什么要让人家买新砖换，婆娘说不要新砖白不要嘛，给你办了好事还不落好？蔡老黑说：好你娘 ×。婆娘觉得委屈，就还嘴，蔡老黑就打起来了。"西夏吁了一口气，说："他倒是嫌我掏钱买了新砖了？"顺善说："打婆娘是拿婆娘出气哩，听他说是酒厂彻底完了，要破产呀，酒厂一破产，他葡萄园里就栽的不是葡萄是草了！"西夏说："不是说酒厂要和法国人合作吗？"顺善说："蔡老黑就为这事烦哩！酒厂为了迎接法国人，里里外外都打扫了，工人都新做了一身工作服，欢迎的标语贴得厂里厂外到处都是。可人家进去一看，装酒的瓶子是消过毒的，可从传送带上送回装酒车间是通过了一堵墙的，人家问：酒瓶传送过来用什么消毒？如果工人上班中要出去或上厕所，回来又是怎样消毒？这一问，厂长无话回答了，他们从没这方面的消毒措施，也没料想到人家会问这些问题。那法国人就去参观了厕所，厕所里脏得下不了脚，人家就不再去别的地方考察了，临走连厂里准备好的一沓资料也没带上，这事还不就算砸锅了？！"西夏噢噢叫着，倒同情起蔡老黑来："酒厂如果真的倒闭破产，这

145

葡萄园成了废园，蔡老黑就得去上吊了！"顺善说："我帮了你，你得帮我哩。"西夏说："我能帮你什么？"顺善说："帮我吃饭。"到了饭店，酒桌已备好，顺善让西夏等着，他就去旅社请了那日见过一面的大胡子吃饭。西夏一见，就想走，但又碍于顺善的面子走不开。席间，顺善百般恭维大胡子，大胡子喝了酒，满口脏话，说山里女人水色好，只是腿短，但他喜欢五官长得好的女人，不在乎腿长腿短。又死皮赖脸地要西夏多喝，西夏说她酒量不行，不敢喝了，大胡子竟拉着她的手，非喝不可，西夏只好多喝了些，最后推托去厕所方便一下，出来才低一脚高一脚回了家。

子路和苏红自然就说着关于菊娃的事，苏红突然问："你现在过得怎么样？"子路说："好着哩。"苏红说："前天吴镇长要去卧龙寺，要厂里派个车，我也陪镇长去了，寺里有个算卦的，吴镇长让算一算他这次能不能升迁，我也算了我的后半生，也替菊娃算了，也替你算了，你猜人家怎么说你的？"子路说："怎么说的？"苏红说："说你有两三次婚姻哩，当时我想，是不是子路和西夏还是不长久，还要再结一次婚？"子路说："离一次婚已经使我剥皮抽筋地难受了，到了这把岁数，我还能折腾呀？这不可能！"苏红说："那就好。见了西夏，我觉得她还好，但却老琢磨，你爱上她当然她是城里人，年轻漂亮，可她又爱上你什么呢？"子路有些不高兴，却也笑了说："爱上我出身农村，个头低，是二等残废，没钱，身体有病，又是结过婚的嘛！"苏红也就笑了，说："这都是命运，缘分。"却又问："是西夏把一个白色发卡给了菊娃吗？"子路已经没了兴趣，说："嗯。"苏红又问："那发卡是西夏在省城车站见到的一个女人送的吗？"子路说："嗯。"苏红眼里就放光，说："这才是奇了，以前只听说有再生人，但没经过，果然有再生人！你知道不，那女人是王文龙死去的老婆呀，她把发卡送给西夏，西夏又送给菊娃，王文龙发现了，菊娃就要把发卡给王文龙，王文龙却一定要菊娃戴上，菊娃说这不好，还征询我的意见，我说这或许就是缘分哩……"子路说："有这等事？菊娃戴着？"苏红说："她没有戴……子路你是吃醋了？！"子路说："我吃什么醋？"起身去茶壶添了水，给苏红倒了一杯，说："你喝茶！"自个儿却张嘴打哈欠，显得非常的困乏。苏红说："子路你是不爱听我说这话呀？"子路说："回家来整日忙着，休息不好，我是有些累。你们厂里情况怎样？"苏红说："厂里的生意是好，但现在办个企业，各方面的摊派款太多，这个税那个费的，生产的又是地板条，县上的领导姓张的要装修房，姓李的也要装修房，吴镇长一到厂里去，我头就大了。这不，近几日高老庄一些人就吵吵嚷嚷要求厂里修镇街路哩，吴镇长又提出县人代会快要召开了，他是个代表，他让厂里准备一批毛巾被，说他得给他所在的小组每人送点礼品呀，唉，一个萝卜几头切哩！"子路说："人代会上送什么礼品？修修镇街路倒是正事。"苏红说："你也是这么说？我现在才明白五十年代初打土豪分田地时农民为什么热情那么高的！"子路就笑了笑，又打了个哈欠。

西夏回来，苏红就走了，子路忙问蔡老黑那边的情况，怎么现在才回来，西夏一肚子气没处出，说："让你去你不去，我差一点儿成了'三陪女'了！"一边脱衣上床，一边将事情经过说了一遍，埋怨顺善利用她，又骂那个大胡子一副桃花眼，不是个好东西。子路说："是不？"一边手就伸到西夏的身上去了。西夏立即把腿绞住，说："我要是不溜走，那色狼真要干什么事，我看顺善也不会顾及我的！"子路说："那他不敢的！"手还在摸。西夏说："你好好说话着，又要干什么呀？"把子路手拨开了。子路嘿嘿地笑，说："你能溜走了，我可没处溜，你再不回来我可成苏红的'三陪'了！"西夏说："那还不是好事，谁给你上美人计，你能不将计就计？！"子路说："都说苏红是狐狸精变的，真是狐狸精变的，她说个不停，越说越来精神，我倒困得眼皮都抬不起了，疑心她在采我的气哩！"西夏说："那你还发骚得摸啥哩？睡吧睡吧，我也晕头晕脑的。"伸手噔地拉灭了灯。子路摸黑脱了衣服，上炕睡下，念头消失过去，困意立即袭上大脑，鼾声就起了。西夏却说："子路，娘心慌病还犯了没有？"子路含含糊糊说："没。"西

147

夏说："你不是答应过给我买一对耳环吗？"子路说："恋爱时要给你买你不要，现在想要，没了。"西夏说："这你得给我买！拿买耳环的钱给我买一个大金戒指，我再送给娘，让娘病一犯熬汤喝。"子路却睡沉了，再没言语。

翌日，子路又提说返回省城的事，西夏说不急的，她才发现了那些元画像砖，她还要再收集收集，说不准儿还能再碰见别的好东西，甚至她有了个想法，以这批画像砖、碑刻为突破口，好好要了解一下高老庄的人到底是怎样迁徙来的，怎么一步步变得这么矮？子路脸上不悦起来，哪一壶不开，偏提哪一壶，子路就警告西夏：你若这么说话，让高老庄人听到了，非把你赶走不可！西夏吐了一下舌头，说："矮子还不让人说矮？！我再不说矮了，连矬也不说，低也不说，武大郎也不说！"气得子路窝了她一眼，又到炕上去睡下。西夏撵进来，说："你生气啦？我知道你为啥生气，是昨夜里没答应你，你就逼着我回省城呀！求求你，咱再待一段日子，好不？你笑笑就同意了！笑了！笑！"但子路没有笑。西夏就拿手戳他胳肢窝，两人在炕上滚蛋儿，子路终憋不住，扑地笑了。子路一笑，西夏坐起来，说："哪里的媳妇有我这么好的，别人恐怕是乡下待一天半晌就走，我多留几天孝顺你娘，你倒还不愿意？！"子路说："那好吧，你不走，那我也得做我的学问了，我一直想写一篇高老庄地方土语的文章，趁机我就做我的收集工作呀！"西夏说："我爱你就爱上你是个事业型男人！"却从子路口袋掏出三百元来。子路问："你要钱干啥呀？"西夏说："昨晚已经给你说了！"就当下去了镇街的小炉匠铺子去定做戒指。子路也就从此开始他的工作，每日凭记忆在笔记本上记录一些，又向娘问了许多，一有空就去南驴伯家聊天，有意逗引南驴伯和婶娘说些土话，慢慢也将因菊娃而引起的不愉快的事放淡下来。几天内，他整理了一大本，归纳了三大类。第一类，高老庄人是最纯粹的汉人，土语中使用的一些词原本是上古语言在民间的一种保留，如说口中淡不说淡，说寡，抱孩子不说抱，说携，吃饭不说吃，说咥，滚开不说滚，说避，脏说脏兮兮，自在说受活，汤多说汤宽。一类是高老庄历史上多战事，有兵痞土匪，高老庄人又好武喜斗，有许多江湖语，如土匪叫逛山，当兵的叫粮子，刀叫溜子，鱼叫摆儿，眼睛叫泡儿，死党叫坚钢。一类与性有关，男生殖器说成锤子，巴子；女生殖器说成尻，瘘。更多的是说尻，什么词都可以配上这个字骂人，如贼尻，狗尻，瓜尻，能尻，笨尻，奸尻，懒尻，偏尻等等。每晌回来，子路都会讲一堆土语给西夏听，西夏又惊奇又忍不住嘎嘎大笑，她出门去也多留神那些土语，一日去镇街买香皂，几个人在说："凤兰给雷刚骚情哩！"她问："骚情是什么意思？"那些人一见西夏不是本地人，便说："是谢谢。"她就记住了，买了肥皂，从商店往外走，不小心下台阶跌了一跤，肥皂摔出丈把远，一个老汉就捡起给她，她忙说："多骚情你！"周围人哈哈大笑，那老汉也瞪了她一眼走了。回来给子路说，子路也笑得前俯后仰，说骚情是谄媚的意思，弄得西夏脸红脖子粗，羞得再不敢轻易问那些土语了。

高老庄人都知道了子路在搜集地方土语，见天有人来提供材料，每有人来，家里都有好茶好烟相待，他们说土语，也说高老庄发生的一切新鲜事，谁家和谁家为一道屋檐水的阳沟打架了，谁家的媳妇和婆婆吵嘴，婆婆又嚷道着上吊呀跳崖呀，谁和谁的老婆在太阳坡的树林子里干起那事，让迷胡叔扔着石头撵跑了，家长里短，是是非非。更多的人说着说着就骂起了地板厂，说他们在雷刚几个人写的反映信上也是签了名按了手指印的，蛮指望反映信给了那个副县长，地板厂就可以修镇街的路了，可怎么着？副县长把信封给了吴镇长，吴镇长把信又转给了王文龙和苏红，屁事都不济，屁还有个臭味的，这反映信就如此无声也无息?！说到这些，子路就装糊涂，要用别的话岔开去，见西夏还在问这问那，也总是支派了西夏去水泉里洗衣服呀，去淘米呀，看鸡下了蛋没有。西夏也恼了，干脆去看石头作画，将孩子一年多来所画的画稿从炕席下、柜角里收拢在一起，熨平，一一编号，记下作画的时间，意欲回城后将来为孩子出一本画册。这日整理了十三张，还分头起了画名。

宇宙神：骷髅佛者，两手捧地球，肩上又有八手，左四手分别拿有塔、葫芦、骷髅、虫子，右四手分别拿有宝石、铜钱、城堡、梅花。双脚间有台，台边有火，火中有人舞剑。佛座如莲花，有上升意。画左有现代战车，右有一纵队飞机。画面主体明确突出，"神"的意念巨大，而现代之物小小耳。

骷髅勇士：画面主体——骷髅——顶立画中，一手持飞锯，一手被箭射断三指。脚下是骷髅遗骸。远方的地平线上有小人大战。线条肯定，形态生动，犹如崖画。昭出儿童思维诡异，有与原始心态相通之趣。

龙蛇战车：上为龙形车，下为蛇形车。车头及一切部件均以龙形、蛇形构成。龙尾、蛇头部砌有砖座和龙蛇形雕塑，即标志。车内载有各类武器。

三驾战车：似乎是以推土机原型变化而来，加以各种改造。画时，据娘讲，口中马达声不绝，唇下白沫如沸。车中每有骷髅作标志。

长甲怪兽：浑身角甲，无以复加。各类武器，古代的现代的未来的，挂满全身。画面充满，有向四方八维的扩张感，令人望而生畏。

想象龙：以恐龙为原型！任意加减，通体尖角锋利。头后弯，尾前勾，呈S形，自然极！身中曲线环绕成图案，有青铜器纹饰与鳞甲感。

机器犀牛：特洛伊木马之妙。周身火力巨猛，身下腿脚步态盈盈，有攻无不胜之得意。尾部喷火，头部射击。各类关节设计合理。作此画时，我在院中，听得孩子叫：战车，注意，注意，开始攻击！吱吱吱，轰！——啊！进去看时，人随声动，瞧见我，则不画。

恐龙舞：恐龙起舞，穿插有序，画面大气，表情喜悦，富有变化。

无名海怪：主体造型均由海贝、乌贼外形物组成，层层叠叠，扭动生风，但无一处重复。各种纹饰自成体系，对称而不一致，均衡而不单调，极具装饰感。下部有山形符号，衬出其高大，周围各种现代武器如蝇蚊，越显其泰然不可摧。

昆虫大组合：中为蜻蜓，左右蛹，蝴蝶，瓢虫，蝎子，苍蝇，蚊子，螃蟹等，共同组合为人形。昆虫人有特大眼，头上有长须直立，似作天线。

百兽王：无名怪兽，森煞昂扬，胸，腿，腹，臂，皆是猛兽标志，造型轮廓清晰，线条疏密有致。身上下左右有日月星辰。

天地：画面中间为双环相套，相套部分着红色，其余黑色，似是日月同辉。画上方一行飞鸟，由左向右飞，至右而下到画下部鸟变鱼，鱼行向左游，至左边向上，至画上部又变鸟。想象奇特。

人生：请注意此图！罗列人生种种，如吃饭，挖地，游水，打猎，械斗，结婚，生育等等，最后走进坟墓。埋入坟墓之后的"死人"又爬山，赶驴。人都是侏儒。

西夏如获至宝地整理画稿，石头没有反对，但也没有表现出高兴，他似乎一切都很淡然。但他绝不当着西夏的面画画，西夏只好走开，在远远的地方观察着，想这孩子的奇异：要么是外星来客，要么就与白云湫有关了。外星的事无法证实，她便和娘说起白云湫，要看看石头的反应。她说："娘，白云湫真的没有人去过吗？"娘说："谁敢去，听你爷爷说，他爷爷在的时候，兄弟三人，老二家不信邪的，背了干粮，拿了火镰，雄黄把耳朵、肚脐、屁眼儿都涂了，防顾着什么野兽飞虫进入，还双手戴了竹筒……"西夏说："竹筒？"娘说："沟里有野人哩，野人见了人就会抓住你的双手大笑，笑着笑着他就笑死了，这时候你双手从竹筒里抽出来能脱身的。可老二家去了再没回来，留下一个女儿就出门嫁了外姓，就是现在蔡老黑的姥姥婆。"西夏偷看石头，石头双手相背勾指，胳膊组成8形，又要将那手腕处的圈儿往头上套，听到奶奶的话，手圈停在头顶，一抬眼瞧见西夏看他，也不听了，也不套圈，低下头去，腮帮一鼓一鼓地吹气。西夏说："哦，嫁了蔡家，现在五代人了，那咱们与蔡家还是亲戚嘛！"娘说："太远了，高老庄的人顺辈儿数起来都是亲戚套了亲戚哩。"西夏说："蔡老黑那么横的，原来是有遗传哩！"娘听不懂遗传，却说："你那爷爷的二爷爷去过后，再没听谁去过，迷胡只是到了白云寨下边的山沟，倒吹嘘他去了白云湫，只是蔡老黑耍二屎，领过省里一个人去过白云寺，白云寺在白云湫前沟口，省城人再没回来，他却把那个和尚背回来了，为这，差点也没要了他的命哩！"西夏第一次听到蔡老黑也去过白云湫的沟口，就兴趣了，问："那他怎么就回来了，和尚就不怕死吗？"娘说："谁在敲门哩！"西夏侧了头听听，说："没。"但院门外有了大声的咳嗽，石头就在炕角翻寻他的换洗衣服。

娘从炕上溜下来，开了院门，门口竟立了背梁。让到屋里坐，不坐，也不进来，说是要接石头到家去，叨空还得跟蔡老先生学针灸哩。西夏听见，忙出来说："石头就在这里吧，他画画画得正兴的。"背梁说："画什么画，那画能吃能喝？不学些手艺，看他以后谁养话呀？！"话说得丑，西夏也不便回撞他，就不言语了。娘说："学些手艺也好……他爹还待几天，等子路走了，我把他就送过去。"背梁说："他爹管什么娃哩，他整日跑得让人说土话，还管瘫瘫娃哩？！"西夏就不再忍了，说："自己的孩子自己咋不管？你这意思是我们虐待石头了？！"背梁说："马槽里伸出个驴嘴，有你插的什么言？"西夏说："我是石头的后娘！"背梁说："后娘，谁认你后娘了？你能有这么大的娃娃，你那小 × 生得下个虼蚤来？！"西夏说："流氓！"背梁扑过来，骂道："你敢骂我？！"短短的手扬起来要打西夏，但他的手挨到西夏的乳部，西夏侧身一用力，一屁股竟将矮子撞趴在地上。矮子从地上翻坐起来，手一抹鼻子，手上有了血，就叫道："好啊，今天这流血事件可是你一手制造出来的！"西夏说："你来打嘛，你来打嘛！"矮子爬起来，将鼻血抹了一脸，一边骂："你以为我不敢打吗，你等着呀！"一边却转身从院门出去。

背梁一走，娘说："他舅是缺成色的，你招惹他干啥哩？他这一出去，不知怎么个外派你呀！"西夏说："你可是在场的，我打他，我打他还嫌他脏哩！"话刚说完，石头却在堂屋里呜呜地哭，叫嚷他要到舅家去呀。石头一叫嚷，西夏倒慌了，说："石头，你舅来寻事的，你别哭，你就在家。"石头竟说："我脏嘛！"西夏一时噎住，不知说什么好。娘说："这娃说话也是往人心上戳，你姨说什么越外的话了？"对西夏说："你去厨房淘米吧。"西夏一走，娘就哄石头，但石头死缠了要去舅家，娘只好说等吃了饭，让子路回来就送过去。

但婆媳俩刚在厨房喊喊啾啾说话，忽见堂屋红光一闪一闪，以为什么着火了，急跑上来，却见石头将他所画的那些画全烧了。西夏惊叫着去抢救，石头偏拿撑窗棍儿在火堆上一搅，火扑地腾起，将西夏的刘海儿烧焦了一绺。娘把西夏拉到西厢房里，一边气呼呼骂石头不懂事。石头越发哭闹。娘说："这娃的倔法和他娘一个样，我就把他送过去。"出去喊了来正，背了石头，娘又不放心，跟着去了菊娃娘家。

西夏留在家里，心里不免有些丧气，自己待石头这么好，热身子却暖不化一块儿冰，倒伤心自己年轻轻的嫁过来遇到这些麻烦。不禁又想，石头现在这么待她，再长大也不会就能改变，自己嫁给子路，原本是不想再生育的，可到了晚年，子路好赖还有个孩子，自己却没个说话的，便思谋自己也真该有个孩子了。这么前思后想，子路还没有回来，就出门往苏红那儿说说话去。

苏红家虽在镇街上，但与蝎子尾村却是最近，从长着枸树的土崖畔下斜路抄过，正好是一簇新庄基。南驴伯是告诉过的，这里原本是高老庄的窑场，烧砖烧瓦，也烧盆盆罐罐，用料的土挖下了一个巨大的凹地，一只高大的烟囱整日冒着黑烟，但太壶寺的住持曾经坐在蝎子尾村的扭柏下，指着烟囱说：它把蝎子尾村的气冒了！蝎子尾村的人于是不满起来。反对这个窑场。但窑场是镇街村的人开的，他们聘用了三个窑把式，两鬓苍苍，十指黑，烧出来的东西成色好，卖得快，那几户人家已经发了财，又贿赂着镇政府的人，蝎子尾村是抗不动的。那时的南驴伯，还是一条精壮老小伙，就去联合镇街村的蔡老黑，蔡老黑才谋划着办葡萄园，他是见不得那几户人家在镇街村日渐富有，便一说即合，唆使了蝎子尾村的人挖断了窑场前的路：那条唯一的路是从蝎子尾村人的地上开的，蝎子尾村人有权要把路挖断。蔡老黑更使了一招，三个窑把式一直是租住着蔡家老屋的一间旧房，蔡老黑也是懂医的，就将爹的药铺里的六七麻袋木瓜塞在了木板床下存放，结果窑把式几乎在同时起小便不畅，而且生殖器也日渐缩小，最后竟腹部发憋却尿不出来。把式们便以为断路后风水所致，辞职归去，窑场终于不办了。而那时，苏红是从省城里打工回来，风光轰动着高老庄，她穿着很窄的小袄却是很宽大的裤子，为她的父母过了隆重的三周年，并制作了一顶"德高望重"的匾额悬挂在中堂。但匾额挂上去后却掉下来，当场裂为两半，村人议论：苏红的父母平头百姓，当过什么官，立过什么业，能受得这么大的匾额？非议是非议着，而苏红有了钱谁也得承认，她经过镇里批准，在那窑场旧址新盖了一院新屋，也因此，许多人家也把新屋盖在那里，已经有了规模，是一个小小的村落了。西夏一堆子的委屈无处倾诉，首先想到的是苏红，她知道苏红与菊娃友好，她有必要将家里发生的事通过苏红转话给菊娃，以免石头的舅舅说三道四，倒抹她个脸面不干净。西夏从土崖下的小路走，草丛里的蚂蚱就在脚面上溅，看着远处的小村落，她已无法想象当年的大烟囱在现在的什么地方，村人说，南驴伯领头挖断了窑前的路，也影响了他家运气，结果头一年菜花流产，数年里养的牛死了，门前的核桃树死了，最后连儿子得得也死了。但是，苏红家的匾额跌落破裂，却怎么并没影响到她的发达呢？高老庄的怪事多多，西夏她搞不明白。从村中的一条小巷道往里走，路边尽都是厕所，厕所是石砌的池子，肮脏的黑水里漂着黄蜡蜡的粪便。两个孩子嬉闹着从什么地方跑过来，蹲在那一口并不大的涝池里洗涤着什么，争争夺夺，几乎翻脸。西夏问：苏红家在哪儿？孩子指着说有铁楝蛋树的那家。这是从东往西数的第三家，院墙很高，靠近山墙前有一棵槐树，而绕着院墙的一圈栽着铁楝蛋树。这种类似橘树又比橘树长有硬刺的树是发身大，而长不高，高老庄似乎有七八家院墙外都栽种的。子路介绍说，古书上写："橘生淮南则为橘，生于淮北则为枳"，这是枳，高老庄人叫铁楝蛋，结实苦涩发臭，不能食吃却能药用，且长有硬刺，可以护墙防贼的。西夏离开时，却发现了孩子们洗涤的是一只避孕套，他们已经洗干净了，在那里用嘴吹气，吹成一个拳大的泡。她说："这是什么，你们在吹？"孩子说："气球！"西夏觉得可笑，问："在哪儿捡的？"孩子说："苏红姨的尿窖子里。"西夏立即明白了，顿觉一阵恶心，伸手要打落避孕套，孩子却以为她要打劫，转身逃去。西夏苦笑了笑，往苏红家去，倒怨怪苏红怎么将那用过的东西随便丢在尿窖子呢，这里并不是城市，用完冲下马桶进入污水管道，而尿窖子就那么存着，白花花漂在上面多难看！突然想，苏红不是还单身吗，这……西夏吓了一跳，再不作念，去敲动了苏红家的院门。

敲了好一会儿没反应，以为苏红是在厂里，反身要走了，院子里却有了应声："谁？"西夏忙说："你在家的？是我，西夏！"门开了，苏红头发蓬乱，一边用梳子梳着，嘴里噙着扎头发的皮筋儿，脸色赤红嫩白，给西夏笑着。西夏说："我还以为你不在的，你有空吗？"苏红从嘴里取了皮筋儿扎了头发，拉住了西夏，说："是你呀，你怎么到我这儿来了！请都请不来的稀客啊！"拉着进了院子，这是两层的水泥楼房，楼下是客厅，楼上是卧室，苏红已经领西夏到了客厅，那么低头想了一下，说："干脆上楼去吧！"两人从那斜旁的楼梯上去，一推门，门后竟站着一个男人，吓了一跳，定睛看时却是鹿茂。西夏说："啊，你也在这儿？"鹿茂不知所措，立即笑道："我来找苏红办个事儿。"去搬了凳子，又去桌上倒茶水，才发觉壶里并没有水，就小跑了下楼去厨房提了一壶水。苏红说："鹿茂来谈给我们厂做地板条的箱子的事的，西夏你来了好，你说该不该用鹿茂的纸箱？"西夏看着倒水的鹿茂满头大汗，又扫了一眼苏红脚上未系鞋带的鞋，自己心里已扑咚扑咚跳个不已，说："鹿茂……纸箱好嘛……鹿茂不是给酒厂做箱子吗？"苏红却并没有接应西夏的话头，她训着鹿茂："女人家都不喜欢喝茶的，你跑快些去街上买一瓶咖啡来！贵人吃贵物，西夏是该喝咖

155

啡的。"西夏忙说："不不！"但鹿茂顺从，早出去买咖啡了。西夏这个时候，心稍稍安静下来，说："我不知道你们有事，不该来打扰的。"苏红说："他鹿茂算什么，有你重要吗？他以往是跟蔡老黑跑的，可他现在倒寻到我了！"西夏说："这个身体好……"苏红说："他就凭个身体好，脑子也太聪明，倒活得没个主见。过得怎么样，回来还好吧？"西夏说："不好。"苏红说："那天晚上我和子路说的话多，他一口一个你的好，你却说不好，是茶饭不可口，还是觉得乡里不卫生，子路娘唠叨是唠叨些，但还不是那不讲理的，怎么就不好了？"西夏就说了与石头舅的事，说着说着，委屈起来，眼里潮潮的。苏红就立过来抱住了她的头，像哄小女孩一样，说："西夏真是个好女人，心这么善的，我要给菊娃说哩，子路有这么个女人服侍，石头有这么个后娘，她也该放心了。他舅懂得什么，他只是瞎咬一通罢了，不着气，不着气。"西夏经她这么一说，心里倒稍微宽展了一些，说："我倒不生他舅的气，以后他也不可能见我，我也不可能再见他，我担心的倒是石头，我只说我真心真意待他，我能处理好关系的，没想他压根儿不理我，好像我是第三者，硬拆散了他父母。他身体残疾，我想以后我得照料他，若这么下去，都别扭着，他不自在，我不自在，影响得子路也不自在，又怎么是好？"苏红说："我没当过后娘，劝人也就没力气，可我想，世上没有喂不熟的狗，他现在还小，又初次见到你，等时间长些，他长大了，他就能理解的。再说，石头现在跟他娘生活，你在高老庄能待几天，即就是将来能接他到城里去，还有子路的，你只要做到心中无愧就是了。"西夏说："倒是这个理儿，但我总想把事情搞得美满些。"苏红说："你怎么和我以前一样，都是理想主义者！我现在世事经多了，哪里有十全十美的呢？你瞧瞧，子路有名声吧，离婚，孩子又残疾。你嫁了子路相亲相爱吧，石头却是这样。我呢，不愁吃不愁穿了，婚姻却是不动！"西夏说："你不说这话，我还不好问你的，你条件这么好的，怎个还不成家，是要做单身贵族吗？"苏红说："到哪儿寻去？这里又不是省城！嫁一个比我大的吧，怕半路里闪失了我，嫁一个小的吧，小猴猴没劲，嫁有钱的，有钱都不是好人，嫁个没钱的又划不来。男人嘛，我也不稀罕了，我看独身还是好。"说罢她哈哈大笑起来，又说："没结婚所有男人都是你的，一结婚，你就属于一个男人了！"西夏不好意思："苏红姐……"苏红说："你是城里人还不好意思？"自个儿就从抽屉里翻出一卷胶布，剪了两截，分别贴到胳肢窝处。西夏说："这是做什么？"说了一句不说了，以为苏红是有狐臭。苏红却说："你下边毛怎么样？"西夏脸登时羞红。苏红说："我以前长得凶哩，得了一个土方，说是用胶布贴在胳肢窝，那毛就慢慢褪了，果然就全褪了。"西夏不知该说些什么，就从桌子上的一个小盒里捡起一枚干果子来吃。苏红夺了，说吃不得的，西夏问咋吃不得，苏红只是笑，悄声说这是晾干的铁楝蛋，放在那里边，连续五夜含着，那部位就有收缩的效果的，抓了几个塞在了西夏口袋里，说："你试试，人家说清朝的赛金花到了老年，外国大使还迷着她，就是因为她如处女，用的就是这么个秘法儿。咱们女人嘛，就这一个私处！"苏红正说到兴处，西夏嘘的一声，示意停住，因为她听见院门在响，有人咚咚地走进来。苏红撩窗帘看了，说："是鹿茂。"叫道："鹿茂，你真没用，买个咖啡就这么久时间，你咋干啥都得不上劲？！"鹿茂进来，也不反驳，就取水冲咖啡，一一端给苏红和西夏，方说："我在街西头碰上子路啦。"西夏说："是不是到雷刚那儿又收集方言土语了？"鹿茂说："说是你南驴伯添了病了？"西夏说："他一直病着。"鹿茂说："他和你三婶去药铺里请先生，在街上又碰着一个省城来的人，好像也是子路的熟人，子路问到我见没见你，我说你在这儿，他让你能早些回去。"西夏说："是吗？"西夏见鹿茂回来，知道人家还有事，自己待在这里不是时候，又见鹿茂这么说，也不知鹿茂说的是真话，还是故意支派了她走，就起身要回去。苏红说："就是来了省长，也不用这么急的，咖啡才买回来，走的什么人？"见鹿茂喝的是茶，又说："你不喝？"鹿茂说："我喝不惯那味儿。"苏红说："你喝喝，这东西提神哩！"又拿眼窝了鹿茂，鹿茂的脸又红了。

　　喝完一杯咖啡，西夏无论如何都要走了，走到村口，觉得自己出来一趟，真是没个意趣，也不知这阵儿在那楼上，苏红和鹿茂又在做什么事体，倒从心里可怜了那结实的男人。至家，果然子路与一个秃顶男人在吃茶，西夏并不认识这秃顶，子路介绍说是他在城里认识的一家农贸公司老板，姓江。西夏过去添了茶水，问候："江老板好？"江老板说："人常说金屋藏娇，子路兄弟把你这凤凰引到鸡窝来了，习惯不习惯？"西夏说："我啥也吃得啥也喝得，不怕狼，不怕蛇，也不怕不卫生，倒是你这大老板到这里干啥来了？"江老板说："这几年许多人是来过这里搞山货，诱惑得我也来了！来了两天，核桃收得倒不少，只是质量不如想象得那么好，山里人精得很，一等品里总掺搅二等的三等的，说好了的价钱，付钱时又死缠活缠要加价。"子路说："就是因为像你这样的人来得多了，风气才坏的。也活该是农民嘛，以往不知道山里的东西值钱，值十元钱的他只肯要一元钱，现在知道值钱了，却把什么都看得珍贵，值一元钱的硬要十元钱……"西夏笑了笑，说："你不也就是这样？我没来的时候，把高老庄吹得人间天堂一般，来了后自己却看不上自己了，说到什么不好处，都是'农村嘛''农民嘛'，好像农村农民就是最低最贱的。"江老板说："这也是中国的通病，我了解一些干部，要向上级汇报成绩时，汇报得头头是道，没有不行的地方，等到再向上边要这样款项那样款项时，又把自己说得遭了什么灾，多少人是困难户，缺这没那，比旧社会还要旧社会！"子路说："你当年在行政部门时还不是这样？"江老板说："我也是干得够够的了，才下海的，商海倒比官场干净！"子路说："你还算干净人，哄得了别人还能哄了我？"江老板嘿嘿笑道："我是坏人，可话说回来，现在好人坏人的标准是什么？我是有些事坏有些事好。"西夏见他们说得热闹了，问子路："娘还没回来？"子路说："石头怎么去他舅家了？"西夏说："他舅来接的，石头硬要去，娘就送去了，有些事我还要给你说哩。"子路说："娘回来了，领先生去了南驴伯家。"西夏就对江老板说："你们聊着。"提了子路的挎包到卧室去。

在卧室里，西夏从挎包里翻出采集本来看，看着看着，先还能听到子路在指责现在城市里吃的粮食多么不新鲜，喷了防腐剂的，酱里醋里有了色素的，馒头也是用硫黄熏白的，可到了山里，又都是什么都用化肥，农药，只有这树比城里多，但有了地板厂，每日是上百棵树在消失着。待到看到后边的一部分，专门是那些散落在民间的古语，入迷起来，什么声音也听不到了——

止（停意）那条路滑哩，你把车止得住？／至（最意）说话要算话，至迟一个月你得还账！／滋（喷射意）甭哭了，咱俩拿水枪滋水耍来。／瓷（死板意）蓉花的儿子瓷得很！／撕（用手使东西离开附着件意）老二媳妇，你去场畔的麦秸垛子上撕些麦秸去！／使唤（使用意）这头牛犟得很，咋都不听使唤。／试（感觉意）天这么热的，你难道没试着？／毕（完意）迷胡叔得了疯病，毕啦！／匪（顽皮意）迷猪娃看母猪，雷刚的娃这么匪的！／利（快意）车子一膏油，利得很，骑上不吃力。／瞀乱（烦闷意）去去去，都出去耍去，碎尿吵得人瞀乱。／熟（加热意）拿勺熟一点油泼辣子。／雾（眼睛看不清意）子路，你伯入夏以来，眼睛雾得很哪。／污兮（不卫生意）晨堂媳妇污兮鬼，一年四季穿过干净衣服？／欸（xí 没完没了的厌烦意）雨下得欸欸的。／拿作（刁难意）瞧贺主任那副样子，这也不行，那也不行，拿作人哩嘛！／哑（过分意）娶了个媳妇不会心疼东西，把菜摘得太哑，能吃的都撂啦。／煞（勒紧意）上山拉木头，把车上绳煞紧啊！／败毒（去毒意）蔡老先生说，把这虾蟆蝌蚪子生喝了你身上疥子就退了，它败毒哩！／嚼（骂意）你狗日的海根，背后地里嚼我哩？！／奈（那么意）秃子叔，这不行，那不行，奈你说咋办呀！／害（怀孕意）书福的媳妇害娃娃哩，闻不得油腥。／灭（睡意）牛坤呀，忙了一夜了，你去灭一会儿，等来正回来了我叫你。／趔（让意）趔开趔开，没看见是咱吴镇长来了吗？／歇（影响意）唉，地板厂把厂房一盖，墙外我那地被歇得不好好长庄稼么！／卸（摘意）所长来了，快去把墙上烟叶卸一串来揉了吃！／趸（蛮横意）蔡老黑自小就趸，谁惹得起？偏偏出了个苏红治他，一物降一物么！／薄（小气）庆来他娘薄得很。／活人（处世意）顺善会活人，谁来当镇长他都是红人。／囚（待在里边不出来意）庆升是蔫性子，只要回来，一天到黑囚在家里不出门。／端（竖抱意）娃娃醒来了，先端娃尿。／耳失（不理意）狗锁那是走人路的？甭耳失他！／后跑（拉肚子意）镇长请县长吃饭哩，双鱼讲究也是陪吃的，刚吃完就后跑了。／额目（估摸）来正你额目一下，我盖这四间房得多少钱？／失机（急意）栓子，失机得跑啥哩？／肘（摆架子）当个警察么，肘得很，与凡人也不搭话?！／贫气（没福意）高老二那大儿子长得贫气，三十六岁了腰还不粗起来，他这辈子能发达？／弹嫌（挑剔意）你往下压一分价，他往上提一分价，不弹嫌不是买主嘛。／详（看意）你往屋脊上详，看是个啥嘛！／言镲（刻薄意）竹青言镲口满的，谁见得？／解（明白意）张所长你说的我解不下么。／聒（吵意）鹿茂家解板哩，电锯响一夜，聒得人耳朵都疼啦！／拽（延长意）今年雨水太多，瓜却拽了蔓了，不坐瓜。／致儿（现在意）通知是八点开会的，咋致儿才来？

　　看得入迷，以至于姓江的老板要走了，西夏才从卧房出来，而娘也已从南驴伯家回来，一再挽留着客人吃了晚饭走，江老板说他还要待几天的，改日吧，告辞而去。娘说："西夏，你稀罕那些烂砖头，你南驴伯说他前几天去牛川沟也捡了块砖头，让我拿回来看是不是你要的？"西夏忙问："在哪儿？"娘说："我放在磨坊的那些木头上。"西夏看时，果然是一块儿完整的砖，砖面上有好多花纹，但却是用铁刷子刷洗过了，花纹差不多已模糊不清。问怎么就洗了？娘说："你伯特意给你洗的。"西夏"咦咦"地可惜了一番，问道："我南驴伯病了？"娘说："添了新病了，已经五六天的光景，咽东西难场，他以为生了气，慢慢就会好的，没想越来越难过，喝开水都噎的，叫先生去看了，先生说明日得到县医院照机器哩。"子路说："莫非是瞎瞎病？"娘说："先生当着你伯的面说是喉咙发炎，出来对你婶和我说，一定要去县医院看看，说不定是癌症哩。"西夏吓得哎的一声，子路也不言语了。娘说："真要是癌症这怎么办呀，这个家就整个儿完啦！"子路和西夏一时无语，默默回到堂屋。迷胡叔却疯疯癫癫走进来，嚷道："子路子路，你知道不知道，你南驴伯得了噎食病了！"娘赶忙说："你别臭嘴胡说，说不定他是喉咙发了炎。"迷胡叔说："咱这儿要得病，哪个不是癌症？自从白塔倒了后，白云湫的魔气往咱这儿冲哩嘛，这些年不是挨家挨户地倒人吗？这都是顺善那贼作的孽，他当头儿的时候，白塔让水冲了一半，他就是不经管着去修，塔就轰地倒了，他是盼人都死光了，他得绝业呀！"娘说："你又胡说了，快回去吧，我今日可不给你管饭！"把疯子往外赶，他偏不走，看着厨房外的石臼，说："我给你砸糍粑！"娘说："砸什么糍粑。子路墙高的小伙子，用得着你来砸，天黑了，我们吃罢饭还得睡觉哩！"迷胡叔说："你们睡你们的，我就睡在屋檐下台阶上，有一捆谷草也就行了。"娘没法劝走他，就给子路耳语，子路出去立在墙外路口上，喊："顺善来了，顺善来了！"迷胡叔立即从地上捡了半块砖跑出去，问："顺善在哪儿，他要来打我吗，看谁能打死谁？！"子路说："顺善在前边栓子家的墙后等你哩！"迷胡叔头弯着一步步走过去，子路忙返回院，就把院门关了。一家人不敢出声。隔了一会儿，门却被敲响，是迷胡叔在叫："子路，子路！"子路不作声，疯子又敲了一会儿门，在说："这娃真懒，这么早就睡下了？"一阵脚步远去。一家人笑了笑，念叨疯子也可怜，没个照看。娘说："可怜是可怜，谁又敢粘他？子路，还有多少钱？"子路说："啥事？"娘说："明日你伯去医院，拿上二三百元。"子路说："治病当紧，我给四百元吧。"西夏说："白云湫到底是什么地方，这么厉害的？"子路说："你总谋算着去白云湫，南驴伯一病，你就知道那是个去得成不？"西夏说："我倒不信南驴伯的病与白云湫有关系！白云湫那么可怕，迷胡叔是去过的，他怎么没得癌症，蔡老黑也是去过，身体没有谁好！"子路说："迷胡叔是怎么疯的？蔡老黑没事，可他也不是没霉过？"娘突然说："说蔡老黑我倒想起来了，明日，子路你拿上礼也该去看看老黑他爹，石头一直跟人家学医，你也该去谢谢人家的。"子路还是那一句话：让西夏去。

　　胡乱地做了晚饭吃了，各自睡下。西夏就想起了在苏红家的情景，不觉自己也兴奋起来了，要起了子路，子路说："你怎么啦，劲儿倒比我大？"起身去柜子里取避孕套。西夏要求不用套子，说："我说过要给你生个娃娃哩。"子路有些吃惊："这是真的？"西夏说："当然是真的，娃娃在高老庄怀上最有意义！"但子路还是用上了避孕套，他说真要怀娃娃，这得他精力和情绪最好的时候怀。两人运动了一番，很快事就毕了，子路似乎有些抱歉，说自己这几天确实太累了些。西夏兴犹未尽，也无可奈何，看着避孕套前的小袋里的东西，说："你怎么回到高老庄就越来越不行啦？你瞧瞧，原先出多少东西，现在就那么一点儿，还稀汤寡水？！"子路满脸羞愧，摸了枕头就要睡。西夏兀自仰面躺在那里看泥糊的楼顶，说："你真的是病了吗？"子路说："有些累……多与少和病没关系的……是不是用脑过度了些？"西夏说："……知识越多，东西越少……就凭这点东西，我看就是生下娃娃，恐怕比你还要矮还要丑的。"子路说："胡说哩！爹高高一个，娘高高一窝，你生的孩子个子会高的！"两人说了一阵话，把灯熄灭了，黑暗里，西夏把一枚铁棍蛋塞在了下身。子路问："你自己又动吗？"倒翻过身来要帮她，西夏就夹了腿，说："你别动，我放东西了！"子路忽地起来拉开灯，拨开那腿，吃惊道："这成什么精？！"西夏说："我还不是为了你！"告诉了苏红教的秘方。子路说："她苏红没有男人，她怎么知道这个？"西夏说："这我管得了人家私生活？"子路说："你和苏红都说了些什么话儿，她倒教你这个？"西夏还想说说苏红贴胶布的事，还有和鹿茂的事，又觉得说了没意思，就重新拉灯躺下，说："都说的是女人家的事，这你甭管。"抱着睡了。

162

　　又是一天。每一天都是新鲜的。西夏提四包礼去了蔡老先生的药铺里。蔡老先生与蔡老黑长得截然不同，人精瘦如柴，脑袋却滚圆，面目红润，有两绺稀胡，西夏的印象里，老头的身子和脑袋是嫁接出来的。她说："你老高寿？"老头说："不高，才九十三。"西夏吓了一跳，说："九十三了？！是谁谁也看不出来嘛！"旁边坐着一个戴着黑墨镜子的白胖子说："你不是高老庄的人，村里人都叫他是邓小平的同学哩！"老头就呵呵呵地笑，拿了一包咸味胡豆让她吃，西夏不吃，老头又拿了一包阴干的无花果让她吃，西夏还是不吃，老头说："我再没啥招待你了，架子上尽是药！"西夏在心里盘算，九十三岁，蔡老黑才有多大呢？他是五十多岁才生的蔡老黑？！才要问起，见药架旁的墙上挂着一个玻璃小镜框，里边并不是行医证书，而写着："土改之后不谈田，反右之后不谈言，四清之后不谈钱，"文革"之后不谈权，改革之后不谈烦。"就不敢多说了。白胖子说："不能用药招待人，你也该请人家喝喝酒！"老头说："我等着你说这句话哩！王海王海，跟领导跑了几年，学会套你伯了？！"西夏还在疑惑：蔡老先生以前是干什么的呢，家庭成分不好？参加过工作？还是当过村里干部？一生命运坎坷？听说要让她喝酒，忙说："不，不，我不喝的。"老头却说："不喝白不喝！"拉了西夏往药铺后的住屋去，那白胖子也笑眯眯地厮跟了。

　　使西夏大为惊异的是，两间做厅一间做卧室的地上，足足摆放了百十多个大玻璃泡酒罐，酒里泡的东西更是见所未见：狗鞭，枸杞，天麻，牛鞭，蝉，人参，乌拉草，鹿茸，雪莲，虎骨，乌鸡，龟甲，冬虫夏草，青蛇，菜花蛇，七寸蛇，褐蛇，蝎子，黑蚂蚁，簸箕虫，雪鸡，驴鞭，胎盘，蝎虎，竟然还有梅花，桃花，菊花，杏花，玫瑰，樱花，尽是花的骨朵。西夏原本是不喝酒的，但她还是喝了一盅蔡老先生倒给她的梅花酒，顿时清香入口，脑醒目明，连叫了几个"好好好！"说："老伯这么爱喝酒的，怪不得一大把年纪了，身子还这么硬朗！"老头说："年轻时爱喝几口，现在不行了，可我爱务弄酒。"就把枸杞酒倒出了三盅，又取了两个酒瓶，分别盛了冬虫夏草酒，对白胖子说："你开着车，再想喝也只能喝三盅，拿两瓶回去，一瓶就带给陈主席吧。"白胖子立在那里把三盅酒喝了，说："知我者蔡伯也！"三人又回坐到前边药铺里，白胖子把茶杯里的茶倒了，又重新抓了茶叶泡上，老头说："我得送你客了！"白胖子说："你真不肯去呀！陈主席当县长的时候在高老庄又是建桥又是修地，是谁的手里把贫困县的帽子摘掉了的，是陈县长！他现在退下来了，是政协的主席了，别人不大理他，老伯也不肯去看病了？"老头说："你别激我！我知道他那病，争论什么呢，他是为咱县出了力，把贫困县帽子摘了，可好听是好听了，能富裕到什么地方呢？听说别的县还是贫困县，每年上边拨上千万元的扶贫款，咱县就眼睁睁地拿不上了！如今的县长提出要把贫困县的帽子拿回来，他也是为了咱县嘛，而且他倒比陈主席更没私心，他是只要县上实惠，没考虑他的升迁，你说我说得对不对？"白胖子说："蔡伯是秀才不出门便知天下事！"老头说："我是半路出家的医生。"白胖子说："你不去，我就没法交代啊！"老头说："是这样吧，我给他开个药方。"当下拿了笔纸写道："好肚肠一条，慈悲心一片，温柔半两，道理三分，中直一块儿，老实一个，平和十分，方便不拘多少，此药用宽心锅内炒，不要焦，不要躁，去火性三分，于平等盆内研碎，三思为末，做顺气丸，每日进三服，不拘时候用冷静汤送下，尊者依此服之，无病不恙。"白胖子看了，笑笑的，起身走了。西夏也笑了，越发觉得老头可敬可爱，说："咱这县上事情还这么复杂呀？"老头说："咱不谈这些了，你娘身体还好？"西夏说："就是犯心慌病。"老头说："我听她说了，你给她定做了一个大金戒指？"西夏说："娘把这话也给人说……"正不好意思，蔡老黑的娘端了早饭来给老头吃，也要让西夏吃一碗，西夏谢了，还张了嘴做证明，说她来时吃了一个煎鸡蛋的，老头就自个儿吃起来。一碗稀粥，他却放了盐，放了醋，放了辣子，还倒进去一小盅酒，就那么搅着吃下去。西夏说这成了什么味儿呀，蔡老黑的娘说："没见过吧，他一辈子都是这个吃法，我也弄不清人家的胃是怎么长的！"西夏就问："石头呢？"老太太说："还睡哩，让睡去，饭给他在锅里留着。"

　　西夏就走到卧屋去，果然石头睡着，涎水从嘴角流下来。她用手帕擦了擦，蹑手蹑脚出来，说："石头全蒙你们照顾，又让他有吃有喝，又学本事，我和子路真不知怎么个谢呈二位老人呀！"老太太说："你蔡伯怕与这孩子前生有约的，这辈子就爱恬石头！你能来看孩子和我们，我长这么大还没见过哪个后娘这么善的！"西夏说："石头在家和我待了几天，他爱画画，我带了这卷纸，有空也让他多画些。"蔡伯说："你说石头还画得好？"西夏说："画得好！"蔡伯说："这孩子是有些怪，画的尽是些没见过的事……"门首来了一个病人，嚷道肚子胀。蔡伯就推开饭碗，去号了号脉，拿针在手的虎口、脚尖和背上扎起来，一边扎一边问那人的娘头痛病还犯了没犯，小儿子是不是还尿床？西夏坐着一时无聊，站起来告辞，蔡伯说："那你走好。"老太太送她到街上，还说："你吃啥东西了，生得这么好看的！"

西夏原本想去雷刚的肉铺里看怎样杀猪，走了一截，街上却乱哄哄地一片热闹，一溜带串的扛着粗细长短木料的山民往街北一处空场里去，才突然想起今日是逢集的。这些最早赶集的山民将木料放在了空场的土地上，已经有人丈量尺寸，当场点钱，有人围过去看热闹，但更多的人站在各自家门口叽叽咕咕说话。西夏才走到一家小饭店门口，几个卖了木料的人就在门口喊："来一瓶酒，一盘腊肉，下五碗面，辣子要旺些啊！"店主走过来，靠在右门框上，一条腿蹬在左门扇上，说："不卖饭！"山民一脸的得意，冷不丁就疑惑了，说："店门开着，锅里冒着热气，怎么不卖饭？你以为山里人掏不起钱？！"从怀里掏了钱，一沓崭新的票子，唰啦唰啦地抖。店主说："吃屎的把屙屎的还箍住了？！不卖就是不卖，你有钱到地板厂去买，或者回你们白云寨去买！"山民愣在那里，立时脖子发粗，脸也涨红了，但随之咽了唾沫，说："不卖了好，你少赚我钱了，我也给我省下了，高老庄这么大的地方，还能把我们饿死了！"嘟嘟囔囔走去。西夏立即明白这些卖木料的是白云寨的山民，她也不敢多嘴，偏生出许多兴趣，往土场子走去。有人就问走过来的一个山民："那根木头得了多少钱？"回答说：

"五十元。"那人说："那么贵的，你们白云寨人发啦！"回答说："贵什么呀，我们那儿就只有个树多，换几个钱，哪能比了你们镇街上人。"旁边就有人呸地吐了一口。那人说："你吐谁哩？"吐口水的人转身进了屋，说："你眼红，那你去把你祖坟上的柏树砍了卖嘛！"又砰地把门关了。被吐的人叫道："我就眼红哩，吃不了葡萄就说葡萄是酸的？你呸我你嘴里是吃了死娃子啦？"正要来一场吵闹的，谁个在喊："蔡老黑来了！"蔡老黑披着一件衫子从小巷子走出来，手里提着酒瓶子，在街面上哗地摔碎，吼道："鹿茂！鹿茂！"

西夏在土场上瞅了半会儿，才发现鹿茂耳朵上夹着一支铅笔，在那里帮着量过一根木头了，就用笔在木头上做记录，听见蔡老黑在吼叫，低了头就往近旁的一个公共厕所里钻，但蔡老黑骂得他走不进厕所去。西夏简直不敢相信自己的眼睛，曾经是多结实的鹿茂，竟一下子变得弯腰驼背，头发干枯，两腮无肉，如是一摊药渣。不禁作想：苏红真的是吸尽了他的精气神吗？蔡老黑还在骂着："鹿茂，你怕什么，你耗子见了猫了？你往哪里钻，那是女厕所，厕所里有婆娘们蹲着，你要钻到 × 里边去吗？"鹿茂像没头苍蝇一样，在厕所门口看见了女厕所的牌子，站住了，转过头来，脸上笑嘻嘻地，说："黑哥呀，叫我哩吗？"蔡老黑说："你过来！"鹿茂走过来，还在笑着，笑得很难看。蔡老黑说："鹿茂，你心瞎了我眼也瞎了，你做啥哩？"鹿茂说："没做啥，帮着量量尺寸。"蔡老黑说："苏红给你奶吃了，还是 × 让你日了，你给她量尺寸？"鹿茂不笑了，说："你喝多了，黑哥！"蔡老黑说："我喝多了？我睡着都比你灵醒！我蔡老黑现在背时了，你不跟我就不跟我，你却从背后 × 我尻子哩，你这个汉奸，叛徒，吃软饭的货！"鹿茂脸上红一片白一片不是颜色，眼瞧着已经生气了，可拿眼瞪了瞪蔡老黑，一转身却走了。蔡老黑竟扑过去，骂："你是汉子你说嘛，你走啥哩，你还瞪我，你再瞪我一眼！"拾起一块儿石头就扔过去，鹿茂头一歪，石头落在一只狗的身上，狗嗷嗷地叫着跑开。旁边人就抱住了蔡老

166

黑，一齐说："老黑，老黑，都是好朋友，你这是咋啦？"蔡老黑说："是好朋友我才咽不下这口气哩，这几年你鹿茂挣了钱，你凭谁挣了钱？酒厂一倒，我葡萄园一废，你三天没黑就给苏红溜屁眼儿了？你不如一个狗嘛，狗还不嫌主人贫哩！"众人一边把蔡老黑压坐在台阶上，去谁家舀了一碗浆水让喝，一边有人就去对鹿茂说："你不要回嘴，他喝多了，你还不快走！"鹿茂说："你让他来打嘛，我不是他娃，也不是他的长工！"说着也再不去丈量木头，从一个巷子进去不见了。蔡老黑还在那里叫骂，谁也按不住，挣脱了众人，却发现已没了鹿茂，就一时孤独，嘿嘿嘿地笑。西夏身边一人说："醉啦醉啦，要倒呀要倒呀！"蔡老黑果然笑着笑着就倒下去，趴在地上不动了。

西夏再没回到蔡老先生那儿去，街上都是看吵架热闹的人，蔡老先生一定也知道了这事，再去必定是尴尬人说尴尬事了，不如在镇街寻些碑刻去看，就当下问一家铁匠铺里人，哪儿见到有旧碑子？铁匠铺拉风箱的是个老头，说："哪儿有？高老庄碑子多啦，蝎子夹北村有块《战功碑》《瘗祭碑》，蝎子夹南村有块《土地祠创建灵亭碑》《息讼端杜争竞告示碑》，蝎子尾涝池那儿原有魁星楼，关帝庙的，那碑子就多了。"西夏说："蝎子尾涝池那儿什么也没有嘛！"老头嗯嗯了半天，说："噢噢，那是修了十八亩地的过水涵洞了！"老头似乎觉得白说了一回，也不肯再说了，从后院提了一笼煤块进来的小铁匠却说："背街高世希家的拴驴桩不就是个碑子吗？"西夏忙问："高世希家怎个走？"小铁匠说："从前边那个巷子往北，再往东，见棵白皮松了，往南一拐，头一家就是。"西夏赶忙谢了，循路而去，果然那家门前立块碑子，宽二尺，高则四尺，是块宗碑，但碑中凿了一洞。西夏想，这洞便是拴驴缰绳用的吧，就读那碑文，碑文里竟有五处错别字：盖闻"欲知前世音（因），今生受者是；欲知来世音（因），今生作者是"。果报之灵，岂虚语哉。语云："勿以善小而不为，勿为恶小而为之。"信有然也。兹者斯境有□□□□□□僻壤，实乃通道，往来行人，络绎不绝。因属险

167

峻，日久□□□□□民至此而步止，骚人至此而兴嗟。我等目击伤心，因功（工）成（程）浩大，独力难成，是以募化众善，解囊捐资，共相（勤）厥成。今已告竣，勒石刊名，永垂不朽矣。

抄录完毕，回到蝎子尾村，子路和牛坤在一棵柿树上寻着蛋柿摘，柿树高大，该粗的树干非常粗，该细的枝丫非常细，拳大的柿子还都是青的，但偶尔却有了红艳艳的蛋柿，子路猴一样地爬在树上，蛋柿摘不着，就使劲儿摇树，牛坤在下边接不着，过来的迷胡叔却仰面大张了口，一颗蛋柿不偏不倚掉在嘴里，也脏了半个脸。牛坤气得直骂疯子，故意扑过去要打，迷胡叔紧跑慢跑，跑出三丈远，放慢步子，手背在身后一闪一跃地唱着走了。西夏把子路从树上叫下来，叙说着镇街上发生的事，牛坤说："鹿茂和老黑是笼子不离笼襻儿的人，说走就走了？苏红也够有办法，把鹿茂一挖走，等于把老黑的筋抽了！"西夏说："老鼠想吃猫食哩。"牛坤说："嗯？"西夏却不再往下说，她看见了牛坤用手擦衫子上的一片蛋柿汁，擦不净，脱了衫子抓一把干土蹭，牛坤的前胸和后背都长着一道毛。只有高大强壮的男人才长胸毛的，罗圈腿的矮子牛坤却长这么凶的毛，而且后背上也是！子路说："西夏，你瞧瞧，我和牛坤一比，我是舞台上的小生呢。"牛坤说："我这叫青龙，若遇见白虎，我是能压住的！"西夏说："什么是白虎？"牛坤笑了笑说："这让子路给你说！"子路说："女人不长毛，就是白虎。"西夏猛地想起了苏红，却做出不好意思的样子转身走了。

吃中午饭的时候，子路照例端了海碗去扁枝柏下去吃，那儿集中了许多人，子路可以收集到许多方言土语。西夏一直没去过，她不习惯端海碗，又不习惯蹴在树根上或土地上吃，而且那儿不远处就有个尿窖子厕所，她嫌不干净。子路吃完一碗回来，西夏问今日村人都说了些什么，子路说："还不是说蔡老黑骂鹿茂！"西夏也就端了一碗出去。大家见西夏来了，都敲了碗沿说："吃我家饭不？"西夏也敲了碗沿，说："不啦，我娘做的是搅团，谁要吃到我家去盛！"有人就说："城里人也吃搅团？那是你娘哄你的，哄上坡就没了！"西夏说："什么是哄上坡？"回答说："搅团太软，不顶饥，吃得再饱，若上山挑粪，没走到坡顶，一泡尿就尿完了！你娘舍不得给你吃好的！"西夏说："搅团软？我在街上听蔡老黑骂鹿茂是吃软饭，原来吃的是搅团！"大家哄地笑了，说："鹿茂才不吃搅团，他吃苏红的饭！"西夏知道又弄错了，却也高兴又逗起大家说蔡老黑和鹿茂的话头，于是就听到了有人说鹿茂的纸箱厂很快就要附属地板厂了，地板厂生意那么好，鹿茂真的要大发了，有人却说鹿茂可怜了，在药店里买了那么多的春药，人现在像鬼一样，眼圈发黑，走路打趔趄，一定是脚手心发热，感觉骨头里都是空的。栓子的媳妇怀里抱着孩子，孩子要在碗里用筷子戳，那媳妇却歪了身子，只顾自己喝，碗里是苞谷糁儿面条，面条早捞吃了，剩下清汤寡水，媳妇喝完了，满嘴满牙的苞谷糁儿，说："骨头里都是空的？德胜，你咋知道这些？你是不是给我嫂子交了公粮还在外卖余粮的？"德胜说："卖给你呀！"栓子的媳妇说："你还能舍得卖给我？兰兰，给娘再盛一碗去！"兰兰是她的大女儿，偏不愿意去，她就拿了空碗在舔，怀里的孩子也要舔，舔不着，哇哇地哭。德胜说："我还能吃上你的饭？瞧你婆娘，和娃娃争着舔哩！"栓子的媳妇说："这碎仔胡捣呢，我吃了才能给他有奶吃。"旁边人说："你坐在这里一连吃了三碗了，你还叫女儿去盛，你肚子里吆进个牛怕也不够哩！"栓子的媳妇说："饭还没占住你那嘴！吃得多是饭里没油水嘛，我家怎能像你家的茶饭好，你掌柜的在厂里干事，能挣钱呀！"德胜就对那人说："哎呀，鹿茂吃软饭，你可得盯好你男人，别也吃了苏红的软饭！"大家就又哄哄笑，那人说："家里猪都饿得哼哼哩，他还有枭的糠？！"当下几个人就把饭笑喷了。一人高声说："小心下巴！"众人看时，巷道口站着顺善。顺善站在那里笑着招呼，却不过来，西夏端了碗就走近去。

西夏是听娘说过的，顺善和蔡老黑一块儿陪了南驴伯去的县医院，蔡老黑在医院寻熟人安顿好了住院就回来了，而顺善是留着的，怎么就也回来了？西夏走近去问顺善吃过饭没有，顺善说吃过了，才在南驴伯家吃的。西夏说："不是说住上医院了吗，这么快就回来了，是没甚大事？"顺善说："是癌症。"西夏差点把碗掉在地上，说："癌症？不会搞错吧？"顺善说："这错不了。南驴伯一听说是癌，说啥也不住院了，得了这病国家主席都没治的，他白花那钱干啥？就回来了。"顺善的话使大家都没了心思再吃饭，说："真的就得了这病了，才死了儿子又要死老子，这老天咋就不睁睁眼？"德胜说："这都是让那菜花气的来，人是着不得一口气的！"栓子媳妇说："这几年挨家挨户地得癌症哩，今春到现在没人生病，我心里还嘀咕，今年这指标得空下了，没想轮到了南驴伯！唉，你们还嫌我吃得多哩，谁知道吃了今儿还有没有明日？绒绒，后晌你去雷刚那儿买肉时给我也捎五斤，你掌柜的在厂里挣那么多钱，要钱干啥呀！"她的话绒绒没有接，所有的人都没有接，那女人落个没趣，把怀里的孩子拧了一把，孩子又哇哇哇哭起来。众人说："你能不能把娃哄住。烦不烦！"各自端了碗要散去。顺善却说："我还要给大家通知个事哩！谁要愿意，明日一早带上架子车或笼担，到街东头的砖瓦窑上去！"有人问："在那儿干啥，是镇上让修路还是修梯田呀？"顺善说："蔡老黑刚才听说我回来了，对我说，咱们这儿近几年癌多，一溜带串地死人哩，全都是白塔倒了，先前咱高老庄集资要修的，但没修成，这回他来出钱买砖请人修塔呀，愿意去的，明日从窑上把砖往牛川沟送！"西夏说："早晨他喝醉了呀！"顺善说："听说他是喝醉了，在街上骂鹿茂，你在场吗？"西夏说："在。"顺善说："刚才我瞧他还醉醉的，可他对我说这话是拍了腔子的，他一定要让我通知村里人哩！"栓子的媳妇说："他出钱？他葡萄园不行了，信用社逼着他还贷款哩，他还肯掏钱修塔呀？"顺善说："你以为蔡老黑和你一样吗？人家饿死的骆驼比马大！他能说他掏钱，鸡不尿尿自有出尿的地方！"西夏不明白蔡老黑怎么突然提出要修白塔，是真的看到南驴伯得了病，就要为当地群众办一件好事吗，却又生出许多怀疑，但她没有说出口，就听得众人说："蔡老黑行，他还记着给大家办事哩，明日当然去嘛。咱怕死哩，出不了钱还能舍不得出力吗？"

第二天里，西夏并没有去街东砖瓦窑上看热闹，因为南驴伯从医院回来，知道了自己害的是癌，就怎么也不说话了，三婶双眼哭得烂桃一样，不知道怎么办，跑来找子路娘，娘又把骥林娘叫来，要去给南驴伯说宽心的话。害癌的人都是这样，先是心里已明白自己得了癌，却死不承认，无论如何也不愿说破，别人哄他，他也哄自己，希望有个奇迹发生，侥幸是诊断错了或者会不治而愈，待到自己觉得没指望了，心一松劲儿，什么话也不愿说了。骥林娘说，南驴伯到这一步，也是没多少日子了，一是尽量买些好吃好喝的让他吃喝，能吃喝多少吃喝多少，二是快通知所有的亲戚朋友来看看他，人在病中看得最重的是亲情，而不通知亲戚朋友及时来，万一人倒了头，受不起的就是亲戚朋友的埋怨。三婶一听就又哭了，鼻涕眼泪全下来。娘说："这个时候，你要挺住哩！"三婶说："再苦再累我是没啥的，可得了病后，他脾气说多坏有多坏，他原来不是这个样子呀，现在他让你做啥，你不敢慢一点儿，慢一点儿他就骂，像骂孙子一样！"娘说："这是在断情哩，子路他爹到最后也是这样。他这么一骂，让你恨了他，他真要走了心里就不那么太难过了。"三个老婆子往南驴伯家去，着晨堂去通知亲戚，子路就往雷刚那儿去买猪肉。

中午，南驴伯家的人很多，几门亲戚都来看过了，提着鸡蛋，拿着馍馍。三婶在每一个亲戚到来后就烧开水打荷包蛋下挂面让客人吃，可亲戚们都是忙人，吃过一碗两碗了，坐在南驴伯的炕头上说些安慰话，就告辞了。子路买了一吊肉，一副肠子从镇街回来，悄悄对西夏说："你知道蔡老黑为啥要出资修白塔？"西夏说："他说是为了高老庄的风水。"子路说："恐怕也有风水的原因，但蔡老黑更有大的企图哩。我刚才在镇街上，镇政府已经贴了布告，限十天内投票选举镇上出席县人民代表大会的代表哩。候选人是二十个人，名单简历抄写了都在那里贴着，里边有王文龙，苏红，雷刚，顺善，也有蔡老黑……"西夏说："蔡老黑是要拉选票呀？！"子路说："你看蔡老黑有心计不？他知道镇政府是要保王文龙和苏红，前一阵也明白地板厂不会出资修路，偏唆使村人写反映信，地板厂不修路正中他下怀，他就来要修塔呀！你甭小看这些农民，却有政治头脑哩，咱们现在的县长，地区的专员，还有省上夏侯副省长，出身都是农民，一步步把事情干大了的。"西夏说："我读过一篇文章，上边说战争时代一个士兵由班长、排长、连长、营长、团长一直最后成为将军，这人肯定是打出来的，而和平年代从事仕途，科长、处长、局长、省长，一路上来，那就肯定是阴谋家！"子路说："这话你可别乱说，农村是是非窝，隔墙有耳哩！"拿眼看了看厨房窗外，骥林娘和得得的舅家媳妇立在鸡圈旁叽叽咕咕说什么，子路就轻声又叮咛一句："你这几天少说话呀！"自个儿拿了肠子和捅条到院子里去翻洗肠子。西夏也跑出来帮忙，待肠子翻过来倒了粪便，就拿碱水搓一遍，又搓一遍。雷刚的媳妇和三婶算是拐把子亲戚，也提了馍笼来探望病人，靠在堂屋门扇上说："嫁了当官的做娘子，嫁了杀猪的翻肠子，我只说我是翻肠子的，西夏你也翻肠子？"西夏说："你怕要当娘子了！"雷刚媳妇说："我当娘子？"西夏说："雷刚要选上人大代表了，说不定明年后年他就有个官当哩！"雷刚媳妇说："头大额颅宽，长大做了官，雷刚头拳头大一点，额有二指宽，他当他的猪倌去！"得得的舅家媳妇就说："你要这么说，我就不给雷刚投一票了！"雷刚媳妇说："只要你吃斋，再不去买肉，你投他那一票干啥呀。"得得的舅家媳妇笑起来："你告诉雷刚，我投他一票，我还可以给他拉五票，我再去买肉，他得给我便宜些！"雷刚媳妇说："这没问题！你要再买肉，直接来寻我，咱管不了别人，还管不了雷刚？"挽袖子走下台阶帮西夏搓肠子。西夏说："这一次选举，你估摸谁能选上？"雷刚媳妇说："听雷刚说，提候选人的时候，苏红就放了话：谁将来要投她的票了，一张票一碗羊肉泡……"西夏笑说："那你也宣布嘛，一张票一副猪肠子！"雷刚媳妇说："选人是选德性哩，你就是摆上金山银海，不投还是不投！"西夏说："那谁的……"子路说："西夏西夏，你去换一盆净水来么！"西夏给子路做个鬼脸，起身去厨房的水瓮里舀水了。

　　刚刚舀了水出来，邻居的一个婆娘走到堂屋窗前给三婶招手，三婶出来，那婆娘说菜花的娘家嫂子提了馍笼子来了，三婶说："她来干啥，还嫌人没死吗？来看笑话吗？"骥林娘忙过来说："鬼，可别这么说话，有理不打上门客，菜花是菜花的事，与人家娘家人有什么，况且先是咱的娃不在了，菜花要考虑她的出路，她眼窝浅些，也是能想得来的事。"三婶说："他伯的病起根发苗还不是菜花气的？！"骥林娘说："甭说这话了！人家来了要喜喜欢欢地待承哩。把眼角屎擦了！"三婶撩起衣襟擦了擦眼，问："还有没？"菜花的娘家嫂子领着三个娃娃就到了院子，骥林娘高声叫道："哎哟，她嫂子来了！淑芬，刚才你婶还给我说让人给你们捎个话儿去，你怎么也就知道了？"淑芬说："我去街上投票哩，听人说的……"雷刚的媳妇说："已经开始投票啦？你肯定投的是苏红的票！"淑芬看了看雷刚的媳妇，说："我也给雷刚投来……听人说我伯病了……我爹和娘今日赶茶坊镇的集了，菜花她哥又在家害感冒，浑身关节疼哩，我就来了，看看我伯啊！"三婶过去接了馍笼说："淑芬，你看我咋弄了这事嘛！"淑芬说："人头不是铁箍的，谁不害病？"骥林娘说："得病有什么丢人的，这些年咱这儿谁家没撂倒过一两个，都不害病，这人又怎么才叫死呀，黄泉路上谁不走？何况他伯说不定能扛过去的！"淑芬说："这些年害癌的就是多，先前就没听说过有什么癌嘛。"子路说："先前是不知道叫癌，其实也就是癌，我伯这病就是以往说的噎食病。"淑芬说："子路，你是文化人，是不是咱这儿白塔一倒，白云湫的邪气冲过来了？"子路说："我觉得是咱这儿水土有问题。"娘唬道："你别胡说，人一辈一辈在这里住着，怎么这几年就倒头得这么快？"子路不再言语，退过来和西夏收拾洗好的肠子。西夏说："我也琢磨，或许是水土有问题，或许人在发生了什么变化。我看过一个资料，说癌是人体细胞的一种变异，我就想了，历史上说人是猴子变的，从猴子怎么变成了人，这其中肯定有个漫长的过程，而这漫长过程里又肯定有什么突然的裂变，现在人类也太老了，要发生裂变，当然先是细胞变，那么患癌的人就是最早变异的人，进化的人。"子路说："你比我说得更玄乎，你去给她们说说，说南驴伯的病不该悲哀，而要向进化人祝贺哩！"西夏一扬手，把肠子上的一疙瘩油抹在子路的脸上。子路忙低头端了盆子进了厨房。

　　肉切了块放在锅里，怎么也寻不着花椒生姜一类的调料，西夏去堂屋问三婶，却见淑芬领着三个娃娃立在南驴伯炕前，南驴伯见是淑芬，鼻子哼了一声，头却转向了炕里。淑芬说："伯，伯！"南驴伯只是不吭声。三婶说："他爹，淑芬她爹和娘不在家，淑芬替她爹娘来看你了。"南驴伯突然转过来，一口唾沫吐在三婶脸上，骂道："你羞先人哩！你嫌我还没死吗，你拿一包老鼠药来毒死我算了！"骂得三婶、淑芬的脸上红一块儿紫一块儿。三婶就把淑芬拉出卧房，说："你甭上怪，他骂我哩。"淑芬说："我上什么怪，老的也该骂小的，骂着也不疼嘛。"却要告辞走。骥林娘赶紧拉住，说："这怎么能走，来了就得吃饭呀，今日你是不能走的！"淑芬拗不过，在堂屋又都没甚话要说，坐了一会儿，说："我不走啦，在这儿我给咱们做顿饭呀，是子路和他媳妇在厨房吧，怎么能让他们忙活。"众人都去了厨房，淘米，洗萝卜，泡粉条。一忙起厨房事，淑芬似乎活泛了些，就说："婶，我伯这病或许就会没事的，蔡老黑在领着修白塔哩。"骥林娘说："这谁说的？"淑芬说："你还不知道呀？今早砖瓦窑上人多得很，开始往牛川沟运砖哩，这塔一修，白云湫的邪气就冲不着咱这儿了。"骥林娘说："那年白塔一倒，我就梦着起了一场龙卷风，吹得天摇地动的，人都悬在半空，牛也悬在半空，碾盘碌碡都在半空……"淑芬说："你老还真做了这梦？"三婶说："她一年四季爱做梦，做了噩梦就往寺里去烧香哩。"骥林娘说："也怪，常常是做了梦不久就灵验了。前年春上，我梦见从公路上开来一辆车停在蝎子尾村口，下来了一群娃娃，都是头上扎了个蒜苗小辫儿，穿着红兜兜。我还说，这么多娃，都是谁家的女孩子。到跟前一看，腿缝里都有个小牛牛。哎，那一年，咱村里生娃娃，都是男孩！"听骥林娘说梦，西夏也就蓦地想起了昨夜她做的梦，已经是几次了，梦境里曲折绮丽，醒来却忘了，现在想到了那梦里的一幕，脸上泛了红晕，不觉轻轻地笑起来。子路戳了她一下，说："发什么呆的？火溜出来啦！"西夏忙把柴火往灶口里塞了塞。三婶还在说："淑芬，这塔真的修呀，不知几时能修好？蔡老黑能出钱，那我怎么也得去背背砖呀！"娘说："你应该去背背砖！"西夏说："你能背动几块砖？与其去背三块四块砖，不如去给蔡老黑投一票哩！"三婶说："这我要给蔡老黑投的！"扭过头却给娘说："蔡老黑恶是恶，心肠倒还好，他四娘，你当初也……"话未说完，娘瞪了一眼，三婶立即不言语了，娘说："子路，你和西夏给咱到门外喊娃娃去，不要他们跑远，吃饭时到处寻不着。"两人出来，西夏说："三婶一句话没说完，你知道她要说啥呀？"子路说："我怎么知道？"西夏说："你心里明得像镜一样！蔡老黑当时来找菊娃，咱娘还不愿意。"子路说："不知道。"西夏吆喝着已经在篱笆前你一拳我一脚打闹开了的两个孩子。

饭熟了，是六菜一汤，菜有红萝卜粉条炒肉片，红烧条子肉，酸菜煎豆腐，炒土豆丝，白菜烩肠子，烧粉肠，汤是黄花木耳汤。饭菜端上桌，把南驴伯从炕上搀扶下来，先给他盛了一疙瘩米饭，又夹了两片肉，大家就都坐下来吃。原本买了肉要招待一些贴近的老亲戚的，但老亲戚们送了礼都没吃饭就走了，好吃好喝偏让淑芬他们享用了。三个孩子像狼一样，见肉上来就都去抢，又相互叫闹谁的多了谁的少了，碗里肉少的就把碗磕在桌上，饭菜洒了一摊。三婶忙帮着把碗收拾好让孩子端了，自己低了头用嘴去吸桌上的菜水汤，淑芬也便锐声训斥，让孩子们端了饭碗都到院子里去。南驴伯还是不看淑芬的脸，也不搭言，将肉片塞进口里，西夏看见他把肉放在嘴里嚼了又嚼，后来就叫三婶扶他到院里去，好大一会儿，南驴伯被搀回来，坐在那里再没端碗，只看着门外院子里三个孩子在那里狼吞虎咽，而面前的鸡一直在观察着动静，不时伸脖子去碗里啄那么一嘴。

三婶就噙着眼泪走出堂屋，撵开了围着孩子们的鸡，西夏跟出来，三婶说："你伯一辈子爱吃肉呀，肉总没吃够过，可现在把肉在嘴里嚼了半天，就是咽不下，到院里又吐了。"西夏听了，眼泪不觉也流下来。重新回到堂屋，那些孩子又进去嚷着要夹肉，西夏给他们夹了，就说："伯，你不吃了，我搀你到炕上去。"南驴伯没说话，用手从盘子里捏了一块儿肉，扶着椅子往起站，西夏就把他扶到卧房去，他把肉在鼻子前闻了闻，又放在嘴里，说："让我慢慢嚼，慢慢嚼。"西夏出来悄声说："以后吃饭都不要到伯面前去，他见别人吃得那么香，心里就更难受哩。"

半后晌，三婶一定要到砖瓦窑去背砖，西夏也跟着去那里看。经过镇街上的镇政府门口，那里拥了六七个人，有一张桌子，桌子上放着一个票箱，贺主任就坐在票箱后。几个人仰了头看墙上贴着的候选人名单和简历，然后和贺主任说什么，贺主任就在登记册上记下来人的名姓，发一张选票，识字的就立在那里画了圆圈，不识字的让旁人代画，一一投在箱中。三婶说："咱投不投？"西夏说："这是你的权利嘛，该投的。"三婶就立在那一大片贴纸前嚷道："蔡老黑在哪？蔡老黑在哪？"贺主任说："你要投谁，我这儿有票的。"三婶说："我选蔡老黑！"贺主任把表交给西夏，让西夏代画票，说："要选十个人哩，你还要选谁？"三婶："谁给高老庄办事就选谁！"贺主任说："给高老庄办事的人多了，咱的镇长呀，副镇长呀，派出所所长呀，计划生育专干呀，还有王文龙、苏红，苏红是给了你一千元的，你要选谁呀？"三婶把西夏拉到一边，说："选不选苏红？"西夏说："你看哩。"三婶说："她是给了我一千元，可得得是死在地板厂里的，我不选她。你瞧贺主任的意思让我选苏红哩，我就说苏红名，你不要给她画的。"就高声说："我还选镇长，副镇长，雷刚，顺善，苏红，还有咱贺主任！"贺主任说："我不是候选人，你不要选我！"三婶说："这是我的意见嘛，要选你贺主任！"把西夏画好的选票拿过去塞进了票箱。

两人才要离开，迷胡叔却来了，他是夹了那把胡琴要往太阳坡林子去的，老远就喊："谁把顺善狗日的做了候选人了？高老庄的人都死完了，没人了？"贺主任说："迷胡，迷胡，你嚷嚷啥哩，这是国家的大事，你要破坏，派出所的人就把你先铐起来！"迷胡叔说："你就是拿枪崩了我，我也不选顺善！"贺主任说："你不选他那是你的事，你要胡来却不行！"迷胡叔说："那我谁都不选！"很得意地往过走。走过一丈远了，贺主任却说："迷胡迷胡，你这往哪儿去呀？"迷胡叔说："看守林子呀！"贺主任说："你不要去啦，你到各村吃喝着让人来投票，我给你发劳务费的。"迷胡叔说："我不去，让我坐在你那儿拿胡琴招人，我就留下！"贺主任说："那你来吧。"迷胡叔真的坐在了票箱后的凳子上，开始拉他的胡琴，果然就招来一堆人，贺主任说："迷胡你行！"迷胡叔说："镇长就是在这儿讲话，也不一定有人来哩！"张狂起来，一边拉就一边唱开了："黑山哟那个白云湫，河水哟那个往西流，家没三代富哟，清官的不到哟头！"贺主任说："唱这不好，你唱革命歌曲！"西夏笑着，拉了三婶就走了。

砖瓦窑上的人确实很多，有用架子车拉的，有用笼担挑的，也有毛驴驮的，背篓背的，人人都是满脸肮脏，黑水汗流，却高兴得像过节一样。三婶一去，蔡老黑说："我叔回来怎么样了？"三婶说："脾气越发坏了。老黑，你叔一辈子老好人，没作什么孽嘛，咋害下这病？"蔡老黑说："……癌病也不是不能好的，把塔修了，但愿他康复。"三婶说："老黑，你积德哩，婶子没钱，婶子一定要来出些力的。"她在怀里抱了三页砖，颤颤巍巍往牛川沟去。西夏没有运砖，她瞧见运砖的人群里有庆来，晨堂，也有牛坤，就问蔡老黑，他们今日没去地板厂上班？蔡老黑说："起码有二十多个在地板厂做工的都来了，苏红和王文龙以为他们是救世主哩，让他们来瞧瞧嘛，看群众到底跟谁哩？！"正说着，苏红站在了砖瓦窑对面的坡沿上，在尖声喊："庆来，高庆来！"庆来装着没听见。苏红就又喊："地板厂的人都快去上班，谁没请假擅自离开厂的，下午再不回去，明日厂里就宣布除名！"当下有三个人放下砖担子，要走，另一些人就低声说："你要那几个钱呀还是要命呀，南驴伯已经噎食了，今年还有两三个指标，就轮到你们了！"要走的就又返回去。苏红再在那里叫喊了一通，仍没能叫过人去，蔡老黑就十分得意，从怀里取了纸烟，吸了，便坐在了那一摞砖瓦上，大声指挥着出窑的出窑，装车的装车，嚷道兴宇伯你这么大岁数了千万别动，你能来看看就是对我们最高的奖赏了！又叫喊跛子叔你也来啦，小三说你是在饭店里吃羊肉泡馍哩你怎么也来了？一瘸一瘸的跛子说我是吃了羊肉泡馍，克化不了，来运砖消消食呀！旁边人说好你个跛子叔你吃了羊肉泡馍不投票，人家要人家的羊肉泡馍哩！跛子说那我就给吐出来！恶恶恶做着呕吐状。窑场上一片欢乐。

那个大肚子江老板恰好路过砖瓦窑，拿眼看见了西夏，就收住脚。蔡老黑小声问西夏："他说他认识你？"西夏说："认识子路。"蔡老黑说："他死眼儿盯你，想说话哩。"西夏说："我装着没看见他。"低头往窑门走去。蔡老黑却大声说："江老板呀，来吸根烟吧！"江老板竟走过来，说："听说修塔呀，砖钱是你掏的？"蔡老黑说："给群众办些事嘛。"江老板说："有气魄！"蔡老黑说："这有什么呀？你是大老板，我比不得你，可我蔡老黑能有多少钱就办多大的事，钱嘛，够自己吃喝就对了，要那么多干啥，咱又不是要当黑了心的资本家！"江老板的眼睛还瞟着西夏，后来就看见了坡沿上的苏红，似乎有些吃惊，说："那女人是谁？"蔡老黑说："叫苏红，地板厂的二老板，她的人都来运砖了，你瞧她气得嘴都歪了！"江老板说："苏红？是不是前几年在省城歌舞厅坐台的？"蔡老黑说："不是她是谁？"旁边人说："啥叫坐台？"蔡老黑说："快搬你的砖！"那人说："不管咋说，是个人物哩。"江老板就叫起来："苏红，苏红小姐！"苏红在那边听到，定睛往这边看，江老板又叫道："高小姐，你不认识我了吗？我是你江哥！原来你是这儿人？！"苏红却立即转了身，很快从坡沿上走掉了。江老板落了个无趣，就骂起来："当了二老板就认不得我了，哼！"蔡老黑说："你认识她？"江老板说："岂是认识！"附过身说："她在城里出过我的台哩，没想她赚了钱回来办了厂子？！"蔡老黑却故意大声说："是不是，出过你的台？！"

西夏听蔡老黑那么说，心里就不高兴了，走进窑里，窑里的温度早已降下来，但还是热腾腾的呛味刺鼻，七八个男人光着脊梁一车一车往出拉砖，进来的人说："哎，你知道不知道歌舞厅的坐台和出台？"一个说："是演出吗？"这个说："演她娘的×！我说苏红怎么就发了，她原来是卖×哩！"西夏咳嗽了一声，那些人回头见是西夏，扭头就往窑深处走，西夏也就退出窑来，却看见那姓江的还在那里骂苏红，蔡老黑一伙又跟着起哄，偏要问省城的歌舞厅里都有什么，第一次是怎么认识苏红的？江老板说："我在包厢里问她，小姐贵姓？她说，松下裤带子。我说，哦，我也有个日本名哩，我叫龟头正雄……"西夏走近去，变了脸，说："江老板，说这话掉不掉你的份儿？你不要你的尊严了，跑到高老庄来糟践高老庄的人啊。"江老板噎了个满脸通红，说："我哪里是胡说了。她为啥见我跑哩，你如果了解她，你就该知道她是个白虎哩，我这是冤枉了她吗？"西夏骂了一句："卑鄙！"弄得蔡老黑一伙难堪不已，蔡老黑说："算了算了，都不说了，说那婊子还嫌丢人哩！"西夏说："你还知道丢人哩？！"一甩手从砖瓦窑上走掉了。

西夏回来，与子路吵了一架。西夏要子路去找那个江老板，解铃还得系铃人，他得为苏红平反，他在人稠广众中羞辱一个女人，即就是苏红当初真的是在歌舞厅坐台出台，妓女也是人嘛！何况这个有钱的人有了钱吃喝嫖赌，他羞辱苏红他就崇高啦，伟大啦，他也是个恶心的嫖客嘛！西夏最有意见的是姓江这么个德性，子路竟与其认识，还叫到家来热情款待，是不是子路也跟了他曾去过歌舞厅，泡过妞，嫖过妓？子路当然矢口否认，说明认识是认识，可各人是各人的生活方式，管人家的事干什么。至于他当众羞辱苏红是不对，可怎么去让人家又给苏红平反呢，又怎么个平反法？两人都很激动，就吵起来。吓得娘先去关了院门，又关了堂屋门，过

179

去扇了子路一个耳光，骂道："你逞什么能，你欺负西夏哩？你这是仗着你回到老家了吗，仗着你有你娘吗？是西夏配不上你，还是西夏不孝敬我不爱石头，又还是西夏说得不在理上？！"子路说："娘，娘，你甭生气，这与你无关，你又不知道事体！"娘说："我是聋子，我听不来你们吵什么？把你得能的，你在屋里吵呢，一个吵得人走了，你又要让这一个也走呀？那个姓江的我不是没见过，鹰嘴鼻子吊吊眼，说话蛮声蛮气，就不是个厚道人，你交这样的朋友？是你与苏红熟还是西夏与苏红熟，外人说苏红难听话，西夏能出来阻止而你还和她吵哩？吵你娘的脚！"骂得气又上来，再扇了子路一巴掌。西夏见娘真的生气了，赶忙就把娘抱住，说："娘，你甭生气，都是我不好，不该红脖子涨脸和子路吵。"就拉了娘往院门外走，说是陪娘去南驴伯那儿坐去。

两人才走出院门，门外的石头上却坐着菊娃。菊娃已经来了多时，走到门口，听到里边先是子路和西夏吵架，再是娘也掺和了，说到"你吵得一个走了"，进去不是，要走也不是，就坐在石头上不知所措。见娘和西夏出来，忙装出才到的样子，一边脱下鞋倒里边的沙土，一边笑着说："娘和西夏要出门呀？"娘冷不丁一怔，与西夏交换了眼神，也就笑道："菊娃，你咋才回来，吃了没？"菊娃说："吃了。"西夏拉住了菊娃的手，说："这么些日子也不见你回来，我还说要去商店里看看你……这件衣服多合身的，是做的还是买的？"菊娃穿了一件浅白花淡蓝衫子，人显得雅静秀气。菊娃也便说："别人从省城买的衣服，回来穿着太瘦，就让给我了，你说还可以噢？人家买回来的衣服一批哩，让我挂在店里帮他卖卖，我这身材穿什么都不好看，你改日来嘛，你挑一件肯定穿了好看哩！"西夏说："行吗，我一定是要去看的。"菊娃的头发上落着一个小树叶儿，西夏伸手去取了，发现她戴的还是自己送给的那枚发卡，猛地就想起了苏红的话，心里想：她知道这发卡是王文龙的亡妻的，不是不肯再戴了吗，怎么现在又戴上了？菊娃浑身有些不自在，说："你瞧，你送我的发卡我还戴着，人都说这发卡好哩。"西夏说:"这活该是你的发卡,戴上就是好!快进去吧,子路在家里,我陪娘去南驴伯那儿去。"菊娃说:"听说南驴伯是病了?我还说要去看看,却总是走不脱身。西夏,你等等,我有些话对你和子路说了,咱和娘一块儿去南驴伯家好不?"娘就说:"那回到屋里说话。"一手拉了一个进门,西夏笑着说:"什么事儿,还得让我参加?子路,你看谁来啦!"

子路还坐在蒲团上生闷气,西夏说:"你瞧子路瓷不瓷,一个人坐在屋里发呆哩!你还不快去倒杯茶水?"子路就起身去厨房取水壶,菊娃说:"我又不渴,跑啥哩!"子路就靠在门框上,但靠了一下,还是去了。菊娃说:"西夏妹子,你行,你能支配了他哩,先前有什么时候给我倒杯水?子路现在勤快多了!"子路端了茶杯,脸上红红的。菊娃说:"我来求你们一件事哩,你们知道不知道出了事?"西夏说:"是厂里工人都去运砖了?"菊娃说:"为这事我才不去管哩,有人当众说苏红的坏话,现在传得差不多高老庄都知道了,苏红是得罪了一些人,更有人与苏红无冤无仇的但瞧她红火就生嫉妒,正盼着寻她的事的,又赶上选人大代表,如今把她骂得臭狗屎一般,苏红窝在屋里寻死觅活地哭哩!"西夏说:"我正为这事和子路吵了一架啊!"娘说:"那算什么吵,话说得声高了些。"西夏说:"吵就是吵了,这有啥?"菊娃就笑了一下,说:"听说子路在城里与那人熟?"子路说:"认识。"菊娃说:"那我就说一句,你和西夏要去找找那个江老板,让他再传出话来,就说是他把人认错了……他说话容易,落到苏红身上就是不得了的事!"娘在旁边说:"子路能说上话就肯定要去说,俗话讲,年好过,月难过,日子实难过,一个女人家被传出这么种话,她还怎么当代表,当厂长,以后又怎么去嫁人?!"子路说:"行吧,我去给江老板说,可这苏红怕也真有把柄在江老板手里,她在城里打了几年工嘛,怎么就有了钱合伙办工厂?"子路这么说过,不禁想起那雨夜在商店遇到的事,脸上有了愠怒,但随之牙咬了下唇,头摇了摇,不说了。菊娃却说:"就是有那事,咱一不是人家父母,二不是她的丈夫,咱管得了人家?能帮忙就要帮忙,她

181

折腾了这么多年，也是不容易哇！"子路当下同意就去找江老板，西夏却拉住，让换了衣服，说衣服领子那么黑的。菊娃说："他不洗衣服不说，让他脱脏衣服倒也像要杀他似的，不逼着就是不脱，现在还是这个样？"西夏拉子路到了卧屋，西夏说："我和你吵了一仗你也是不肯去的，她来才说了一句你就去呀，到底听话嘛！"

娘和西夏、菊娃去了南驴伯家，子路却并没有完成他的使命，直到天彻底黑下来，才从江老板住着的旅店里回来。他去的时候江老板是没有在旅店的，打问了一通，才知道蔡老黑把他叫到家喝酒去了。子路要回来，又怕回来西夏、菊娃说他没用，却也不想去蔡老黑家。后来托旅店的人去蔡老黑家把江老板叫出来，没想蔡老黑竟一同过来，还提了酒，子路就不好立即走开，硬着头皮三人又在旅店里喝。蔡老黑当然一直在说苏红的坏话，子路如坐针毡，借上厕所，把江老板叫出来，讲了让他为苏红更正的话，江老板醉醺醺的，说这不可能：她苏红就是妓女，我怎么给她平反，开个大会宣布，还是贴一张海报？！气得子路当时离去，也未去旅店与蔡老黑告别。

江老板未能出来为苏红消除影响，苏红知道后也不再窝在房间里哭，穿了最时髦的衣服，脸上涂了脂粉，偏往镇街上走动。镇街上的人虽指点了她说是道非，但见她这般模样，倒也多少疑惑起江老板的话的可靠性。苏红在那些理发店、小百货商店、小旅馆、小裁缝店召集了十多位女掌柜的，全都穿得十分鲜艳，嘻嘻哈哈，排着队儿横走，将不去厂里上班而运砖的人的除名布告贴了三处。针尖对了麦芒，被除名的人自然而然和蔡老黑捆在了一起，很快高老庄有了新的是非，说苏红是妓女，和她一块儿走动的那十几个理发店、百货店、旅馆、裁缝店的女主儿都是妓女。所谓的劳务输出，是苏红在省城当妓女发财了，她就回来把本地的良家女子又勾引到省城去歌舞厅当三陪，这些被引诱学坏的女子也挣钱了，再回来勾引另外的女子去省城，如此恶性循环，要不，她们怎么去那么一年两年就全发了，回来办这么多的店铺？这些风言风语似乎很有道理，听到的就都信了，掰了指头算那些女子，谁谁原本去省城前是有了未婚夫的，后来就退婚了，谁谁虽未在镇街上开店，又是结了婚的，却不好好在婆家过日子，动不动就又到省城去，一月半年地不回来：她们是在省城吃得好，穿得好，见的男人多，当然是过不惯山里的日子，对自己的男人没兴趣哩！街中段的"迷你理发店"的掌柜叫安梅，店里生意好，日月倒殷实，丈夫听了谣言，就回来追问安梅：那些年在省城到底是给人当了保姆还是当了妓女，小两口闹开来，丈夫抓着妻子的头发在街上打。而菜花的二哥，也跑去找苏红，问苏红是不是把菜花勾引到省城去当妓女了，立逼了让苏红写信催菜花回来。数天里，高老庄乱成了一锅粥，人大代表的选举作了统计，王文龙没有选上，苏红更是票少得可怜，白塔继续在修建着，砖瓦窑上，牛川沟里时不时就响起了鞭炮声。

这一日，县政府的黄秘书来到了高老庄镇政府，黄秘书是曾经撰写过地板厂的先进材料的，而且领着摄影师为王文龙和苏红拍照了大幅彩相挂在县大街的宣传栏上，但黄秘书这次并没有去地板厂，小车直接驶进镇政府大院。吴镇长和黄秘书在办公室里关门谈了一上午，镇政府看大门的高有粮尽职尽责地坐在门口，狗大的人也不让进。其中信用社的贺主任和派出所的朱所长被电话通知去过，但吃饭的时候，贺主任和朱所长却没有被留下吃饭，偏是派人将子路西夏和蔡老黑邀去。

西夏是清早起来去蔡老先生家要接石头的，石头却不肯回来，她只好带回了石头新画的一沓画，与子路坐在堂屋里一张张分析观赏。西夏感兴趣的是有一张画着一群人，人都是符号一样的形状，又几乎都是男人，没有女人，每个男人的双腿间有一条线端直直地伸出来。子路说这条线是腿，画的是三条腿的人，西夏说画的是生殖器，有崖画的特点，她是读过一本关于新疆发现的崖画拓片的，上面的形象大致就是这样。子路再看了看，就骂石头这孩子怎么画了这些？小小年龄倒有性意识，可惜他没生活，哪有这么长的东西？西夏说，你不能用平常人和平常画的眼光来对待石头与他的画，他画的或许真有其事，只是不是现在人，是古昔的人吧。子路说："我看你也神神经经了！"西夏说："孩子倒没性意识，是你有性意识，说长论短的！即就是孩子是胡乱画的，崖画也是古人胡乱画的？你的东西小倒怪人家的东西大了？！"子路说："我是人不是驴！人是进化了的！"西夏说："屁进化，退化喽！"晨堂提了块砖进了院子，问："有人没？"西夏出来，快活地说："哪儿弄的画像砖？"晨堂说："我去小炉匠那儿看热闹，小炉匠让我把金戒指捎回来给你，一扭头，我瞧见他家柜底下有这么个旧砖，就给你要了过来！"西夏收了戒指，又把画像砖旋转着看了几个来回，砖面上刻着一条龙的，却剥脱得仅能看见一个龙头，一只爪子，一截有鳞的身子。西夏说："这倒不像是元宋的，像是唐砖，是唐砖。"晨堂说："好不？"西夏说："好！"晨堂说："人家是不给的，我给了他些钱硬拿走了！"子路出来说："多少钱？"晨堂说："不多。只要嫂子喜欢这东西，钱算个啥，不说钱了，权当我送嫂子的！"西夏说："这不行，哪能让你出钱？多少？"晨堂说："五十元。人家要一百，我给了五十元。"西夏掏了五十元给晨堂，晨堂说："知道不，县上来人带了文件啦，王文龙苏红没有选成人大代表，却成政协委员了！这政协委员就不选举？"子路说："你怎么知道？"晨堂说："啥事能瞒过我？早上八点半小车进了镇政府院子，九点钟副镇长就出来啦，他是坐县上的小车去的地板厂。九点四十地板厂响的鞭炮声，十点半街上有了'县政协委员王文龙苏红率地板厂全体员工向高老庄人民问好'的横幅。十点四十我去的小炉匠家……"子路说："你操心你那一窝猪娃咋长大呀，老婆孩子咋养活呀，甭管别人的闲事！"晨堂说："这咋是闲事？这里边有政治呀！上一届的镇长怎么倒台的，他是爱往寡妇粉粉家钻哩，副镇长就让根榜在粉粉家对门的人家厕所里蹲了大半夜，直盯着粉粉家灯灭了，副镇长才去捉奸捉了个对儿，那镇长就倒台了，气死了，才来的现在的吴镇长。"子路说:"副镇长捉奸哩,他怎么不当了镇长?根榜在厕所里熏了半夜,他根榜还不是穷根榜。"晨堂说:"这倒也是,但人总得有个精神呀,整天从地里到家里,从家里到地里,那活着有啥意思。"话不投机,晨堂站起来,说他去找庆来和顺善呀,从门里走出去。西夏捂了嘴嘿嘿地笑,子路说:"你笑啥的?"西夏说:"高老庄人多亏是农民,要是个国家,可能永远是全球的热点。"子路说:"穷折腾哩!这晨堂我就见不得,认得几个字,能不够,村里昨儿夜里谁放个屁,今早他就喊叫臭哩,家里有一个收音机,联合国开个什么会,他就要和人说这个国家那个国家的,似乎要去颠覆人家政权的,可全村就他的日子过得狼狈!那画像砖绝对是没掏钱的,这不,他从中就白赚了五十元……"西夏说:"五十元就五十元,到现在你还心痛着?"两人说着,娘还没有回来,子路出去要到前巷子喊娘,一个人在巷口打问高子路家在哪儿?子路说:"啥事,我就是。"那人自我介绍是镇政府的干事,吴镇长请子路夫妇俩去镇政府吃宴席的。子路就回来说给西夏,两人一时疑惑,最后决定还是应该去,西夏赶忙收拾打扮。

一到镇政府,高有粮就领子路和西夏上到镇政府三层办公楼的楼顶上,吴镇长、黄秘书已在那里等候了多时,蔡老黑也坐在那里用草帽子扇汗呢。楼顶上原是镇政府干部洗涤了衣物搭晾的地方,吴镇长年轻,有新思想,上任后在楼顶修了个八角亭子,风和日丽常与人坐在亭子里下棋,聊天,纵览整个镇街,以及高老庄和高老庄远处的群山峻岭,吴镇长就叫这亭子为好望亭。子路西夏一上来,吴镇长便作了介绍,说:"黄秘书今日到咱镇上来检查工作,不但镇政府蓬荜生辉,今天天气也特别好,亮堂得如日月当顶……"黄秘书说:"你把我说成毛主席啦?"大家都笑了笑。吴镇长说:"黄秘书是咱县上第一笔哩!所以,我专门把高老庄的名人请来,咱们一块儿吃吃饭。"蔡老黑当即说:"子路是名人,我是粗人,又正背时着,能得到二位领导的邀请真是受宠若惊!"吴镇长说:"都是名人,一个是文的,一个是武的。黄秘书,蔡老黑会熊拳,是祖上传下来的,别的地方还没听说过这种拳法哩！"蔡老黑说："惭愧惭愧，只继承了个皮毛。"子路见不得蔡老黑，蔡老黑说话的时候他就往街上卖眼，街上来来往往的人，经过楼前就驻了脚往亭子上看，门卫高有粮在那里大声呵斥。西夏那日虽赌气离开了蔡老黑，但见蔡老黑现在说话的样子，就哧哧笑，蔡老黑说："你笑我这衣服太脏吗？我正在牛川沟监工哩，吴镇长就把我召来了，咱是招之即来，挥之即去。"西夏说："老黑哪儿像武人，说话文绉绉得很！"蔡老黑说："越是没文气的越才要文气哩，这就像乡下人到城里，怕别人说是乡下人，就要比城里人还要城里人！可我说的是实话，只继承了个皮毛，要是喜娃叔不死，我在白云湫说不定真练成了熊拳的。"西夏说："你真去过白云湫？"蔡老黑说："差点儿死在那里。"西夏就来神了，说："白云湫到底……"要说下去，子路扯了扯她的衣襟。吴镇长说："今日气氛真好，大家都无拘无束的……黄秘书年轻吧，他本领大哩，县长作报告，咱是拿笔一字不敢漏地记录，一丝不苟地贯彻执行哩，其实那都是黄秘书的思想。"黄秘书说："这话可不敢说，只是个写材料的，马仔。"吴镇长说："我才是马仔，你很快就……"黄秘书忙截了，说："能在高老庄见到文武两个名人，还有这么漂亮的女士，我很高兴。我代表县委的王书记、刘县长来看望看望你们，尤其是子路先生和西夏女士，县上的工作还要你们多多指正啊！"子路忙说："多谢父母官！"

五人落座，有人就支好了桌子，开始摆放酒菜。酒菜是楼对面的一家小饭店做的，镇政府的几个干部走马灯一般从那店里端菜过街，进院上楼。吴镇长说："咱镇政府的厨师手艺不行，让店里炒，端来不是很热了，得抓紧吃！"开了酒瓶，凑近鼻子闻了闻，便对楼下喊："得山，得山，你出来！"店里出来一个汉子，满脸汗油，系着围裙，肩头上搭着一条黑乎乎的手巾，说："镇长，味道咋样？"镇长说："得山，你以为我是外行哩，你把假酒敢给我上？"得山说："是不是？小三小三，你他娘的把啥酒给镇长喝的？"叫小三的站在门口，说："就是架子上的酒嘛。"得山说："取柜子里的！"仰头笑了，说："镇长，重上酒重上酒！你尝那锦鸡味道怎么样？早上让人才去收购的！"镇长没言语，坐下来说："锦鸡？野鸡就是野鸡嘛，还叫什么大名！"又招呼大家夹菜。

这顿饭吃得相当慢，各自频频敬酒之后，镇长坐庄打关，每人六杯，子路和西夏酒量不行，嚷道了半天方允许象征性喝喝，而蔡老黑和黄秘书又坐庄打关，推推让让，争争吵吵，没完没了。蔡老黑很豪爽，从不赖酒，每次都是杯底倒下，不滴一点残酒，并指出黄秘书喝不净，要子路来当酒警，严格执法。黄秘书又喝了几杯，脸色通红，言称他不敢喝了。蔡老黑说："你们当领导的都是两袖清风，一肚酒精，你难道还不如吴镇长？"黄秘书说："我胃不好。"吴镇长说："什么胃不好？你到镇上了，我能不让你喝好？！"黄秘书说："我真的胃坏了，咱只是喝哩，子路和西夏不能喝，让人家坐冷板凳。是这样吧，酒随意喝，把嘴空出来，咱也说说话嘛。老吴，你在镇上，接触基层多，近来有什么精彩段子？"吴镇长说："段子是不少，但都是带彩的。"黄秘书说："段子哪能不带彩？"西夏问子路："什么是段子？还带彩？"蔡老黑说："就是黄色笑话。子路，说说不碍事吧？"子路说："都是老夫老妻了，那有什么？"西夏也笑了，说："我也想听哩！刚才来时看石头的一张画，上边就画了一群人，子路说是三条腿的……"蔡老黑说："说三条腿，我给说哩，那年我去白云湫，白云寺后五里地的山上就有崖画，上边刻的全是三条腿的人。"西夏说："白云湫也有崖画？！"蔡老黑说："有的。崖画上的人可能就是画当时的白云湫野人的，民间里传说，白云湫的野人浑身是毛，目光如手电一样，能看十里远的，那根东西又粗又长。"大家都哈哈大笑起来，吴镇长说："说大，我说一件真事，就在前不久，咱街上旅馆里住了个省城来的商人，是住在二层楼上的，天刚亮，那商人尿尿，是从窗子上往街上尿哩，他只说街上没人，偏偏东头玉林领了他小儿子赶早要到县上去，那小儿子抬头一看，说：爹，爹，你看，那窗子上一个大胡子叼了个雪茄哩！"蔡老黑说："那人我知道，大半个脸都是胡子哩，苏红和他熟得很哩！"西夏就想，他说的是不是我也见过的那个？吴镇长说："蔡老黑你胡说的，苏红怎么与那人就熟了？不团结的话不要说嘛！"蔡老黑说："我没说她什么呀，我只说关系熟嘛。"吴镇长说："好啦，听黄秘书说，黄秘书你讲一个！"黄秘书说："去年我出国到美国去，我很有感慨，黄种人的身体没法和黑人、白人比。"吴镇长说："咱们汉人是不行，说是一对男女晚上坐在黑地里谈恋爱哩，谈着谈着，男的就把他的东西悄悄放到女的手里，女的说：'谢谢，我不会抽烟！'"话一落点，蔡老黑和子路全笑得趴在桌子上，西夏忍不住跑到楼边，笑得咯咯咯的。黄秘书说："西夏女士，你也来一段，我还没听过女同志说过段子哩！"西夏说："我哪有段子？子路是正统人，他没有段子，自然我也没有段子来源。"黄秘书说："女同志在一块儿不说？"西夏说："说的尽是孩子和时装。"蔡老黑说："噢，那你多听听。子路做学问，做的太高太大了，也该接触接触社会基层嘛。"子路说："在学校里，没那个环境。小时候只是听说白云寺有个和尚外号就叫三条腿，是不是白云寺在白云湫，那和尚也受了影响了。"蔡老黑说："恐怕是，一弘和尚就是我把肉胎背回到太壶寺的，人死了几十年了，那东西还够大的。"西夏说："你胡说的，人死几十年了，那还好好的？"蔡老黑说："子路没给你说过这事？一弘和尚修行好，死了不腐，十三年前我从白云寺背了回来，至今还在太壶寺敬着的。我背的时候，白云寺是毁了，他坐化在寺后的一个土洞里的，为这事我坐过两年牢哩。"黄秘书说："你坐过牢？"蔡老黑说："一弘和尚肉身不化，白云寨的一个游医也到那里去看肉身，对我说，和尚身不腐败是一生积德，他是医生，一生也积了善德，死了身子也不腐败的，就在寺后的山坡上做了个木头箱子，他坐进去，让我用钉子在上边把箱盖钉死。我不干，他求我，我那时小，就成全了他，把箱子钉死了。后来过了几个月去看，木箱子被雨淋散了，他成了一堆白骨。这事有人告发我犯了杀人罪，不管怎么说，那游医是死在我手里，我就坐了两年牢的。"西夏听得迷迷瞪瞪，说："这都是真的？"蔡老黑说："我哄你干啥，你问子路。"子路说："嗯。"西夏说："那好，你几时带我去白云湫一趟，我就弄不明白石头怎么能画了崖画，白云湫的崖画又是个什么样儿？"蔡老黑说："只要子路舍得你，我行嘛。"子路装了个聋子傻子，站起来要到楼边去擤鼻，随便往街上一看，不远处停了一辆卡车，车上装着高高的麻袋包，派出所的朱所长和两个人正把司机从驾驶室往下拉，周围乱哄哄站了许多看客，同时有一人从一家旅社门口跑过来，一边跑一边叫喊。子路说："街上发生了什么事？那不是江老板吗？"桌上的人全过来，吴镇长看了那么一下，返回桌前，招呼大家喝酒吃菜，说："是江海山，不法商人，他今日的车得扣下。"蔡老黑和西夏还站在楼边往下看，但见江老板一扑一扑要往朱所长跟前去，几个警察就把他挡住了，江老板推搡警察，朱所长走过去，一个耳光倒扇得江老板老实了，遂被警察扯着衣领拉进派出所的院子。蔡老黑说："镇长，这怎么就把人家扣下了？人家是生意人。"镇长说："我已经知道他的情况了，他来收山货，哄抬物价，扰乱市场，而且这人是个流氓，他到高老庄地界了，竟糟践高老庄人，不给他点颜色要这镇政府干啥？老黑你和他熟？！"蔡老黑忙说："他在这里好些天了。"再也没说什么。吴镇长就嚷道："喝酒喝酒，老黑你是海量，你再给咱打个通关！"蔡老黑坐庄打关，却连打连输。

酒席马拉松似的，四五个小时过去，黄秘书直喊头疼，大家才说"就喝到这儿吧"，散了。吴镇长先安排黄秘书在他的屋里睡下，送子路西夏和蔡老黑到大院门口，才要出门，江老板垂头丧气地从门外走过，后边是朱所长，朱所长还在警告："一个小时后，人和车必须离开高老庄，否则还要罚五千元！"三人忙闪身在门口的砖柱后，待江老板走过了好大一会儿，才出来。蔡老黑说："子路，我现在恨我哩！"子路说："恨你什么？"蔡老黑说："恨我不是女的。今日这场酒，镇长请你是为他壮脸哩，基层人大代表一选出，县人代会就要开呀，领导班子大调整，黄秘书不知是来为他拉选票的还是替哪个头儿拉选票的，可请我来，却是鸿门宴，要我眼看着怎么收拾江老板哩！"子路和西夏也猛地醒悟过来，回味镇长曾说过的话，知道收拾江老板是早预谋安排好的。那么，是苏红搬动了镇长呢，还是先搬动了黄秘书，然后由黄秘书指示镇长整治了江老板？可怜那个江老板，坏在他一张嘴上，也活该！西夏就说："老黑，江老板和你意气相投，结为知己，只恨相见太晚，如今他成了不受欢迎的人要被驱逐出境了，你不去送送？"蔡老黑说："西夏你刀子嘴！你作践我吧，看我的笑话吧，得罪下我了谁领你去白云湫呀？"西夏忙说："哎，说正经的，你男人大丈夫的说话得算话，几时去呀？"蔡老黑笑笑："这我得研究研究。"

西夏等着蔡老黑的消息，但蔡老黑并没传过几时去白云湫的话来，急得她在家骂农民没信用。子路仍是没个精神，今日说头痛，明日又说肚子疼，一不舒服就呻吟，但吃些止痛片却又没事了，出去收集方言土语，竟也就又归纳出了一些特点来。这日给西夏讲合音词，如"覅"为"不要"的合音，表示禁止或劝阻，"赁"为"连阴"的合音，"阵"为"致门"的合音。又讲高老庄土话中的"子"尾如何丰富，如凉皮子，鸡娃子，耍货子，牙花子。再讲重叠式名词和量词多么丰富，如盆盆儿，棍棍儿，袄袄儿，板板儿。量词重叠作宾语的，如数摊摊儿，称斤斤儿，卖根根儿。指示代词有近指的如：这，致儿，致些，致样儿；远指的如：咻，咻儿，务样儿；疑问的如：咋，啥，啊达，啊些等等。子路一讲开这些，就进入了境界，有手势，有表情，一嘴白沫，西夏本是玩弄那些元砖和石头的画，停下来听子路教导，但听着听着，味如嚼蜡，脑子里就抛锚了，想：这些古画像砖图案和石头的画与白云湫有没有关系呢？看到的碑刻，为什么没一处记载着有关白云湫的事呢？白云湫到底是个什么神秘地，是那里地理构造的原因，还是有什么矿物放射，还是真有神的力量？她问子路："都说白云湫有野人，谁见过？"子路说："迷胡叔吧。"西夏说："还有谁？"子路说："我爷的爷见过。"西夏说："那是人还是熊或猴？"子路说："我给你讲新归纳出的方言土语特点哩，你就是这态度？"西夏说："那用得着归纳？我来不了几天，我都知道了。"子路说："你逞能啥哩，高老庄人说：'我很想你'怎么说？'今日是不是初一'怎么说？'你去了没有'怎么说？"西夏说："'我想你得很！''今日得是初一？''你去来吗没去？'对不对？"子路瓷在那里。西夏又说："我感兴趣的是白云湫有那么厉害的野人，可离白云湫这么近，高老庄的人却老化成这样，你不觉得这有意思吗？蔡老黑要肯领我去了，你也得去哩！"子路说："我懒得去，你别跟他跑，小心让他把你拐跑了！"西夏说："蔡老黑能行，拐了你两个老婆！"子路气得不再理她，转过头高声问娘："娘，咱这儿的语气助词都有哪些？"娘在院子捶布石上坐着梳头，梳下一团花白头发，揉成弹儿，塞在院墙缝里，说："嗯？"子路说："就是问'你吃啥呢'的呢，一句话最后的音都有哪些？"娘说："我听不懂。"西夏咯咯笑起来，说："你儿有文化，给你咬文嚼字哩！你就说：天晴咧，我去来嘛，我上街去呀，赶紧走些，小心把脚蹾着，还有啥吃呀的，人都跌倒了你还不拉一把吗？"子路吃惊地看着西夏，眼睛睁得像铜铃，西夏偏不理他，起身说："娘，中午饭不给我做了，我去镇街上找蔡老黑去！"

蔡老黑并没有在家，西夏又去了牛川沟，修白塔的砖差不多已经运够了，一摞一摞堆在沟畔地里，原塔的塔基被水冲了，新塔址往后移了十多米，坐落在山崖突出来的石坎上，十多人已经在砌塔身了。工地上有许多老人孩子，在那里烧纸焚香，而各类绸布条，红的黄的绿的，颜色鲜艳地挂在旁边的树上。西夏并没有到现场去，因为并没有蔡老黑在那里出现，有三条毛驴驮着水泥四蹄嗒嗒嗒地过来，赶驴的是镇街人，西夏见过却不知名姓，问：见着没见着蔡老黑？回答是：清早来转了一圈，后来不知道哪儿去了？那人说完，还问：你是要捐款吗？西夏说："什么捐款？塔不是蔡老黑出钱修吗？"那人说："是蔡老黑出钱，可太壶寺的和尚来作过一次道场，和尚就捐了很多钱，和尚一捐钱，很多人也捐款了，谁捐款将来要修个碑子，名字刻上碑，永世留芳呢！"西夏说："是不是蔡老黑要把他的名字直接刻在塔身上？"那人说："刻上也不越外！来捐款的人都是十元几十元的，都看着苏红来捐的，她是大资本家了，但她没捐，人真是越有钱越啬！"西夏说："苏红不求神保佑嘛，神也怕有钱的！"那人愣了愣，说："有钱人就不害病啦？！"

找不着蔡老黑，西夏毕竟灰不沓沓，待返回镇街，已经是饭时了，去小饭馆里买了一个蒸馍，一碗羊杂碎汤，正吃着，门外一个小和尚抄着手往过走，抬头瞥见了西夏，发了一个怔儿，赶紧低头走过。饭馆的老板就跑出门口，说："明空，明空，你往哪里去？"明空说："我到南蝎子夹村的。"老板说："你师父打你了？"明空说："没。"老板说："听说罚你把被子上的脏东西刮下来冲水喝了？"小和尚掉头就走。老板说："你走啥呢，我给你说，反正修炼不到一弘和尚的功德了，你受那罪干啥？"西夏抬头看看街对面，正是去太壶寺的那条巷子，想，这老板也说一弘和尚，蔡老黑说他背的一弘和尚的不败肉身的事倒是真的了。却问那小和尚怎么啦被师父惩罚？老板就说明空年轻，夜里总是遗精，老和尚每日早晨要检查他的被褥，结果就发现了遗下的已经干了的精液斑点，罚他当下把那脏东西刮下来冲水喝下。西夏一时恶心反胃，不吃了，走出来，看看小和尚已经远远地走到街那头，倒生些许怜念，设身处地替小和尚着想：作绝欲的修炼那该是一场惊心动魄的战争吧？便不自觉走进了街那边的小巷，往寺里转转去。

寺院的正门是翻修过了，院墙也重新砌垒，门洞开着，并没有卖票的。进去，偌大的院落寂静无声，两排白皮松全是斜斜往上长，枝叶在空中交错，去大殿的石子路从树下通过如在廊下。南北两边各是低低矮矮的厢房，厢房分别有一处小圆门，墙是砖砌的花墙，透过去可以看到墙外又是院落，但极小，隐约能看到那里的厨库，寮舍，净业室，又有碾，磨，碓，井。西夏咳嗽了一声，立即小圆门里黄影一闪，一个和尚幽灵般地无声飘然而至，吓了她一跳。和尚作揖说道："你怎么来迟了？"西夏没听懂他的话，也回了一揖，见他生着一个鹅头，双目漆黑发亮，犹如锥子，忙说："师父，听说寺里有一弘和尚的不败身？"和尚说："噢。"却指了一指大殿，转身又影子般地回那小圆门去了。西夏觉得奇怪，独自步入大殿，却见大殿仍起名"大雄宝殿"，但规模小得多了，也并不是雕梁画栋，稀罕的是殿为突出前檐，檐下竟是一大梁，为一根完整的巨木。西夏从未见过这种结构，更未见过有这么巨大的木头，在附近仰头看了，木头上的彩绘已经模糊不清，殿门面五间，跨步量了量，足足量了四十步。入内，迎面是释迦牟尼坐像，两边又有几尊，西夏也分不来都是些什么名位，满空里垂吊着各种各样的红布黄布，上面书写着神灵保佑一类的文字。四壁墙上却有壁画，这是西夏没有想到的，但大半已剥落，又光线太暗，凑近看了看，尽是线描，纹文一笔到底，无拖拉之感，衣褶流畅自如，飘扬自然，其构图也特别，小规模组合，再分上中下三层排列，上下左右，相互联系，顾盼照应，设色则以朱红、石绿、石黄为主，并沥粉贴金，不禁叹道：这么好的壁画竟没人保护，损残得这样！转过身来，忽见一木做的台位上坐有一人，身着袈装，含齿而笑，以为是哪位和尚。人是不怕神不怕鬼的，人却怕人，西夏兀自一惊，脚下打滑，咚地就跌坐在地上。定睛再看，台位前有一木牌，写着"一弘法师真身"，才想：专为来见一弘的，见了却被一弘吓这一着！爬起来推开近旁的窗子，光亮里一弘和尚双目未启，头颅前倾，双手已枯，却脸若稚童一般。西夏简直不可思议，当即又趴下磕了一个头，心里祈祷："愿法师能保我去一趟白云湫！"便觉那袈裟拂拂，倏忽四墙上画着的菩萨也一时天衣飞扬，满壁风动。正恍惚间，听得哪儿有嗡嗡人语，似是一人在念了，众人跟着念，念的是嗡嘛呢呗咪吽的音，又似乎不是，含糊不清。西夏就站起来，循声而去，释迦牟尼坐像后有一门，门外还有一殿，殿破烂不堪，并没匾额，四周堆放了木头和一些凿成方块的石料，西夏想这殿可能要重新翻修。殿面宽三间，进深两间，前后有檐，前檐抱厦，进深一间，后檐抱厦，小于明间，西夏立于空荡荡殿中，知道这是五花八角殿的结构，而声音就从后檐抱厦里传出。她轻脚靠近那扇木窗前往里一望，

193

里边有几十人坐着听一个和尚在讲课。室里也黑幽幽的，而阳光从殿屋顶上的破隙激射下去，白光光的如无数条绳索。西夏一时不好进去，也不便弄出响声，听那和尚讲嗡嘛呢呗咪吽真言其义，西夏惊异的是这和尚能懂得那么多的社会、人类、自然的学问，又全说的是家常话。才听他说到再过五十年，一百年，人将脑袋越来越大，胳膊腿儿越来越细，逐渐消退着消化能力，生产能力，生育能力，人到了人可以不吃饭却不可以不吃药的地步，这些宇宙原始生命能量的根本音，宇宙开辟，万有生命生发的根本音，万有生命潜藏生发的根本音，如果每天诵念，就可以净除烦恼，断除垢染，强健体魄，增强智慧，防止人类的退化。正听得兴趣，那个鹅头和尚又幽灵般从前殿旁的海棠树下走过来，西夏不愿再与他说话，又怕被他瞧见，就离开窗下往那亭子里去。

亭子里却竖着三块碑的，三块碑却都不是关于太壶寺的，可能是寺里的和尚从外边运来安置的，一块儿《修建三圣庙碑》，上书：

尝考三圣之来历，道不同而教亦异，无非欲与人为善者也。今萃三圣于一堂，更欲天下万世同归为善者也。孔子生于鲁襄公廿一年庚戌岁十月庚子日。释迦佛生于□昭王廿四年甲寅岁四月初八日。老子生于商武丁九年庚辰岁二月十五日卯时，寄胎玄妙玉女，孕八十一年，生而首白，故称老子。然则三圣之生也不同，而时亦不同，而心则同也。不同而同，同属于善而复其初也。春秋无孔子，则乱臣贼子何以惧？天下无佛法，则世间漏洞之恶徒，阴司何以得解脱？天下无道教，则水火旱涝之灾何以清除？此正三圣之所以天地同德者也。

又一块儿是《府县禁令碑》，上书：

列示：严禁赌博。赌博之害坏人心术，破人生产，有赌博之处匪人必多，犯者加等治罪。严禁夜戏。演戏赛会原所不禁，唯夜戏为害最甚，且亦聚赌招匪之所，违者严惩不贷。严禁奸拐兜抢贩卖妇女，犯者严拿治罪。严禁讼棍。民间好讼，多由讼棍叨唆，犯者严刑究办。严禁私钱。一律用官板制钱，其薄小私钱概不准用。严禁轻生。凡死由自尽者，所装衣被只准用布不准用绸绫。或单或夹或棉共不得七层。棺材不得用松柏。严禁嫁娶违律。男子背其本姓，与人上门顶立香火；妇女招夫养夫，招夫养子，指女抱儿，种种恶俗，均属□□之行。以及兄亡收嫂，弟亡收弟妇，尤为灭伦。犯者按律严治。

另是一块儿《觉世篇碑》的碑碣，宽一米，高二尺，上书：

敬天地，礼鬼神，举祖先，孝双亲，守王法，重师尊，信朋友，和乡邻。救难济急，恤孤怜贫；舍药施茶，戒杀放生，冤仇解释，斗秤公平；亲近有备，远避凶人；隐恶扬善，利物救民；若有恶心，不行善事；淫人妻女，破人婚姻；坏人名节，妒人技能；谋人财产，唆人争讼；离人骨肉，间人弟兄；好尚奢诈，不重俭勤；瞒心昧己，大斗小秤；恶毒瘟疫，生败产蠹，近报在身，远报子孙；神明鉴察，毫厘不紊……

约摸半个时辰，寺里起了钟声，不知是后殿里听讲的人要休息还是众和尚上功课，西夏未再抄录下去，碎步出了寺门。巷道里依然安静，一只狗在临街的巷口那么望了望，离开了，离开了似乎又卧下，看不见了狗身，毛茸茸的尾巴在摇晃。两边土矮墙上苫着瓦，瓦楞上长出无数的毛拉子草，西夏跳了一下掐下草的一截，想到了治脚伤的蓖蓖芽草，刚一抬头，却看见了地板厂的王文龙不知从哪儿出来，正小跑步向巷口外的街面去，狗尾巴就不见了。西夏觉得蹊跷：厂长怎么也到这里，什么事走得这般慌张？才疑惑不定，王文龙却反身而来，依然小步流星，手里拿着一包精致的餐巾纸，他并没有留神西夏，径直到巷拐弯处的厕所边，说："好了吗，纸买回来了！"厕所里应道："还去买纸？"王文龙就把纸用一根树枝挂了，从厕所墙头伸过去。一会儿，墙头上冒出一个脑袋来，发卡白净鲜亮，是菊娃。

西夏鼓掌叫道："感人，感人，大厂长成了送手纸工了！"菊娃顿时脸色羞红，头缩下去，王文龙才发现西夏，尴尬地说："她蹲在厕所了，才发现没带纸……你去寺里参观了吗？那个一弘和尚真是奇迹，可省上的专家竟没人来考察过！"西夏说："你们也是到寺里去吗？"菊娃已经从厕所出来，说："西夏呀，我是去给石头送些换洗衣服的，路上碰着厂长，他偏让我陪着去问问雷刚的街面房哩！"王文龙说："西夏你说说，开办个杂货店是在正街上好还是在街西头好？"西夏说："当然正街上好。"王文龙对菊娃说："你听听西夏的。"菊娃说："正街上的我不要，我要街西头的。"西夏说："到底是给谁开杂货店的？"菊娃脸又红了："厂长要帮我哩。西夏，你没事吧，你也帮我去看看那房子吧。"西夏说："我方便不方便？"说过了，王文龙和菊娃都慌乱了一下，但立即脸面严肃起来，菊娃就紧步走到前边去，身子明显僵硬了。西夏便不敢再多说，跳起来又在矮土墙上掐下一截草，问："菊娃姐，这是蓖蓖芽草吗？"菊娃说："它哪儿是？！"三人往巷口街面走去，走了几步，菊娃却要从巷子往里走，说是走背街好，也能绕到西头正街的。王文龙说："弯那么多路干啥？"菊娃也不回答，只拉了西夏掉头就走，王文龙也就厮跟了来。经过雷刚家的院门口，雷刚刚在院子里杀了猪，几个邻居用烫猪水洗脚，那媳妇在炉子上烧红了铁条烙猪头上的毛，嗞嗞嗞地响，散发出一股焦臭味。见三人从门口过，跑出来说："不到我铺子那边去了？"菊娃说："你那门面房太贵，我到街西头狗剩那儿去，他家有三间门面的。"雷刚说："贵是贵些，啥地方吗！"菊娃已拉了西夏走过去，王文龙有些不好意思，站着和雷刚又说了一会儿话。

西夏像个不懂事的孩子，只被拉了走，说等等厂长吧，菊娃也不等，直到了街西头狗剩家。狗剩家是两层楼房，家人住在楼上，下边的门面原是一家卖饸饹的租用，现在不租用了，空着，门板上用粉笔写着"此房出租"。两人从门面房旁一个小过道进去，到了小小的后院，沿一架铁焊的楼梯上到二层，狗剩正和一个穿着西服的红鼻子男人说话，见了菊娃，说："先坐下，我说几句话就过来。"菊娃和西夏坐了，西夏就见那红鼻子男人说："吓，二百元，这么贵的，是皇宫娘娘了？在我们南方才一百元的！"狗剩说："嫌贵？当然有一百元的！"就撕烟盒取了锡纸，撕下两溜儿，分别折成两个三角放在桌面，然后点着香烟，吹吹火头，就先把火头放在一个三角中间，那三角是锡面朝外的，见热就内缩，再用火头去烤另一个锡面朝内的三角中间，三角向外张开，狗剩就指了向内收缩的三角说："二百元的是这个，一百元的就是那个了。"指了指张开的三角："你是要一百元的吗？"红鼻子男人说："我要二百元的。"狗剩就笑起来："就是嘛，就是嘛，这不贵么！"红鼻子男人说："那我晚上在旅馆里等。"狗剩说："晚上十点，不见不散。"红鼻子男人掏了二百元给了狗剩下楼去了。

狗剩也不送客，笑嘻嘻过来，说："看过雷刚的房子了？我说你还会过来的，怎么样？要不是我见你是菊娃，我还会再涨一百元的。"菊娃说："狗剩，我可给你说清，你得单独给门面房安电表，我是不愿意连你家的电费一揽子掏的！"狗剩说："这当然。"王文龙也进了后院，跟在他后边的是一只瘦小的白身黑眼狗。西夏说："厂长买了狗了？"狗剩说："这是我家的狗。黑眼，黑眼，你跑到哪儿去了！"就跑下去立即将过道处的小门关了，热乎地拍打着王文龙的肩，引到楼上来吃茶。西夏说："主人叫狗剩，养得这狗也好看。"狗剩说："咱娶不下好老婆，就养个好母狗。但这母狗不正经哩，已经跑出去两天不见回来了。"说着把茶端给厂长，又说，"厂长，你如果死了，高老庄得给你造庙修碑哩，你是我们的财神爷！你要扶扶我这个贫哩！"王文龙说："狗剩还贫？光这门面房出租月钱就够吃够穿的。"狗剩说："这能落几个钱？你给菊娃办这个杂货店哩，你能让我也干个什么营生？"菊娃说："狗剩你那臭嘴，这杂货店可不是他给办的！"狗剩说："这有啥的，办就办了嘛，厂长是多体面的人，有些人想和厂长说一句话也说不上的。"王文龙说："狗剩，租了你的门面房，你得多照看哩，听说你给几个旅社做皮条客生意，你可不能把乱七八糟的人往店里引！"狗剩说："这谁说的，这是糟蹋我么！"西夏悄声问菊娃："啥叫皮条客？"菊娃说："就是给嫖客寻人哩。"说话间，楼下有了几声狗叫，趴窗一看，四条狗在门前吠，又来了四条，一起汪汪。狗剩说："这贼东西又来了！"就下去开了过道小门，抄起一根棍就打，狗跑散开，才关了门上来，下边狗却又叫，同时院子里的黑眼也急躁不安，声声回应。王文龙就笑道："狗剩狗剩，瞧你这里成什么了？！"就要菊娃和西夏一块儿走。西夏却觉得狗剩有意思，还觉得这群狗热闹，就说："你们走吧，我待一会儿。"王文龙和菊娃出去，狗汪个不停，菊娃三躲两躲的，头上的发卡就溜脱下来，忙捡了一边跑一边往头上别。西夏突然后悔没有问一问他老婆的事，倏忽间，却觉得菊娃样子似乎和她才回高老庄时有些变化，是脸胖了，还是屁股肥了，趴在楼窗上看远去的菊娃背影，那腰肢斜斜地扭动劲儿真的是像汽车站上的那女人了。

　　狗剩又打了一通外边的狗，再次把门关了，上楼见西夏发呆，说："你和他们一块儿来的？"西夏说："我半路碰上的。"狗剩说："你不跟他们一块儿走对哩，你是子路的老婆了，菊娃她是什么，你们一块儿走，街上人见了倒说菊娃容得你，而你却容菊娃你就是瓜尿哩！再说，人家两个好，你们一块儿走，倒给她打马虎眼儿了。"西夏觉得狗剩刚才那般殷勤，现在却说这话，是个是非男人，便不接话茬，心却想：不与菊娃他们一块儿走，真的是不给他们做掩护了。就又趴在楼窗上看，菊娃走得极不自在，好像停下来给王文龙说什么，但还是顺了王文龙又往前走。但就在那第三道小巷口，蔡老黑却披了衣服大摇大摆地走了出来，三个人冷不丁碰上，就都站住了。王文龙似乎是伸出了手，蔡老黑却把手抱住了双臂。三人在那里说话，西夏听不清，后来就见菊娃掩面撒脚跑开。狗剩说："要打了，要打了！"西夏急起来，狗剩又说："打嘛，打嘛，一个槽里拴不成两条驴嘛！"西夏说："狗剩，你胡说啥呀，你盼着打开了看热闹呀？"王文龙和蔡老黑最终没有打起来，两人就那么盯看着，一个将手插在口袋，一个将手反抄在背，僵硬着各自走开了。狗剩有些丧气，骂道："都是肉头！"便道门前狗群又汪汪叫，门被抓得哐啷哐啷响。狗剩再没下楼，却拿了几片瓦，在窗台上摔破往下砸狗，掷十下有一下砸着，狗就更疯狂，跳着在半空，身子如弓，对着楼窗咬，西夏也就把房内的鞋，枕头，茶杯也掷了下去。狗剩说："西夏西夏，你这是要破我的财呀！"

西夏一时去不了白云湫，索性随意浪荡起来，拿着照相机在高老庄各村跑，见什么摄什么，尤其是拍摄了许多特别矮小的人。这些矮子并不知道西夏的拍摄出于好奇和供以后要作专题研究和绘画的素材，他们兴高采烈，要洗头刮脸，换最好的衣服，争着抢着讨好西夏，西夏由此又得到线索，抄录了宋刻《商州团练使高公之墓碑》，宋刻《劝谕广植蚕桑碑》，元刻《严禁匪类以靖地方碑》，清刻《节妇碑》《孝子碑》《谨守家规碑》，宋刻《修小河桥记》《救荒记》，清刻《棉花沟水道争讼断案碑》，如此拍摄了五个胶卷，抄录了一册记事本，回来归纳分类，断出标点符号，注明碑子尺寸大小。人已经精疲力竭，但还是将抄录的碑文装订一册，写起前言说明，才写道："高老庄境内，从宋元之后，尤其明清时期，刻石之风尤盛，凡屋壁道侧，荒茔野冢，无不可以竖碑立碣以记人情物事。虽质无琼瑶之材，书非欧柳之毫，但所载文字涉于官府文告、乡约族规、地理物产、人情风俗，世事万象，无所不有，诚为窥探本地历史文化之户牖，更是……"眼皮就沉，脖颈儿发硬，倒在炕上就睡着了。一阵嗒嗒嗒的脆响从巷道里直传过来，接着院门首有人叫："西夏！西夏！"西夏听声熟熟的，掀了揭扇一看，门口一头驴上坐着个女子，红衣红裤还是红鞋，喜眉活眼地笑哩。西夏猛地一惊，以为是汽车站遇着的那位女人，心想再生人到高老庄了？！忙趿了鞋出来，那女子却并不是送发卡的那位，便怔在那里，问道："你是谁？"女子说："我把石头送回来啦！"门口里就又进来一头驴子，果然驮着石头。西夏忙把孩子抱了下来，招呼女子回屋吃茶，那女子却说："不咧，我得去稷甲岭下拾地软去！"西夏说："你这驴子真好！"她说的是驴子四条腿的瘦硬挺劲，驴子怎么有这么健美的腿呢，驴子是走虫，美原来是生存需要的结果吗？那女子就笑了，说："驴子好。你去不去？捡了地软让你娘给你包了包子吃！"受到了邀请，西夏喜出望外，便没了疲劳，当下骑了石头坐过的那驴子，给娘说了一声："我去稷甲岭了！"娘才从卧房出来要阻止，那女子拍了一下驴屁股，驴子就嗒嗒嗒跑出巷口，她也随之骑了另一头驴子撵来，两个人都快活地嘎嘎大笑。驴子并排一气儿跑过村口，又跑过蔡老黑的葡萄园，一直往东北方向去，镇街和村庄就远远落在后边，田野里的路越来越窄了，驴子才慢下步来。西夏喜欢这样的黄昏，天边的夕阳没有了光芒，却鲜红如血，山风微起，鸟常常在驴头前倏忽翻乱着羽毛飞过，叫不上名字的野花繁衍了路面，人与驴一时都不辨方位了。西夏大呼小叫，后悔自己来到高老庄这么多日子，竟然就没有到过这么好的地方！她说："崖崩的时候，你听到了响声吗？"女子说："轰隆隆的，我还以为是天上打了雷呢！"西夏又问："那个千年的龟就在这儿发现的吗？"女子说："是在这儿。龟放在镇政府的院子时，好多人都在龟背上站过，龟是动也不动的，我也站上去，那龟背就裂条缝来，我是真正的千斤！"女子得意地说着，笨驴走到了前边去，那里的荒草就深了，直埋了驴腿，西夏迎着落日欣赏到了稷甲岭上忽聚忽散的白云，草在风里摇曳，那女子坐在驴背上犹如坐在海波中的一只小船上。但就在这时候，她听见了一声尖叫，瞬间里瞧见了草丛里蹿出一条烈犬，身子凌空扑向了红衣女子，女子就从驴背上跌下来，倏忽竟变为一只白狐没命地逃去。西夏大惊失色，一声嘶叫，就醒了，方知刚才做了一梦，急坐起来，满头满身汗水。叫道："娘，娘！"娘没在屋，也没在院，走到巷道里，娘远远地和什么人打招呼："有空来家坐啊！"然后提着一笼子衣服走过来。西夏说："娘，你和谁说话的？"娘说："我去泉里洗衣服回来，碰着了苏红……"西夏往远处看看，猛地叫道："苏红穿的红衣？！"娘说："她爱穿，稀不够的！"西夏就问："她好好的？"娘说："好着呀，怎么啦？"西夏在心里纳闷：事情竟这么巧的，梦里的女子穿红衣，苏红也穿红衣？！但她不愿说梦给娘，说句"没啥的"，回坐到屋里，心里到底疑疑惑惑。

西夏疯疯张张出外照相，子路嫌她野，却也没奈何，一壶茶喝得无聊，出门到菊娃和石头的自留地里去看庄稼务得怎么样。连着地畔的是来正的地，来正一个人在那里砌地堰哩，他丢剥了上衣，一脸脏土，经汗水一湿，像个戏台上的奸佞，而地头却放着一只没嘴儿的茶壶，几块红薯面发糕，那小小的收音机音量开到最大限度地唱着秦腔。子路说："来正会享受，这不是劳动，是来赶庙会哩！"来正说："你要饥了那里有糕，渴了有茶，收音机里许财娃的音道那么好的！"许财娃是省上秦腔剧团的名角，前些年随剧团到县上演出过，也到高老庄演过。许财娃是大男人，扮的却是小旦，腰肢细软，明眸皓齿。比女人还要女人，那么大的脚套了三寸金莲，能猫一样轻盈地蹦到大圈椅上，单脚在圈椅背上立棱棱站住。子路听来正说"阴道"，猛地醒悟是"音道"，说："是音带不是音道，你说得难听不难听！"来正说："人家的嗓子怎么就那么脆？你在省城里见没见过他？"子路说："我不爱看戏。"来正说："你不爱看？许财娃到咱这儿，像毛主席来了一样，宁吃财娃屙下的，不吃油锅炸下的！"子路说："男人看他恐怕他是女人，女人看他又恐怕他是男人。"来正说："可不，街中北巷书有那时还小，跑到戏台后去看许财娃，财娃没卸装出来在黑影地尿哩，书有过去说：财娃叔，你尿哩？财娃不理他。书有又说：财娃叔你还摇哩？许财娃骂了一句：×你娘，喊叫啥哩？！书有回到家对他娘说，娘娘，我见到许财娃了！他娘说：我娃见了许财娃了？书有说：他还和我说话哩！他娘说：他说啥的？书有说：他说 × 你娘！他娘怔了半会儿，说：唉，你娘会有那份福气？"子路拾起一个土疙瘩打在来正的头上，说："书有现在是大小伙子了，小心他撕了你的嘴！"来正说："这可是真的，他娘一辈子花胡骚，听说年轻时还和南驴伯在水磨房里好过……"子路骂道："你造孽！"来正说："不说这了。我要问你，男人唱戏为啥要扮女人，扮了女人为什么比女人还女人？"迷胡叔从旁边的小路上走过来，提着用玉米芯子塞着瓶口的一瓶烧酒，唱唱歌歌的，他唱的还是四句：黑山哟白云湫，河水哟往西流，家没三代哟富，清官不到哟头！子路起身就走，说："来正，你好好修你的地堰，若还要问，你问疯子叔去！"

子路端直到庆来家去，庆来是在地板厂做工的，子路不知他在不在家，走到门口随便喊了一声："庆来！"庆来却在屋里，跑出来把子路拉进去。院子的东边棚里，庆来的媳妇竹叶套驴磨面，吆吆驴子，拨拨磨眼，手上的顶针哐哐哐地打着罗儿罗面。上屋里坐着鹿茂、顺善喝酒哩。子路当即被拉了坐在上席，各自敬了一杯，子路说："今日厂里不开工？"庆来说："我歇半天，商量个事哩，你来了就好，就请你出主意，看这事该干还是不该干？"说开了，原来是鹿茂为地板厂做装地板条的包装箱，看到厂里草绳用量大，思谋着能从省城进一套拧绳的机器，但这需一笔本钱，就找顺善和庆来合伙。子路知道菊娃是为厂里专门收购草绳的，拧绳机器若购买回来，菊娃就不能再赚钱的，但他不好说，回答道："好事是好事，可这得与厂里谈好，厂里若不收货那就白干了。"顺善说："正是这问题，我们找了菊娃，没有菊娃这事还搞不成的。"子路知道他们在暗指菊娃和厂长的关系好，脸先红了一下。鹿茂说："菊娃也傻了，就是厂长让她专门收购，那能收购多少，厂里还不是每月从县上直接买那么多绳吗，厂长就是再好，毕竟是城里人，不挣他的钱挣谁的，能多挣就多挣！我们也想让菊娃入伙，这就得你给菊娃说哩。"子路说："这倒是好事，我去说试试。"三人把酒又敬了子路一番，提出既要入伙，各人的投资就不是几百元上千元的，如果子路给信用社的贺主任谈谈，能不能贷出一笔款来？这使子路为难起来，支支吾吾不好说干脆话。顺善就说："咱还是让子路只去说通菊娃吧，贷款的事我去找贺主任，实在贷不下，那就得挖东墙补西墙地筹了。菊娃那一份，叫子路出子路还能不出？！"院门外有人叫："竹叶，竹叶！"四人停下话头，鹿茂说："说曹操，曹操就到，是菊娃吧？"磨棚里的竹叶问："谁个？"有人推了院门，说："竹叶，顺善在你家不？"竹叶说："在的。"来人哭声便起："顺善，顺善，你得给我做主哩！"顺善说："是蔡老黑的婆娘。"先出去了。

庆来和鹿茂、子路遂出来，蓬头垢面的半香歪倒在院门里，哭得刘备一般。庆来吓了一跳，以为这女人和庆升家的又闹了架，要来寻他的不是。庆升的媳妇和半香以前打过架，男人们虽然没有介入，但那时庆来庆升还未分家，半香就来家里要往门框上"挂肉帘"呀。顺善把女人扶起来，问咋啦咋啦，女人偏不说，只是问："顺善你当过支书，红白喜事都是你处理的，你说你管不管？"顺善说："半香，你毛病又犯了，有话好好说，耍死狗我就不管的！"女人才一把鼻涕一把泪地说是蔡老黑打她哩，并不为着什么，他从街上回来见鸡打鸡见狗打狗，我说你哪儿气哪儿出，给我使啥性儿？他就骂×你娘的闭上尻嘴，我盖的这楼置的这家，我愿意一把火烧了就烧了！我说好嘛，你蔡老黑烧嘛！他真的拿了火去点门帘子。我上去夺那火柴，他抓住我头发就打，你看你看！半香把上衣撩起来，胖得桶一般粗的腰，肉埋住了系着的红裤带，那背上是一大片黑青。女人说：他打了我半辈子嘛！我坐到门口去哭，邻居唐三的娘见我可怜，给我说，老黑心躁哩，老黑在街上见着厂长和菊娃了，差点儿和厂长要打起来，可没有打，回来出气哩。噢，你沾不上菊娃了，拿我出气呀？！你蔡老黑如果是信用社逼你还款你心烦，是葡萄园不行了你心烦，是你斗人家地板厂斗不过你心烦，你骂我打我我都忍了，你张狂得要修白塔，把家所有积蓄都花了我也忍了，

203

反正你是男人家一切由着你去折腾，可你是为了菊娃回来打我哩，我一样是女人我就那么不值钱？！我不哭了，我收拾了包袱回娘家呀，我给你腾开地方，你有本事就把菊娃叫回来铺床展被嘛，菊娃 × 上是长了花你黑天白日地往死着 × 嘛！子路脸上搁不住了，走又走不了，反身到屋里去吸烟。顺善吼了一声："你这婆娘嘴里胡说哩，你们打架拉扯别人干什么！你就是有回娘家的毛病，男人家最恼气的就是婆娘动不动娃不管了，家不理了，抬脚回娘家呀！你回娘家是不想再回来啦？是要离婚呀？"半香说："他蔡老黑一直想和我离婚哩！他想离就能离了？我这婚姻是受法律保护的！可你蔡老黑就算把我蹬脱了，菊娃就能跟了你？怎么样，她菊娃不就和厂长好了吗，不就双双对对在饭馆里吃嘴在镇上踏街吗？我收拾包袱哩，他老虎一样扑过来，把我像抓鸡娃子一样压在那里打，我是急了，是抓了他的交裆……"顺善说："你抓他交裆啦？你哪儿不能抓，抓他的命根子！"半香说："他不让我活了，我也就抓坏了他，抓坏了他就不谋算菊娃啦！"顺善说："让你不要拉扯别人，你这人怎么是这样？！"半香说："我不拉扯了，你说我现在咋办？"顺善说："两口子吵嘴打架有什么理儿，骂过了打过了就没事了，你回去。"半香说："他不让我回去了，楼门锁了，院门锁了，他到他爹那儿去了，说他这回一定要离婚，他就是后半辈子打光棍也要离婚呀！"顺善说："瞧瞧瞧，我说做女人的不要动不动就回娘家，怎么样？！你回去吧，院门锁了借一把梯子翻院墙回去，回去把饭做好，把屋里收拾好，啥话也不要说，事情就不了了之过去了。"半香说："我知道蔡老黑，他这回是气极了，他是土匪，他心硬，他怕要来真的了！"顺善说："那你说咋办？"半香说："你在党里头，我得寻你做主啊！"顺善："竹叶，去给你这嫂子倒碗茶喝喝。人就先不回去，我这去见蔡老黑，吃罢黑来饭了，你和庆来送她回去。我忙得鬼吹火似的，还得管这些事，我这是……"竹叶说："你可是党里头的人嘛！"顺善笑了一下，走到堂屋去，庆来和鹿茂还在里边安慰着子路，鹿茂说："子路，那女人可怜是可怜，但也是不得人爱的人，她说啥话你也别往心上去。"子路说："……就是牵连着菊娃，我也没权利管的，唉。"庆来说："不是我说你哩，天底下离婚的人一层哩，谁个像你离婚时丝丝蔓蔓，离了婚还牵肠挂肚？这么长时间了，你怎么还没走出菊娃的阴影？！"子路说："你没离过婚，你不知道其中的痛苦……"顺善说："高老庄的事你还不了解，只要菊娃不离开这里，是是非非哪少得了？我只想问一句话哩：你和西夏过得怎么样？"子路说："还好。"顺善说："你和菊娃都是好人，两个好人不一定就能成好夫妻，但离婚了也不一定非要成了仇人。这一点，西夏不跟你闹事吧？"子路说："这倒不会。"又说了一句，"她不在乎。"顺善说："这就好！依我的看法，菊娃那边你能关照的还得关照，但你那边的日子该怎么过就怎么过，至于风言风语，你左耳朵进了，右耳朵出去。"顺善说完，又叮咛了合伙办草绳厂的有关事体，就去了蔡老黑家，子路又坐了一会儿，已和庆来、鹿茂没了什么话说，告辞了回去，出来见竹叶去了厕所，半香在那里帮着罗面，他想说什么，女人却缺理儿地低了头去，子路就一眼一眼看着罩了暗眼的驴子在磨道里转了一圈，又转了一圈，他终于没有说出一句话，出院门走了。

这一夜，子路又是睡不着了，前几日对菊娃的怨恨，曾经使他想一走了之，眼不见心不烦的，或许这种怨恨令他很快要忘却菊娃的存在了，但现在却又是斩不断理还乱了。先前是多好的人缘，如今被人这么说三道四，走是无法走，躲也躲不开，无依无靠的数年里一个寡妇人家是怎么度过来的呢？蔡老黑是离不了婚，但蔡老黑又像疯狗一样纠缠，王文龙是省城的大老板，王文龙能否会是真心爱着菊娃、爱得长久，更要命的是菊娃心上还藕断丝连了自己，那么，菊娃以后日子怎么过呀？！子路想得头痛，又无可奈何，一肚子的烦愁无法给娘说，更无法对睡在自己身边的西夏说，翻来覆去，辗转不已。西夏几次用手试他的额头，问："肠胃不舒服吗？"子路说："在庆来家多喝了些酒。"西夏说："见酒就控制不住了？这儿水土硬，回来三天两头闹毛病。要我揉揉吗？"子路说："不打紧，你睡吧。"西夏却拉开了灯，披衣坐起来，说："你肚子鼓胀睡不下，我陪你说说话。"就说起白日见到菊娃和厂长，说到菊娃又要开一个杂货店了，子路一直不言语，末了说："你觉得那厂长怎么样？"西夏说："你问的什么，是人的模样还是待菊娃的态度？"子路说："他对菊娃怎样？"西夏说："我看蛮好。但他走路手是往后反着掌甩哩，相书上说这种人容易招惹女人。"子路心里又沉了沉，不吭声了。西夏又说："要叫我看，蔡老黑倒比厂长好，他烈是烈，那是没个好女人调教，这人豪爽，真要爱上一个女人了就没死没活的。"子路说："是不是这种人你画画好画些？！"拉灭了灯，搂着西夏睡下。但他却又说："你觉得不觉得我太操心菊娃了？"西夏说："有点儿。"子路说："请你能相信我，也能理解我。"西夏说："难道我对你苛刻了？"子路说："没。西夏，在这一点上我对许多人夸你的好，也发自内心感谢你，我庆幸我后半生还能娶到你这样一个女人！"西夏说："那你要不要我批评你？"子路说："你说。"西夏说："你活得是太累了，别人看不出来，我看得出来，你既然和她离了婚，又要让她生活得好，你就不能太关心她，她离婚不离家一时还得这样，你回来就要少见到她，因为只有这样，她才能彻底摆脱你，对她好的人也才能有自信对她更好。若不这样，为着她好，其实是害她，况且，你又不是会处理这种事的人。"西夏的话使子路的心咯噔跳了一下。西夏的话是对的，子路没有想到大不咧咧的西夏竟能说出这样的话来。子路在沉思了，他承认自己太软弱，太无能，如果他是心硬的人，是果断的人，他绝不会有这么多的负担，但负担越是沉重，越是不放心菊娃，真就像水中救人，你抓他，他也抓你，双双越扑腾越沉下去了。子路亲吻了西夏的后颈，喃喃地说："你说得对的，你说得对的。"毕竟镜破不可能再圆了，毕竟日后他要走自己的路，菊娃也要走菊娃的路。但是，子路在黑暗中睁大了眼睛又想，菊娃现在正处在左右为难的境地，面对了蔡老黑和王文龙，又在高老庄，能自主吗？善良是女人最易被男人利用的弱点，而美貌比金银更易引起盗心，若再一步走错，菊娃后半生没好日子过，他也甭想过好日子了。

早晨起来，子路嚷嚷着要洗头，娘烧水让洗，水面上漂了一层脱发。娘说："子路你眼圈咋那么黑的，脸那么瘦的？"子路说："是吗？"故意两手抓了脸皮一扯一送，五官也就随着过来过去。西夏又过来逗他，两个人嘻嘻哈哈地乐。娘叹了一口气，到厨房里用针用线纳缝包在扫面条帚把儿上的粗布，却把西夏喊叫去了。娘说："西夏，晚上又睡迟了？"西夏说："嗯。"娘又说："你年轻，是风中的旗子正欢哩，子路却是小四十的人了，人过四十日过午，你得关心着他。"西夏说："嗯。"嗯过了却觉得莫名其妙。娘就看着西夏，看过了再去纳缝，线却脱了针眼，西夏拿过针线去穿，娘说："人常说花是浇死的，鱼是喂死的。男人家都是些扑灯蛾儿，见不得有个光亮，做女人的就不能全由着他的性子了。这扫面笤帚说要坏，不出一个月眉儿就秃了，把儿就散了，可用布包了把儿，爱惜着，一样的家具，一年两年地能用哩！"西夏蓦地醒悟了，脸上含笑，心里只喊委屈，但她没有把子路的苦愁说出来，说出来娘也解决不了，事情会忙里添乱的，当下点点头，起身到睡屋梳妆去了。

子路把洗过的头发擦干，提了半桶生尿泼到自留地去，回来却摘了一嘟噜青辣子，北瓜花，两个紫茄子和一撮葱。见西夏在院里捉了那只有帽疙瘩的母鸡，拿指头在屁眼儿里试有蛋没蛋，说："狗整天要人喂哩，狗却不下蛋，鸡不给它喂，它却一天一个蛋，你不让它下它还憋得慌，鸡就是下蛋的命！"西夏说："今早怎么说话有哲理了！"子路说："心情好嘛，你换这一身衣服精神得很，老婆一漂亮丈夫的想象力就激活了！"就过来，低声说："你一漂亮我就不行了，你看你看。"他的裤裆真的顶了起来。西夏说："你不要小命啦？"子路偏说："今中午咱做北瓜花煎饼，我拔了那么多葱……"西夏说："娘，娘！"娘把被褥拿出来晒太阳，说："咋啦？"子路却钻到厨房里去了。西夏给娘笑笑，说："今日三只鸡有蛋的。"将鸡用筐子反扣了，去卧屋把一身新衣脱下，又穿上了往日旧衣，唇膏也擦了。子路看见有些不满，说："我看你再在高老庄待些日子，和那些婆娘们没区别了！"西夏说："入乡随俗嘛。过会儿我去找蔡老黑呀，穿得花花哨哨，让外人见了犯错误呀！"子路听说西夏又要去找蔡老黑，脸就沉下来，说不能去，昨日蔡老黑和他婆娘打闹得乌烟瘴气的，你去讨嫌呀？西夏这才知道蔡老黑那边的事，倒埋怨子路昨日知道这事夜里为啥不对她提起过，她就又说村人都去白塔那儿运砖哩帮工哩捐钱的，咱没有去出力，能不能也捐些钱？子路说："我有那么些钱还不如办别的事哩！"噎得西夏瓷了半会儿。娘就过来训责子路说话太冲，西夏说："娘你是看到了，我可是没有全由着他的性子了，他就这么凶的！"娘说："不理他！"拉了西夏，拿了一包红糖，到南驴伯家去。

南驴伯家的堂屋里坐着栓子的娘和劳斗伯婶，一眼一眼看着一个和尚在桌前烧香，敬佛，然后掐了各种手印，念了许多口诀，拿一块儿枣木印章在屋中的墙上，柜上，瓮上，门上，炕头上，木梁上，用绳吊着的柳条笼上，窗上各处拍打。西夏看那和尚，认得是那日在太壶寺的鹅头，鹅头和尚对她的到来似乎不悦，叮咛说："把屋门关了，不要让生人进来！"三婶就说："这是我侄媳妇。"西夏进卧屋去问候了南驴伯，见他越发枯瘦，说："伯你想吃点啥，我到镇街买去！"南驴伯嘴张着，声音却好像是在炕边的那个木箱上，听到是："你婶给我买了包牛髓油炒面，师父禳治了，果然见好，刚才我还吃了一碗哩！"西夏拿眼看木箱上，木箱上并没有什么。西夏说："好。"给南驴伯掖了掖被角，南驴伯没有动，脸上也没表情，木箱上却是喜欢的声音："我很快就要好了呢！"西夏有些害怕起来，她听人讲过，人在病重的时候，灵魂就常常出窍，南驴伯的灵魂现在是坐在了木箱上，他看着炕上的身子，也看着堂屋里的三婶她们和和尚。赶忙走出来，看和尚把五六张用朱砂画就图案的黄纸符贴在各处墙上，她说："这是什么符？"和尚说："这你不懂。"西夏说："画的好像是字又像是人样？"和尚说："这是昨晚子时画的，这得一笔画下来，手底下得有功夫。"西夏说："这我也能画，我学绘画的。"和尚脸上有些愠怒："人民币也能复制哩，可复制的不流通！"栓子娘就拉了西夏，悄声说："不敢胡说。"西夏就不言语了，老实地坐在那里，却总觉得南驴伯的灵魂就浮在屋顶的大梁上正往下看哩。和尚贴毕了符，坐在那里喝茶，对着窗外的一棵榆树说："树上那个包可不能砍的。"三婶说："上次你来后，那树身上无故就生出个包来，眼看着越长越大。"和尚说："那就好，这是人身上的癌疙瘩转移到树身上了。你让它长吧，它长得越大，人脖子里的疙瘩就越小。"西夏就出去看那榆树，果然树身上有一个大疙瘩包。

和尚收了酬金走了，几个人就全坐在南驴伯的炕头说话，南驴伯脸上活泛起来，说话的声音再不响在木箱上。南驴伯问起牛川沟的白塔修得怎么样了。西夏说她去了一次，那时塔底就快起来了，近日她倒没去的。南驴伯就说地窖里还有一斗小米，几时送到蔡老黑那儿。西夏说那里的人都是义务做工，各自回自家吃饭，不起灶也用不着送粮食去。栓子娘说："你不知道，修塔是用小米熬了汤浇灌砖石缝的。"西夏在博物馆看过一些材料，古时的塔身和城墙甚至坟墓，为了结实，都是用小米汤浇灌，可那时没有水泥，现在哪儿还能用得着。南驴伯却坚持说："要送去，咱没劳力，又没钱，送些小米不管派什么用场，也是咱一个心嘛。老黑选上代表啦？"西夏说："伯你还操心他选没选上代表呀？他选上啦！"南驴伯笑了一下，额上已沁出一层细汗。大家就说："你说了一阵话了，把眼睛闭上歇歇。"栓子娘看着南驴伯闭上了眼睛，就提说起了蔡老黑和王文龙、苏红争着拉选票哩，如果地板厂能把镇街的路修了，王文龙和苏红就肯定能选上，但他们有九牛却不愿拔一根毛来："谁投他们票啊，选上他们只给有钱人去定政策呀？"劳斗伯婶说："蔡老黑也不是有钱的主儿？！"三婶说："葡萄园废了，他还能有什么钱？选上他了，他能给咱说话！"栓子娘说："听说了没，蔡老黑差点儿把他婆娘打死哩，他选上代表了还那么打婆娘，可怜那婆娘给老黑当了半辈子捶布石。"娘说:"是不是她嫌老黑拿钱修了塔了?"栓子娘说:"说不来。老黑是舍得的人,但是生坯子,他家有熊拳谱的,男人家出手重,婆娘招得住他打?"三婶就问西夏:"子路呢,还收集土话吗?蔡老黑真的是会熊拳的,过去打拳的人都有一套行话,他没有去问问蔡老黑?"西夏说:"是不是江湖上的那些话?"南驴伯睁开眼,说:"这我也弄不清。子路收集土语是要写书吗?"西夏说:"他说他要写书的。"南驴伯说:"咱高家就出了这一个人!"劳斗伯婶说:"从小看大哩,小小的时候,我看子路前庭饱满,嘴又大,我就说了,男娃嘴大吃四方,女娃嘴大吃谷糠,他果然走州过县哩!"西夏说:"那我就得吃谷糠了!"西夏的嘴大,而且有棱有角,说完笑起来,嘴越发显得大。劳斗伯婶自知自己说得不那个了,忙改口说:"西夏嘴不大,樱桃小口的大啥。"栓子娘说:"大是大了些,可一笑能大,一收却小,这才是有福有贵的女人哩!"西夏乐了,说:"这话你要给子路多说的,他弹嫌我这样不好那样不好。"三婶说:"他不敢的!咱在这儿说他,他不知怎么个打喷嚏哩!"

子路坐在菊娃的杂货店里刚端起咖啡杯,鼻子发痒,果然就打了个喷嚏。子路是在娘拉了西夏出门后,独自在院子坐了一会儿,想夜里西夏的话说得在理,但又觉得要断绝同菊娃的往来还得好好和菊娃谈一次,何况顺善他们还托他给菊娃做工作入伙办绳厂的事。他心里这么想着,就比往日坦荡了许多,光明正大地直接去了杂货店。店里坐了很多镇街上的人,都站起来给他让座,似乎是稀客一般,菊娃说:"哎哟,咱们教授来了。"沏一杯茶双手递过来,还说:"咱巴结一下教授。"子路说:"谢谢!"众人都笑,说:"瞧人家多大方!"子路也笑了一下,心里却想,以往见菊娃,少不得以泪洗面,即使不落泪,脸也是苦愁着难以活泛,今日一有了主意,却这般自自在在,人真是活了个感情吗,感情刚一松弛就相处如同志如路人吗?他不禁又为自己的这种变化而吃惊了,觉得自己是不是有些冷漠和卑鄙了?!他从怀里掏了香烟,发给了每人一支,自己也点上了一支。菊娃说："你一个人，咋不把我的接班人带来？"子路说："叫她来干啥？"菊娃说："这你就又犯错误了！当年到哪儿也不肯带我，现在又是不带人家，你跑来寻前妻，看人家怎么收拾你，离了一房还要再离一房？！"大家又是笑，说："菊娃你这就不对了，人常说结发夫妻到底亲，子路又念旧情嘛！"菊娃说："你们才说了个错，要是念旧情，黑来，可以来，没人时也可以来，子路偏是寻个大天白日人稠广众着来！"众人说："是不是嫌我们在这儿？我们都走，好让你们说话！"菊娃说："我们两个现在是旁人世人了，有什么话要说的，有话要说也不至于离了婚！子路，无事不登三宝殿的，今日来有啥正经事吗？"子路顺口应道："我买些肥皂。"众人说："买肥皂，呀，子路到菊娃的店里了还说买字？！"哄哄哄说笑了一阵，就陆续散去。

人一尽，菊娃说："你真的要买肥皂？"子路说："你逼着我买么。"菊娃扑哧笑了一下，说："回来这么长日子我只说你来店里看一看的，你连个人影也不来闪一下，要来了，就挑这么好的时候？你不知道高老庄是是非窝了！"子路说："我不在乎。"菊娃说："你当然不在乎，你三天两头就走了，我往哪里去？"子路的心陡然又沉起来，坐在那里不言传了，脚底下是一层瓜子儿皮、糖果皮和遭嘴唇唾弃的烟蒂。菊娃把茶杯里的茶泼了，说："我给你冲杯咖啡吧，你是新人新生活了，要喝咖啡哩！"子路说："我喝不惯。"菊娃说："我都能喝得惯，你喝不惯？喝！"子路端起了杯子，就在这时候他打了一个喷嚏，这个喷嚏巨大，连唾沫鼻涕都喷出来，菊娃笑了笑，说："我只说你和西夏生活能改一些瞎毛病的，你还是打喷嚏头扬得那么高？西夏也就容了你这脏鼻涕？！"就把手巾扔给了子路。

子路擦了鼻涕，说："你现在开通得很么！"菊娃："坐了那么多人，我见着你哭鼻流眼泪呀？这些年里，我能学会的就是哄自己。我只说我成了两面派了，可上次去太壶寺听和尚讲佛，和尚说菩萨也有三十六个法身的，两面派就两面派，要么人就更难活了。"子路看了一下菊娃，菊娃的面色已没有了刚才的戏谑，心里就不禁又有些酸，眼里也渐渐潮起来，低了头握着咖啡杯，不住地吹气。菊娃说："咋啦，到我这里不高兴？"子路是洪水中的篱笆，摇晃着摇晃着，有一个波浪闪过来扑啦就倒了，他的眼泪唰地流下来，赶忙去擦，却越擦越多。菊娃说："你咋还是刘备？倒不如我一个女人家了！是不是和西夏又闹了矛盾？人家还是姑娘家，你年纪大你得让着她哩！"子路说："菊娃，你也不要在我面前装了。"菊娃说："我装什么了？"子路说："我一进来，我还看不来你的眼神？今日我过来看看，我本来要平平静静来说说话的，叮咛着自己说离婚了就不要再丝丝蔓蔓，越是那样，到底对谁都不好，可一来却又做不到了。我和西夏没闹矛盾，我那边过得越好，越是要操心着你这边，心里越是不安妥。"菊娃说："那你来是要安你的心吗？我这里啥都好的，你瞧，吃的不缺，穿的不缺，钱又够花，我也比先前胖了，你这就可以安心过你的日子了。"子路说："你看你看，我给你说真心话，你总以为我在说假话哩。"菊娃突然坐在那里眼泪长流，说："你有啥不安的，我回去几次，你们过得欢乐乐的，你想想我心里怎么想的？我是心里酸酸的，我也对自己说，子路已不是你的人了，你盼人家过得好哩，人家过得好了，你酸什么？可我不由我。这么长日子，我只说你能到店里看看我的，天天盼着你能来一次，可就是没见你来……"说罢，擦了眼泪，勉强笑了一下，说："瞧我这又怎么啦，既有今日，何必当初，已经离婚了盼你来干啥，让你来看看我又图什么呀？！"子路说："那么是我来错了？"菊娃说："我也矛盾，我真的矛盾哩……你能来我怎么能不高兴？做不了夫妻咱还是乡党，还是朋友，就是做个情人……瞧我成什么人了，子路！"子路抬起头来看菊娃，菊娃也看着子路。菊娃说："这么大的人了，离婚这些年了，还哭鼻子流眼泪的，别人不笑话，自己也笑话自己了……咱高高兴兴说些话。"子路说："高高兴兴说些话。"但两人一时间里却没话可说。店门外有人走过，有往店里探了一下头就走开的，有伸进脑袋看一下，退了出去，却又伸进脑袋看一下。子路说："离了婚又来找，在外人眼里是不是怪怪的，不正常？"菊娃说："咱这儿的人自己事都管不了偏爱管别人的事！要关了门说话我就把店门关了。"子路说："大白天关门，让人看见……"菊娃说："猪死了就不怕热水烫了。"咣啷关了门。菊娃转过身来，是含怨带羞的一个笑，然后往店的里间屋走，经过子路身边了，伸手拨了一下他的头发。子路的额上有一撮头发溜下来。子路看着菊娃，却把那只手抓住了，两人就那么僵硬地站着，拉了手。一个说："你也真是胖了。"一个说："胖得没个样子了。"子路又捏了捏菊娃的肩头，把菊娃抱住，他的头和菊娃的头一般高，很早很早以前的一种丈夫的保护人的意识重新回到了身上，菊娃并没有反对，身子由僵硬而柔软着，颤活活不已。但很快就分开了，菊娃在说："……咱这成了啥了呀？！"

帘子之后的里间屋里，两人坐在了床沿上，床吱扭吱扭响起来，子路的脑子里立即想起了那一夜看到的情景，心里开始烦躁，他站起来，说："你把这床也支稳嘛，响得多难听。"菊娃说："支得那么稳干啥，又没有两个人睡觉怕塌下来！"子路没有说话，挑帘出去又把那杯咖啡端回来，连喝了半杯，说："你给我说实话，你现在情况到底怎么样？"菊娃说："啥情况？"子路说："是不是与蔡老黑不行了，准备和厂长？"菊娃说："哟，啥事你都知道？你听到风声啦？外面怎么说的，说我流氓破鞋了？"子路说："别人怎么说那是别人的事，我只在乎你，问你的主意？"菊娃说："那好，你说的蔡老黑和王文龙都有关系，我听听你的意见，你说我嫁了谁好？"子路一时噎住，说："你是咋想哩？"菊娃说："在我最困难的时候蔡老黑给过我关心和帮助，我要不记着他的好处我就不够人的，但要嫁他却不行，他有家有室，离不了婚，就是能离婚，他那个脾性我也受不了。可是，我要摆脱他又难摆脱，不吃糜子糕了，糜子糕却黏着手。也是为了冷淡蔡老黑，我就和王文龙近了些，王文龙也是死也看上我，想着法儿要娶我，但我没给他个回话。他要帮我，他就帮吧，我不能谁帮我，我就嫁了谁，落个以身相许哄人家钱的名哩。而他帮我若是为了娶我，我倒也要看看这个男人是真心爱我还是一时性起，你说呢？我现在是二茬婚了，我真的怕了

213

男人哩。"子路说："……咱俩走到这一步，都是命，我现在信了命了。"菊娃说："是命不是命，走到这一步了也就不说以前事了。"子路说："可你毕竟年轻，总得有个落脚。"菊娃说："还年轻呀，女人三十豆腐渣，我已经三十多了！正因为已经三十多了，我不急的，大教授我都经过了，说实话，再跟任何人我也没那份热乎劲了。离婚这么多年，我总觉得你还是自己人，脑子里还老想到你，这回你领西夏回来了，明知道子路不是我的子路了，可夜里一觉醒来，还是发迷怔。我自己也常想：子路是大树，这么多年了，树影子还罩着我哩，不管以后我嫁了谁，都必须是我从心里完全没有你了，那才能做人家的媳妇，要不，嫁过去对我不好，也对不住人家。"子路一句句听了，眼泪又无声流出来，抱住了菊娃，泪水滴进了菊娃的脖子里。菊娃扳过了子路的脑袋，看见了那已经稀疏得见了头皮的发顶，她拿手去擦子路的眼泪，说："好了好了。"却又一次搂住了子路，将他的一颗头捂在自己胸前，来来去去地抚摸，喃喃道："我又闻到你的味了，还是一股石灰味……"

不知什么时候，菊娃的衣服扣子被解开来，谁也说不清是谁解的，两人在吱吱扭扭的木板床上合二为一。菊娃依然是那一种姿势，她不出声，而且要子路闭上眼睛不要看她。但子路已经不习惯了这样的简单，他觉得哪儿总不舒服，不过瘾，就站起来抱起了她的双腿，她的腿短短的。菊娃说："你现在还会这花样？"子路说："这样好哩。"经过了长久，菊娃的脸上痛苦起来，子路说："你不舒服？"菊娃说："你这么长的时间？"子路又活动了一会儿，还是未泄，却觉得已没有了那种要求，蔫下来，就停止了，遂在心里感叹：我们已经是不能和谐了。两人穿好了衣服，菊娃说："人说娶年轻老婆，男人也年轻哩，她把你培养得比咱结婚时还厉害嘛，我受不了你了。"子路说："……"菊娃说："世上事真怪的，离了婚感情倒比没离婚时好……这怕是我最后一次和你这样了……咱这是成什么事呀，来说话的，却干起这事……刚才突然我觉得对不起了西夏，就疼得厉害。"子路说："这个时候不要提她。"坐下来，说："蔡老黑你觉得不行就好，他哪儿配你，那野坯子货能那样待他老婆，就是嫁给他，以后再遇到别的女人，他也会像待他现在老婆一样待你。要摆脱他，就得彻彻底底不要理他，男人是得寸进尺、顺竿就爬的德性，你只要给他指头蛋大一个窟窿，他就能挤进一条腿来。至于王文龙，你却要好好了解他哩，听说他也结过婚？"菊娃说："他老婆是病逝的，几年了。"子路说："噢，那倒比离了婚的好……可现在人一有钱就容易变坏的……"菊娃说："走着看吧……即就是再嫁不出去就不嫁了，你好好活人，到晚年了，我不行，石头还有他爹的，你只要对石头好就是了。"子路到这时不知说什么好，又呆呆坐在了那里。

菊娃梳好了头，出去将店门开了，门外就有人进来买灯泡，说："我还以为你去收购草绳了，原来还在店里？"菊娃说："听说你娘害病哩，好些了吗？"那人说："好些了，她有高血压的老病根儿，前一向翻修院门楼有些累，血压就升上去了，只害头晕。"菊娃说："我爹当年就是高血压，茶坊镇何大夫有个偏方，每日清早睁开眼，喝一杯清花凉水，连喝三个月，我爹就是喝了好的。你让你娘也试试。"那人说："是吗？真要好了，我来给菊娃姐磕个响头哩！"菊娃送走了来人，子路出来说："我差点儿忘了一件事的，顺善、鹿茂和庆来是不是给你谈到办草绳厂的事？"菊娃说："他们寻到你了？"子路说："这倒不失是个好主意。他们要你入伙，当然这是要利用你，你觉得呢？入伙的钱你要紧张，我能帮你一些儿。"菊娃说："这钱我让你掏什么？我之所以没有给他们吐口，我觉得庆来是自己人，可以信的，但他太老实，鹿茂那人你知道能投机，顺善又是精透了的，我怕被他们耍了。"子路说："你计算过没有，现在收购草绳你一年能落多少，若入伙办厂又能分得多少？"菊娃低了头，想了想，说："差不多吧。"子路说："那我就知道了！若你不入伙，这厂子肯定办不成，他们就会不高兴，连庆来也得恨你，办起了只能对他们有利，可能还要落个是他们成全了你的……厂长知道这事吗？"菊娃说："我给厂长说了，他说山里人干事是一窝蜂，谁也见不得谁碗里米汤稠，他们要办绳厂就办去，地板厂以后的木板箱都用胶带呀！"子路说："是这样吧，咱不要入伙，可我就说你同意了，让他们找厂长谈去。这话你千万别漏出风来！"菊娃说："没离婚的时候，我给你说村上的事，你听也懒得听，现在我倒感受到被保护的滋味了！"子路苦笑了笑，过去取热水瓶往杯里添水，热水瓶里却没有了热水，菊娃便将铝壶要在火炉上烧，铝壶里竟也没水，要去提水，子路夺过壶自己去了。

从店左边的斜坡下去，坡根处是有一眼水泉的，子路在家的时候，村人吃水不到这个泉里来的，因为太远，只是夏天才来，这里的水清，凉，能败火又不拉肚子。子路记得，小时一次将一枚顶针玩耍着套在自己的小牛牛上，套上去了却取不下来，越取越取不下来，尿又憋得难受，眼看着肿得像个小红萝卜了。娘吓得都哭出了声，抱了他去让蔡老黑的爹看，蔡先生也没办法，说快送县医院做手术吧，恰好一个陌生的老头从铁笼镇到茶坊镇去，路过这里，见了说：弄一盆清花凉水来！爹就在这泉里舀了一桶水。那老头提了桶，猛地照着子路的交裆泼去，子路突然地被冷水一激，小牛牛就缩了，顶针叮当当掉下来。子路想到这里，不禁笑笑，却也记得了那个顶针后被爹拿去让小炉匠制成了一个铜戒指，戒面上还特意刻了个蝙蝠来象征有福，让他戴了多年的。提水回来，子路问那个戒指现在在哪儿？菊娃说："去打水就想起戒指了？我每次提水也就想起那事的。结婚后娘让我戴着，离了婚我就退给娘了，怎么，娘没给西夏吗，戴上戒指就该守住你那根了！"子路说："我突然想起来，随便问问……"还要再说，菊娃悄声说："他来了！"脸上立时紧张着。子路扭头一看，是王文龙西装领带地从地板厂那边走了过来。子路原本心情在这一时蛮好，也是亲口说过了让菊娃多了解王文龙，但王文龙突然地在杂货店出现，子路的脑子里嗡了一下，几分恼怒就生出来。他没有动，也没言语，沉沉地坐在那里。

王文龙出现在门口，说："菊娃，你把头发剪了？"菊娃下意识地朝柜台上的镜子里看了一下，说："剪得不好看了？来来来，我介绍一下，这就是石头的爹！"王文龙这才看清坐着的子路，瓷了一下，笑起来："是子路呀！见过了见过了，在顺善家见了，我也去给高老先生三周年祭过酒的，哪能不认识？！"子路不知怎么脸越发沉下来，心里说：你慌什么，瞧笑得多硬！他没有应声，只拿眼看着他。王文龙似乎在那里站也不是，坐也不是，手在口袋里掏，掏出一盒雪茄，递一支过来说："你吸颗烟。"子路扬了一下手，示意他不吸，扬过了又后悔不该扬一下手，还是坐着，把目光盯住货架，说："石头在蔡老先生那里多日了，你几时把娃接回来？"菊娃说："今日是什么日子，说不来时谁也不来，要来怎么就都来了？！厂长你坐呀，有什么事吗？"王文龙在那里坐下来，说："菊娃，我来给你说件事，上次托人去上海买轮椅的事，刚才那人从省城打来了电话，说货已到省城了，近日就捎过来。"菊娃说："这多谢你了，一把轮椅多少钱？"王文龙说："什么钱不钱的，我准备拿十万元来给高老庄小学哩，一把轮椅还向你要钱？"子路坐在那里，心里急迫起来，王文龙当着他的面说给石头买轮椅，这使他当父亲的丢脸！他站起来说："菊娃，你忙吧，我得走呀！"王文龙忙说："你们坐吧，我路过这里，随便给菊娃说这个事，我还得去镇政府一趟哩，我得走呀！"说罢，果真起身就走。菊娃说："急什么呀，我这儿有老虎，说走就都走呀，不能走，都不要走！"但王文龙还是先出门走了。

王文龙一走，子路也要走，菊娃一把拉住说："你不能走！"把他按在椅子上，"你瞧你那脸色，是谁谁受得了？人家来说给石头买轮椅的事，又不是要干什么坏事，不说一句谢话了，也该给人家个笑脸嘛！"子路说："道理上我也懂，但我情绪上受不了。"菊娃说："子路真还对我有感情的，那你几时和我复婚呀？"子路一时无语。菊娃说："你家里有个西夏，这里还有一个我，你子路多富有！你刚才说得怪好的，我和王文龙八字还没一撇，你就是这样子，我看我算了，一辈子当寡妇就是了。"子路闷了半天，说："反正轮椅我是不会要的，他要拿来，我就把它扔了！"菊娃说："这你敢？！"子路也火火的，将手中的杯子往柜台上一推，没想杯子竟然在柜台面上滑动，滑动得那么快，过去撞着了镜子，镜子落下来砰地碎了。子路在杯子滑向镜子时惊急得要站起来，但镜子已经掉下去了，他索性没有动，呼哧呼哧出粗气。菊娃叫道："吓，你砸起我的镜子了？你砸嘛，看我这里还有什么，你砸嘛！"子路恼怒而起，出门就走。

在跨出店门的刹那间，子路确实是后悔了。他想自己这是怎么啦，真的是与菊娃感情太深，但如果再和菊娃复婚这可能吗？不能复婚，口里希望菊娃结婚，而面临着菊娃要找人自己却这般不堪容忍，是一种占有心理呢还是为了自己的面子？子路在跨过门槛时犹豫了一下，但毕竟是跨了出去，也不回来，而且还做出了怒不可遏的样子。这种怒不可遏到最后，子路是自己也相信了自己，一路踢着石子，进院门咚地摔着门扇，立在樱桃树下还大声喘气。

娘和西夏没有在家，子路自个儿烧了一壶水冲茶独饮，未免有些孤单，却也想，这阵菊娃如何恸哭，高高兴兴地相见，而且还做了那么一场好事，结果不欢而散，这使菊娃的心上又产生一道什么样的伤痕呢？子路立马赶到了苏红家，苏红恰好是在家里，和鹿茂杀一只果子狸呢。厨房的门环上吊着一只特大的果子狸，鹿茂剥脱了上衣，一吸一呼肋条历历可数，一把柳叶长刀叼在口中，样子滑稽，问是开膛剖腹呢还是直接将脑袋剁掉？苏红嘴角噙着一颗纸烟，坐在水管前的小木凳上，说活剥的，得一张完整的皮子，要最新鲜的肉。鹿茂就似乎为难了，果子狸虽然绳子吊着脖子，但刀子在圆圆的额头上比画着开过口子，它就拼命挣扎，身子如沙滩上的鱼一样在门扇上拍得啪啪响。苏红把子路领到了楼上，苏红又是脱了鞋如狐一样慵懒地卧在沙发里，说："啥事？你说！"沙发边有一个按摩棒，按摩棒上沾着一根短短的毛，子路叙说了他与菊娃的会见，希望苏红能去见见菊娃。苏红大声笑着，又骂你们是自作自受，拿起了按摩棒在身上胡乱按摩着，说："我才不去替你向菊娃赔情哩，解铃还得系铃人，你有诚心你去给她当面说去！"子路就难堪了，牙咬了嘴唇摇头，苏红竟拿按摩棒戳了他一下，震动着的按摩棒使他的腰麻酥酥的，苏红说："是这样吧，我给厂里挂电话，那儿离菊娃的杂货店近，让人去把菊娃喊了接电话，你在电话上说！"一关电源，按摩棒不鸣叫了，苏红拨通了电话，叫喊着对方去喊菊娃。子路小声说："说低些，我不想让别人知道哩。"苏红说："那好吧，你在这儿等电话，我也去杀果子狸去。"就下楼了。子路关了楼上的门，握着电话立在楼窗前，隔着玻璃他瞧见了苏红双手拽住了果子狸的两条后腿，鹿茂已经在果子狸的脑袋上切开了口子，血殷红地流出来，点点滴滴洒在地上。电话里终于有声了，是菊娃在问："谁呀？"子路说："我。"菊娃明显地停顿了一下，偏又问："我是谁？"子路说："子路。"菊娃说："你不是摔了杯子走了吗，你有什么事？"子路结结巴巴回着话，说自己是有些那个了，如何如何。鹿茂把刀又叼在口里了，双手在把果子狸的皮往下剥，剥出了一个可怕的脑袋，但却在脖子后卡住了，怎么也剥不下去。菊娃说："你那毛病我只说改过了，谁知道还是那样？可你到现在了给我发什么火，我还是你老婆吗，你能给西夏也这样吗？"菊娃这么说着，子路已听出她的怨恨情绪已没了，就在电话里嘿嘿地笑。菊娃说："你在别人心上捅了一刀了你还笑，你笑啥哩，笑不要脸的？我告诉你，你摔了杯子就走，我现在就要摔电话了！"子路忙说："别，别。"菊娃果然砰地把电话按下了。子路站在楼上的房间站了许久，搓搓脸，理理头发，走下来。苏红说："怎么样，饶了你了？"子路说："她把电话摔了！"鹿茂的嘴里又是叼了刀，双手使劲儿地拍打着果子狸，然后一手扯着卡在脖子后的狸皮，一手再拿了嘴上的刀，用刀尖一分一毫地划动，工作是那样的艰难，以致狸的血染红了他的胸膛和肚皮；汗从脑门上往下滚豆子，说："子路，子路，给我挠挠后肩，痒得很哩！"子路在他的后肩抓挠，他看见鹿茂终于将狸皮剥下了狸的肩胛骨，于是整个皮就往下撕，发出嚓嚓嚓的响。原来皮与肉连接得是那么紧，那丝丝缕缕红的白的东西撕出来，在通过前腿弯时皮子又破了，再继续往下剥，又是嚓嚓嚓的撕裂声，子路不忍心看下去，觉得这一切是多么残酷，果子狸的痛苦转移到了自己身上，他的皮在与肉分离地剥脱着，剥脱着。

　　西夏见到了蔡老黑，蔡老黑站在塔架子上接砖，塔已修起了四层，塔下的晨堂把砖一页一页放在一把锨的锨面上，忽地往上一扬，第二级塔的架面上秃子叔双手接了，秃子叔将砖又往上抛，四级塔架上的蔡老黑又用手接住。整套的工序如同杂技表演，西夏也用锨将一页砖往上抛，但砖抛上去没有弧度，而且不平不飘，秃子叔紧接慢接，接不着，砖落下来，塔下的人惊叫四散，砖砸在和水泥的池子里，撞着一根木棒，木棒跳起来打在了蝎子北夹村一个塌鼻子人的脚上，塌鼻子立即双手抱了伤脚，另一单脚在地上蹦跶，脸上是哭与笑的表情，最后就倒在那里哎哟哎哟不已。西夏忙过去看那脚，脚后跟青了一块儿，她说："对不起，对不起，我不是故意的！"蔡老黑在塔架子上说："西夏，你把四喜哪儿砸着了？"西夏说："在脚跟。"蔡老黑说："不是吧，是鼻子吧，你看看是不是把鼻子砸塌了？！"众人哈哈大笑。四喜气得骂："老黑老黑，你没大没小，论辈儿你还叫我姑父哩！"蔡老黑说："你是哈巴狗站在了粪堆上了！"四喜就抓了一把泥往上甩，没甩着蔡老黑，却正好打着了弯腰砌砖的匠人的草帽上，草帽就飘下来，车轮一样滚到了沟底水畔。匠人的头顶红堂堂没有毛，歪过身来怒目而视，他长着一个鹰嘴鼻子。蔡老黑却在塔架上更乐了，说："西夏，我说个谜语你猜，猜着我送你个画像砖！灯泡，光溜溜，不用抹油，倒立的葫芦，西瓜茄子绣球，一轮明月照九州。"众人又是一阵大笑，但西夏猜不出，匠人也笑了，说："老黑你给咱吐个象牙呀！"西夏终于明白过来，她却笑不得，跑去捡草帽了。

　　西夏知道，去白云湫是近日不可能了，也就不对蔡老黑提说这样的话，决定常来这里也图个热闹，但就在捡了草帽的时候，那草帽下竟有一块儿刻着图案的残砖，她锐声尖叫着上来，把砖拿给修塔人看。砖面上竟然还是一幅迁徙图，但这幅迁徙图与上次得到的那块砖上的迁徙图不同，图案上是有一条河的，波纹如鱼鳞，抽象而工整，水的走向是由右到左，肯定就是现在的西流河了。河岸上有一头驴子，驴背上坐着一妇人，上衣窄短，下穿宽长褶裙，双腿并合侧面而坐，怀抱了一个包袱，扭头后看，后是一粗壮男子挑着箩筐，前箩筐躺着一女婴，似已睡着，后箩筐一小儿脚手伸出筐外做哭状，挑筐男子后边又是一男子，戴瓦斗帽，穿芒鞋，背一背夹，背夹上挂有一只剖开的兔子和一只没毛的鸡，宽大的衣袖一只垂着，一只伸着一个鹅头。西夏特别动情于毛驴上的妇人，她似乎是在行走时听见了小儿的哭声，就焦急不安地要下驴背来照看，但驴子却没有停。人们传递着看图案，并没有惊喜的神色，只是勾动了他们一肚子的民间故事，说一辈一辈人传下来的是他们的祖先原在山西的大槐树下，大槐树到底是现在的什么县什么村，他们说不清，只知"山西有个大槐树，把天磨得咯吱吱"。迁徙来的时候，有政府强行集体迁徙的，那是一条绳将男男女女的手缚了，日夜沿着西流河走，之所以如今有"解手"之说，是因在那时行走之中谁若拉屎撒尿，负责迁徙的官兵就才肯解开手上的绳套的。而大规模的强迫迁徙之外，也有零星的一家一户自愿迁徙的。西夏听到了那遥远的故事，消失的是那一种"两岸猿声啼不住，轻舟已过万重山"的诗意，陡然涌现在脑海里的是拉洋片似的情景：如海一样深的大山，恶鬼似的官兵，步履蹒跚的老人，啼哭不绝的小儿，绳索拴套的一溜带串的百姓逆着河水走呀走，走……她说："这么说，高老庄的祖先是属于自个儿单独迁徙来的？"晨堂说："那当然喽，只有我们的祖先能这样！"但高老庄的人为什么一直能保持着纯种，有这个可能吧？西夏这么说着，企图能听到他们的议论，没想在塔下和塔架上的人竟兴趣大发，说个没完没了，甚至各持一词，争个不休。秃子叔说的是，高老庄的人有武功呀，先前听老年人讲过，祖先里出个武官的，那拳脚厉害得了得！就在爷爷的爷爷辈，有一个拳师收过三十八位徒儿，别说谁要灭了高老庄，路过高老庄镇街也得低着头儿匆匆走过。那拳师年老的时候，因老婆儿子在一年里相继死去，他心劲儿松下来。金盆洗手不干了，自个儿开了几亩地务种南瓜，南瓜长得像筛子一般大。铁笼镇的一帮闲皮以为他年纪大了，又金盆洗手，就常来偷瓜，偷一次两次，老人没有在乎，到了第三次，老人闭目坐在了闲皮返回的当路上，这伙人就傻眼了，其中一个胆大的前去与老人攀谈，企图让同伙在他攀谈时通过。这闲皮问长问短，趁老人不注意，一手抠住老人的屁股，一手去扳老人的头，老人就趁势屁眼儿一缩，夹住了那闲皮中指，就那么弯了腰往前走，拽住闲皮也只好往前走。走着走着，老人猛地屁眼儿一松，闲皮竟后退三步，四脚拉叉跌倒在地，那中指上已经是没皮了。众闲皮吓得全放下南瓜，扑地磕头，再也不敢来高老庄偷窃了。双鱼说的却是，高老庄也是出秀才呀，人都是轮回着上世的，子路能有今天，不知是前世的哪一位又投胎了。如果逢年过节你西夏回来了，你就可以看到家家门上的对联，有一年省上的一个大官来咱镇上，他就大发感慨说对联词儿好，字写得也好！以前有过民谣：进了西流坡，秀才比驴多。西流坡就在东边十里地，其实指的还是咱高老庄。原先还有孔庙哩，就在镇街的西北角，可惜现在毁了，有高家分得的那十亩地里如今犁地也还要捡出一堆瓦碴片的。老年人讲，蝎子尾村先前有前院腰院后院，一递子连一递子，高家祠堂就修在迷胡叔家前涝池边上，还有魁星楼，贞节坊，那时候村有村规，族有族长，公公不扒灰，母狗不跳墙，兄不与弟媳斗嘴，偷鸡摸狗要抽脚筋。小炉匠俊良家是家传的小炉匠，他家为什么十年前才搬住回来？就是他爷爷的爷爷的爷爷和一个寡妇通奸，奸夫淫妇双双被埋在地里露出个脑袋，用耙地耙子耙了个稀巴烂，后代还被赶到了北边塬上去。牛坤说，西夏你去过茶坊镇西的流沙河吗？那是条小河，支了列石就能过去的，但那是历史上金与宋的交界线，因是交界，几十年里你打过来我打过去，高老庄也属于拉锯战区，别的地方的人都被金人奸污过或与金人成亲了，高老庄人有武功，谁人也进不了庄寨，而且族规严厉，若有被金人奸污了的，自觉身不干净，

222

无颜自尽，若是与金人通婚，就被族人负石投河或赶出庄寨，永断关系。历史上，北方的金、元、辽、匈奴入侵统治得多，他们入侵一次，其实也是他们退化一次，最后都被汉人汉化了，但从此汉人也不纯起来。高老庄人高傲就高傲我们是纯粹的汉人，所以，高老庄的人现在见到铁笼镇，过风楼镇，茶坊镇的人敢骂他们是杂种，骂杂种就是对他们最毒的咒骂！狗锁也在说，高老庄的人为了自己的纯种与南蛮北夷不知打了多少仗，原本高老庄的人口才叫多哩，这里曾是西南去关中的必经之路，是水旱的码头，现在稷甲岭上会发现一些洞穴痕迹，那就是当时人居住过的地方，为了保卫自己，高老庄也死了三分之二人口哩。那白云湫的野人，传说就是高老庄的人把那些零散的入侵者赶进了深山密林，他们在那里过着野兽的生活，慢慢就和兽类不分习性了。

七嘴八舌地论说，蔡老黑始终没有插话，站在塔架上戏谑地笑。西夏说："老黑你说他们说得对也不对，如果白云湫的野人是历史上入侵的人慢慢变的，怎么后来人进去就无踪无影，又怎么要修这白塔挡什么邪气呢？"蔡老黑说："你去问迷胡叔！"迷胡叔是刚才大家争论时悄悄来的，他一来，和灰池里正和第二堆水泥，栓子就让他去挑水，他没有用扁担，两手提了水桶到沟底，一溜风地把水提了来。也来帮着在一边烧茶水的三婶说："栓子你作孽，自己不去挑水，让他个老汉去？！"栓子说："他身体好哩！你见过他几时生过病？昨日我去他家，他在案板上擀面条哩，没有擀杖，用的是酒瓶子，面条有一指厚，水滚了一滚就捞着吃了，你能有这胃？"迷胡叔将水倒在灰池里，又要提了空桶去沟底，听见了蔡老黑的话，说："西夏，金砖银砖的，让我瞧瞧！"西夏把砖拿给他看，旁边人说："狗看星星一片明哩！"迷胡叔看了一眼，却说："这砖我家有一堆哩！"西夏喜出望外，说："你家有一堆？"当下拉了迷胡叔的手，要跟他回家看去。迷胡叔却说："是有一堆哩，春上让不要脸的顺善偷了嘛！"正在烧茶的顺善媳妇听了，举着一根燃了一半的柴棒，指着迷胡叔说："疯子你说什么，谁偷了你的砖？人稠广众里你血口喷人！你有什么值得偷的，偷你的骨殖？！"迷胡叔并没有注意到顺善的媳妇，听见她骂，疯劲就来了，当下就扑着要去打，众人忙拦腰抱了，他就大声地呕痰，呕在嘴里了，稠稠的一口喷过去，说："顺善的媳妇，呸！你们不是贼谁是贼？呸呸！你们从那院墙上翻过来干啥哩，偷我瓮里的麦子，偷我窖里的红薯，偷我一个北瓜！"顺善的媳妇说："谁是贼，大家明白！谁偷了生产队的麦，让牛坤顺着遗了一路的麦穗寻到家去？谁在集上偷北塬上妇女的钱包，让人家骂着以为在摸人家胸口耍流氓哩原来是偷钱包哩！"三婶就拉开了顺善的媳妇，说："你少说两句，他是疯子，又毕竟是老人！"迷胡叔脸黑红得像个猪肝，叫道："得贵！得贵！我 × 你娘！"得贵是顺善的丈人，已经死了几年了。他骂过了得贵，说道："谁是贼？顺善是贼！生产队解散的时候，队里的压面机谁拿去了？牛圈楼上那些木料哪里去了？从太阳坡林子里砍伐的四十棵树说要盖公房呀，盖到哪儿去了？"迷胡叔疯是疯，却说了一堆实事，蝎子尾村的人老早就议论着生产队的集体财产在解散时处理不公，听了疯子的话就都不言语了，连三婶也不再护着顺善的媳妇。顺善的媳妇说："疯子疯子，你把话说明白，我家得生产队的那些东西，那是我家出了钱的！你有本事你找顺善说嘛，去向镇政府告嘛，你嚼舌根子是嘴里生蛆了？！"一屁股坐在了地上哇哇哇地哭起来。西夏见都是因自己惹了是非，很是尴尬，就过去扶了顺善的媳妇，说："你不哭了，不哭了，说那些事你能说清吗，我陪你回去。"顺善的媳妇就势和西夏往回走，顺善的媳妇就又骂起了顺善："我有这个男人就和没男人一样，整日让一个老东西欺负！"西夏同时却听见蔡老黑在训斥着迷胡叔："谁让你来的，你是来帮工呢还是捣乱哩？"迷胡叔在说："那婆娘浑身是嘴怎么不说了，他们理屈心亏嘛！我把大家活儿耽搁了，我给大家搞文艺宣传呀，梁红玉擂鼓督战哩，我给你们拉胡琴行不行？！"西夏和顺善媳妇小心翼翼走过了牛川沟上的铁索浮桥，她听见了悠扬沉缓的胡琴声，和胡琴声里的吼唱：*黑山哟白云湫，河水哟往西流，家没*

三代哟富，清官不到哟头！

西夏再没有去牛川沟，但牛川沟的白塔修到了七层。蔡老黑很嚣张，头剃得光光的，又做了一套白捻绸对襟长褂和宽大的白捻绸大裆裤，再戴上一副大砣儿水晶太阳镜，从镇街上呼呼啦啦走过。街道的两边，开着美发店的，旅社的，饭馆的，门口的长条凳子上都一摆儿坐着年轻的女子，穿很短的裙子露出大腿，做活广告揽生意，不做生意的人家，有闲工夫在屋檐下的台阶上纳袜底，择菜，哄娃娃，下棋，说话，见着蔡老黑过来了，就问道："老黑老黑，听说塔封顶了？"蔡老黑说："明日早上就封呀，把老人背去看吧！"说话人的爷爷就靠在另一家的山墙根，旁边卧着一头母猪和十二个猪崽，猪胖胖的，人却枯瘦如柴，老人咳嗽得腰成了马虾。这是又一个患了肺癌的人，修塔运砖时，儿子用背篓背了去看热闹过。那人说："老黑，你可是要救了我爷爷哩！"蔡老黑说："我这算什么，实指望葡萄园办成了，我要给这街上铺水泥路面的，现在只能修个塔了！"那人又说："钱又算个什么，地板厂能挣钱哩，挣那么多钱不肯出水，挣了钱让人绑架撕了票去！这塔立在牛川沟，不仅是咱这儿风脉，也是老黑的功德塔哩。塔还叫白塔吗？应该叫黑塔，老黑的黑塔！"蔡老黑呵呵呵地笑，说："这怎么行？！你是在笑话我蔡老黑长得黑吗，没有咱宝宝白吗？"对面小酒馆的柜台上趴着年轻的女掌柜，她下半身肥短，上半身清秀白净，就笑了说："你那脸就是没我这屁股白哩！"蔡老黑也不生气，问："你说我咋就长不白呢？"宝宝说："谁让你剃个光头太阳底下跑哩？"蔡老黑说："可我还有一件东西从没晒过太阳怎么还那么黑呢？"宝宝把一个空酒瓶子甩过来在蔡老黑脚下碎成一片玻璃碴。蔡老黑笑着，却将手伸向了一个妇女怀中小儿的胖腿中间，说："木犊子，让伯伯捏捏牛牛！么，蛮大的嘛，长大了像你爹一样，大牛！"妇女说："老黑，你这瞎尿，你戴这么大砣子镜像电影上的黑社会头儿！"蔡老黑把孩子抱起来，高高举过头顶，呜儿呜儿地逗，却说："大牛去铁笼晚上回来不？不回来了，夜里把门给我留下啊！"没想孩子竟一泡热尿尿在了头上。众人一片哄笑，说："狗浇尿，狗浇尿！"妇女忙把孩子抱过，说："娃娃尿贵如金，老黑你要发财哩！"蔡老黑一边擦尿一边说："哈，给我尿哩，几时我给你娘尿呀！"一边戏谑着与人打花嘴，一边又往前走。身后有人说："瞧老黑那身坯子，如果留个大背头，背影像个毛主席哩！"蔡老黑当然听在耳里，脚底下步子也迈方了。突然，信用社的贺主任抱了个水烟锅立在信用社门槛上呼呼噜噜吃水烟，一对眼睛直勾勾盯着蔡老黑，蔡老黑立时住了脚，又立时咋呼呼叫说："贺主任，才要找你的，明日白塔封顶，你得去指导啊！"贺主任说："老黑老黑，你别给我来这一套，你有钱修塔哩，还不起贷款？！"蔡老黑说："吴镇长没有给你说？"贺主任说："吴镇长……"才要发愣，蔡老黑已经走过去了，他还喃喃道："吴镇长给我说什么了？"

蔡老黑一直走到街东头的巩老大家，坐在那里喝起了茶，还在笑贺主任的那个傻相。巩老大的年龄并不大，三十出头，有一手好的刻功，先前在镇街上摆摊子刻印章，私自刻过一回公章，被公安局抓去判了刑，刑满后就专刻石碑，方圆四个镇的所有墓碑几乎没有不是他的作品。蔡老黑的腰里揣了个名单，他要巩老大刻两个碑，一是"白塔"二字，一是所有捐款人的名姓。巩老大的独眼娘给蔡老黑倒了茶，说："哎哟，老黑，你要得这么紧，五天里怕是刻不及的！"蔡老黑说："把别的活儿往后推一推嘛，老大呢，我给他说！"老太太一只眼萎缩成一个坑，一只眼却亮如点漆，说："他在后院给苏红他们刻哩，苏红要刻的字多，也是催得紧，他夜里都没睡了。"蔡老黑说："苏红，她刻什么，不是给她刻墓碑吧？！"老太太说："地板厂给学校十万元，要刻个重建高老庄小学纪念碑的。"蔡老黑脑袋嗡的一下大起来，就往后院去，后院里一只狗就蹿上来汪汪地咬，蔡老黑挥拳跺脚地吓唬，狗仍是扑着咬，老太太说："它只是叫，不会咬人的。苏红来的时候它卧着没起来，你来了它却咬哩，你穿得并不烂呀！黑虎，黑虎，他是个有钱的角儿！"蔡老黑不等老太太过来揽铁绳，已一脚将狗踢翻，又近去提住了铁绳挥拳就打，狗立时不叫了，伏在那里只是喘气。蔡老黑说："狗眼也瞧我低了？！"老太太跑过来说："老黑老黑，打狗看主人呢，你要打死黑虎？"巩老大闻声从院子的一间草棚出来，说："娘，没事，你去吧。"老太太不高兴地拉闭了后院门。蔡老黑说："老大，不是我要打狗，你把这狗咋培养得恁势利？！"巩老大笑着说："你是忙人，倒有空儿到我这里来？老早就说也去牛川沟运运砖，却就是走不脱身！"蔡老黑说："也用不着你去运砖，你把碑子给咱刻了，一样有功德的。"就把捐款人名和"白塔"二字交给了巩老大。巩老大也不言语，拉了蔡老黑往草棚去，草棚里一面大石碑上打了方格，用笔在格里书写了楷字，三分之一已经刻出，蔡老黑看了看，果然是王文龙苏红如何办企业有方，发财不忘办教育，出资十万元扩建高老庄小学的内容。巩老大说："再急，我也得把人家的活儿弄完吧。"蔡老黑说："这是拿钱坑人嘛，我不修塔，他们连铺个路面都不肯，我一修塔，他们就扩建学校呀？！学校好好的，让他们来修？"巩老大说："真是发了财了，一次就拿十万！"蔡老黑说："还不是羊毛出在羊身上！他们几时竖碑子？"巩老大说："听说五天后要开个捐款仪式的。"蔡老黑说："那好，五天后我也开个塔成典礼，你就是不吃不喝也得把我这些东西刻好，我给你多一倍的钱！"巩老大说："这我怎么要钱呀？一个是为了风脉，一个是为了孩子，谁的钱我也不收！"

从巩老大家出来，蔡老黑已经没了神气，立在屋檐下吸了口香烟，长长地吁气，却见菊娃背着石头迎面走过来。低声叫："菊娃，菊娃！"菊娃站住，说："吃谁家宴席去了，穿得这么窝耶！"蔡老黑说："准备着吃你的宴席呀嘛！"邪邪地笑。菊娃拿眼极快地扫扫四周，说："少胡说八道！石头，叫你老黑伯！"脊背上的石头手里提着一个布袋，说："伯！"蔡老黑过去要把石头抱下来，菊娃说："我背着，我还急着去店里呢。"蔡老黑说："石头，不跟你蔡爷爷学针灸了？"菊娃说："我过去看他，他真的是不好好学针灸，整日画画呢。画画是能吃能喝？我训过他多少次了偏是不听！

227

蔡伯又太溺爱他，随了他的意儿，我得接回去管一管了！"蔡老黑取了石头手里的布袋，布袋里塞的都是些画儿，他拿了一张一边展开要看一边说："石头，你娘凶不凶？"画幅很小，只有盆口儿般大，画面上是无数个圆圈，一个就躺在那里。蔡老黑说："你画的是泉还是河里的旋涡？"石头说："树桩子。"蔡老黑又取了一幅展开，上边画的竟是一个人弯腰在跑。蔡老黑说："这画的是啥嘛，你这娃该打！"石头说："打你！"菊娃就训道："没大没小，他是你的伯哩！"蔡老黑就笑笑着去拍石头的屁股，拍过了，却极快地捏了一下菊娃的腰，菊娃没有吭声，背了石头就走。蔡老黑撵上来，他看见菊娃的腮帮、耳朵红彤彤的，他说："菊娃菊娃，我晚上拿些牛骨头去店里，你给石头熬骨髓汤喝。"菊娃说："你不要来，你来我也不开门的！"蔡老黑又说："明日白塔封顶呢，你和石头来看热闹啊！"菊娃说："我不去！"继续往前走。蔡老黑说："菊娃菊娃，你听我说嘛……"菊娃说："大天白日的你喊叫啥哩？！"头也不再回过来，走得越发快了。

白塔封顶，原定的一些仪式并没有举行，一些人去焚香烧纸，放了一阵鞭炮，但蔡老黑没有在现场。他去蝎子尾村找顺善，请顺善去县上联系县剧团，在塔成典礼的当天晚上来高老庄演出。顺善和鹿茂正在顺善家商量着办绳厂的事宜，蔡老黑一在院门外的涝池边上叫喊，鹿茂就慌了，忙将梯子搭在院墙上，翻墙到了迷胡叔的院里，院子里鸡飞狗叫，幸好迷胡叔不在家。

顺善正因与鹿茂庆来要办绳厂，担心如果真办成了要遭蔡老黑的指责，所以对于去县上联系剧团来演出的事当下就应允了。蔡老黑一走，鹿茂从迷胡叔的院里又翻墙下梯过来，知道了原委，说："他现在是癞蛤蟆支桌子，硬撑哩，已经穷得叮当响了，请剧团来又得花七八百。"顺善说："咱管得了这些？多跑一步路的事，也不得罪他，你也不是见了他还得翻墙吗？"顺善搭了便车去县上，限天黑返回，剧团却没有请到。因为就在前一天，苏红已经去请剧团来高老庄演出了，团长当时问顺善："两人说的是不是一回事？"顺善随话答话，说："就是就是。"一路上倒也佩服王文龙和苏红的厉害。回来汇报了蔡老黑，蔡老黑是多火暴的人，当下也黑铁了脸，半天闷着不言语。胖婆娘见了顺善，当然热情，问了这又问那，顺善说："现在你们两个又好了？夫妻过日子，狗皮袜子没反正，吵开架了没好口，打开仗了没好手，把旁人害得操这个心那个心的，人家却早吃到一搭了，睡到一搭了！"胖婆娘说："你要是不劝慰，我真的是死了呢！"顺善说："那你怎么谢我哩！"胖婆娘说："你今日不走，我给你做糍粑吃！"蔡老黑不耐烦地说："好了，好了，谁吃你那糍粑？你去爹那儿提两瓶枸杞子酒来！"胖婆娘一走，蔡老黑说："他们把剧团请过了就让请去吧，没了张屠户，我也就吃连毛猪不成？！你辛苦辛苦，今晚上还得去一趟过风楼镇，那里的皮影戏班子有名气，咱把他们请过来。我知道你累，让福存开拖拉机带了你去。高老庄再没能在人面前走动的人了，你再走一趟，权当我蔡老黑求你了！"顺善说："我是听不得一句好话的人，有你老黑这一句话我就满足了！他娘的，有人说我顺善以权谋私多贪多占，把生产队的财产捞走了，我是出了钱的嘛，别人不清楚，这事你老黑该清楚！"蔡老黑说："农村里哪能没闲言碎语，你理它干啥？树根不动，树梢摇摆顶屁用！你甭管，谁要再说，我去扇嘴！"顺善说："去过风楼我是去的，累倒没啥，只是县剧团在这儿演出，皮影有没有人看？"蔡老黑说："皮影戏是没活人演着热闹，但却稀罕，好多年咱这儿没演了，我想说不定能压过县剧团哩。"顺善说："既然是这样，我倒有个主意，镇街只有一个戏台，你连夜派人去布置戏台，县剧团来了没地方演，他们就演不成了，就是要演，自个儿搭台子去！"蔡老黑说："顺善你脑瓜子就是灵！"胖婆娘把两瓶泡酒提了来，当下就要打开，蔡老黑却要顺善拿回家去喝，并约好一等吃过晚饭，让福存去喊他上路。

镇街的南头，有一个大土场，原是镇街村的打麦场，七十年代高老庄常开群众大会，也一月半月地有各镇的文艺宣传队来演革命样板戏，镇革

229

命委员会就在土场上修了个戏台。戏台是上下两层，外续了一排房子，平日二楼上的房子里做了镇街村生产队办公室，楼下是牛棚，喂养了三十头牛。现在没牛也没了办公室，整个戏台闲着，被附近的人家堆放了柴火。蔡老黑连夜派人去通知放柴火的人家清理柴火，打扫台前台后，重新架线装灯，又派人去小学请来了教师来顺写戏台上的横额和对联。整整一夜，灯火通明，声响不绝。这期间，苏红是到土场里转了一圈，没有言语就走了。消息转告给了蔡老黑，蔡老黑甚是快活。又去爹那里抱了一大罐牛鞭泡酒，到戏台上招呼帮忙的人痛饮，他大声说："这酒壮阳哩，喝了回去都害骚你老婆吧！"来顺是家在外地，单身住在学校，当下说："我害骚谁去？！"旁人说："能闲下别人还能闲下你来顺？！"来顺不言传了。一大罐牛鞭酒喝了个光，最后醉的并不是别人，却是他蔡老黑，昏头晕脑地被胖婆娘扶着往家里走，到了巷头，顺善有气无力地正好要去见他，说是谈妥了，皮影戏班子要的钱不多，五百元，但要求演出中要披红的，得五个缎子被面。蔡老黑硬着舌头说："好！好！你给兄弟办了大事了，我请你喝几盅去！"顺善说："饭我在过风楼吃了，酒也不喝了，我只困得要命。"当下走了。蔡老黑回到家里却又睡不着，药酒性起，裤裆里一根棍胀得难受，胖婆娘问要不要她，她去用煎开水洗呀。蔡老黑没有言语，躺在了大床上的小床上，等胖婆娘洗得干净上床，他却已经手淫过了。

县剧团是提前了一天来到了镇街，人员吃住在地板厂，这些红男绿女结队在街上横着走，嬉笑着那些矮人鸭子般地走路，一个女演员甚至看见前边有一个矮子，还撵上去偏比了高低，惹得几个高老庄的人围上来论理，差点儿酿出一顿打斗。剧团的团长出面赔情，教训团员别在这里胡来，高老庄人矮是矮，却是性硬，会使熊拳哩。苏红也叮咛演员没事不要去镇街乱逛，演员也恼了火，说演了十几年戏了，还没见过县剧团下乡有戏台不能到戏台演，自己搭台子，而且县剧团的演出海报还没贴哩，皮影班子的海报却到处都是！苏红就一边摆了几张麻将桌安顿下演员，一边找人在土场的对面搭新的戏台，厂里用车拉去了长长短短的木头，将十八个碌碡在下边支了，棚起木板，垫上泥土，铺上地毡，戏台子倒比老戏台大出了一倍。一边又着人去学校请了来顺也写横额，写对联，写海报，写王文龙在捐款仪式上的讲话稿和苏红在演出前的致辞。来顺两头落好，又喜得能与女演员在一起，话就特别多，当演员们又戏弄起高老庄的人怎么就那么矮，他说："这话千万不敢说哩，哪一壶不开不要提哪一壶！我在学校里，那些学生也忌讳人说他们矮的，他们别的不一定知道，但要说起世界上矮子伟人，不知从哪儿抄的资料，竟能背诵：拿破仑一米五，康德一米四，鲁迅一米六二，卓别林一米六，还有邓小平，孙中山，晏子，子路……"演员说："子路？孔子的学生也是矮子？"来顺说："是高老庄的子路，高老庄的子路你们不知道啊？！"演员们不知道，来顺有些丧气。演员说："有趣，有趣！矮子村却叫高老庄，那个子路应该叫纸篓，纸篓一样高！"来顺说："子路的媳妇却高呢！腿那么长，下半身比上半身长哩！"演员说："漂亮不？"来顺说："羞花闭月，沉鱼落雁！"演员们哈哈大笑，说来顺嘴把牙打了，说天话哩，打麻将的去打麻将，不打麻将的穿了红灯笼线裤虫子一样去院里翻跟斗，或者拉长脖子驴一样地拉声。

皮影戏班子是当日早晨坐拖拉机来的，来了到戏台上一看，班主就有些心灰，对蔡老黑发牢骚：这是让我们唱对台戏呀？成心要晾了我们吗？蔡老黑说："你这班主也是没志气，还没上阵先怯了，你怕啥的，皮影是稀罕戏，又占的正戏台子，到时候我会让看皮影戏的比他们多！你说说，你出的什么节目？"班主说："演《夺锦楼》。"蔡老黑说："他们出的海报是《三滴血》，咱是武戏，他们是文戏，咱肯定热闹。能不能再加一个折子戏，前几年你们不是演过《卖棉花》吗？"班主说："那不是皮影戏，是十五元宵节或麦罢过会的时候演的丑戏，能演的张三和周仁人是来了，但没让人家准备。"蔡老黑说："老演家了准备什么？就这了，晚上就看你们的了，演得不好了，不光是丢我的人，也是砸你们的锅，现在国营企业玩不过私营企业，我就不信你们戏班演不过县剧团？！"班主说："蔡老黑你会鼓动哩，可现在靠精神能行吗？"蔡老黑就从口袋掏了二百元塞给他，说："不说咧！"回去忙活典礼的事，婆婆妈妈还有一摊子的。

次日起床，娘就换了一身干净衣服，叮咛西夏给子路把西服拿出来穿上，子路穿上了，西夏又让系领带，子路嫌脖子勒得难受，因为他是个粗短脖子，说："是接见外宾呀？在乡里穿得太整齐招人骂哩！"子路不肯系领带，后来连西服也不穿，还是着那一身茄克，却要西夏换一身西式套裙。西夏主张还是穿T恤衫，说那身西式套裙不是名牌也不是纯棉。子路说："在乡里不认纯棉的，今日有县剧团的女演员，那全是县上的人梢子尖儿，穿得讲究，你太休闲了不好。"西夏说："我今日倒要看看县剧团都是些什么美人儿？！"将所带的衣服又一件件穿了试，最后还是穿了西式套裙。问娘道："娘，你今日是去学校呀，还是去牛川沟呀？"娘说："头明搭早，镇长在大喇叭上就招呼大家去学校的，恐怕得去一下吧。"西夏说："你一个老婆子，又不识字，你去牛川沟吧，老年人怕的是害病。让子路去学校，人家可能还坐主席台哩！"子路说："都到学校去，教育是大事，咱不掏钱咱起码得支持呀，人家外地人能给咱这儿修学校，咱这儿人不去算什么事？！"西夏说："哪儿热闹我到哪儿去……蔡老黑他也不容易。"子路说："这两方也真是针尖对麦芒的，要看热闹在晚上的对台戏哩！你和娘执意要去牛川沟，去一下就回来到学校去。"说罢自个儿先出门往学校去了。

西夏和娘又去了南驴伯家，想同南驴伯一块儿去牛川沟。南驴伯实在想去，让把他抬到架子车上，走不到篱笆外的柿树底下，就觉得架子车颠得受不了，头又晕得吐黄水，只好又拉回去。南驴伯去不了，三婶当然得去，又想着也把劳斗伯婶叫上，三人刚刚下了那道斜坡，却见晨堂家的院门咣啷一声响，一只狗拖着绳蹿出来，绳的一头拽着的是晨堂，眼看着狗往门前的土塄下扑，也要带着晨堂下去，三婶惊得大喊："丢手，晨堂！快丢手！"但晨堂没有丢手，他倒在地上却把绳子的一头就势缠在了一棵树上，狗就吊在了土塄的空中。晨堂爬起来，他的头上已蹭出伤口，在地上捡一片鸡毛粘了，骂道："狗东西，死呀死呀还要拉我垫背哩？！"西夏忙过去要帮晨堂把狗拉上来，晨堂说多待一会儿好，进院竟提了一桶水，一勺一勺照着空中的狗嘴里浇，狗就咯儿咯儿响了几声，身子软软地吊在那里。娘说："晨堂你要杀狗啦？"晨堂说："蔡老黑让我给皮影戏班做饭哩，班主提出要吃狗肉，唱个破皮影还要吃狗肉？我给老黑说了，老黑说吃就吃，给我五十元让买条狗的，与其买狗，还不如我引逗条野狗来杀了！可这狗东西命长得很，只说已经勒死了，丢在院里去磨刀哩，它竟又活过来跑了！"三婶说："你杀野狗哩，高老庄就这么大，哪里来的野狗，小心蝎子北夹蝎子南夹的谁家来找了你！"晨堂说："他谁家找来，狗都埋葬在戏班人的肚里了，他寻鬼去！"三人不再搭理晨堂，去劳斗伯婶家，劳斗伯婶害眼病，额角上贴着核桃树叶，正在屋里熬竹叶子茶哩，去不了。庆来恰好回老屋里到楼上翻寻火铳，闹社火的那一套鼓、锣、号角全放在老屋，当下将四杆火铳拿了同西夏和婶婶们赶去牛川沟。

白塔是不粗的，但五层塔座，七级塔身，青砖压砌，白灰勾线，塔顶上是汉白玉圆锥石，在旷野里还算雄伟，但人去的却并不多，蔡老黑就站在塔下，指挥着雷刚用红绸子遮盖塔一人多高处的一面石刻。西夏过去说："蔡老黑，谁给你打扮的，穿上西服了，脚上却是一双旧布鞋！"蔡老黑说："西夏来了，欢迎欢迎！子路呢？"西夏说："他一会儿来。"蔡老黑说："你说穿布鞋太土了吗，咱是农民嘛，土洋结合咧！"西夏看着散落在塔四周的人，虽不甚多，却个个虔诚，已经在塔前燃香焚纸，就问："今日能来多少人，请什么领导吗？"蔡老黑说："乡里人哪有个时间概念，恐怕是都来吧，谁不想无病无灾呢？雷刚，九明——"雷刚和九明跑过来，蔡老黑说："你俩去镇外的路口上，把人往这儿赶！寺里的师父一到，咱就开始呀！"雷刚九明一路小跑而去，西夏说："是太壶庙的鹅头和尚吗？"蔡老黑说："咱这是民间活动，你请政府人来，他们又担心是搞迷信，他们只要不反对阻止就烧了高香了，至于谁来谁不来，都是自愿，谁的头是铁箍了的谁就不来。你喝酒不喝？"西夏说："今日还喝酒？"蔡老黑说："正因为是自愿，我才做苞谷酒，谁愿意来谁来，谁能喝就喝。"西夏这才看清塔后起烟火的地方原是在做酒，便跑去看稀罕。但见以地势掘的灶火坑上架着一个大锅，锅上是一木梢罐，木梢罐上反扣着一铁锅，锅沿下就有一小竹筒儿。烧酒人说："一揭幕，就出酒呀！"西夏说："苞谷酒是什么味，好喝不？"烧酒人说："还能不好喝，西夏！"西夏说："我认不得你，你知道我的名字？"烧酒人说："我是菊娃的姐夫哩！"西夏立即不言语了，走开来，但她对那个长着大红鼻子的烧酒人倒有些好感，想：这蔡老黑野家伙，亏他能想到在现场烧酒嘛！过来问娘那烧酒人是不是菊娃的姐夫，娘说是，他爷一辈子烧酒，他爹一辈子烧酒，他也烧，是个老烧头哩！西夏再看那红鼻子，红鼻子人也在看她，有些不好意思，用手捏了捏红鼻子，低头烧起火来。西夏突然后悔没有带相机，想返回去取，又怕来不及，就只好到处走动，看了庆来几个人如何装火铳，看了那烧香人的供奉盘里放的是些什么东西，去看了跑来跑去的小孩子们身上的裹兜的刺绣和脚上虎头鞋的形状，后来就去看另一个已竖起的石碑上的捐款人名。寻了半天，上边发现了有南驴伯的名字，旁边就拥过来好多人问：我在啊哒？我在啊哒？有人始终未寻到自己的名字，跑去问蔡老黑，说他是捐了钱的，二十元呢，平利可以作证，但平利的名字刻上去了怎么没有我的？蔡老黑便解释说刻碑时间太紧，又没有太大的石碑，巩老大就只刻了三分之二的人名，剩下的过几天就刻好了再竖在这里。没刻上名的人大为遗憾，说："老黑，上边怎么也没你的名字？"蔡老黑说："我不要名！"旁边一人说："蔡老黑是人大代表了，他思想好，他的名字刻在咱心里！"蔡老黑说："这话不敢说！我只是尽能力为咱高老庄办点实事罢了，扯不上代表不代表的，即使扯上，人民代表人民选，选上代表为人民么！"那人说："老黑，听说这回县上人代会上吴镇长要高升呀？"蔡老黑说："你哪儿的消息？我不知道。"那人说：

"你不知道？前天听说吴镇长又从地板厂拉了一车地板条进县上孝敬人了，你不知道？"蔡老黑说："不知道。我好像听说过地板厂要扩建，寻吴镇长审批征用地的。"那人说："咱这儿山多地少，农民盖个房子卡得那么死，地板厂占了那么一大片，还扩建呀？哪能批？！"一个人说："人家就批了！"那人说："苏红她拿 × 交换哩！现在倒资助重修学校呀，学校是为人师表的地方，让娃娃都当婊子吗？今日我没去，她亲自来请过我的，我就不去！"

又等了半天，人陆续来了一些，但大都是些病人，被家人搀扶了或背着。鹅头和尚也到了，他被蔡老黑邀请在塔前坐了。但雷刚和九明还没有回来，好不容易盼着雷刚领着十多个人来了，雷刚说，相当多的人在路口挡住了，但都是去学校参加会了才能再来的，所以九明还留在那里等。蔡老黑就躁了，骂道："去了就不要来！咱开始！"让雷刚招呼散着的人都集中过来。西夏陪着娘和三婶绕着塔看，见骥林娘也颠着小脚来了，三个老姊妹就喊喊啾啾说话，西夏一时却觉得身上发凉，而且肚子隐隐疼起来。骥林娘说："西夏，你咋啦，鼻梁上出汗了？"西夏说："肚子不舒服，没事的。"娘说："想不想拉，拉一泡会好些。"西夏也就觉得肚子下坠，想拉，四处张望，附近竟没个厕所。这时，石头的舅和妗子站到了塔身的后边，娘叫道："背梁，背梁！"石头的舅不知看见了什么，手在怀里抓痒，咧着嘴笑，牙龈的红肉露出来，听到叫声，走过来。娘说："就你两个来了，石头呢？我只说你们会把石头背来的，怎么没让他来？"背梁说："他妈接到店里去了。"娘说："这菊娃，她怎么不带石头来，没人告诉她吗？"西夏不愿看到这两口，给三婶说了声她寻地方解个手呀，朝坡根的一片小树林里去。

小树林里的一个土堆上艳艳地长着一朵花。西夏猛然瞧见了那朵花，觉得奇怪，怎么到处没有花，它却开得这般红，如血一样？但她不认识这是什么花，对着看了看，也不忍去摘，无风里花瓣却闪动了，娆娆地似乎在向她说话。西夏绕过了土堆，蹲在一棵白皮桦下，一股稀汤泻了下去，她同时听得蔡老黑在大声地讲话，侧耳听了听，又听不完全，肚子又

235

疼，又一股稀的东西泻出去，蔡老黑似乎在说高老庄是县上最丰饶最美丽的地方，历史悠久，人杰地灵，全是有了这白塔的风脉。先人们为什么要把塔建在这里，是有道理的，风脉就是风脉。塔一倒，白云湫的邪气冲过来，高老庄这么多年癌症蔓延，人是挨家挨户地死。他蔡老黑办了葡萄园，原指望以葡萄园带动高老庄都富起来，但他吃了县酒厂的亏，葡萄园废了，他蔡老黑是穷光蛋了，他蔡老黑还能为大家做些什么事呢，就领个头来修白塔。他贷了款，负了债，大家也都捐了钱，今日总算把白塔修起来了！修这个白塔，高老庄的人是那么心齐，有力出力，有钱出钱，这种精神是宝贵的。高老庄历史上就是靠心齐，靠自己力量保存了我们自己，没有被外人撵走，也没有被外人污染，今后我们会更是这样！西夏想听听蔡老黑会不会咒骂王文龙和苏红，但没有听到。解完手后，身子舒服了许多，站起来要走出林子，却想，摘了那朵花贡献给塔前去，向那土堆上看时，土堆上竟然没有了花！一时间万种疑惑，以为刚才出现了幻觉，或者现在还在梦境，拿手在腰上拧了一下，肉锥儿锥儿疼，就怔在那里莫名其妙。这当儿一阵天摇地动的火铳声，鞭炮轰响，紫烟升腾，人群呼叫，遂是两声炸药包的爆炸，震得脚下的地也忽闪了一下。西夏从树林子里跑出来，那面红绸布已被鹅头和尚揭开，嵌在塔身上的石碑上刻着两个大字：白塔。蔡老黑笑着问："字写得怎么样？"西夏说："太张扬。"蔡老黑说："白字上边的一撇之所以长，那是青龙抬头，塔字的土旁大，是要土能生真。这是我写的。"西夏说："原来你是写你哩！"蔡老黑看着西夏，突然说："西夏，你今儿好漂亮！"西夏说："谢谢！"蔡老黑说："我真想把你背起来，在那山头上跑哩！"眼睛就直勾勾起来。西夏笑了说："我可是一百二十一斤重的！"骥林娘在那边叫："西夏西夏，你来喝喝酒！"已经开始出酒了，锅沿下的小竹筒里一股热酒流出来，许多人拿碗去接了，你喝几口传给他，他喝几口又传给别人，有的就仰脖子咕噜噜一气喝尽半碗，袄袖子擦了嘴，说好酒好酒！西夏一时走不过来，塔前到处都跪伏着人在焚香烧纸，口里念念有词祈求神灵保佑，不知谁将手中的拐杖靠放在了塔根，立即十人几十人几乎所有人都把手中的拐杖、木棍也靠放在塔根。没有拐杖木棍的也就去树林子里折了树枝也靠放过去。西夏走到骥林娘跟前，在她端着的酒碗里喝了一口，顿觉苦味难咽，龇牙咧嘴地说："煳锅的味道！"骥林娘说："喝上几口你就尝到香了，越喝越香！"西夏说："为啥把树枝靠放在塔根？"骥林娘说："求平安吧。"西夏说："你们在这儿，我去折一把树枝来，给你们都求个平安！"她跟着人群往树林子跑，很快回来，那些矮人跑动着全都不是身子向左摇就是身子向右弯，摇摆摇摆，摇摇摆摆，就显得西夏人高马大非常显眼，三个老太太看着就抿了嘴笑。西夏靠放了树枝，说："笑我哩？"骥林娘说："真是个马驹子！"西夏说："是不是嫌我发野？我喝了酒嘛！"骥林娘说："回来这么久了，你娘没给你烧过酒？"娘说："他爹在的时候他爹烧，他爹一死，我哪儿会？"骥林娘说："西夏，婶婶给你烧，山里没什么好的，就是这一口水酒香，你娘倒不会！你知道不，你爹在的时候是村里十二能，把你娘惯得什么也不会了，一个能的配一个拙的，我在家也琢磨了，子路和西夏都有文化都能干，偏就西夏比子路高！"西夏说："婶婶巧说的，嫌我太高了，以后我要弓了腰走路呀！"就做了个弓腰弯腿的姿势，逗得几个老人都哧哧笑，同时旁边的人也往这边看着笑。蔡老黑却在那边粗声训斥九明："开过那边会了才到这儿来，哪还来什么，来做 × 啊？！"九明说："人来了你就不要说了，谁家没个娃娃上学？人家又是政府要求去的……不说了，不说了，你去招呼吧，让都去喝酒！"西夏就看见浮桥上一溜带串地过来许多人，那桥就摆荡得厉害，真担心桥突然断了，人要掉下去。蔡老黑就站在那酒锅前，见一堆一伙人过来，一边骂着一边又把酒碗递过去。

仪式的最后一项是发纪念品的，但并不是什么证章，而是鹅头和尚将准备好的几沓黄表纸符散给每人一张，蔡老黑反复叮咛这符是灵验的，来的人有，没来的人没有，符装在身上的口袋可以保佑人身平安，贴在家里可以辟邪免灾。西夏和老太太们各得了一张回来，子路在家已擀好了一案面条，问子路说好的去学校参加一会儿活动到牛川沟的，怎么就没去，子路说真的是被请到主席台上坐了，走不脱身的。西夏说："那边会开得怎么样？"子路说："学校要求学生必须到校，每个学生又要求得一名家长参加，去的人很多，县上一个副县长也来了，领导和王文龙苏红入场时，学生是挥着彩带列队欢迎的。"西夏说："这也过火了，才举行捐款仪式的，又不是学校修建成了，闹得这么大成心是压蔡老黑了！"子路说："这就叫文野之分，蔡老黑努了多大的劲儿修塔哩，只想来个泰山压了地板厂顶的，没想王文龙和苏红四两拨千斤，使蔡老黑种了个瓜得了个豆！"西夏嗝了一声。子路说："你喝酒啦？"西夏说："喝了。"叙说了牛川沟当场烧酒，鹅头和尚发散黄表咒，以及蔡老黑骂九明的事，子路说："哈，这就是农民！"西夏说："你这么个幸灾乐祸劲，也是农民！"子路说："我是中立人。"西夏把套裙脱下来，在那里抖衣上的灰土，子路说："蔡老黑今天没赢人，你把人赢了，我在主席台见了那副县长，他说他在镇街上看见你了，问这是谁，旁边人说是子路媳妇，就对我说：你媳妇是个大美人么？！"西夏脸上活泛了些，说："是不是？"子路说："在牛川沟又把人镇了吧？"西夏说："那当然！"衣服又抖一抖，突然之间她恍惚起来，看见了衣服上哗啦哗啦落下一堆人的眼珠子，她在得意地说："你瞧瞧，你瞧瞧，多少人在看过了我哩！"子路却什么也没看见，纳闷儿不知她嚷嚷些什么。

一家人吃过饭，就各自睡了歇息，一觉醒来，子路的那根东西却硬赳赳的，手在西夏的身上摸，摸得西夏也醒了，子路说："来不来？"西夏说："你这阵身体和情绪到最佳状态了？"子路说："我想十个月后该会有个优秀人物诞生哩！"西夏就起来关了卧房门，又拉合了窗帘，子路却开了灯，从箱子里取了西夏的那双回来还未穿过的细高跟皮鞋让她光脚穿了。西夏不愿意穿，说："你有病哩，在炕上穿什么鞋？！"子路说："我就喜欢你那长腿，穿上高跟鞋性感，我更兴奋哩！"当下动作开来，西夏还未来感觉，他却觉得不行了，西夏说："你分散一下注意力。"炕头没有书报，连他们的笔记本也放在了堂屋的柜上，子路就数数儿，从一百往回数，但仅仅数了十多下，他无法控制了。西夏气得坐起来说："这就是最佳状态啊？！"子路懊丧地趴在那里，喃喃地说："我这是怎么啦，怎么会是这样呢？"西夏就下了炕，蹲在地上让东西流出来。子路说："你不想怀孕啦？你应该睡平在炕上。"西夏说："你瞧瞧，就这点儿东西，真要怀孕，能诞生个什么优秀人物？"

两人穿了衣开门出来，娘却早已起床，正坐在院门外的石头上和麦花说话，麦花怀抱着她的小儿，娘喜欢得亲了小儿的脸蛋又亲小儿的鼻子，又去亲那小嘴儿，小儿却一伸手将娘的脸上抓出了三道指甲印。麦花说："这娃，你婆爱你哩你倒抓你婆！"娘说："他婆不疼！我娃学本事了，能抓了人的！"麦花说："你这么爱惦娃，明年你就得忙了。"娘说："真要能生下，我不到省城去，把娃娃抱回来！"西夏听她们说生娃娃的话，忙转身又往堂屋去，麦花看见了，说："西夏，你是让你娘去城里呢，还是舍得让娃娃到乡里来？"西夏笑着说："你瞧我能生了娃娃吗？"娘说："甭说败兴话，你咋不能生的，你那么大的个子，娃娃恐怕有八斤九斤的！"西夏越发笑了，说："菊娃给你生了个石头，我要生个铁块喽！"子路没有加入这场说笑，立在院子里看了看那飞檐走壁柏，然后去村里转悠一遭。天近了黄昏，村子里的孩子们就扛着条凳去镇街戏场里占位子，许多人家早早通知了周围村落里的亲戚来看戏，村口就不时有穿着新鲜的人提了水酒点心的人，村人打趣道：嗤，栓子叫你来看戏哩，实际上是要你送礼！来的亲戚说：多时没过来了，总不能空着手呀！子路回来，娘和西夏已做好了锅盔米汤，还未吃毕，镇街上隐隐约约就听得见锣鼓声，巷道里有人在相互叫喊着"走喽走喽"，娘收拾了碗筷，也不洗了，在镜前梳头，又拿鞋摔子在台阶上啪啪摔打鞋面，说："西夏，你拿个包儿，戏台下有卖花生的，买些回来吃！"但西夏这个时候肚子又疼开了，她只说捂一会儿肚子就会好的，却越揾越疼，又不能坏了娘和子路去看戏的兴趣，说："娘，你和子路先走，我收拾收拾了就来！"娘说："咱一块儿走热闹！"西夏说："你们先走，我走得快，来撵你们！"子路说："她出门难场得很，洗脸呀，画眉抹嘴呀，咱先走。"娘就叮咛："我们拿了灯笼，你来时记着拿上手电，回来要照路的。走时不要把院门钥匙装在身上，就放在门脑上，谁要先回来就能开的！睡屋里我是喷了'敌敌畏'了，记着把窗子关好，蚊子就不进了。听着了没？"西夏说："听着了！"

娘和子路一走，西夏在炕上窝了一会儿，疼得一头一身汗，后来就觉得要排泄，去了厕所，在那里蹲了好长时间，村子里已经安静下来，天上满是星斗，又没刮风，只有狗在吠着，那锣鼓声清晰地传来。从厕所出来，疼痛略好了些，人却浑身没了劲儿，又歇了一会儿，方锁了院门，一脚高一脚低赶到戏场。东西两个戏台，皆是灯火通明，戏已演得热热闹闹，绕着戏场的一圈，摆满了各种吃货，两边戏台下却集中了黑压压的人群，中间的都坐着，边上的全站着，时不时人群里就起了骚动，一阵打，一阵骂，又平静下来。皮影戏自然是压不过人演的大戏，三分之二的人在县剧团的台下，每当扮相俊美的女演员出场，人群就如六月天风里的麦浪，呼地全倒过去，又呼地全倒过来，许多人就从凳子上跌下去，又将凳子举起来，凳子就又打着了旁边的人的头，后边的又骂：坐下坐下，我是来看你的脊背吗？两方就吵起来，有小孩子哭了，立即有人叫嚷：谁尿了谁尿了，把地上尿得成河了，这里是厕所吗？西夏没见过这种场面，想农民看戏哪里是看戏，全是来热闹了，这和城里看足球比赛一样嘛！她不敢靠近那边戏台，不仅仅是挤，而且发觉有许多人在偷偷地看她，她一站进人窝，身前身后就有人故意挤，似乎觉得谁的手极快地摸了她一下屁股，就退出来往皮影戏台下去。场边的灯影暗处，四五个男人在那里撒尿，忙避开，又见一对男女从台下往外走，刚到暗处就抱着亲了一口，个子都不高，亲吻声却响，擦身而过时，她听见那男的说："子路的媳妇！"西夏装着没听见，就站到了皮影戏台跟前。西夏以前是看过皮影戏的，但她没看过露天地的皮影，那幕布上投出的影子形象十分生动，遗憾的是幕后伴唱的是个老汉，声嘶哑不堪，戏台下人又走了一部分。西夏正辨不清这演的是什么剧，便见有人把脑袋从幕布边伸出来看了看戏场子，又缩回去，听得两人在说话，一个说："唱完这一折子得让张三和周仁上了，再不上就塌火了！"一个说："敢不敢用红墨水？"一个说："啥时候了还不用？"西夏不懂他们的话，待皮影戏又唱过一会儿，就歇下来，把台幕拉闭了。场子中有人叫："皮影戏失塌了，演不成了！"这边却突然锣鼓哐哐哐敲打开来，十分激越，接着台幕拉开，不是皮影了，是一个丑角就咯拧咯拧走出来。丑角是男的，却扮着女人相，做了各种滑稽动作，说着许多脏话俗语。场中就又有人喊：演《卖棉花》了！那边戏台下的人呼呼呼地就往这边拥来，西夏一下子又被拥到场边，如大海涨潮把一只空塑料瓶抛到了沙滩，她看不清戏台上的表演，也听不清那丑角在说些什么。站在一个碌碡上了，才看见戏台上又出来一个丑角，也是男扮了女，两人在那里买卖棉花，讨价还价，后来一个说：你偷了我的棉花！一个说：我要偷你的棉花叫我吃糖甜死去，叫我睡羊皮褥子软死去，叫我考个状元兴死去，叫我娶一个小的美死去！台子下一片浪笑，那边台子下又过来了不少人。两个丑角还在争辩，一个说你偷了肯定偷了，要是没偷你敢让搜身？一个就说哪儿偷了哪儿偷了？把帽子卸下来，头上扎着个锅刷子一样的发辫，把鞋脱了，脚上缠的是一丈长的白布，把怀解开来，胸脯上吊着两个猪尿泡。一个说："裤裆里，在裤裆里！"从裤裆里往出掏，果然掏出了一把棉花，又掏出了一把棉花，那棉花一握，就流出血水来。那边台子下的人差不多就全过来了，在下边噢噢叫："再掏！再掏！"丑角说："没了！"最后掏出来的是一件裤头。台下就呼啦啦上来六个人，拿着六个大红缎被面披在丑角的身上，戏台两边的鞭炮同时爆响，台下顿时成了浪里旋涡。

　　西夏嘎嘎嘎也笑个不止，一低头，却见那边人稀稀落落的台下，菊娃

241

推着一个轮椅，轮椅上坐着石头，而子路在与她说话哩。西夏害怕被子路和菊娃瞧见了她，急跳下碌碡，躲闪到场边一个卖炒热粉的小吃摊上。小吃摊上的一盏马灯就挂在摊后的一根拴驴桩上，而桩旁恰好竟是一块儿石碑，碑文被光照得清清楚楚，西夏就扭着头看。先还是看一行，扭头往后看看，是不是子路和菊娃也过来，后觉碑文写得有趣，就什么也忘了去。这碑子仍是清刻，碑方首，四侧边栏饰浅浮雕流云纹，其文是：

盖闻"人以神灵，神以人显"，人无神不灵，神无人不显。是神与人互相为捍卫者也。缘吾处建立此庙，土名圪塔，由来久矣。但年代湮没，风雨飘摇，渐至高宇颓败，神像堕裂。吾等不忍坐视朽坏，是以约众姓捐资，葺修庙宇，装塑神像，庶庙貌巍峨，金容不朽，丹楹画桷，峻宇雕栏。恍临帝子之长洲，如得仙人之瑶馆，峰形横叠，山原旷其盈视；水流曲漾，川泽盱其骇瞩。赫赫濯濯，神通正直之德；威威显显，人蒙阿护之灵。吁！名山在望，神踞于斯，庶几家给、年丰、民和而神降之福焉。

西夏问摊主："这圪塔庙在哪儿？"摊主说："圪塔庙？"好像并不知。西夏说："这碑子是一直在这儿吗？"摊主说："盖戏楼时，是从土里挖出来的，我们不知道这里以前有没有个圪塔庙，那边是有个碑子是给五子柏立的，五子柏倒还在。"西夏忙问在哪儿，摊主指了指另一个卖花生的摊位，她立即过去，果然见一妇女靠在一面碑上，面前地上放一马灯，马灯前一个麻袋装着花生。西夏当然不能让妇女走开而让她看碑，就掏钱买了一斤花生，也蹲在那里边吃边与妇女唠叨，唠叨热火了，才拿了马灯照着碑看，碑文写道：

高国彦其人者，庄好义之士也。岁丙午之春，因增垦荒田，东南隅有寺基，并科以税，该贰拾金，僧甚苦之。地有古柏，一根五株，纵横气象俨若兄弟，此高老庄古乔木也。僧奉吏鬻柏办税，义老未有知也。是夜梦兄弟五人，衣青衣，至床前大呼曰："速救我。"义老惊晤曰："此异梦也。"越翌日游东南，望见柏下丛集十数人，各持斧伐柏，及详视之，如梦中所见五人。请讯伐故，僧以颠末告。义老曰："慎无伐，予愿捐金留柏。"归，出市宅三间，如约纳于公。呜呼！此不忍于柏，彼何忍于民耶？呜呼！耆老且知好义，士君子可无名行耶？爰为之记。康熙五月岁壬申季秋月日。

西夏至此方想到，此碑记载的便是蝎子尾村的坡坎上那五子柏了，但碑子却怎么不竖在五子柏下而立在这里，问那妇女，妇女却骂起一个小儿："我看了一眼戏，你就偷花生了？拿出来，拿出来！"小儿却强辩："哪儿有，哪儿有？"又用手在裤裆里掏，掏出来了，说："掏了个屁！"撒脚钻进戏台下的人窝里不见了。

子路和娘来到戏场后，一些老太太就拉娘坐到她们的凳子上去说话，子路立在戏场边的吃货摊上看卖吃货，晨堂担了一担儿尿桶放在了新搭戏台边的一棵树后，子路笑他会寻便宜，这一夜能接一担生尿哩。晨堂嘿嘿笑着，附过身来说："在德门家里耍哩，你去不去？"子路说："没记性！上次被抓去罚了款，又……"晨堂说："今晚上派出所的人都在看戏，百无一失的，庆来贼猴手气好哩，已经赚了一个整数咧！"子路说："那弄钱容易，你还来看得上那一担尿？"晨堂说："我没本钱嘛，我还得帮你弟媳哩。"子路这才看清在场边点了一盏马灯的是晨堂的婆娘，正卖馄饨的。子路说："你现在提尿桶，一会儿就又去包馄饨，那啥味道都有了！"晨堂做个鬼脸走了。子路扭头看了看，没有发现西夏，却在人群里看到了菊娃推着轮椅出来，是石头要到场外撒尿呀。子路就过去，轻声叫："石头，石头！"石头说："爹，娘给我买了轮椅了！"子路说："你娘现在有钱了！"菊娃说：

"男人有钱了就坏，女人一坏就有了钱，我坏了吗？"子路笑了一下，把轮椅拍了拍，问石头坐着舒服不？石头说："舒服。爹也不来接我！"菊娃说："你爹忙嘛！"就拿眼睛看子路，问："你那一位呢，没一块儿来？"子路没吱声，石头却要子路推他到皮影戏台下去。子路推着去皮影戏台下，石头又要把他推到卖吃货的摊前，子路给他买了一块儿麻片糖，许多人就过来说轮椅好。别人越是说轮椅好，子路越觉得浑身不舒服，就推了石头到菊娃那里。菊娃说："石头，娘来推，你爹推了心里不美哩！"石头说："爹，你走路要小心哩。"子路说："怎么？"石头说："你那腿也不好哩！"菊娃说："别胡说，你那嘴里有毒哩！"就小声说，"你瞧老黑那个蔫相。"子路抬头看了，蔡老黑从前边勾了头往场外走，他原是宽肩人，今夜却成了溜肩，那褂子就显得特别长，腿也软，走过去像头老驴拽磨，他忙背过身，装作没看见，也不让蔡老黑看见，直待蔡老黑消失在黑影地了，才说："今晚对台戏把蔡老黑砸了，他只有演那一折黄戏争观众，可也就是那一折。"菊娃说："那是个恨透铁，这阵儿不知又干什么去呀！"子路说："管尿他哩！"再不提说蔡老黑。

蔡老黑是端直往镇政府大院去的。吴镇长不爱看戏，爱打猎，他有一杆擦得精亮的双筒猎枪，没事就和派出所的老朱去南北二山里打黄羊，打野鸡。朱所长自小是个对眼，视力不好，枪法不及吴镇长，但捉狸却是高手。这日天擦黑，把王文龙苏红和县剧团团长叫来，指示演出只能演好，无论戏场上出现什么情况，一是不得出乱子，注意安全，二是不能半途而废，即使台下没人，也得坚持演完。之后，两人就去稷甲岭根捉果子狸。果子狸是喜欢吃柿子的，柿子成熟的时候，只要守住一棵树，用手电往树上照，它就伏在树杈上不动了，一枪一个往下打，但现在柿子未熟，果子狸就钻在山坡的土洞里。在土洞口看看土色，朱所长能知道洞里有没有果子狸，是公的还是母的，是一个还是一窝。两人寻着了一个洞，朱所长坚持说有狸，吴镇长捡了柴火在洞口点了熏，然后拿一个麻袋随时准备套装跑出来的狸。但熏了半会儿，没狸出来，吴镇长说："今日马失前蹄了！"朱所长说："不会的，一定是烟大熏死在里边了。"用锨掘洞，果然里边熏死了三只小狸。两人回来，杀狸熬肉，要去买酒来吃喝，蔡老黑来了。吴镇长说："狗日的老黑牙口齐，肉熟了你来了！"蔡老黑说："正好，今日酒我包了，让我有个巴结领导的机会么！"跑出来去商店买了两瓶酒。三人喝着，很快一瓶半下肚，吴镇长说："今日对台戏，你不在那边坐镇，一定有事来求我了！"蔡老黑说："镇长了解我蔡老黑！镇长，蔡老黑不是爱拉扯的人，平日不来打扰你，但蔡老黑是粗人，直人，我是来问问，我蔡老黑还算不算政府树起来的农民企业家？即使不算了，还是不是高老庄的农民？"吴镇长说："蔡老黑是老先进呀，我没到高老庄时你就是先进呀，咱们的老县长凭什么资本一举将贫困县帽子摘掉，就是他在高老庄蹲点，修桥修渠修地建立林场，又把高老庄的经验推广了全县！咱现在的县长要把扔掉的贫困帽子再次捡起来戴在头上，听起来不好听，但更务实！当然了，不管是老县长还是新县长，都是共产党的县长，树起的先进典型依然是先进典型嘛！还有啥事你说！"蔡老黑说："有你这话就好！那么，我为高老庄人民修白塔，请你去你不去，你却坐在苏红他们的会上讲话哩，我请了皮影戏班来活跃群众文化生活，你不理，你却接见县剧团的学员娃娃哩，我干啥，他王文龙苏红就对着干啥，他们背后有你做靠山，狐假虎威，这还有我的活路没有？咱政府是支持群众都富起来哩，总不能谁有钱屁股就坐在谁的凳子上，爱富人不爱穷人？！"吴镇长说："蔡老黑，你是真的对我有意见了！你是被树立的镇一级企业家，王文龙苏红是被树立的县一级企业家，人家支持教育，我能不去？县上来了领导，我能不陪？唱对台戏那是你们的事，更是剧团戏班的事，现在是市场经济了，竞争嘛！是不是今晚你那一台被压住了？"蔡老黑说："我来把话给领导说清，他王文龙苏红给大家办事哩，我修塔也不是给我家修祠堂，演戏也不是我娃过满月招待村人的，他王文龙苏红花了钱，我也是花了一堆钱的，他们花钱是九牛拔一毛，我花钱却是杀鸡取蛋的，那信用社的贷款我就不还了，我办了集体福利了，办了社会慈善了！"吴镇长说："这怎么能扯到贷款的事？那是你和贺主任的事，本镇长没权管这些！蔡老黑同志，你也是人民代表大会的代表嘛，咱说话办事，豌豆一行，茄子一行，不能混着来嘛！"蔡老黑说："那我那么多钱就白花了？"吴镇长说："你既然为大家办福利，搞社会慈善，那你还想要什么？我这辛辛苦苦弄的果子狸肉你不是也白吃啦。"蔡老黑说："不管怎样，我把话给你说了。"朱所长一直坐着没言传，这阵说："老黑，只要你喝酒，什么事都好说，你贷了多少款？"蔡老黑说："三十万。"朱所长说："一万元一杯酒，不说给你免了，有吴镇长的话，最起码还可以延缓还款的时间嘛，你来三十杯！"蔡老黑红了眼，端起酒瓶，在杯里倒一杯喝一杯，倒一杯喝一杯，一瓶酒立时完了，朱所长便要去再买酒，吴镇长说："老黑，你别听朱所长说，他是日弄你喝酒哩！"蔡老黑说："反正你们是领导，今日喝不死，明日那姓贺的再来害骚我，我到镇政府大门口吊肉帘子呀！"自己突然鼻子呼哧呼哧，眼泪就流出来，说："我蔡老黑活窝囊了，活背了，喝开水塞牙，放屁也砸脚，我只说别人算计我，领导也算计我嘛！"吴镇长和朱所长就面面相觑，朱所长说："老黑你咋啦，你要哭呀？"蔡老黑真的就呜呜哭了，这一哭竟不能止，鼻涕眼泪涎水全流下来。吴镇长说："他醉了，醉了。"喊门卫把蔡老黑送回家去。门卫背不动蔡老黑，架着胳膊东倒西歪地走，吴镇长和朱所长站在院子里听到戏场上锣鼓叮叮哐，叮叮哐地敲，说："戏还没散的……蔡老黑没尿相，这点儿酒就把人撂倒了？！"

西夏听说了蔡老黑在唱戏的晚上到镇政府喝醉了酒哭哩，起先不相信，但她确实在皮影戏班最后被县剧团拉垮后并未再见到蔡老黑，心里倒也疑疑惑惑。子路从菊娃的店里接回来了石头，提说起这事，子路说，外边都摇了铃了，蔡老黑不光是喝醉了酒哭哩，在镇政府时就尿了一裤裆，回去的路上竟然栽倒在一个粪坑里，幸亏粪坑里水尿浅，没被淹着，却弄得一身臭屎！西夏一听，眼泪竟流下来。子路说："你怎么啦，给他流眼泪水啦？"西夏说："他是个硬汉子，能那样，心里一定是难受得很，苏红他们也做得有些过了。"子路说："狗咬狗，自作自受！"西夏说："你怎么这样说话，你不能因他和菊娃好过，就这样看问题！"子路说："我就这样看他了！你们女人就是容易上当受骗，你怎么和菊娃一个样？"西夏说："人是有能力大小之分，职务高低之分，但人得有个性魅力，你多亏到城里工作了，你若还在农村，要力气没力气，要手艺没手艺，说话处事黏黏糊糊，汤汤水水，我看有你十个也抵不住一个蔡老黑哩！"子路脸色就变了，说："我不及蔡老黑你去嫁蔡老黑嘛？"西夏没想到子路竟说出这种话，就也生了气，说："你说什么？你这样不尊重人？！"子路说："你就尊重人了？"西夏说："我说你的缺点哪儿说得不对，你想想你回来这些日子处理的事，还像不像个大学教授，你戴了有色镜了，看谁都带色了，以为谁也都有了色？我指出来你的弱点，你就能说出那么难听的话？！"子路说："你让我怎么说？！"一巴掌拍在轮椅背上。轮椅上的石头就喊："奶！奶！"娘从厕所里一边跑过来一边系裤带，西夏说："你给我凶？"子路说："我就凶了！"娘说："怎么啦，怎么啦？"石头说："他们骂仗哩，我去我娘那儿呀！"子路就吼叫道："吱哇啥哩！"将轮椅一推，轮椅竟向前滑去，撞在樱桃树上，轮椅就翻了，石头从轮椅上摔出来。突然的事变，西夏急忙去抱石头，子路也觉失手，圪蹴下去要哄石头，娘却老鹰一般扑过来，扬手就在他背上擂鼓一样打拳头，说："你打石头？！你是欺负他不能走路吗，你怎不把他一下子推到墙上碰死？"西夏把石头抱到轮椅上，说："娘，都是我们不好，你不要生气。"娘说："我不生气？我在厕所里啥也听得明白，子路你是哪儿气就在哪儿出吗，你寻西夏的茬？你又给石头耍歪？赶明日你就得又烦我了？！你活独人呀？你回来做啥，你还嫌这一家人没死绝吗？！"子路出门就走。石头还在哭着要去找娘，西夏要把他从轮椅上抱着回屋，他双手死抓着轮椅不丢。娘过去抱了，说："你和你多咋是一个德性！还哭啥哩？不哭了！"抱进屋去。院子里只剩下西夏，她坐在捶布石上越想越觉得委屈，起身回卧房就睡下了。子路的脾气坏，这是西夏回到高老庄后发觉的，而且越来越坏，她检点着是不是自己做得过分了，但她没有错呀！子路是见不得提说蔡老黑，对王文龙也是爱理不理的，子路的心里依然是对菊娃有一份情的，所以才这么脾气焦躁，竟然对自己也开始骂粗野话了！人常说结发夫妻恩义长，那么自己算什么呢，这次她还是和他一块儿回来的，整日守着他，若她没有回来，还不知道这又是什么情景？西夏想着想着，眼泪又从眼角流下来。窗外的檐笪上，一只鸟在啄什么食吃，嘟，嘟，嘟嘟嘟，西夏觉得那是只有着一尺长的尖嘴鸟，从窗子里伸进来啄她的脑壳儿，脑壳儿就疼，疼得发麻发木了。

　　不知过了多长时间，西夏迷迷糊糊听到那边卧屋里石头不哭了，厨房里有了风箱拉动声，猜想娘是在做饭了。院子里的鸡嘎嘎地叫，是不是那只母鸡又在窝里下了蛋，得意它的功劳啦？她想，我是该起来帮娘做做饭，或干些小的零碎活儿了，但却身沉得很，索性又睡去。那长嘴鸟又开始啄她了，啄了脑壳儿又啄她身上的被子，西夏手在空中挥了一下，睁开眼，子路却悄无声息地回来，也要上炕睡呀。她拿眼睛瞪着他，他说："我也睡呀！"她说："你凶够了，你睡呀，你睡不成！"把被子裹起来，不给他盖。子路偏要拉被子，两人在炕上争夺着。子路说："你让娘听见，还以为咱又打闹了？"西夏说："听见就听见，让她也看看她儿子是怎么个不讲理！你把事情说清，你给我发什么凶，你既然心里丢不下菊娃，你娶我干啥，又领我回来干啥？我可告诉你，我是你合法的妻子，不是你从城里带回来的妓女！"子路说："我哪里没把你当合法妻子？"西夏说："我傻也不至于傻到个白痴，你心里没她，你恨蔡老黑和王文龙？你给我发凶哩，你再凶吗？！"子路说："人急没好口，我错了行不行？"娘在厨房里拿擀面杖敲案板，叫道："西夏，贼东西又回来啦得是？他又怎么啦？"西夏说："没事，娘！"子路小声说："这还像个媳妇！"西夏说："去，去，去，我倒看不上你这一点，你真要还爱菊娃就说爱，我还服你哩，这么丝丝蔓蔓的，菊娃不爱你，我也心放淡了！"子路说："再甭吓我，我胆小哩。"上来却抱住西夏要吻，说："我能娶你心里就全是你！自己养的猪都饿得哼哼哩，还有粜的糠？"西夏推开她，往厨房去。

西夏在院子里赶走了那只红脖涨脸的母鸡，从鸡窝取了热鸡蛋，心里倒想：哼，你也真是没粜的糠，就那点儿东西还想出卖哩？！进厨房对娘说："我只说他有志气，出去三天两天不回来了，却又回来了！"娘笑了说："他没皮没脸！我养的狗我知道狗脾气，他就是在家里爱使个小性儿，你别理他，他就好了！"西夏揭开锅盖，用勺搅了搅下进去的苞谷糁儿，让娘将莠青干儿煮进去，说："娘，今日吃莠青糊汤呀！……子路只是恨蔡老黑。"娘说："他恨人家干啥？"西夏说："子路心里是不是还是菊娃？"娘坐在灶火口不动了，直呆呆看着西夏，说："这不可能的……西夏，子路脾性不好，却善良哩，菊娃又在家里住着，菊娃不嫁人，他当然也操心她的落脚，可眼看着她和蔡老黑好，男人家嘛，心里怕也不自在，这你要想得来哩。但他恨人家蔡老黑没道理，他还能管得住菊娃吗？"西夏说："他操心菊娃我理解他，还不是整日催他去见见她吗？"娘说："男人家嘛，你放开缰绳让他跑，看他能跑到哪儿去，你越把他看得紧，那心越要野的，何况子路还不是那号野的人。他就是黏黏糊糊，又不会处事，难道走了一个菊娃还要再走了你，那他打光棍去！"西夏脸上有了红白颜色，却问："娘，你觉得蔡老黑咋样？"娘说："我看那小伙好哩，菊娃却不知怎么就又不热乎了他？"西夏说："那我下午看看他去，他这回栽在苏红手里，够惨的，那么大个男人在镇政府哭哭啼啼，不到万不得已他不会那样的。"娘："人嘛，都有背时的时候，你要去你去嘛，不要让子路知道，他心眼儿小。"西夏说："娘心眼儿大。"娘说："他和你爹一样，你爹在世时，我也是受他一辈子恶水气的。"西夏说："我像娘！"两人倒咯咯咯地笑了一气。

下午里，西夏大声对娘说着她去蔡老黑家呀，偏让子路听着，子路不高兴但也没言语，这使西夏原本想着再看子路发脾气，却自己落个无趣，倒后悔没叫子路一块儿去。蔡老黑家里雾气腾腾地蒸馍哩，胖婆娘蒸了两锅，馍都是青疙瘩，心里吃了紧，叫了邻居梅花娘来，两人叽叽咕咕说是撞着鬼了，鬼把馍捏青的。就捉起筷在水碗里"立柱子"，每说一个亡鬼，拿水淋立着的三根一撮竹筷，令其站稳，但筷子皆倒，待说到：今日我并没去别的地方，只去给南驴家送些药，筷子却突然稳住，两人都吓了一跳。一个说："南驴还是活人，怎么是鬼？"一个说："活人也能成鬼的，活鬼！"一个说："听说他害癌了，快要死了，是不是怕死，灵魂出来害骚人哩？要死早早去死，也让阴间有鬼托生呀！"一个说："鬼怕托生人怕死，都觉得各自世界好哩。"两人唠唠叨叨咒骂着，说："你走！你走！"碗水里的筷子还端端立着，梅花娘就拿刀将筷子砍倒，砰地将碗水从门道泼出来，泼了西夏一脚，屋里的两人立时傻了眼。西夏其实早在门口看着她们赶鬼，进院后原本要悄悄过来吓蔡老黑一跳，见厨房里有人蒸馍，还以为蔡老黑在灶口烧火的，就把一切都看在眼里，听在耳里。两个女人最害怕的是提说了南驴伯让西夏听到，就说："西夏呀，你来了一会儿了？"西夏说："才到就让你泼上水了，是不欢迎我吗？"胖婆娘忙用手巾替西夏擦鞋上的水，又端出一碟青疙瘩馍让西夏吃。西夏说："掌柜呢？"胖婆娘就在院子喊："喂，西夏来了，你还不起来吗？"

西夏便往楼房里走，见蔡老黑果然正从床上爬坐起来，却用手巾把头包了，故意将手中打结的一角垂下来，遮住了右额，脸黄蜡蜡的，眼睛浮肿。西夏说："听说你睡倒了，果然睡倒了，把头巾取了吧，谁不知道你额上有了伤！"蔡老黑脸红了一下，就笑道："你来看我了？不包了，不包了，我哪里是睡倒了，他娘的，人是懒不得的，只说好好睡个囫囵觉，没想一睡就瘫成泥了！"西夏说："人没心劲儿，就拾不起身架了，人都说蔡老黑是硬汉子，原来还不如个女人！"蔡老黑说："我服了谁，我谁也不服哩！"就腾地从床上跳下来，坐在凳子上了。胖婆娘还是端了那碟青疙瘩馍进来要西夏吃，说："你来了好，你不来他怕后半辈子都瘫在床上了！"蔡老黑说："去去去，你能干了啥，蒸了一辈子馍就蒸成这样？！"胖婆娘说："这怪我吗，这都是……"出去走了。

蔡老黑说："我这老婆丢人哩。我蔡老黑一辈子说话钢巴硬正的，就是在讨老婆上说不起话。"西夏说："你说这话谁爱听！……这个时候，蒸这么大的馍干啥呀？"蔡老黑说："她姑姑明日过寿，你瞧她手艺！"西夏说："馍叫鬼捏了，我看全是你火气不旺，招的鬼哩！"蔡老黑说："你也信这个？咳，西夏，你也不是外人，高老庄一连串发生的事，实在是天要灭我哩嘛！"西夏说："我知道。是你不用脑子嘛，有老师在村里，你怕舍你的面子么！"蔡老黑说："谁？"西夏说："我。"蔡老黑说："你别取笑我，葡萄园上我花了多少钱？现在说不行就不行了，你让我怎么办？！"西夏说："我在家替你想了，让园子荒着，为什么不租赁出去？"蔡老黑说："鬼租赁呀？"西夏说："高老庄人不租赁，县上人可以来租赁嘛，县上人不租赁，省上人能租赁嘛！我告诉你，关中北山的那儿出苹果，我们单位就在那里租赁了人家四十亩苹果园，每年单位人吃的解决了，还要卖一多半，对单位是好事，对那里的果农也是好事。"蔡老黑瞪了眼睛久久地看着西夏，说："你说，你说！"西夏说："其实我们单位谁也没去，雇当地人住在那里经管就是了，果农寻市场有局限，单位大了，有这方面的优势。"蔡老黑从床上下来，没有穿鞋，坐在了西夏对面的椅子上，说："西夏，你说的这是真的？"西夏说："你看我脸上有没有诚实相？"蔡老黑说："这倒是个办法！这还真是个办法！"就站起来立在了西夏的面前，突然抓住了她的手，就那么亲吻了一下。西夏冷不防他会这样，脸唰地炭红，身子也往后退了一下。西夏一退，蔡老黑也为自己的行为吃惊得呆在那里，赶忙回坐在椅子上，说："我……这……"西夏说："你酒劲儿还没过去哩！"蔡老黑手在怀里摸着，就摸了个什么看看，丢在地上说："我还以为是个虱哩！"西夏也低头往地上瞅，说："我还以为不是个虱哩！"蔡老黑就嘿嘿嘿地笑，说："西夏，你这个主意要救了我的命哩！太壶寺的和尚给我算过命，说我生不逢时，但每到困境就会有贵人相助，但我没想到是你！我真要是腊月里吃黏糕，吃一口黏一手了，这主意是你出的，这得你要联系单位！要是联系好了，一亩园子连地带挂果的葡萄，我若拿一万，就给你一千，十分之一提成，我说话算话！"西夏说："我不是来和你做生意的，我只是给你出个点子，联系事我可不敢打保票，能联系成了算你命好，联系不了也别怪我，我要求的是你几时闲下了，咱去白云湫呀！"蔡老黑说："那当然，吃屎的总不能把厕屎的箍住了！你还真的要去白云湫？"西夏说："你瞧，我求你的事你早忘到脖子后了！给你说了那么长日子了，我天天都在等着你的回话哩，你以为我在说笑吗？"蔡老黑说："这样吧，明日你就给你认识的省城的人写封信，后天我陪你去白云湫，只要子路那小心眼肯让我陪你去！"西夏说："子路是不是从小就是小心眼儿？"蔡老黑说："小时候，我是娃头，他是我的尾巴哩，可谁能看出他后来就出息了！不瞒你说，在上学时我还当过几天班长的，我因不喜欢语文课老师，语文就没学好，才混到这个模样。"西夏说："当农民也有当农民的好处，你现在不是镇上的人物吗？"蔡老黑说："我是瞎人！"西夏说："瞎人？"蔡老黑说："我是盼着打仗哩，但现在却没个战争，如果我不是农民，有大权大势，说不定就策划颠覆非洲的什么国家了！……我怎么也想不到子路就能娶了菊娃，还又能娶了你西夏，他是有艳福的人哩，和平年代里，我是个粗人，我要是……不说了。"西夏说："怎不说了？"蔡老黑说："怎么说呢？我给你说我爹吧，我爹在旧社会，富是没富起来，人却也是个地头蛇吧，那一年省城下来一个女学生路过镇子，雷刚他爹来对我爹说了，我爹能五黄六月空气热得能起火的中午抄小路藏在石畔沟的毛柳树丛后，看着那女学生过来了，就扑过去把人家拖到坡根的崖凹下……回来对雷刚他爹说：嫩得能弹出水哩，但是个白虎星！白虎星你知道吧？"西夏说："嗯。"蔡老黑说："我爹就是遇到白虎星后倒的霉，不出三个月，路上又过逃兵，他又去抢人家一个毡帽子，被逃兵开枪把头打炸了。你明白了吗？"西夏说："蔡老黑，我来帮你，你倒操了黑心了？！"蔡老黑笑道；"我爹要是不爱那个女学生，他也懒得出那份力呢！"西夏说："流氓逻辑！你小心子路揍你哩！"蔡老黑哈哈笑开来："我不如我爹，我是有贼力气却没那个贼胆，你看我真成了瞎人了？！西夏，我是个农民，当然不能和子路比，但你知道我这阵儿最盼啥的？"西夏说："啥？"蔡老黑说："我最盼来场地震，八级大地震！要是地震了，子路或许自己先跑了，或许要先救他娘和石头，我蔡老黑第一个就去救你！"西夏心里热乎乎的，嘴上却说："怕第一个救的不是我吧？就是来救我也是想让我给你联系城里租赁人么！"蔡老黑哈哈哈地大笑，他的光头背在了脊背上，嘴张得拳大，牙上烟垢很重。他说："痛快，痛快！我好久没这么开心了，西夏，我听过一次广播，里边说，男人是琴，女人是琴手，好女人能弹出音乐，劣女人了就只弹噪音，我蔡老黑一辈子就是没个好女人！"西夏说；"我在这里，你别和你老婆当了我的面吵架！"蔡老黑说："不说了。你今日不要走，我给咱炒几个菜去，好好招待一下你哩！"西夏顺门就走，说："我才不吃你的饭哩，我得回去弹弹我家琴呀！"厨房里胖婆娘撵出来要留客，西夏却已经走到了巷口。

以西夏的意思，她得回城一趟，联系联系来租赁葡萄园的单位，省博物馆的劳司为了给全馆职工办福利，数年前曾在关中北山承包过四十亩苹果园，使许多单位都眼红着，她相信省博物馆的劳司对这里的葡萄园会有兴趣，而且还可以联系与博物馆关系熟的一些部门，如省文联、电视台、美术家协会等等。但子路坚决反对她回省城，一是三婶已经找过他，商议着为南驴伯修墓，南驴伯没了儿女，本家侄子有这么个义务，如果修墓，西夏是不宜离开的。二是一旦修好了墓，要回省城就一块儿回，用不着为蔡老黑的事去一次省城又回来，没完没了地在高老庄待下去。西夏拗不过子路，她同意在家为南驴伯修墓，但她即就是最后离开高老庄，必须得去过白云湫。她说："这关系到我的研究！"西夏就在一个下午书写了四封信，分别寄给了省城她所熟悉的单位和朋友。这些信充满了激情，详尽描述着这里山水风色如何美丽，空气如何清新，而且有神奇的白云湫，白云湫里有瀑布，有湖，湖水是湛蓝的，湖面的水雾一早一晚却是红的，红得像燃烧的火，湖边的树都苍老低矮，形若盆景，树上有一种鸟，人称神鸟，平日里不能见的，但湖面上一旦有落叶，鸟就把落叶衔走，如果在夜晚，你能听到各种的兽叫和鸟叫，连蚯蚓、蚂蚁、七星瓢虫、金龟子、毛拉子等等的昆虫也在叫，更奇妙的它有音乐从山崖上传出，是金声竹声丝声土声之合音如是天韵。白云湫还有崖画，全部是性崇拜的崖画，那生殖器的长度比腿还长，是任何地方的崖画都没有出现过的。木乃伊是大沙漠地区才可能发生的事，但阴冷潮湿的山林里却有木乃伊是稀罕吧？还有极容易看到宋元明清的石碑，有元代的画像砖，有通灵的奇人……哦，竟然还出现过从外星而来的飞碟，而且不是一次两次！现在，城市里的一切食物都是经过了化肥、催生素、农药和防腐剂而生产与保存的，这里的一切都没有污染，泉水绝对是矿泉水，生喝不闹肚子，新翻的土地散发一股清香，身上任何地方撞伤，都可以在土地上抓一把土掩在伤口上，既止血又止痛，传统的风俗里，坐月子的妇女并不用卫生巾卫生纸的，从西流河——这里的河流是流向西而不是流向东！——淘些细沙，晒干铺在炕上，再铺一层土布，产妇下身的血水就被吸干，既干净又方便。到处是中药材，见过杜仲树吗，若是腰疼，靠在树上蹭蹭，腰就不疼了，还有小孩子尿床，只要在床下放些木瓜就立即见效。萝卜是从地里一拔出来搓搓泥就可以吃的，吃梨吃苹果完全没必要削皮。葡萄园是多么的令人神思飞扬啊，那么大的一片坡塬，一架一架葡萄如咕涌而起的海的绿浪，天也绿了，地也绿了，人一进去就变成绿手绿脚绿脸膛儿，它出产着世界上最好品种的葡萄，有核的，无核的，有小若珍珠的，有大如马奶的，吃过手指上的糖汁就黏腻腻的，产量更是高得吓人！可惜的是，这里的农民向往着城市人的生活又没有城市人的经济观念和管理才能，地处偏僻，人才缺乏，虽然种植了大面积的葡萄却寻不到销售的出路，丰富的资源白白浪费，上帝赐给他们了金饭碗，他们却端着金饭碗讨饭！如果你们有开拓的勇气，有远大的目光，想为单位创造福利，或者说为单位以后的经营寻找增长点，不妨考虑来租赁这儿的葡萄园，只需极少数人来经管，长期雇用这里的廉价劳力，一次投资，十年八年地收益，仅葡萄一项就定获大利，而且还可以开发经营别的项目，如种蘑菇，植草莓，栽猕猴桃，种药材，如果可能，进一步深化发展，以这里作为生产基地，办葡萄一类的食品罐头、饮料，还可以建度假村，开辟旅游专线，而这里已经有一位精明的省城人开办了一家地板厂，效益是非常非常的好……西夏将写好的信念给子路听，子路说："你这是写联系信呢还是在写抒情散文？这是你一生写得最好的第二篇文章了！"西夏说："第二篇？"子路说："第一篇是写给我的情书，读得我神魂颠倒，你又要迷惑他人了！"西夏说："我写给你的那信难道不是投了真情吗，难道这封信中说的不是实话吗？"子路说："你怎么没写上这里的高老庄是和《西游记》中猪八戒的老家是一个名字，和《水浒传》中的阳谷县一样有着矮人，有着争权夺利的镇政府，有着凶神恶煞的派出所，有着土匪一样的蔡老黑，有着被骂为妓女的苏红，有躺在街上的醉汉，有吵不完的架，有臭气熏天的尿窖子，有苍蝇乱飞的饭店，有可怜兮兮的子路，有蛇有蚊有老鼠有跳蚤，还有，已经来到门口的疯子迷胡叔……"门口就是站着了疯子迷胡叔。

西夏立即吐了一下舌头，喊叫："娘，娘！"娘在磨棚里套了驴磨麦子，麦子里掺了绿豆，因为子路爱吃杂面。娘见迷胡叔进来，拍了一下驴背，蒙着眼睛的毛驴噔噔噔地拽着磨子转，娘说："你不在太阳坡看护林子，整天瞎跑啥哩？"迷胡叔说："顺善那狗日的……"子路就笑了："你整天和顺善过不去，他又偷了你的粮食了？你有多少粮食，他老是偷不完？！"迷胡叔说："他狗日让白云寨的人在家住哩，白云寨是什么人，和咱高老庄是

255

一个槽里能合得来的两个驴头吗？他竟租房让来贩木头的人住！"子路说："他看不上那小钱的，他不是要办绳厂吗？"迷胡叔说："办他娘的 × 去！我听说了，那个白脸厂长说了话，谁办谁办去，反正厂里不收绳，厂长还是要让菊娃专营绳哩！"子路再不说话。娘说："你管得人家租房不租房？！今日镇街叫牛娃子的儿子结婚，你没去吃席？我磨了面，还得去他南驴伯家的……"子路也就站起来，说要和阴阳先生踏坟地去呀。迷胡叔并没有因为被嫌弃而立即走开，笑眯眯地看着毛驴，说："这是借水生家的毛驴吧，生这毛驴的时候是顺善他丈人咽气的时候，这毛驴是他丈人托生的，给你家拉磨，是来还账的。"顺善的丈人是四年前患肺癌死的，他们家在旧社会是财主，子路的爹做过人家的短工。这一段历史西夏不知道，但子路知道。子路已经换上旧衣站在院门槛上了，西夏却说："哎，迷胡叔，我老是忘了问你一件事哩，说是你去过白云湫？"迷胡叔说："去过，年轻的时候我采药哩，白云崖上有千年的灵芝，可也有疙瘩雷电，它撵着你跑哩，我钻进一垒石缝里，那雷电就这么大的火疙瘩，咚地砸在这边，咚地砸在那边……"子路说："西夏，你去不去南驴伯的家？"西夏说："我问问白云湫的事。"子路说："你脑子也出毛病啦？"从门里出去。迷胡叔还在说："山上雷电常劈死人哩。你要在世上作了孽，雷电下来就把你劈成火柴头了。镇东头的银当，他娘在的时候，他不孝顺，让他娘吃稻皮子炒面，吃得屙不下，憋死了，他去挖药，雷电烧得只有三尺长，缩得像个娃一样。太壶寺那个和尚的咒印是雷击枣木刻的，那枣木是谁给他找的，就是我找的。"西夏说："你能行！"迷胡叔说："能行！"

　　娘见西夏和疯子爷说得热乎，也就不赶了疯子，一边吆喝了毛驴碎步跑动一边也丢过夹一句打趣："和尚的雷击枣木印是你寻的料，和尚咋也不给你治治病哩？"迷胡叔说："我有什么病？"眼睁得铜铃大。娘赶紧说："没病，没病，是村里人都疯了。"西夏就对娘说："他只要不说顺善，我看真是没什么病。"迷胡叔说："我见不得顺善，一见他黑血就翻哩。他狗日的是蛇变的，鬼得很！我想起来了，我和他爹小时候去石堰下捉过蛇，是让猫把尿尿在一个手巾上，然后把手巾放在蛇洞口，蛇闻见猫尿就爬出来在手巾上排精哩。有了蛇精的手巾你拿着往女人面前晃一晃，女人就迷昏了，乖乖地跟着你走了。"娘说："一辈子没学过好！"迷胡叔说："这都是顺善他爹干的，他拐引过三个妇女，他造孽哩，他不生个顺善才是怪事呢！"西夏觉得老人说话蛮有意思，倒更有兴趣和他聊聊，进厨房倒了一杯茶，迷胡叔说："有没有浆水，我心里焦得很！"娘说："瓮里有。"他自个儿进去，舀了半葫芦瓢咕嘟咕嘟喝了。西夏说："白云崖在白云湫的前边还是后边，离得远不远？"迷胡叔说："崖下边就是白云寺，进沟走呀走就走到白云湫，那一年从山上采药回来，我是歇在拐子口的一个山洞里的，我知道白云湫里有野人，我能哩，戴了竹筒在手上，他来抓我，我就手从竹筒里抽出来跑走呀！可那个晚上我在火堆里烧土豆，烧吃了一个，又烧吃了一个，口渴得很，拿了斧头去洞外的水潭里喝水，水边就跳着一个野人，也在喝水哩，他叽里哇啦给我说话，我听不懂，吓得就往洞里跑，他扑过来，我急了，拿起斧子就劈，我咋那么厉害的，一斧子就劈在他头上，把他的头劈下来了！"西夏说："你杀了人啦？"迷胡叔说："那不是人，是野人。"西夏说："还真有野人？"迷胡叔说："是野人！不是野人我劈下他的头了他还能跑？"西夏有些害怕起来，看着娘，娘说："他又说疯话了！"迷胡叔说："我说谎天打雷击！第二天一早，我往回走的时候，还去看了看杀野人的地方，地上还掉着野人的头。野人的头是两半，是个壳儿，野人的头原来是一层一层的，我砍了他一层，所以他又跑了，我倒真吓得坐在地上，以后再不敢去了，如果那天野人丢了一层头再向我扑，我肯定是没命了，你也就再见不到你叔了！"西夏说："野人头是一层一层的？"娘说："野人再野还是人，哪有一层一层的头，除非是垢圿壳壳。"西夏突然叫道："娘，你或许是对的，他砍的恐怕就是垢圿壳！"迷胡叔说："胡说！我砍的是野人头，不是垢圿壳！"西夏说："你再说是头，派出所来抓你啦！"迷胡叔却

257

说："我才不怕派出所，谁来抓我，我还用斧子砍，咔嚓，我就把头砍下来了！"娘说："你瞧瞧，疯劲儿又来了！"

三人在磨棚里说话，一直在堂屋里画画的石头叫嚷他肚子饥了，娘看看日影从屋檐上跌下来，已到了台阶根，就说："西夏，去挑担水去，和他说话，说得把饭时都过了。"进堂屋抱了石头出来，让他坐在磨盘上拨磨眼，又把一根柳棍棍拿上赶驴，自个儿到厨房和面去。石头一抱出来，迷胡叔就不言语了，似乎变得老实温和，还帮着把石头那一双没知觉的脚放好，然后就走了。西夏觉得奇怪，说："你不说了？"迷胡叔说："我得去牛娃子家吃宴席呀！"娘看着他出去，喜欢地说："今日怎么啦，不让人赶竟自己走了！"西夏说："他怕石头，石头一来他就蔫下来了！"心里却想：他怎么就怕石头？！

吃罢了饭，天就黑下来，又磨了一阵儿磨子，卸驴送还给水生，西夏原本要去南驴伯家的，却又操心着要把写好的信尽快交给蔡老黑，踏了月光往镇街去。蔡老黑在家正喝红豆米汤，脸色铁青，一言不发，而迷胡叔却又在厦房里被一伙妇女孩子逗着取乐。西夏进去，蔡老黑也不吃饭了，将书写的信看了一遍，说："西夏，事情真要成了，我给你提成的。"西夏说："我不要提成，但我也不掏邮费；我落的地点都是你这儿，他们要是回信了，我若还在高老庄你来找我，我若回城了，我会再去直接找他们的。"蔡老黑说："好，事情成了，我真说不准儿会和城里人办个什么加工厂的，到时候就没他地板厂的戏了！"西夏说："你弄你的事，和地板厂较什么劲儿，如果都发展了，高老庄就不是现在的高老庄了。"蔡老黑："你是城里人，你不了解农村。刚才疯子迷胡来说顺善把房租给白云寨贩木料的人住了，连顺善见钱也忘了义，你说说，在这地方，他人碗里的饭不稀，你碗里的饭怎么能稠？！"西夏说："都是些乌眼鸡！"到厦房去热闹了。

厦屋乱哄哄坐满了人，迷胡叔盘脚搭手坐在炕沿上，大伙取笑他的手粗，说当年他给生产队割牛草，别人用镰他用手拔，草连根带泥分量重，又取笑他曾在镇街上卖凉粉卖得快，是他手大，一把下去抓得多，再取笑他在太阳坡看护林子，来偷砍树的挨不了他的一巴掌，连路过林子边的人也要扬着手吓唬，但他打男的不打女的，把一个进林子去尿的讨饭女人骗到家里给他做了三天媳妇。迷胡叔叫道："胡说哩，胡说哩，那寡妇是睡在厨房里的，她夜里把门关得紧紧的。"人说："你怎么知道人家把门关得紧，你半夜三更去推门了？人家要是关不紧你就要去糟蹋人家了？！"西夏看见在炕角缩着一个女人，脸色枯黄，双目红肿，老黑的婆娘正叽叽咕咕给她说什么，偶一抬头瞧见门口的西夏，招手让进去，西夏摆摆手，她却跳下炕出来说："你来了！你吃了没有，红豆米汤香哩！"西夏不吃，在问："那是谁，别人都笑哩，她哭哩？"胖婆娘就把西夏拉到隔壁厨房里，说："我才要问问你的，你是城里人，你给出出主意。"

原来眼睛红肿的人是学校教员来顺的女人，以前从老家来探亲，和蔡老黑的婆娘认识，认成个干姊妹，前日又来探亲了，却就撞着了。庆升的媳妇和庆升结婚八年了，一直没有生成孩子，第一胎是个怪胎，丢到尿桶里淹了，第二胎却流产了，第三胎又是怪胎，庆升和媳妇就商量着要借种的，庆升的意思是借一个外地人，事毕给他些钱就是了，可媳妇却看中了来顺，和来顺做成了事，果然就怀上了孕。但来顺并不知道这些，有了一次，又谋算第二次，竟三天两头往庆升家跑，庆升也火了，打了媳妇一顿，就让媳妇再捎信儿让来顺一个晚上去她家。这晚上便是唱对台戏的晚上，庆升的媳妇坐在屋里的炕上，忽听得炕底下一声骨碌碌响，是来顺在屋后的炕烟囱里丢进一个小石头了，起身去开了门，来顺急不可耐，先脱了裤子，再脱了衫子，庆升出现在炕前，举了刀子要捅来顺。来顺趴在地上磕头作揖，让饶了他，庆升说要饶可以，拿五千元来，拿不出五千元不砍一只脚也得绑了去派出所。来顺当场写了五千元的欠条，事后凑了三千元送去，但还剩的两千元硬是凑不齐，回来只好对老婆说了，夫妻俩大闹了一场要离婚，来顺的媳妇就住到了蔡老黑家里了。

　　西夏简直像听天方夜谭，不大相信这是真的，胖婆娘说："我哄你干啥？你说庆升两口子要脸不要脸，借了种了，不说给来顺钱，倒还借着这事发财哩！"西夏说："你怎么说得清他们是通奸还是借种？"胖婆娘说："他们生一胎是怪胎，生一胎是怪胎，不是借种是做啥？来顺是外地人，又有文化，有工作，长得也人高马大，她不是借种怎不通奸高老庄的男人？！我给我那命苦的干妹子说，告他庆升，告他了，五千元一个不少地还能回来！"西夏说："如果真是这样，庆升就不该了。可这事却搅和不得，告开了，你那干妹夫在学校就待不成了，就是向他借种，他也不能老去庆升家，是谁谁也不行的。这可不是因为庆升是我们本家子人我这么说的。"胖婆娘说："……"西夏又说："这事可不能张扬的。"胖婆娘说："我说出去，让别人捂住嘴用屁眼儿笑呀？！我就只给你说了，你也不得告诉你们那边人哩。"西夏说："这个我知道。"胖婆娘要西夏回厦房去能不能给她干妹子说说宽心话，西夏拒绝了，胖婆娘就装了一小布袋红豆一定要她带回家去，煮了吃。

　　西夏回来，子路已经回来睡下了，摇醒来，子路说："你在城里，每日都去商场要点货的，回来没几天倒黑漆半夜串门了！哪儿去了？"西夏说："我是二流子懒婆娘嘛！"脱衣上床，就把蔡老黑婆娘说借种的事又说了一遍，叮咛此事不要给本家人提说，闲话到这儿就止了。子路说："我说哩，怎么前日我见到庆升，人瘦了一圈儿？！"西夏说："你们这儿尽出怪事！你明日去和庆升私下谈谈，钱给人家退了，让那个教员不再来骚扰就是。要么闹开来，真是丑恶，以后就是生下孩子，孩子也不好活人。"子路说："这话我怎么去说，让娘去说着妥些。这庆升……也真可怜。"西夏说："他可怜，你也可怜哩，我看我也得借种了。"子路伸手拧了西夏的嘴，说："你也要借种？把你想死去，我这种好着哩！"西夏差点儿说出石头还不是个瘫子？立即觉得不好，当下就骑上身来，说："那让我试试。软得蔫萝卜条似的！"两人就摩摩了许久，终于把事情干到高潮，西夏没让子路排在体内。子路说："看样子在高老庄是怀不上了。"两人无声躺下，已经是过了长长的时间了，子路却悄悄起来，穿衣在院子里站了一会儿，又怕偶尔的咳嗽惊动了西夏和娘，就轻轻抽开院门关子，一个人出去到了扁枝柏下坐着吸烟。吸过了两支烟，巷道里扑嗒扑嗒走过一个人来，到跟前了，是牛坤。牛坤也惊了一下，说："子路你半夜了还坐在这里？"子路慌心慌口，说："啊……这儿凉，……凉一凉再睡。"他知道天黑，牛坤是看不见他的脸红，但他还是把脸转了半个。牛坤说："我知道了，子路……这没啥的，我也是被你嫂子整得在外边转哩。"子路没说话，他在前天听到过牛坤的老婆对竹青说过"牛坤不行了"的话，却不清楚牛坤现在这么说是指他老婆要求太多呢还是他也出现了软而不起，起而不坚，坚而不多？心里突然间倒生出一个念头：回来怎么就不行了，是水土发生变化的缘故吗？如果水土所致，那么，再过十年，二十年，高老庄的人最大的困境倒不是温饱，而是生育了。

给南驴伯踏墓地的是铁笼镇的阴阳师，先在高家的老坟地看了，说你们这个家族是不是一辈人兴旺，另一辈人又不兴旺？子路奇怪，说，你怎知道的？！阴阳师指着老坟后的山梁，山梁上有一道流水冲刷出的石槽，石槽一会儿大一会儿小呈糖葫芦状，阴阳师就建议不要再在老坟地打墓，重新选址。但重新选址选到哪儿？阴阳师和子路跑了一天，查看了方圆的风水，选中了一块儿，这块地却不属于蝎子尾村，当然可以通过村与村对换，手续是十分的麻烦，而且看中的那块地的主人听说是子路要给伯父拱墓，心里就叽咕一定是这块地风水好，死活也不肯换，要留给自己的爹娘。子路只好让阴阳师在他们村的地盘上重新找穴，勉强寻着一块儿，阴阳师就在夜里将一根打通了关节的竹筒埋在土里，露出竹筒口，第二天未明去查看，竹筒里竟蓄满了水，说："这就好了，以后你们族里的老人去世了，坟地都可以在这里。"子路当然不知道这其中的奥妙，问了几句，阴阳师讲的是一大套迎呀，拜呀，送呀，朝呀的山形和面对的什么是台什么是案，子路也听不大懂。付了一笔钱送走了阴阳师，就请工匠掘坑拱墓，子路负责招呼工匠和帮活儿的小工。烟茶是他自己买的，先是每晌在那里放一条烟，但不到半天就完了，后来每次他给大家各散一根，只将三包放在那里，工匠们私下倒埋怨子路啬皮，亏了下苦人。子路偶尔听见也装着没听见。

这一日，子路因去砖瓦窑结算拉去的砖款，西夏在坟地招呼工匠，墓坑挖下八尺深，开始砌墓左侧墙，一个泥水匠坐在坑沿上吸烟，不小心将一把直角木尺掉下去折为三截，当下心里不高兴，认作这坟地风水太硬，就问这墓穴是谁看的？西夏说："铁笼镇的阴阳先生王瘸子。"泥水匠说："是子路陪着人家吧。阴阳先生水平再高，也是随主人的意思行事的，子路一定是怕花钱换地，才到这个地方的。"西夏说："这冤枉子路了，他是做侄儿的，总想给南驴伯寻个好穴的，一半钱还是他出的。"泥水匠说："子路这般大方？！你们这个家族没有大方的，大方的只有庆升，开口要五千元！"几个人就嘻嘻哈哈起来。西夏听了，吃了一惊：这些人怎么也知道了借种的事？就一头雾水，不敢多语。工匠们见西夏不说话了，就问西夏有了孩子了没有？西夏说没有，他们说，那怎么不快生出个大个子来呢，要等着菊娃也生一个城市的白脸娃娃吗？西夏就反感了这帮人，盼着子路或晨堂、庆来他们来，但偏是本家的一个人影也没到。工匠们说了一会儿，各自干起活儿来，嘴仍是不让闲着，说天说地，说联合国大会，说公鸡踏蛋，又说起蝎子南夹村一个女人也是被苏红介绍到省城去的，回来也是在镇街开了一个洗头洗脚店，那做公公的就对儿子说：你媳妇回来了，你让她检查检查有没有性病，她是不能有病的，她有病了，我就有病，我有病，你娘就有病了，你娘有病了，全村人都要有病的。尽说些脏兮兮的话，一边说还一边偷看西夏的反应，西夏就借口解手，转到坡根的弯后，那里竟又是一片墓地，每个墓堆前都竖着一块儿碑子。急急赶过去看了，墓碑都是民国以后刻的，又都刻得十分简单，差不多只是"×××之墓"的字样，西夏倒遗憾高老庄没了写碑文的人，也没了特别讲究树碑的风气。寻一块儿土塄蹲下撒尿，她看见了一股山风在那棵柿子树下旋转而起，树叶、草屑和尘土变成了一个立柱，那么悠悠地飘移过来又飘移过去，一只野兔就惊慌失措地奔跑，突然间却不见了。西夏站起来紧裤带，心想不远处必定有一个什么草窝，野兔是藏在那里的，蹑手蹑脚过去，草是有一片乱草，野兔却没有，而躺在那里的是两块石碑，一块儿断为两截，一块儿还算完整，上面竟刻有：

公讳式彬，字文展，高老庄布衣。公兄弟五人，俱慷慨敢为，公性刚方，有胆略。嘉庆初，有匪骚扰，公以一乡人无尺寸柄，请谕修庄寨围墙设卡，地方赖之以安。时匪煽惑，乡愚被诱，事发株连蔓抄，公恻然力为保结，众皆获免。虽公摒挡一切，公四弟修职郎省齐与有力焉。其他懿行惜未尽记忆，即此已足铭金石而荣子孙矣。故志之。公生于乾隆乙亥年五月初三戌时。妣生于乾隆庚辰年四月廿六子时，殁于道光壬辰正月廿九卯时。咸丰九年岁次己未小阳月吉日立。

再看那断碑，竟是一位叫庆生的人给祖母刻的碑，写得倒还有趣：

婆生岳先芳，庄演字汉川。祖父修仙去，至今有数年。别下吾祖母，七十七归天。葬在仙人掌，荫后福无边。子孙多富贵，瓜瓞永绵绵。

西夏分别抄录了，拐另一条路回村，不愿再到南驴伯的坟地去。

到了黄昏，子路从砖瓦窑也回来，西夏埋怨子路没给工匠供应上烟，也没有酒，他们不好好使力，说话又怎么怎么难听。子路也生了气，就让人去找庆来，要庆来明日去招呼工匠。庆来一时没来，直到工匠回来吃了晚饭，打着酒嗝儿叼着烟四处歇息了，庆来才来。子路说："你干啥去了，脸像个包公！"庆来浑身是汗是土，衫子剐了个三角口子，直拿袖子擦脸，说："你们怕不知道哩，今下午人都去太阳坡林子里砍树了！天神爷，啥叫放抢，我现在算是知道了。你说说，秃子叔平日蔫驴一样的，走路都要风吹倒，没想那么大的劲儿，一次竟扛了小木盆粗的一棵！我逮住风声迟，去弄了三棵，刚刚到屋，脸没洗就来了。"三婶说："你买树了，你现在买树又盖房呀还是解板做家具？"庆来说："哪里是买树？昨儿夜里，太阳坡的林子被人偷砍了十三棵，今早就传出谁砍了是谁的，就有人去砍了卖给了地板厂。到后晌一下子去了几十人，齐刷刷的，见树挨个儿砍。"南驴伯在炕上，脸灰得像土袋子摔打了的，说："天呀，这林子封起来十来年了，为看护没少花钱，说砍就砍了，疯子迷胡呢？"庆来说："他一天疯跑哩，听说在蔡老黑家喝了酒，醉了一天一夜不苏醒。今晚上我估摸还是有人去砍的，我走的时候，晨堂来正还在那里，他俩心沉，怕都砍了五棵六棵的……庆升也不知干啥去了，他不去砍白不砍，他这瓜头，好事来了就没了他的影！"三婶说："可怜咱没个劳力！……那让人快去找庆升嘛！"子路说："砍集体的林子这是要犯法的，别人砍伐让别人砍伐去，咱不要去。庆来，明日一早你到坟上招呼工匠，多催督点，现在这风水坏了，掏钱请来做活儿嘛，倒讲究要吃什么烟，要喝什么酒，风凉话还要说一河滩！"庆来说："我明日去。就这事吧，我先得回去歇下了。"庆来说完出门就走，西夏一直在灯影里看着庆来，也跟了出来，悄声说："庆来，领我到太阳坡去！"庆来只急急走路，听见叫声，回过头来倒有些吃惊了，说："你到太阳坡去？我不去那里的，我得回去睡觉了。"西夏说："你哄得了子路哄得了我？！"庆来就笑了一下，说："那好，我只领你去那儿，到那儿了我就顾不及了。"突然眼前闪了一下，西夏看见一个星星从头顶上划过去，拖着长长的光的尾巴，像是过年放的出溜子鞭炮。西夏说："流星，流星！"庆来却说没有看见。

　　庆来是先回到他家取斧子和绳索，还拿了一大块锅盔，两人从幽黑的窄巷路过时，坡坎拐弯处的白皮松后有呼哧呼哧的喘息声，突然咚地响了一下，什么也没影儿和声。两人并没有停步，一直走近去，路边的厕所里就嘎地有人在叫了："庆来！我以为是谁呢?！"西夏才看清是晨堂两口，而顺着路沟放着的是一棵巨粗的树干。庆来说："晨堂你狠，你要把嫂子挣断肠子吗？"晨堂说："咱生了一堆娃，关键时刻顶了屁用哩，鹿茂兄弟们多，尽砍的是大树哩！"正说着，来正在自家后檐台阶上堆禾秆，大声叫："庆来庆来，你还去不去？"庆来说："做啥好事哩，你声这么大？"来正说："尿！谁不知道，又谁没去？西夏你也去吗？"他抱了禾秆苫在放在台阶上的木头，木头不粗，但已经是五根。西夏说："来正你去了五趟了，派出所要来抓你！"来正说："法不治众，他抓谁去?！听说没听说，地板厂连夜有收木头的？"庆来说："狗日的拾便宜哩！要走就再去一趟，限天明怕太阳坡连根草也没了。"三个人就喊喊喳喳小步往太阳坡去，西夏走黑路不行，老是落在后边，庆来和来正就没耐心等她，西夏一路上见了四五个人扛了木头回来。

　　太阳坡原来在牛川沟山西边，沟壑在白塔下是拐了一个大弯的，弯的左边有一个土坡，那日在寻找画像砖的时候，西夏是远远看见过这一片树林子的。但现在月光明丽，十步之外，却看不清什么，只传来哐哐哐的砍伐声和树倒下的咔嚓声。西夏走近去，到处是被砍伐过的树桩，发着白刺刺的硬光，有相当多的人用斧子砍，用锯子锯，有人在叫："闪开，闪开！"西夏遂被人推开，一棵树就嘎炸炸倒下来，似乎如天塌落，月光倏忽黑暗，那树的巨大树冠架在了别的树上，粗大的树干就摇摇欲坠在半空。立即有两三个人猴子般地爬到近旁的树上，猛地凌空扑去，降落时双手抓住了半空的树干，树干就被压下来，同时有人的脚脖子肿了，哎哟哎哟地叫痛。西夏听见谁在低粗着声喊雷刚，又有几个黑影哗啦哗啦用手拨树枝，然后锯响起来，一棵树就被呼哧呼哧地抬走了。一棵树在一个人的肩上左右调动方向，但仍被卡在树丛中，西夏过去那么使劲儿摇动了一下，木头忽地前去，但扛木头的人却怎么也迈不开了步，回头看看，衣服被后边的树桩勾住，嘶啦一声，衣服裂开，人和木头就跌在地上，将西夏也撞倒了。有人问："伤了吗？"西夏说："没。"那人说："你也看得上出这份苦？"西夏说："我看看……"但西夏没有认清他是谁。西夏从来没有见过人的能量这么的大，黑黝黝的林子里，高高低低的地面，他们扛着沉重的湿木横冲直撞，她听见的粗粗的喘气声，空气热腾腾散发着落叶的腐败味，人的口臭味和汗味屁味。又是一阵脚步从林子外跑进来，有人在接连地唾唾沫，一定是蚊子和飞虫钻进了口里，有人在低低地骂，突然有了一道手电的光，光里似乎看见了林子外的架子车，但呵斥声起：车子拉到路畔去，这里能拉成吗？一个女人突然哭起来，叫唤着胳膊伤了，接着是男人骂：你能干个尿！崴了一下，死不了！西夏在半明半暗的朦胧中感到了十分恐惧，似乎觉得进入了一个魔鬼世界，她原本出于一种好奇，要看看人们是怎样砍伐林子，要问一问他们为什么要砍伐林子，但她现在一句话也不敢问，甚至一语不发。她明白了什么是一种场，人进了这种场是失去理智的，容易感染的，发疯发狂的，如果这个时候迷胡叔出现，他将无法阻止，甚至就遭到殴打，即便是派出所人来，对峙和流血的事件也很可能发生。她开始在幽暗中寻找来正和庆来，但没有见到，而差不多的人对于她的在场并不理会，有的人在擦肩而过的时候认出了她，只那么愣了一下，并不说话，匆匆就忙活去了。再往林子的深处走，幽暗越发浓重，脚步声和喘气声，斧声锯声和倒塌声，犹如在电影院里突然机器发生了故障，幕布上只有声响而没了图像。她是从林子的那边进来的，走出了林子的这边，她觉得她应该回去了，但她不知道从林子这边出来怎么往回走，就茫然随了扛木头的人走，从一个土坎上往下跳。土坎并不特别高，许多人扛着木头都跳下去了，她却不敢跳，蹲下来双手着地往下溜，刚溜到坎下，上边有人也往下溜，但肩上的木头的一头却担在了坎沿上，人便趔趔趄趄往下跌，她在慌乱中拉住了，却听到小声说："西夏，你怎么也能来？"西夏定睛看时，却是三婶，她扛的仅仅是一根茶碗口粗细的树，能做个碾杆。两人把担在坎沿的木头拉下来，西夏要替三婶扛，三婶不让，最后两人抬着小跑步往回走，远远的地方有了鸡啼。三婶说："鸡都叫头遍了？夜这短的！"西夏说："不急不急，你慢些！"在想，三婶是什么时候来的呢？三婶说："我砍不了大的，弄一根回去架檐笡的。子路呢？"西夏说："我偷着跑来的。"三婶说："人家都发财了，西夏，人家都发财了！"西夏没有言语，她看见了远远的什么地方有一团光，光在移动着，是架子车前的小马灯还是磷火？她这么想着，不知怎的眼里却有一颗大的泪滴了下来。

这一夜，高老庄不时地有狗咬仗，西夏推开了虚掩的院门，没有弄出声响，悄悄地脱衣上床睡下，子路没有醒，在咬着牙根子，时不时地吹气。子路今晚上竟睡得这么沉，是白天太疲乏了，还是心里再不惦记着她，在她没有回来也能放心睡着？心里倒恨这个矮丈夫：哼，如果他没有工作，一直在农村，他绝不是个能干的男人，今晚他即使也想去砍树，也不会有人来通知他的，明天起来知道别人都砍了树了，他只会在家里发脾气，踢鸡打狗，摔碟子砸碗。

果然到了天明，子路吃惊地在问："你昨晚到哪儿去了？"西夏说："在你身边睡着哩。"子路说："衣服脏成这样，你也去砍树了？你给咱砍了个什么树回来？"西夏说："在院子的台阶上靠着呢。"子路跑出去，拿回来一个木棍儿，说："我要是还是农民，我昨晚能弄回来个屋大梁呢！"西夏说："你背了一夜炕面土坯也够累的！"子路说："你嘲笑我呢？我在农村的时候，是没有别人有气力，但我勤苦，是有名的'耙耙子哩'！男人是耙耙，女人是匣匣，不怕耙耙没齿，就怕匣匣没底，你要是农村妇女，过日子肯定是没底儿的匣匣。"西夏说："可我不是农村妇女，我是教授的夫人嘛！"子路就笑了笑，说："当了教授夫人了，你也去当强盗了，这是一个毁林事件，政府绝不会不管的，要查起来，查到你也去了，看你还有脸皮没？！"

西夏说："没脸皮了，我贴个脸皮招领广告去！"一家人起来，洗脸，梳头，洒地扫院，娘提了半桶生尿又往自留地去，急忙忙却返回来，砰地就关了院门，说："镇长和派出所所长在村里收缴木料哩！天神，咋就砍了那么多树，土场子那儿堆得像小山一样！"西夏一听，就要开门出去，子路唬道："你又要往哪儿去？"西夏说："我去看看。"子路说："今日哪儿也不能去！"西夏噘了嘴，不去就不去，三人都坐在了院里，都不说话，拿耳朵逮着外边的动静。院外就有人急促地跑，接着听见隔壁的院子里，狗锁在说："我就弄了这一根，我知道不对。我是昨天到我丈人家的，回来是后半夜了，我看见人家都去了，我不去，还怕人家说我要告密哩！"就有人说："就这一根？鬼信的，你狗锁能不去，过河屁股缝儿都夹水的人你能不去？！院角那些新土是干了啥的，嗯？！"一阵挖土声。"这是什么，你说，这是什么？往大场上扛！""我扛不动哩。""扛不动？往回扛的时候你怎么扛得动？""这是我和晨堂抬的，我俩给我抬了这根，又给他抬了……""晨堂砍了几棵？""这我不知道。"啪的一声。"你怎么打人？""我还要捆了你哩！"石头在炕上喊奶了："奶，奶，我肚子痛！"娘支着耳朵在听着院外，说："睡吧睡吧，闭上眼睛睡一会儿就不痛了。"石头不吭声了。院外有狗锁的媳妇竹青在求告，拉着哭腔。娘已经是很一会儿了，却问："还痛吗，石头？"石头说："不痛了。"娘奇怪："怎么就不疼了？"石头更奇怪："让睡就不痛了，痛到哪儿去了？"西夏斜过头来，看见了在樱桃树下有一只兔子，兔子没有杂毛，纯白如雪，眼睛红红的，一蹦一蹦往捶布石前去。西夏叫道："兔子！兔子！"猫了腰去抓，她一扑，兔子一跳，怎么也抓不住。脱了衫子猛地去一捂，喜欢地对娘和子路说："我抓住了！"把衫子慢慢取开，衫子下什么也没有。她说："兔子呢？"她看见娘和子路在拿眼瞪她，子路好像嘟囔了一句："没个正经！"西夏觉得有些冤枉，她明明是看见了兔子！子路还又瞪了她一下，娘也到她的卧屋给石头穿衣服去了，推开了那扇窗子，西夏看着那窗扇上的棂格，想：兔子怎么就不见了呢？娘在窗内训责着石头："越长越没出息了，衣服也穿不好，头呢？手呢？"石头说："谁的头，谁的手？"娘说："这是你的头，你的手！"石头说："那我是啥？"西夏想：身上全都可以说是我的什么什么，那我真的是什么呢？或者说，这头、手是我的一部分，那么剪指甲，铰头发，那便是将我的一部分丢了？！西夏说："子路，你看见兔子了吗？"子路还是瞪了她，说："发什么神经？！"西夏知道，她又看见了别人看不见的东西，她并不遗憾子路没有看见那只兔子，但她不愉快子路对她的态度，索性哐啷把院门拉开，走了出来，她跟着村里许多人一起走，走到了土场上。

　　派出所的朱所长今天是一身的警服，他脸上长着许多粉刺，黑色的帽带紧紧地系在下巴上，表情凶狠，而刺眼的背有手枪，枪套的带子长长的，一走动枪同套子就拍打着屁股。他领着人从某一家的后院里，檐笆上，把偷砍的木头抬出来，甚至在那一堆堆的禾秆里，土里，牛圈的粪草里刨出木头，竟也把晨堂已经锯成一截一截的木头从尿窖子里捞上来。当然是晨堂亲自站在尿窖里捞的，浑身上下却沾了屎与尿的脏东西，他哭丧着脸说他错了，他受人影响了，朱所长用枪头戳他的脊梁，西夏真担心朱所长一不小心扳动扳机，晨堂就要倒在地上死了。朱所长说："受影响，受谁的影响？"晨堂说："这说得清吗？前年闹地震，头天晚上门环摇响，吓得人都不敢进屋，过了一天没动静了，才住了进去，可双鱼家的小儿子喊一下：地震啦！所有人就又全跑出来啦！"说完了，晨堂还笑笑，那个赖劲儿逗得大家都笑了，西夏也笑了一下，但朱所长没有笑，他用枪头又戳了晨堂的脊梁，晨堂这下再没话了，蹲在地上哎哟哎哟地叫唤。朱所长就往土场上去了，两个警察又把晨堂拉起来，跟着朱所长走，西夏瞧见路上有一摊稀乎乎的牛粪，晨堂就踩上去，臭气哄地散开，苍蝇也飞了来，两个警察就放开了晨堂，让他自个儿走。土场上，站着了许多面如土色的人，在他们的身边是一大堆横七竖八的木头。西夏看见了有秃子叔，有狗锁和他的婆娘竹青，有来正，还有牛坤和庆来，庆来拿着一片子锅盔在吃。朱所长在大声训话，夹杂着十分难听的骂，然后喝问谁还砍伐过林子，是自动交出来还是让挨家挨户去搜，如果不自动交出来而被搜出来，那么就轻者罚三百元重者刑事拘留。便有人回家去把藏在家里的木头扛来了，除过银秀的那个男人领了警察去那孔废弃的砖瓦窑里抬出了一棵大树，又叫嚷他是藏了两棵的怎么成了一棵，另一棵是哪一个不要脸的又偷走了，西夏没有想到的是，主动交出木头的多是些老头和孩子，又都是一些细椽、碾杆一类的小木头，三婶也把那根做檐笆用的小树干扛来了。迷胡叔是坐在木头堆前大声地哭，拿他的头在木头上撞，他检讨着自己贪嘴，在蔡老黑家喝醉了，没能守住林子，如果他守在林子边，谁也不敢来的，为了集体的林业资源，他要白刀子进红刀子出！竹青却说："迷胡叔，你多亏喝醉了酒，你白刀子进红刀子出着什么，恐怕你被捆在树上，狼吃不了你，蚊子也把你一夜叮死了！"迷胡叔说："我死了也是为革命死的，死得重如泰山！"众人忍不住笑了一下，脸又铁青着，狗锁就啪地扇了竹青一个嘴巴，骂道："你话这么多，不说话别人以为你是哑巴？！"竹青的脸立时起了五道红印，她愣住了，众人连同警察也愣住了，但她饿狼一样扑着了狗锁，两人厮打开来，谁都想一下子把对方制服，却制不服，突然间狗锁就倒在地上，捂着交裆哎哟。众人一时骚乱，叫道："抓着×蛋了！"朱所长大吼了一声，土场上立即安静下来，他要人们供出谁是这次哄抢事件的带头人，如果都不开口，就谁也不能走！迷胡叔就说："一定是顺善起的头，他是党员！"朱所长说："你住嘴！"迷胡叔噎住了，却又说："不是顺善起头又是谁，他要陷害我哩！"又扑倒在木头上哭起来。

一个警察已经在一张纸上写下了各人的名字，每一个名字下列清了砍伐的树木的大小粗细和件数，然后挨着让蘸了红油泥去按指印，他们大概觉得事情真有了严重性，先是说看见蝎子腰的人去砍伐了他们才去的，后来就说看见了你去我也才去的，你又说看见他去才去的，争争吵吵，末了就对骂开来。而朱所长却坐了下来，开始把手枪部件拆开，又组装，再拆开，再组装，天太热了，大盖帽卸下来放在了木头上。西夏决意要离开土场，她拍打着屁股上的土，从朱所长的面前走过，朱所长看了看她，她也看了看朱所长，一步跨过了另一堆牛粪，回家去了。

石头坐在了院门的门槛上，他对着西夏灿烂地笑。自西夏回到高老庄，石头还没有这么微笑着对待她，西夏立即就回报了微笑，石头说："姨，这树上有蛇吃过鸟哩！"西夏说："你叫我姨?！"立即俯下身抱住了石头，眼里几乎要有泪水了，说："哪棵树，蛇在哪儿？"石头指着门。孩子把门不叫门，叫树，孩子看到的是根本的东西，但做门的这棵树怎么就能看出曾经爬过蛇，而且蛇吃过小鸟，西夏觉得离奇不已。在高老庄，西夏也是遇到了她以前从未遇见过的怪事，是因为也受到了石头的什么影响呢，还是这一块儿土地使她发生了变化？西夏说："怎么看见门上是有过蛇呢？"但石头却并没回答她，手脚并用地从门槛上往院里爬，那棵樱桃树梢上静落着一只白粉蝶，树亭亭临风如人，像是车站上遇见的王文龙的前妻。

这一天里，派出所共抓去了二十人，关在派出所后院的一间小平屋里，无法睡下也没法坐下就那么面对面地站着，我呼出的热气你吸，你呼出的热气我吸，汗臭脚臭口臭屁臭，臭气熏天。小平屋里不送饭和水，小便就轮换着到前边门缝，尿水如小溪一样一直在流，大便就苦了，先是有人掏出纸或手巾铺在那里，大便在上边了，提着纸和手巾的四个角儿从门缝扔出去，后来没有了纸和手巾，就撕自己的衣服，但门缝外的屎尿却堵起来，空气越发恶臭，有人就歇斯底里地呐喊，用头撞墙。镇政府召开着会议，以朱所长的主意，立即向县委和县政府汇报，将这些人送往县公安局收审，但吴镇长却宽大为怀了，说："朱所长，派出所的经费不是特别紧张吗，每人罚上三百元，怎么样？"朱所长有些吃惊，因为天未明是镇长电话把他从睡梦中叫醒，责令他立即到太阳坡去制止毁林事件，严惩不法农民的，现在人犯抓起来了，仅仅是罚个款就了事了？朱所长说："你的意思？"吴镇长的意思是他绝没有想到太阳坡的林子被毁得如此严重，也没有想到参与毁林的人如此多，这样恶性事件的发生，虽然与镇政府没直接关系，却也极大危害了镇政府的政绩，县上正筹备着召开人大会议，他吴镇长已内定为七个副县长候选人之一，若将事件呈报上去，必然震动全县，那么他在参选时还能被选举上吗？吴镇长的意思当然不能讲的，他说："为官一任，富民一方嘛，发生这样的事件说到底还是农民穷嘛，如果把他们判刑坐牢，那二十个家庭就更贫困不堪了，咱们做地方领导的，其实也就是土地爷，上天言好事，下地保平安。"他讲到这里，突然想起了一个道理，开始为在基层做领导的难处发牢骚，他举中国的戏剧里县官的形象总是丑角，为什么是丑角，因为他们与老百姓近嘛，做好事是他们，做坏事也是他们，老百姓要骂皇帝是骂不上的，骂州官也是骂不上的，所以什么事要骂就骂县官。但现在县官已不是最基层的官了，乡镇一级的领导在第一线，猪屙的狗屙的都是他们屙的！一九四九年共产党坐天下，那些国民党政府做大官的人可以安全无恙，还能继续在共产党政府里做官，国民党政府里那些乡长镇长呢，一半却被杀头了，一半没有被镇压的却戴上了反革命分子的帽子。为什么？他们民愤大么！吴镇长说："为什么他们的民愤大呢？"他提问那几位副镇长，提问朱所长。副镇长和朱所长没有回答，因为一是他们明白吴镇长说话的含义而又用口无法说出，二是吴镇长的讲话有自问自答的习惯，但吴镇长一挥手却说："不说了。"朱所长的年龄并不大，但上腭的四个牙却是装了假的，他用舌头把假牙套顶下来，又用舌头顶着装上去，又顶下来，再一次装上去，说："我同意吴镇长的意见。"几个副镇长也就说："同意。"镇党委副书记是个老者，他没有表态。吴镇长说："老袁，你说呢？"老袁说："你是党政一把手，我听你的，只是咱要考虑……"朱所长却说："吴镇长，你是说过了的，派出所的经费确实紧张，罚款的钱政府就不要再抽去一部分。"吴镇长说："好吧好吧，你们吃肉就看着我们喝汤吧！老袁你说要考虑的是什么？"老袁说："如果咱们不上报，这么大的事情一时是可以捂住，日子一长，难免不会被人捅出去，如果被捅出去，有些人会不会借题发挥呢？你是镇长，又是党委书记……"吴镇长勾了头沉思了从口袋掏出个小铁夹子，在下巴上拔胡子，拔一根粘在桌面上，又拔一根粘在桌面上，粘到第四根了，他决定立即去把蝎子尾村、蝎子腰村，蝎子南北二夹村的村委会负责人和一些有威望的老者叫来开会，群策群力，集体解决。

顺善自然是被请之人，他果然老谋深算，建议道：要让事情没有后遗症，不如将这片林子以自留山的形式分给各村，各村再分给各户，原本实施责任制的时候这片林子应该分的，但因当时林子面积大，树木还小，担心分掉后被毁，才以集体的名义留下来的，如今林子已经毁了，从档案里抽出当初的决议，分给各家各户，即使有人追究，那是私人的林子任私人处理，谁也怪不上村委会和镇政府了。顺善的建议得到大家的赞同，关在派出所平房里的二十人就释放了。这些人一出来，立即扑向了派出所院中的水管前，咕嘟咕嘟只是喝水，秃子叔喊："喝慢些，喝慢些！小心把心激炸了！"他端起了一盆水照每个人头上身上泼，但扑到水管前的人喝个没完，扑不到水管前的就日娘捣老子骂。晨堂在屋角里靠墙睡着了，跑出来迟，见挤不到水管前去，竟端起了朱所长宿舍台阶上的一盆洗过脸的水就喝起来，直喝得肚子像气虾蟆，才哐啷丢了盆子，四脚拉叉地躺在那里，说："来正，来正，你说世上啥最受活？"来正没有喝上水，却被秃子叔浇得头湿湿的，以为晨堂想他的竹叶婆娘了，说："××最受活！"晨堂说："还有呢？"来正说："×毕了，歇一会儿再×！"晨堂气得坐起来说："你都渴死了还有劲干那事？！"

在南驴伯的坟上，工匠是茶坊镇的人，也有高老庄的人，但帮工全部是高老庄的，庆来被抓去关了一天，子路只好在那里招呼。高老庄的工匠和帮工很庆幸他们没有参与毁林事件，估计着被抓去的人谁可能判三年，谁可能判一年，谁可能监外执行，这多半天里都很卖力，吸烟的时候就把

273

烟吸得一点不从口里鼻里漏，唠叨坐牢是不怕的，最怕是坐了牢不能吸烟。但半下午被抓去的人突然放了，他们似乎觉得有些遗憾，议论着谁谁并没有把砍伐的木头全部交出来，就埋怨他们来修墓了错过了一场好事，干活儿也不大出力了。直到天黑回来吃饭，庆来来了，子路叙说了坟上的议论，庆来说："你明日歇着，我去招呼，咱是掏钱雇工的又不是请爷哩，谁不好好干重换人嘛，能出力的人有的是！"子路忙劝他不要发火，乡里乡亲的别伤了和气。庆来说："我一肚子气正没处撒哩！"他就端了饭碗过去说："石祥，你以为错过了一场好事吗，我坐了多半天黑房子，还得罚三百元，你小子沾了我伯的光了，要是不修墓，这二十人中有你就没有我，听说你好吃好喝着还撂风凉话呢？"那个叫石祥的赶忙说："哪里说风凉话了？给南驴伯修墓哩，甭说罚三百元，就是去白领三百元我也是不去的！"庆来说："那好，明日墓上还缺几百砖，一早起来你和我一块儿去窑上往回担！"石祥说："雇一辆拖拉机拉嘛。"庆来说："几百块砖用得着拖拉机，咱担！"石祥说："那墓修好了，我睡进去得了！"众人就笑，说："累不死你的！"石祥说："要是累不死也得多吃些饭吧，那我就去盛第三碗面啊！"

第二天，墓地里将砖墓全拱了起来，只剩下修饰墓门面了。这一天，太阳坡划分给了各村各户，残留下来的小树被主人们点了数，在这家与那家的地畔上，又分别在树上系了红绳儿或刮出一点儿皮用红油漆标了号。迷胡叔自然是失业了，自然再也拿不上那每月十几元的护林费了，他夹着胡琴来到了墓地，说他也为南驴伯的新屋建设出点儿力呀，就坐在墓边拉胡琴，咿咿呀呀唱那"黑山哟白云湫，河水哟往西流……"唱着唱着就骂顺善是他的敌人，给子路诉冤枉。

晚上吃毕了饭，商量明日墓上的事，修饰墓门面只能留下能画的张师傅，别的工匠和帮工就得辞退，庆来因要陪张师傅去镇上商店去买颜料先走了，子路就给那些辞退的人算工钱。但这些人却要求加钱，理由是施工中赶得紧，原本是七天的活儿四天就完了，人出了多大的力，而茶饭不好，烟供得少，酒也只喝了三次。子路就生气了，说你们在家都吃什么了，顿顿米饭蒸馍又炒四个菜还不可以吗？那个摔断木尺的工匠就说墓穴的风水硬，把他的木尺都摔断了，风水硬肯定对修墓人不好，这些自认倒霉，但总得赔偿他的木尺呀！子路觉得这有些欺负人，偏不给赔偿，工匠们就红脸吵起来，还是西夏来掏出二十元钱交给了那人，西夏说："尺子值多少钱？你不用找了！"那工匠偏从口袋掏出二角钱来放在地上，说："我是穷人，可我不多要你们一分的！"为这事，子路着了一口闷气，回到家叫喊心口疼。西夏就数落他太小气，一个大教授了为那二十元钱吵吵嚷嚷值不值？子路说："你不了解农民！"西夏说："我了解你！"两人也恼起来。

这天夜里，天快亮的时候，西夏做了一个梦，醒来还清楚地记得，她吃惊的是梦见了石头的舅舅背梁，背梁是辱骂过她的，但背梁在梦里却向她赔不是，她看见背梁猥猥琐琐的样子，一边擦鼻涕一边说："我要死了，你原谅我吧，我拿钱赎我的错。"就从身上掏出十二元三角四分钱要给她，她说不要不要，几乎有些生气了。梦到这里，西夏就醒了，十二元三角四分钱记得清楚，而且那钱都是纸票，油腻腻地发软。这是噩梦还是好梦，西夏想给子路说说，如果是噩梦，让他能转告背梁小心才是，可西夏见子路眉头紧锁的烦恼样子，也担心他听了说她是故意要提说关于菊娃的事来怄他的，便没说出口。梳了头，换了脏衣泡在盆里，她懒得立即洗，翻弄了一阵儿抄录的碑文和那些画像砖，要往太壶寺看那壁画去，就问石头你去呀不去，要去姨把你推上。石头才画了一张牛的画，牛却是在屋顶上走的，而且牛肚里还有一个小牛。娘就指责石头要画就好好画，谁见过牛上屋顶的，牛角这么长，是公牛，公牛肚里怎么有小牛？石头不服，说奶眼睛不好，没看见他在牛的腿上画有仙鹤吗，仙鹤能飞，腿上有仙鹤了，牛愿意飞到哪儿就能飞到哪儿！说："奶你不懂，你问我姨！"娘："你姨和你都是烂脑子！"西夏就笑了笑，只是说："石头跟姨去不？"石头现在是跟西夏已亲近许多了，他把姨字咬得重重的，但石头不去，说："街上能碰着我舅的。"西夏觉得石头也突然说出他的舅，会不会与自己的梦有什么关联？就问："碰上你舅？"石头说："我舅要去海里呀！"西夏就觉得孩子毕竟是孩子，说着说着就胡说了，山地里哪里有海？背梁也不是去东南沿海发达地区去做生意的角儿！她说："你舅怕是在镇街上买海碗呀！"自个儿往镇街去。到镇街口了，却又担心如果真的在街上碰着背梁了怎么办，索性先不去太壶寺，绕了街后的一条便道倒端端向菊娃租赁的那三间门面房来。

门面房里，已经卖起了杂货，除过烟酒酱醋、瓷碗铁锅、拖把扫帚、木勺塑料桶外，更多的是收购麻绳，菊娃没在这里坐店，雇的是两个姑娘，两个姑娘正在柜台上玩跳棋，瞧西夏过来，也是认识的，笑吟吟地问吃了没有，却拿过凳子让坐。西夏笑道："我没吃的，能给我吃什么吗？"两个姑娘就笑起来，说："都是这么问候的……省城里现在怎么问候人？"西夏说："哎哟，瘦啦？！"两个姑娘就俯在柜台上，低声说："西夏嫂，那些减肥药真的顶用吗？"西夏说："你俩倒用得着减肥？任何减肥都是不让你好好吃饭的，吃了药恐怕就没现在的红润劲了！"一个姑娘说："我们还红润呀，刚才老黑叔还在说高老庄的柿子是涩涩，核桃是隔隔，婆娘是墩墩，女子是黑黑……"西夏的头顶被什么轻轻打了一下，用手抹了，才要说话，又觉得打了一下，仰头一看，二楼的窗沿上一个人头，正拿瓜子儿掷她呢。西夏叫道："蔡老黑，你说婆娘是墩墩，女子是黑黑，你咋不照照镜子，看看你们高老庄的男人，前额颅后马勺，歪瓜裂枣，鸡胸驼背，腰长腿短，矬子，矮子，半截子，猪八戒！"蔡老黑说："你骂嘛，高老庄就算是猪八戒的故乡，缺啥补啥，才找高脚女人哩！"西夏就拔脚从那窄窄的门道跑去，要登梯上楼讨伐蔡老黑的。用绳拴在楼梯下的狗被突如其来的旋风惊得失声，待西夏已跑上楼梯了，汪汪叫起来，而西夏也后悔起自己不该这么嚣张了。

楼上坐了四五个男人在喝酒，个个歪七竖八红着眼睛，已经有一个趴在那里不动了，满地的空啤酒瓶子和烟蒂，桌子上是一大盆煮熟的猪蹄和猪肝。狗剩招呼西夏坐下，喝得也带上了劲儿的蔡老黑就用脚踢趴在那里的醉汉，说："起来，起来，才多少猫尿就趴下了，西夏说高老庄的男人是猪，真成猪了！"四五个男人重新坐好，又开了一瓶白酒来喝，同时给西夏也倒了一杯，西夏不喝，蔡老黑说："你说高老庄的男人不行，倒让子路把你管住了，是子路不让你喝？！"西夏就端了杯子，挨个儿和众人碰了，说："大白天的，男人家不去做活儿，坐在这里喝酒！"蔡老黑说："心情不好嘛。"西夏说："咋个不好，偷砍了林子，被抓去罚款了？"蔡老黑说："你也说砍林子的事？我们哥儿们就说的是砍林子的事！我们倒没砍林子的一根筷子，但好端端的林子就那么被砍光了，砍光了罚些款就完事了？高老庄人经几辈谁破坏过林子，一九五八年大炼钢铁高老庄没砍过林子，'文化大革命'那么乱也没砍过林子，谁个不晓得林子重要，为了这片林子大伙又花了多少钱，出了多少力，又有谁不知道毁林要犯法，可现在林子就那么半天一夜被砍了？！我们应该追问：为什么要砍林子？"蔡老黑喝了一杯酒，手在桌子上啪啪啪地拍，说："自从有了地板厂，高老庄的生态环境就从此破坏了！那个王文龙打的是扶贫的旗号来的，县上镇上为了他们的政绩，亮的是筑巢引凤的牌子，让地板厂就建在高老庄了。是的，有了地板厂，一些人可以去做工挣点钱，地方上可以得到一些税收，但是，地板条的要求那么高，弯树不行，细树不行，柳树杨树不行，只要栲树、花梨树，只要粗树和直树，一棵树能解多少页板，一页板能做几根木条，高老庄先前是有名的栲树区，现在山上三分之一的栲树被砍伐了，再过三年五年，所有的山都成了秃山，资源没有了，我们吃什么喝什么，我们的后代吃什么喝什么？听说这些地板产品远销东南亚和欧洲，价钱高昂，而我们高老庄人能得到多少？十分之二，西夏同志，是十分之二！你说这残酷不残酷？！现在高老庄的栲树砍得差不多了，高老庄人要求提高木价，但王文龙不，苏红不，倒收购白云寨人运来的木头，他们是拿白云寨来压高老庄嘛！这农民也可怜，只知沾小利不知吃大亏，这就发生过殴打白云寨贩木

277

的人。殴打白云寨贩木的人，这应该引起镇政府领导的重视，应该从中寻出矛盾的深层原因，可只是整治高老庄人，也才导致了高老庄人为了和白云寨人争饭碗，发生毁林事件！"蔡老黑话一落点，坐在椅上的一个男人就把杯子砰地在桌上一掼，杯子哗啦碎了，他的血也流出来，他骂道："王文龙和苏红是这场毁林事件的罪魁祸首！派出所抓人哩，为什么不抓王文龙和苏红？罚砍树者每人三百元，为什么不罚地板厂？官商勾结，他镇政府包庇哩嘛，姓吴的要当他的副县长呀，他要拿上地板产品去巴结上司呀，去拉选票呀！"西夏说："手上伤厉害不，要不要包扎一下？"那男人把流血的指头在嘴里吮，吐出一口红的白的，说："我试不着疼！"坐在沙发上的那个小分头，喝得眼睛睁不开，说："死不了，指头离心远着哩！他们不惩罚地板厂，咱就撵地板厂嘛！老黑，老黑，你能煽火去砍林子，你就出头来煽火把厂子轰了！"蔡老黑立即变脸，骂道："放你娘的屁，谁煽火砍林子？谁看见是你煽火哩，让西夏去报告了派出所，抓了这贼尻去！"西夏笑着说："我给谁说去？就是去说了，镇长也不会管了。"蔡老黑说："现在的镇长能做醋哩，毁林是多大的事件，他竟罚些款就一了百了？现在的事情是，你把烂子不捅大，鬼也不理你，只有死了人，事情弄到影响到他的官位了，才有人出来理会的！子平你说什么，你说轰地板厂？"子平说："轰！"蔡老黑说："地板厂确实该轰了，他们把吴镇长收买了，靠镇政府解决不了事，听说厂里还要征地，还要扩建让厂子再这么待下去，高老庄就成了不毛之地了，就把咱们榨干了！苏红在村子对人炫耀，厂里是日进万金，王文龙已经在省城置了两处别墅，现在又坐了一辆高级小车哩。"一个男人叫道："他是拿麻袋装钱了？天神，那他怎么花呀，晚上咋睡得着呀？"子平说："他挣的是昧心钱，黑钱，他才出资翻修学校哩，那一点钱对人家是九牛身上拔一根毛，又买了镇政府的好，又给姓吴的脸上贴了金，想继续在这里办厂哩。建厂房的时候，人家就修成个蜘蛛形，现在再扩建，这毒蜘蛛的网就越来越大，把咱全网住了！"几个男人就头碰头起来，计划起要轰厂，如果轰厂，谁肯定会参加，谁可能不敢去，去多少人，厂里会不会派人打出来，如果打出来就好了，就怕他们关了厂门不出来，要打乱仗高老庄有懂拳脚的，何况这么多人还打不过厂里那些人吗？一个男人却说："上次打白云寨人，镇政府查哩，砍太阳坡林子，镇政府又是抓人罚款，若轰地板厂，事情就比前两次大得多，吴镇长会不会就把派出所人调去？"子平说："高老庄的人不要说百分之百地去，就是去一半儿，派出所那几个人能控制得住？"那男人说："他要报告县上怎么办，县公安局会不会来人？"子平说："事情八字还没一撇哩，你倒怕这怕那？公安局来人怎么样，我一不杀人二不放火，我提我的要求哩，抗议哩，能把我怎的？我看你不要去了，你到时候回家抱娃吧！"那男子说："子平你张狂啥的？我什么事怯过，是骡子是马到时候拉出来遛遛，看谁是姑姑子生的？！"蔡老黑摆摆手说："吵啥哩吵？！考虑多些是对的。但轰厂子也就是冲击冲击，给他们施加压力，能真的把厂子一把火烧个干净？咱选个日子，等朱所长不在家更好点，我也分析了，吴镇长还是不敢向上报告的，群情激愤起来，他就是到了现场，他能怎么样，他要不想当副县长了，他可以报告上边让公安局来抓人嘛，法不治众，他抓谁去？就是抓，他姓吴的倒了，厂办不成了，抓了也是值得！"大家都不言语了，一张张被酒刺激得发木的脸泛着汗油，你看看我，我看看你，蔡老黑说："那咱就弄？"四个男人都说："弄！"从椅子上沙发上立起来，提裤子挽袖子，似乎真要发生一场战争似的，具体分工谁到时候招呼蝎子尾的人，谁招呼镇街的人，谁招呼蝎子南北二夹村的人，拳头就砸在桌面上咚咚咚地响。西夏是一直坐在一边嗑瓜子儿的，先是觉得这些醉汉可爱，想起了电影上的什么故事，倒也遗憾蔡老黑生不逢时，如果在战乱年代，他会是一位将军呢还是一名土匪？但看着看着，似乎他们倒认真起来，她就有些害怕了，待蔡老黑又打开了一瓶白酒，她说："蔡老黑，你这是要暴动呀？！"蔡老黑用牙撕开了那块猪肝，说："这叫什么暴动？没刀没枪也不想去杀人，是农民要维护自己的合法权益嘛！"他大口大口嚼着猪肝，等完全咽下去了，说："西夏，我们这样干也是没办法的办法，既然要干，当然是谁也不怕的，和地板厂的矛盾你也是知道，但你不要先说出去，你要先说了出去，你今天也是参与者之一。"西夏倒生气了，站起身来，说："你要防我，我这就走了，哪怕你们真枪荷弹去抢银行哩！"蔡老黑一把拉住，油腻腻的手立即在衣服上浸出一片油渍，他说："你说到哪儿去了？我们还想听听你的意见哩！"西夏说："要叫我说，我说一句，我对高老庄的具体情况并不了解，地板厂在这里，地方上应该有个统筹规划，有计划有层次采伐树木来做原料，如果盲目地只顾收购木头，势必对森林资源浪费和破坏很大，但你们去轰厂却是错误的，如果人去得一多，谁能控制局面，那后果就不是想怎么着就能怎么着了！"四个男子顿时愣在那里，蔡老黑就嘿嘿嘿地笑起来了，说："你不懂得农民，你不懂得农民，我们喝了酒说酒话，你当真吗？你不喝酒你太清醒了，可你却不知道酒有酒的乐趣，你只懂得一个子路不行，子路是高老庄人，但子路从高老庄出去了，你要真正懂得高老庄农民，你要喝酒哩！来，喝酒喝酒！狗剩，取酒去，你舍不得再拿酒吗？今日这酒算我的，我蔡老黑再没钱，几瓶酒还是买得起的！"啪地从口袋掏了一把钱票摔在桌上。狗剩忙说："哪能要你出钱？拿酒拿酒，今日谁不喝得倒在这里，谁也不许走！"就下楼买酒去了。

西夏看着蔡老黑，却糊涂了，弄不清他们哪一句是真话哪一句是酒话，但她情愿说的是酒话。那个长头发的男人眼睛血红，一直在盯着西夏，后来就趔趔趄趄走进旁边的卧室去，好大一会儿竟不出来。蔡老黑叫道："关娃，关娃，你他娘的装什么熊，这一瓶不喝完你休想溜！"关娃却是不应。蔡老黑就叫一个光头去卧室拽着耳朵把关娃拉出来，光头才过去，就喊："黑哥黑哥，你进来！"蔡老黑过去，立即听见那边啪啪地有了巴掌声，蔡老黑同时在骂："你没出息的在这儿弄这事哩！大家操什么心，你却干这事？！"西夏觉得奇怪，也过去看，才到卧室门口，却被光头挡住，西夏往里看了一眼，只见那长头发的裤子溜在脚面，她忙转过身，明白了长头发在干什么，也明白了这一切可能是因她而起，就生出恶心和愤怒，骂了一声："乌合之众！"顺门出去，头也不回地下了楼梯，蔡老黑在屋里喊："西夏，西夏，你听我说……"

西夏一路从街上走过，街东十字口的水井边，三个男的一个女的在那里翻猪肠子，他们用铁条顶着肠子的一头，然后翻出来将恶臭冲天的粪便抖落在路边，苍蝇嗡嗡嗡地乱飞，而苏红和迷胡叔立在旁边看着说话，那女的头发扑撒在脸上，衣襟上已沾满了星星点点的污水，说："苏红，你瞧我这命，学校里一张桌子坐出来的，你当老板了，我只是个翻猪大肠的！"一个男子说："你为啥成不了苏红，你太计较嘛，雷刚那儿的肉五元六，你的肉就五元八，你知道雷刚这几天不杀猪，你就哄抬物价呀！"女的说："你说啥，谁的肉？"男的说："你的肉嘛。"女的说："是你的肉！"那男的就笑了，对苏红说："苏红，明日我娃过满月，你得和厂长来呀！"苏红说："这么快的，却生下一个月了？是公子是千金？"男的说："快是快了点儿，可绝对是咱的种，咱不是那庆升！"苏红说："你看谁来了？"那男的看了一眼西夏，忙说："是个女的。"苏红说："女的好，女的是她爹的贴身小棉袄。"男的说："那有啥好，顶大嫁给个皇帝！"西夏也忍不住笑了一下。苏红说："西夏西夏，你这是到哪儿去了，脸色这么难看，你娘舍不得给你吃吗？"西夏说："回来这些日子总害胃疼。"苏红说："走走走，到我那儿去，买一截肠子姐给你做葫芦头吃！"西夏说："啥子叫葫芦头？"迷胡叔说："就是猪的痔疮泡馍。"听得西夏龇牙咧嘴，苏红说："他胡说哩，是用大肠泡馍，又好吃又养人。"买了一截肠子，拉西夏往家去，迷胡叔也跟了来，西夏说："你们有事？"迷胡叔说："苏红要问我砍林子的事哩，我这一辈子就栽在顺善手里了！"西夏听迷胡叔这么说，就不愿跟了苏红走，但苏红终不放她的手。

到了苏红家，院子里清清静静，一层落叶在地上，微风酥酥地吹，聚起来又散开去。二楼的窗台处，一根竹竿上挑着三个裤头和两个胸罩，摇摇摆摆如小旗子。在高老庄，西夏去过许多人家，见到的妇人的裤头和胸罩差不多都是用粗布自制的，有的甚至补了几层补丁，洗晒也都在院中的不显眼处。她就说："苏红姐，你们先谈正经事吧，我在这儿洗洗手。"她在院子里的水池上洗手，看着苏红和迷胡叔上了二楼，说："呀，你这是使馆，窗前挂了国旗哩！"苏红就笑着说："女人的裤头挂在谁家的窗外这女人就是谁家的人了，我往哪儿挂去，就挂在那儿让东西南北的风吹去！"

西夏差不多洗了半个小时，无聊得用盆接水还浇了那几丛花，待最后去浇墙角那几盆仙人掌时，花盆竟是放在一面石碑上，喜欢道："这儿还有一块儿碑子，一定是等我来读等得太久了！"就搬走了花盆，又拿水冲洗了，见是一面《建修土地祠碑》，长一米，宽半米，为明成化年刻，其文为：

尝闻神之威灵特乎人力，人之护福赖乎神佑，土地祠数十余年泽水浸淹，以至壬戌岁冬，又被流寇扰害，庙宇栋梁折毁。神像竟然损坏，日晒夜露，经过其地者无不目睹心伤，不忍坐视。信等请同大众商议，倾囊乐助，已于乙丑岁五月二十日兴工，成于闰月五月初一日。大功告竣矣，庙貌巍峨，神像丕焕，一方之功德昭焉，香火之接续远焉，岂非盛举哉！兹将捐资香名，修补庙宇一切花费账项刊列于后：（以下列捐姓名八十五人略）以上收钱四十千四百九十一文，付木料钱四千五百六十文。付兽头砖瓦钱五千八百九十四文。付石灰钱三千文。付杂项钱三千七百六十文。付木匠工钱一千九百五十文。付砌匠工钱六千文。付神像钱一十千文。付彩画神钱二千四百文。付磬钱一千四百文。付刻字工、香炉钱四千文。付开光、谢士、诵经礼钱四百文。共付钱四十三千二百七十文，不敷钱三千六百七十九文。提用众神会利钱三千六百七十九文。

当下抄毕。听得楼上迷胡叔的骂声渐渐小了，就走上楼去，正听着迷胡叔说："林子一毁，顺善就真把我的饭碗子踹了！叫我干啥去，到白云湫当野人去?！"西夏心中一动，进去说："迷胡叔，你要到白云湫，一定得带上我去！"苏红说："西夏也知道白云湫了？你要敢去，我也就敢去了，都说白云湫如何如何，我是高老庄人我倒没去过。"迷胡叔说："那好嘛，你们要去，我领了去，你们年轻都不怕死，我怕啥哩！"西夏就说："苏红姐，明日你没事吧，明日咱去！"苏红也热火起来，说："明日就明日，我也是烦得很了，去浪一浪，迷胡叔你可得说话算话！"迷胡叔却嘿嘿笑起来，说："去就去，但我有个要求哩。"苏红说："啥要求，吃的喝的我全包了！"迷胡叔说："顺善踹了我的饭碗，你总不能看着你叔喝风屙屁啊，我给你们厂搞宣传去，拉胡琴，唱丑丑花鼓！"苏红说："那是生产单位又不是要社火哩！"迷胡叔说："看个大门还不行？打扫个厕所也不行？"苏红说："人都说迷胡叔是疯子，疯什么来着，担粪不偷吃！行吧，我和王厂长研究一下就去通知你！"三人当下就商量了，明日一早出发，如果当日能回来就回来，若时间来不及，夜里就歇在白云寨的什么人家里，苏红就叮咛西夏和迷胡叔什么也不要带，她准备吃的喝的和手电，万金油，蛇药，她还可以去派出所借一个警棒的。

西夏没想到谋算了多长日子的计划迟迟不能实行，无意中却落实得这般容易，情绪非常好，送走了迷胡叔，两人就洗猪肠做饭。她说："苏红姐，你院子里还有一块儿碑子？"苏红说："你把我这儿什么东西都摸清了？那是我盖房时，从土里挖出来的，那日吴镇长来家，我还说：'吴镇长，你总说你是土地神，这块碑子应该竖在镇政府院子。'吴镇长看了，说：'就放在你这儿，多给土地爷烧烧香啊！'"西夏说："那你就放了花盆啦。"苏红只是笑。西夏是不懂葫芦头的做法的，苏红讲，古时候，高老庄人就喜欢吃猪的杂碎，但肠子腥臭味大，又油腻，有一个外地的名医经过这里，在一家小店吃过一顿饭后，知道是对肠子的制作不得法，就配了几味药作调料，从此杂碎一改旧味，香气四溢，顾客盈门。这家店主为了感激这位医生，就在店门口高悬个药葫芦，慢慢就把这种杂碎叫了葫芦头的。西夏噢了一声，却问："太壶寺也是因为寺门口曾经挂过一个大铁壶吗？"苏红却不知此事，说："你脑袋瓜就是灵，能想到那儿！"苏红一边和西夏洗肠子，一边讲着怎样揉，挼，刮，摘，回，再挼，漂，再挼，又再挼，然后煮，晾，才能将污腥油腻尽脱。西夏说："这么复杂？"苏红说："今日我不能按要求做到，正宗起来，除了处理肠，还要熬汤，渧饭，熬汤必须要原骨砸碎，出骨油了，汤水乳白，再下肥母鸡一只，大料，花椒，八角，上元桂，大火小火熬得汤浓为止。渧时得肠子切坡刀形，每碗五片六片，排列在掰好的馍块上，滚汤浇三四次，加熟猪油，味精，调料水哩。我这儿没骨汤也没母鸡，但别的料有。"西夏说："太麻烦，做些米汤，青菜炒肠子吃吃罢了。"苏红说："要吃就吃好，我近日胃口不开，得把色香味做好哩。"西夏说："咱中国人就讲究色香味，胃口越不好，越要色香味，越是色香味，胃口就越不好！"苏红说："你是文化人，这也是食文化呀！"西夏说："正是这食文化把中国人食得胃的接受能力差，胃不行了身体哪能好，长得就……"西夏不愿意再说下去，苏红说："哟哟，吃一顿葫芦头你倒要发表一篇论文了，这就是你们知识分子！我在省城的时候见过一些高级大夫，他们是这样不能吃那样不能吃，听他们的话便只有饿死，到你这里，啥味又都不要了！你也是中国人，你咋长得人高马大的？给你做一顿饭，一盘五味俱全，一盘少盐没调和，你吃哪盘？说穿了，懒！懒又有懒道理。"西夏一时倒没词了。苏红又说："我在省城的时候，也认识了一个剧团的名角儿，他邀我到他家去，他在外穿得鲜亮光堂，裤棱儿不倒的，说话也是物质文明精神文明的，可一进他们剧团大院，乱得像个垃圾场，他那房子更是个鸡窝，倒墙上挂了斋号叫'凤凰阁'，你们城里人就是这样！"西夏说："我写论文哩，苏红姐倒写大字报啦！"苏红就哈哈笑起来，说："不说啦不说啦，肠子洗好了，下来我给咱做。你去卧房里歇着，抽屉里有相册，你看看你姐当年怎么样？"

西夏到卧房里拿了相册，趴在床上翻看，五大本相册全是苏红的照片，穿各种衣服摆各种姿势，不穿衣服摆着各种姿势的也有。西夏暗暗吃了一惊：苏红这么开放的！而且还有和七八个男人的合影照，看看照片里的背景，西夏能认得是省城的什么地方，就猜想当年的苏红在省城过的是一种什么生活，也就不便提问那些男的是谁，照片是谁拍的，照相馆肯为这些底片冲洗吗？把影册放回抽屉时，抽屉里竟有一个类似阳具的塑料玩意儿，赶忙就放下，苏红却进来了，苏红倒大方地说："你瞧那东西是哪儿产的。"西夏说："什么东西？"苏红说："你倒装正经了！今日姐要问你，你这么漂亮，子路一天能爱你几回？"西夏耳朵立即烫烧，但也笑了一气，说："他年纪大了，没几回的。"苏红说："不是我教唆你的，你也该让人到日本捎个这东西，听说广州也有的。你现在还没孩子，等生过孩子了，男人越来越不行，女人却如狼似虎的。"西夏还是笑着，笑过了，说："苏红姐，你就这么过下去呀？"苏红说："你是不是也觉得你姐太寂寞了？寻不下合适的嘛！干脆不嫁啦，又不是没见过男人，男人不就是个 × 吗？"说完自个儿倒笑了，过来搂住了西夏，虽然个头只到了西夏的肩上，但她把西夏的乳房捏了一下。西夏一下子害怕起来，赶忙从卧室出来，叫嚷着要去厨房看肠子煮好了没有，直到吃饭，苏红坐在桌子左边，她就拿凳子坐在右边，吃毕便借口回去准备明日去白云湫的衣服，急忙走掉了。

第二天一早起来，西夏换了一身衣服，将脏衣装在篮子里，说是昨日约好，到苏红家去洗，苏红家有洗衣机。娘说："几件衣服划得来到人家家去？我给你两下就搓洗净了。"西夏说："这是牛仔裤，见水像帆布一样，沉得很！再说，我还要向苏红调查些事的。"娘说："那你早去早回。"西夏说："吃饭不要等我，如果我们聊得热火了，我就在她家吃。"子路是从楼上翻寻出了早年曾经挂过的一对木刻的堂联，用水在院里擦洗，木板虽裂了几道缝儿，但联语还完好，一条是："**一等人忠臣孝子**"，一条是："**两件事读书耕田**"，高兴得正要张罗叫西夏来欣赏欣赏的，却见西夏又要出去，就恼得把鸡打得哗啦啦从鸡棚上飞到了檐篱，鸡毛满院飞。西夏偏拾起两根鸡毛，在左右脚上的鞋口各插一支，说："娘，我是飞毛腿哩！"过去对子路说，"子路，我给你说个话。"子路立着不动，西夏哪地在他腮上亲了一口，奔出门去。子路眼看着娘，说："这神经病！"

苏红和西夏离开镇子，到了葡萄园下的沟坎，迷胡叔已在那里等了多时，三人沿着沟坎下的河道一直往西走，河道在牛川沟口汇合一处又往西去，这就是倒流河了，迷胡叔扎着裹腿，穿了一双麻鞋，就又吼唱起来：**黑山哟白云湫，河水哟往西流，家没三代富哟，清官不到哟头**。西夏说："迷胡叔真有艺术细胞，一见这么好的山水就唱起来了！怎么就家无三代富，清官不到头了？"迷胡叔说："你不知道高家的事哩，高家过去仍是出个大财东的，可从来没有富过三代。你那一系的云字辈里，有个武人给人家押镖，有一回为州里一个粮庄押了五车镖，货还未到，那粮庄主犯了官司，满门抄斩，你那先人就私吞了财物，以此发了家，富到县上州上都有铺子，号称高家的马行走百里不吃别人家的草哩！但富到第三代，被北边来的红胡子杀了。镇上雷刚的先人，原是高家的外甥，后来也家大业大，五个儿子四个在外边做官，留在家的那个脸上有块红瘤子，娶了七个老婆哩，闲得无事，把七十七斗豌豆撒在大场上，让七个老婆在上面玩老鹰捉小鸡，老婆都是小脚，立起一个滑倒一个，他以此来取乐的，那过的是啥日子？！但这五个儿子一年里死了三个，两个又无缘无故地得了软骨病，一帮妇道人家阴气太重，又都重嫁到县上，被人家几年之内把家产倒腾个净光！我爷手里，我家也是富的，收麦天先请的麦客子就坐三席哩，到我手里，我那兄弟，就是顺善他爹，不成器嘛，人懒又爱抽口大烟，把家产抽空了，要不怎么土改时你们家里中农，我们家倒成了贫农！"苏红说："那还不多亏顺善他爹，给你定个地主分子，怕'文化大革命'中早背了磨扇沉到西流河了！"迷胡叔说："这倒也是。栓子他爷富，土改时给他背了炸药包子，点着了让他在十八亩地那麦田里跑，跑着跑着，炸药包响了，只有一个手是完整的，那手是个六指头。十八亩地就是葡萄园的西头，对了，蔡老黑前几年是多富的，他家空酒瓶子一拉一架子车的，他那婆娘见天往外倒鸡蛋皮，说鸡蛋把人吃伤了，一见鸡蛋就反胃。现在呢，才几年光景，毕了！现在富的是苏红……"苏红说："你别胡说八道！"西夏还要问："那'清官不到头'又有啥说头？"苏红说："你别让他说，说上十句还说的是人话，说过十句了就全成疯话了！"迷胡叔说："我哪一句是疯话了？说你富了你就不高兴了？我不向你借钱，你怕啥的？"苏红说："好，好，我富我富，家无三代富，反正我没男人没娃，怕什么二代三代的？！"不高兴起来，往前独个走去。西夏猛一歪头，瞧见前边山崖上直直立着一个人，便把头低了，再抬头看时，那立着的不是人是一块儿竖着的石头。就怔了一下，心想：明明那人还朝我笑的，怎么就是一块儿石头？她说："苏红姐，那是一块儿石头吗？"苏红在前边回了头，说："你是近视？"证实了是石头，西夏觉得自己又有了幻觉，说："我眼睛是不好。"就问迷胡叔："咱这儿出过清官？"迷胡叔说："明朝的时候，高家出过一个叫高杰的，在清川县当县官，高悬明镜啊，负责修过一条石砭路，那时没雷管炸药，全是用柴火烧崖，烧过了用水灌，石头就激炸开缝子，硬是用钎子撬，镐头挖，石砭路修了八十里，听说现在还叫高公砭。他政绩好，调到周山县，周山县是穷县，土匪强盗多，谁也不肯去的地方，他去了，当的是知县，拿的是州官的俸禄哩！可一夜土匪把县衙抢了，天明，他还是坐在大堂上的，头却没有了。清朝三百年，高老庄出了四个官人，都是清官，但一个收纳皇粮不及时被革职了，两个得罪了朝里下来的人被下了牢，一个一直官做到了五品，可刚上任头一天，就病死了。前五年，咱县上的陈县长来高老庄蹲点，领着人修了牛川沟两边几百亩农田，镇东头那座桥是他到省上要款

287

修的，还有牛川沟上那个吊桥，他领导得好，准备考察着要他当副专员呀，一封告状信把他告倒了，说他给省上有关人行贿。行什么贿？他是为了要修桥的款，当然给管钱的送些礼嘛，他是拿小钱给咱换大钱的，但这黑信使他提拔的事就放下了，一放下也就毕了。你知道告状的人是谁吗？是他的通信员。他一死，现在的县长来了，把通信员提成了镇长……"苏红走累了，坐在前边的石头上脱了鞋揉脚，说："你攻击镇长呀？你不当护林员了就说镇长坏话呀！"迷胡叔说："我不怕他报复的，他就是将来当上了副县长，我是农民，他把我开除农籍了？西夏你说是不？"西夏说："迷胡叔倒知道这么多事？"迷胡叔说："我有耳朵嘛，我还知道得多哩！"西夏说："还有什么？"迷胡叔说："咱们县上一会儿是贫困县，一会儿又成了甩掉贫困帽子的县，一会儿又听说把贫困帽子要回来了，反正每个领导有每个领导的一套，都是想法儿争个政绩的，他有政绩了他就能上嘛，他上去了吴镇长也就上去了嘛，吴镇长上去了贼娃子顺善就上去了嘛！"苏红就笑起来，说："我估摸快说到顺善了，果然就说到顺善！"迷胡叔噎住了，说："你包庇他？他应该枪毙，煽动群众破坏国家森林！"苏红就过来拉了西夏往前走，说："西夏，你分析分析，毁林的事可能是谁煽火起来的？"西夏想说是蔡老黑，但她没说，摇摇头。苏红说："我看八成是蔡老黑，在往常，什么事他不在头里，这回偏偏他没去，又在他家把迷胡叔灌醉，这就叫欲盖弥彰了！"西夏没有顺应她，只说："你们和蔡老黑结了仇了……"

河一直往西流着，河面一会儿宽一会儿窄，且走上一截河床就跌落一截，沿途却有那么些石幢石台，形成瀑布。三人每走一程，就坐下歇歇，迷胡叔先还歇下来拉拉胡琴的，后来也不再拉，拿过苏红借来的警棍翻来覆去地看，说这东西能不能再借他，他去捅一回顺善和顺善那瘦婆娘。走到一个叫磊磊石的地方，河床全然为石板，水流在其中冲刷成一条很深的渠道，水先在上游处散漫着，织出细细的人字纹，到了渠道为之一束，急而硬地从石幢上冲下去，轰隆隆跌得粉身碎骨腾起一潭白花。西夏大呼小叫，就要自己到石幢上的两块相垒的巨石上去，巨石上盖有如柜一般大小的一座庙，贴着庙墙又繁衍生出一棵柏，柏虽不大，但弯弯扭扭，疙里疙瘩，十分苍劲。但见石上凿有一段文字，竟是：

> 斯关正贼人出没之路，当道檄委百户高锡守把，率同乡老高志才等。仰叩山神，贼人不致有犯。修建庙宫，人心有感，神必昭彰。果蒙默佑，贼寇远遁，而是方宁矣。

掏出笔纸，竟趴在那里抄录起来。苏红喊了数次，方把西夏喊下来，三人沿着石幢边的之字形小路往下走，路却并未直落到河滩，而是又沿着山根走上一段方慢慢垂下。西夏是提了苏红的那个挎包的，在之字形的路上就大声叫喊，声如在瓮中，满谷回响，一时手舞足蹈的，竟将挎包脱了手，骨碌碌从坡上滚下去，掉在了潭边的乱石丛里。三人只好扯着野树野草小心翼翼地下到潭边，西夏却兴奋了，河对岸的山根下有一株什么花，开着血一样的颜色。苏红说那是石皮花，就指着这边贴长在石壁上的一种草讲，那花就是这种草开的。西夏弯腰去摘石皮草，瀑布的水飞溅得一头一脸，草摘了一撮，才在手里那么一握，竟全化作了绿汁儿，就觉得太妙了，嚷道那花一定也是一碰就化红水儿的，要过了潭去对岸。苏红当然不允许，强调潭里水深，水又凉，有危险的，西夏哪里肯听，就撒了娇说不嘛不嘛。两人争争吵吵，苏红说："你怎么和小孩一样！"还是领她到潭的出口处，试探哪儿可能水浅，而迷胡叔则跑到下游的一块儿屋大的石后去大便了。西夏也就不听苏红的，叫嚷她是会游泳的，苏红便坐下来，从挎包取了一块儿饼子来吃，一只鹰便在她头顶盘旋，她就忙把干粮袋用一块儿石头压住。

西夏在河边脱了鞋，放在一块儿石头边，挽了裤子蹚水过去了，河水下满是石头，又全长着绿的苔绒，滑腻不堪，歪歪斜斜走到河中，却不想一脚踩下去，竟是一个深坑，咚的一下，水一下子淹到腰间，登时慌了神，身子就倒了下去。苏红在这边吃饼，猛地听见叫声，抬头看时，西夏已顺水往下漂，手脚乱打，一边叫喊："啊！啊！"鹰却一下子扑下来叼了手里的饼滑翔而去。苏红已不顾了一切就往河边跑，但西夏已在二十米外的河里站起来了，又趔趔趄趄到了对岸，趴倒在河滩上了。苏红隔河在问："没事吧，没事吧？"西夏浑身水淋淋的，面色苍白，说："我膝盖碰烂了！"苏红只好跑到下边浅水处过去，见西夏膝盖流了血，一时又没什么包扎，人瑟瑟瑟地打颤，就扶她到山根一丛毛柳木后让把衣服脱了，拧了水，将自己一件上衣退下来给她穿了，但苏红也只是穿着一件单裤的，西夏只好又把湿裤子穿上。苏红喊："迷胡叔，迷胡叔！"迷胡叔还在石后大便，应声道："在哩！"苏红说："你不要过来，也不要往这边看！"就自己解了裤带，蹲下尿尿，又用手接了一掬捂在西夏的伤口上，说："用热尿浇了就不会感染了，还痛吗？"西夏说："不甚痛了。"苏红喊："迷胡叔，你可以往这边看了。"说道："不让你过河，你犟得很，怎么着，我怎么对子路交代呀！"西夏说："这石皮花一定是个妖魔变的，勾引我哩！"两人从下游浅水处又蹚过来，苏红说："水也不是多深的，怎么你就一下子漂走了？"西夏说："那里有个坑，一脚踩下去，我感觉是无底深渊哩，但后来出了坑，我还是站不起来，我也觉得怪哩，也不知道这膝盖碰在哪儿了。"

过到岸这边，西夏说："苏红姐，你去石头边把我的鞋拿来。"苏红去了石头边，并不见什么鞋，倒是有两堆牛粪，已经发干。苏红说："哪儿有鞋？"西夏说："就在石头边放的。"自己也走过去，就是没有鞋，说："明明就在这儿放的，怎么成干牛粪了？！"话说毕，两人都惊恐起来。苏红说："闹鬼了，西夏，闹鬼了！"连声喊迷胡叔。

没了鞋，西夏是不能走路的，去白云湫的计划只有停止，纵然西夏再要强，也是无可奈何。但即使不去白云湫，往回返，赤脚的西夏也是走不得的，迷胡叔就在山上折枸子树，剥下皮来搓绳，然后以他的脚丫子为鞋耙子，再拔马兰草编起草鞋。苏红也把自己的袜子套在西夏的袜子上，以防草鞋磨了西夏的脚。西夏慢慢往回走，一迭声地喊霉气，迷胡叔却说：这是老天在阻挡她去白云湫的，或许是好事哩。因为失鞋是一种征兆，谁谁就是去山上砍木时，早晨起来刚吃过饭，一拉电灯，灯泡炸了，他老婆不让他去，他说他吃过饭了怎能不去，结果去了山上就滚坡了。谁谁要去过风楼镇赶集的，走到村口蹍了脚，一瘸一瘸到了车站，班车开走了，气得他站在那里骂娘，中午，消息回来，那辆车在黑山砭翻了，车上没一个生还的，他赶到蹍脚的地方烧香磕头。西夏听他这么说，心平静下来，说："不去了也好，要么真去成了，回去则不好对子路说！"

　　子路把木刻堂联板擦洗干净，重新悬挂在中堂上，正要去坟地也写写那墓门面的对联，晨堂来向他借钱了，说是派出所罚款，他还缺二百元的，二百元钱说多也不多，可就难倒了他！如果子路哥能雪里送炭，他是永远要记兄长之情的，而且有借有还，他可以打个借条作依据的。子路心下作难，知道二百元一旦借出，牛年马年才能还的，吭吭哧哧了半天，说他这次带回的钱不多，过三周年花去了三千，给南驴伯修墓也贴赔了八九百，原本还应该有千把元的，但这些日子村里你来了他来了，不留人家吃饭，总得吃烟喝酒啊，钱不觉起就花得流水一样，再加上西夏手大，在镇街上见啥稀罕物儿就买，五六百元也便没有了。剩下的几百元总得留下回省城的路费钱吧，也得给娘和石头买一件衣服吧？如果在往常，你借一千两千算什么呢，这次却让我实在为难了！子路这么说着，晨堂一直点着头说是的是的，但就是不走人，嬉皮笑脸地看着子路，说："瘦死的骆驼比马大嘛，你翻翻口袋，你那口袋多，或许在哪个口袋角儿有没有发现的钱哩！"子路说："我怎么哄你？"双手拍着口袋。晨堂说："你掏掏，你掏掏。"子路从茄克的外边两个口袋掏出了一块儿手帕，一串钥匙，还有几张给南驴伯买砖买灰和给工匠付款的发票收条，最后把口袋里子拉出来，里边有一支烟，他塞在了晨堂的嘴唇上。晨堂点了烟，还笑嘻嘻地，说："里边那个口袋呢？"子路再掏，是一沓卫生纸，又再掏，一沓钱就掉在了地上。晨堂说："这不是钱吗？"子路把钱捡起来，弹着上边的土，说："你瞧你瞧，就这一点儿，都跌疼了！"晨堂说："子路哥，我来给你开这个口，也是作难了半天，你就是再有钱，也是血汗换来的，可派出所逼得我没一点儿办法嘛，就是卖了你弟媳和娃娃，一群张口货，谁要？！无论如何，你还是先借我二百元，我不误你们回省城，过三天，我就是拆房卖砖也还你的！"子路勾下头，闷了一会儿，说："是这样吧，本家兄弟，再说也没了意思，我也不给娘和石头买衣服了，这钱就给你！但二百元我是拿不出来的，只能是一百元，这一百元你也不要还啦，权当是当哥的请你喝酒啦！"当下抽出一张百元给了晨堂。晨堂拿了钱却对着空中耀了耀真假，说："还有那一百元我又到哪儿去借呀吗？！"

晨堂一走，子路就悔恨自己皮薄心软，将身上钱又点了一遍，放回到卧屋的炕席下，直到坟地，还骂晨堂是本家的侄儿竟不到坟上帮一天忙，还谋着沾他的利哩。他请教留下的那个工匠，墓门面的对联写什么，工匠正用砖雕刻了许多花形，往门面顶上砌，说，你是教授哩你还没词儿？子路却就是想不出个好词儿，琢磨了半天琢磨个"玉骨千年暖，漆灯万载明"，觉得俗，又耿耿于怀起晨堂借钱的事，倒一时作想南驴伯这么几个本家的侄儿，来帮他修墓的也只是自己一个，就得意了，顺手将家里那副木刻的联语题写在了墓门上。工匠看了，说："子路你是个孝子！"子路说："我也就这一个伯了，应该嘛。"工匠说："你伯那么几个侄儿的，庆来来过一天，别的倒没闪面的。"子路说："谁家坟地里都有几棵弯弯树嘛。"墓门顶上的花砖再砌一个下午就完工了，子路又掏了一包烟放在那里，自个儿就先回来，到家见西夏还没个踪影，娘说："你去苏红那儿叫她去，吃人家的什么饭？"子路说："我懒得去！"娘说："你和西夏闹起别扭了？"子路说："哪儿有别扭？城里人上班惯了，在家待不住的。"说完也不去南驴伯家陪那工匠吃饭，蒙了被子去睡觉。不想这一睡却睡出病来，头颅疼痛，浑身也烫热。饭时，娘来叫他吃饭，知道他病了，就要去请蔡老黑的爹，子路硬不让去，只让娘把他带回的提包拿来，在里边寻了几片止痛片吃了。刚刚吃了又睡，菊娃进了门，提着一个篮子，里边是一块儿黄羊肉。石头一直埋怨娘这么多天不来看他，刚才他左眼皮跳得嘣嘣响，奶还用笤帚眉儿在上面粘哩。菊娃说："眼皮跳有肉吃的，你瞧，娘给你拿回肉来了！你奶呢？"石头说："奶在我爹屋里，我爹病啦。"菊娃说："你爹原来就是病包，现在该精神好呀，怎的病了？"就到了卧屋，娘说："早上还好好的，从坟上回来睡了一会儿人就烫得火炭儿似的。"菊娃过去，子路要爬起来，爬了一半，又躺下去，说："没事，娘爱咋呼的。"菊娃手在子路的额上试了试，说："是烫，要不要去看医生，西夏呢？"娘说："她到苏红那儿去了。他不听话嘛，让去看医生，硬是不嘛，自个儿寻了药才吃了。菊娃，你咋一走也几天不回来了？"菊娃说："我那儿忙哩。我和子路也真是冤家，我不回来他好好的，一回来却就病了；我只说拿回些黄羊肉让他吃呀，这一病，倒没口福！"娘说："哪儿弄的黄羊肉，这可是稀罕物的。"菊娃说："白云寨的人送给厂长的，我去交绳，正碰着，就要了一块儿。"娘说："黄羊肉是大补，这一吃子路病也就好了。"菊娃说："现在感冒着，一吃倒发病哩，等病好了，给子路壮壮劲儿！"拿眼睛乜斜子路，子路知道她的意思，便把目光盯着了屋顶。娘说："这几天怕是在你南驴伯的坟上累得来，现在世道怎么变得这样了，干个啥事都得花钱，以前谁家有事，不光去帮工，还送粮送肉送酒的，谁听说过要付工钱？可如今付了钱还嫌钱少，赶明日谁家死了人，恐怕也得掏钱往坟里送哩！"菊娃说："其实这也好，谁不欠谁的人情。"娘说："活人怎能没个人情？都那样了，你南驴伯的墓谁修去？！"菊娃就笑了笑，不和娘论理了，说："修墓他只是去招呼匠人，能累个什么样？是夜里着了凉了！他这身子，本来就……"说着又要笑，忍住了，又说："着了凉发发汗就是，我给做一碗生姜拌汤去！"就去了厨房，听得水瓢碗盏一阵儿响。

不大一会儿，拌汤就端上来，子路坐在那里靠着被子，勉强吃下两碗，额上鼻子就汗津津的。石头也坐在炕边，端了一碗吃。还剩一碗，娘让菊娃吃，菊娃让娘吃，推推让让，娘说："一碗稀饭，有啥让的！"就把几件脏衣拿去浸泡了肥皂水，坐到院中一边搓洗一边吆喝着鸡不得到晾着的稻子席上去啄食。屋子里只剩下原来的一家三口，石头就叫着娘你也坐到炕上来，菊娃屁股坐在炕沿了，石头又让她脱了鞋把脚放到被子里，菊娃说："这娃胡成精哩，这又不是娘的炕！"但把脚还是伸了进去。石头就想起了过去的岁月，他的脚不能动，却喜欢被窝里满是脚，就在被子里捉娘的脚玩，菊娃把脚一屈一伸，偏不让他捉住，眼睛却盯着子路，说："你脾气倒大哩，再不到店里去了？"子路说："我忙。"菊娃说："忙啥哩，忙得散步哩？！"子路笑了一下，笑得很难看，菊娃说："咋不高兴，是我回来不高兴？"子路说："你没见我发烧吗？"菊娃说："是这屋里人的时候，什么都顺着你，再吵架，有理也是没理，到最后都是我低头，到现在了，我倒还是这样，你不去店里，我还得过来看你……"子路叹了一口气，在枕头下摸烟，摸着了，点一支吸上，并不再看着菊娃了，说："你现在和王文龙怎么样了？"菊娃说："什么怎么样？"子路说："……你不愿给我说，那我就不问了。"子路不问，菊娃却说："我这老皮子人，没想倒惹了是非，真是寡妇门前的事多，蔡老黑和王文龙结起死仇，煽火着去砍林子，给地板厂塌罪哩。"子路说："我给你说过十次八次了，人不要太善良，尤其女的，男人都是利用女人的善良欺负女人的，你总爱去关心这个那个的，原本要菩萨心肠，他们就产生错觉，顺着杆子往上爬……"菊娃说："你这么说，是我给人骚情卖笑了？"子路说："鸡蛋不破些缝儿，苍蝇就是绕着飞也不会去叮的。"菊娃说："这你倒关心我了！把我一盆水泼出去了，却关心这水在地上怎么个流？"子路说："这怪谁的，都是我的错吗？"菊娃说："那还是怪上我了？那个雪莹现在干啥哩？"子路说："鬼知道，几年没见过。"菊娃说："看看，我早就说过她雪莹没个好下场的，她果然还得回去和她的老汉过日子去，你是见一个爱一个，爱一个丢一个，你把我毁了，你也把人家毁了，西夏是年轻，三年五年一时色不褪的，要是……"子路说："你才是胡说！"菊娃说："嫌我说到西夏了？好，我也不说了，像你这个人，朝三暮四的，还真不如那个蔡老黑！"子路不言语，菊娃说："怎么不说话呀，击中要害啦？"石头一直在观察着被子上被脚撑起的包和坑，猛地把被子揭开，娘的双脚和爹的双脚在紧紧地蹬着，就乐得嗷嗷地叫。子路和菊娃脸都红了，忙盖了被子，唬起石头："大人说几句话，你喊叫啥？！"菊娃就把脚从被窝取了出来，还未勾起炕下的鞋，听得娘在院子里说："你这是咋啦？你这是咋啦？"菊娃忙勾上鞋出去，又回过头来将炕上被子拉展，才出了卧房门，西夏满头汗水已坐在了堂屋的蒲团上，说："累死我了，累死我了！"

石头也从炕上往下爬，子路却掐灭了烟头，躺下去，听着外屋里西夏和菊娃嘻嘻哈哈说话，听明白了，原是西夏和苏红去了白云湫，才走到半路，鞋被水冲走了回来的。菊娃在告诉说，她是买了些黄羊肉，送过来让西夏尝尝，西夏在城里一定是没吃过这野味哩，谁知来了子路却病了。西夏便提了草鞋，赤脚跑进卧房，说："你病了？"子路说："有些发烧。"西夏说："怎么我一走就发烧，吃过药没？"子路说："吃了。"西夏说："发烧要多喝水的，娘，娘，你把水壶提来，让他一气儿喝一壶水就好了！"又把柜子打开，在里边寻找鞋袜，一边寻，一边说："对不起，我没经过你批准就去白云湫了，路上还想着回来了怎么给你编个谎的，可一进门，谎话就不会说了。"就把一双鞋袜穿上，也不收拾翻寻丢在地上的一堆衣服，还指手画脚地叙说丢鞋的经历。娘和菊娃提了热水壶和碗进来，强迫子路喝下一碗，娘埋怨道："你怎么就敢和苏红去白云湫？要不是丢了鞋，真去了白云湫，怕就再不得回来了！"西夏说："不回来了，娘操心，子路倒高兴哩。子路看电视总爱看洋女人，遗憾他一辈子没认识个洋女人，说不定他要给你领回来个黄头发蓝眼睛的！"娘笑了笑，用指头戳西夏的额头，说："瞧你这嘴！"三人逼着子路又喝下两碗开水，子路着实喝不下去，不喝了，捂了被子出汗，西夏菊娃和娘就到了堂屋说话，娘又数说起子路的身体不好，西夏说："他吃饭不注意营养，就爱吃家乡饭，我给他买了这营养品那营养品，他就是不吃，水果也不吃，要吃肉了，也只吃内脏。"菊娃说："他就是那胃口，从小养成的。他喜欢吃什么，你就给他做什么，我听人说，爱吃什么，身体就缺什么，也就吸收什么。"西夏说："他也是这话，还说跳蚤吃血哩，跳蚤怎么那么小，牛是吃草的牛却长得那么大！"菊娃说："你要学着做高老庄的家常饭哩，那饭说简单也简单，说难也难，子路口刁得很，比如吃拌汤，疙瘩大些，汤要清些，如果擀面条，面要坡刀面，一指宽，五指长，再和些面在锅里，汤就糊糊的，葱花蒜苗呛了油，油不要过多，还要再煮些黄豆……他那怪毛病多！"西夏说："怪毛病也就是多，衣服脏了，你不让他换他就是不换，吸烟吸得牙黑得像涂了漆，给他买了洁齿灵就是不用，晚上有事没事要熬到半夜，早上又不起，起来不吃饭……"菊娃说："这样下去，身体又怎么能好？他也是瘦多了，先前脸黑是黑，黑里透红，是正经颜色，现在倒看着脸干巴巴的没个光气。"西夏说："是瘦了吗，或许是我在跟前，倒不觉得，他自己不爱惜自己，我又能把他怎么着……娘，你觉得子路是比以前瘦了吗，没光气了吗？"菊娃就不再言语，过去把娘搓过的衣服在水盆里投洗了，又拿出去搭晾在绳上了，说："哎哟，天变了，西头那一疙瘩黑云八成是带雨哩，我得回店呀！"就进来把篮子里的黄羊肉取出来放在柜盖上，对石头说："乖乖的，听你奶和你姨的话。"西夏说："说走就走呀，急着什么，你还得教我做拌汤哩！"菊娃说："我得去店里收草绳哩。西夏呀，你说好来店里的，却总是等不到的。"西夏说："我去过你不在……我还会去的。"就喊："子路子路，你睡着了没有，菊娃姐要走呀！"菊娃说："让他睡去，睡起来烧还不退，就得去看医生的，发烧不是大事，但也不敢大意。晚上了给他做些丢片儿面，晨堂家院子里有芫荽，放些芫荽开胃的。"说着就走出院门，西夏和娘要送，她反手将门拉闭了，一阵儿碎步远去。

西夏立在院中看了一会儿天，走进卧房，子路并没有睡着，睁了眼看起窗格，西夏却出气有些发粗，说："她啥时来的？"子路说："刚来你就回来了。"西夏说："鬼信哩，我回来的时候，她是从这里出去的，你们三口怕是重温那热火哩。热火就热火吧，我也不在乎，可她倒说你瘦了，没光气了，又让我这样做那样做，意思是嫌我没照顾好你嘛！她照顾得好，怎么和你离婚了？她也该知道我现在是你的妻子！"子路说："人家只是说说，有什么意思？神经病！我只说你是大方开通人，也计计较较了，得是去了白云湫，沾上邪气了？！"西夏说："我计计较较？我担怕你们把我烧得吃了我还不知道！"子路说："你瞧你说的话！"西夏说："什么话？"子路说："菊娃善良也就善良到那儿，给你交代一堆事，你倒能说些痒儿咯吱的话……"西夏说："咦，嫌我把她噎走了？！"子路气得一拉被子蒙了头，西夏却哼了一下，说："子路，我可要给你说，你愿意怎么着就怎么着，只要你觉得对得起我，我倒无所谓哩。"子路一揭被子说："我永远都欠人的账哩！"情绪激动，额上的血管就暴起来。西夏说："这又何必哩，我警告你，我现在才和石头好起来，你不要节外生枝，她和你离了婚了，没有你人家活得好好的，有更多的人关心的，爱的，用不着你丢心不下，不要吃碗里看锅里，将来又是一头抹脱了一头挑脱了！"子路扑哧地倒笑了，说："爱我的女人倒多哩！"西夏说："爱我的男人更多哩，你敢走出一寸，我就走出一丈给你看看！"子路说："你敢？！"忽地扑过来，按住西夏在脸上咬，咬是咬不疼的，口水湿了她半个脸，一句一句恨恨地说："把你吃到肚里了，看你还来气我！"西夏就一边挣扎一边喊："娘，娘哎！"娘在院子里听见了，侧耳听了听，偏不吱声，倒把石头抱上轮椅，推出院门，猛地看见天边有一个伞一样的东西在旋转，忽大忽小，闪闪发光，瞬间却不见了。就说："石头，你看见天上有个啥了？"揉揉眼，天上依旧没有了什么，太阳红红地照着，一只乌鸦驮着光直飞过来停落在了飞檐走壁柏上。石头却突兀地说了一句："奶，我舅淹死了！"

石头突兀地说一句"我舅淹死了"，做奶奶的立即让他朝天呸呸吐唾沫，要消除不干净的话。然后去南驴伯家，才走到那门前的菜地边，娘是老远地看见了南驴伯蹲在篱笆根晒太阳，悠悠的风把一些树叶和麦秸集在篱笆下，一只猫也卧在那里。娘心里顿时宽展了许多，才要进去说话的，三婶却立在山墙处往南边官路上张望。三婶的胳膊似乎一辈子都没有伸直过，她立在那里，衣衫破烂，头发灰白，双手先是插在衣襟下，像是一只罐子的双耳系子，后就双臂弯着在胸前，胳膊肘以下软软垂了，酷如猴子一般。娘就想到南驴伯年轻时骂过三婶是猴变的话，无声地笑了笑，说："你看啥哩？"三婶回过头来，没有表情，猛地惊得跳了一下，说："哎哟，我石头来了！没看啥，我不知怎么就觉得得得出门打工去了，要回来的。"

娘见三婶又可怜兮兮了，忙拿话岔道："你也真是，天上风倒是不大的，可他伯也不该在外多待，你也不拿个躺椅，就让他坐在湿地下！"三婶说："他还能坐躺椅？自睡倒后，啥时候离过炕面子？"娘觉得不对，问："他伯在炕上？"三婶说："可不在炕上！竹青的大女子迎迎和女婿来探望她爷了，把他们的双龙双凤也带了来，屋里吵闹得像过会的！"娘听说，赶忙进屋，南驴伯果然是躺在炕上的，两目失神，面无表情，心里就想：刚才篱笆根下坐的莫非是他的魂灵？魂灵要是离开身子出游，人就要不行了。胸口一阵发紧发痛，但没敢再说出自己的所见。竹青的女儿女婿坐在炕前的小桌前喝红糖开水，四个儿女老鼠一般，有一男一女已蹒跚走步，一会儿去抓桌上的碗碟，一会儿钻到柜下去翻一堆油腻腻的空酒瓶子，另一男一女则还不会走，在地上爬，尿湿了，又自个儿以尿和泥，抹得脸上身上到处是脏，吵声一片，喊声一片，哭笑一片。石头去逗坐在竹青女儿怀里那个最小的女孩，见小不丁点儿的眼睛如指甲掐出一般，丑陋而又可爱，就叫道:"叫舅舅,叫舅舅!"孩子竟扑叽叽拉下一摊稀屎,脏了母女一身,忙拾起一个苞谷棒芯子刮了刮,从地上抓一把土到脏处揉揉,拍打着,说:夜里着凉了,吃得不多拉得却多,娘赶忙接了孩子,说:"真是抓个娃娃娘要吃三两屎的,你们竟一胎四个不知怎么个带呀?"那小女婿说:"能累死人哩!累倒还罢了,都是些张口货,迎的奶只够一个吃,那三个一天得熬几次苞谷米汤,把我都吃害怕了!可想想,我家人经几辈都是单传,到我手里一胎四个,再累再穷心里受活哩!"娘说:"就是,大人就活娃娃的人哩,龙凤胎以前只是听说过,没想到就生在咱这里,君武本事真强!"君武说:"强什么呀,我原先没想到能生四个,指望着生出一个龙种的,胖胖大大的,却四个小蛪蚕蛋,又小又匪!"大家都笑起来,娘说:"小是小,多了也好!迎哎,咱把娃娃领到厨房去说话,这里太吵闹,你南驴爷睡不好哩!"几个人连抱带拉,把四个孩子引出堂屋,三婶从箱子里掏出一戳瓢柿饼来,给孩子们一人一个。给石头,石头没吃。

都拥在厨房里说话,石头却摇着娘的腿,说:"奶,你听有人叫哩!"娘闭了嘴,拿耳朵听,说:"是西夏叫哩!"大家都不说话,果然听见西夏在叫:"喂——娘!"前声拉得特别地长,后声却短而重。三婶说:"她也学会咱这儿的喊声了!"出得门来,见西夏在一棵柿树底下站着,一声声叫得紧。瞧见娘出了屋,也不过来,只招了手。娘碎步儿过去,说:"你咋不过来看看你伯呢?"西夏说:"我不愿在他家说那事,石头的舅出了事啦!"娘说:"啥事,和他妗子又吵架啦?他舅一辈子像个婆娘,两口子吵架,他妗子倒没事,他却寻死觅活的,去年还差点儿就上吊哩!"西夏说:"不是吵架,刚才来了人,说是从汽车上摔下来淹死了,要咱过去帮着处理后事的。"娘顿时手脚颤抖,说:"你快回去,我马上就来。"转身去了南驴伯家,只说家里来了客,推了石头便走。一进家院,心慌得更厉害,先熬了戒指汤喝下,静静坐了一会儿,浑身的虚汗退去,说:"人怎么这样脆的,说死就死了!是从汽车上掉到河里了?子路呢?"西夏说:"具体我也说不清楚,子路已经去了，子路让我叫你回来，叮咛着你不要去，在家待着，我满村寻你寻不着的。"娘说："可怜那瞎人就死了！石头他娘知道了没？"西夏说："也不晓得，恐怕有人去通知的。子路的意思是石头也先不要去，你们婆孙俩在家，我得赶紧过去的。"石头唬着眼，一直一声不吭，西夏就拉闭了院门自个儿出去，一会儿又回来，说："娘，娘，我穿这花衫子合适不合适？"娘说："只要不是红衣服，不碍的。"西夏又拿了几片止痛片，反身去了。

石头舅家是三间土坯屋，院门完整，三面院墙却倒了两面，一朵纸做的白花就挂在院门脑上，几十人乱哄哄拥在那里。西夏过去看了，死人停放在堂屋前，在屋外横死的人，尸体是不能进屋的，一张草席盖着石头的舅，背梁原本是矮，草席也短得可怜，背梁的双脚就盖不住，一只脚上没了鞋，一只脚的鞋背上沾着泥水，后跟磨去了半边儿。门板上缚着一只大白公鸡，扑扑啦啦扇翅膀，草席上苍蝇就一群飞起来，又一群落下去。背梁的婆娘修子，头发乱得像个栗子包，坐在台阶上和三四个人说什么，说上一阵儿就哇哇地哭，被人劝住了，又挥着手开始争执，接着又哭。与修子说话的有蔡老黑、顺善，还有一个似乎是地板厂的人，西夏见过他和苏红在一起过，但叫什么，她不知道。那边几个人又说又吵又哭的，院子里围观的人就说什么话的都有，工厂里的那个人就说："咱几个到屋里去说吧。"站起来进了堂屋后，又把门咣啷关了。立即有三四人附在门口拿耳窃听。这时候，夕阳已经坐在稷甲岭上，最后的一道光抹在院门楼上，一个人就红膛膛着脸走来，提了一大包衣服，几个老太太便接了，当下解开抖落，是一顶地瓜皮黑色小帽，一件白斜领衬衫，一件印着暗色铜钱纹的丝绸小棉袄，一件紫色长袍，一条白衬裤，一条棉裤，一双浅帮白底黑面布鞋，一双高靿儿袜子，两条裤管扎带，一枚系着红头绳的铁质内方外圆的清朝钱，一只四指长短的青玉做成的长形猪。老太太们说："还好，还好，玉贵倒会买的。鼻塞、耳塞和肛塞买了没有？"叫作玉贵的说："买了。"掏出一个纸包，里边是五块小玉石，老太太们说："这玉是啥成色，是料石吗？"玉贵说："可以了，背梁一辈子也没见过玉的。好玉贵得很哩！"一个老太太就说："将就着也行，这号事和盖房一样，没个穷尽的。骥林他娘，人呢？"骥林娘在她身后说："在这。"老太太说："你给剃头吧，水烧了没有？"有人在厨房门口应道："烧了。"骥林娘手里早拿了一把剃头刀子，在门闩上鐾了鐾刀刃，叫人拿盆子盛了热水端来。蔡老黑从堂屋出来，说："先不要给剃头换衣裳的，事情没谈妥，人就不要动！"骥林娘说："事情归事情，人一死都得剃头洗身换衣裳的，总不能让背梁一身旧衣服上阴间路吧？"蔡老黑牙咬着下嘴唇，闷了一会儿，说："那也行。"有人就问："谈得怎么样吗？"蔡老黑说："正较劲儿哩，姓方的再不松口，就不和他谈了，直接让他们厂长来，反正不达成目的人就不埋！双成呢，让双成搭灵棚嘛，没席没椽了，到我家去拿。把该买的啥都买下，咱的人死了，咱就要管，活着时村人把他不当回事儿，死了就给他最后红红火火过一场事！"说毕，和斜眼子双成嘀嘀咕咕了一阵儿，然后推门又进了堂屋。

西夏站在院里，作为拐把子亲戚，不知说什么也不知该干些啥，给死人剃头洗身时，许多人都吓得躲开了，她凑前去，帮骥林娘端了热水盆子。死人的身上几处有伤，流出的血差不多干了，头上却没有伤，但嘴脸乌青，样子丑陋而吓人。骥林娘一边剃头，一边嘴里嘟嘟囔囔说着话，似乎在说着背梁，人活长长短短都是要死的，早死少受罪，早死早托生，既然阎王爷召你去，你就干干脆脆地走，啥事都有蔡老黑和顺善子路给处理哩。西夏就觉得头发唰唰唰地要立起来，看那死人的胸膛好像在一起一伏，她动手要去试试，但趴在胸膛上的一只苍蝇却就势停在她的手背上。这黑而丑的苍蝇是背梁魂灵的精变吗？它是来观察活着的人如何对待着他的死后？落在她的手背上不肯飞去，是对她忏悔活着时对她的脾气恶劣？西夏有些害怕了，手停在那里一动不动，只等着苍蝇飞走，脸色煞白地从人群里退出来，在院墙角一阵儿呕吐。雷刚的媳妇香香见西夏吐了，过来帮她捶背说："你不该去摸死人的，背梁是横死的，横死鬼厉害，别让他缠上你！"

301

悄悄从墙边的一棵桃树上折下一截棍儿装在西夏的衣服口袋。开饭店的三治的婆娘一把将西夏拉住，高声说："西夏你也来了？你来了别人笑话哩！"西夏说："笑话啥？"三治的婆娘说："背梁是菊娃的哥，子路都是可来可不来的，你来干啥？你来还上礼吗，你给他上什么礼？！"西夏说："人死了还讲究这些？"不理睬了那婆娘，回身和香香坐到了台阶上。香香低声说："她说的屁话！你能来，旁人世人倒夸奖你呢！背梁生前常在她饭店里帮着劈柴哩，人一死，她第一句话就说背梁还欠她一元五角钱呢，现在死口无对了！啥号子人吗？！"西夏说："背梁是给厂里做工死的，可我听我娘说过，他并不在厂里上班呀？"香香说："他要力气没力气，笨手笨脚，又一副坏脾气，厂里才不肯收他当工人哩！今日随厂里的卡车去山上运木头，原本去装车的是福民四个人，可福民临走时家里猪病了，才让他顶替去的，山上的路是新开出的路，前几天下雨，山上洪水把土石冲下来，路面就里头高外边低越发难走。装了车，做小工的一个机灵先坐在了驾驶室，另两个爬上车站在车厢前左右箱角，背梁是被人瞧不在眼里的，几个人故意不让他搭车就把车发动了要走，车开时他在地上拉屎哩，见车开动，提了裤子就撵，当然是车速慢，又是上坡，他算是扒了车的后厢爬了上去，就高高坐在木头上。他得意哩，还说：'不让我坐，你们以为我坐不上来吗？'就吼了两句《周仁回府》：周仁不把嫂嫂献，十个周仁命难全，周仁若把嫂献了，周仁不是人 × 的！车过了一条沟，顺沟道走了一气，就开始翻青桐坡，路边是有个浸水泉的，水从石缝里长年往出浸，那里就有盆子大一个小小的潭，平日人在山上渴了，手掬了水饮的。车吭吭哧哧翻上坡，前边突然有一块儿才从坡上滚下来的石头挡路，司机猛一打方向盘，车身一颠，背梁就从车上弹到了坎塄上，从坎塄上又滚下来，恰好头朝下窝在水潭里。他被弹下去，司机不知道，车厢角的人也不知道，还说了一句：'背梁，你唱得像驴叫唤！'车开到厂里，发现车上没了背梁，几个人就慌了，沿路寻回去，背梁已趴在水潭里淹死了。那是多点儿水嘛，脚面都埋不住的，竟把他淹死了！"西夏听得浑身发冷，又觉得不可思议，站起来见骥林娘已剃完了头，剥下旧衣要擦洗，那身子僵硬，衣服脱不下来，费了半天劲儿才脱下来了，一边洗一边说："人真是生有时死有地，命里要淹死的，一盆水的小坑坑也就是海了！"西夏猛地记起石头说过他舅下海的话，又想起了自己曾做过的梦，要去那衣口袋里看看有没有十二元三角四分钱，但她没有去，也没有说出口。擦洗了身子，换新衣，裤子是好穿的，而上衣怎么也穿不上，两条胳膊如棍子一样撑着，骥林娘用热水敷那胳膊时，搓了半会儿，仍不见软，就拿了一条白布，挽了套儿，一头套在死人脖子，一头套在自己脖子，把死人直直拉起来，然后先穿两个袖子，再把衣服翻过头顶从后边拉下去，总算穿好了。西夏从未见过这样穿衣，在套白布绳的时候，她看见那死人的脸贴住了骥林娘的脸，而死人口里竟有水流出来，流在了骥林娘的右肩上，骥林娘还说："这死鬼，我给你穿衣服哩，你倒吐我一身！"旁边有人说："婶子，他把你衣服弄脏了，你一定是欠了他的。"骥林娘说："我欠他娘的头！"旁边人就低低地笑，说："是这样吧，把他衣服赔你，拿回去纳鞋底！"骥林娘说："送了你回去穿！"那人竟真的接了衣服，在口袋里掏，掏出一个小烟斗，一包烟末，一个挖耳朵勺子，还有一把零钱，数了数，说："吓，十二元三角四分！钱财是生不带来，死不带去，可怜他早上去的时候，没买着吃一碗馄饨哩。"西夏哇的一声就哭了。

西夏一哭，人们都拿眼睛看她，立即有过来劝慰的，说西夏善良，心肠软，背梁的本家人都没见有哭的，她倒哭了。西夏也不便说明原委，一是害怕，二是也为背梁死得可怜，眼泪再止不住，又呜呜地哭着从院子跑出来，一路回去。太阳骨碌碌从稷甲岭上滚落了，所有的村庄开始有了炊烟，炊烟一股一股从烟囱里往出冒，在半空里就混成了一片，又浓浓地沉下来，在村口路上伏地蔓延，像漫过的水一般。西夏在烟雾里如在云里棉里，腿软得走不快，又不停地驻了脚让从田里驮粪归来的毛驴走过，谁家的小小窗口里有了男人骂女人声，女人打孩子声，孩子挨了打的哭叫声。

出了镇街，遇见了娘和菊娃，还有坐着轮椅的石头，石头似乎并不愿意去舅家，将缠在头上的白布带拉下来挂在轮椅上，菊娃的怀里抱着一卷烧纸，好像很生气，训斥着石头没情没义，你舅对你多亲多热的，他死了你做外甥的竟不肯去看一看？两厢相见，西夏扑在菊娃怀里放声哭，菊娃也哭了几声，倒擦了眼泪劝西夏。西夏说："头剃了，衣服也换上了，灵棚正在搭着……我见不得那场面，心口噎得慌，我先回来了。"菊娃说："他气过你，你还去看他，这已经够他的了，你快回去歇着吧……谁在料理着，我那嫂子她……"西夏说："她和厂里人谈判哩，人死了半天了，倒头纸还没有烧……"菊娃沉了脸，要说什么，却不说了，推了石头就走。但石头却抱住了路边的一棵树，说他不去，就是不去。菊娃气得又骂石头，打了一个耳光，石头没哭，再要打第二个耳光，娘挡住了，说："他不去就不去吧，天也快黑了，明日让他过去吧。"就让西夏推了轮椅和石头一道回去。

西夏和石头回来，烧了剩饭各自吃了，石头说困，自个儿爬上炕睡去，西夏就一人呆呆地坐在院里。天黑严了，院子里这儿那儿都有响动，一响动就浑身发紧，她就大声喊叫了隔壁的竹青来说话。平日里西夏也是反感着竹青，今夜里却觉得竹青亲近，竹青给她又讲说村里的是是非非，说牛坤和他兄弟分家时怎么打了个血头羊似的，麦花小时候一定偷过别人家的鸡蛋，所以头胎娃娃没长屁眼儿，银秀又是如何身懒口馋，麦里秋里粮食下来了上顿饺子下顿锅盔，海吃海喝哩，到二三月青黄不接时，家里就断顿了。院门外秃子叔在叫唤他家的狗，竹青就隔了墙喊"秃子叔"，问家里是不是摆了麻将桌？秃子叔说："我家电线断了，黑灯瞎火的，打什么麻将？！"竹青说："没灯那好嘛，有儿媳妇在，那就……"秃子叔说："扒灰也是黑灰！"墙外的把话说到了底，自个儿呵呵地笑，墙内的倒没了趣味再说下去，低声骂："这贼秃子！"说到小半夜，竹青张嘴打哈欠，说她回去睡呀立马起身就回去了，幸好过了一会儿，子路和娘就回来。西夏问那边的情况怎么样，子路说："事情谈不拢，他妗子和蔡老黑坚持要五万元，厂里只应允一万元，双方数码差距太大，谈崩了。那个姓方的说事情谈不成，厂里就不管了，让他妗子去法院告吧，拂袖就走了。"西夏说："五万元是太多了，人已经死了，双方谈得差不多就可以了，安葬死人是大事，厂里人这么一走，事情砸了锅，他舅就不埋啦？"

子路说："一时恐怕安埋不了。"西夏说："人在事中迷，可旁观的清醒，你得多说话哩。"子路说："死的是石头他舅，我能不帮他舅说话？可索要那么多，理不端的，我劝他妗子，她倒还对我发脾气。她谋算着地板厂是有钱的单位，趁机会发一笔财的！他妗子只听蔡老黑的主意哩！"西夏说："他舅死得惨，家境也可怜，但毕竟是意外伤亡，一般小工，人家是不会多给的。"子路说："人家的理由是司机并不知道他爬上了车，厂里也没义务拉他回来，他是偷爬上车，从车上摔下去，与厂里没有多大关系，就是看着家境困难才额外地付一万元的，而这还是看了菊娃的面子。"西夏说："菊娃姐咋说？"子路说："她说一万元可以了，没想到她嫂子臭骂了她一顿，气得她在灵床前都哭昏了。今晚是谈崩了，看明日厂长怎么谈呀，我头痛先回来了，明日一早再过去吧。"说罢就进屋睡下了，西夏和娘又坐着唠叨到后半夜。

天明，顺善来敲门，咚咚咚，急得像狼撵了似的，一家人都起来，子路脸面有些浮肿，问夜里情况怎么样？顺善说，你走后，王文龙厂长是来了，从厂里到背梁家就那么点儿路，他却坐了小车来的，还带了厂里三个人，好像谁要把他杀了剐了似的。他把菊娃叫到一边，拿了那一万元，又加了五千元，说厂里对待自己职工从来也没超过万元的，而背梁是临时去装车的小工，如果付钱太多，厂里的规矩就乱了，更何况背梁的死是他私自扒车的结果，与司机和厂里毫无责任。这一万五千元全是从人道主义出发，也是以他的名义付的，希望背梁的老婆写一收据，钱收到后，一次性处理事故完毕，再不寻找地板厂。菊娃把钱拿给她嫂子，也原话照说了，她嫂子却把钱摔在菊娃脸上，骂菊娃胳膊肘子往外拐，难道为了讨好老板

305

要嫁大款就不认自己的亲兄弟了？！开着门，叫喊着菊娃滚出去，再不要到她家来！当时院子里站满了人，修子骂菊娃的时候，都觉得她骂得过火了，过去劝阻，说："你伤心糊涂了，话怎么这样说呢？"有人盛了一碗浆水让她喝。但厂长就生气了，说："你不能听别人唆使，发死人财呀！"又把菊娃拉上了他的车要开走，蔡老黑就不满了，许多人也就不满了，围住了小车，纷纷叫嚷："人死了，不让抵命就算饶了厂子，你还不愿给钱吗，一条人命就值那一万五千元吗？""你狗×的厂长钱拿汽车拉哩，让你掏出一捆你也不肯？""放屁哩，说一万五属于他的资助，没有菊娃，那你就一分钱不给了？""菊娃也真是，他想娶你的，你为啥不趁机给你嫂子多要些钱？他也算是未来的姑爷了，对亲戚都这么啬，那将来肯把钱都交给菊娃你吗？""菊娃你跟他上的什么车，咱就是傍大款也不能忘了一母同胞呀！"厂长见人围住车，就让司机开了车走，蔡老黑一拳砸在车后厢，就砸出个坑儿来，车上那三个保镖便要跳下来，菊娃死死拽住，保镖没下来，车开走了。蔡老黑叫道："让他们下来嘛，狗×的还想打架，怎么不下来？一块儿上还是单练，我蔡老黑手正痒哩！地板厂来了，高老庄安生过几天？他们是富了，他们凭什么富，占了我们的土地，用的是我们山上的树，山上的砍完了，咱后半生吃的喝的全让他们夺去？咱儿子孙子，儿儿孙孙以后就喝风屙屁去！太阳坡的林子砍了，派出所罚咱的款哩，现在厂子的车弄死了人，派出所的人呢，那镇长呢，狗大个影儿都不见了！瞧瞧，有钱就那么嚣张，占了我们的土地，抢了我们的资源，现在又夺了我们的人，他王文龙有什么资格把菊娃带走，他要把菊娃带到哪儿去，欺负高老庄也不是这么个欺负法吧？！"他在院子里咆哮哩，问谁跟他去厂里要再说个明白，院子里就有人响应他，他们就把背梁用门板抬了，说："死了人厂里不管，就把死人停放到厂门口！"当下抬尸到镇街上，几十人一哇声地喊，锣也敲得咣咣响，人就越来越多，都在说：死了人厂里不管？天下哪有这等事？！那些曾经被厂里除名的人就成了骨干，而更多的人要看热闹，看热闹的人一多，骨干分子越发来劲儿，群情就这么激发了，呼呼隆隆去了厂里。顺善说："这和'文化大革命'中的武斗是一样了嘛，人人脑子热了，控制不住了！前年县上来的气功师讲什么气功场，我那时还理解不了什么是场，现在我知道了！当年毛主席在天安门城楼上一招手，几百万人都哭呀叫呀，疯了似的，这就是有了大气功场嘛！蔡老黑那么一起头，人都去了，谁要是不去，谁就好像不配做高老庄的人了！我一看众怒难犯，有了气功场了，我也不好再劝说，也跟了去，走到半路，我想这一去非出了乱子不可，我是党员，我又是人大代表呀，我就在上厕所时溜跑了的，跑来向你报个信儿，人在事中迷。子路你是清醒的，你说这怎么办？是不是应该去找镇政府和派出所，但我知道前天下午吴镇长是到县上开会了，朱所长他娘昨天过七十大寿哩，也不知今天回来了没有？"子路先是听顺善讲菊娃的嫂子当众辱骂菊娃，也就忍不住恨那修子，骂起修子昏了头，狮子大张口，哪有索赔五万元的理儿，得得死时才给了多少钱，背梁成了什么革命烈士不成？但顺善说到了王文龙把菊娃拉上了汽车，猛地就出了一头汗来，心里想：这不是完完全全把他们的关系暴露给公众了吗？菊娃口口声声说与厂长是朋友，可这个时候她倒听厂长的话，厂长又敢拉她上车，这关系就不是单单朋友二字能解释的了！子路一时心口针扎一样地发疼，脸也涨红，不敢看顺善也不敢看西夏，低了头只是大声吸鼻涕。

西夏从口袋掏了手纸递给他，他擦了鼻涕，却又想，这也好，她毕竟不是自己的老婆了，这么久的日子他之所以灵魂不得安妥，就是担心着菊娃的日子难过，而后半生的日子更难过，如今他们能这样公开他们的关系，她真的选中了王文龙，以后的生活倒比自己更好，那他也就安然了，平平静静和西夏活人了。这么想过，脸色恢复了常态，头上的汗水也不再大出。顺善瞧着子路木木呆呆的样子，说："子路，叫你拿个主意哩，你倒成没嘴的葫芦了！"西夏说："他有什么主意？！事情八成得弄大了，蔡老黑早就谋着起事呀，正好碰上背梁死，我看去厂里不仅仅是要讨说法，怕就轰了厂子哩，当然得找镇政府和派出所！"子路说："你没听顺善说镇长在县上开会吗？"西夏说："蔡老黑怕正是知道镇长不在高老庄他才敢这么闹的。吴镇长不在，就找朱所长，朱所长即就是也没在，所里总还有警察吧？"子路说："让派出所去抓那些人？这是民事纠纷，若让警察去弄出个敌我矛盾来，你还嫌不乱吗？"西夏说："真要是乱子怎么办？！"子路说："去去去，这事你不要管！"西夏也生了气，转身去厨房烧洗脸水了。子路和顺善叽叽咕咕商量了一会儿，派出所不能找，子路就要和顺善一块儿去厂里看看，但顺善却说他不去，子路便到厨房来叫西夏和他去，西夏说："别叫我，我不管的！"子路说："你在人面前倒能比我会说话，求上你了你就拿架子？！"西夏也就不再烧水，胡乱地梳了头发，叮咛娘不要出门，石头醒来了也不要把菊娃的事告诉他，两人就出了门。

才走到村口大土场上，坡坎上许多人小跑着往镇街方向去，有的一边跑一边系衣服扣子，有的跑过那一片栽着篱笆的地边了，又折回头，在篱笆上使劲儿地抽拔了一根木棍，然后在空中霍霍霍地挥了几下，吆喝着去了。来正也跑过去，上一个地塄，先想着一个跃子就能扑上去的，但用力小，身子到了塄下，又站住了，连跃扑了几次，几次都没成功，腰里的腰带一头就溜下来，叫撵他来的三个孩子拽住。来正说："都回去，都回去，你们去干啥，骂仗没好口，打仗没好手，寻着挨乱棒槌呀？回去！"自己就后退数步，一个跃子扑上了地塄。瞧见子路和西夏了，说："这么大的事，竟然不叫我，我和地板厂也不共戴天哩！"子路说："去是给厂里施加些压力，不是要武斗的，你别疯！"来正说："这是策略，这我懂，电影上国共谈判，是先兵临城下了才谈的！"子路说："来正，你不要脑子热，你和别人比不得，你是娃娃还小哩。"来正却说："这我知道，咱也是为了孩子们而战！"自个儿先跑前去了。清早也热烘烘的，西夏额上就沁了汗，一边小跑一边对子路说："头发乱了吗？"子路说："又不是去赶会呀！"西夏说："总是出门见人嘛，只要你不嫌丢了人，那我就不管啦！"西夏是已经养成了习惯，在外行走或跑动，胸挺着，松了腰，收紧着屁股，姿势一直是非常美的，她看不顺眼高老庄的女人手挓挲着，敞了怀，咕咕涌涌走路，但她这样的姿势小跑，速度却撵不上子路，子路腿短是短，但步子换得快，就已经拉开她一大截路，她索性也不追了，坐下来歇脚喘气。田野里，越来越多的人抄着近道儿往镇街跑，孩子们更是快乐得如过年过节，他们在大声地叫喊着跑在前边的父亲，他们的母亲又在后边大声地叫喊着他们，三条狗，五条狗，十条狗也夹杂在人群里跑，吠声暴烈，时不时那黄的白的黑的身子就腾空跃起。

晨堂也挑着一对粪筐往前跑，他是早早起来到学校的厕所里去偷粪的，偏偏厕所里蹲着来顺，来顺说："你怎么到学校偷粪了？学校里的粪喂着三头猪的！"晨堂没有理他，只是拿铲子在蹲坑里铲。来顺又说："我得给校长说了！"晨堂说："我卸了你的腿！"来顺突然意识到庆升和晨堂是堂兄堂弟，自己心就怯了，嘿嘿嘿地谄笑了，说："其实校长没在呢。"晨堂说："你来，把那个坑里的铲到筐里！"来顺果然过去铲了，说："每天早晨你来早些，老师都没起床哩。"晨堂说："老师不起床，大门也不开的。"来顺说："你来了往我宿舍门口丢个石头，我听见了给你开门。"晨堂说："我没你那习惯！"说得来顺脸红成火炭。但晨堂挑着粪筐离开学校的时候，来顺却说一句："晨堂哥，你没去地板厂？"晨堂问去地板厂干啥的，来顺就说了刚才见一群人抬着背梁的尸体去地板厂闹事去了，晨堂听罢，立马转身往地板厂来，半路上见了那么多人，又挑着粪筐。绊绊磕磕走不前去，就喊："屎来了！屎来了！"众人忙躲闪出条道儿，让他过去。西夏喊："晨堂晨堂，那里又不是戏场子，谁给你屙呀尿呀?！"晨堂说："我臭他地板厂去！"

在镇街东的丁字路口，老头老太太和妇女儿童就一堆一簇地站在那里，有的拿着线拐子拐线，有的纳着袜底，一会儿这一堆往前跑，一会儿又一簇跑后来，西夏在那里见着了她许多认识的人，譬如三婶，骥林娘，香香，麦花，银秀，三治的秃头婆娘，理发店的小姑娘，还有庆来家的，庆升家的，还有蔡老黑的老婆。她们都说："你来了！"个个并不是愤怒和怨恨，而是快活而亲热，似乎是来看社火吃宴席。她一直往前走，吵闹声越来越大，那些长的方的高的矮的屋舍之后，这一排那一片的树木、麦秸垛过去；穿着黑与灰衣裤的农民就拥挤在工厂的大门外，人的语言是声的节奏的效果，而人一多，节奏一乱，什么语言也没有了，只是嗡嗡轰轰如风如雷。才走到那一幢房子的后墙根，前边的一群男人呼啦啦往后跑，这边的一跑，屋前屋后和远处站在一排碌碡上的人唰地也跑，一个人竟与西夏撞了个满怀，西夏被撞得一屁股坐倒在地上，那人立住问："前边怎么啦？"西夏没好气地说："你从前边跑过来的，你问谁呢？"话未落点，人群又蜂一样向前跑。西夏在狗剩家见过的那个光头站在一个土堆上大声喊："都集中到一块儿！集中到一块儿！"西夏忙叫："喂，喂，光头！"光头吃了一惊，跑近来说："子路呢，他没来？"西夏说："早来了，你没有见到吗？怎么样呀，厂里什么意见？"光头说："厂大门关了，王文龙装乌龟王八蛋哩，前边砸门，往厂院子里撂石头瓦片，厂里也往这边扔石头哩！"西夏说："石头瓦片长什么眼睛，砸着谁怎么了得！蔡老黑呢，是他指挥的吗？"光头说："他在前头抬着尸体哩，你不要去，打着别人没事，可不敢打着了你！"

但西夏还是往前去，她已经走过了那座房前，从房前到工厂的大门口有一百米远，在五十米左右的地方，黑压压站满了人，一场石头瓦片的对抗战似乎刚刚有了间歇，厂大门前是一块块石头、砖头、瓦片、木块，还有人的鞋，草帽，那些人在合声喊："王文龙，你出来！""苏红，你出来！"喊声节奏起伏，偶有尖锐声在叫："王文龙我 × 你娘，你不出来是嫖客 × 的！"就惹得一阵哄笑，接着却有一声高呼："地、板、厂——滚出高老庄！"西夏听出是蔡老黑的声，随之数百上千个声音像是城市足球场上的呐喊："地、板、厂——滚出高老庄！地、板、厂——滚出高老庄！"天空中就出现了石头瓦片在飞，工厂的铁皮大门就咚哩咚咣响，有厂院墙上的瓦掉下来破裂声和窗玻璃很空很脆的粉碎声，随着石头瓦片的越来越密，人群也慢慢向前移动，突然间厂院里又飞过来一阵木棍，石块，人群又哗哗往后退，有人捂了头跑到了房的山墙根，血从手指缝里往下滴，几个妇女忙过去掰了手指看，尖叫道："拔鸡毛！拔鸡毛！"一家院中的鸡飞狗咬，有人拿了鸡毛来按在了伤口上。五六个人从另一家院子里跑出来，是抱着了一摞簸箕，很快从人群传过去，最前边的人一手举了簸箕顶在头上，一手在奋力掷石。庆来出现了，他精光着上身在喊："狗日的，他们从厂里往外砸石头了，快，快，妇女儿童们都捡石头往前递！"立时后边的人分成了三拨，在地上、墙头上捡小石头，搬砖块，然后手拿着怀抱着笼子提着往前送。庆来已经发现了西夏，但他没有理她，大声叫："黑娃黑娃！"跑来的黑娃手里拿着一个簸箕，激动地："庆来，我把狗日的文成打了！"庆来说："文成在哪儿？"黑娃说："我从西边的院墙下往里扔石头哩，文成正翻院墙往出跑呀，他一跳下来我就按住了，他说'我是文成！'我说：'我知道你是文成，打你个汉奸狗腿子文成哩！'他扑起来扯我袄领，我一脚踢在他交裆，我把他狗日的×踢了！"庆来说："打他干啥，他又不是王文龙！"黑娃说："可他是厂里的会计呀，他给王文龙管账的！"庆来说："打了就打了！"一把夺过了簸箕扔给了西夏，对黑娃说："你保护着她，别让她乱跑！"说完自己往人群中去了。庆来把簸箕扔给了西夏，西夏还没回过神的，那黑娃已拉着她往后跑，西夏说："你别管我，厂门开了我要去见厂长的！"黑娃说："王文龙这阵儿能开门？天塌下来先砸高个子的，你这么高，石头专寻着你打哩！"黑娃扯着西夏的一条胳膊到了一家院子门口，往里一推，哐啷倒把门拉闭了。

院子里也站了许多人，顺着一架木梯往屋顶上爬，西夏也跟着爬上去，屋顶上的瓦片就被十多个人踩得嚓啦嚓啦响，她终于看见了发生冲突的全现场，那工厂的铁门仍关着，能看到厂院墙里有人在出没，扔一阵石头木块就闪到楼房角去，扔出来的东西有的砸伤了厂院墙外的人，但更多的扔出来落在空地上，被外边的人拾起又扔进去，天空中就是雨点般的杂物飞来飞去。蔡老黑他们站在人群最前头，身边是两条凳子上架放着门板和门板上的背梁，有石块瓦片飞过来，蔡老黑他们就蹴在门板下，然后猫了腰，提着石头瓦片的笼子跑动着向厂院墙里扔。屋顶上有人急了，就开始揭瓦往下扔，一边喊："往前线送弹药！"屋主则立在院中叫道："你要揭我的房吗，让你上去看热闹也罢了，你再揭瓦，我把你用碾杆戳下来！"屋顶上人说："你真小气，赶走了厂子，你什么没有。"屋主说："厂子没来时我又有个屎哩？！"屋顶上人说："旺叔，你不顾大局哩！"屋主说："我顾大局谁顾我哩？下来，都下来！"屋顶上的人都下来了，西夏也就下来，她听见屋主恨恨地说："女人也上我的房？！"

西夏跑出院子，她想找到子路，看样子工厂不会开门了，王文龙和苏红不得见到，就只有去劝说劝说蔡老黑，停止这种对打，但怎么也找不着子路，而听见有人在说："王文龙跑了，王文龙拉着菊娃坐车从厂后门跑了！"西夏似乎不大相信这是真话，却见人群呼啦啦拥近了工厂大铁门，果然再也没见厂院墙里往外扔东西了。大门先是被人用石头砸，发出哐哐的声音，接着被人喊着号子往上抬，但大门没有抬开，庆来就弯腰趴在墙根，雷刚踩着庆来的脊背和头往墙头上爬，爬上去了，咚的一声跳下去，从里边打开了大门，人呼地拥进去。西夏顺着人群一到大门口，她立即像架在了浪头上，双脚并不挨地就被挤进了院门，她看见那座二层的办公楼的门口被巨木封死，院中和二层楼上已没有了一个人。人群就在院子里骂："走了和尚走不了庙！砸，把这电锯棚砸了去！"立即就一群人过去用木棍砸那三台电锯设备。西夏第一回进这院子，院子到处堆放着木头，电锯棚里的木头有被解成一半的，解成薄页的，解成木条的，木屑，刨花，锯末一堆一堆。那电锯就彻底被捣毁了，有人抬了一根原木去撞棚的立柱，撞了几下没撞倒，丢下原木却抱起一大捆解开的木条就往厂门外跑。一个人这么干了，立即五人十人二十人都抱了东西往外跑，满院里的人喊："拿！为啥不拿？他们不是富了吗，我们也应该富的！"有的扛了木头，有的抱了草绳，有的拿了大锤和锯子，有的竟把楼前的铁皮桶也提走，更多的人去院子另一座平房里去扛那装在了纸箱里的地板条。晨堂在众人冲进厂内的时候挑了他的粪筐也进来的，他已经不在惜他粪筐里的粪了，用铲子铲着往大铁门上涂，往办公楼的一楼窗子上涂，黄蜡蜡的臭屎令人反胃恶心。正当他将一铲粪拿着去涂在食堂门口的水缸上，身后一时没了鼓掌声和叫好声，扭过头来，满院的人都在抢拿财物，便顿时丢了粪铲，从食堂窗口跳进去将那瓷盆铝锅，铜勺铁壶抱了一怀，又从窗口跳出来，一边往粪筐那儿跑，一边有东西掉下来，叮咣咣惹人。已经有妇女眼红了晨堂，问："哪儿的？哪儿的？"伸手就夺，晨堂拱着腰打转转，一脚将粪筐踢翻，倒出了粪去，遂哇的一声将怀中的东西一尽儿丢进筐里，说："你还要？你还要？！"妇女就不夺了。

西夏在人群里被撞倒了几次，那么多认识的人，她叫谁谁也不理，终于看见了蔡老黑和雷刚，还有那个留着长发的瘦脸男人和狗剩，四个人抬着一根粗木用力去撞电锯棚的柱子，她跑过去抱住了柱子，说："蔡老黑，这是犯罪啊，你再不制止，今日还要出人命哩！"蔡老黑说："谁叫他王文龙不敢见群众？你不让群众出气怎么办？让他跑嘛，帝国主义反动派夹着尾巴逃跑了！"他哈哈哈地大笑起来，雷刚狗剩和那长发瘦脸也都哈哈大笑，把粗木放在地上，说："我们可以不撞了，但群众是自发起来的，能制止谁去？什么是怨声载道，什么是天怨人怒，他王文龙来看看嘛，他吴镇长也来看看嘛！"电锯棚的柱子终是歪斜而没有倒塌，但有一股烟冒起来，棚南角的刨花被点着了，立即烈焰腾空，黑烟弥漫了院子，西夏同所有的人都咳嗽了。

浓烟里，办公楼二层的一间窗子被哐啷推开，苏红出现在那里，大声说："你们是日本鬼子还是土匪？蔡老黑，你听着，这犯罪的一切后果你要负完全责任！"院子里立时静下来，拿东西的把东西放下，仰了头往楼上看，他们压根儿没有想到厂里还敢有人，而且竟是苏红！蔡老黑跳起来，

313

骂道:"我负你婊子的 ×! 王文龙呢,你让他给高老庄人说话嘛,犯罪,谁在犯罪,是谁在掠夺高老庄资源,是谁在以钱行贿钱权交易,是谁在敛财暴富制造贫困,是谁在草菅人命,死了富任、安平、得得和背梁?! 是地板厂! 是地板厂的王文龙和你苏红! "苏红说:"你蔡老黑别煽动群众,你有理你和厂长去说,你领人在厂里打砸抢算什么能耐? 打砸抢分子嘛,暴徒嘛,黑社会嘛! "蔡老黑冷笑了几声,说:"我什么都不是,我蔡老黑就是我蔡老黑,可我蔡老黑敢来见他,他却不敢见我嘛! 他溜了,他有理溜什么?! "蔡老黑举起了手,乍着小拇指,呸呸呸地在小拇指上吐唾沫,院子里就起了一阵哄笑声。苏红说:"王文龙怕了你?! 可地板厂也不是人都跑完,死完了,王文龙走了,还有我哩! "蔡老黑说:"好嘛,苏红见过世面,千人万人的男人都经见了,苏红是英雄! 你下来嘛,你怎么不下来?! "窗口上的苏红就不见了,不一会儿,一层的门被打开,看得见里边纵纵横横的曾用来顶门的木头,苏红一身红衣走了出来。

在这一瞬间,西夏佩服了苏红,她以为蔡老黑这么激将,苏红是不会单身走下来的,但苏红却走下来了,她穿的一件红色的套裙是那样鲜亮和得体,头梳得一丝不乱,画了眉,涂了唇膏,那双高跟皮鞋噔噔作响。蔡老黑也明显地愣了一下,举止有些失态,竟转了身对那群人说:"把死人抬过来,让苏红说王文龙是哪一个办公室,他人跑了,尸体就停在他的老板桌上! "人群就骚乱起来,抬尸体的抬尸体,但更多地站在了苏红面前,眼里射着凶光,口里喷着热气。苏红却厉声说道:"修子呢? 修子! "修子披头散发站在死人的门板边,她红着眼,说:"叫我咋呀,有屁就放嘛! "苏红说:"背梁是不是你男人,他人都死了,你还忍心让别人这么折腾他?! "修子说:"我这是为背梁报仇哩,事情不解决,尸体就停在厂长办公室! "苏红说:"怎么没解决? 解决的条件即便你不满意,还有镇上县上的政府的,这么抬尸闹事,放火砸厂,这是旧社会还是'文化大革命'? 你那脑子呢,就那么容易让人把你当枪使?! "苏红说得镆火,旁边的人就躁起来："谁把修子当枪使了？你把话说明白！"苏红说："想当婊子就不要去立牌坊，是谁谁心里清楚！"蔡老黑说："呀呀，她还说婊子，谁是婊子？你是婊子！你是怎么在省城挣的钱，你又怎么当的副厂长，你靠什么，靠你那二指宽一溜子×嘛，你个卖×的货！"西夏听蔡老黑说出恶心话来，心里就极端反感，她拨着人往里挤，她要警告蔡老黑，但是，人群一下子乱了，是苏红一下子扑过去抓破了蔡老黑的脸，蔡老黑就势扇了苏红一个耳光，苏红又抓住了蔡老黑的胳膊不放，两人挽了一疙瘩。西夏尖声叫道："蔡老黑，你不能动手！"这一叫，人群皆惊了一下，蔡老黑看见了西夏，他说："我要打她，十个她也没了，鸡不跟狗斗，男不跟女斗！"竟往厂大门外走。而苏红哪里就让他这么走脱，仍死死揪着他的手，但她拉不过蔡老黑，蔡老黑还在走，她就被拖倒在地，蔡老黑如拖着一袋粮食。这么拖了十多米，苏红的裙子就拥了一堆，露出白生生的肚皮，人群就又哄哄起来，西夏才要近去拉平那裙子，她看见了那个长头发瘦脸的男人伸手在苏红的肚皮上摸了一把，说："瞧这婊子的肉，她就靠这一身肉挣钱哩！"便有七只手过去在那肚子上摸，并有人拉住了苏红的裙子，这一拉，无数的手都去拉，裙子被拉扯了，苏红裸了下身还在地上被拖着，终于她手松下来，浑身蜷卧在院中。西夏不顾了一切冲过去，捡起了那已破的裙子盖住了苏红，发了疯地叫道："谁要再来动她一指头，我今天就和谁拼了！滚开！滚开！都滚开！"说完，竟眼睛发白，身子软下去不省人事了。

西夏醒来的时候，她是躺在她曾经上过屋顶的那家人的炕上，炕沿上坐着子路、三婶和骥林娘，还有那个屋主。屋主是因上过他家屋顶而怨恨过西夏，但他不知道这就是子路的城里媳妇，刚才的一幕目睹了西夏的举动，倒感叹城里人懂道理，苏红坏是坏，毕竟是女人，宁肯当众打个半死也不该剥了她的裙子啊！他端了水让西夏喝，子路说："这是麦花的爹，咱叫叔哩！"西夏给老头点头笑，就问子路："苏红呢？你怎么不保护她，当众剥光一个女人的裙子，这种野蛮行径你还在什么地方见过？"子路说："石头瓦块打得像雨点儿，我怎么到跟前去？都抢开东西了，我在路口那边挡哩，我挡了五根木头，十三箱木板条，把晨堂拿人家的锅盆碗盏都挡住了，我哪儿就知道苏红会让人剥了衣服？"西夏说："我估摸你不敢到现场的……"子路说："她苏红也是，王文龙是男人都跑了，她一个女人竟在那里争吵什么，人情绪上来了，谁能控制住谁，一个火星就起一场大火的，她却言镞口满，引火烧身！"西夏说："她敢出来，你却吓得躲到远处去！她要不出来，今日那工厂就真成废墟啦！"子路说："你给我发什么火？！"拿眼看着骥林娘和麦花的爹。西夏不言语了，却问："苏红人呢，苏红还在院子里？"子路说："回她办公室了，你一昏倒，人就散了，再没纠缠苏红的。"西夏不相信了子路，问麦花的爹："人都散了，是都散了？"麦花爹说："蔡老黑一走，人就全散完了，现在只有背梁的尸体还停在厂门口，修子坐在那里哭哩。"西夏说："这你瞧瞧，都不管死人了？！到底人家是为了死人还是为了别的？"屋外边突然有了汽车的喇叭声，尖厉而音响巨长，几乎是按喇叭的人一直按着喇叭不放。声音响过十分多钟，停止了，大家噔地怔了一下，面面相觑，不知外边又有了什么事情。麦花的爹先跑出去看，一等不回来，二等还不回来，子路和西夏也要出去时，麦花爹回来了，悄声说："厂长又回来了！"

厂长竟然在这个时候敢回来，子路想，厂长一定是开车去县上搬动什么人了，腰粗气壮，他才这般长久地按着喇叭给村民使威风的。但是，他的回来会不会使已经走散的村民又一次激怒起来而发生新的冲突呢？西夏就从炕上自己起来，摇摇晃晃要出去，子路却把她按住了，他黑了脸警告说："你给我静静的，不管再发生冲突还是不再发生冲突，你都不能去参与！"

西夏说："我要出门回去还不行吗？"子路说："回去也好，出门不能朝厂门口看！"就拉了西夏，一出门径直往家去。

工厂院子里的烟还在冒着，大门前已没有了什么人，王文龙的那辆小车就停在路边，仍是过一阵儿响响喇叭，再过一阵儿又响响喇叭，像是一个嘟嘟囔囔骂人的没牙老太太。工厂里出出进进了一些工人在提了水桶小跑，可能是在扑灭着电锯棚里的烟火，个个黑脸脏衣，如同小鬼夜叉，而又有一些人弯腰捡拾着满地的石头瓦片，一筐一筐抬了填倒在被挖开的门前一道深沟，偶尔就捡到一只半新不旧的鞋，看了看，日地扔过来，挂在一家门前的篱笆上。有电工站在院墙头上安接铰断了的电线，然后走过墙头从铁门处溜下来，身上沾着了大粪，像被门夹住了尾巴的狗，在那里一跳一跳龇牙咧嘴甩打着手。一切似乎极为平静，太阳在杨树梢上，狗吐了舌头卧在了墙根，唯有凄厉的妇人的哭声，一声高一声低，高高低低不绝。子路和西夏走到了那座麦秸积后，沙石路上，瞧见了一辆架子车上拉着背梁的尸体，修子扶着车帮哭得很伤心，不停地用手捏了鼻子，将眼泪鼻涕抹在车辕杆上，抹在胯腰上。拉车人是派出所的黄警察和刘警察。子路和西夏就小步撵上去，也扶住了架子车，修子用力地推开他们，说："你们来干啥呀，你们帮苏红嘛，现在称心了吧，厂长又回来了，警察也来了，你们高兴了吧?！"子路说："嫂子，我们又不是没帮你，你听他们给你煽火着闹哩，可事情能闹出个结果吗，人被抬出来，往回抬就没人管啦?"修子说："你不要叫我嫂子，我也不是你嫂子！没人管是警察来了嘛，警察是人家工厂的狗嘛，谁还敢来管?！"两个拉车子的警察立时咚地扔下车子，尸体在车上的门板上跳了一下，几乎要掉到地上，他们训斥道："你骂谁的，谁是工厂的狗?！告诉你，把你不抓起来就算饶了你，要不是执行任务，我们来给你当搬尸工?"话是这么说着，两人却蹲下来点火吸烟，不肯拉了。子路便捉住了架子车拉杆，但修子夺过自己拉，姓黄的警察就吼道："过会儿把车子送回来！"子路和西夏呆呆地立在路边，看着修子把车子一步步拉着走去，那缚在门板上的白公鸡就扑扑啦啦地挣扎，一股稀粪喷出来，顺着车轮洒下了一长道。

这一个下午，高老庄依然是平静，平静得似乎什么事情也不曾发生。

一家人坐在院里，谁也没有提说上午的故事，连家常话也没说，娘就把卧在台阶上竹筐里的帽疙瘩母鸡往出赶，帽疙瘩母鸡在罩窝，赶出去了又回来卧进去。西夏终于说："不应该这般安静吧？"子路说："我也觉得太安静了。"门口就有个脑袋探了一下，又没有了。娘停止赶鸡，说："谁？"子路和西夏惊了一下，看门口并没什么动静，就说："娘你把人吓了一跳！"娘说："谁好像在门口？"西夏说："哪儿有人？"过去要关了门，门刚关了，却被推开，是迷胡叔戴着一顶破草帽。西夏说："你什么时候这么小心了？要进来就进来呀！"迷胡叔还立在门外，说："西夏，我来给你说个事哩，早晨闹事，我去是去了，可我没有放火，也没有扔石头，这你是看见了的。"西夏偏故意说："我明明看你扔了石头，不但点火有你，在门前挖深沟也是你拿的镢头。"迷胡叔立即说："我没有！我没有！"西夏就笑了："我故意说，你怕什么呀？"迷胡叔说："人一散，我在那里捡遗下的东西哩，我捡了一个烟袋，捡了一只打火机，捡了三只鞋，厂长就领着派出所所长回来了，他们把我扣住了。我把烟袋给他们了，那鞋一只是苏红的，我也交给了，那两只鞋一大一小，我不知道是谁的，就扔到院墙背后去了，可他们硬说我手里拿着打火机，是我点的火，说我拿着苏红的鞋也是我参与了剥苏红衣服的流氓事件的。我领过你和苏红去白云湫哩，我能流氓苏红？"子路说："噢，迷胡叔，是你领着西夏和苏红去的白云湫，那你胆子大哩，都敢把两个女人领去白云湫，还有啥不敢干的？"就拿眼看西夏。西夏说："就是迷胡叔领去的，怎么啦？什么都给你说了，就少说了个迷胡叔嘛！"迷胡叔说："可我真的没点火，也没剥苏红衣服，我老老的人了，我造孽呀？火是顺善点的，衣服也是顺善剥的，他剥苏红衣服给他老婆穿呀！"西夏就笑了，说："没事没事，人家不会再寻你的。"迷胡叔说："他们是让我回来了，但我害怕他们又来寻我，这你要给我作证，你知道不，他们现在在寻蔡老黑，但蔡老黑却跑得没踪影！"

原来派出所在四处抓蔡老黑哩，平静里果然有大动作，而朱所长这一回并没有大张旗鼓地抓一群一伙，只是要抓蔡老黑，擒贼先擒王，这一手使子路和西夏知道了朱所长的厉害。娘说："抓蔡老黑，这事情不是越弄越烂子大吗？"但娘的话子路没回应，西夏也没回应，迷胡叔还在嘟囔他没扔石头，他没放火，他怎么肯去剥苏红的衣服呢？娘说："好了好了，西夏给你作证，你走吧。"把迷胡叔推出院门，把门关了。

三人又坐了一会儿，子路拍拍屁股上的土，说："咱不是朱所长，也不是蔡老黑，咱倒坐在家里发什么熬煎？西夏你不去收集画像砖和碑文了，指导指导石头画画吧！"西夏瞪了子路一眼，没有言传。子路怏怏地，说："那我去整理我的方言土语了！"果然搬了一张桌子在堂屋窗下，翻动他那些采访记录本了。西夏却走过来，站在了桌子边，子路以为她对他的整理工作也来了兴趣，说："'仁义'这个词是书面语言吧，可昨日去石头他舅家，见到鹿茂他二姨和雷刚的姑，都是八十岁的人了，一个字不识的，从给背梁做什么棺材说起，鹿茂他二姨说她的棺材早做好了，是八大板的，生漆油过五遍，雷刚的姑说她先做了一副，是松木的，她的娘家人来说不行，须用红心柏木不可，儿女们已商量重做柏木的了，准备高价买了蝎子尾村的扁枝柏。鹿茂他二姨就撇嘴，说，买扁枝柏呀，看把你仁义的！老太太竟能说'仁义'这个词，这词在高老庄是土语，是逞能得意能行的意思。"西夏却从桌上取了香烟盒，抽出一根自己点着吸了一口，子路说："你也要吸烟？"西夏却拿着烟去了卧屋。

天近黄昏，娘突然说，不管怎样，背梁死得怪可怜的，虽然修子不讲理，毕竟曾经还是一门亲戚，而且石头动不动也去那里吃呀住呀的，让子路和西夏买些烧纸去行行门户，如果修子还说难听话，都不要还嘴，就是唾在脸上，擦擦也就罢了。西夏想想也是，还有一个念头是去镇街上看看动静，就说："是我一个去还是子路也去？子路正做他的学问哩！"子路就笑了一下，收拾了笔纸，双双去镇街上买了一刀麻纸，一捆印着冥国银行字样的钱票，两把香。镇街上的人都一簇一堆坐在门口高台阶上低声议论蔡老黑，有的说派出所人去蔡老黑家抓人，蔡老黑不在家，去了蔡老先生的药铺，也没见到蔡老黑，就猜想蔡老黑一定是逃跑了。有的说看见蔡老黑爬上了公路边停着的一辆卡车，八成是搭车往省城去了，有的说，德发荣烧饼店的掌柜卖给了蔡老黑十三个烧饼，蔡老黑用一根葛条拴了十二个，另一个一边走一边吃，是进了牛川沟。说这话的时候，旁边人说钻沟钻山好，钻沟钻山就像虱在羊皮袄里你捉不到，去省城寻死呀？立即就遭到讽刺：你真是没文化，书上都写着的，小隐隐于野，大隐隐于市，对牛弹琴了，你哪里又知道什么是野什么是市？有人说，蔡老黑眼儿亮，一看时下不对就跑了，他这一跑甭想抓住，现在经济社会，流动人员多，而派出所人力有限，资金不足，十个案子能破一个两个就不得了了，前几年雷刚的五叔判了刑，竟能越狱出来，至今还没捉住的，蔡老黑算什么事，谁肯下力气去捉呀！恐怕派出所也是应付一下地板厂，多半是王文龙去县上找了吴镇长，吴镇长不想让这事捅到全县，吴镇长才让派出所出来管管，派出所不管不行，雷声大雨点小，应付一下罢了。西夏听了，心想但愿这些话都是真的，蔡老黑是不对，是应该处罚的，但派出所真若抓住了蔡老黑，要打要关，高老庄的人与地板厂的矛盾就更大了，以后工厂也越发难在这里开办了。但西夏没有把自己的想法说给子路，也不与子路提说蔡老黑。到了修子家，背梁的尸体还停在院中的灵棚里，灵棚里没有焚纸和烧香，连蜡烛也未点燃，已经有工厂的那个姓方的和派出所的人同修子在屋里再次谈判，修子仍是连哭带叫："不给五万，也得给三万吧，三万不给总得给两万呀，还是一万五我就不埋，他臭了就臭了，臭得蛆滚了蛋蛋那是厂里的事！"子路和西夏就在灵棚里烧了纸，焚了香，又掏出二百元钱算是上的礼钱，让旁边人转交给修子，便退出来走了。

天已经黑下来，镇街边的人家，牵回了在地里劳动了的驴在门前打滚，鸡开始进鸡棚或者没棚的就飞到了门前的树枝上缩成一团栖去。出了镇街往蝎子尾村的路上，四下无人，子路掏了东西撒尿，就尿在当路上，还摇晃着写字，就听见老远里娘在喊："石头，石头——子路——子路！"忙收拾好裤子，见娘披头散发地跑过来，见着他们，扑塌坐在地上，说是石头不见了，就呜呜地哭。子路和西夏忙扶起娘，问是怎么回事，娘说："你们走后，石头还坐着轮椅在院里的樱桃树下，我说石头，奶到你狗锁叔家借些辣面去，回来给咱做辣子油饼吃！石头还说'嗯'，可我借了辣面回来，石头就不见了。轮椅还在樱桃树下，人不见了，我以为谁抱了他出去玩了，也没在意，可在厨房和着面，觉得不对，出来到左邻右舍去问了，根本没人抱了石头去玩的……"娘说着，浑身发抖，又呜呜地哭，又站起来喊："石头——石头——"田野里没有人，有一只狗立在那边的水渠上汪汪地叫。娘就往狗那儿跑，但水渠里并没有什么，那狗又跑远到三丈外的树下叫，娘又跑过去，还是一无所有。子路就捡了石头把狗打跑了，说："娘，娘，你不要急，乡里没有多少汽车不怕他被撞着，也没狼呀豹呀的，不会出事的。他是走不成路，能去哪儿，是不是藏在院子的什么地方故意吓你哩！"三人跑回院来，把墙角的玉米秆移开，把鸡棚打开，又去了厕所，磨棚，甚至还用棍搅了搅门前屋后自家的和邻居的水尿窖。都没有见着石头。

子路和西夏也有些慌，翻动那轮椅，轮椅好好的，椅下是一张画成的画，画面上画得密密麻麻，似乎很乱，子路看不出画了什么。西夏又看了一会儿，终于发现顺着看是一条龙，龙盘来绕去，龙身上有一棵向日葵，龙须长长的是两根绳子，一个人双手抓着龙须作牵引上升状。把纸又倒过来，则有一棵树，树没有长任何叶子，也是弯来弯去，树根有一只青蛙，旁边就是坐着卧着有下棋的，有吃饭的，有抱在一块儿打的，有两只鸡，鸡在啄仗。西夏想，龙和那个向日葵可能是代表天吧，人兽可能代表地吧，她突然觉得石头是没事的，说："没事，娘！"娘说："怎么没事，这孩子平日不出门的，他舅死了也不肯去的，他能到哪儿去，怎么是没事。"西夏却说不出为什么会没事。子路说："去他舅家不可能，去蔡老先生那儿也不可能，会不会是菊娃回来了接走的？"西夏就不敢坚持说"没事"的话，子路就转身向杂货店跑去，约摸有半个小时，满头大汗地和菊娃返回来，菊娃说她没有接石头，谁也没有把石头给她送去。一家人就慌了，菊娃提出要报案，自个儿就去了镇街派出所。

消息很快传遍村子，村里人差不多来家里问情况，娘只是哭，一声一声叫喊着石头，说石头要是没了，她也就不活了，竟一头往墙上撞。众人忙抱住，千说万劝，就等菊娃回来。菊娃终于回来了，她说："是土匪蔡老黑干的事，娃就在他手里！"原来菊娃在派出所刚刚报完案，王文龙也去了派出所，说白云寨一个卖木头的人给他捎了一封信，竟是蔡老黑写的。蔡老黑信上写得明白，是他绑架了石头，要放还孩子必须有两个条件，一是地板厂两天内将五万元赔偿费交给修子，二是不赔偿五万元就迁出高老庄，何去何从，二者择一。众人听了，又惊又气又喜了，说："这就好了，蔡老黑也疼爱石头的，他不会伤了孩子一根毫毛！"娘说："这天杀的土匪，你扳东墙补西墙，就这样为背梁谋事？你是想不出个办法了？！"众人说："这倒真是个好办法！"就拿眼睛看菊娃，菊娃脸就红了，子路也反身去了卧屋。西夏取出纸烟来，一一给众人散了，说："只要石头有下落，这人心里就踏实了！我想他蔡老黑再是恶人，谅他也不会伤着孩子的。谢谢大家关心，夜也深了，大家回去歇着吧，出不了两天，石头就回来，我们抱了孩子给你们去磕头呀！"众人就散了。

人一散去，一家人又坐着说话，子路说："蔡老黑现在人在哪儿？"菊娃说："王文龙问那个白云寨的人，那人说，他路过牛川沟，一个光头黑脸的让他把信交给厂长，付给他了二十元钱。我之所以回来晚，是朱所长立即派人去了牛川沟，但没碰到蔡老黑，谁知道他躲在哪里？"西夏说："那信你看了吗，是写着石头在他手里？"菊娃说："我看了，信写得不短，是说石头在他手里，刚才人多，话我没有说全，他的条件其实三条，除了让两日内把五万元交给我那嫂子，他也是要王文龙把我交出来，这土匪坏子，他以为王文龙把我拿车拉到省城里去了，再不回来了。"子路听罢，脱口说道："你看你，都粘系些啥人嘛，高老庄闹了这么大一场事，最后却落脚到咱们身上！"菊娃脸色通红，却不满地说："这是我的错吗？他蔡老黑这回敢动石头一根头发，我就一辈子和他没个完！"子路说："你……"西夏在身后戳了他一指头，后边的话就没说出来。一家人虽都相信蔡老黑不会伤害石头，绑架石头是为了对付地板厂的没办法的办法，但地板厂能不能按蔡老黑的条件去办，蔡老黑又什么时候才能把石头送回来，谁心里也没底。娘又哭哭啼啼说蔡老黑即使不伤害石头，可他东藏西躲，能给石头吃上饭吗，能吃饱吗，受热还是受冷？就要子路西夏再去派出所，就住到他朱所长的宿舍里，随时配合警察捉拿蔡老黑，要菊娃快到工厂找那个王文龙付修子的钱。子路西夏菊娃分头一走，娘就设了香案在院子里祭天祭地，祭菩萨，也祭那亡故的老伴。

菊娃到了厂里，和王文龙商量着如何对付蔡老黑，菊娃的负担里，若不把五万元给其嫂子，蔡老黑不放石头，而将五万元给了嫂子，又怎么就这样满足那狼虎嫂子的欲坑呢，开此先例，以后地板厂的事就难办了，虽说蔡老黑最后一定会被派出所捉住的，先拿五万元给了嫂子诱出蔡老黑，但嫂子能再将五万元退还工厂吗？从关系上讲，一个是菊娃的嫂子，一个是菊娃的儿子，全都给王文龙出难题，菊娃又急又气就流下泪来。王文龙却也明白这都是因他爱着了菊娃所致，菊娃越是痛哭流涕，他越内疚，越觉得菊娃淑贤可爱，就当下拿了五万元，着人要送去给修子，说："五万元没什么，权当一笔小生意赔了么，再说，出了五万元，就心里清静，再没绊搭的事了！"他的意思菊娃听得明白，却没接话茬，似乎在糊涂着，说："你救了我的孩子，这恩情我今生今世不忘的，但这钱我要还你，我下力气挣钱得还你！"就去苏红的办公室看望苏红。冲击地板厂的人一散去，苏红待在办公室里就不出门，精神恍惚，痴痴呆呆。后来被王文龙百般劝慰，能在院子里走动了，一见人多就紧张起来，出汗，脸脖通红，甚至全身通红。当天夜里眉宇中间竟长出一个大红痣来。突然间生出大红痣，王文龙担心苏红受了刺激，一口闷气要憋出什么肿瘤来，派车去县医院请了一位医生诊查，医生说并不是肿瘤，但为什么会长出一颗大红痣，他也无法解释。菊娃去看望她的时候，她正用镜子照自己眉宇间的痣，倒欢乐起来，一下子抱住笑，笑着笑着眼泪却流下来。菊娃说："苏红，是姐害了你，姐这命苦，拖累的人多了。"苏红说："这与你屁事？"菊娃说："背梁毕竟是我的哥哥……让我瞧瞧痣，医生是说没事吗？"苏红说："没事，我长痣倒会长地方呢，这是个美人痣！"菊娃说："是美人痣……苏红，你比我坚强，你得挺住哩。"苏红说："那一天我羞辱得真不想活了，可一长出这个痣来，厂长担心是不是癌变，我倒全然没羞辱感了，你说怪不怪，不被他们糟践我，这个痣怕还生不出来！"两人说了一阵话，苏红就铺展了那单人床，自己拿了毛毯去沙发上，说不要回去了，咱睡一会儿吧，菊娃哪里能睡着，说："还睡什么呀，天怕快要亮了！"一拉窗帘，天已经大亮。苏红也就不睡了，开始梳头化妆，王文龙就过来敲门，端着一锅豆浆和四个油饼。苏红说："菊娃，这我就沾你光了，王厂长可是从来没给我送过饭的！"菊娃说："你可别胡说！你还嫌惹的事不多吗？"苏红说："惹就惹吧，惹得你也长出个美人痣来！"王文龙说："苏红，你今日特别漂亮，我倒想起一句古语了：'从污泥里长出的莲花是圣洁的莲花！'"苏红说："那我成了菩萨得是？！厂长现在说话会讨女人喜欢了，在哪儿练的？"菊娃却平静着脸，只是问王文龙："钱送去了吗？"王文龙说："已经送去了。"苏红说："钱一送去，石头就回来了，菊娃姐你不要悲悲切切的，吃罢饭咱们到镇街美容美发店做个美容去，瞧你这几日，眼圈都黑了。"菊娃说："我这是老毛病。"却猛地闻到了一股恶臭味，以为是开着房间的门，过道对面的厕所里飘来的，就闭了门，和苏红坐在沙发上，又闻到了恶臭，而且味儿就是从苏红身上散发的，但菊娃没有说。吃罢饭，菊娃并没有和苏红去美容，她操心着家里等消息的人，就先回去，果然子路和西夏还在派出所没回来，却来了许多人在劝娘，娘抱着石头的衣服只是一个劲地哭。

菊娃说了工厂那边的情况，众人心松下来，都说："给了就好，拿钱免灾哩！菊娃，你娘不哭了，你快做碗清汤面片来让你娘吃。"菊娃就去擀面，众人方陆续散去，忙活各自的事情了。鹿茂还坐着不走，对娘说："婶子，你看还有什么出力气的活儿，你就只管说。"娘说："有什么干的？蔡老黑要是回来了，你替我捶他一顿！"鹿茂说："那用不着我捶，有派出所收拾他哩，不要了他的命也得扒他一层皮的！"娘说："你和蔡老黑那么好的，你估摸估摸，他可能藏在啥地方？"鹿茂说："我俩早就翻了脸，鬼知道他在什么地方？"菊娃就把饭端上来，鹿茂说："菊娃姐，苏红的情况怎么样，疯不了吧？"菊娃说："她要疯了，就不是苏红了！"鹿茂噢了一声，说："狗日的胆子大哩，竟能放火烧电锯棚，赶明日敢去烧天安门呀？！现在厂里恢复生产了吧，这说是坏事也是好事，王文龙和苏红就该更能认清一些人了，有些还是在厂里做工的人，别人砸开了他也砸哩，现在还不开销一批？"菊娃说："这我不清楚。"鹿茂说："肯定要开销一批人的，我的意思是，如果开销了一批人，总要进些人吧……"菊娃说："你要去打工呀？"鹿茂说："这倒不是纯粹为了打工……厂里红火的时候，人都挤破头去厂里，厂里倒霉了，人家都巴不得离厂远些，咱才要去厂里哩。"菊娃说："我不是厂里人，我不知道他们现在肯不肯要人？"鹿茂哎了一声，坐下来看着娘吃了一碗饭，就起身告辞了。

鹿茂出了子路家，将旱烟袋在扁枝柏树上哪哪哪地磕了烟灰，又琢磨了菊娃刚才的话，倒不悦起菊娃说话时那脸上的神气：哼，托你说个人情的，竟一推六二五，谁不知道你和王文龙的关系，没有那层关系哪里就闹出这一系列事故来？！有心直接去厂里，走到半路，又折回来，去商店买了一袋奶粉，一瓶咖啡，三拐两拐往苏红的家走去了。新村里幸好没有人走动，池塘里锈了一层绿藻，有长脚的蜉蝣虫在上边，倏忽游来游去，快得如闪电。鹿茂蹴在那里假装勾鞋，拿眼左右盼顾了几下，猫腰就钻进了苏红楼前的窄巷里，池塘里的青蛙就呱呱地叫。院门在锁着，但苏红家的院门是暗锁，人在与人不在是看不出来的，拍了几下，没有动静，低声叫道："苏红，苏红，是我！"仍无人应，就从院墙角的厕所矮墙上去，翻过了院墙，跳落进去，轻手轻脚从那楼梯上去，门掩着，推开了，石头却在里边看电视哩。鹿茂吓了一跳，立即惊叫道："石头，你原来在这儿，蔡老黑呢？黑哥，黑哥！"他赶紧叫着，看看客厅没有，看看左右两个房里也没有。出来问石头："你怎么在这儿？"石头抬了头看着他，没有言语，又在看电视，电视里放的是星空大战，夜空星光灿烂，人在天上飞动，飞碟也在飞动。鹿茂说："你爹你娘你奶都急疯了寻你，你怎么在这儿享福！你不是蔡老黑绑架的，你是自己来的，你怎么能来，噢噢，是蔡老黑把你藏在这里？"他过去就要抱石头，石头不让他抱，鹿茂就放下了，反身咚咚咚地从楼梯上跑下去，再从花坛沿爬上院墙，然后顺着厕所矮墙跳下去，踩在一泡屎上。

　　鹿茂来把消息告诉了菊娃，菊娃和娘不敢相信，说鹿茂你安慰人也不是这种安慰法，石头怎么会在苏红家？鹿茂说我亲自到苏红家看见的，菊娃就更不信，说苏红在工厂里几天就没回家，你鹿茂怎么就能去苏红家？鹿茂说溜了嘴，发了咒："这么大的事，我敢哄人?！"三人就小跑到派出所，找到子路西夏和所长，一行人去了苏红家，果然把石头接了出来。问石头是不是蔡老黑把他藏在这里的，是什么时候来藏的，蔡老黑打他了没有，在这里吃什么喝什么，蔡老黑现在又到哪儿去了？石头却始终一言不发，偎在菊娃怀里，只说："我睡呀！"竟就睡着了。朱所长就觉得奇怪，还要把石头摇醒来问情况，说："这孩子怎么不说话，见了你们也不哭不叫的？"娘说："他生性就是这样。"所长说："他没有感情？"终是不解，也没办法，就分析：孩子肯定是蔡老黑藏在这里的，蔡老黑也真鬼，他知道苏红受辱后是待在工厂的，家里没人住，谁也想不到这里，可是，石头在这里他却不在，一定是知道钱送到修子那里后故意把石头一人放在这里自己又跑了，那么，修子一定是与蔡老黑有联系的。当下让子路他们领孩子回去，又派一警察速去把修子叫到派出所。大家却纷纷走了，鹿茂说："所长，这么大的一个案子，在你手里就要破啦!? "朱所长说："我们就是保一方平安么! "鹿茂说："雷刚他五叔越狱后，悬赏十万元让人提供线索的，你们这么大的案子也不奖励有功的人吗? "朱所长说："噢噢，你先留下。我得问你：苏红不在家，你怎么就能到她家来? 来过几次，都偷了些什么东西? 你先交代交代，我已着人去叫苏红回来，她清点过家里财物了，你才能走! "鹿茂变脸失色了，说："我是贼呀? 你把我当贼呀?! "

苏红从工厂回来，替鹿茂打了圆场，说是她让鹿茂去她家取个脸盆的，她在厂里的脸盆在暴乱中被人抢走了。鹿茂以此脱身，却满腹委屈，嘟嘟囔囔而去。朱所长和苏红又去了派出所，审问了修子，修子矢口否认蔡老黑与她有联系，甚至起咒发誓，说若以后证实她与蔡老黑联系过，她可以退还五万元，就去坐牢房。朱所长重新分析案情，认为蔡老黑把孩子藏在苏红家并不是知道工厂将五万元送给了修子，那么，他极有可能还会再来苏红家，那么就安排苏红这一两天待在家里，又在楼上埋伏上两个警察，伺机捉拿罪犯。

如此这般地布置了，苏红和两个警察当日就待过了半天，又一个晚上，毫无动静。第二天，修子安埋背梁，她用钱买了一副松木棺材，雇人打了一个土墓，在响器班吹吹打打中办完了丧事。当人们看着修子锁上了院门，背着一个挎包搭车离开了高老庄，就揣测那挎包里是装着一捆一捆的人民币的，是去了县城她的姨家了呢，还是要去省城做什么生意呀，倒哀叹了蔡老黑有家不能归，闹来闹去给修子办了一桩好事，更羡慕背梁死得好，他要是活着，活一辈子能挣下五万元吗? 现在，修子把五万元拿走了，地板厂被砸被抢没有让群众去承担赔偿，背梁入土了，石头安然无恙地回了家，蔡老黑虽然还是没露面，但抓蔡老黑毕竟是朱所长的职责，与高老庄的人已没有了多大的关系，高老庄的一切社会秩序都安稳下来，似乎这符合了天意，天就淅淅沥沥下起了不大不小的雨来。苏红和两个警察一直是待在家里的，他们听见响器班的吹打声，也听见了屋外的下雨声，但他们没有出院门，连二层楼也没下。又静守了一晚上，又饥又热蚊子又咬，下两点的时候，他们不耐烦了，怀疑朱所长的判断，说："蔡老黑哪里会再来的？睡吧睡吧，蔡老黑没捉住，咱倒为革命要牺牲了！"

两个警察就在楼上的东边屋里睡下，苏红则在她西边的卧室睡下。按要求，房子里是不能亮灯的，也不能开了窗子，但苏红却就是睡不着，她嫌热，开了窗子，又起来拉了灯在木盆里盛水洗澡，后来竟赤条条躺在床上玩那电动按摩棒。睡在东边屋里的黄警察和刘警察倒在床上睡了一会儿，听见西边屋里的水声，一个说："是苏红在洗澡吗？"一个说："是在尿桶里尿哩。"一个又说："不是在尿，是洗哩。"一个再说："是洗哩。"两人就都不言语，过了一会儿，黄警察却坐了起来，摸着黑从衣服口袋掏火柴棒儿掏耳朵，刘警察突然说："你也没睡着？"黄警察说："怎么搞的，睡不着。"刘警察说："你掏掏耳朵，下边就不起来了。"黄警察说："我正掏着。"理智战胜了冲动，两个警察都成了正人君子。重新睡下，却也就听到了一种低沉的嗡嗡声，他们是不知道这声音发自按摩棒，就爬起来从窗子往外看，半明半暗的小雨夜里，他们发现了一个人影从楼西头的那棵电线杆上往上爬，手里还拿着一个长长的竹竿。两人立即来了精神，轻轻拨开屋门，又出了客厅门，蹑手蹑脚从楼梯下来，准备等蔡老黑爬到与二楼凉台平行的地方再一声呐喊，在下边将他捉拿。两人蹲在院子里往上看，蔡老黑就爬到了凉台外的高处，手里的竹竿似乎戳了一下晾在凉台上的衣服，但却停止了，只见他一手抱着电线杆，一手却将自己的裤子扯下来竟在那里一动一动起来。黄警察大吼了一声："蔡老黑，你狗日的终于来了！"蔡老黑在电线杆上惊了一下，先是竹竿掉了下来，再接着人也掉下来跌在院墙上，又跌下去，但没有跌进院子里。两个警察狼一样冲到院门口，哐哐啷啷拉开了门，疾跑到院墙外。跌下来的却不是蔡老黑，手电先照在脸上，龇牙咧嘴叫唤的是狗剩。狗剩的裤子拉开着前开口，一摊稠糊糊的东西粘在那里，他交代他只说苏红不在家的，更想不到警察也会在这里，他是来偷几件凉台上的衣服的，却看见了苏红在床上拿按摩棒……黄警察一个巴掌打过去，骂了声："流氓！"拖着他去派出所了。

　　雨还在淅淅沥沥地下，新的一天里，许多人该去工厂上班的照样去上班，一共三台电锯修理好了一部，又嗡嗡嗡地响起来。吴镇长回了一趟高老庄，他是坐了一辆卡车回来的，但他没有多待，去工厂装了一车地板条又随车去了县上。子路和西夏整整蒙着被子睡了半天，吃罢饭，鹿茂在那棵扁枝柏下死狼声地喊子路，他已经在工厂争取了去白云寨收购木头的差事，正路过子路家门口。西夏从门里出来，问："有事吗？来家坐呀！"鹿茂穿着雨鞋，戴的雨帽，腰里斜挂了一只扁形铝皮酒壶，说："我其实是找你的，雷刚说，他老婆从娘家拿回来了一些画像砖，不知是哪个朝代的，让你去他家看哩。我这得去白云寨哇！"西夏低声说："这烧包！"回到屋来，子路问："是鹿茂吗？"西夏说："他现在是厂里收购员了！雷刚家有块画像砖，你去看不？"娘便说："你有了那么多的砖了，还要呀？你咋就这么爱这破东西！"西夏说："要不怎么就嫁了子路？"娘说："嗯？！"没有听懂。子路说："你要去你去，我有空还不如弄我那些方言土语哩。"就问娘把他那些材料放在哪儿了？娘说："一堆纸不是在那只核桃木箱盖上放着吗？"子路过去翻了翻，说："箱盖上我是放着有两张记满了词语的，怎么只有了些净纸？"娘说："是不是写了字的两张？"子路说："是。"娘说："我以为写了字的纸就没用啦，今早鸡上了桌子吃米，拉了粪，我拿那纸擦了鸡屎哩！"子路就忙往厕所跑，果然蹲坑里扔着沾了鸡屎的那两张纸，一时叫苦不迭。西夏乐得前仰后合，说："物尽其用，你收集那些东西只配擦鸡屎哩！"自个儿背了一个小背篓往镇街去。

　　镇街上，两边的门面房，凡是有各类店铺的，门口的条凳上依然坐着那些年轻的女子，刘海儿抹了发胶，翘得高高的，噘了红嘴唇拿眼睛骨碌碌看人，但长久地没有顾客，她们就隔街对骂这天雨，或嘲笑旁边一簇一簇蹲着下棋的男人，说谁是臭棋。见西夏过来，她们就不言语了。西夏是知道自己的美丽的，她喜欢从街上的一片目光中挺胸走过，而又着意要表现自己的随和与热情，长声叫道："荣荣，啥好东西把你吃得这么香?！"一女子就从台阶上跑下来，拨着碗里的饭说："是菜焖饭，你吃不，我给你盛去！"西夏却并不吃菜焖饭，拿手摸摸女子的腮帮，说："多好的皮肤！"但派出所的朱所长却从派出所大门出来，把西夏喊住了。西夏说："所长，忙啥哩?"所长说："还能忙啥，寻蔡老黑嘛！哎，那石头还是没说蔡老黑在哪儿吗?"西夏说："没。"所长说："这孩子是个冷人。"西夏说："我很少见他喜怒哀乐过。"所长说："是个瓜子?"西夏说："他才不瓜哩，你见过他作的画吗？"所长显然对画画不感兴趣，喃喃道："今日这雨还不见晴……"西夏说："这蔡老黑也真让你们吃了苦了……"所长说："可不，所里就这几个人，又没经费，让他再拖下去就别的什么也别干了！"端着茶壶的信用社贺主任，一直在旁也听着西夏和所长说话，插了嘴道："所长，你可不敢捉不住蔡老黑啊，捉不住他，他那贷款就全完了！"所长说："那我有什么办法？看样子，就是捉不住他，他也不敢露面。"贺主任说："把他逼跑了，三年五年不回来，那贷款也就完了！"所长有些生气："贷款与我屁事！"拧身就返回所里去。

贺主任落个没趣，给西夏笑了笑，说："国家养活这些人有什么用?！"西夏说："这话我可不敢说。"贺主任说："我在信用社工作二十年了，我当主任的时候他还是镇政府的门卫哩！我知道他那本事，这回又是不把蔡老黑的案子往上报的。"西夏说："这不可能。"贺主任说："能破案的就报，破不了的就不报，这样破案率就高呀！看样子他们是不再提蔡老黑了，只想把他逼走了事。"西夏不知怎的，倒觉得一些遗憾，如果吴镇长真不愿意在开县人大会议期间让全县都知道高老庄出了骚乱，派出所因人力财力有限而不再花力气捉拿蔡老黑，蔡老黑就该自首，行政拘留上几天，或者罚罚款，事情也就过去了，而逼得远走高飞了，他走到哪儿去，飞到什么时候？心下有了不快，脸上也不活泛了，过去和荣荣又说了几句话，直脚去了雷刚家。

雷刚家果然有一块儿旧砖，砖上刻有一个人举着一杆长戟的，但砖破残得只有一半儿。西夏说："还有呢？"雷刚说："没了。"西夏说："我还以为是有多少的，拿了背篓来！"雷刚说："我知道你不会满意，你瞧瞧这个！"领西夏往厦房去，厦房里一间是厨房，一间是卧室，卧室门口垂着门帘，而厨房支着一个石桌，雷刚把石桌上的锅盆碗盏拿开了，这石桌竟是用一块儿碑改做的，上边写着：高老庄创建钟楼记。"**庄不可以无钟。钟不可以无楼。大明嘉靖廿八年岁次辛丑秋八月望日立。**"西夏叫道："好！这碑文好！"卧房里却有人叫她，掀了帘子，炕沿上坐着蔡老黑的老婆。西夏立即醒悟雷刚捎话让她来看看砖只是幌子，主要的是蔡老黑的老婆要见她的。但她并不好意思开口问蔡老黑现在哪儿，那老婆说："西夏，我有句话要给你说的，也不知当说不当说？"西夏说："啥事？"老婆说："都是老黑不好，他是昏了头了，干什么不可以，却偏偏绑架石头，他待石头比自己的孩子还心重，怎么就干出这事！"西夏说："这我能理解……他再没回来吗？"老婆说："没有。我寻你，是省城里来了信，先来了一封我让人看了，说是承租葡萄园的事，我压住没理，他跑得无踪无影了，我也没脸去你家找你，可一连又来了三封，都是说承租的事，他们还说要来考察呀，这我就不找你不行了，是你当时给联系的，你……"西夏没想到这个时候省城会来信，当下接过四封信看了一遍，说："那好，我给他们回封信，他们要来就来吧。如果蔡老黑一回来，你就给我带个口信过来。"老婆说："他哪里能回来，派出所到处寻他的。"西夏说："他就是不回来，葡萄园还有你嘛。"老婆说："这我行吗？"西夏说："还有我嘛，咱商量着来，这机会可不能错过了。"那老婆点点头，突然把西夏抱住，只是说："西夏，西夏！"眼泪就汪汪流下来。

　　西夏从镇街回来，娘和子路在厨房里，一个忙锅上，一个在灶口烧火，正说着话儿，西夏一进来，娘就不说了，接了那画像砖说："就这么个破砖头，打狗能用！"拿出去放到堂屋窗台上去。西夏说："娘俩说什么了，避着我？"子路说："娘在数落我，家里出了这般大事，根源都在我身上哩。"西夏说："这与你有啥关系？"子路说："娘说，我要是一直在高老庄当农民，灾灾难难就没有了，我进了城，认识了你，使得和菊娃离了婚……"西夏说："我可不是第三者！"就喊，"娘，娘，你过来！"娘正用抹布擦画像砖上的土，过来说："啥事，紧天火炮的？"西夏说："娘，子路和菊娃离婚与我无关，他离了婚才认识了我，而且是他在追我，都快要结婚了，他才说他是离过婚的，我是上当受骗到你们高家的！"娘当下脸色不好，训子路："你胡说啥呀！我可没弹嫌西夏啊！"西夏说："他说是你说咱家出事都是因他引起的……"娘说："这话我说来，我的意思，他要不离婚，菊娃就不可能让蔡老黑缠着，也让那个厂长缠着。"西夏说："娘也知道了这些事？"娘说："你娘不是瞎子聋子，啥事不知道？那两个男人一个是强龙，一个是地头蛇，都争菊娃哩，罪过倒让石头受哩。"西夏说："娘比子路清白！那我问娘，你说菊娃应该嫁蔡老黑还是王文龙呀？"娘说："我和子路说的意思就是菊娃谁都不嫁，嫁谁都是事，这话你可能不爱听，但我心里琢磨了，如果你们愿意，让菊娃也跟了你们走。"子路忙说："娘，这……"西夏却笑了，说："这我倒没意见哩，可这是娘的意思，娘又不能包办菊娃，她肯不肯？"子路说："那我是一夫两妻呀！"西夏说："看子路多高兴，你心里还爱着菊娃，却不知人家还爱不爱你？"娘说："我给你们说正经事哩，你们只是当笑话！菊娃如果真能去省城，你们给找个工作，帮着寻个人家，我想，以后毕竟还是个亲戚吧，互相有个照顾，这石头也不至于跟了爹见不上娘，跟了娘见不上爹的……不说了，或许你娘人老了，胡思乱想的。吃饭吧，吃饭吧。"

　　一家人在桌上吃饭，饭中，西夏提起见到朱所长的事，说："看样子派出所不捉蔡老黑了。"娘立即反对提说他："提起他我黑血都翻哩！"西夏说："其实蔡老黑并不坏。"娘说："我不管他想干啥哩，他拿石头做码儿，我就恨他！"西夏见娘这么说，也不敢把省城来信的事说出来。吃完饭，娘去洗锅了，西夏双手在桌上支了下巴，看着子路，说："娘让你把菊娃领走，你愿意不？说实话！"子路说："这要看菊娃去不去哩。"西夏说："我问你愿意不愿意？"子路说："你不是说你愿意吗？"西夏说："我只问你！"子路说："都愿意了我就愿意。"西夏说："但我告诉你，她去了，不能住在咱家，咱可以给她寻个地方。"子路说："这当然。那你可以过一段日子去看看她。"西夏说："哟哟哟，那你就不要去看她了？！"子路嘿嘿作笑，西夏说："你放心吧，能让她去，能不让你去？就是不让你去你就真不去了？天底下最难防的是偷情！那我就郑重地告诉你，必须以我那儿为主，十天八天了，你过去照顾照顾她，但不能在那儿过夜。"子路说："瞧我那本事！"西夏说："那也是！你就是背着我有那事，我能感觉得来。"子路说："是吗？你去镇街的时候，我去杂货店里了一趟，可能就犯错误了，你感觉感觉？"竟在桌下拉起了西夏的脚，把鞋脱了，放在自己的腿根。西夏拿眼瞪着他，后来就哧哧笑，西夏的脚是那种从大拇指到小拇指一溜儿斜着下来的脚，绵而滑润，那么动了几下，就试着了烫而硬的东西，她悄声说："哼，说到让菊娃去，就来劲啦？"子路说："你动嘛，你再动嘛！"院门就哗啦被推开，庆来提着猪尿泡灯笼，水淋淋地站在门口。

　　子路立即放下西夏的脚，娘已经去把庆来的龙须草蓑衣接下来，和庆来走进堂屋，而西夏的鞋却还在桌子那边的凳子下，就站起来一边招呼一边挪过身去，用脚把鞋勾上了。娘说："这么大的雨，干啥事了，上气不接下气？"庆来抹了脸上的雨水，说："蔡老黑被抓住了！"一家人当下惊住，忙问什么时候抓住的，在哪儿抓住的？庆来说，刚才他是去栓子家打麻将，怎么也不和，把身上的钱输得剩下二十元了，出来想，有咱输的，还没咱吃的？就买了一瓶酒，又到三治的饭店里让炒一盘猪肝的，正吃着就看见派出所的三个警察铐着蔡老黑去了派出所。人们都向派出所跑去，派出所的大门就关了，贺主任在给人讲，蔡老黑是在菊娃的店里抓住的。西夏说："下午我见到所长，他还说不抓蔡老黑了嘛。"庆来说："这两天所长故意放风哩，说不抓蔡老黑了，其实一直在菊娃店里布置了人，想着蔡老黑会知道菊娃已经回来要去见菊娃的，果然他就去了！"娘说："这土匪到现在了，还敢到菊娃那儿去？"西夏说："菊娃姐是做了诱饵？她咋能给派出所当饵子用？"庆来说："说顺善脑子里环环多，真是环环多，是他给所长说，捉蔡老黑哪儿都不用去，就守在菊娃店里就是了。他蔡老黑精明一世，糊涂一时，绑架了石头，菊娃能饶了他？但你们女人到底是女人，啥事也不行，蔡老黑差点儿就又跑了。听说是蔡老黑擦黑一去，菊娃倒心软了，把一个瓷碗砰地在门口砸碎了，蔡老黑一惊，闪在了门扇后，店里小房里三个警察打扑克，问：啥事？菊娃说：不是蔡老黑！她一定是吓糊涂了，怎么说这话呢。蔡老黑一听拔腿就跑，三个警察就也出来，手电一照，不是蔡老黑是谁，就追过去，把蔡老黑压在泥地里了。"西夏再没言语，回到了卧房里，直到庆来离开也没有出来。

这天夜里，西夏再一次改变了对蔡老黑的看法，当子路和庆来喝完了一瓶酒，送走了庆来上床要睡时，她对子路提出了一连串考问。她说，在茫茫的大海里，你驾着一只小船迷失了方向，突然，风浪把小船吹靠在了一个孤岛边，你上了岛，你上岛后首先要做什么？子路说，我先找吃的。她又说，如果你带着一只鸟和一匹马在大沙漠里行走，为了生存，你必须要舍掉一个，你会舍掉什么？子路说，扔鸟。她又说，我再问你，子路说，你这是干什么呀，问这些古里古怪的事？西夏脸色十分严肃，说，如果现在突然发生了地震，子路你会怎么办？子路说，你是不是要我说我第一个拉着你跑？但我是儿子，我怎么丢下娘不管，我是父亲，怎么不去保护儿子，儿子他又是瘫痪！你说呢？西夏又还在问，如果咱俩去讨饭，只讨来一个饼，谁吃了谁就能活下来，你吃还是我吃？子路说，你一半我一半吧。西夏说，如果一个人拿了刀要杀咱俩其中一个，你要死，还是要我死？子路说，这怎么可能，你今晚是怎么啦？西夏说："蔡老黑是爱着菊娃的，他是真心爱菊娃，爱得坦荡而有勇气。在四处捉拿他的时候，他竟能冒着危险去见菊娃，这样的男人现在还有多少，而你子路能不能做到？菊娃不是庆来说的办事不力，也不是吓糊涂了，她就是在那一刻里被蔡老黑感动了，她为什么要砸瓷碗，为什么要说来的不是蔡老黑，她就是在暗示店里有警察，让蔡老黑逃跑，这说明菊娃在内心深处也是对蔡老黑有一份真情的。一个女人她可以对一切都是糊涂的，但绝不会糊涂一个男人对她的感情的判断。所以，不管蔡老黑他做过什么恶事，在这一点上我是敬重他的，我也觉得菊娃做得对，我也佩服了顺善和所长，他们比你比我对菊娃和蔡老黑更了解。"子路从来未见过西夏这般严肃庄重，他说："你是把事情看得太严重了吧。"西夏说："没有。如果今晚蔡老黑没有被抓，没发生过他去见菊娃的事，我是不会告诉你另一件事的，当然不是成心要瞒你，只是时机不成熟，现在我就对你说了吧。"于是将下午见到蔡老黑老婆的事说了一遍。子路说："你说这些啥意思？"西夏说："我明日想去派出所给蔡老黑说情。或许我说话不顶用，但如果不顶用，我就到县上去，即使他被正式逮捕，我寻律师为他辩护。"子路惊得目瞪口呆，足足过了三四分钟，才说："西夏，你怕是真中了白云湫的邪了？！蔡老黑值得你这样吗，他是什么好人，什么英雄，是蒙冤了还是受屈了，你这样做，政府和派出所怎么看你，高老庄怎么看你？"西夏说："会怎么看我？！"子路说："你要清楚咱的身份，咱是探亲回到高老庄的！已经商量得好好的，明日咱一块儿去见菊娃，谈谈咱的想法，如果菊娃肯去省城，三日五日内就返回城去，你却节外生枝，蔡老黑就是一年两年不释放，你也就一直待在高老庄不成？！"西夏说："那又怎么啦，我可以再请假嘛，准不了假，大不了我被单位除名嘛。"子路说："神经病！"两个人你一句我一句，先是不想让娘听见，后来声音渐渐大起来，娘在那边屋里敲着炕沿说："什么事呀，黑漆半夜的睡不安宁！"子路就气呼呼地说："你要留你就留吧，我回城去，我明日就回城！"赌气拉灯绳，灯绳竟被拉断了，他一裹被子睡下。

子路一觉醒来，窗子上一片阳光，脑子里的第一念头：天晴了？爬起来西夏却不在了，问娘：西夏干啥去了？娘说头明搭早的起来，只说一句话她去镇街呀，也没说干啥去。娘又问："她干啥去，你也不知道？夜里吵什么啦？"子路脸一下子阴下来，气呼呼地说："娘，我得明日回省城哩！"娘说："说走就走呀，不是还没和菊娃说那事吗？"子路说："我一个人走！"就起来收拾行李。娘再问什么，他也不答。西夏到天黑才回来，娘有些埋怨："你一出去也是个沉尻子，一整天里不落家，子路都生气了，收拾行李说是明日要回省城呀！"西夏说："我们说好了的，让他先走，他的假是早到期了。他走我不走的，我还陪娘！"娘："你和他置气了？"西夏说："置什么气，哪儿有什么气置哩？他走了，我和菊娃姐好好谈呀，她要愿意去省城，我和她一块儿去，让子路先回去寻住的地方，还得找个打工的单位呀！"西夏笑呵呵的，娘却在她脸上看，像看书一样，说："子路是蔫驴，犟得很，我还以为你们置气了！"西夏就看子路，子路脸还是拉得老长。西夏就过去，把一颗梅杏干塞到子路的嘴里，她是在镇街的商店里买了一包，回过头来让娘也吃一颗，娘不吃，转身便去厨房端饭了。西夏笑了笑，低声说："你真的要走？"子路说："我说话不算话，我还是男人？"西夏说："计划在高老庄要怀上一个娃哩，这下就毕了？！"子路哼的一声，坐在了椅子上。西夏说："好，那你就走，等我也回城了咱们再说。我只希望你在走之前，啥话也不要对娘说。"

第二天一早，子路真的要走了。娘要送他，他不肯，石头要送他，他也不肯，西夏就提了他的那个提兜送他，西夏把他整理的方言土语笔记本也装进提兜的时候，问子路能不能把她收集的画像砖先也带一两件，子路没有回答她，却掏出那个笔记本撕了。西夏不再说一句，提起了提兜跟子路走。出了蝎子尾村，子路却拐脚往爹的坟上去，他并不等候西夏从稷甲岭崖崩下来的乱石里走近来，跪下去给爹磕了一个头，那磕声特别响，有金属的韵音，西夏听见他在说："爹，我恐怕再也不回来了！"两行眼泪却流下来。在那一刻里，西夏不知怎么也伤感起来，她跑过去抱住了子路，子路的头正好搭在她的奶头上，她喃喃地说："子路子路，你要理解我。"拔掉了他头发中的一根白发。

当子路坐上去省城的过路班车，消逝在了镇街的那头，街上满是些矮矮的男人和女人，都跑过来问西夏：子路走了？子路怎么一个人走了？西夏抬起头来，蓦地看见了牛川沟的方向，有白塔的那个地方，天空出现了一个圆盘，倏忽又消失了，她以为她是看花了眼，问旁边人："看见了吗？看见了吗？"但众人都没有注意到那天上的奇观，而巩老大家门前的那摊积水前，迷胡叔坐在那里又咿咿呀呀地拉了胡琴，你弄不清那水是琴声在漫，还是琴声是水而摇曳，一切都飘飘然然，站在旁边听琴的一个是她曾在省城车站见过的女人，一个竟是南驴伯。

一九九八年三月十二日初稿完
一九九八年五月十九日二稿完

后　记

　　今年我将出版我的文集，一共是十四卷，没有包括过去的《废都》和现在完成的《高老庄》。设计封面的曹刚先生在每一卷上以一个字做装饰，他选用了"大风起兮云飞扬，威加海内兮归故乡，安得猛士兮守四方"。这是刘邦的诗，二十三个字。瞬间的感觉里，我立即知道我的一生是会能写出二十三卷书的。《高老庄》应该为第十六卷，也就是我在这个世纪的最后一部长篇。

　　在世纪之末写完《高老庄》，我已经是很中年的人了。人是有本命年的，几乎每一个中国人在自己的本命年里莫不是恐慌惧怕，同样，天地运动也有它的周期性，过去的世纪之末景象如何，我们不能知道，但近几年来全球范围内的频繁的战争，骚乱，饥荒，瘟疫，旱涝，地震，恶性事故和金融危机，使得整个人类都焦躁着。世纪末的情绪笼罩着这个世界，于我正偏偏在中年。中年是人生最身心憔悴的阶段，上要养老，下要哺小，又有单位的工作，又有个人的事业，肩膀上扛的是一大堆人的脑袋，而身体却在极快地衰败。经历了人所能经受的种种事变（除过坐牢），我自信我是一个坚强的男人，我也开始相信了命运，总觉得我的人生剧本早被谁之手写好，我只是一幕幕往下演的时候，有笑声在什么地方轻轻地响起。《道德经》

再不被认作是消极的世界观,《易经》也不再是故弄玄虚的东西,世事的变幻一步步看透,静正就附体而生,无所慕羡了,已不再宠辱动心。一早一晚都在仰头看天,像全在天上,蹲下来看地上熙熙攘攘物事,一切式又都在其中。年初的一个黄昏,低云飞渡,我出门要干事去,当一脚要踏下去的时候我突然看见了一只虫子就在脚下活活地蠕动,但我的脚因惯性已无法控制,踏下去就把它踏死了。我站在那里,悲哀了许久,忏悔着我无意的伤害,却一时想到这只虫子是多么像我们人类呀,这虫子正快乐地或愁苦地生活着,突然被踏死,虫子们一定在惊恐着这是一场什么灾难呢? 也就在那个晚上,我坐在书房里,脑子里还想着虫子们的思考,电视中正播放着西藏的山民向神灵祈祷的镜头,蓦地醒悟这个世界上根本是不存在着神灵和魔鬼的,之所以种种奇离的事件发生,古代的比现代的多,乡村的比城市的多,边地的比内地的多,那都是大自然的力的影响。类似这样的小事,和这样的小事的启示,几乎不断地发生在我的中年,我中年阶段的世界观就逐渐变化。我曾经在一篇短文里写过这样的话:道被确立之后,德将重新定位。于是,对于文学,我也为我的评判标准和审美趣味的变化而惊异了。当我以前阅读《红楼梦》和《楚辞》,阅读《老人与海》和《尤里西斯》,我欣赏的是它们的情调和文笔,是它们的奇思妙想和优美,但我并不能理解他们怎么就写出了这样的作品。而今重新捡起来读,我再也没兴趣在其中摘录精彩的句子和段落,感动我的已不在了文字的表面,而是那作品之外的或者说隐于文字之后的作家的灵魂! 偶尔的一天我见到了一副对联,其中的下联是:"青天一鹤见精神",我热泪长流,我终于明白了鹤的精神来自于青天! 回过头来,那些曾令我迷醉的一些作品就离我远去了,那些浅薄的东西,虽然被投机者哗众取宠,被芸芸众生人云亦云地热闹,却为我不再受惑和所骗。对于整体的、浑然的、元气淋漓而又鲜活的追求使我越来越失却了往昔的优美,清新和形式上的华丽。我是陕西商州人,商州现属西北地,历史上却归之于楚界,我的天资里有粗犷的成分,也有性灵派里的东西，我警惕了顺着性灵派的路子走去而渐巧渐小，我也明白我如何地发展我的粗犷苍茫，粗犷苍茫里的灵动那是必然的。我也自信在我初读《红楼梦》和《聊斋志异》时，我立即有对应感，我不缺乏他们的写作情致和趣味，但他们的胸中的块垒却是我在世纪之末的中年里才得到理解。我是失却了一部分我最初的读者，他们的离去令我难过而又高兴，我得改造我的读者，征服他们而吸引他们。我对于我写作的重新定位，对于曾经阅读过的名著的重新理解，我觉得是以年龄和经历的丰富做基础的，时代的感触和人生的感触并不是每一个人都能深切体会的，即使体会，站在了第一台阶也只能体会到第二台阶，而不是从第一台阶就体会到了第四第五台阶。世纪末的阴影挥之不去的今天，少男少女们在吟唱着他们的青春的愁闷，他们其实并没有多大的愁，满街的盲流人群步履急促，他们唠唠叨叨着所得的工钱和物价的上涨，他们关心的仅是他们自身和他们的家人。大风刮来，所有的草木都要摇曳，而钟声依然是悠远而舒缓地穿越空间，老僧老矣，他并没有去悬梁自尽，也不激愤汹汹，他说着人人都听得懂的家常话。

《高老庄》落笔之后，许多熟人和生人碰见了我，总在问我又写了什么？我能写什么呢，长期以来，商州的乡下和西安的城镇一直是我写作的根据地，我不会写历史演义的故事，也写不出未来的科学幻想，那样的小说属于别人去写，我的情结始终在现当代。我的出身和我的生存的环境决定了我的平民地位和写作的民间视角，关怀和忧患时下的中国是我的天职。但我有致命的弱点，这犹如我生性做不了官（虽然我仍有官衔）一样，我不是现实主义作家，而我却应该算作一位诗人。对于小说的思考，我在许多文章里零碎地提及，尤其在《白夜》的后记里也有过长长的一段叙述，遗憾的是数年过去，回应我的人寥寥无几。这令我有些沮丧，但也使我很快归于平静，因为现在的文坛，热点并不在小说的观念上，没有人注意到我，而我自《废都》后已经被烟雾笼罩得无法让别人走近。现在我写《高老庄》，取材仍是来自于商州和西安，但我绝不是写的商州和西安，我从来也没承认过我写的就是行政管理意义上的商州和西安，以此延伸，我更是反对将题材分为农村的和城市的甚或各个行业。我无论写的什么题材，都是我营建我虚构世界的一种载体，载体之上的虚构世界才是我的本真。我终生要感激的是我生活在商州和西安两地，典型的商州民间传统文化和西安官方传统文化孕育了我作为作家的素养，而在传统文化的其中浸淫愈久，愈知传统文化带给我的痛苦，愈对其的种种弊害深恶痛绝。我出生于一九五二年，正好是二十世纪的后半叶，经历了一次一次窒息人生命的政治运动和贫穷，直到现在，国家在改革了，又面临了一个速成的年代。我的一个朋友曾对我讲过，他是在改革年代里最易于接受现代化的，他购置了新的住宅，买了各种家用电器，又是电脑，VCD，摩托车，但这些东西都是传统文化里的人制造的第一代第二代产品，三天两头出现质量毛病，使他饱尝了修理之苦。他的苦我何尝没有体会呢，恐怕每一个人都深有感触。文学又怎能不受影响，打上时代的烙印呢？我或许不能算时兴的人，我默默地欢呼和祝愿那些先蹈者的举动，但我更易于知道我们的身上正缺乏什么，如何将西方的先进的东西拿过来又如何作用，伟大的五四运动和五四运动中的伟人们给了我多方面的经验和教训。我在缓慢地，步步为营地推动着我的战车，不管其中有过多少困难，受过多少热讽冷刺甚或误解和打击，我的好处是依然不掉头就走。生活如同是一片巨大的泥淖，精神却是莲日日生起，盼望着浮出水面开绽出一朵花来。

《高老庄》里依旧是一群社会最基层的卑微的人，依旧是蝇营狗苟的琐碎小事。我熟悉这样的人和这样的生活，写起来能得于心又能应于手。为什么如此落笔，没有扎眼的结构又没有华丽的技巧，丧失了往昔的秀丽和清晰，无序而来，苍茫而去，汤汤水水又黏黏糊糊，这缘于我对小说的观念改变。我的小说越来越无法用几句话回答到底写的什么，我的初衷里是要求我尽量原生态地写出生活的流动，行文越实越好，但整体上却极力去张扬我的意象。这样的作品是很容易让人误读的，如果只读到实的一面，生活的琐碎描写让人疲倦，觉得没了意思，而又常惹得不崇高的指责，但只读到虚的一面，阅历不够的人却不知所云。我之所以坚持我的写法，我相信小说不是故事也不是纯形式的文字游戏，我的不足是我的灵魂能量还不大，感知世界的气度还不够，形而上与形而下结合部的工作还没有做好。人在中年里已挫了争胜好强心，静伏下来踏实地做自己的事，随心所欲地去做，大自在地去做，我毕竟还有七卷书要写。沈从文先生在他的《边城》里说："他或许明日就回来，或许永远也不回来了。"我套用他的话，我寄希望于我的第十七卷书，或者就寄希望于那第二十四卷了。

另，文中的碑文参考和改造了由李启良、李厚之、张会鉴、杨克诸先生搜集整理的《安康碑版钩沉》一书，在此说明并致谢。

贾平凹

一九九八年六月十日下午